新日本古典文学大系 90

古浄瑠璃 説経集

信多純一
阪口弘之
校注

岩波書店刊行

目次

解説

凡例

一　本集には、古浄瑠璃、説経の作品から主要な九作品を選んだ。個々の底本については、各作品扉裏の解題に記した。

二　本文は底本を忠実に翻刻することを原則としたが、通読の便を考慮して、次のような校訂を施した。

1　改行・句読点・文字譜等

イ　底本には段落がないが、場面転換等に応じて適宜改行し、段落を設けた。

ロ　句読点は、語り物としての性質を考えて、底本にある区切り点「。」はそのまま残し、読点「、」にあたる部分は一字明けとした。

ハ　文字譜は、本文の右傍の適切と思われる位置に本文の文字または振り仮名と肩を揃えて翻字した。文字譜・振り仮名が並記される場合は、前者を右外側として二行に組んだ。

2　底本破損・異版・校異等

イ　底本が破損等により、判読困難の場合は□で示した。

ロ　本文の脱落を他本により補った場合は〔　〕を付した。校注者の意によって補入する場合には脚注でその旨を記した。

ハ　明らかな誤刻・脱字等については、その旨を脚注に記した。
ニ　本文の校異は、特に必要な場合に限り、脚注の中で言及した。

3　振り仮名等

校注者の付した読み仮名には（　）を付した。

4　宛て漢字

底本の仮名書きに適宜漢字を宛て、もとの仮名は振り仮名の形で残した。

5　引用符号等

会話に相当する部分に「　」を付した。

6　字体

イ　仮名・漢字ともに現在通行の字体に拠り、常用漢字表にある漢字については、原則としてその字体を使用した。
ロ　当時の慣用的な字遣いや当て字は、原則としてそのまま残した。

7　反復記号

イ　「ゝ」「ゞ」「〱」等の反復記号は、原則として底本のままとした。
ロ　ただし、品詞の異なる場合、漢字を当てたために送り仮名扱いとした場合、同一語の中で上が濁り下が清む場合は仮名に改めたものがある。その場合は、その反復記号を振り仮名の位置に残した。

8　仮名遣い・清濁

イ　仮名遣いは底本通りとした。ただし、校注者による振り仮名は歴史的仮名遣いに従った。

ロ　仮名の清濁は校注者において補正した。

9　底本にある挿絵は、絵巻の場合は必要限度の掲載にとどめ、それぞれに絵注を施した。刊本の場合は挿絵のすべてを掲げた。

三　脚注は、見開き二頁の範囲内に極力おさまるようにした。

1　本文・脚注の照合のため、本文の見開きごとに通し番号を付した。

2　参照すべき箇所、重出する箇所については、↓で示した。

四　本文・脚注の作成にあたっては、井上勝志・坂本美加・鈴木博子・林久美子各氏の協力を得た。

五　終わりに、底本として貴重な御蔵書を翻刻することを許諾されたＭＯＡ美術館、宮内庁三の丸尚蔵館、サントリー美術館、天理大学附属図書館、大阪大学附属図書館、東北大学附属図書館に対し、厚く御礼を申し上げます。

浄瑠璃御前物語（じょうるりごぜんものがたり）

信多純一 校注

浄瑠璃操の根源をなす作品で、文明七年(一四七五)七月以前に語られていた徴証(『実隆公記』紙背)がある。

【梗概】三河の国司兼高と矢矧の遊女の長の間に子のないことを悲しみ、鳳来寺の薬師へ申子をして一女を得た。薬師仏に因み名を浄瑠璃姫と付け、寵愛し、美しく成長した。

源氏の御曹司牛若は七歳の時鞍馬に登山し勉学していたが、平家の稚児達に恥ずかしめられ、母常盤に源平の戦いに因んだ美しい直垂を乞い、容れられる。

牛若十五歳にして奥州に下る金売吉次の供をし旅立つ。矢矧に宿った夕刻、長者館に惹かれ中を覗く。折柄、姫と侍女が始めた管絃のおもしろさに我を忘れ、笛を取り出して和す。管絃をとどめ聞きほれた姫は、侍女にその人を見に行かせた。その報告でただ人ではないと知った姫は七度も使いをやって招き入れる。御曹司を交えて管絃に興じ、尽きぬ思いを残し御曹司は帰っていった。

姫の面影が離れず、夜更けて御曹司は忍び入る。十五夜の手引きでやっと寝所に至り、声を掛けたが姫はなびかない。大和詞で恋の思いを述べ、恋の故事を引いて口説くが姫は拒み続ける。さらに姫は亡き父の精進中と拒むが、御曹司も父の精進中とせまるのに抗しかね、二人は十五夜のしつらえた御座で結ばれる。しかし、恋の問答に時刻を過ごした二人は、たちまちに鶏明を迎えた。名残りを惜しみつつ二人は別れ、涙と共に御曹司は再び吉次の太刀を持って東への旅を続ける。

漸く蒲原宿に至った御曹司は、恋の思いと疲れから重き病いに臥す。吉次一行が亭主に世話を頼んで去った後、宿の女房が口説こうとするが斥けられ、恨みと欲のあまり亭主の留守中彼を吹上の浜に棄てさせた。氏神の守護で命を永らえ、神の知らせで難を知った姫は冷泉と共に吹上の浜に急ぐ。漸く砂中に瀕死の御曹司を見つけ、嘆き悲しみ神々に祈誓する。薬師の利生の姫の涙で御曹司はよみがえり、二人はよろこび数日を経たが、再び別れの時を迎え、御曹司の招いた天狗の羽交に乗じて姫達は矢矧に飛び帰り、御曹司は旅を重ねて奥州平泉藤原秀衡のもとに至る。

三年後、軍勢を催し上京の途次、姫を訪ねるが、姫はその時既に亡く、尼となった冷泉に案内され、笹谷の墓所を訪う。彼が供養すると五輪が砕け、姫は成仏した。その跡に寺を建立し、棄てさせた母を誅して、御曹司は都に平家討伐のため上っていく。

本作は、浄瑠璃の申子誕生とその恋の苦難、その末の成神成仏を描いた典型的な本地物であり、従来後半の「吹上」や「五輪砕」は増補とする説が多かったが、その構造・本質からもそれらの説は肯けない。

【特色】三河鳳来寺の巫女集団(冷泉派か)によって、東海道筋に多く残る遊女と貴公子の恋愛譚の一つとして形成された唱導が、中央の教養人によって文章化された可能性が高い。文章化に際して、『源平盛衰記』他文芸作品を多用して形成している痕は、脚注部によって辿れる。

【諸本】現在完本は残っていないが、山崎美成旧蔵の十六段写本は骨格を殆ど残し、文辞を極端にそいだ書で貴重である。巻頭「申子の段」はこの本が完全形に近く、各段の文辞にも古形を残す。同じ十六段ではあるが「吹上」までで終るものに赤木文庫旧蔵甲・乙絵巻、その「吹上」を削った大島本絵巻(十二段)があり、同じく「吹上」以下を欠く十二段の奈良絵本の形態を持つ天理本二本・大東急本などがある。「吹上」までの古活字版(東大本・天理本・日大本)、同じ本文系の関川本(奈良絵本)、北大本(写本)、整版正保三年(一六四六)版(十一行本)、十四行本が残る。また「申子」を欠き「吹上」までの前島本古活字十二行本(零本)、早大本寛文元年(一六六一)版(十五段)、早大本江戸版(十五段)は正本の性格が濃い。

底本の熱海本絵巻十二巻(MOA美術館蔵)は、前島本ともつながり、「吹上」以下「五輪砕」まであって山崎写本の骨格にもっとも近い書である。今回この足らない箇所を山崎写本で補って掲出した。不完全ながら原の「浄瑠璃御前物語」の姿をうかがうに足る本文と信ずる。

〔願立〕[一]

〔去程に浄瑠璃御前の本地[二]をくわしく尋るに　当国にならびなし　ならびのなきも道理かな　父は伏見の源中納言兼高とて　三河の国の国司なり　母は矢[三]矧の長者とて海道一の遊君なり　中にも蔵の数[四]六万九千三百八十六つの蔵とぞ聞こゑける

黄金[五]白銀　泉とて七つの宝は持ちつれど　末[六]の世一人持たざれば　その比三河の国にはやらせ給ふ峰[七]の薬師へ参りつゝ　「南無薬師[八]十二神　末の世一人授け給へ」と　三十三度の礼拝を参らせ

まづ一番の願立に　「綾三百三十三反　錦三百三十三反　絹も三百三拾三疋　これは仏の御戸帳なり　長者一期は三年に一度づゝ掛け替へ〳〵参らすべし　それも不足に候らはば　八尺の掛[九]の帯　五尺の髢　八花形[一〇]の唐の鏡　十二の手箱を参らすべし　それも不足に候らはば白銀黄金の大文字[一一]　月に卅三[一二]枚づつ掛け替へ掛け替へ参らすべし　それも不足にましまさば　紺地の錦三十三反　青地の錦三十三反　赤地の錦三十三反参らすべし　それも不足に候らは

一　神仏に特定の願を掛け、成就した時の誓いを立てること。底本この段を欠く。
二　人間に化身する以前の仏菩薩等の本体。
三　愛知県岡崎市矢作町。矢作川の西岸。旧東海道の宿駅。この場合の長者は遊女の長。
四　多くは「四方に四万の蔵」と表現されるが、ここは「法華経」の総文字数「六万九千三百八十四文字」を採ったものか。
五　金・銀・瑠璃・玻瓈・珊瑚・瑪瑙・硨磲等の七宝。金銀は泉の湧くごとく、ここは数多くの珍宝の意。
六　世を継ぐべき子。
七　愛知県南設楽郡にある古刹鳳来寺。本尊を峰薬師と呼び、徳川家康もこの寺の申し子と言われ、山上に東照宮を祭る。
八　薬師如来とその眷属十二神将。
九　掛帯は裳に付く帯で胸のあたりに結んだもの。神を祭る時に女性が帯をたすきに掛けた習慣から、神詣でに紅の帯を肩に掛け背後で結んだ。髢(女の髪を整えるためにそえたいれがみ)と共に神に祈願の為奉納した。五尺は当時の女性の丈の長さ。
一〇　周囲に花弁状の稜(かど)の八つある円形の鏡。女性の参詣に、先の掛帯・髢・唐の鏡・手箱等身の廻りの品を奉納した。舞曲「笈さがし」参照。
一一　大きい字や文様のある幡・幕など。ここは銀や金で文字などを表わしたものであろう。
一二　観音三十三化身など、仏教に因んだ数で三十三度の礼拝などと用いる。前出の「三百三十三」もその縁の数であろう。「三千三百三十三どの礼拝奉りて」(橋立の本地)。

ば　同じ年の御僧達五百人　絹の衣に絹の袈裟　一対衣裳にて　長者一期は一年に一度づつ供養申参らすべし　それも不足に候らはば　黄金の御堂を七間四面に建てさせ　[一三]鵠の霜降　[一四]鶴の本白　[一五]烏の濡色　鷲の羽　[一六]鴇の焦羽　[一七]鴛鴦の思羽をもつて[一八]葺かせて参らすべし　それも不足にましまさば　男子なりとも女子なりとも　末の一人授けてたび給へ　南無薬師十二神」とぞ申されける

長者[一九]二七日籠らせ給へど　いまだ[二〇]示現もなかりけり　むなしく長者は帰られけれ

源中納言兼高も「われらも参り　祈誓を申さん」とて　五百輛の車に白銀千石　黄金千石積ませ　峰の薬師へ参りつゝ　「南無薬師十二神」と伏し拝み　まづ一番の願立に「朱の糸にて[二一]髪巻かせたる黒の駒を　三百卅三匹[二二]棹さし　長者一期は引き替へ／＼参らすべし　それも不足にましまさば　鎧三百卅三領　冑三百三十三掛け参らすべし　それも不足にましまさば　[二三]角の槻弓三百卅三張　[二四]靭三百卅三腰掛けて参らすべし　それも不足にましまさば　[二五]唐金の鰐口　月に卅三掛づつ　掛け替ゑ／＼参らすべし　それも不足にましまさば　御堂の廻りに　白銀黄金にて　厚さ四寸に[二六]細砂を撒かせて参らすべし　それも不足にましまさば　[二七]黄金作りの太刀千振　白銀作りの刀千腰をもつて　五色の糸

一三　白鳥の羽に霜降り状の斑のあるもの。
一四　鶴の翼の裏にある、本が白く先端が黒い羽。
一五　烏の羽が濡れて黒味を増したさま。
一六　「武家節用集」二に「鴇焦羽」とあるが、鴇字は字書類に見えない。「貞丈雑記」では「たうの鳥と云ふは鴾(とき)の事也」とあるが、鴾の音はボウである。焦羽は黒羽と同じとも、また焦茶色の羽ともいうが未詳。
一七　鴛鴦の尾の両脇にある羽。鵠から鴇の羽は、「尺素往来」の矢の条、「武家節用集」などに見える矢羽の種類。焦羽の縁で雌雄の情愛の深い鴛鴦の思羽をも併出したものか。
一八　鳥の羽を以て屋根を葺くこと、「鷲鵰(くまたか)ノ羽ニテ葺タル三棟造リノ小御所有リ」(神道集・諏訪縁起事)。
一九　十四日間。参籠等七日を単位とした。
二〇　霊現のしるし。元来神仏が身を現じること。
二一　たてがみの毛を朱糸で沢山に結って飾ること。江戸期は御馬髪巻役という中間が居た。黒駒は太くたくましい名馬が多い。
二二　竹に馬の轡を結び曳いていくこと。
二三　角で弓筈(ゆはず)を作った槻の丸木の弓。筈は弓の両端の弦をかける所。
二四　矢を入れて背負う筒型の容器。
二五　銅と鉛の合金。青銅を言い、中国からの製法による。
二六　細かい砂。「和名抄」等「繊砂　万奈古」と記す。須達長者が祇園精舎建立の際、黄金を地に敷いて、仏の為に精舎の地を求めた(今昔物語集一・須達長者造祇園精舎語第三十一)。荘厳のためである。
二七　黄金作りの太刀、白銀作りの刀各千腰(本)を立てて、五色の糸でもって斎垣に結うの意であろう。斎垣は神社などの神聖な垣。

にて斎垣を結わせて参らすべし　それも不足にましまさば　御堂の御前に蓬莱山を飾り立て　黄金にて日を出し　白銀にて月を出して参らすべし　それも不足にましまさば　御坂七里が間　百貫からげにて石さし畳みて参らすべし　男子なりとも女子なりとも　隔てはさのみ申まじ　末の世一人たび給へ　南無薬師十二神」とぞ申されけり

三七日満ずる夜半ほどに　年の齢六十ばかりなる御僧の　香の衣に香の袈裟　皆水晶の数珠つまぐりて　長者に向つて「はや／＼帰らせ給へ　唐土天竺　百済国　我朝六十六か国を　七尺の鉄の杖三尺になり　八寸の鉄の足駄四寸になるまで　空は有頂天　地は金輪際まで尋ねたれども　汝に授けん子種はなし　汝に子種のなきいわれを語つて聞かすべし

浅間の嶽の麓にみぞろ野池とてありけるが　その池の主にてありし時　山河江河の鱗を取つて服したその咎に　いまだ子種はなかりけり　長者に生まるゝ事も　浅間の嶽より尊き御僧の下り給ひて　池のほとりの観音に百日籠らせ給ひつゝ　昼は一部の経を読み　夜は念仏夜もすがら　聴聞したるその奇特に今は矢矧の長者と生まるゝなり

夫源中将兼高と生まれぬその先は　いかなるものとや思ふらん　雲高き峰

一 中国でいう東海にあるという仙人の住む島山。我国ではめでたい席にこの山を象った島台を飾ったりした。
二 御伽草子「不老不死」の仙境の描写に、黄金の砂を敷き、四季の庭を東西南北に配し、「東にはこかねの日輪をしろかねの山のうへに三十よ丈のはたほこの上にかけ、西には白銀の月りんを…かけたり」とある。 三 鳳来寺山(六八四メートル)から麓までの長い急坂。 四 一からげ百貫分の重さの石を次々に敷きつめて。
五 男女の差別などはそれほど申しますまい。
六 香染の衣と袈裟。乾陀羅樹の香は安息香として仏家に尊重され、乾陀色の衣を尊しとする。乾陀は褐色をさす。我国では丁字の汁で染める。甲袈裟(七条袈裟)とも考えられる。
七 全て水晶の珠で出来た数珠。高価なので普通は数取りで他の材質の珠の間に挿入するだけ。
八 指先で珠を一つずつ繰る所作。
九 「我此世に生れて後、妻とすべき人を、六十余国、唐土、新羅、高麗、天竺まで尋ね求むれど更になし」(宇津保物語・藤原の君)他、「さよひめのさうし」等に同趣の表現あり。
一〇 僧のつく鉄製の錫杖(しやくじやう)。 一一 鉄製の高下駄。諺「金の足駄で尋ねてもない」(諺苑)。
一二 色界(形ある世界)の最頂にある天の名。
一三 水面より八万由旬(由旬は四十里)の下にある、厚さ三億二万由旬の金輪のある所。最上天から地の底まで探したと強調する表現。
一四 不詳。諸本異同あり一定しない。説経「小栗」等の大蛇伝説ともつながる京都深泥ヶ池に一番近いが、浅間の嶽とは合わない。 一五 魚類。この文「山野の蹄、江海の鱗」(沙石集七ノ七)と本来あったか。他本に鳥類や翼、虫の種一つも残さずとある。 一六 奈良絵本等「観音堂」。殺生

に棲む鷲[一九]の鳥なりけるが　万の小鳥を取り尽したるその科に　これも子種はなかりけり　されども[二〇]さすがなる瑞相有　鞍馬の寺多聞堂[二一]にて法華経読誦の声を　聴聞[二二]したるその功力[二三]に　今は三河の国に国司と生まるゝなり　さらに子種はなかりけり　帰らせ給へや長者殿」とぞ仰せける

長者夢醒めて「世[二四]の末を賜わらぬ事ならば　自ら夫婦腹を切り　血水[二五]を薬師にくり掛けて　薬師の廻りを御池となし　池の大蛇と棲み入りて　月[二六]の八日は参り千人　下向千人づゝ取つて滅ぼす事ならば　なにとはやらせ給ふとも三月がほどに荒すべし　それ大患[二七]とおぼしめす程ならば　末の世一人たび給へ　南無薬師十二神」とぞ申されける

薬師仏は聞し召し「汝が念ずる奇特に　十二神を一体子種に取らすべし」とて　玉[二八]の箱を一つ取り出し　長者の左手の袂に移されけり　やがて「名わ南[二九]無東方浄瑠璃御前と付くべし」とて　かき消すやうにぞ失せ給ふ　長者斜めに喜びて　薬師に卅三度の礼拝を参らせ　やがて御所へぞ下向ある

下向召されて　其後は産屋[三〇]の御所をぞ結構[三一]し　四十二羽の鳥の羽交を揃へ四[三二]十二鉾に葺かせて　子安[三三]の観音卅三体掛け奉り　産屋の御所とぞ名付けける

の報いで子種のない類話は「神道集」三島大明神事(両親の前生牛)等の申し子譚に多い。

一七 神仏などの示す不思議の霊異。

一八 諸本中、両親の前生を説く本文を持つのは山崎写本のみ。他説話でも稀な形態である。また夫婦別々の願掛けのさまとそれぞれの捧物の詳細なることも他に例を見ない。申し子譚の願立のもっとも古形を残すものといえよう。

一九 「天狗の内裏」(十一段本)牛若の前生譚にも熊鷹に生れ、きじの雛を殺生する話とその因果が語られる。　二〇 そうはいうものの有難い不思議のしるし。　二一 鞍馬寺本堂。多聞天(毘沙門天)を祭る。　二二 仏法の教法を聞き分けること。

二三 功徳の力。利益。

二四 願立をして功力のない時、神仏を脅す型は古形。「今昔物語集」二・波羅奈国大臣願子語第二十五や前出「神道集」三島大明神事参照。

二五 血液。　二六 毎月八日。八日は薬師如来の縁日で参詣人が多い。参詣に来る人、帰る人を千人ずつ殺すと脅す。　二七 大きなうれい。

二八 玉の入った箱。奈良絵本は瑠璃の玉とする。

二九 薬師如来は東方浄瑠璃世界の教主。

三〇 産所の屋形。「三月までは神詣で、六月の仏参り、七月のはつらひ、八月のくるしみ、九月と申には御さんの屋形を作り給ふ」(さよひめのさうし)。　三一 構え作る。　三二 草葺の屋根で、葺草を押さえて下地と固定するために用いる竹を鉾竹という。鳥の羽四十二枚を葺草の代りに並べたさまをいったものであろう。鳥の羽を産屋の屋根に用いるのは、「古事記」の豊玉毘売命の、鵜の羽を葺草(かや)にして産殿を造った故事による。　三三 安産を守り、幼児の安泰を守るという観世音菩薩。京都清水坂泰産寺の一寸八分の観音や丹波の子安観音は有名。

[一]九月半の比御産の紐をぞ解かれける　世に勝れたる姫君　美人なればま
ことは[二]瑠璃の玉を磨きたてたる如くましませば　やがて浄瑠璃御前とぞ名付け
たり

年七歳の春の比　矢矧の寺へ[三]登山し　一字教へて二字悟り　五字も十字も
千字も万字も　悟り賢き人なれば　[四]華厳　阿含　方等　般若　法華　涅槃　[五]三
部経まで読誦して　年十一の春の比　[六]唐の御所ゑぞ帰られけり

兼高この由御覧じて　この姫はわが世の末と思へども　薬師の子種にてまし
ませば　同じ御所には恐れとて　十二間に唐の御所を建てられける　[七]上八十人
中八十人下八十人　二百四十余人の　女房達を召し具して　[八]如月八日に唐の御
所へぞ移られける」

〔[九]御曹司の[一〇]鞍馬入〕

「去程に御曹司は　年[一一]七歳の春の比よりも　鞍馬の寺へぞ登られける
鞍馬の寺と申は　[一二]坊の数は七百坊　[一三]稚児の数は三百人　中にも平家の稚児七
十六人おはしけるが　ありける昼のつれ〲に　一間所に集りて「いかに方

一 普通十月とする。絵巻甲本は十月。紐を解くは妊婦の腹帯を解く、すなわち出産のこと。
二 七宝の一。青色をさす。薬師瑠璃光如来の居所を東方浄瑠璃世界・浄瑠璃浄土という。申し子の際の示現もあり、仏教的な命名をした。
三 寺に入り勉学すること。その心得を説いた往来物に登山状がある。
四 釈迦が成道以後、華厳・阿含・方等・般若・法華・涅槃と教法を五時に展開した。天台宗はその各経を説く。
五 三部経に各種あるが、「浄土三部経」であれば無量寿経・観無量寿経・阿弥陀経をいう。
六 唐風の御所。唐垣・唐門・唐破風造り等。
七 姫の身近に仕えるものを上とし、以下職分が下る。
八 陰暦二月八日。
九 まだ部屋住みの貴族の子息に対する敬称。とりわけ源義経に対する敬称。底本この段欠。
一〇 鞍馬の山への学問修行のための登山。
一一 流布本「義経記」牛若鞍馬入の事でも常盤が鞍馬の別当東光坊に頼み、牛若七歳の二月初めに登山する記載がある。
一二 僧侶の住む所。僧坊。
一三 寺院で、貴族・武士の子弟を預かり、俗体のまま学問にはげみ、または給仕役を勤めた者。
一四 勤務に出ること。稚児は酒宴の席などにも出仕した。
一五 六着。「具」は衣類を数える語。
一六 下着として用いた袖の狭い衣服。後には表衣として晴着になる。
一七 平安時代からの上・中流階級男子の常服。鎌倉時代以降は礼服様に用いる。
一八 「義経記」「平治物語」では十五歳で東光坊の弟子覚日坊に弟子入りし遮那王と名を変える。

〳〵聞こし召せ　この山と申は月に六度の出仕[一四]もありければ　六つの小袖に六[一五]具の直垂　着替へ〳〵て出仕を申事なれど　沙那王殿と申は　いつもたゞ垢深き小袖[一六]一つに　古き直垂[一七]一具にて　六度の出仕は召されける　沙那王殿[一八]に似合ひたる綽名を付けて笑はん」とて　平家方に宗[一九]と用いる　門脇殿[二〇]の御子息に名をば花若殿[二一]と申せしが　「これに似合ひた　垢[二二]らぞ　か[二三]は虫の中に蓑虫と申こそ　四節に衣裳を替へざれば　沙那王殿を蓑虫稚児と呼ばん」とて一度にどつと笑はれける

沙那王殿は時ならぬ　顔[二四]に紅葉をひき散らし　一間所に立ち入て　情なふも笑はれ候物かなとて　おぼし召すまゝの言[二五]のはを　こま〴〵とあそばして　母の常盤へ送られけり

常盤この由御覧じて　涙にむせばせ給ひつゝ　都[二六]の内の縫手を揃へ　十具の直垂をぞ縫われたり　一には松[二七]の古木を縫われたり　二には籬[二八]に小菊を縫われたり　三には根笹[二九]に小笹お縫われたり　四には磯[三〇]に浪　渚に千鳥を縫われたり　五に立つ白浪[三一]に帆掛舟を縫われたり　六に住吉[三二]の松の木末を縫われたり　七に獅子[三三]に象をぞ縫われたり　八に一叢薄[三四]に藤の花を縫われたり　九に秋の野に蟋蟀　機織縫われたり　十に竜田河[三五]に芦の落葉を縫われたり　十具の直垂を

一五 遮那は毘盧遮那の略。謡曲「鞍馬天狗」では「毘沙門の沙の字をかたどり御名をも沙那王殿と付け申す」とある。
一九 重く用いられる。
二〇 平教盛の通称。六波羅総門脇に邸があった。
二一 物語や謡曲などに稚児名に多出する名。「常盤物語」にも、小松殿の子息名で同様の場面に現われる。
二二 垢じみたものといえば。「ら」は複数を示し軽蔑の感をこめる。
二三 毛虫のこと。髯虫。
二四 恥などで赤面するさま。
二五 手紙の表現。
二六 「常盤物語」の「直垂乞い」では、縫手千人揃え、さらに百人すぐり、百人を五十人すぐる。
二七 以下着物の文様として今に残るものが多い。
二八 まがきに小菊文。「ませの内の八重ぎくにあひまがひぬる上﨟」(舞曲・築島)。
二九 寝笹とも。観賞用のイネ科の笹。紋所の名にもなる。小笹は小さい笹。
三〇 「類船集」の付合にも磯と寄浪、渚に千鳥と出、着物や蒔絵類の文様に多い。
三一 青海波地帆船飛鳥桜花散文唐織(桃山)などが今に残る。
三二 「住吉の松の木まより見渡せば月落ちかかるあはぢ島山」(頼政集)他、謡曲などにもこの歌は引かれ、蒔絵手箱・文机などにも歌の心を表わした文様が多い。
三三 獅子は牡丹との組合せで多出するが、象は珍しい。ただし象自身は正倉院象樹木﨟纈屛風等古来から図案にはなっている。
三四 薄に藤花は季が合わない。或いは藤袴か。
三五 竜田河に紅葉が古歌の縁で普通の図。芦との取り合わせは珍しい。

鞍馬の寺　牛若殿へぞ参らせ給ふ
牛若この由御覧じて「松に古木を縫うたるは　五十ばかりの人の着てこそ似合ひたれ　籬に小菊を縫うたるは　廿ばかりの人の着てこそ似合ひたれ　根笹に小笹を縫うたるは　[一]かなこと申せば忌わしや　磯に浪　渚に千鳥縫うたるは　海人人着てこそ似合ひたれ　立つ白浪に帆掛舟を縫うたるは　船頭着てこそ似合ひたれ　住吉の松の木の間を縫うたるは　これまた都に多かりけり　獅子に象を縫うたるは　山人着てこそ似合ひたれ　一叢薄に藤の花を縫うたるは　[二]承仕着てこそ似合ひたれ　秋の野に蟋蟀　機織縫うたるは　これまたあまり老[三]〳〵しし　竜田河に芦の落葉を縫うたるわ　源　源氏の大将牛若門出[四]に　落葉と申すは忌はしし　着るべき直垂一具もなし」とて戻されける
その後　[五]顕紋紗を[六]好まれける」

[七]〔鞍馬下り〕

[八]扨も其後　御曹司は[九]十五と申せし春の比　[一〇]吉次　吉内　吉六を主と[一一]頼ませ給ひつゝ　鞍馬の寺をばまだ夜深きに立ち出て　東を指して下らせ給ふが　[一二]通ら

一「かなこ」は弱い子の意であろう。青森県津軽地方の方言に残る。
二 寺社の堂内の雑用をつかさどる役僧。閼伽(あか)の水を汲み、花を盛ったりする。この場合は仏前に花を供えるその役目に相応しいと言っているのであろう。　三 古風である。
四 出陣等のため我が家の門を出ること。
五 紋がらを織った紗で作る直垂。
六 あれこれ注文したり所望する。この後省略されているが、彼の所望により出来上ってきた直垂の描写は、「物見の段」で詳述される。
七 山崎写本の段名。流布本「義経記」遮那王殿鞍馬出の事、舞曲「くらま出」がある。前段「鞍馬入」を受けての段名。ここから底本が始まる。
八 浄瑠璃の冒頭形式句。「色道大鏡」八・音曲部で、初段の発端にこの句は不審と江戸大坂の名太夫にその所以を問うたが、誰も各家で相伝の語りの秘伝があるがその子細を知る者がなかったと記す。
九「平治物語」では承安四年三月三日、「義経記」では同年二月二日、十六歳で鞍馬を出るとある。「常盤物語」は十五歳の春。
一〇「平治物語」「義経記」では金売吉次一人の名が出るが、謡曲「烏帽子折」では「これは三条の吉次信高にて候。われ此程数の財を集め。弟にて候吉六を伴ひ。唯今東へ下り候」とある。舞曲「烏帽子折」や「常盤物語」では三人兄弟と記される。　一一 主人と頼む、家来となる。
一二 道行文の形式句。「常盤物語」八段目「くだらせ給ふはどれ〳〵ぞ」。山崎写本「通るところわどこ〳〵ぞ」。
一三 舞曲「くらま出」に「七ツにまがる鞍馬坂」。「山城名勝志」十一「〇七曲坂　大門より本堂に至る坂路也」。「枕草子」に「近うて遠きもの　鞍馬

(1)－1

せ給ふはどこ〳〵ぞ　七曲り[一三]　八町坂[一四]　悪魔[一五]を払ふは不動坂　又越ゆべきと打通り　妻戸[一六]の脇にはあらねども　掛金坂[一七]をも忍び出で　心細く[一八]も　市原野辺を打過ぎて　急がせ給へば程もなく　賀茂[一九]川白川打渡り　急ぐに程なく今ははや　国を申せば近江の国　宿を申せば鏡[二〇]の宿に　一夜の宿を召されける

鏡の宿をも立たせ給ひて　急がせ給ひける程に　柏原[二一]にぞ着かれける　柏原をも打過ぎて　通らせ給ふはどこ〳〵ぞ　垂井[二二]　赤坂[二三]打過ぎて　美濃の国をも打越て　尾張の国にさしかゝり　熱田[二四]の明

のつづらをりといふ道」とある坂。

一四 僧正谷の傍から貴船へ下る山道を八町坂という（菟芸泥赴）。

一五「悪魔を払ふは」は不動の縁の修飾。不動坂は西坂本から叡山に登る坂で、道筋ではない。

一六 寝殿造りで出入口に設けられた開き戸。両開きで内外共に掛金（鉤）で止めておく。

一七 未詳。「常盤物語」では「かさかけ坂」。一五・一七とも熱海本にのみ見える地名。

一八「生けるかひなき憂き身の。消えんほどとや草深き市原野辺の露分けて」（謡曲・鉄輪）、「なほ草深く露しげき市原野べ」（謡曲・通小町）など、市原あたりはさびしい所。

一九「賀茂川白川打越て」（源平盛衰記三十九・重衡関東下向）以後、同書との同趣表現が多出する。

二〇 滋賀県蒲生郡竜王町鏡山の北にあった宿駅。「義経記」二では鏡の宿吉次宿に強盗の入事があり、牛若の藤沢入道他退治の武勇譚が残る。

二一 滋賀県坂田郡山東町大字柏原。醒が井から一里半東の宿駅。

二二 岐阜県不破郡垂井町の宿駅。「曾我物語」八・箱根にて暇乞の事では牛若の強盗退治をこの宿のことと記す。

二三 岐阜県不破郡赤坂町。謡曲「烏帽子折」では牛若の強盗熊坂長範退治をこの宿のこととする。なお、舞曲「烏帽子折」は、この事件を赤坂北方の青墓の宿のこととし、舞曲「山中常盤」などは山中宿の出来事とするなど異同が多い。

二四 名古屋市南方、宮と称した宿駅にある神社。「熱田の八剣伏拝み」（太平記二・俊基朝臣再関東下向事）。

絵(1)－1・2　牛若は吉次一行の供をすべく、鞍馬の寺のつづら折の道を、山への思いを残しながら夜霧の立ちこめる坂を下っていく。

(1)－2

神ふし拝み　国を申せば三河の国　宿を申せば矢矧の宿に　一夜の宿を召されけり

吉次が宿は[一]大方殿　八十四の[二]皮籠に四十二の[三]千駄櫃をば[四]次第〳〵に積せける　[五]四十二疋の[六]雑駄をば　[七]仮馬屋に繋がせて　[八]乗馬　乗替七疋は　[九]板馬屋は無益とて　[一〇]伏馬屋にぞ繋がれける（絵1）

痛はしや御曹司は　馬の番をぞ召されしが　その日もやう〳〵暮れければ　吉次が宿をば忍び出で　四方の景色を眺め給ふに　人静まりて見えければ　今は時分もよきぞとて　上瑠璃御前のおはし

一 貴人の母の敬称。浄瑠璃御前の立場から母の長者を指す（後出「物見の段」参照）。ただしここは母の長者の住む屋形の意。
二 周囲に皮を張った籠。荷の運搬に用いる。竹で編んだものもある。
三 ひき出しのたくさん付いた箱を高く重ねて背負ってゆく櫃。商人が商品などを入れ運ぶのに用いる。
四 順順に。安定よく収まるように順序よく。
五 「八十四の皮籠を…四十二疋の雑駄、三疋の乗馬、いづれ皆よき馬にて候」（舞曲・烏帽子折）。
六 荷物運搬用の下等の馬。
七 仮設の馬小屋。
八 吉次等兄弟の乗る馬と、途中その馬が疲れた時乗り換えて用いる予備の馬。
九 板で屋根を葺いた馬小屋。一般的な馬小屋。
一〇 低い作りで屋根を地に打伏せたように見える馬小屋。

絵(1)-2～5　一行はとある宿場を過ぎる。鏡の宿の朝立ちでもあろう。稚児髷から烏帽子姿と変っている。すなわち舞曲「烏帽子折」の世界の元服後の姿であり、その顔に吉次の太刀を持たされる身の苦渋がはしる。

絵(1)-5・6　柏原を過ぎ美濃の宿々を打ち越え、尾張の国に至る。熱田社の荘厳威儀の神前に御曹司は伏し拝み、前途の安全を祈る。

絵(1)-7・8　いよいよ物語の舞台、三河の矢矧の宿に到着した。宿は浄瑠璃御前の母の長者のもとで、彼女は奥の間にかづき姿で豊かに座し女達を指図している。宿を得た安堵の色が皆人に見える。

(1)－3

(1)－4

(1)－5

(1)－6

(1)－7

(1)－8

ます　八棟造りの唐の小御所へ忍ばせ給ひて　内の体を見給ふに　長者の住家と打見えて　南の妻戸に当りつゝ　峰の嵐か松風か　主は誰とも知らねども琴の音ほのかに聞こえける　御曹司は聞こし召し　感じ入てぞ立ち給ふ

〔泉水揃え〕

〔東面の泉水には　大松　小松　姫小松　楓　榧の木　杉　檜　棗　伽羅桑　黄楊　柊　竹にとりては　紫竹　金竹　大明竹　その数あまた引き植ゑて　その竹の枝毎に　鶸や小雀や四十雀　照鷽　照鶲鳥　照猿子鳥　鸞鳥　池鳥　鴗　翡翠　遠近人を呼子鳥「華厳　阿含　倶舎　唯心」と　嘴を揃へて囀るやうこそ見ゑにけり

南面の泉水には　起石　臥石　流石　青目の石に黒目の石　諸事を暮して忘石　落つる滝を五色の石にて畳ませて　鯉　鮒　鴛鴦　鴨　月の影波間を分けてぞ棲まはれけり

西面の泉水に　蓬萊　方丈　瀛州山とて　三の島をぞ表わせける　島の中に一間四面の御堂を建て　弥陀の三尊掛け奉り　百八僕の華皿に　鈴と独鈷に

一棟の破風を四方に二つずつ造り出した豪華な建物。二本来の御所以外に作られた御殿。三当って。「つゝ」は接続助詞。四「近松の一叢ある方に幽に琴こそ聞えけれ。峰の嵐か松風か、尋る君の琴の音かとおぼつかなく思ひ」(源平盛衰記二十五・小督局)。五底本は欠くが、諸本に御曹司がこの屋敷の結構を述べる条があり、この四季の泉水揃えの段が残る。泉水は前水とも書き築山や池などを備えた庭。六唐松を移し植えたもの。七キャラの木。イチイ科の常緑樹。八竹の種類を対象とすると。九色が紫黒や紫白のものがあり、「日葡辞書」では高価な竹とある。一〇黄金碧の竹で、京ではすず竹、またはきんちく。一一寒山竹の異名。竹の節の間が長く、赤黄の条(じす)がある。一二「引き」は接頭語。作庭で移植すること。一三ひわどり。雀より小さく全体が黄色の小鳥。よく囀る。一四山がらに似て小さいので小がらと呼ぶ。これもよく囀る。一五小がらに似てより大きい。清く滑らかな声でよく鳴く。一六うその雄をいう。紅い翅を持つ。声が艶やかでうそ姫と呼んだりする。一七ぬか鳥の色の鮮やかなものをいう。その声は清円と「和漢三才図会」に出る。一八ましこ鳥(雀位の大きさ)に似て頬より胸が紅い鳥。一九鳳凰の類。これまでの鳥は和名であるが、これは想像上の瑞鳥。二〇「みほ」の誤写か。かいつぶりの古名。二一かわせみの大きいもの。二二人を呼ぶような鳴声の鳥。かっこう・ほととぎすなどを称していうか。「をちこちのたつきもしらぬ山中におぼつかなくもよぶこどりかな」(古今集・春上)。二三唯識と同じ。唯識論。二四「往生要集」大文第二の極楽の景に、「…孔雀・鸚鵡・伽陵頻迦等の、百宝の色鳥は昼夜六時に和雅の音を出して、仏

いたるまで　香の煙も退転[三三]なく　御堂のあたりに百種の花ぞ植へられたり
百種の花の中よりも　桔梗　苅萱　女郎花　紫苑　竜胆　吾木香　[三四]紫陽花
[三五]繡線菊　岩躑躅　黄菊　白菊　重菊　[三六]唐梅　唐菊　唐撫子　棗　[三七]覇王樹　百合
[三八]枳柑の花　[三九]瞿麦　杜若　汀に　唐松　藤の花　[四〇]いづれもたよりに浮草は雲居の
月を宿すらん　[四一]石石菖蒲に　九節〳〵を揃ゑて植ゑられたり　いまだ百種の花
なれば　開きて散りゆく梢もあり　莟みて匂う花もあり　花も紅葉も[四二]乱顚し
て　汀の浪に揺られしは　[四三]八功徳池の水の面の　百千万種の[四四]宝蓮華も　これに
はいかで勝るべき
北面の泉水にわ　[四五]浦島太郎が釣の舟　[四六]童男丱女が[四七]空船　五色の糸にて繋がせ
て　[四八]常楽我浄の風吹かば　汀へ寄れと繋がれたり」
[四九]さて又内の役者には　上瑠璃御前は琴の役　冷泉殿は琵琶の役　空さえ殿は
[五〇]和琴の役　花さえ殿は[五一]鞨鼓の役　玉藻の前は[五二]方磬打ちける　月さへ殿は笙の
役　有明殿は篳篥の役　千手の前は[五三]狛笛の役　おぼろげ殿は[五四]鉦の役　とらふく
殿は[五五]磬の役　弥陀王殿は太鼓の役　小侍従殿は鼓の役と定まりて　胴をば[五六]紫檀
の刳胴に羊の皮を掛けさせて　朱の[五七]調をくりかけて　真中結ふたる鼓をば　左

を念じ、法を念じ、比丘僧を念ずることを讃嘆へ」と見える。二五「石立者…流破石…起石・臥石」(尺素往来・下)。石の置き様(「作庭記」参照)をいう。二六 一日の経つのを忘れて見ほれる名石。二七 池に滝を五色の石(青黄赤白黒)で組ませ。二八 魚や水鳥たちが水に映る月光、波間をかき分けて。他本「棲ませける」。二九 中国でいう神仙の住む海中の三神山。三〇 百八具。「せん」は僎であろうか。そなえる意で具と同じ。三一 供花の華皿(竹又は金属で編んだ籠。その形皿に似る。樒の葉または蓮華の花弁に模した金銀の紙片を盛る)。仏に供養の余花を用い、百八遍の呪を唱えて衆病を治す(諸経要集四・華香縁)。三二 仏具。鈴は柄と舌とあり振り鳴らす。独鈷は金剛杵で鈷は股の借字、三・五・九股に分かれたものを三・五・九鈷と呼ぶ。三三 とだえることがない。三四 あぢさい。三五 葡萄の葉に似て五月淡赤色の花が咲く。三六 臘梅。三七 仙人掌(さぼてん)の異名。三八 からたちの異名。三九 撫子の異名。四〇 他本「何を」とあり「いづれを」の誤写か。浮草は定めなきとか、風にただようの心象を持つ。池の浮草は一体何をたよりに雲井の月影をその小さい漂う葉に一時宿すのか。

四一 石菖。溝辺などに自生し、菖蒲に似るが小形。根は匙の柄状で薬用になり、一寸に九節のものを用いる。四二 入り交り乱れるさま。乱転と同じ。「乱顚」(易林本節用集)。四三 極楽にあり、七宝よりなり、八徳を具えた水を湛えた池。四四「種種の宝花は池中に弥く覆ふ。青蓮には青光有り、黄蓮には黄光有り。赤蓮・白蓮にも各々其光有つて微風吹き来れば、華の光乱転す」(往生要集・大文第二・五妙境界の楽)。

四五「日本書紀」十四や「万葉集」九所載の丹波水江の漁師浦島子の伝説を指す。海底常世国に至

(2)-1

手の脇にしのばせて　東西響けと打たれけれども　未だ笛こそなかりけれ

笛の段

扨も其後　御曹司は　籬が外様に立ち忍び　楽をぞ聴聞召されける　あらおもしろの管絃やな　牛若都にありし時　あまたの管絃も聞きしかどもが　琵琶の撥音　琴の爪　音勢　息差　程拍子　優にやさしくおぼえたり

か程ゆゝしき管絃にも　不審の一つ候もの　笛のなきこそ不審なれ　笛はあれども　吹手がなうし

る。 四六「昔秦皇漢武の不死の薬を採んとて、方士を使に遣して蓬萊を求しに、蓬萊を見ずばいなや帰らじと云ける。童男丱女は徒に舟の中にや老にけん」（源平盛衰記二十八・経正竹生島詣仙童琵琶）。徐福伝説を指し、丱女はあげまきをした童女のこと。 四七 丸木の内部を削って作った舟。 四八「涅槃経」の教え。涅槃解脱して永遠に安んじ、自在にして一切の汚れを解脱する四徳を指す。「常楽我浄の風吹けば七宝蓮華の波ぞたつ」（梁塵秘抄二・四句神歌）。 四九 浄瑠璃御前の屋形の内の管絃の役々には。 五〇 大和琴。六絃で今も神楽等に用いる。 五一 台の上に据え二本の撥で両面を打ち鳴らす鼓。体の前につけて舞い打つこともある。 五二 十六枚の長方形の銅または鉄板を上下二段の架の上に並べ、鎚で打ち鳴らす楽器。 五三 横笛と造りは同じで細く一尺二寸と短い。 五四 鉦鼓。唐金製で皿形の打楽器。 五五 唐音「けい」。石板を吊り下げて打ち鳴らす。 五六 南方産の喬木。鼓の胴として内を刳り抜く。 五七 しらべ緒。鼓の両革面を胴の両面に当てて、これを締め合わせ、また緩めて音の調子をとる紐。麻紐を用いる。

以上一七頁

一 脇にかいはさむ。「胴は紫檀の剜胴に犀の皮にて張らせて、しろかねのしとゞめ、朱の糸の調べ、啄木を以て結いたるを脇にはさみ」（秋月物語）。「義経記」五にも同趣の文章がある。 二 外の方。内から見ての外。 三 心を傾注して聞くこと。至妙の音楽秘曲を聞く時などに用いる。 四 管絃のあそび。管楽器と絃楽器で奏する雅楽。三管（横笛・笙・篳篥）、二絃（琵琶・箏）、三鼓（太鼓・鉦鼓・羯鼓）などを用いて合奏する。 五 琵琶の撥の冴えた音。 六 琴の爪音。 七 音色・息づかい・間・調子。舞曲「烏帽子折」にも同

(2)－2

て吹かぬかや　吹手はあれども
笛がなくして吹かぬかや　笛も吹
手もありけれども　惣じて東の管
絃には　笛をば吹かぬ習ひかや
それはともあれ　かくもあれ　義
経これにて楽に笛をば合[一〇]はせんず
る

もしも咎むる人あらば　山路[一一]が
夜の草刈笛とも答ふべし　重ねて
咎むる者あらば　源氏重代友切丸[一二]
の続[一三]かん程　打合ふべしとおぼし
召し　右の袷の袂より　かの蟬折[一四]
を取り出し　錦の油単[一五]を押し外
し　八[一六]つの歌口　常若[一七]の花の露に
て打湿し　楽はさま〴〵多けれど
も　男子が女子を忍ぶ楽　女子[一八]が

趣表現がある。八 優雅で美しく感じられた。九 すばらしい。一〇 合わせようと思う。一一 草刈牧童の吹く粗末な笛。舞曲「烏帽子折」に「笛をふけ…これをもちてこそ夜更けて心澄めるをば、山路の草刈り夜るの笛…用明天皇の恋ゆへあそばす笛をこそ、草刈笛と申すなれ」とある。山崎写本は「草刈笛」とのみあり、底本は「烏帽子折」の影響を受けての増補か。「山路に日落ちぬ 耳に満てるものは樵歌牧笛の声」（和漢朗詠集・下・山家）。「樵歌牧笛とは草刈りの笛、木樵りの歌の…」（謡曲・敦盛）。一二 屋代本「平家物語」剣巻では多田満仲の鬚切丸が改名を重ねて、源為義の時獅子の子から友切丸に改めたと記す。「曾我物語」八にも見える。一三 前島本など「友切丸の黄金目貫の続かん程」とある。目貫(めぬき)は刀身と柄(つか)を止めるための金具。一四 舞曲「烏帽子折」に常盤が牛若のため、淀津のみだ次郎から買いとった弘法大師伝来の名笛として記されている。底本・前島本などが「かの」と前を承けた文辞をとるのは「烏帽子折」の影響下にあるからであろう。山崎写本は「七千ひきのたいとうまる」とあるが、これが古形であろう。蟬折の笛については別伝（平家物語四・大衆揃、舞曲・敦盛）がある。一五 旅行などの際に道具にかけて用いた覆いの布。油をひいた単(ひとえ)の布や紙。一六 干(かん)・五(ご)・上(じょう)・尺(さく)・中(ちゅう)・六(ろく)・下(げ)・口(く)と笛に八穴がある。歌口は口をつけ吹く穴。一七 いつまでも若々しい花に結んだ夜露で。山崎写本に「菊の露」とする。

絵(2)－1・2　御曹司は日暮れ、散策し姫の唐の小御所に惹かれ立ち寄る。泉水など庭の景に見ほれる中、屋内より楽の音が聞こえ、興に乗じ笛を取り出し、内の管絃に和す。

男子を恋ふる楽　中にも北野の天満天神の惜しませ給ふ想夫恋　親が子を又尋ねかねたる獅子団乱旋といふ楽をば　押し返しては押し戻し　押し戻しては押し返し　矢矧は闇になればなれとて　半時ばかりぞ遊ばしける（絵2）

上瑠璃此由聞こし召し「あらおもしろの笛の音や」とて　弾きける琴　琵琶　和琴　鞨鼓　笙　篳篥を押し留め　笛をぞ聴聞召されける

玉藻の前を召されつゝ「なふいかにや玉藻の前　只今門外遥かに　聞きも習はぬ笛の音のし給ひけるをば　承りて候が　か程に笛を吹く人は　それ天竺の大聖文殊の化現かや　又は不動の再来かや　観音勢至の来迎かや　昔の笛の上手には　伊豆の国では兵衛の佐　信濃の国では木曾義仲　次には業平殿こそ名誉の笛の上手と承る　今ははや平家の悪行世に超え　源氏は衰へ平家は盛ふる世の中なれば　いかなる源氏方の公達達の　塵に交はり東の方を心がけ下らせ給ふが　矢矧はさるべき名所とて　一夜のお宿を召されつゝ　路次の御慰とてあそばすかや　いかなる人ぞや　よく見て参れや玉藻の前」とぞ仰せける

玉藻此由うけ給り　薄絹取つて髪に掛け　門外遥かに立ち出て　御曹司の花の姿を一目見るより玉藻が心ぞ変りける　此由君に申てあるならば　中〳〵に

六「楽はなにぞと聞ければ、夫を想て、恋ふと読、想夫恋と云楽也」(源平盛衰記二十五・小督局)。

一 菅原道真のこの趣の故事は未詳。「和漢朗詠集」下・管絃に菅公の二首の詩句が載り、落梅・折柳の笛琴の曲に因んで、開花の間を惜しんで管絃などの遊びに興ずる心をうたっている。こうしたことに関連があるか。 二 雅楽の曲名。平調。「想夫恋といふ楽は、女男を恋ふる故の名にはあらず。本は相府蓮、文字のかよへるなり。晋の王倹、大臣として家に蓮をうへて愛せし時の楽なり」(徒然草二百十四段)。 三 雅楽名。「獅子」も「団乱旋」も一越調。笛の四秘曲としてこの二曲も入るが、中でも「獅子」を最秘事とする(糸竹口伝)。 四 繰り返してはもとへ返り。 五 古活字版「矢矧の土にもならばなれ」とあり、前島本は「長夜の闇共ならばなれ」とある。両者を勘案すると意味が通る。長夜(じやう)は仏語で、凡夫の生死の間に流転し、無明の長き眠りから覚めない喩え。琴の音に惹かれ、煩悩の闇ゆえに死をも覚悟して吹奏する、牛若の自棄の心情表現。 六 侍女の一人。山崎写本では文殊の前とあり、彼女の性格描写が詳細で、物語の中で悪役として重要人物として扱われている。 七 大聖は仏の尊号。文殊と笛の関係は、舞曲「笛の巻」で青葉笛の由来とつながる程度。不動・観音・勢至と笛との関連も同様不明。 八 仏が姿を人間と変え、この世に示現する。 九 生れ変り。 一〇 仏菩薩が仏道帰依者の死の枕元に迎えに降りてくること。この時歌舞の菩薩も来迎する。 一一 源頼朝と笛の関わり不明。木曾義仲も同様。 一二 楼上の鬼を感ぜしめた話が残る(続教訓抄十一下・吹物)。また笛に用いる大明竹の異名が業

[一七]聞きての恋をも召さるべしとて　ありの儘には申さぬなり
急ぎ屋形に立ち帰り　「いかにや申さん我君様　時は昨日の昼の比　大方殿に着き給ふ　金売吉次信高の[一八]馬追冠者にて候ふが　東の旅の物うさに　[一九]大和竹によをこめて草刈笛とて吹き給ふ　我君様」とぞ申されける
上瑠璃此由聞し召し　[二〇]「さうな言ふそや女房達　笛をば笛とも思ふかや　楽をば楽とも聞きつるか　昔より[二一]名人人をば謗らぬ物　[二二]大海塵を選ばぬ物　神は社を定めぬ物　花は所を嫌はぬ物　[二三]泥の中にも蓮あり　草の中にも黄金あり」とて　上瑠璃御前は一首はからぞ聞えける
[二四]みな人は雪やこほりとへだつれどとくればおなじ谷川の水
と遊ばし給へば　玉藻此由承り　[二五]合はぬ言葉の末かなとて　局をさしてぞ[二六]忍ばれける

[二七]物見の段

扨も其後　上瑠璃御前は重ねて[二八]十五夜召し出し　「いかにや十五夜　承れ　か程に笛を吹く人は　平家方では[二九]清経か　源氏方では義朝には八男　[三〇]常盤腹に

平竹ともいう。　一三 俗塵の世間に交わる。本来仏菩薩に言う。　一四 それにふさわしい名所というわけで。　一五 道中の。　一六 被(づか)き。顔をかくすためかぶる。　一七 噂を聞いてあこがれ恋に落ちること。歌題にもある（新拾遺和歌集・恋二「聞恋といふ事を」権大納言義詮）。　一八 若い馬子。駄馬を追うて行く若者。　一九 真竹の異名。前島本「目をあけて山路が夜の草刈笛」とある。「大和竹に目をあけたる草刈笛にて候を、東の旅の徒然さに」（舞曲・烏帽子折）。　二〇 絵巻「さな言ひそよ」。そのように言ってはいけない。「言ふ」は「言ひ」の誤りか。　二一 諺「めいじんは人をそしらず」（毛吹草）。秀れた人ほど謙虚であるたとえ。　二二 諺「大かいはちりをえらばず」（毛吹草）。大きいものほど度量が大きいたとえ。　二三 諺「泥の中のはちす草づとの中のこがね」（物臭太郎絵巻）。「どろのうちのはちす」「わらづとにこがね」（毛吹草）。意外な所に素晴らしいものがひそんでいるたとえ。　二四「雨あられ雪やこほりとへだつれどとくればおなじ谷川の水」（一休骸骨）。「飛鳥川」や「法音抄」では後醍醐帝の大灯国師に参得しての御製とする。万法一如の心をいうが、ここでは人を差別してはならぬとさとす。　二五 諺「あはぬは君の仰せかな」（物くさ太郎）。主人は道理に合わない無理を言うものだの意。　二六 主人に注意され恥をかいて人目に立たぬようそっと入っていった。　二七 様子を探りに行くこと、またその人。ここは御曹司の人伝(てづて)の探り。　二八 月によせた侍女の名。彼女は心利いた、御曹司に味方する女性として後段にも活躍する。　二九 平重盛の三男。寿永二年九州柳が浦で投身自殺する。「源平盛衰記」三十三・清経入海などに詳しい。謡曲「清経」でも最後に横笛を吹き入水する。

は三男　鞍馬の寺におはします牛若殿こそ　名誉[一]の笛の上手と承る　いかなる人ぞよく見て参れや　十五夜いかに」と仰せける

十五夜此由うけ給り　薄絹取りて髪に掛け　妻戸をきりりと押し開き　白州に立ち出　御曹司の花の姿をつく〴〵と見奉りて　急ぎ屋形に立ち帰り　「いかにや申さん我君様　大方殿へ着き給ふ金売吉次信高の馬追冠者にて候ふがその出立の花やかさを　自らが月の夜に　たゞ一目見奉るに　只なる人にてさらになし

まづ肌には竜胆[二]の折枝つけたる　きやう[三]紺地白の帷子に　上には又滋巻染[四]と絡巻染[五]の小袖を召し　直垂には唐絹の上品かとおぼしきを　地をば褐[六]に山鳩色に染めさせて　源平両家の戦を縫物[七]にこそ縫はれたれ

まづ左手の紐立[八]より肩[九]の下りまで　源氏の氏神正八幡　斎垣　鳥居　社壇に狛犬　げにあり〳〵と縫はれたり　袖口には鴛鴦鳥番ひ　袂には燕[一〇]の愛敬　げにあり〳〵と縫はれたり　右手の紐立より肩の打越まで　平家の氏神　安芸の国の厳島の大明神これも又　斎垣　鳥居　社壇に狛犬　げにあり〳〵と縫はれたり　袖口には孔雀　鳳凰　袂には浜千鳥[一一]の恋に焦がるゝその風情を　げにあり〳〵と縫はれたり

三〇　義朝に正妻の他二人の女があり、それぞれに子がある。九条院の雑仕常盤の生んだ子。

一　舞曲「笛の巻」などにも詳しい。

二　竜胆の折枝文様の。笹竜胆は義経の紋。

三　紺地白(こうち白)。白地に紅で小紋など染めたもの。「桜重にこち白の直垂」(秋月物語)。「きやう」は京であろうか。

四　巻染(絞り染)の一種。布を堅く巻きその上を細紐でぎっしりと巻いて染めたもの。

五　布を紐でからめ巻き、その後が白く残るよう染める巻染の一種。唐巻染とも書く。

六　地色を濃い紺色と青白色に染める。青白橡(あおしらつるばみ)・麴塵(きくじん)・山鳩色は同色名。

七　刺繡。縫取り。

八　直垂の襟上方に丸組紐をつける。その立所。

九　肩の後方にかけて。「うちこし」と同じ。

一〇　燕夫婦の和合のさま。常に双棲するところから燕侶(夫婦の喩)の語がある。

一一　「かくてのみありその浦の浜千鳥よそになきつつ恋ひやわたらむ」(拾遺集・恋一)。

一二　ちくらが沖は韓(から)と日本の潮境にあたる海

後ろの文を見てあれば　唐土の猿と日本の猿を縫はれたり　唐土は大国なればとて　面を白く歯を赤く　背を大きう心を優にぞ縫はれたる　さて又日本は小国なればとて　面を赤く歯を白く　背を小さく心を猛うぞ縫はれたる　其後唐土の猿は日本へ越さんとす　日本の猿は唐へ渡らんとて　唐と日本の潮境[一二]ちくらが沖の彼方なる　[一三]ひよきが島にて　越そう越さじの[一四]我慢の様を　げにあり〳〵と縫はれたり

[一五]菊綴結びを見てあれば　左手の菊綴莟みし時　右手の菊綴さつとは開き　右手の菊綴莟みし時　左手の菊綴さつとは開き　莟み開きの模様をば　[一六]日本名誉の花結が[一七]秘曲を尽いて結ばれたり

左手の[一八]袴の前下りには　源氏の[一九]馬場先馬場末までは　小松を千本小杉を千本縫はれたり　小松の枝や小杉の枝に　白鷺千羽巣をくいて　[二〇]彼方此方へと舞ひ遊びしその風情を　げにあり〳〵と縫はれたり　右手の袴の[二一]前下りには　小松を七本小杉を[二二]七本縫はれたり　小松の枝や小杉の枝が　所〳〵に枯れたる風情を　げにあり〳〵と縫はれたり　右手の袴の[二三]股立下りに　[二四]平家の赤旗[二五]七流れ赤き糸にて縫はれたり　左手の袴の股立に　[二六]源氏の白旗七流れ　白き糸にて縫はれたり　扠又旗の[二七]蝉口に[二八]白鳩番ひ巣をくひて　[二九]十二の卵を生み育て　ばつと

(舞曲・大織冠、百合若大臣)。
一三 未詳。
一四 互いに我をたのみ他を侮るさま。意地を張る。奈良絵本は「がまの相」「降魔の相」とあり、こわい顔付。舞曲「烏帽子折」も同語。
一五 直垂の前後の縫目に、菊の花形の組紐や房を綴付ける飾り部分をいう。前後それぞれ二箇所ずつ付ける。
一六 日本で著名の組紐花結の名人が。「この花結は糸をさまざまの形などに結びなして女子のたはぶれとするなり」(類聚名物考・人事)。
一七 秘伝として伝わる大事の業。
一八 袴の前方上から下にかけて。
一九 馬場(馬の練習場)の前方と後方(下手)。
二〇 鳥が藁などを運んできて巣を作ること。
二一 前島本「前下りを見てあれば 平家の馬場先馬場末まで」とあり、底本は脱文。
二二 源氏方の千本に対し僅か七本を描き、また枯れた風情にして、源平の優劣をきわ立たせる。
二三 袴の左右両側で、股のあたりのあいている所から下方にかけて。
二四 「平家は赤旗赤印目に映じて輝けり」(平治物語・中・待賢門の軍の事)。
二五 七本。流れは旗などを数える語。帯状の旗。
二六 「佐殿(頼朝)これを御覧じて爰に白旗白印にて清げなる武者五六十騎ばかり見えたるは誰なるらん」(義経記四・頼朝義経対面の事)。
二七 船の帆や旗竿の先に重いものを引き上げるための滑車をつける。その形が蝉が木に止った形に似るところからいう。
二八 鳩は源氏の氏神八幡神の使いとされる。男山八幡を鳩の嶺と称する(謡曲・弓八幡参照)。
二九 十二の卵は説経「さんせう太夫」「しんとく丸」にも見える表現。

(3)－1

立ち　竹の林に羽を休め　羽節[一]〳〵をくひ違へ　源氏の御代を千代に八千代　千代千歳と囀るところを　物の上手[二]が縫はれたり

左手の蹴回下り[三]の縫物には　平家の勢は三千余騎　源氏の勢は一千余騎にて大勢に割つて入　蜘蛛[四]手　かくなは[五]　十文字[六]　八花形[七]といふ物に　斬つてまはる折節　平家の赤旗三本打ち折られ　残る四本の旗竿[八]に　旗くる〳〵とひん巻いて　舟底に収る様をば　物の上手が縫はれたり　右手の袴の蹴回に　川柳に石菖蒲[九]　しだれ柳に花菖蒲　沖[一〇]に立波どうと打てば　渚に千鳥　磯より女波がざつと揺

一 羽の茎のところ。羽を揃えるのではなく羽をひろげ、たがい違いになるさま。
二 工芸・音楽・芸能などの名手。ここは縫取りの上手。
三 袴の裾口。
四 刀などを八方無尽に振りまわすこと。
五 曲りくねり紐を結んだような形に切り結ぶ。
六 縦横十字様に刀などを使うこと。
七 八花形は八稜のある花の形をいい、剣術でその形様に切りおろし切りはね使うこと。
八 旗を巻くは敗北のしるし。
九 水辺に自生する草で、菖蒲に似て香りがある。これらは堅固でなく風になびくものの象徴として配する。平家の劣勢をここでもいう。
一〇 沖に立つ波(雄波)を源氏方にたとえ、その勢いに渚の千鳥がばっと立ち、磯辺の女波(平家方)は低く柔かく動揺して波立つ(引き退く)。

(3)−2

り立て　平家は舟にとり乗りて
行衛も知らず漕ぎ退く風情を　物
の上手が縫はれたり
[一一]御腰の物を見てあれば　黄金作[一二]
りと打見えて　鐺[一三]に星を含ませ
下緒[一四]には法華経の七の巻　薬王品[一五]
を学[一六]んで打たせ下げられたり
表の目貫は源氏の氏神正八幡を彫
られたり　裏の目貫の彫物には
矜羯羅[一七]　制吒迦[一八]　不動明王　げに
ありくと彫られたり　柄頭に
辱く[一九]も三ヶ月をぞ顕し　召した
る烏帽子を見てあれば　六波羅様[二〇]
とうち見えて　粒[二一]のちつと粗らか
なを　[二二]くせみ　くせ揉ませ　い
かにも気高く召されたり

一一 腰に帯びる刀。太刀持ちなどに持たせる刀と違い、身に帯びる腰刀。鞘巻ともいう。
一二 金属部分が全て黄金で装飾した刀。
一三 刀の鞘の先端部、またその装飾部。古活字本では柄頭と鐺に日光月光を鮮やかに表わし、とある。
一四 刀の鞘につける紐で、帯に結び留める。
一五 組糸で文様を浮き出させるように打つ。題簽に「薬王品」とある経巻の文様か。舞曲「烏帽子折」は「薬王品を三流組んで候ぞ」とあり、経文を三行文様に組む。薬王品と特定するのは浄瑠璃の薬師の申し子に対応させてのことであろう。以下神仏の文様が続く。特に山崎写本は直垂の所でも神仏の模様が多出する。
一六 そっくり真似て。
一七 不動明王の二人の脇侍の一。不動の八大童子の第七。明王の左側に立つ。
一八 不動明王八大童子の第八。右の脇侍。
一九 月は勢至菩薩の化現。月天子ともいい、持物の杖上に半月形がある。
二〇 当世様の平家公達の好む烏帽子の型。舞曲「烏帽子折」参照。前島本は「左折り」とする。「平家物語」一・禿髪「衣文のかきやう烏帽子のためやうよりはじめて何事も六波羅様といひてげれば、一天四海の人皆是をまなぶ」。
二一 烏帽子のしわの高い所を粒という。
二二 一風変ったように曲げる。「くせみ」は「曲む」「癖む」（四段動詞）の名詞形。

絵(3)−1・2　姫はよほどの名手の笛と感じ、再度の物見を十五夜に命じる。門の内から袂を口にあて十五夜が様子をうかがい見る。

(3)-3

年を申さば　十四か十五と打見えて　佇み給ふ有様を物によく〳〵譬ふれば　昨日か今日の山出[一]での稚児姿と打見えて　目の中の気高さはいかさま百万騎がその中の　大将とは申ともこれにはいかで勝るべし　我君様」とぞ申されける（絵3）

風[二]口

扨も其後　上瑠璃此由聞こし召し[三]「さればこそとよ　由ある人なり　[四]一句をかけて参れよかし　十五夜いかに」と仰せける

十五夜此由承り　重ねて門外

一 今まで登山して勉学していてそれを了えて下山した。

二 烏帽子の部分の名。折烏帽子の場合前方ひながたと呼ばれる箇所の後ろの穴をいう。絵(4)-1参照。立烏帽子の場合は烏帽子後ろの隙間をいう。

三 やはり私の言った通りではないか。

四 和歌一句を詠みかけてきなさい。これは一句の内容は省略した形。山崎写本・奈良絵本は「風口なれど散らぬ花かなと申てまいれ女房達」とある。

(3)－4

立出て「いかにや申さん旅の
殿　これは又自らが中にて候は
ず　我君よりのお使なり
五かざくちなれどちらぬ花か
な」
とかやうに申たりければ
御曹司は聞こし召し　六やがて付
けさせ給ひける
七「ちはやぶる神もさくらをお
しむには」
と申されたりければ　十五夜此由
うけ給り　やがて屋形に立ち帰り
「いかにや申さん我君様　旅の
冠者の仰には
ちはやぶる神もさくらをおし
むには

五 前段物見の報告の中で、山崎写本他「風口に桜を折りてさゝれたり」といった文辞があったのを受けての浄瑠璃の詠みかけ。風口は本来は風の出入りする口なので、この歌意が生じる。短連歌の形式で、下の句を詠みかけ、相手が上の句を付けて返す。
六 直ちに。
七 「ちはやぶる」は神の枕詞。神様もこの美しい桜の散るを惜しんで。神を持ち出したのは髪の縁。

絵(3)－3・4　前図と連続しているが、時間的には少し移ろい、十五夜が上畳に手をついて、御曹司の衣裳や身につけた品々の様子を事細かに述べ立て、ただ人でないことを告げた。

(4)－1

とあそばし給ひて候ふぞや　我君様」とぞ申ける

上瑠璃此由聞こし召し「いかにや十五夜　旅の殿に参りつゝ　一南枝の梅か北枝の桜か　と申て参れ」とありければ　重ねて十五夜門外に立ち出て「いかにや申さん旅の殿は　南枝の梅か北枝の桜か」と申たりければ　御曹司は聞こし召し　鞍馬育の稚児なれば悟りすまして申させ給ふは「げにやまことに　旅の冠者に一夜の情をあらんとの御諚かや　又北枝の桜とは　此方へ参りて　内の景色を見物せよとの御諚かや　よきついでに二玉章一つ送らむ」とて

一「南枝の梅」は、「和漢朗詠集」上・早春「東岸西岸之柳遅速不同　南枝北枝梅開落已異」に拠る表現(奈良絵本「四季の障子」の本文に引用)。謡曲「東岸居士」に「東岸西岸の柳の髪は長く乱る、とも。南枝北枝の梅の花。開くる法の一筋に」とあり、前の和歌の縁で髪に因みのあるこの句を引用して再び問うたものか。また「北枝の桜」は誤りで、これも梅が本来ではなかったか。同集・上・梅の「誰言春色従東到　露暖南枝花始開」(菅原文時)の詩も謡曲「高砂」「難波」に使われているが、南枝は春色到りて花開く意から次の「一夜の情をあらんとの御諚かや」という御曹司の答えにつながる。北枝の桜(梅カ)はさらに遅咲きであるので、ただに見物にきた(北)れと取ったものか。このところ、浄瑠璃が御曹司の教養の程、和漢の才を試す箇所。

二手紙。玉梓。古く梓の杖を持って使者が伝言したことによる。

(4)-2

左手の脇より紫檀[三]の矢立[四]を取り出し　墨磨り流し　筆を染め　文字[五]と言葉をひきこめて細〲[六]と書き結び　「恋はする[七]がのふしのねや　津の国の難波入江[八]にあらねども　芦のねごと」と書きとゞめ　松皮結[九]に一結び　これを又十五夜にぞ給はりける

十五夜此文受け取りて　やがて屋形に立ち帰り　上瑠璃御前に捧げ申せば　上瑠璃此文受け取りて　さつと開いて見給ふに　「文字の並びの尋常さよ[一〇]　筆の立てど[一一]の気高さよ　さればこそとよ牛若君には隠れもなし　牛若君と申は　そも鞍馬育ちの稚児学匠[一二]にて

三 栴檀木の黒色のもの。唐物ゆえ貴重品。
四 携帯用の筆記具。箙や鎧の引き合わせなどに入れ携行した檜扇形の小さい硯箱。矢立硯。
五 文字や言葉に思いをこめて。「ひき」は接頭語。
六 行き届いて美しく。
七 (「一夜の情あらん」という推量の上に立って)、駿河のあの燃える恋をする富士の嶺こそ私の思いと同じとかきくどく。「人知れぬ思ひをつねにするがなる富士の山こそ我が身なりけれ」(古今集・恋一)。伏し・寝屋の意もこめる。
八 津の国の難波の入江ではないが、そこに密集する芦の根毎に現れる沢山の芽のように私の人知れぬ思いの程もしきりである。「津の国の難波の芦のめもはるにしげきわが恋人知るらめや」(古今集・恋二)。根毎に寝事をこめる。富士のね・芦のねごとと韻をふむ。
九 結び文の一種であろう。「山形様に押したたみ、まつがわ結びひん結び」と説経「しんとく丸」などにも見え、松に待つを掛けて恋文の結び様とする。細長く巻きたたんだ手紙を松皮菱の文に似た形に結ぶのであろう。→一七三頁注二八。
一〇 人並秀れて立派なこと。
一一 筆遣い。「手跡もなべてならず厳(うつく)しく筆の立所もめづらかなり」(源平盛衰記三十八・小宰相局)。
一二 学者。牛若は東光坊で学問を修めた。

絵(4) 1・2　姫の命で御曹司を招き入れるため侍女が次々と使いに立ち、七度目に至る。この図は七人の侍女が七度使いに立ったさまを、同一場面に描いたもの。

(4)-3

ましませば　[一]三国一の[二]少人と承る　いかにもして此君を　内に招じ奉り　此君の御笛にて管絃し今生後生の[三]覚えにせん」とて一度の使に千手の前　二度の使に阿古屋の前　三度の使に[四]もろずみ殿　四度の使に苅萱殿　五度の使に十五夜殿　六度の使に高倉殿[五]七度の使に[六]桔梗の局ぞ出られける

御曹司は聞こし召し　七度の使を立つる上　こゝを行かぬものならば　都の冠者が東の女人の管絃に[七]臆したりと思ふべし　さりながら此程の旅のやつれに　色も黒く[八]塵に交はり　姿も衰へ物恥かしくは思へども　行ばやなどとおぼし

一 印度・中国・日本を通じて一番の。
二 稚児。
三 思い出。
四 「室積」の誤りか。
五 七度で数多くを表わし、その慫慂の度合の強いことを示す。一九四頁七行目参照。
六 底本「きやう」とあるが、同系の前島本に「ききやう」とある。
七 底本「たたり」と衍字。
八 塵にまみれて。

（4）－4

召して　七度の使[九]桔梗の局の羅綾[一〇]の袂[一一]に取りつきて　上瑠璃御前の屋形をさしてぞ移られける（絵4）

十五夜此由見るよりも　錦の縁の半畳[一二]を広縁[一三]に取り出し「これへ〳〵」と招じける　御曹司は御覧じて　都の冠者が東の女人の管絃に　笛を吹くだに無念[一四]なるに　まして広縁にて吹かん事は思ひも寄らぬ事なりとて　庭の泉水打ち眺め　こゝやかしこに佇み給ひておはします

弥陀王此由見るよりも　げにやまことに此殿は　座敷[一五]を選ませ給ふとて　畳[一六]にとりてはどれ〳〵

九　底本「きやう」とあるが、同系の前島本に「きやう」とある。
一〇　美しい衣。薄絹と綾絹の立派な衣裳。
一一　前島本「袂をひかへつゝ」(袖を引っぱって)。
一二　畳一畳の半分の大きさのもの。
一三　幅の広い縁側。
一四　不本意。
一五　座をしめる場所をお選びなさっている。
一六　物を列挙する時の常套表現。

絵(4)　2〜5　七度目に至り、御曹司は使いの桔梗の局の袂にとりつき姫の屋形へ移る。姫は御曹司からの文を展げ、なかなか現れぬ人をあこがれている。

(4)-5

ぞ　繧繝縁[一]に高麗縁[二]　花氈[三]　毛氈[四]　紫縁[五]を初とし　五畳重ねてその上へ「これへ〳〵」と招じける

御曹司は御覧じて　広縁にて砂打払ひ　座敷[六]に上らせ給ひつゝ　座敷[七]の調子をうかゞひて　音取[八]を一手あそばしける　十二人の女房達も　皆役〳〵を受け取りて　御曹司の御笛と管絃するこそおもしろけれ

中にも上瑠璃御前と申は　そも七重の御簾の其内にて　琴の役とぞ聞こえける　御曹司は聞こし召し　牛若都にありし時　一条殿[九]にて月見の管絃　二条殿[一〇]にて花見の管絃　近衛[一一]関白花山[一二]の院　数多の管絃も聞きしかどもが　か程の爪音未だなし[一三]　かゝる東の果し[一四]にも　優しき人のましますよな　一目見たしとおぼし召すが　上瑠璃御前もおぼしめす　牛若君と申は　そも三国一の少人とうけ給りて候へば　一目見たしとおぼしめすが　神や仏の変化[一五]の人達にてありければ　折節辻風[一六]吹き入りて　七重の御簾を一度にさらりと吹き上げつゝ　一目御覧じそれよりも　恋の種[一七]となり　程なく管絃も収まれば　御曹司は十五夜[一八]

一　畳のへりの名称。赤地に色々の糸で花模様などを織り付けた錦でへりをしたもの。
二　白地の綾に雲・菊花などの文を黒く織り出したへり。
三　花毛氈。美しい毛氈。
四　獣の毛を用いて織物とした幅広のもの。敷物に使うことが多い。
五　紫色の畳のへり。四位五位の公卿は紫端の畳を用いる。
六　板の間に畳を敷いた部屋。
七　この座の今までの調子(音律の高低)に合わせて音取を吹く。壱越・平・双・黄鐘・盤渉・太食の各調六調子がある。絵巻は盤渉調に音を取るとある。
八　この場合、笛を吹いて音程を決めること。前奏の一種。
九　藤原氏。九条道家の三男実経が京一条に住して以来、氏とする。五摂家の一。
一〇　藤原氏。九条道家の二男良実が二条京極に住して以来、氏とする。五摂家の一。
一一　藤原氏。関白兼実より出で、歴世関白となる。五摂家の一。
一二　藤原氏。左大臣師実の二男家忠より始まる。清華家の一。笙を家の業とする。
一三　琴の音色。
一四　「し」は強意の助詞。
一五　牛若は鞍馬、浄瑠璃は峰の薬師のそれぞれ申し子で、この世に仮に人の姿と変じ現われたことを指す。
一六　つむじ風。同趣の状況設定は「文正草子」や「梵天国」にも見える。
一七　恋の因となり。種は因果の因。
一八　十五夜に恋の手引きをもっぱら頼んで。

をひとへに頼み　吉次が宿へ帰らせ給ひて　旅の装束召し換へて　重ねて上瑠璃御前の門のほとりに忍ばれける

局[一九]入

扨も其後　御曹司は上瑠璃御前の門のほとりに忍ばせ給ひて　内の静まる体を今や遅しと待たせ給ふが　[二〇]住吉の前に[二一]双葉を植へし浜松の　千歳を待つ程なをも久しくおぼし召し　[二二]峰の嵐も長閑にて　[二三]谷の小川も波立たず　[二四]声澄む程にもなりしかば　今は時分もよかるらんとおぼし召し　門を押して見給ふに　未だ錠こそ鎖さゞりけれ

内に立ち入見給ふに　折節今夜の[二五]番衆は　弥陀王殿　帥の輔殿　荻が上葉に撫子殿　月さえ　花さえ　更科殿　桔梗の局に　苅萱殿　左近の局に　治部卿殿　周防　もろずみ　明石殿　[二六]御前去らずの十五夜殿　[二七]宗徒の女房十二人　左右の妻戸に置かれける

御前去らずの十五夜は　歌によそへて咎めける

「[二八]たそやたそなるとのおきにをとするはあまがつりしてかへるふな人

一九 内容から考えるとここの局は、浄瑠璃の侍女たちの局を指すもののようである。他本ではここから「忍びの段」に入る。

二〇 住吉の松は古来有名ゆえ、「待つ」を引き出すために用いた。

二一 双葉は芽を出したばかりの松。待つ身には、浜辺に植えたまだ二葉の松が生長し、千歳を経るのを待つ、その程(時)よりも一層永く思われて。「摂津国(つのくに)の二葉の松の根ざしはじめて、千代を待つよりも猶久し」(義経記二・義経鬼一法眼が所へ御出の事)。

二二 峰から吹きおろす嵐は、普通ははげしいが今宵は風も静かで。

二三 谷川の水も波立ち音立てるのに、波音も聞こえず。「庭の松風さえかへり…峰の松。谷の水音澄み渡る嵐や法を称ふらん」(謡曲・舎利)。

二四 この所、「人をとがむる里の犬、声すむ程に夜はなりぬ」(平治物語・下・常葉落ちらるる事)を他本は利用する。

二五 警固の者。交替で任に当る。

二六 常に傍に侍る。

二七 主だった。

二八 「たれぞこの鳴門の浦に音するは泊り求むる海士の釣舟」。「俊頼髄脳」(連歌)に拠り、謡曲「通盛」では「ワキたそやこの鳴門の沖に音するは シテ泊り定めぬ海士の釣舟候ふよ」などと用いられる。山崎写本では妻戸を押す音が聞こえ、十五夜が聞きつけ「たそやこのつまとのわきにおとするは」と咎める形になる。咎歌まで十五夜が言うのは底本のみ。なお、手引きしてくれる者が雅語でそれとなく知らせる趣向は、「曾我物語」九・祐経屋形をかへし事で、本田二郎が兄弟に「波にゆらるゝ沖つ船、しるべの山はこなたぞ」と教示してくれる条参照。

(5)－1

か」と咎めければ　御曹司は聞こしめし「いやとよ　それがしは[一]月に添ふ桂男でありけるが　迷[二]ひの雲に隔てられ　冠者は是まで参りたり　[三]月の入さの山の端を詳しく教へて給はれや　十五夜殿」とぞ仰ける

　十五夜此由承り「さらば此方へ御入あれ」とて　御曹司の[四]花の[五]袂をひかへつゝ　上八十人中八十人下八十人　二百四十余人の女房達の番を勤めてゐたりし其中を　掻き分け押し分け入り給ふ

　「まづ左手に当りつゝ　[六]一叢薄を描いた[七]障子の見えたるは　有明殿の局なり　その並びに　[八]竹に

一 月世界に住む男。月中に桂の木があるという中国説話に基づく。御曹司は帰り際に十五夜に手引きを既に頼んでいたので、十五夜と声も名も知った上でそれによそえて言う。

二 煩悩の迷いを明光を遮る雲に譬えていう。横障の雲とも。

三 月の入っていく方角の山の稜線を。十五夜の月の沈む場所と問いかけて、実際は浄瑠璃の寝所を教えてくれと尋ねている。「あづさ弓いるさの山にまよふかなほのみし月の影や見ゆると」(源氏物語・花宴)。

四 前出のはなやかな衣裳。「なれみてし花の袂をうち返し法の衣をたちぞかへつる」(新古今集・雑下)。

五 袖を引いて。

六 薄の一群。秋の七草は画題。七草図は後にも出る。

七 襖障子で、板戸からなり左右引き違いに開ける。この板戸に絵が描かれている。

八 竹に巣くう鶯の図。「竹に生るゝ鶯の。／＼竹生島詣いそがん」(謡曲・竹生島)。

(5)－2

鶯描いた障子の見えたるは　冷泉殿の局なり　その並びに　月に[九]兎を描いた障子の見えたるは　月さえ殿の局なり　その次に　菊に[一〇]唐草描いたる障子の見えたるは玉藻の前の局なり　その並びに[一一]三本柏を描いた障子の見えたるは　更科殿の局也　その並びに[一二]姫小松を描いたる障子の見えたるは　空さえ殿の局也　その次に[一三]鶴に亀を描いた障子の見えたるは　千寿の前の局なり　その並びに　[一四]鴛鴦鳥番ひ描いた障子の見えたるは　帥殿の局なり　その並びに　桔梗　苅萱　女郎花　[一五]河原撫子描いた障子の見えたるは　弥陀王

九 月に兎が住むという伝説にもとづき、月兎図は画題。

一〇 菊図は画題として多く描かれ、それに唐草をあしらったもの。

一一 柏の葉三本を並べた紋様もある。

一二 小さく美しい松。子日遊の小松の群を描く図も多い。

一三 鶴亀の図は祥瑞の図として知られる。

一四 夫婦和合の瑞相として雪中鴛鴦・梅花鴛鴦図などがとりわけ多い。

一五 秋の七草の一。別名なでしこ・形見草・おもひぐさ。淡紅色の佳香の花開く。

絵(5)1～3　管絃から戻った御曹司は姫を忘れかね、夜の更けるのを待ち忍び入る。十五夜が御曹司の手を取り局々を案内する。遂に錦の戸帳を掛け芭蕉を描いた局こそ我君のそれと教え、彼女は立ち帰っていった。

(5)－3

殿の局なり　その並びに　牡丹[一]
芍薬　唐椿[二]を描いた障子の見えた
るは　撫子殿の局なり　その並び
に　一重桜に八重桜　楊貴妃[三]　塩[四]
釜　濃紅[五]　雲井に紛るゝ[六]雲珠桜
を描いた障子の見えたるは　花さ
え殿の局なり　その次に　池[七]に蓮
を描いた障子の見えたるは　自ら
が局也　それよりもさし過ぎて
まづ左手に当りつゝ　錦の戸帳[八]を
掛けさせて　芭蕉[九]を描いた障子こ
そ　我君様の一間所[一〇]へ通ひの道に
て候ふ」とて　一〳〵次第に教へ
参らせ　その身はやがてぞ帰られ
ける（絵5）

一 中国で花中王として尊ばれ、富貴なるものと称される好画題。芍薬も日本画の画題として今もよく描かれる。
二 とうつばき。椿に似るが葉がやや長く狭い。重弁の赤い花をつける。
三 南殿(なで)。イバラ科の落葉小喬木)の一種。花は半重弁で紅色、香気がある。桜図は桜狩図などと共に画題に多い。
四 桜の一種。八重で花弁に皺がある。
五 未詳。桜に緋桜といった、燃えるような紅色のものもある。
六 雲かとまがうような雲珠桜。唐鞍を馬につける時、鞍尻につける飾を雲珠という。その形状と花の形が似ているところから呼ばれる。一重でうす紅色の花。鞍馬の山のそれが名高い。
七 中国では花中君子と称され、蓮鷺図・周茂叔図等描かれることの多い画題。
八 部屋のとばり。
九 暖国の芭蕉の葉の風情を尊び好画題とされる。雪中芭蕉図などもある。
一〇 一間と同じ。一間は元来柱と柱の間が一つしかない部屋。
一一 他本「忍びの段」と称するものが多い。本作中のもっとも著名の段名。後、井上播磨掾の段物集に「忍四季揃」と題したものが出た。
一二 扉一枚の開き戸。それを閉ざしてはいたが、その片戸に施錠はしていなかった。
一三 契り結ぶの神。男女夫婦の縁を結ぶ神。「其業平の。結縁の衆生に。契り結ぶの。神とや」(謡曲・賀茂物狂)。→一八一頁注一〇・一一。
一四 取り持って会わせる。
一五 「少し扉」。ここは片戸を開けて、身体をすべりこませる。
一六 室内に立てる移動用の障屏具。四角な台に

忍び入りの段[一一]

扨も其後　御曹司は情の深き十五夜と　御喜ばせ給ひつゝ　上瑠璃御前の御座近き　一間所に立ち寄りて　心静かに見給へば　片戸[一二]をば押し立てて　未だ片戸は鎖さざりけり

御曹司は御覧じて　是ぞ結ぶ[一三]の神の引合[一四]ぞとおぼし召し　少し[一五]とぼそを忍び入り　座敷の体を見給へば　七重の屛風　八重の几帳[一六]　九重の御簾を掛け　錦[一七]華　瓔珞[一八]結び下げ　十二[一九]所の油火[二〇]に　九の所の蠟燭[二一]をば　昼かと疑ふばかりなり

御曹司は御覧じて「それ油火と申は　そも神や仏の惜し[二二]ませ給ふと聞きぬれど　今夜ばかりは此冠者に許[二三]させ給へ」と宣ひて　皆紅[二四]の扇をば中の間[二五]三間押し開き　一[二六]ゝ次第に打湿し　一灯[二七]ほのかに掻き立てて　上瑠璃御前のおはします　奥の座敷を見給へば　柱をば金襴[二八]と鈍金にてぞ巻かれける　天井[二九]をば錦にて五色の糸をより合せ　四方へさらりと吊られける　畳にとりてはどれどれぞ　繧繝縁[三〇]に高麗縁　花氈　毛氈　紫縁　綾[三一]や錦を縁にとり　村雲を象りて　廻[三二]り敷きにぞ敷かれける

二本の柱を立て、横木をわたして、これに帳(とばり)をかけたもの。七重・八重・九重と続けるのは常套表現。

一七 錦華帳。錦地で作った美麗な帳。深窓の女性の表現に「錦花帳の奥深く長(なが)らせ給へば」(日本武尊吾妻鑑一)のごとく用いる。

一八 珠玉を連ね、飾り物として懸けたもの。

一九 絵巻では「十二所に有明ほのかにかき立てて十二神の立ち給ふ」とあり、薬師と十二神の計十三所を祭りその一々に献灯の灯明を燃やしている景であろう。

二〇 灯心を灰皿などに入れた灯油にひたしてともすあかり。

二一 明りとしての蠟燭を立てた燭台。ここは油火のみでよく、これは底本のみの付加部分か。

二二 神仏への供養の一つの然灯(ねん)の行為であるので、惜しむ(大切に思う)と言った。

二三 許しを乞うて消したのは、辺りが余りにも明るく、忍び来て恋慕の思いをのべるに相応しくないため。

二四 地が全て紅色。

二五 扇の中間あたりの骨と骨の間三つ分。

二六 灯火を一つ一つ順番に消し。湿しは火を消すこと。

二七 油火を一灯だけ残し、その灯心を少し掻いて明るくして。

二八 金襴の布と、にぶい光を放つ金の箔で柱を巻く。

二九 錦の布の四方を、五色の糸をより合わせた糸で天井に吊る。　三〇 →三二頁注一。

三一 むらがり立つ雲の文様の綾・錦のへりの畳。

三二 部屋の周囲から畳を敷きつめてゆく敷き方。大きい部屋の場合真中に通路をあけておくこともある。

扨又　唐木の押板に[一]　掛けたる絵こそおもしろけれ　毘首が[二]達磨に東坡が[三]竹　牧谿和尚[四]の墨絵の観音　三幅[五]一対掛けられしが　軸と〳〵が打合　瓔珞[六]風に誘はれて　琴を調ぶる風情なり　空薫[七]の名香は数を尽して薫かれける　御簾や几帳に移り来て　異香薫[八]ずるばかりなり　極楽浄土と申ともこれにはいかで勝るべし

四季の段[九]

扨も其後　御曹司は上瑠璃御前の一間所に　忍ばせ給ひて見給へば　四方の障子に四節の四季をぞ描かれける

まづ東の障子に描いたる絵は　春の体かと打見えて　如月末弥生初め[一〇]の事なるに　峰の白雪[一一]むら消えて　谷の早蕨[一二]萌え出れば　松の枝には孔雀　鳳凰が囀りて　照鸞[一三]　照額鳥　照猿子鳥　鶸や小雀や四十雀　数の小鳥が巣をくいて[一四]　彼方此方へと舞ひ遊びし　その風情を描かれたるは　まことに春かとみえにけり

南の障子に描いたる絵は　夏の体かと打見えて　卯月末五月雨初めの事なる

一　書院の床の間の板。
二　毘首羯磨、帝釈の臣で建築・工芸を司る神。嵯峨の赤栴檀の釈迦像を帝釈の命で作ったという。達磨尊者は画題として有名であるがこの絵についても注四のごとく伝説的になっていたもよう。「太平記」十四・主上都落事に毘首羯磨の作りし五大尊とあり、仏像においても毘首作の伝承は残る。
三　宋代の人。蘇軾。詩文書画に秀で、「図絵宝鑑」には墨竹を作ると記されている。西胤俊承の詩に「東坡墨竹」の題の漢詩がある（翰林五鳳集）。
四　南宋の禅僧。鎌倉時代以後我国でも珍重され、その水墨画は我国画壇に影響を与えた。大徳寺竜光院蔵の観音・竜虎・猿猴・鶴の五幅対は有名。「これに掛け物がある。何ぢや毘首が達磨、東坡が竹、牧谿和尚の墨絵の観音、三幅一対。さても〳〵見事見事」（狂言・見物左衛門）。
五　床の間の掛軸に三幅を一揃いとして掲げる。「君台観左右帳記」、「座敷飾」に「押板ハ三間二間一間半。各三幅一対。五幅カヽリヤウ同ジ物ニテ候」。
六　軸の先に吊るした珠の飾りが風になびき互いにぶつかり合って、その音が。
七　「ソラダキ」（日葡辞書）。ある物などに芳香をつけるために、香炉に香をくべること。
八　この世のものとは思えぬ芳香。「異香満ち〳〵て光かゝやく、壺中の天地といふ共、こゝを離れては又いつかたに仙境あらん」（不老不死）。
九　「忍の段」と共に「忍四季揃」と題され（→三七頁注一二）、以後の浄瑠璃景事の代表的なものとなる。
一〇　陰暦二月末三月初め。

(6)－1

に　一五軒端を葺かすは菖蒲草　一六夜深を語るは時鳥　一七懐かしさにそなたの空を眺むれば　一八賤の女が一九田子の裳裾を引き乱し　菅の小笠を傾むけて　早苗取るこそ優しけれ　日だに暮るれば我屋に帰り　二〇宿の埋火掻き立てて　二一軒端〳〵に立煙谷へと傾くその下には　蟋蟀　二二機織　莎雞　松虫　鈴虫　轡虫　常に鳴かぬは二三蚖蛇　蟬の鳴く声木末〳〵に響きわたりしその風情を描かれたるは　まことに夏かと見えにけり

西の障子に措いたる絵は　秋の体かと打見えて　二四荻が上葉にそよぐ風　萩が下葉に結ぶ露　九月下

一一「峰の白雪むら消ゑて花かと見ゆるところもあり 谷の鶯おとづれて」(山崎写本)。「比は如月初めの事なれば、峰の雪むら消えて、花かと見ゆるところもあり。谷の鶯をとづれて」(平家物語九・老馬)。

一二「石そゝく垂氷の上のさわらびの萌えいづる春になりにけるかな」(和漢朗詠集・上・早春)。

一三 → 一六頁注一六。　一四 作る。「つばくらめは、巣をくひ侍る」(竹取物語)。

一五 陰暦五月五日端午の節句に菖蒲や蓬を軒に葺いて邪気を払う習俗による。

一六 時鳥が夜深に鳴くのを擬人化して言った。「雲井に名乗るほととぎす」(源平盛衰記十一・経俊入布引滝)。「五月雨に物思ひをれば郭公夜深くなきていづち行くらむ」(古今集・夏)。

一七 時鳥の声にひかれ、その方角の空を。

一八 身分の卑しい女。ここは百姓女。

一九 野良着の裾。

二〇 家々のかまどや炉など灰の下に埋めた炭火を掻き立てて火をおこし。

二一 農家の軒ごとに立つ炊煙が、谷の方へと降りていく。

二二 いなごに似て、大きいものをいう。その形状から機織という。

二三 蛇の異名。「蛇 薩摩にて女の詞にたるらむしと云」(物類称呼二)。

二四「比は秋の最中の事なれば…荻の上風身にしみ、萩が下露置ませば」(源平盛衰記二一・新帝御即位崩御)。

絵(6)－1～3　御曹司が姫の一間に忍び入りあたりを見ると、四方に四季の景の障子が見える。図はその四方が描出できるよう構成され、奥に姫の調度や衣裳のある部屋が描かれる。

(6)−2

旬に紅葉の葉の　所〳〵に散り行風情を描かれたるは　まことに秋かと見えにけり

北の障子に描いたる絵は　冬の体かと打見えて　遠山近き里までも　嵐木枯し激しうして　軒に一垂氷ぞ凍りける　二番はぬ鴛鴦の一番　羽をば氷に閉ぢられて　立たざるその身の風情をば　日本名誉の絵書の上手が　三紺青　四緑青　五朱をもつて　心を尽くして描きたりしを　物によく〳〵譬ふれば　都にとりてはどれ〳〵ぞ　一条殿や二条殿　近衛　関白　花山の院　六六波羅殿の唐の小御所と申とも　是には勝るべきとぞ聞こえけ

一 軒のしずくなどが凍ったもの。つらら。
二 まだ番いになっていない鴛鴦の雌雄二羽が羽を氷に閉じられ、飛び立てない。「をし鳥もくぐる岩ねの薄氷今朝やうは毛にとぢかさぬらん」(永久百首)。「冬の夜につがはぬ鴛鴦の一羽をも池の氷にとぢられて」(うらしま)。ここは山崎写本のように「かんこちうといふ鳥の羽をば氷に閉ぢられて」とあるのが本来の形であろう。「寒苦鳥云々」については「平家物語」九・生ずきの沙汰冒頭部参照。
三 鮮やかな藍色の顔料。銅類の鉱石に交って産した。
四 「りよくしやう」と同じ。銅が酸化して生じる青錆を材料とする緑色の顔料。
五 黄色味を帯びた赤色の顔料。天然の辰砂から製した。成分は硫化水銀。
六 清盛の別邸。

(6)－3

る（絵６）

七 姿見の段

扨も其後　御曹司は上瑠璃御前の枕屏風に佇み給ひて見給へば　上瑠璃御前は宵の管絃の沙汰まてて　翡翠の髪ざし枕屏風にそよとゆりかけ　沈の枕に傾きて　前後も知らでぞ宿られける

その姿を物によく〳〵譬ふれば　昔ならば唐の楊貴妃　我朝にては鞍馬の毘沙門の妹の吉祥天女か　桐壺　帚木　若紫　衣通姫のその姿　和泉式部に小式部に　紫式部に染殿院　朧月夜の

七 御曹司が浄瑠璃の寝姿を見るくだり。
八 寝室などの枕もとに立て回す屏風。「屏風大抵高六尺以下而六曲也。矮小者為二枕屏風一」（和漢三才図会三十二）。
九 管絃の遊びが完了して。「まてる」は千葉県、埼玉県などの方言に、まとめる、しまうの意で残る。「まてな人又またうど共に全き人と云事也」（物類称呼五）とあるごとく完了するといった意味であろう。
一〇 かわせみの羽のように美しい青黒色の髪。
一一 枕頭から枕屏風にかけてふわと髪を掛けわたすさま。「翡翠のかんざしゆりかけて歩ませ給ふ御姿」（御伽草子・鉢かづき）。
一二 南方産の喬木で香木とする。高級な枕。
一三 唐玄宗皇帝の寵妃。
一四 鬼子母を母とし、毘沙門天の妹。功徳天女とも。一説に毘沙門天の后妃とする。
一五 桐壺・若紫は「源氏物語」登場の美女。帚木は巻名で空蟬の歌に依拠し、作者の誤解か。
一六 允恭天皇妃。美人で艶色が衣を通して輝いたといわれ、和歌にも長じていた。
一七 和泉守橘道貞と結婚し、小式部を生む。
一八 染殿后、文徳天皇の女御藤原明子。藤原良房の娘。
一九 「源氏物語」の女性。弘徽殿女御の妹で源氏と契る。朱雀院の世、尚侍として宮仕えした。底本「ないしの神」とある。

一 「源氏物語」の女性。朱雀院第三皇女。源氏の妻。彼女の猫の綱で簾があがり、その立姿の艶姿に柏木の衛門が恋い焦がれる場面は有名。
二 「源氏物語」の女性。頭中将と夕顔との間に生

(7)－1

尚侍［一］女三宮の立姿　玉鬘［二］に玉［三］藻の前　小野の小町［四］の若盛り　豊［五］後の国の真野長者の独り娘の玉世の姫と申とも　これにはいかでか勝るべき

姿を申せば春の花［六］　形を申さば秋の月　じつぱら［七］十の指までも瑠璃を延べたる如くなり　芙蓉［八］の御目も鮮かに　丹菓［九］の唇美しく　笑める歯茎は愛をなし［一〇］　顕露［一一］の頤玉に似て　緑の眉墨［一二］細やかに　青黛［一三］が立板に香炉木［一四］の墨を磨り　さつと流して見る如く　三十［一五］二相は紫磨黄金　八十種好を列ねつゝ　琵琶の上手に琴［一六］の一　真名の上手に仮名の一　読みける草子

まれ、その美貌ゆえに懸想人が多かった。三 鳥羽院の寵妃となり安倍泰成の法力で金毛九尾の狐の正体を現わし、那須野で射殺され殺生石となったという伝説の美女。四 平安初期の女流歌人。美男業平に対称される美女の典型。若盛りとしたのは、小町伝説で「卒都婆小町」「関寺小町」など老残の身となった話が残るのでかく言う。五 舞曲「烏帽子折」に見える美人。豊後の国内山の真野長者の一人姫玉世姫のこと。彼女を慕って用明天皇が草刈童とまでなって下り、奉公の上契るに至る。六 美人の形容。御伽草子「蛤の草紙」他も「瑠璃を延べたる如くなり」まで同文。如来の御姿に比した表現。「弥陀の御顔は秋の月、青蓮の眼は夏の池、四十の歯ぐきは冬の雪、三十二相春の花」(梁塵秘抄二)。七 十波羅蜜は両手十指の異名。仏語では指を教に譬え、月を法に比すので、秋の月に続け、指、眼、唇等仏の八十種好の相好にならって女性美を表現する。八 蓮の葉のごとく広く長い御目。八十種好の目広長に対応する。九 八十種好の唇は赤く潤えること頻婆果の如しに対応した表現。「芙蓉の眸、丹花の唇」(太平記二十一・塩冶判官讒死事)。一〇 情愛を示し。歯茎は歯をいう。一一 すっきりとあらわれていること。一二 眉を画く墨。「黛、万由須美、画眉墨也」(和名抄)。一三 ここはまゆずみの意ではなく青黒色をいう。ここからは髪の形容(奈良絵本参照)。一四 伽羅の異名。香炉木の墨は香墨。髪は青黒色の立てかけた板に香墨ですった墨を、さっと一気に流したように。漆黒で香り高い、直な美髪の形容。中世小説等の美人の形容に多出する常套表現。一五 仏の相(微妙の相状)を大相といい三十二の相からなり、その大相をさらに荘厳する小相(好)に八十の随形がある。仏の身形は

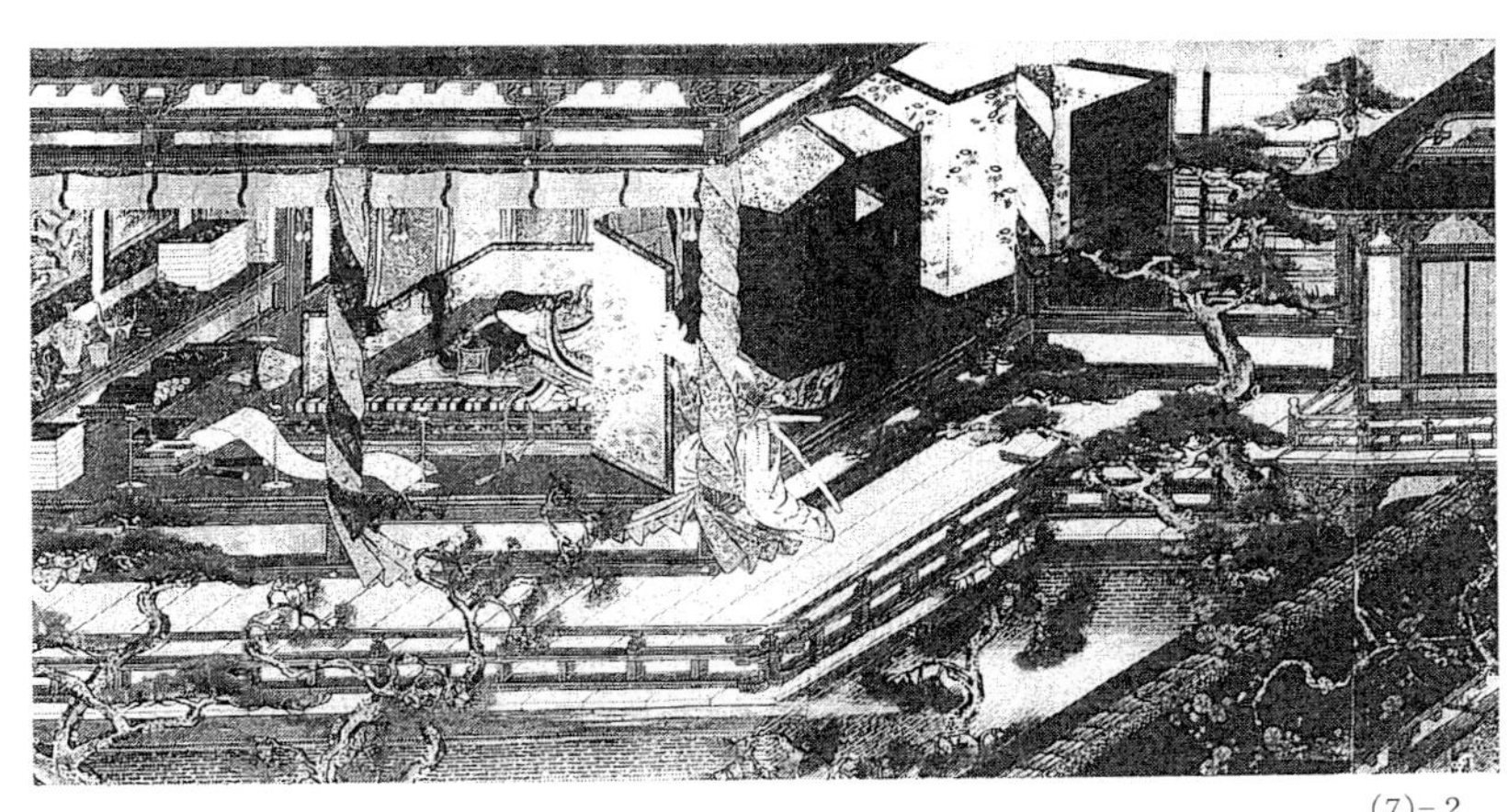

（7）－2

はどれ〳〵ぞ　源氏　狭衣　古今　万葉　伊勢物語　[17]しらゝ　落窪　[18]京太郎　[19]百四帖の虫尽し　八十四帖の草尽し　[20]扇流しに[21]硯破　さながら[22]鬼が読みける千島文まで　[23]あそばす体と打見えて　左手右手にぞ置かれける

扨もその夜の上瑠璃御前の装束には　肌には白き練絹に　[24]練色[25]唐綾　[26]濃躑躅　[27]菖蒲襲に[28]菊襲　[29]卯花襲に[30]山吹色の[31]紅葉襲を初めとして十二単を召されけり　[32]紅　千入の袴をば　右手の屏風にそよとゆりかけ　沈の枕に傾ぶきて　[33]前後も知らでぞ宿られける（絵7）

其後又　御曹司は上瑠璃御前の

金色相で、紫色垢濁のない黄金（紫磨黄金）で光明を放つ。　一六 琴の第一人者。最高の上手。　一七 散佚物語で「更級日記」「古今著聞集」五、「和歌色葉」八などにその書名や歌が見える。「海人しらゝ」ともある。　一八 室町時代成立と推定される物語。「京太郎物語」。舞曲「烏帽子折」の草刈笛譚と同材。　一九 未詳。但し「天狗の内裏」に牛若の学びし書の中に「ひやくよぢやうのくさづくし、八十二でうのむしづくし」がある。山崎写本「百廿四帖の草尽し八十四帖の虫尽し」。　二〇 散佚物語。「風葉和歌集」に「扇ながしの源中納言女」の歌数首が見える。　二一「和歌色葉」や「八雲御抄」に見える物語。これとの関係は未詳で、御伽草子に内容が異なる「硯破」二種がある（室町時代物語大成七）。　二二「天狗の内裏」に「八十二でうのむしづくし、おにがよみけるちしまふみ」とある。千島に向かう「御曹司島渡り」等との関連も考えられるが不詳。　二三 お読みになる。　二四 白色に薄黄色を帯びた色。　二五 中国渡来の綾。模様を浮織にする。　二六 襲（衣の表と裏の配色）の色目。表は蘇芳、裏は青または紅。　二七 表は青、裏紅梅。　二八 表は白、裏青または蘇芳。　二九 表は白、裏青。　三〇 花山吹襲。表は薄朽葉、裏黄。古活字本は「桜、山吹、濃躑躅」と併記する。　三一 表は紅、裏は青または濃い赤。　三二 紅色で幾度となく多く染め濃い色にしたもの。　三三 深く眠りにつき、意識のないさま。

絵(7)－1～3　御曹司は姫の寝所に辿りつき、姫の様子をうかがい見る。彼女は長い美しい髪を屛風にうち掛け熟睡している。並はずれた美人で才があり、たくさんの草子に囲まれた教養豊かな女性である。

(7)-3

[一]枕屏風をほと〳〵とをとづれて [二]懸想詞をかけられける 「[三]管絃につき [四]天のよそなる君ゆへに 心が雲井に憧れて 冠者は是まで参りたり 一夜の情をたび給へ 東の姫」とぞ仰せける

上瑠璃此由 夢の心地に聞こし召し かつぱと起き 驚き給ひ [五]寝乱れ髪のひまよりも [六]迦陵頻なる声を上げ 「誰そや誰そ〳〵枕屏風にをとずるは [七]深山隠れの鶯の まだ里馴れぬ風情にて [八]聞きもならはぬ声音かな 何と言ふとも叶ふまじ 早〳〵帰らせ給ふべし 旅の殿」とぞ仰せける

御曹司は聞こし召し 「いかに

一 枕屏風をほとほとと打ち叩き、訪問したことを知らせる。

二 「けさう詞」と同じ。恋の思いを言葉にする。

三 宵の管絃に惹かれ。

四 天に居るように近寄り難い君故に、私の心はその空に心がひきつけられて。他本では「花の都に春くれば霞と共に迷ひつゝ」といった都から遠く貴女を憧れ迷って来たという文辞をも伴う。

五 寝乱れた髪の間から。

六 好声鳥・妙声鳥・美音鳥ともいう。迦陵は好、頻伽は声の梵音。雪山に住む鳥。

七 深山に隠れ住む鶯が初めて里に出てきたように、馴れぬ初心な様子で。奈良絵本等では声を掛けるに逡巡する箇所で「谷の戸出づる鶯の、盛りの梅に住みながら、まだ花慣れぬ風情して」とある。

八 聞きなれない声であるよ。

九 三河の国の、水がまるで蜘蛛の手足のように分岐し橋も八つ掛った八橋のように、私の心を千々に狂わせないように。「恋せんとなれる三河の八橋の蜘蛛手に物を思ふころかな」(続古今集・恋一)。

一〇 西海筑紫の地の藍染川(逢い初め)も、恋の思いの程で淵となり瀬となるように、相手の心も移り変ると聞いている。藍染川は福岡県太宰府天満宮の中を流れる小川。

一一 鋭い刀剣といっても、罪のない岩の角をはげしく切り削ることなどしないものだ。「剣の刃は早ひとや巌がかどを削るかや」(兵庫県上鴨川住吉社神事舞神歌)。

一二 何の益もない衆生に物を質ねても無駄であ

や君 こゝに譬への候ぞや 〔九〕三河に掛けし八橋の 蜘蛛手にものな思はせそ 〔一〇〕西の海 藍染川も淵瀬に心の変ると聞く 昔より〔一一〕刀剣と申せども 科なき岩の鎬は削らぬ物 〔一二〕詮なき衆生に事問はずと こゝに譬の候ぞや 深山の奥の〔一三〕岩躑躅色よき花とは申せども 人も通はぬ山なれば色も匂ひも日に添ひて たゞ徒に散り果つる されば〔一四〕こそ引くに引かれぬ女人をば 深山の躑躅に譬へたり 〔一五〕人は廿になりぬれば 盛り過ぎゆく〔一六〕朝顔の 衰へゆけば 何事も思ふに甲斐ぞなかりける 夢の間の世の中に たゞ打解けよや〔一七〕人心 昔より賤の女の 一首の歌の詠み捨てにも

〔一八〕にはにおふるちり〳〵ぐさの露にだに身をほそめても月はやどれり

と聞く時は 情に隔てはなきものを 〔一九〕さのみ心な猛かれそ 今夜一夜は靡かせ給へや 東の姫」とぞ仰せける

〔二〇〕枕問答の段

扨も其後 御曹司は重ねて言葉をかけられける 「いかにや申さん上瑠璃君 こゝに譬への候ぞや 〔二一〕竹の林が高きとて 忉利天へも届かぬ物 〔二二〕谷の太木

るから問わない。「縁なき衆生は度し難し」に近い諺か。

一三 岩間に生えた躑躅。

一四 誘っても誘われない。花を引く（抜く）の縁語でいう。

一五 「上は二十歳、下は十六歳、色深く身盛に、姿人に勝れ形類なき美女を四十八人撰て、常灯に一人づつ付給ひ…齢二十にも余りければ、取替々々居られけり」（源平盛衰記十一・灯炉大臣）。二十歳を上限とする辺り参考になろう。

一六 朝顔の花のように。朝顔の花の早くも一日で咲きしぼむところから、この花に譬えた。

一七 情愛や誠意のある人間の心。「春くれば山田の氷打ちとけて人の心にまかすべらなり」（拾遺集・春）。

一八 庭に生えた小さい爪草に宿った露の玉にすら、月は身を細めてでもその姿を宿す。出典不明。鈴木正三「盲安杖」にも「卑しむべきものもなく隔つべきものもなし」としてこの歌を引く「庭に生ふるちりちり草の露迄も影をほそめてやどる月かな」。この歌「俚言集覧」ちり〳〵草の条にも見える。

一九 そんなに強情な心を持たないでほしい。

二〇 浄瑠璃の枕もとでの二人の問答。

二一 竹林がいかに高くても帝釈の喜見城の高みにまでは届かないものを。「竹が林は高きとや天竺天へ上るかや」（上鴨川住吉社神事舞神歌）。以下高くとまらないでなびけと口説く。

二二 いかに高い谷の大木も、峰の小松にすらその影をさすことはない。「爰に喩への侍ふぞ。谷の古木は高けれど、峰の小松に陰ささず」（舞曲・伏見常盤）。

(8)－1

高いとて　峰の小松に影さゝず
皆人は九重[一]の塔が高いと申せど
いかなる卑しき鳥類　翅も下に見
る　たんだ[二]人には情あれ　情と言
へば　風[三]に揉まるゝ呉竹[四]も小鳥に
一夜の宿を貸す　水に揉まるゝ川
柳も　千鳥に一夜の宿を貸す　水
の上なる浮草も　水を頼りに居る
ぞかし　これも又　枝葉[五]に光を包
むとて　蛍火に一夜の宿をば貸
す　さのみ心な猛かれそ　今夜一
夜は靡かせ給へや　上瑠璃君」と
ぞ仰ける

上瑠璃此由聞こし召し　たゞ何
ともなく「雲に梯[六]　霞に千鳥」
とありければ　御曹司は聞こし召

一「日本書紀」二十三・舒明天皇の百済大寺跡と推定される九十メートル級の九重塔基壇が奈良桜井から出土している。また六勝寺九重塔(平家物語十二・大地震)の例など古くは九層の塔が存した。「九重の塔も下に見るのみ」(譬喩尽)。

二「ただ」を強調して言う。「たゞ人は情あれ槿の花の上なる露の世に」(閑吟集)。

三「面白の花の都や…川柳は水にもまるゝふくら雀は竹にもまるゝ…野べの薄は風にもまるゝ」(閑吟集)。

四 呉から伝来の竹、はちくの一種。

五 古活字本は「水に埋もるゝ川柳も枝に光を放さんとて蛍に宿を貸すものを」とあり、同系の前島本も「川柳も蛍に一夜の宿を貸す」とある。

六 諺。雲に梯の到底掛けられないことや、千鳥が努めても霞の高さに及ばないことの譬え。他に「霞に千鳥」は霞は春、千鳥は冬のものゆえ相応しない譬えという説もある。

(8)－2

し「雲に梯　霞に千鳥とは　及ばぬ恋との御諚かや　及ばぬ恋とは　日本の者が唐土の人を恋ふるかや　唐土の人が日本の者を恋ふるかや　人間が神や仏を恋ふるこそ　及ばぬ恋にてあるべきに　人が人を恋ふるには　及ばぬ恋にて更になし

昔より　七柿本の紀僧正と申せし人は　又天竺の星の宮を恋ひ奉らせ給へどもその恋叶はざれば　青き鬼となり　貴船の川へ入と聞く　八佐藤兵衛憲清は鳥羽の院の后を深く恋ひられしも　是も恋路の道ぞかし

昔より　神や仏にも恋路と言ふ

七 柿本紀僧正が、文徳天皇の染殿后を御修法の折恋慕し、紺青鬼となった話は、「源平盛衰記」四十八・女院六道廻物語、狂言「枕物狂」などに見える。底本・前島本が星の宮としたのは誤りで、他本は染殿后とある。

八 佐藤兵衛憲清は西行の俗名。この恋故に出家したという説話を他本は詳説するが底本は簡略に記す。

以下四八頁

一 「うろぢ」、底本は「むろぢ」と誤る。煩悩の世界。「漏」は煩悩の異名。無漏地は煩悩を離れ出世間清浄の境界。「有漏地より無漏地に通ふ釈迦だにも羅睺羅が母はありとこそ聞け」(拾遺古徳伝、法華経直談鈔)。

二 耶輸陀羅夫人の父は、摩訶那摩という婆羅門の長者(今昔物語集一ノ三)。「釈迦譜」も同様。彼は釈種(釈迦の種族)であったので、これを誤ったものか。「釈迦の本地」などには「やしゆ大臣」また「やす大臣」「あん大臣」とある。

三 釈迦の嫡子で母の胎内に六年あり、仏成道の夜に生れ、十五歳で出家したと言われる。

絵(8)―1・2　御曹司は枕屏風をほとほと叩き、姫に懸想詞をかける。叶わぬ恋とさとす姫との間に問答が始まる。状景描写は、底本にはないが他本に備わる長者の館や庭の描写に近い。

字はあるぞかし　それ天竺の有漏地[一]より無漏地に通ふ釈迦だにも　やす大臣[二]の御娘耶輸陀羅女人に契りをこめ　羅睺羅尊者[三]と申せし御子を儲け給ふも　是も恋路の故ぞかし

昔より　山と申に霞のかゝらぬ山もなし　海と申に櫓櫂の立たぬ海もなし　女人と申に夫の繫念[四]のかゝらぬ女人もなし　今夜一夜は靡かせ給へや　上瑠璃君」とぞ仰せける

上瑠璃此由聞こし召し「昔より叶はぬ恋をする人は　唐土に如月[五]弥生[六]の宮　天竺にては星の宮[七]　我朝にては出雲路[八]　さいばら[九]　さいの神　深く憎ませ給ふと承る　早〳〵帰らせ給ふべし　旅の殿」とぞ仰せける

御曹司は聞こし召し「いかにや申さん上瑠璃君　昔より神にだにも結の神　仏にも愛染明王[一〇]と聞く時は　一樹の蔭[一一]　一河の流を汲む事も　他生の縁と承る　一夜の枕[一二]を並ぶるも　五百生の縁と聞く　昔より山を見てこそ狩をばすれ　色を見てこそ灰汁をば注せ[一三]　美しき花を見てこそ枝をば折れ[一四]　眉目よき君があればこそ恋路といふ字はあるぞかし　さのみ心な猛かれそ[一五]　今夜一夜は靡せ給へや上瑠璃君」とぞ仰せける（絵8）

四　仏語。念を一処にかけて、他を思わないこと、執心・執念。

五　未詳。但し狂言「釣狐」に「伯蔵主狐は神にてまします。…天竺にてはやしおの宮、唐土にてはきさらぎの宮」とあり、狐神の呼称とある。

六　未詳。前注の「やしおの宮」と関連あるか。

七　七夕・彦星を祭った神。「筑前ノ国大崎ニ星ノ宮トテ七夕・ヒコボシヲ奉祝事アリ。彼ノ二ノ宮ノ中ニ河アリ。天ノ河ト云也」（弘安十年古今集歌注四・秋歌上）。

八　注七と同神。京都上京区今出川幸神町の出雲路道祖神社。「出雲路の神と申は昔けいしやうといふ国に、男を伯陽、女を遊子とて夫婦の物有けるが…夫婦もろともに月に心をとめし故に天上の果をうけ、二の星なるとかや、牽牛織女これなり。またさいの神とも申なり。道祖神ともあらはれ」（曾我物語二）。

九　未詳。歌謡の催馬楽ではなく、さいの神を出すためのあそび言葉か。

一〇　恋愛染着の至情を本体とするが外相は忿怒相。愛の神として尊奉される。

一一　一つの樹に宿りし、同じ河水を汲み合うのも前生よりの因縁あってのことの意で、よく用いられることば。「一樹の陰に宿り同流を汲も皆是多生の縁不浅」（太平記一・頼員回忠事）。

一二　一夜の契りを結ぶのも、五百度生まれ変る遠い以前からの宿縁。「一夜の枕をならぶるも五百生の宿縁と申候へば、先世の契あさからず」（平家物語十・維盛入水）。

一三　諺。染色で色の具合を見てから灰汁を加える、むやみに事を始めない譬え。「いろを見てあくをさせ」（毛吹草）。

一四　「毛吹草」などでいう諺「花見て枝をたをる」は、優美なものに対して心なき所業をすること

[16]大和詞の段

扨も其後　御曹司は重ねて言葉をかけられける　「いかにや君　繋がぬ駒の風情かや　野中の清水の譬へかや　沖漕ぐ舟の風情かや　峰の小松の譬へかや　笹に霰の風情かや　一叢薄の風情かや　埋火の譬へかや　筧の水の風情かや　細谷川に丸木橋の譬へかや　飛騨の匠が打つ墨縄の風情かや　香の煙の譬へかや　安達が延べたる白真弓の風情かや　片割舟の譬へかや　二岐川の風情かや　板屋に霰の譬へかや　清水坂の風情かや　絃無き弓に羽抜鳥の譬へかや　唐の鏡の風情かや　明り障子の譬へかや　車の両輪の風情かや　熊野なる那智のお山の譬へかや　都言葉は知らねども大和詞を掛くるなり　[17]よし〳〵今夜は靡かせ給へや　東の姫」とぞ仰せける（絵9）

上瑠璃此由聞こし召し　昔より今に至るまで　[18]人の方より歌を得て歌の返歌をせぬ者は　舌なき蛇身とうけ給る　人の方より文を得て文の返事をせぬ者は　手なき蛇身と承る　返歌ばかりは申さんなり

「[19]繋がぬ駒の風情とは　自らに主が無いとの御諚かや　[20]野中の清水の譬へとは　独り心を澄ませとの御諚かや　[21]沖漕ぐ舟の風情とは　焦がれて物を思ふら

の意であるが、ここではその表現を用いながら「こそ」と強めて下接の表現と同意に変え用いたものか。したがって注一三も諺の意味でなく反対に解すべきか。

一五　そのように情の強いことをおっしゃるな。

一六　和歌の歌語などを用い、その心を解く一種の謎ことば。近世に入り古活字版その他多くの大和詞の集成本が出版された。この種の大和詞は浄瑠璃がその中でもっとも古い。地方では恋の暗号ことばとして残る。

一七　何はともあれ。

一八　未詳。下野の国の女人が貪欲ゆえに眼のない大蛇と生まれ代った(三宝絵詞)例、仏子が盃を人に与えると五百世、手なきもの(蛇)に生まれる(梵網経)といった、因果にもとづく例などは多い。歌の返歌を口頭で行い、文の返事は筆で行うため、それぞれ舌・手(筆蹟)とした。山崎写本は蛇ではなく「もの」とある。「をぐり」にもこの文辞が出る。「歌の返事せぬものは、たいせうひはうの身となりて、畜生の報を受くるなり」(伏屋の物がたり)。

一九　繋がない駒の様子とは、私に主(夫)が居ないという御言葉かや。「まこも草つのぐみわたる沢辺には繋がぬ駒もはなれざりけり」(詞花集・春)。

二〇　野の中にわく清水。播磨国印南野にあった名水。歌枕。「かげ絶えて人こそとはねいにしへの野中の清水月はすむらん」(続古今集・雑下)。「野中の清水とに人にとはれず、すむ事なりと語りければ」(写本横笛物語)。

二一　「しらせばやうらみ越路の船ならばおしかへしたる恋にこがるる」(久安百首)。「おきこぐふねとハ／とまりさだめぬを云」(古活字版・大和詞)。

(9)－1

んとの御諚かや　峰の小松の譬へとは　嵐激しいとの御諚かや　笹に霰の風情とは　触らば落ちよの御諚かや　一叢薄の譬へとは　早〳〵穂に出でて乱れ合へとの御諚かや　埋み火の譬とは　色に出でねど底で燃ゆるとの御諚かや　筧の水の風情とは　夜毎に通へど未だ落ちぬとの御諚かや　細谷川に丸木橋の風情とは　文返されて濡るゝ袖かなとの御諚かや　飛驒の匠が打つ墨縄の譬へとは　只一筋に思ひ切れとの御諚かや　香の煙の風情とは　胸の煙との御諚かや　安達が延べたる白真弓の譬へとは　引く手に靡けとの御諚か

一「昔見し庭の小松に年ふりて嵐の音を木末にぞ聞く」(新古今集・雑中)。「嵐吹く峰の木の葉にともなひていづち浮かるゝ心なるらむ」(山家集)。　二「笹の葉にあられふる夜のさむけきにひとりは寝なんものとやは思ふ」(千載集・恋五)。「世間は霰よなふ、笹の葉の上のさら〳〵さつとふるよなふ」(閑吟集)。

三「穂に出でていざ乱れなん糸薄しのぶからにぞ人もつれなき」(新続古今集・恋一)。「一むらすゝきとハ／ほにいでぬをいふ」(大和言葉)。

四「埋み火の下にこがれし時よりもかくにくまるるをりぞわびしき」(和漢朗詠集・上・冬・炉火)。「うづみ火とハ／したにこがるゝを云」(大和言葉)。「主なき宿の埋火は。下にのみこそ焦れけれ」(源平盛衰記三十八・小宰相局)。

五「音づるるかけひの水のたよりにも身をまかせぬは此世なりけり」(続後拾遺集・雑中)。「思ひやれ筧の水のたえ〴〵になりゆく程の心細さよ」(詞花集・恋下)。「かけひの水とハ／たえ〴〵なるを云」(大和言葉)。

六「わが恋は細谷川の丸木橋ふみ返されてぬるゝ袖かな」(源平盛衰記三十八・小宰相局)。「文」と「踏」を掛ける。「まろきはしとハ／ふみかへすをいふ」(大和言葉)。「源平盛衰記」のこの小宰相の記事は本作の構成にも関わる。

七 令制で飛驒から公事で京へ奉った大工達。後世名工として伝説化して伝えられた。墨縄は直線を引くための墨壺に糸車に巻かれた糸。「かにかくにものは思はじ飛驒人の打つ墨縄のただ一みちに」(万葉集十一)。「とにかくに物は思はず飛驒匠打つ墨縄のただ一筋に」(拾遺集・恋五)。

八「うつりがのうすくなりゆくたき物のくゆる思ひに消えぬべきかな」(後拾遺集・恋二)。

九 陸奥国安太多良産の檀(まゆみ)で作った弓。「み

(9)−2

や　[一〇]片割舟の譬へとは　漕ぐも漕がれぬとの御諚かや　[一一]二俣川の風情とは　上は二瀬であらばあれ裾にて落ち合ふとの御諚かや　[一二]板屋に霰の譬へとは　転び合へとの御諚かや　[一三]清水坂の風情とは　人目しげきとの御諚かや　[一四]絃無き弓に[一五]羽抜鳥の譬へとは　立つも立たれず　居るも居られぬとの御諚かや　[一六]唐の鏡の風情とは　面影ばかりの御諚かや　[一七]明り障子の譬へとは　輝くばかりの御諚かや　[一八]車の両輪の風情とは　廻り合へとの御諚かや　[一九]熊野なる那智のお山の譬へとは　申せし事の叶へとの御諚かや　都言葉は知らねども大和

ちのくの安達の真弓我が引かば末さへ寄り来忍び忍びに」(古今集・神遊びの歌)。

一〇「…なぎさなる片割舟の埋もれてひく人もなきなげきすと…」(千載集・雑下)。「かたわれふねとハ/よるかたなきをいふ」(大和言葉)。

一一 神奈川県都筑郡の西南隅。元久二年畠山重忠が北条義時の軍と戦い、一族戦死した所。もと一つで二つに分岐した川。参考「しづのめがあづまからげの麻衣二俣川にさぞ渡るらん」(歌枕名寄・武蔵国)。

一二「さゆる夜のまきの板屋の独寝に心くだけと霰ふるなり」(千載集・冬)。「たとへば板屋の霰…ころり/\ところぶほどに」(虎明本狂言・ふんせう)。

一三 京都東山区清水寺の参詣路にある坂。貴賤の参詣が多い。

一四 絃の無い弓では「射るに射られず」となる。「烏羽玉の黒髪を。手に繰りからまきひつさげ引きする。左右に引き分つて立つも立たれず居るも居られぬ因果の車」(謡曲・水無瀬)。

一五「夏草の野沢がくれの羽抜鳥ありしにもあらずなるわが身かな」(新撰和歌六帖)。

一六「月日のみうつるにつけてます鏡みし面影は遠ざかりつつ」(新後拾遺集・恋四)。

一七 外の明りを取るために紙を貼った障子。「かゝやく」はまぶしい意味から、ここは美しさに照れるほどと彼女の美を讃えた表現か。

一八「をぐるまとは/めぐりあはんとの事」(大和言葉)。一九「みくまのやいしふり河の早くより願ひをみつの社なりけり」(忠盛集)。

絵(9)−1・2　恋の口説の場が続き、御曹司は大和詞を用い、恋の謎かけにその思いのたけを述べる。状景は前景とさほど変らず、右手に高殿などを描いて変化をつける。

詞は返すなり　早く〳〵帰らせ給へや　明けなば母の長者に洩れ聞こえ　火無き[一]里　水無き島へ流さうぞや　高札[二]書いて立てうぞや　荒けなき武士共に申つけ　流罪死罪に行なはれんその時に　科も無き自らを恨み給ふな　早く〳〵帰らせ給ふべし　旅の殿」とぞ仰せける

精進[三]問答の段

扨も其後　御曹司は聞こし召し「例はゞ火無き里　水無き島へ流さうとも　高札書いて立てうとも　御身故と思ひなば　それも苦しう候まじ　荒けなき武士共が集りて搦め取らんとするならば　[四]源氏重代友切丸にて　腹十文字に掻き切りて　矢矧の土となるならば　上り下りの人〻が　東下りの[五]初冠こそ上瑠璃御前を恋ひかねて　矢矧の土となりたると　申広めてあるならば　御身の為には御恥なり　わらはが為には時の面目　さのみ心な猛かれそ　今夜一夜は靡かせ給へや　上瑠璃君」とぞ仰せける

上瑠璃此由聞こし召し　今ははや此殿は　脅すにも脅されず　賺さばやと思し召し「いかにや申さん旅の殿　仰せの如く自らも　靡きたくは候へど　語[六]

一 火や水のない僻地孤島へ流罪に行う。

二 高札は法度や触れを木の札に書いて掲げること。この場合、死罪の触れを高札に掲げること。

三 「しやうじ」は「しやうじん」と同じ。この場合肉親の没後、ある期間心身のけがれを清めるための忌みの生活をいう。

四 源氏に代々伝わる名刀友切丸。源為義所持の小烏、獅子の子の二刀が、その長さを争い、小烏の柄を獅子の子が切り落したため、獅子の子を改名して友切丸と呼んだ。

五 初めて冠をつけること、またその人。

(10)－1

らばよきに聞こし召せ　父兼高に後れつゝ　昼は一部の経を誦み　夜にだにもなりぬれば　六万遍の念仏申　精進の身にて候ふなり　精進過ぎてあるならば　是へ御越し候ひて　時の契を籠めうとも　長らへ妻に召されうとも　それは御身の御計らひなり　この度は何と言ふとも叶ふまじぞや　早く／＼帰らせ給ふべし　旅の殿」とぞ仰せける

御曹司は聞こし召し「その儀にて候はば　某も奥は奥州　佐藤秀衡に尋ね会にんまでに　包むべきと存づれども　御身に会ふては名乗るなり　我をば誰とか思し召

六 語るからよくお聞きなさい。
七 先立たれて。
八 「平家物語」三、「義経記」二、「曾我物語」七など、一部の「法華経」という例が多い。「法華経」であれば一部(全部)八巻二十八品を読誦する。
九 念仏は多く唱えるほど功徳が多い。百万遍七日不断念仏などその例。六万の数の意味は不明。「大方便仏報恩経」によれば、提婆達多が出家後、六万の「香象経」を読誦したが功徳を得なかった話がある。古活字版では浄瑠璃が「夜は一万辺の念仏」と言い、御曹司が「夜は六万辺の念仏」と答える。
一〇 時の間の契り。仮の契。
一一 契りを長く持って。
一二 貴方のお考え次第である。
一三 藤原秀衡のこと。舞曲「八島」に「是は両国の秀平が妹、出羽の庄司が後家、次信、忠信兄弟が、我は母にて候ふぞや。一年、御大将判官、此国へ御下向有て、佐藤、秀衡を催し、十万余騎に…」とあり(ただし「尊卑分脈」では秀平の従姉妹)、舞曲「秀衡入」にも「これは佐藤秀平殿の御代官金売吉次とは我事也」とあって、佐藤秀平という呼称が一部にあった。

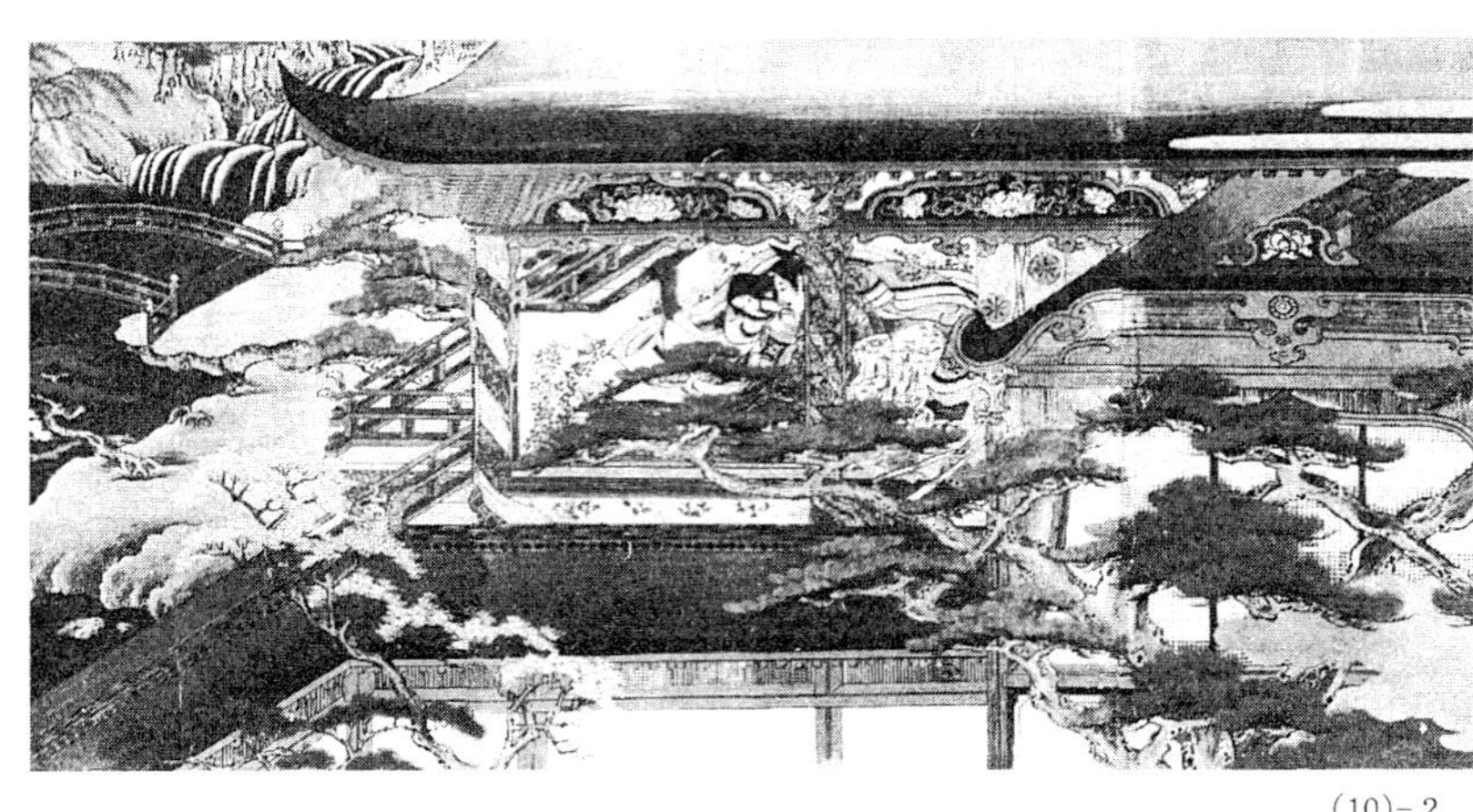

(10)-2

す　[一]義朝には八男　[二]常盤腹には三男　一に今若二に乙若　三に鞍馬に住居せし牛若丸とは某なり　わらは二歳の年　父義朝は尾張の国野間の内海　[三]田神の湯殿にて御腹召して候が　今年十五にまかりなるまで　毎日毎夜の[四]垢離を取り昼は一部の経を誦み　夜にだにもなりぬれば　六万遍はそも知らず　[五]十万遍の念仏申　精進の身にて候なり　[六]精進の所へ不浄の者が行かばこそ　不浄の所へ精進者が行にこそ　精進不浄のあるべきに　御身も精進　わらはも精進　精進と精進が参り　[七]後世物語を申ならば　何の子細のあるべきぞ

一「尊卑分脈」によれば義朝に義平・朝長・頼朝・義門・希義・範頼・全成(今若)・円成(乙若)・義経と九男がある。このうち義門は早世とあるので義経は八男。
二「九条院の常盤が腹にも三人あり。今若七歳、乙若五歳、牛若当歳子なり」(義経記一・義朝都落の事)。
三 尾張智多郡内海、長田庄司に義朝は打たれる。「八幡宮へ御社参あるべく候、田神の湯殿と申て子細なき所の候へば、御出あつて御行水と申す」(舞曲・鎌田)。
四 水垢離。冷水などを浴びて、身心の垢を落し清めることで祈願すること。
五 浄瑠璃の六万遍に対し、さらに多くの回数を言う。十万に特に意味はない。
六 精進をしている人の所へ不浄の者が行く時こそ、また不浄の所へ精進中の者が行く時こそ、貴女の言うように、精進中に不浄の行いがあってはいけないといった問題も当然ある筈だが。最初反覆して言う形。
七 来世の物語。お互いの父の後生安楽について語り合おうと口説く。古活字本が「此世の物語」とするは不可。

（10）－3

や　今夜一夜は靡かせ給へや　上瑠璃君」とぞ仰せける
上瑠璃此由聞こし召し　今はゝや此殿は　脅すにも脅されず　賺すにも賺されず　靡かばやなと思し召し　其頃上瑠璃御前は十四なり　御曹司は十五なり　十四と十五の事なれば　[八]馴れう馴れじの馴れ言葉　いろ〱に言葉に花を咲かせつゝ　かなたもこなたも　[九]汀の氷と打解けて　[一〇]浦吹く風とも靡かれける（絵10）

[二]御座移りの段

扨も其後　上瑠璃御前は宵よりも　[三]十五夜に案内申せし事なれば　すなはち

八　親しくなろう。いやならないとお互いに言い合いながらも、馴れむつびあう言葉のあそび。
九　暖かくなると、水際の氷から解けていくように、心もうち解けて。「春くれば汀の氷うちとけて霞ぞとづる志賀の浦波」（壬二集・春）。
一〇　浦吹く風に煙が靡くように靡かれた。「くもかけてたく塩釜に立つけぶり浦吹く風になびきわたれり」（内大臣家後度歌合）。「たちのぼる塩屋の煙浦風になびくを神の心ともがな」（新古今集・神祇）。
二　浄瑠璃の御座所（ここでは寝所）に御曹司が移ること。御寝間入り。
三　「物見の段」の折にも、十五夜に御曹司との使いを命じていた事を指す。

絵(10)－1～3　姫は大和詞に答え、早く立ち戻れと脅すが利き目なく、父兼高の精進中の身とすかすが、御曹司も自らの身分を名乗り、同様父の精進中とさらにかき口説く。姫は遂になびく気持になる。画面は長くもどかしい背景で飾り、左方の池では鴛鴦のつがいまで描かれる。

(11)－1

十五夜召し出し　酒と肴を取り出させ　十五夜の御酌にて　差いつ差されつ七献[一]過ぎて其後に　上瑠璃御前の御御座とて　綾[二]の御座をはしらかし　其上に法被[三]の御座を直しつゝ　その身は局に帰[四]られける（絵11）

其後又　御曹司は上瑠璃御前の一つ御座に移らせ給ひて　羅綾[五]の袂を引き重ね　互[六]の手枕入違へ　[七]比翼連理の契を込め　偕老同穴[八]の[九]語らひをぞ召されける

其後　御曹司の思し召すは　願はくは今夜の夜は　千夜[一〇]が百夜百夜が十夜　十夜が一夜となれかしと　思し召すこそ理なれ　上瑠

一 料理と盃を出し三杯酒を勧めるのを一献といい、それを七回繰り返すこと。祝言の盃事は式三献が普通。
二 綾の布をしとねとして敷き。
三 仏前の戸帳、たれぎぬ等に用いられる唐織の布を衾(ふすま)として掛けととのえ。
四 この所「かへられ」で絵の料紙と変る。他の箇所でも見られるが、後ではみ出した字句を書き足すのであるが、ここはそれを忘れたようで、「ける」を校注者で恣意に加えた。
五 二人の羅(うすぎぬ)と綾織の衣の袂。
六 二人互いの腕を頭の下に入違へて枕とする。
七 雌雄がそれぞれ一目一翼で、一体となって飛ぶという仲のむつまじい想像上の鳥。連理は一つの木の枝が、他の木の枝と連なって木理(もくめ)が通じていること。男女の契りの深いたとえに用いられる。出典は「長恨歌」。
八 共に老い、死後同じ穴に埋葬される意から夫婦が死ぬまでむつまじく連れ添うたとえ。
九 男女が相契ること。
一〇 「十夜が一夜となれかし」は底本の筆の走りで誤り。絵巻系は「一夜を百夜に重ねて、百夜を千夜に重ねて、それが一夜になれかし」、古活字版系は「千夜を一夜、百夜を一夜にたとへても、長かれかし」とあり、一夜が千夜、百夜に重なり、長夜となってほしいの意。この所「曾我物語」六の十郎と虎の憂き別れの条「千夜を一夜に重ねても明ざれかしと思はるる」を参考にしているもよう。
一一 「偕老同穴の語らひも縁あさからじ…七日七

(11)-2

璃御前も思し召す　願はくは今夜の夜が　矢矧の宿の其中は　七日[一一]七夜が其中は長夜[一二]の闇にもなれよかし　と思し召せども甲斐ぞなき
其後又　御曹司は仰せける「いかにや申さん上瑠璃君　御身の宵[一三]は管絃なり次に問答　夜中に酒盛　暁方[一四]の事なれば　語る間もなく夜は明けて　寺〳〵の鐘の音も諸行無常[一五]と響くなり　やもめ烏[一六]のうかれ声　はや夜が明くると告げ渡る　上瑠璃君」とぞ仰せける　上瑠璃此由聞こし召し　願はくば鐘も割れ　死ねや烏と思し召せども　思ふに甲斐ぞなかりける
御曹司は急がで叶はぬ旅なれば　烏帽子直垂　衣紋高[一七]に着しつゝ　上瑠璃御前に暇を乞ひ　妻戸をさしてぞ出で給ふ
上瑠璃此由御覧じて　宵[一八]の言葉に引き替へて　「さても物憂[一九]の旅人や　夢か現かこれ[二〇]はそも　今日今夜はこれに留まり給ひつゝ　女房達に管絃させ　自らがそこにて琴弾かば　御身は笛を遊ばして　旅のつれ〳〵慰み給へや　旅の

夜の吹き囃し、心言葉も及ばれず」(一八一頁)とあるように、婚儀の後、宴が七日続く。
一二　凡夫が生死の間に流転して、無明の長夜から覚醒しないことをいう仏語を用いて、闇夜の長からんことを二人は願う。
一三　他本「御身の」はなし。地の文となっている。
一四　二人が契りを結んだのは暁方。
一五　「源平盛衰記」「平家物語」冒頭の「祇園精舎の鐘声諸行無常響あり」の表現にのっての描写。諸行無常は「涅槃経」十四「諸行無常。是生滅法。生滅滅已。寂滅為楽」の偈により、万物すべて変転するの意。
一六　やもめ烏は淋しがって、夜半に巣から浮かれ出て鳴声をあげる。「相接。誰知可憎病鵲。夜半驚人。薄媚狂鶏。三更唱暁」(遊仙窟)。これによって「夜もすがら語らふほどに、やもめ鴉の浮かれ声など思ふほどに」(とはずがたり一)などの文も見られる。直接的には「明行鐘の響もなし。やもめ烏のうかれ声」(源平盛衰記三十六・熊谷向大手)などを参照するか。
一七　着物の襟元をきちんと整え着る。「けたかく」の誤字とも考えられる。「紅の狩衣の衣紋けたかく引きつくろひ」(謡曲・通小町)。
一八　宵の拒絶の言葉にうってかわり。
一九　「物憂し」の語幹。しみじみつらい。情ない。
二〇　これはまあ夢かうつつか。強調のため倒置した形。

絵(11)-1・2　姫は十五夜を召して酒肴をととのえさせ、その酌で七献の盃を交す。十五夜はその後、綾の布を褥として敷き、衾をととのえ自らの局に帰っていく。絵では同一場面が別部屋に描かれるが、時局的経過を示す技法として二場に連続させた。

(12)−1

殿」とぞ仰せける
　御曹司は聞こし召し「仰せの如く某も　二夜も三夜も逗留して　旅の疲れを休めつゝ　慰さみたくは候へども　敵平家に身を隠し　金売吉次を頼みつゝ　奥へ下りし事なれば　疾くは明年春の比　便の文を参らすべし　夏の比にもなるならば　必ず人を上すべし　それも過行物ならば　秋は必ず上りつゝ　[一]歌物語を申べし」とて　広縁さしてぞ出で給ふ
　上瑠璃此由御覧じて　落つる涙の下よりも一首はからぞ聞こえける
　[二]みちしばの[三]ねがたき我をひき

一　歌や物語。あるいは大和詞の例でも判るように二人が歌に通じていたので、歌にまつわる物語(特に恋に因む)を指すか。
二　道芝は道辺に生えている芝草。御曹司が自分を旅の路傍の草のように扱うと歎じる。
三　根が深くて引き抜きにくいの意と、寝がたきと掛ける。

(12)－2

そめてやどらぬ月ぞ物うかり[四]
　ける
と遊ばし給ふ折節に　南面の花園
に鶯一声をとづれしを[五]　御曹司
は聞こし召し
　[六]いとゞだに花ちるさとのさび
　しきになにをしたふてなくぞ
　うぐひす
と遊ばしたりければ　上瑠璃重ね
て御返歌に
　[七]あすまでととむるにとまらぬ
　花なればちるをおしみてなく
　ぞうぐひす
とかやうに遊ばし給ひつゝ　互に
名残を惜しみかね　花の[八]袂を引き
引かれ　涙と共に立ち別れ　[九]庭の

四 芝を引き抜いたため露も宿らず、そのため月さえも露に宿らず去っていく月(桂男)に御曹司をたとえる。「道芝の霜夜の月をふみならしふりにし都あれにけらしも」(夫木抄)。
五 やってきて鳴き声をあげる。
六 それでなくてさえ、花の散る里は別れを惜しみ名残惜しくさびしい思いがするのに、鶯よお前は何を恋いしたって鳴き、さびしさを一層増すのか。
七 せめて明日までと止めるのに止まらず散っていく花(貴方)だから、鶯も花の散る(貴方の去っていく)のを惜しんで鳴くのですよ。
八 はなやかな衣服の袂。
九 庭の出口。

絵(12)－1～3　二人は一つ御座に移り、契りをこめる。短夜は明けようとし別れの時を迎える。姫の引き止めを御曹司はなだめ、明年の再会を約し、庭に下り立つ。姫は涙ながらに思いを歌に詠む。折柄鶯が一声鳴き、それをめぐって歌の唱和がある。名残の笛をと御曹司は蟬折を腰より抜き出す。

(12)-3

関所に出でさせ給ひて　名残の笛を吹かばやなどと思し召し　腰より横笛抜き出し　錦の油単を押しはづし　少し音取を遊ばし給へば

(絵12)

母の長者は聞こし召し　「不思議やな夕より　姫が屋形に[一]優しき笛の音のするを　[二]出て対面申さん」とて　[三]瓶子[四]一具[五]蝶花形に口包ませ　[六]我に劣らぬ女房達を十二人召し具して　[七]たけの小御所を出でさせ給へば　御曹司は御覧じて

嬉しきかなや　牛若が東下りの門出に　舅に見参何より以て嬉しきとて　酒と肴はあらねども　[八]扇笏にて[九]三ゝ九度の心[一〇]祝儀を召されつゝ　舅の方へは[一一]霧の法と霞の印を結んで懸け　御身は小鷹の法を結んで　さつと[一二]かゝり　三重の築地　五重の堀を宙にずんと飛んで出で　吉次と打連れ　東をさして下らせ給

一　優雅な笛の音。
二　出かけて吹手と対面しよう。
三　酒を入れる徳利。土器や木・金属で作る。
四　一揃い。この場合は二本。雄蝶雌蝶の一対。
五　紙で蝶の形を作って祝儀の瓶子の口に装飾として飾る。母の長者は姫の所へ男の来たことを察し、婿との対面の積りで祝言の用意をしてやってくる。
六　長者に劣らぬ美しく、着飾った女房達。
七　竹小御所か。九九頁にも出る。
八　扇を笏として手に取り構えて。
九　祝言の盃事。三つ組の盃で三度ずつ三回献酬する。
一〇　実際婚礼を行うつもりで心の中で祝言の儀式を行う。
一一　鞍馬山にて大僧正から伝授された忍術。「霧の法を結んで仇の方へ投げかけ、小鷹の法を結んで我身にざつとうちかけ」(舞曲・烏帽子折)。御伽草子「御曹子島渡」でも「りんしゆの法霞の法、小鷹の法霧の法、雲井に飛び去鳥の法」を千島の大王から受ける。霧霞を出して身を隠し、小鷹の法で身軽に飛び越えていく。印を結ぶは、真言僧や山伏が、手の指を種々の形に結んで呪文を唱え誓願する際に行う。
一二　術にかかりか。前島本は「御身には小鷹の法を結んでかけ」とある。

ふ　御曹司のその心中　申ばかりはなかりけり

上瑠璃御前は　母の長者を一目見て　[一三]時ならぬ顔に紅葉を引き散らし　簾中深く忍ばせ給ひて　十五夜を近付け「いかに十五夜　承れ　恥しながら自らは　都の殿のその面影を忘れ難ふ候」とて　[一四]天に仰ぎ地に伏して　もだへ焦がれて歎かせ給ふ有様　[一五]哀れとも中〱に　申ばかりはなかりける

〔[一六]ふきあげ〕

扨も其後　御曹司は吉次が太刀を持ち　[一七]四十二疋の[一八]馬追冠者の[一九]奉行と定まり　東をさして下らせ給ふが　御曹司の思し召すは　[二〇]吉次が太刀を持つ事は　ひとへに無念の次第と思し召せども中にて心を引き返し　待てしばし我心　是とても吉次が太刀にてあらばこそ　冥途にまします父義朝の御太刀と　思ひ直し下らばやなと思し召し　[二一]国の八幡を伏し拝み　三河限りの[二二]堺川　涙と共に打渡り　急がせ給ふと申せども　飽かぬ別れの中なれば　[二三]裾は露　袖は涙に打しほれ　名所にては歌を詠み　旧蹟にては詩を作り　急がせ給へど　その[二四]気色更になし

一三 恥かしさに、秋ではないがまるで紅葉を散らすように赤面して。
一四 悲泣するさまとして多用される表現。「天に仰ぎ地に伏して、泣きかなしめ共かひぞなき」（平家物語二・大納言流罪）など。
一五 浄瑠璃など語り物段末の常套表現。
一六 底本段分けはない。山崎写本に拠る。古浄瑠璃「ふきあげひでひら入」の題名からみてもこの段は有名であったことが判る。
一七 舞曲「烏帽子折」でも吉次の供をするが、「四十二疋の雑駄三疋の乗馬」とある。
一八 駄馬をつかう少年。少年馬方。
一九 吉次等の命を受け馬子を取締る役。
二〇 「何として、源氏の嫡々がうき世を渡る吉次が太刀を持たうぞ。あら、はかなの心やな。吉次が太刀を持たばこそ、冥途にましまます父義朝の御はかせを持つにこそと思しめし、鬢切りの御はかせをわつそくにかけ、吉次が太刀をかついて、奥へ下らせ給ひけり。涙の雨は玉かづら…」（舞曲・烏帽子折）。
二一 故郷の八幡の神。京都男山八幡。あるいは三河の国の八幡社か。
二二 二川の東にあり、三河・遠江の国境にある川。
二三 浄瑠璃への思いに打しおれるさま。「裾は露袖は涙に打しほれ、まことに尋ねかねたる風情して」（横笛物語）。
二四 機嫌は少しもよくない。

一 遅れがちの御曹司を待って、一緒にまた旅行く。二 白須賀の東の坂。眼下に遠州灘を眺望することができる。三 この辺名所にて、憂きことも辛いことも遠く忘れさる遠江であるよ。

(13)－1

吉次　吉内　吉六とて兄弟三人の人々は　谷を過ぎては峰に待ち　峰を越えては谷に待ち　待ちつれ〳〵行程に　浦廻真近き潮見峠を打越えて　憂きも辛きも遠江　誰か袖をと疋馬の宿を打過ぎて　浜名の橋の夕潮にさゝれて上る海士小舟　我ごとくこがれて物や思ふらん　心つくすは夕まぐれ　明日の命は知らねども今日は池田の宿に着く　池田の宿を立ち出でて　源氏の御代を見付の郷まで着きにけり　見付の郷を打過ぎて　袋井畷はる〳〵と行けば

（絵13）

程なく今ははや　人に情を掛川

四 袖を引くと疋馬宿を掛ける。橋本と池田の間の昔の宿駅。「浜名に続く橋本は　また目にとまる宿なれや　誰に心をひきまなる　君も思へばあはれなり」（遺塵和歌集六・雑）。
五 浜名湖より海に注ぐ浜名川にかかっていた。歌枕になる名高い橋。「行道の末はいづくと遠江、浜名の橋の夕潮に、引人も無き捨小船」（太平記二・俊基朝臣再関東下向事）。「風渡る浜名の橋の夕しほにさされて上る海士の捨舟」（万代和歌集・雑三）。
六 恋焦がれると漕がれるを掛ける。
七「さらでも旅は物うきに、心をつくす夕まぐれ、池田の宿にも着き給ひぬ」（平家物語十・海道下）。山崎写本他この「平家物語」の文を用いる。
八 今日は生くと池田宿を掛ける。池田は天竜川西岸にあった古い宿駅。謡曲「熊野」の舞台となる。
九 源氏の御代となるのを見付けると見付の宿駅を掛ける。「誰か来て見付のさとと聞くからにいとど旅寝の空おそろしき」（十六夜日記）。
一〇 見付と掛川の間の宿。畷は田の間の道。「昔此地四方丘にして田園ありて袋の如し。其中に大なる井泉あり。四方田畑の料とす。故に名とす」（東海道名所図会三）。
一一 古くからの宿場。葛布を染て売る店が多かった。「これぞこの所ならひと門々に葛てふ布を掛川のさと」（海道宿次百首）。「爰は駿河の府中の宿よ。人に情を懸川宿の。雉の雌ほろりつと落いて」（鷺流小舞・雉の雌）。

絵(13)－1～3　御曹司は吉次の太刀を持ち、四十二疋の馬追の奉行をして東を指して下る。常に後ろ髪を引かれる御曹司はつい一行の後となり、人々は彼を待ちながら進む。塩見峠を越え、遠江疋馬の宿を打ち過ぎ行く。

(13)－2

(13)－3

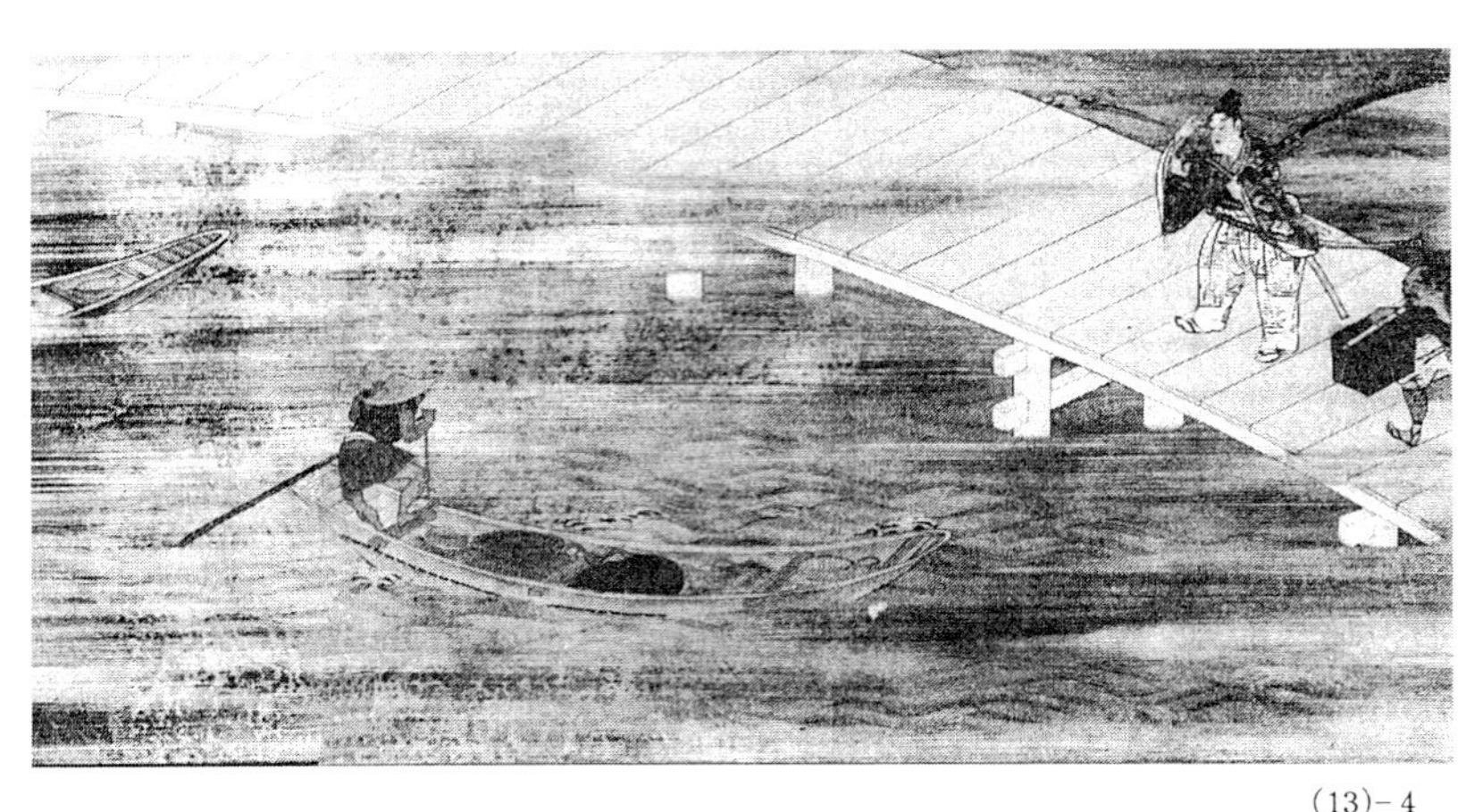
(13)−4

や　日坂過ぐれば音に聞こえし小夜の中山是とかや「げにやまことに此所と申は　そも一首の歌にも詠まれける

　としたけて又こゆべきと思ひきやいのちなりけりさよの中山

この所よ」と口ずさみ　急がせ給ひける程に　名所旧蹟　里〲宿〲打過ぎて　行けば程なく今ははや　宇津の山べの蔦の道分けてとふこそ情なれ

なをも思ひを駿河の国になりしかば　吉次殿御曹司を近づけて「いかにや申さん京藤太　御身これより急がせ給ひて　音に聞こえ

一 鎌倉期は西坂といった宿場。
二 有名な小夜の中山。後に続く西行の歌でとりわけ著名。掛川東部の山で古来難所として聞こえた。
三「伊勢物語」九段で有名。「在五中将が踏分けし宇津の山辺の蔦かへで」(宴曲集・山)。
四 なお恋の思いをする駿河の国。「しらせばやこひをするがの田子の浦うらみに波の絶えぬひはなし」(続古今集・恋四)。
五 吉次らの御曹司の呼称。「けふよりして御身が名をば京藤太と付うぞや」(舞曲・烏帽子折)。

絵(13)-4　疋馬宿を後にして、浜名の橋に立ち、夕潮に乗って上って行く海士小舟を見、漕がれて行く舟に焦がれる思いを重ね見る。夕暮は心をつくし、思いにふけさせる時である。
絵(13)-5・6　心をつくしつつ夕暮の街道を急ぎ行く。明日の命はどうなることか判らぬが、今日一日は生き得て池田の宿に着くことが出来た。ここでもしんがりをつとめた御曹司の視線は、姫の面影を求めてはるけき彼方に向かう。

(13)－5

(13)－6

(13)－7

し蒲原宿にて　菊屋へ案内を申させ給へ」とありければ　御曹司は聞こし召し　二百四十四人がその中より　わらは一人召し出だしつる事は　ひとへに無念と存づれど　又是とても吉次が使であらばこそ　一年尾張の国野間の内海田神の湯殿にて　御腹召したる義朝の御為　身の為なれば　急がばやなと思し召し　涙と共に急がせ給へば　程もなく　蒲原宿にぞ着き給ふ

宿の者共近づけて　「いかにや宿の面々達　この宿にて菊屋殿と申は　そもいづくを　どなたへ

一 由井と吉原の間の宿場。「右の方に吹上げの浜といふあり」(東海道名所図会四)。

二 「天狗の内裏」古写本等はこの話の予言箇所で「かんばらじゆくのふぢ屋たゆふといふものが、其とき、きちゞがやどなるべし」とする。十一段写本はその前段で、「美濃国菊屋が屋形にて其熊坂を打也」とする。

三 また私の為でもあるから。

四 いったい何処をどの方向に。

絵(13)-6・7　画面は池田の宿を出るところに移る。心を後に残すのは御曹司一人ではなく、一行の馬や牛も足が重い。

絵(13)-8・9　池田より源氏の御代を見付の国府に着き、さらにここを打ち過ぎ行く。残してきた姫に心で別離を告げ、さらばと手を振る。以後の絵にはふり向く彼の姿は見えない。

袋井縄手をはるばる行く。このあたりは道行文につれ、連続画法で状景が早く、短く展開されていく。

(13)－8

(13)－9

行きけるぞ　教へてたべ」と仰せらるれば　宿の者共承り「さん候　菊屋殿と申は　そもこれよりも北町[一]にて　門に一つの印[二]あり　唐梅[三]　唐花[四]　唐躑躅[五]　獅子[六]に牡丹の描いてあり　急がせ給へや　冠者殿いかに」と教へける

御曹司は聞こしめし　此宿より北町にて尋ね給ふ　まことに印のありやとて　かの方に立ち寄り「案内申さん」と仰せければ　内より菊屋は人を出して「誰そ」と言ふ「いや苦しうも候はず　吉次殿御下り候ひしが　案内申さんその為に　是まで参りて候ぞや　雑餉[七]構へて待たせ給へや菊屋殿」とぞ仰せける

扨も其後　菊屋の与一は斜めならずに喜びて　六間[八]と七間　九間の座敷を一度にはらりと取りをかせ　六間の座敷をば吉次殿の御座と定め　畳にとりてはどれ〱ぞ　繧繝縁に高麗縁　綾の縁を始として　段〱[九]にぞ敷かれける　中[一〇]の間には紫縁　口の九の間[一一]には木綿氈[一二]の畳を廻り敷[一三]にぞ敷かれける　座敷を一入飾らんとて　さて又唐木の押板[一四]に古銅[一五]の花瓶に立てたる花こそおもしろけれ　まづ草花にとりては牡丹　芍薬　葵　山吹立てられたり　広縁には猟虎[一六]虎豹の皮をも　毛筋を揃へてさつ〱と敷かせつゝ　吉次殿を今や遅しと待たれける

一　北の方の町で。
二　一つの目印がある。暖簾の模様をいうか。
三　→一七頁注三六。
四　中国舶来の花の意であるが、五弁の桔梗の花に似て、花弁の端の左右にすみきりのある模様となる。
五　躑躅の一種。「からつつじ　くれない大りん」(歌壇地錦抄)。
六　唐獅子と花王牡丹の取り合せた絵画・彫刻は平安時代から見られ、鎌倉・室町期には甲冑などの飾りに好まれた。謡曲「石橋」ではその両者が舞台上に見られる。
七　「雑餉　酒肴食物」(文明本節用集)。「その日のとまりは鏡の宿吉次が宿は菊屋と聞こふる。鏡の宿の遊君雑餉かまへ吉次殿をもてなす」(舞曲・烏帽子折)。
八　六間四方の部屋。奥の間。
九　段を重ねて、畳を重ねて敷く。
一〇　前出の七間四方の間。
一一　入口に近い九間四方の間。
一二　「もんめん」は木綿の音便。太い木綿糸で花文を織った布。俗に花毛氈という。「畳に取ってはどれ〱ぞ…もうせん、もめんせん」(天狗の内裏十一段本)。
一三　→三七頁注三一。
一四　紫檀・黒檀などの唐木の床の間の板。
一五　古代の銅製の花生。「古銅華瓶」(下学集・器財門)。
一六　海獣の一種。蝦夷島東北の海から採れ、その毛を珍重し、褥に用いたりした。「畳に取ってはどれ〱ぞ…虎のかわ、らっこ、ひやうのかはにて…」(天狗の内裏十一段本)。

吉次も急がせ給へば　程もなく菊屋が宿にぞ着かれける　菊屋なのめに喜びて　吉次　吉内　吉六とて兄弟三人の人〻を　奥の座敷へ招じ参らせ　山海の珍物に国土の菓子[一七]を整へて　酒をさま〴〵に奉る　二百四十四人の人〻も中の間に車座[一八]にはらりと並み居て　順の盃[一九]　逆に飲み　逆の盃　順に飲み　勇みに勇みて酒を飲うで遊べども　痛はしやな御曹司は上瑠璃御前のその面影が　御身に立ち添ひ忘られ難く思し召せば　酒盛更に身にそまず

一日は旅の疲れ　二日は気病[二〇]　三日は又神病[二一]などとせし程に　恋風の事なれば日〻に増りて　重りこそすれ験もなし

吉次此由見るよりも　大事の商ひせし者が　あの冠者一人あるゆへに　今日七日は待ちけれども　幾久しくは叶はねばとて　宿の菊屋を召し出し　砂金百両[二二]　巻絹百疋[二三]得させつゝ「いかにや申さん菊屋殿　あの冠者と申は　そも某が秘蔵の冠者にて候ひしが　都は一条角の　よね屋[二四]が子にて候ひしが　父母の不興を蒙り　某を頼みつゝ　遥かの東へ下りしが　幼き者の今を始めの旅なればかやうに悩み候ぞや　よきに看病したてつゝ　是より東へ送り届けてたび給へ　千に一つも空しくなりて候はゞ　後世をば弔ふてたび給へ　菊屋殿」とぞ申されける

一七 土地に産する果実。

一八 円く輪形に座をしめること。「はらり」は軽快に散らばって座るさま。

一九 「順の盃」は、酒宴で上座から順を守って盃を飲み回すこと。「逆の盃」はその反対に下座から上座に戻っていくこと。ここは酒宴が無礼講でたけなわなさま。

二〇 時期の寒暖、湿気の多少等から発する病い。「三月三日節供ハ時ノ気病ヲ除ンガ為也」(壒嚢鈔一)。江戸期は思いつめて気やみになるといった例が多い。古活字版では「二日は神やみ」「きひやう」とあるが、「摧滅一切鬼病神病」(千手千眼観世音菩薩姥陀羅尼身経・雑部)とある如く、鬼魅が人について病をなすといった仏教的な不思議の病いとなっている。

二一 前注の「千手経」の例の如く鬼病と同趣の意味であるが、一解に頭病(かみやみ)、頭痛の意ともとれる。他本との関連で神病としておく。

二二 両は令制の量目の単位で、古くは一斤の十六分の一、十匁。中・近世は四匁五分、四匁四分。

二三 布を数える単位で二反が一匹。

二四 不詳。舞曲「烏帽子折」には「都は三条よね町に住居する下郎の子」とある。古活字版は「一条戻り橋にこめやが宿」とある。

菊屋此由承り「心安く思し召せ　めでたう[一]看病したてつゝ　是より東へ送り届けて参らすべし　吉次殿」とぞ申ける

御曹司は聞こし召し「いかにや申さん吉次殿　都を出しその時は　御身をば親とも主とも兄弟とも　[二]天とも地とも頼みつゝ　遥かの東へ下る身が　世間にはやる[三]風を得たとて　捨て置き給ふか　情なし」とて　涙にむせび給ひける

吉次此由聞くよりも「御身の御存知の如く　大事の商ひ申身が　今日七日は待ちけれど　幾久しくは叶はねば　宿の菊屋をくはしく頼みて候ぞや　よきに看病したてつゝ　是より東へ下らせ給へや」　暇申てさらばとて　兄弟三人の人〻は　[四]車寄まで出られける

車寄にもなりしかば　弟の吉内　吉六申けるは「いかにや申さん吉次殿　[五]譬へ事にてあらねども　昔より[六]恩を見て恩を知らぬは　竹木石に譬へたり　それをいかにと申に　そも美濃の国大墓の宿にて　[七]熊坂の長範に夜討討たれしその時に　兄弟三人の者共も[八]薄手を一つ負はずして　是まで下りし事共もあの冠者一人ある故なり　よく〳〵暇乞を申させ給へ」とて　又立ち帰り　御曹司の[九]跡や枕に立ち寄りて「いかにや申さん京藤太　我〳〵をば誰やの者とか思し召す　[一〇]左手は吉内　右手は吉六　枕許にありしは吉次にて候ひしが　あまりに

一 看病を立派に仕遂げる。
二 天地の恩（父母の恩などと共に四恩の一）という言葉のある通り、その恵みを大きく受けているので、吉次の有難さを天地に比して言った。
三 風気（ふうき）と同じ。感冒。
四 中庭、妻戸の前にあり、屋根をかけ下に石を舗く。貴人が輿・車を寄せる所。
五 例を引いて事柄を強調する際の常套句。「次信の風情や候。譬へ事にては候はね共、鎌倉の権五郎景政は…」（舞曲・八島）。
六 「生あるもの、いづれも情を知らぬといふ事なし。いはんや人間の身として、恩を見て恩を知らぬは木石にたとへたり」（奈良絵巻・うらしま）。
七 熊坂長範説話は多いが、美濃大はかとするのは舞曲「烏帽子折」で、「義経記」二は近江国鏡の宿、「曾我物語」八は美濃垂井の宿とする。
八 浅い傷。反対語は痛手。
九 足許や枕許。
一〇 「忝くも枕元は三代相恩の主君、弓手は秩父の重忠、馬手は和田の義盛也。後にてかやうに申すは、弟の忠信にて候ぞや」（舞曲・八島）。

名残の惜しければ　よく〳〵暇乞ひをも申さん為　是まで参りて候ぞや　よきに看病したてつゝ　是より東へ下らせ給へや　下らせ給ひてあるならば　奥は奥州[11]信夫の郡　三の迫の麓なる松沢と申所に　[12]きとう二良がその子の金売吉次と尋ね給へや」暇申てさらばとて　兄弟の人々は涙と共に東をさしてぞ下られける

扨も其後　御曹司は[13]そことも知らぬ宿中に　只一人打ち伏し悩ませ給ひける　[14]宿の主は是を見て　いかさまあの冠者は姿ゆゝしき冠者なれば　いかやうにも申なし　一夜の契りを申こめんとて　御曹司の跡や枕に立ち寄りて「いかにや申さん冠者殿　見れば御身は姿ゆゝしき冠者殿なり　自らと申はそも生年年は十六歳にまかりなる姫を一人持ちたりしが　自らが聟にせんぞや　是より東へはる〳〵と吉次が供して何かせん　旅の冠者」とて数の言葉を尽されける

痛はしや御曹司は　上瑠璃御前のその面影を忘られがたく思し召せば　此事[15]更に身にしまず　たゞ何ともなく「及ばぬ恋」とありければ　主此由聞くよりも　[16]気色大きに打変り　一間所に立ち帰り　夫の与一を近づけて「いかに

一一 信夫郡は陸奥国南部にあった郡。現在の福島市辺。
一二 未詳。
一三 どことも判らない。見知らぬ。
一四 宿の女主人。
一五 一向に心に感じない。
一六 顔色。

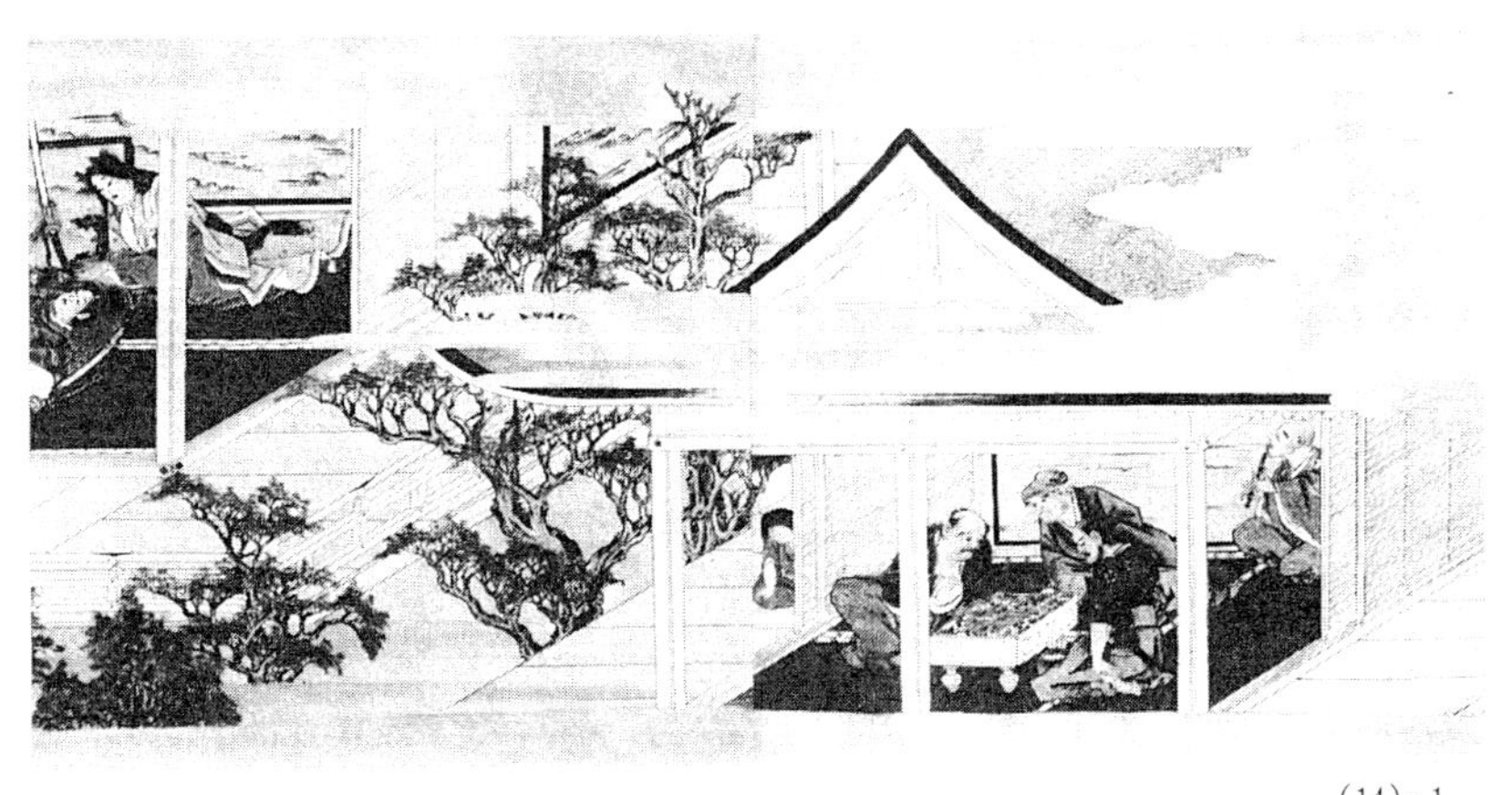

(14)-1

や申さん与一殿　出居にまします
冠者の病を見てあれば　世間には
やる風と見る　此病と申は　そも
門をも忌み火をも忌み　あまねく
見る人　聞く者に至るまで　移ろ
ひ易き病也　あの冠者を同じ旅屋
に置くならば　世間の旅人一人も
付くまじ　旅人付かぬ物ならば
菊屋が身上叶ふまじ　いづくへな
りとも追ひ出だし給へや　与一
殿」とぞ申ける

与一この由聞くよりも　「あら
女房の言葉とも覚えずや　あの冠
者をいづくへなりとも追ひ出す物
ならば　世間の旅人聞き伝へ　菊
屋が宿は物憂き宿と申なし　旅人

一 客殿。客に対面する座敷の意。
二 門に立つことを嫌い、同火の料理を食することも避ける。
三 旅籠。客舎。
四 生計がなり立たない。
五 つれない宿と言いふらし。

（14）－2

一人もよも付かじ　旅人付かぬ物ならば　与一が身上叶ふまじ　たゞとにかくにあの冠者をよきに看病したてつゝ　是より東へ送り届けてたび給へ　女房いかに」と申されける（絵14）

女房此由聞くよりも「[六]その儀にては侍へども　冠者の差いたる[七]腰の物　[八]吉次の置いたる宝物　[九]幾万貫とも数知らず　幾万貫を持つならば　[一〇]一期の中楽〱と過ぐる事は[一一]治定なり　たゞとにかくにあの冠者を　海に沈め給へや　与一殿」とぞ申ける

与一此由聞くよりも「あら恐ろしの女房の言葉やな　御身　某

六　それはそうではございますが。
七　御曹司の差し料、後出の古年刀や友切丸。
八　吉次が宿の亭主に世話を頼んだ後、謝金を置いていく条りが他本にあり、古活字本は良馬一匹と黄金十両、山崎写本は良馬と五十両、絵巻は砂金十両と巻絹五十疋などとある。
九　一文銭一千枚が一貫。貫とは穴明銭を緡(さし)に貫く義。
一〇　生涯。
一一　決定すること。必定。

絵(14)―1・2　蒲原宿で病に臥す御曹司を、吉次は宿の亭主に托して旅立った。中央、宿の女房は彼の容姿に恋慕し言い寄るが、御曹司は及ばぬ恋としりぞける。その左、書見中の亭主に御曹司を追い出せと讒訴する女房の姿、右方には旅泊の人々を描く。亭主の教養・人柄の程もしのばれる図。

あの冠者諸共に　露[一]の命は捨つるとも　奥の吉次の頼みし言葉の末もあり
たゞとにかくにあの冠者をよきに看病したてつゝ　是より東へ送り届くるもの
ならば　明年の春か夏かは　吉次殿の御上りにて　数の宝を貰うべきぞや
たゞとにかくによきに看病したてつゝ　是より東へ送り届けてたび給へ　女房
いかに」と申されける
女房此由聞くよりも　こゝは一つ偽らばやと思ひつゝ　「其の儀にて候らは
ゞ　よきに看病したてつゝ　是より東へ送り届けて参らすべし　心易く思し召
せ　与一殿」とぞ申ける
与一此由聞くよりも　是を誠と心得て　冠者の病のその為に　箱根[二]の権現へ
[三]百日籠りを申されける
百日籠りしその留守に　宿の主が巧む様こそ恐ろしけれ　荒けなき武士共を
近付けて　「いかにや浦の面〳〵達　出居に伏したる冠者殿を　海に沈めて給
はれや　砂金十両参らすべし　面〳〵達」とありければ　武士共はうけ給り
「あの冠者を海に沈めて　砂金十両取らん」とて枝折[四]の板を取り出し　哀れな
るかな御曹子を乗せ奉り　渚端へと急ぎける
渚端にもなりしかば　御曹司を月の夜影に見奉れば　迦陵頻[五]の如くなる若

一 露のようにはかない命。女房の欲心に対し、亭主は金に代えがたい世のはかなさを言ってたしなめる。

二 神奈川県足柄下郡箱根町の箱根神社。孝謙天皇の御代万月(一説に万巻)上人草創。本地文殊師利菩薩。伊豆箱根二所権現の一つで尊崇を集めた。権現は仏菩薩が仮に神(彦火火出見尊)と示現したとして祀る。

三 百日間泊りこんで祈願すること。

四 木の枝や柴を折りかけて作った板。

五 迦陵頻伽(→四四頁注六)。その美声で知られるが、姿の美しい例を知らない。ここは誤解か。浄瑠璃「ふきあげ」は同箇所を「かやうに姿ゆゝしき冠者殿を」とする。

(15)－1

君にてましませば　「此君を海に入るゝ事勿体なし」とて　それよりも[六]六本松に舁き戻し　松の葉木の葉を掻き集め　竹を三本からめつけ　桶と柄杓に水を少入　「是を汝に得さする」とて　武士共は菊屋が宿に立帰り　「いかにや申さん主殿　只今の冠者殿を海に沈めて候ぞや　心安く思し召せ　主殿」とぞ申ける

女房此由聞くよりも　斜めならずに喜びて　酒と肴を取り出し　武士共に三〳〵九度ぞ盛り流す　三ゝ九度も過ぎぬれば　砂金十両取り出し　武士共に得さすれば　武士是を受け取りて　急ぎ我屋に

六　六本の松のある所。「東海道名所記」四・蒲原の条に「吹上の浜といふあり　こゝに六本松とて浄瑠璃姫の塚あり」とする。

(15)－2

帰りつゝ　舞ふつ歌ふつ酒盛してこそ遊びけれ　御曹司のその心中哀れとも中〳〵申ばかりはなかりけり

扨も其後　御曹司はいづくとも知らぬ浦端に　只一人打伏し悩ませ給ひける　御曹司の古年刀[一]に　[二]友切丸　[三]漢竹の横笛　[四]皆紅の扇　これ四つの家に伝はる宝物　いつの間にかは　菊屋が倉を忍び出で　古年刀は年を申さば十四五なるわつぱと身を変じ　遥かに遠き人里より　湯水を求めて御曹司の御伽を申奉る　友切丸は丈は[五]廿尋　[六]背筋七筋　角は十六打生へ

一 古く年経て伝わる名刀。舞曲「烏帽子折」にも「源氏御重代のこんねんとうと申刀」と出る。
二 →一九頁注一二。
三 一九頁注一四の蟬折。
四 →三七頁注二四。
五 尋は大人が両手を左右に拡げた際の長さ。五尺または六尺。
六 八岐の大蛇となり、角が各二本十六本生ず。

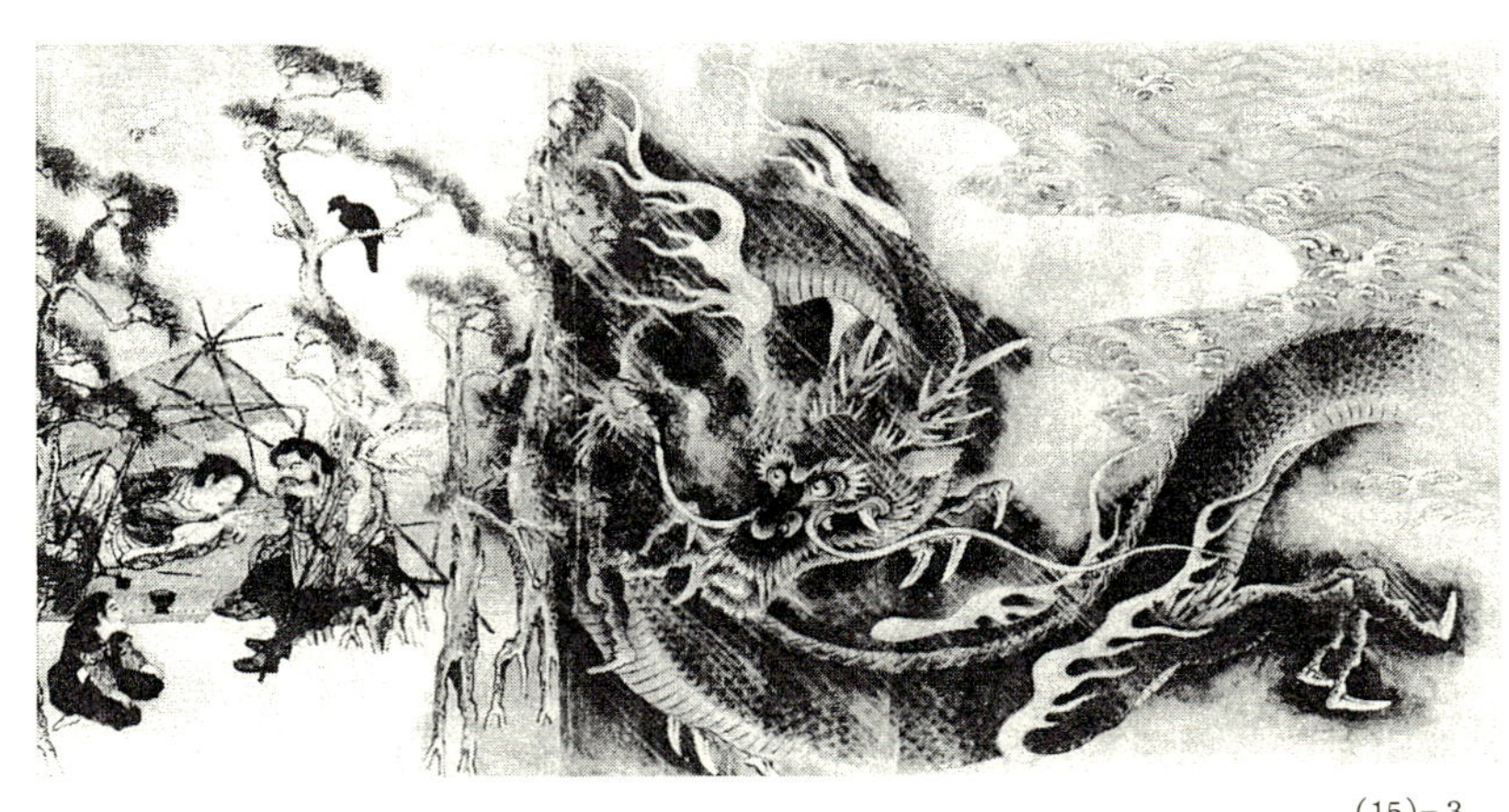

(15)-3

たる大蛇となりて　六本松のあたりに光を放ちて御伽を申て居たりける　漢竹の横笛も同じ大蛇となりにける　皆紅の扇は　そも源氏の氏神[七]正八幡のその使者の[八]白鳩となりて　かなた　こなたを飛び廻る　[九]左折の烏帽子は又烏となりて　六本松に止まり居て　御伽を申奉る　あたりの者共これを見て「あら恐ろしやな　六本松のあたりには　変化の物が出できたる」とて　近づく者はなかりけり

　こゝに又　源氏の氏神正八幡は　これを哀れと思し召し　年を申さば八十ばかりなる[一〇]客僧と御身

七 正八幡宮の略。正宮たる位置を占める八幡宮をいい、大隅国八幡宮を正八幡と称した。しかし次第に八幡神全般を正八幡大菩薩などと称える。源義家以来八幡宮を氏神とする。

八 →二三頁注二八。

九 上端を左側に折った立烏帽子。舞曲「烏帽子折」で御曹司が自らあつらえ作らせた烏帽子。色が黒の烏帽子なので烏と変じる。

一〇 旅の僧の意であるが、山伏を指すことも多い。熱海本の絵師は山伏姿を採った。しかし次の本文の姿からすれば前者の意。

絵(15)-1〜5　亭主の留守中、女房の企みで六本松の辺りに棄てられた御曹司を、源家の四宝が童子、大蛇、白鳩、烏となって守護し、それを恐れて浦人も恐れて寄りつく者はなかった。源氏の氏神は客僧となって現れ、御曹司を訪う。彼は客僧に姫への手紙を托す。

(15)－4

を変じ給ひて　香の衣に香の袈裟　皆水晶の数珠を爪繰り　鹿杖に縋りつゝ　かの浦端へ出でさせ給ひて「いかにやいかに　冠者殿はいづくの人にて候へば　人里稀なる此浦に只一人打伏し　悩ませ給ふぞや　冠者殿いかに」と仰せける

御曹司は聞こし召し「われらと申は　都方の者なるが　詮なき東の旅をして　世間にはやる風を得たとて　宿貸す人の非れば　これに伏して候なり　客僧様」とぞ仰せける　客僧此由聞こし召し「詮なき東と候　さりながら心にかゝる事は候はぬか　包まずとも

一 →六頁注六。

二 下方が鹿の角のように二股になっている杖と、杖の上部が撞木の形をしたものとある。この場合は後者であろう。この客僧の表現は、申し子の条の薬師の示現の姿や、刊本「青葉のふえ」に「年は八十ばかりの老僧の、眉に八旬の霜をたれ。香のけふりにすゝけたる御衣召し。かせ杖にすがり。水晶の数珠をつまぐり…かの老僧は権現の現じ給ひて」の神仏示現のさまに通じる。

三 行き甲斐のない東に向けての旅。

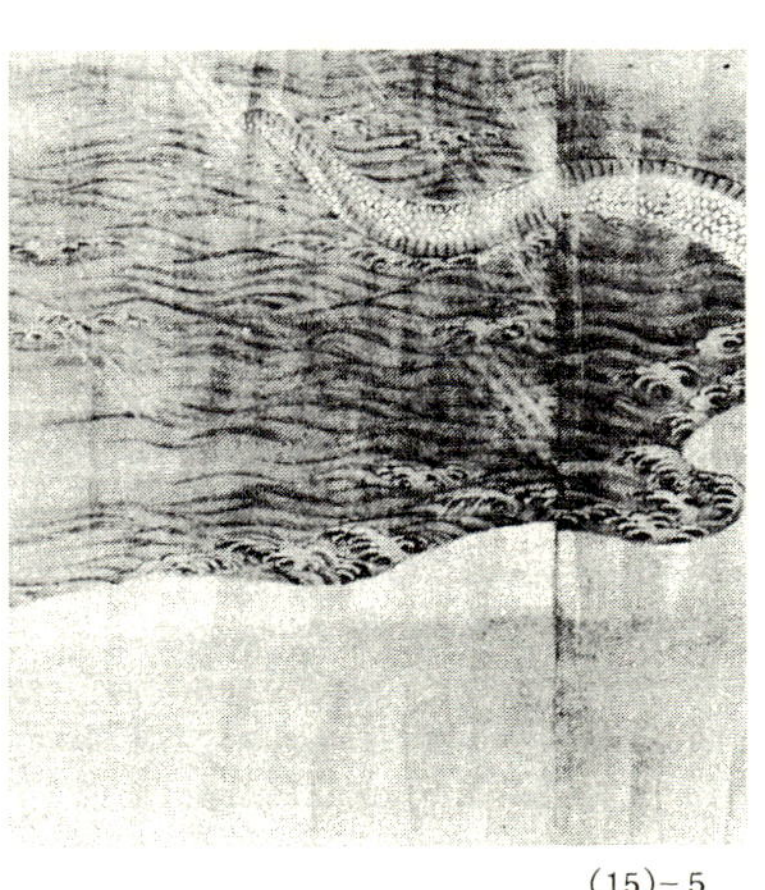

(15)－5

語らせ給へや　冠者殿いかに」と仰せける　御曹司は聞こし召し「其儀にて候はゞ　客僧様は上りの人か　下りの人にてましますか　や　客僧様」とぞ仰せける　客僧此由聞こし召し「われらと申は奥は奥州信夫の者にて候が　都は[四]一条殿へ参る者にて候」と語らせ給へば　御曹司は聞こし召し「其の儀にて候はゞ　これよりも三川の国矢矧の宿　上瑠璃御前の御方へ文を託て申さん　文だに届くものならば冠者が[五]思ひは候はず　客僧様」とぞ仰せける

客僧此由聞こし召し「安き間の事　[六]託けて参らせん」と仰せければ　御曹司は聞こし召し　斜めならずに思し召し　重き頭を軽く上げ　左手の脇より紫檀の[七]矢立を取り出し　硯の水とてあらばこそ　落つる涙を硯水と定めつゝ　墨たぶ〳〵と含ませて　思ひし言の葉を細〴〵と遊ばし給ひて　[八]山形様に押し畳み　客僧方へ渡させ給ひて　その身は又[九]女郎花の露重げなる風情にて　元の枕

四 →三二頁注九。
五 残す思いはございません。
六 底本「こ」脱。
七 →二九頁注四。
八 結び文の形。書状を細長く巻きたたみ、端または中央で折り結ぶ、その結び方の一。中央で結び、へ(山形)の形状にしたもの。恋文の結び方として説経等に頻出する。
九 美人等のなよなよとたよりなげな形容。「御姿、秋の野のおみなべしの露重げなるさま、うちしほれたるよそほひにておはします」(秋月物語)。

に打ち伏し　悩ませ給ひける　御曹司のその心中哀れともなか〳〵申ばかりは
なかりけり（絵15）

扨も其後　客僧御文受け取りつゝ　神や化身[一]の事なれば　刹那[二]が間に三川の
国矢矧の宿に着かせ給ひて　見給へば棟門高き屋形[三]あり
中にも唐垣[四]のほとりにて　「案内申さん」と仰せらるれば　内より折節冷泉
は立ち出でて　「怪しや誰そ」と咎むれば　客僧此由聞こし召し　「いや苦しう
も候はずわれらと申は　都へ上る者なるが　これよりも駿河の国蒲原宿より
年の齢は十四五なる冠者殿の方よりも　文を一つ託かりて候」とて冷泉方へ渡
させ給ひて　掻き消すやうに失せ給ふ
冷泉御文受け取り　上瑠璃御前に参りつゝ　「いかにや申さん我君様　都の
殿の忘れ難く思し召し　便りの文を上させ給ひて候ふぞや　我君様」とて捧げ
ける
上瑠璃斜めに思し召し　さつと開いて見給へば　思ひの外に引き替へて　今[五]
を限りの文なれば　肝魂[六]もあらばこそ　天に仰ぎ地に伏して　悶え焦がれて
歎かせ給ふが　落つる涙の下よりも　冷泉を近付けて　「いかにや冷泉承は

一 衆生済度のため神仏が人間に姿を変えて現われたもの。
二 瞬時の間に。刹那は仏語で時の最少なるものをいう。
三 棟や門の高く立派なる邸宅。→一八〇頁注二。
四 草木や竹の茎幹（から）で編んだ垣とする説と唐風の塗り塀の説とある。本絵巻では唐風の立派な編垣に描く。
五 今が最期という内容の遺書。
六 生きた心地も。

(16)－1

れ

夫[七]の心と川の瀬は一夜に変る習ひとて　自ら振り捨て下らせ給ふを　恨みと思ふ折節に　今を限りの文なれば　たとひ自ら女にては候ふとも　冠者の行衛を尋ねて　今生にて今一度　対面申さんと思ふなり　冷泉いかに」　仰せけり

冷泉此由　承り「君だに尋ね給はゞ　自も御供申さん」と申ければ　上瑠璃斜めに思し召し　一[八]間所に立ち忍び　肌には白き練絹[九]に[一〇]十二単を召されつゝ　丈[一一]のかもじに八尺の掛帯[一二]をば　冷泉に持たせ給ひて　一部の法華経と肌の守[一三]を首に掛け　藍革[一四]の揉足袋に　糸[一五]

七 諺。男心の変り易き譬え。「おとこの心と川のせは一やにかはる」(毛吹草)。

八 一間に同じ。

九 絹布を砧で打ち、或いは灰汁(あく)で練ってやわらかくしたもの。

一〇 下から白小袖・紅袴・単・五衣・打衣・表衣・唐衣を着し、腰に裳をつけた盛装。

一一 →四頁注九。

一二 →四頁注九。

一三 肌身につけて大切にする守本尊や守札。経軸を袋に入れて両袖を紐でくくり、首に下げたりした。

一四 藍色に染めた革を揉んで作った皮足袋。皮足袋は丈夫で長持ちする。

一五 紐を編んで作った草鞋。はき心地が柔かい。

絵(16)－1・2　客僧のもたらした手紙を読み、姫は冷泉と二人で急ぎ旅支度を整え、蒲原宿へ向かう。宿場では富士から三年三月目毎に雪女の来るという伝えの通りの女が来たと恐れ、門を閉ざし宿など供す者はない。二人は松の木の下にたたずみ途方にくれる。

(16)－2

の草鞋召されつゝ　菅[一]の小笠を傾けて　今や遅しと待たせ給ふが同じく乳母の冷泉も　藍革の揉足袋に　菅の小笠を傾けて　主従[二]二人の人〻は住み馴れさせ給ひたる　矢矧の宿をば　涙と共に忍び出で　蒲原宿へぞ急がせ給ふ

哀れなるかな上瑠璃御前は　い[三]つ歩みも習はせ給はぬ黒土[四]を　初めて踏ませ給へば　道の細砂[五]も道[六]芝も　朱の血汐と染まりける　矢矧の宿より蒲原宿までは夫[七]の道には四日路　又女人の道には九日路と申所を　上瑠璃御前や冷泉は急がせ給へば程もなく　三日三夜と申には　音に聞こえし蒲原宿に

一「はきも習はぬ草鞋に、菅の小笠を傾けて」（太平記二・阿新殿事）。

二 山崎写本のみ二人旅でなく、「女房達」とあり、天狗が矢作に送り返す条でも「十三人の人々」とある。

三 平生。「知らぬ山路を夜もすがら分け入らせ給ふに、いつならはしの御事なれば、御足より出づる血はいさごを染めて紅の如し」（平家物語四・競）。

四「とうの裏無しさしはひて、五条あたりの黒土を、初めて踏むぞ哀れなる」（舞曲・伏見常葉）。

五 →五頁注二六。

六 道ばたの芝草。「嵐に凍る道芝の、氷に足は破れつゝ、血に染む衣のすそご故、よその袖さへしほれけり」（古活字本平治物語・下・常葉落らるる事）。

七「海道記」によれば「九日矢矧を立ちて…十三日…蒲原の宿に泊りて」とあり、五日をかけている。

(16)－3

ぞ着き給ふ
宿に立ち寄り　一夜の宿を取らばやなど思し召し　立ち寄り給へば　宿の者共是を見て　「八あら恐ろしや　此所と申は　そも富士の御嶽の近ければ　三年三月と申には　雪女と変じ来て　夫を取ると承る　実にや誠に此年は　三年三月に当りたり　此上臈をつく〴〵と見奉るに　九天人影向あるかと覚ゆる程の上臈の　只二人来りたるは　雪女に紛ふ所はなかりけり　宿を貸すな」と言ふまゝに　門と蔀を押し立てて　宿貸すやうこそなかりけれ

八「あるじのむばが立出て、…常葉の御姿をつく〴〵と見参らせ、内へ走り帰て、なふ、如何におほぢ御。門の辺りに女の声として宿かせと申程に、立出て見て候へば、あたりほとりもかかやくほどの上臈の、幼ひ人を数多つれ、宿貸せと申が、訴への人にてはなげなぞなふ。この山に棲むなる、狐狼野干のものが、おほぢやむばを食物にせんためか。さらずは、今夜は、雪けしからず降り積みたれば、雪女といふ物か。あら恐ろしやと申」（舞曲・伏見常葉）。雪女は雪の降る夜出るという白衣の雪の精。
九 天人が仮に姿を現わすこと。

絵(16)－3～5　二人は四方破れた辻堂を見つけ手を取り合い泣くばかり。折柄雷が鳴り響き、豪雨が車軸を流すばかり降りそそぐ。笠を柱にくくり髪もおどろに身の憂さを泣きわびる二人、左方に荒涼の海端が拡がり、ともづな離れた棚なし小舟を描いて、深窓の姫達の心細さを表現する。

(16)－4

哀れなるかな上瑠璃御前や冷泉は　宿貸す人の非ざれば　とある[一]所に立ち寄りて　呆れ果ててましますが　西を遥かに見給へば　四方破れた辻堂[二]あり　此辻堂へ出でさせ給ひて　主従二人腰打ち掛け　互に手に手を取り組みて　思ひ出いてはわつと泣き　語り出いては又さめ〲とぞ泣かれける　稀にも事問ふ[三]ものとては沖の鷗[四]と磯辺の千鳥　松吹く風の音ばかり　しかも其夜は雷鳴つて　雨も車軸[五]と降りにけり　哀れなるか[六]な上瑠璃御前や冷泉は雨とも車軸とも弁まへず　天に仰ぎ地に伏して　流悌焦がれて歎かせ給ふ　上

一　或る。「宮をばとある辻堂の内に置き奉りて」(太平記五・大塔宮熊野落事)。
二　街道の辻などに建てた小さい仏堂。寄棟造が多い。
三　訪れる。話しかける。「たま〲こととふものとては。峰に木伝ふ猿の声」(謡曲・蝉丸)。
四　「折節雨降り、神なり稲妻しげく、心細さは限りなし。たま〲聞こふる物とては、波の音、松風、沖の鷗、磯千鳥、友呼び交す声ならでは、ともなふかたもなかりけり」(古絵巻・小敦盛)。
五　車の心棒のように太い雨。大粒の雨の沛然と降るさま。
六　四方の囲いも破れた辻堂で一夜を過ごす深窓の姫としては、心細さ恐ろしさに加え、この車軸を流すばかりの風雨に前後を失うばかりの歎きの有様を表現する。

（16）－5

瑠璃御前の心の中　哀れとも中〳〵に申ばかりはなかりけり（絵16）

扨も其後　菊屋の与一は冠者の病の其為に　箱根の権現へ百日籠[七]りを申されける　其御利生[八]には箱根の権現は年を申さば六十ばかりなる尼公と御身を変じ給ひて　かの辻堂へ出でさせ給ひて「あら恐ろしやな　此辻堂と申は　そも[九]昼だにも変化のもののある所にいはんや夜半に女の声として　叫ぶ事こそあら恐ろしや」とありければ　上瑠璃此由聞こし召し「自らと申は　そも変化のものにて更になし　詮[一〇]なき人を尋ねて下

七　百僧供・百日経・百度詣・百日精進など、百を単位に祈念することが多い。
八　御利益。
九　そもそも。文を説き起す言葉。
一〇　会ったところで甲斐のない人。

(17)－1

るとて　宿貸す人の非ざれば　これに伏して候ふなり　尼公様」とぞ仰せける

尼公此由聞こし召し「詮なき人と候ふ　さりながら年の齢は十四五なる冠者殿にて候はぬか　其冠者殿にてあるならば　自らが此間湯水を求めて　よきに看病したりしが　詮なき露の命にて　昨日の昼の比　果てさせ給ひて候ふぞや　たゞとにかくに是よりも　都の方へ帰らせ給ひて　後世弔ひて参らせ給へや　姫君」とぞ仰ける

上瑠璃此由聞こし召し　肝魂もあらばこそ　天に仰ぎ地に伏し

一 貴女の会いたい人は、会い甲斐がない人とございますが。
二 看病しても無駄な、露のようにはかない命、運命にて。
三 亡き跡あの世で往生出来るよう供養して。
四 驚き、恐怖などで生きた心地を失うさま。

(17)－2

て　悶え焦がれて歎かせ給ふ　落つる涙の隙よりも　冷泉を近づけて「いかに冷泉うけ給はれ　自ら此宿まで遥〲と下る事も　別の子細で候はず　冠者の行衛を尋ねて　今生にて今一度　対面申さんとて　是まで遥〲下りしが　果てさせ給ふと聞くからに　力は候はず　冷泉」とて又さめ〲と泣き給ふ　冷泉此由聞くよりも「いかにや申さん我君様　譬はば此上はいかなる野の末山の奥[五]　死出三途の大河とやらんまでも　共に手に手を取り組みて　尋ね申さんぞや　我君様」とぞ申ける　上瑠璃此由聞こし召し　斜めならず

五　以下何処までも一緒という場合の常套句。「はじめより、野の末山の奥、ち色の底までも変らじとこそ契りしに」(横笛物語)。「返さん刀にて自ら自害し、つまの十郎に腹切らせ、死出三途の大河を、助成諸共に手に手を取り組んで行かばやと」(舞曲・和田酒盛)。「死出の山」「三途の川」は、死後死者が山を越え、三つ瀬川を渡ると「十王経」などに説くところからいう。

絵(17)－1・2　宿の亭主が箱根権現に御曹司の平癒祈願をしてくれた奇瑞で、権現は六十余の尼公と変じ、御曹司の果てた場所へ案内する。渚端まで導き尼公はかき消える(薄い銀で描かれる)。二人は楓のような手で掘り進み、砂の下から御曹司を掘り出し、姫は膝の上にかき乗せ悶え焦がれて泣く中、その涙が御曹司の口中にこぼれ入り少し息を吹きかえした。

(17)－3

に思し召し「いかにや申さん尼公様　扨其冠者殿の果て給ひたる最期所は　いづくの程にて候ふぞや　教へてたべ」とぞ仰せける尼公此由聞こし召し「安き間の御事なり　こなたへ入せ給へ」と
て　二人の人を先に立て　渚端へと急がせ給ふが　渚端にもなりしかば　かの尼公と申は　そも神や変化の事なれば　掻き消すやうに失せ給ふ
上瑠璃御前や冷泉は　かの尼公の失せさせ給ふも知ろしめされず　かなたこなたを尋ね給ふにこゝに又松の一叢ある方より　白鳩番ひ飛び来たるを　上瑠璃此由

絵(17)－3　姫は冷泉に宿願かけて祈れと命じ、冷泉は「法華経」、肌の守を取り出し、伊勢大神へ捧げ、八尺の掛帯を箱根権現へ捧げて祈誓をこらす中、程なく御曹司は蘇生する。図はその蘇った彼が、よろこびに涙する姫の手を取りなぐさめる景。

(18)－1

御覧じて「いかにや冷泉　あの白鳩と申は　そも源氏の氏神正八幡の其使者の　白鳩にてありければ　鳩の立ちたるその跡を尋ねて見むぞや　こなたへ来たれ　冷泉」とて　こゝかしこを尋ね給へば　こゝに又細砂の少し高き所のありければ　楓[一]のやうなる御手にて　松の葉木の葉を掻き除けて尋ねさせ給へば　柴の庵の形あり　猶も尋ねて見給へば　桶と柄杓を掘り出だす

上瑠璃是に力を得　猶〳〵尋ねて見給へば　細砂の下より御曹司を掘り出だし　上瑠璃御前の御膝に掻き乗せ給ひて　衣の[二]褄にて砂

一「かへるで」の約。小児や女子の小さく愛らしい手を、楓葉に比していう。
二 着物の裾先。

(18)－2

打払ひ　天に仰ぎ地に伏して　悶え焦がれて歎かせ給ふが　落つる涙が御曹司の口の内へこぼれ入
一不老不死の薬となり　少し二黄泉を召されけり

上瑠璃斜めに思し召し「いかにや〳〵冷泉　此上はいかやうにも三宿願掛け申せや　冷泉」とぞ仰せける　冷泉此由承り　一部の法華経と肌の守を取り出だし　四伊勢天照太神へ奉る　丈のかもじと八尺の掛帯をば　箱根の権現へ奉る「今一度冠者殿を　今生に帰してたび給へ」と　深く祈誓を申されければ　程なく御曹司は　五黄泉帰りを召されける

一 山崎写本は「薬師仏の不老不死の薬となりてもとの如くに治られけり」とある。「あの凡そ不老不死の利益。薬師の十二大願」(宴曲集・不老不死)とあるように、薬師の誓願の衆病悉除と、浄瑠璃姫が薬師の申子であることとの縁からこの奇瑞がある。

二 他本「少し息を召されける」などあり、底本のみの表現であるが、「黄泉(よみ)かへり」をされたの意で、誤記であろう。

三 多年の念願。ここは懸命の願掛けの意。

四 底本のみ伊勢大神と箱根権現とあるが、山崎写本は八幡と峰の薬師、古活字本は初め日本の諸神諸仏、さらに走湯権現、三島大明神に祈誓するなど一定しない。

五 一度黄泉、よみの国へ行った者が、また命を取り戻すこと。よみがえりと同じ。

(18)-3

上瑠璃此由御覧じて　斜めならずに思し召し　そこにてすなはち[六]七日七夜の御物語と聞こえける

（絵17）

　七日七夜も過ぎぬれば　上瑠璃御前は御曹司に近づきて「いかにや申さん旅の殿　是より東へ遥〲と　吉次が供して何かせん　たゞとにかくに是よりも　三川の国矢矧の宿へ帰らせ給ひて　宿の[七]長者とならせ給ひて　自らをも守[八]護し給へや　旅の殿」とぞ仰せける

　御曹司は聞こし召し「さる事[九]にては候へども　某遥〲と下る事も別の子細で候はず　佐藤秀

六 人の死後七七日の斎日があるが、その縁で七日七夜の看護となったものか。あるいは生き返ったことから、人の生後七夜の産養の儀があることなどひびくか。絵巻系・古活字本は尼公に宿を借り二十日看病する条りがある。

七 宿駅の長。

八 妻にして夫として守ること。

九 それはしかるべき事ではありますが。

絵(18)-1～3　蘇生後七日七夜も過ぎ、姫は御曹司に東下りを止め、矢矧の長者になり給えと勧めるが、御曹司は大望あることを述べ、三河へ帰り私を待てとさとす。歌の唱和の後、彼は西に向かって大天狗・小天狗を招き、二人を三河に送り届けてほしいと頼む。大天狗の羽交の上の姫の表情に、離れがたい思いの程がありありと見える。左方六本松と渚がおだやかに展開する。

衡を頼みつゝ十万余騎を催ほして　押して都へ攻め上り　奢る平家を平らげて　源氏の御代となさんためなり　其折節に御身をば[一]北の政所と守護し申さんぞや　たゞとにかくに是よりも　三川の国へ帰らせ給ひて　某を待たせ給へ」とありければ　上瑠璃此由聞こし召し　落つる涙の下よりも　一首はかうぞ聞えける

　わがこゝろきみにわかれてものうきを[二]いつのよにかはめぐりあふべき

と遊ばし給へば　御曹司の御返歌に

　いつのよと思ふきみこそ[三]はかなけれとしたつ春はめぐりあふべし

と遊ばし給ひて　[四]西に向かつて招かせ給へば　[五]大天狗　小天狗は刹那が間に飛び来たる

　御曹司は御覧じて「いかにやいかに御身達は　あの二人の人を三川の国矢矧の宿へ送り届けてたび給へ　いかに〳〵」とありければ「承る」と申て　大天狗は上瑠璃御前を左手の[六]羽交に乗せ奉れば　小天狗は冷泉を右手の羽交に乗せ　刹那が間に三川の国矢矧の宿へ送り届けて（絵18）

　又上瑠璃御前の御文受け取り　御曹司に奉る　御曹司は御文受け取り　駿河の国蒲原宿をば　涙と共に立たせ給ひて　[七]草深き遠国へと下らせ給ふ　御曹司

一　大納言や中納言の妻。もと摂政・関白の妻。源氏の御代となし高位に上って後、正式の妻としようの意。

二　いつになったらの意であるが、今生での再会をあやぶむ心が出ている。

三　あさはかであるよ。年が改まり春になれば必ず再会する。

四　山崎写本は鞍馬の寺の方を招く。絵巻系や古活字本は愛宕平野の天狗を招く。

五　天魔ともいい、畜類に入る。驕慢の甚だしい無道心の智者学匠が死後天魔となり、頭は天狗、身は人にて左右の羽が生える。大智の僧は大天狗、我慢・邪慢の小智の僧は小天狗となる（源平盛衰記八・法皇三井灌頂）。

六　翼。山崎写本は浄瑠璃・冷泉の二人でなく、十三人の女房達とあり、天狗の羽交でなく四方輿にとり乗せて送るとある。これは「太平記」二十五・宮方怨霊会六本杉事に「愛宕の山比叡の嶽の方より、四方輿に乗たる者、虚空より来集て、此六本杉の梢にぞ並居たる」と天狗の寄り来るさまを描く如く、この形の方が古様と思われる。

七　ひなびた。恋人と東西行き別れ、はるか田舎の東国へ下る御曹司の暗い心中を表現する。

八　この段、底本は欠くが、山崎写本や従来『幸若舞曲集』に収められていた「ひでひら入」、浄瑠璃「やしま」、宮内正本「ふきあげひでひら入」などで復原できる。

九　この冒頭に平泉到着までの道行文があったとは、古活字本巻末の道行の文章と、「ひでひら入」、浄瑠璃「やしま」の文辞などと一致するところのあることで推定できるので、山崎写本はその道行文を省略していると思われる。

一〇　浄瑠璃と別れて後十七日目。「ひでひら入」は都を出て七十五日とするが、それは舞曲「八

の其心中　哀とも中〳〵申ばかりはなかりけり

〔八 御曹司の秀衡入〕

〔九 夜を重ね　日を重ね　下らせ給ひける程に　一〇 十七日と申には奥州松島平泉 一一

秀衡が館にぞ御着きある

一二 遠侍を見給へば　一三 蟇目刳りたり　一四 矢矧ひだり　其次の 一五 侍には　一六 鎧細工に 一七 小

手細工　一八 兵器の具足を揃へけり　一九 其中を見給へば　若き侍二三百人並み居て

は　二〇 碁双六に将棊指し　二一 遊び戯れけり　其中を見給へば　秀衡が一門集りて

「良き 二二 大将軍　渡らせ給へかし」と評定なり

御曹司肌には 二三 竜胆の折枝縫うたる帷子に　綾の小袖を召されけり　六波羅様

の烏帽子おば 二四 一締締めて召すまゝに　黄金作りの御 二五 佩刀　銀作りの御 二六 腰の

物　二七 前文字に差し挟み　二八 ごんづ草鞋を召されつゝ　遠侍の広縁より座敷にさ

してぞ参られける

是を見奉りて目を驚かすばかりなり　御曹司は侍共の中をば　騒がぬ体に

て打通り　二九 邪見草鞋穿きながら　上座にこそ直られけり

島」や舞曲「高館」の兄に追われての日程である。
二 松島は三景の一。宮城郡の北端に位置する。平泉は磐井郡であるが、道行文の大幅な抄出の際の所為か。古活字本は「…多くの名所をうち過ぎて、奥州に聞えたる磐井の郡平泉、秀衡が館に着き給ふ」とある。
三 山崎写本は、秀衡の館の所在を尋ね、その有様を描写する条などかなり省略している。「ひでひら入」参照。「遠侍」は武家にて、主人の居る座敷から遠く離れた所に設けられた侍所。
三 鏑矢の一種で、紡錘のような形をし、先端に数個の穴をあけ音の出るようにする。中を刳りぬいて空洞にする。笠懸や犬追物に用いる。「一尺にあまる御蟇目は刳りにくゝて道がゆかぬ」(七十一番職人歌合・蟇目刳)。
一四 矢に羽根をつけること。一五 侍所。
一六 鎧を作ったり修理すること。ここは後者であろう。「七十一番職人歌合」にも鎧細工が出で、鎧の大袖を修復している図がある。
一七 腕を守る武具の修理。鉄の板や革などを綴りつけた袋形の布を小手・籠手という。
一八 軍用の甲冑。一九 さらに中を。二〇 双六盤を用いた二個の骰(さい)を入れた筒(どう)を振って黒白の石を進め、相手の陣地に入る遊び。
二一 「警固の者共大勢遠侍に並居て、終夜睡らじと碁双六を打てぞ遊びける」と「太平記」二十三・大森彦七事にあるように、夜番の睡気ざましの遊戯。この状景は舞曲「富樫」にも似た箇所がある。二二 お越しいただきたいと相談している。大将軍は本来朝廷の命で令宣を指揮する将の意であるが、ここは大将、軍隊の首領の意。
二三 以下、御曹司の服装は、前出「物見の段」の衣装にほぼ同じ。二四 一気に締めて。二五 貴人の身につける刀剣。二六 腰に帯びる刀。近世は

秀衡の一門是を見て　内にありける秀衡に此由申たりければ　「[一]思ひ合する
事あり」とて　障子の隙より見参らせ候へば　姿御目の中までも[二]故殿に少しも
御違なし　人一人も召し具せで　下らせ給ひて候いけり
一門の人々に申けり　「この君こそ　某が[三]此程願ひ奉る君なり　丑の年の丑
の日の丑の刻に　[四]御ひろまらせ給ひしを　某が牛若殿と[五]字をかけ奉りし君な
り」と申ければ　一門の人々肝を消し　[六]広壺に平伏し畏る
秀衡寄つて草鞋の緒を解き　[七]御佩刀を直し　御身をくつろげさせ給ひけり
其後は　秀衡「まことに／＼源氏の御世こそ　良き門出かな」と[八]ほのめき
て　御盃を参らせければ　御曹司は召し空けて　其後秀衡へこそ賜わりけ
り　其盃を[九]佐藤庄司に下されける　其後御曹司は打解けて　物憂き旅の物語
秀衡にこそ仰せけれ　「某鞍馬を出でしこの方は　金売吉次を深く頼みて下
りしに　駿河の浜にて俄に風邪の心地してありけるを　[一〇]宿の菊屋に五十両の黄
金を添へ　介病せさせてありけるは　吉次信高にてぞありける　吉次呼べ」と
て　召されける
吉次此由承り　「秀衡に[一一]召さん事あるまじきに　召されけるも理りなり
思ひ合せて候ふぞや　此比大将軍の下らせ給ひし由を承りける　都より某が

脇差。二七 未詳。前十文字の誤りか。
二八 武者草鞋。紐を通す輪、乳(ち)と紐を布などで作った丈夫な草鞋。「褐の脛巾にごんづ履いて」(義経記七・判官北国落の事)。
二九 未詳。「ごんづ」の異名か。

一 思い当たることがある。
二 今はなき義朝。
三 この間から下向を願望していた君。
四 誕生が披露される。
五 実名のほかの命名。
六 広い中庭。座敷から庭に降り平伏する。
七 御刀を刀掛に立て。
八 ほめそやし。
九 佐藤庄司は、秀衡の縁戚にも当る重臣ゆえ二番目に盃を頂く。
一〇 山崎写本の「ふきあげ」には菊屋に「金を五十両良き馬添へてぞ預けける」の文辞があり、それに照応する。

一一 「召されん」の誤り。
一二 無礼。不届き。
一三 私を殺させになる為。
一四 (この推量に)特に疑わしいことはあります

下りし時十四五の少人の　頼ませ給ひてありけるを　万の科を申　太刀を持たせて候へば　緩怠[一二]とや思し召し　某生害[一三]させられん為なりけり　別に不審[一四]は候はじ」とて　我子共を呼び寄せて　最期の名残を惜しみつゝ　思ひ〳〵に形見を分けて秀衡へこそ参られけれ

御曹司は御覧じて「こちへ〳〵」とぞ仰せける「いかにや吉次　駿河の宿にて某をいかなる者とや思ひけん　宿にて優しう申たる事こそ神妙[一五]なれ」御曹司の御盃を下されて「出羽[一六]の国羽黒の脇にて　三百町[一七]を汝に末代取らするぞ」とて　御判書いてぞ賜はりけり　吉次は斜めに喜びて　広庭[一八]に平伏し　御曹司を伏し拝み　我宿所ゑぞ帰る」

五輪砕[一九]

扨も其後　御曹司は奥[二〇]　秀衡を頼みつゝ　十万余騎を催して　都へ上らせ給ふが　白川二所関[二一]にて　十万余騎に着到[二二]告げ　十五万余騎が其勢に　継信忠信軍奉行[二三]に定めつゝ　北国越え[二四]をぞ上せける　手勢五万が其勢は　思はせ給ふ上瑠璃御前のましませば　東海道をぞお上りある

まい。決して間違いはありますまい。

一五 称賛すべきことである。

一六 山形県東田川郡の羽黒山の傍。

一七 恩賞として田地三百町歩をお前に永代与えるぞ。「檀紙一重ね取り寄せ、墨摺りながし筆を染め、山中三百町の所をば、大夫にこそは下されけれ。大夫御判を頂きける」(絵巻・山中常盤)。御判は土地の宛行状に記した義経自筆の書判。

一八 玄関先の広い庭。

一九 五輪、すなわち五輪卒塔婆で、地・水・火・風・空の五大を表わし、地大を方、以下円・三角・半月・団形で表わす。この場合石造の五輪塔が奇瑞により砕け散る場面があり、この標題となる。浄瑠璃五部の本節の一つとして、この段は大事の曲とされてきた(義太夫段物集・鸚鵡ヶ杣・序)。

二〇 奥州。「北国にかかつて終に奥へぞ下られける」(平家物語十二・判官都落)。

二一 福島県白河市旗宿字関森に鎮座の明神社を二所の関明神と呼ぶ。ここが白河の関の一旧跡。岡西惟中の「続無名抄」に「白河の関は、芳野といふ所と、はたの宿といふ所に、二所あり。これ故、白河二所の関といふなり。能因がよみしは、はたの宿とて、むかしの海道なり」とある。ここまでが秀衡の土地。「白川の関をだにも越えば、秀衡が知行のところなれば」(義経記一・遮那王殿鞍馬出の事)。

二二 出陣に際し、馳せ参じた軍勢の氏名を目録に記載すること。

二三 軍務の一切を統括する役目。

二四 都に上るのに北国筋(日本海側)を経て行く道。

(19)－1

[一]夜を日についで急がせ給へば
程もなく三河の国に聞こえたる
矢矧の宿長者の屋形に着かせ給へ
ば　長者斜めに喜びて　山海の珍
物に国土の菓子を整へて酒を様
〲に奉る　酒も半ばと見えし
時　十二人の女房達を中の出居[二]に
押し並べ　管絃を始めて　御曹司
を慰めけれども　心にかゝる上瑠
璃　座敷にあらざれば　管絃もさ
らに身にそまず
簾中深く忍ばせ給ひて　出羽[三]の
酒田を近づけて「いかに酒田
承れ　一年某奥へ下りし其時
に　此屋形の長者が娘に一夜の契
りをこめたりしが　其折節深く契

一 昼夜の別なく。姫に早く会いたい義経の行動を示す。
二 中の座敷。
三 未詳。ただし「義経記」七・如意の渡にて義経を弁慶打ち奉る事の条に、弁慶が少人姿の義経北の方をさして「酒田の湊は此少人の父、酒田次郎殿の領なり」とある。

(19)−2

約申つるは「来年の春の比　便りの文を参らすべし　夏は必ず[四]わざと人をも上すべし　それも過ぎ行くものならば　秋は必ず上りつゝ　歌物語を申べし」とて深く契約申つれども　某俄かに[五]鬼が島へ渡りつゝ　文をも上せず　上りもせねば　これを恨みて出でぬかや　使者を立て尋ね問へかし　酒田いかに」と仰ける　酒田此由承り「今夜ははや夜も更け候へば　明日なり」とぞ申ける

[六]五更の天も開くれば　年の齢は四十ばかりの女房の　[七]髪剃りこぼし　濃き墨染に様を替へ　人の多き其口をおめず臆せず憚らず　すぐにずんと通りつゝ　御曹司の[八]右の対座に直りつゝ　君を一目見るよりも何とも物をば言はずして　たゞさめ〴〵とぞ泣きにける

四 とりたてて、その用件だけのために。
五 秀衡の千島、ゑぞが島に渡り、大日の法を会得せよの言に従い島渡りをする御伽草子「御曹司島渡」がある。
六 戊夜の時刻。今の午前四時の前後二時間。
七 剃り落す。「剃りこぼつ」と同じ。ただし、この場合、全部剃り落すのではなく。肩の辺りまで切る。浄瑠璃「やしま」では「たけなる髪をずんど切り」とある。「髪を切りて剃りこぼし」(義経記六・静若宮八幡宮へ参詣の事)。
八 「対座」は向かい合って坐ることであるが、「右の対座」は真正面ではなく御曹司の直ぐ右に坐したこと。

絵(19)−1・2　軍勢を催し西下した御曹司は矢矧の宿に着く。姫の姿の見えぬのを案じる彼の許に、夜明尼姿の冷泉が訪れ、姫のはかない運命と死を告げる。武者の鎧のきらめきの中で、墨染衣の冷泉の悲話を聞く御曹司の眼はうるみ、皆紅の扇を固く握りしめる。

(20)－1

御曹司は御覧じて「吹上浜で[一]の冷泉かや　珍らしさよ」とありければ　冷泉此由承り「さん候　扨も[二]めでたきは東の殿　たゞ[三]はかなきは我らが君の上瑠璃御前でとゞめたり　それをいかにと申に　一年御身様奥へ下らせ給ひし時　吹上浜にて悩ませ給ひし其時に　上瑠璃御前の訪ねさせ給ひしを　母の長者の聞こし召し　十二人の女房達を　召し[四]替へ〳〵数の使ひの立ちけるは　「いかなる大名をも聟に取らんと思ひしに　思ひのほかに引き替へて　金売吉次が供をする馬追冠者に一夜の契りをこむるさへ　世に口惜しく思ひ

一 吹上浜に尋ね来て、助けてくれた冷泉かや。久しぶりで出会うことよ。この箇所浄瑠璃「やしま」では、「あれなるは冷泉かや、扨も久しの冷泉や、さて上るりはと問はせ給へば」とある。この「さても。久しの。れいぜいや」の三・四・五音の節が著名となり「冷泉節」と呼ばれ、後の義太夫節にまで継承され、近松の「源氏れいぜいぶし」の「れいぜいぶし」節事を生んだ。

二 それにしても果報なのは。

三 全く情けないのは。

四 取り替えさし替え、幾度もの使が立ったことよ。

(20)－2

しに　まして後を慕ふ事　無念類ひはなかりけり　此御所に叶ふまじ　いづくへなりとも紛れ行け[五]」とて　数の使の立ちければ　哀れなるかな上瑠璃御前は　心にかゝ[六]ると思し召し　自らを打連れ　矢矧の宿をば涙と共に出でさせ給ひて　こゝに又鳳来寺の奥に笹谷[七]と申て　深き谷の候ひしが　此谷にて細き竹を柱とし　笹の葉を下に敷き　沼[八]の真菰を引き[九]うけて　古の唐の小御所を引き替へて　[一〇]竹の小御所と名を付けて　住まはせ給ふが　食せん物の非ざれば　[一一]自ら余りの悲しさに　沢の辺出でて[一二]根芹を摘み　里田へ下りて[一三]落穂

五　人目につかぬよう出て行け。
六　御曹司のことが心がかりになるとお思いになり(ながら)。御曹司が訪ねてきた時のことを思いやっての意であろう。
七　鳳来寺の麓の吉村と横山村の間の山にある笹多き谷。ここに堅十間四方の土手形が残り昔の庵室と伝える(反古さがし・太田白雪宝永五年記)。「東海道名所記」三・鳳来寺の項に笹谷は鳳来寺山の南の方に当ると記す。
八　沼などに生えるイネ科の多年草。一メートル半にも達する。真は接頭語。
九　引き抜き蓋いに受けて。
一〇　「御座移りの段」に前出(六〇頁)の小御所と、名のみ同じだが似ても似つかぬ粗末の小屋を自虐的に名付けたもので、風流心などではあるまい。
一一　私。冷泉。
一二　芹の異名。根を食用にする。以下の表現、貧窮のさまによく用いられる。
一三　収穫後、田に落ち残った稲穂。

絵(20)－2　冷泉と共に、鳳来寺麓の笹谷の墓所に至る。「法華経」五の巻を読経し、回向の歌を詠むと、返歌が墓所より返る。すると五輪は三つに砕け散り、一つは金色の光を放って虚空に飛び去った。

(20)－3

を拾ひて奉れば　露の命を送らせ給ひて　三年までは待たせ給ふが　遂に御身を待ち兼ねて　一首はからぞ遊ばしける

　あづまよりふきくる風の物いはゞ[一]とはん物かは君のことのはを

と　是を最期の言葉にて　朝の露[二]と消えさせ給ふが　自らが心一つ[三]で　御跡を弔ひ申て候ふが[四]　今日はゝや四十九日[五]になり候ふ　いかにや君」[六]とて　又さめ〴〵とぞ泣かれける（絵19）

　扨も其後　御曹司は聞こし召し　涙流させ給ひつゝ　「扨其上瑠璃御前の御墓はいづくで候ぞ

一　君の言の葉、文の便りを問わないでおろうか。
二　草の葉などに宿った朝露がやがて消えていくように、はかなくお亡くなりになりましたが。
三　私一人の考えで誰にも相談しないで。
四　亡くなられた跡をおとむらいしてさし上げましたが。
五　死後、七七四十九日。中陰の間の日数で、四十九日目に法要を行う。その間霊魂は中有(ちゅうう)にあるという。
六　これを聞いてどう思われます、あなた。

絵(20)－3　この奇瑞に御曹司は姫の成仏を信じ、後世の弔いのためここに寺を建立し、冷泉寺と額を打ち、寺領を添えて冷泉に賜った。次の展開、冷泉寺建立の高い槌音が画面に響く。

(20)－4

や　教へて給はれ　冷泉」とぞ仰ける　冷泉此由承り「こなたへいらせ給へ」とて　君の御供申つゝ　御墓所へ急がれける

御墓所になりしかば　御墓を一目御覧じて　涙流させ給ひつゝ　[七]敷皮敷かせ御座直させ[八]　即ち[九]女人成仏の経なればとて　法華経の五の巻提婆品を取り出だし「[一〇]一者不得　作梵天王　[一一]二者帝釈　三者魔王　四者転輪聖王　五者仏身　[一二]云何女身　速得成仏」と唱へ給[一三]ひて　其後に上瑠璃御前の回向の[一四]為とて　一首はかうぞ遊ばしける

いにしへのこひしき人のはか

七 毛皮で作った敷物。
八 御座りになる所を然るべきように改めさせて。
九 「提婆達多品」は地獄の提婆達多と、海中から出た畜生の竜女の成仏を説くところから、女人成仏の経とされた。謡曲「梅枝」など参照。
一〇 一には梵天王となることが出来ない。
一一 二には帝釈、三には魔王、四には転輪聖王、五には仏身になることが出来ない。
一二 どうして(女人の五障のある身として)速かに成仏することを得ようか。経にはこの後、竜女が忽ちに男子に変成し、成仏する文がある。
一三 「(牛若が)兄の中宮太夫の墓所を尋ね給ひて、御出あり。夜とともに法華経読誦して、明くれば卒都婆を作り、みづから梵字を書きて、供養してぞ通られける」(義経記二・鏡の宿吉次が宿に強盗の入事)。この義経の姫供養の場と似通うところがある。
一四 法要の終りに、読経の功徳を相手に向かわしめるために唱える願文。回向文。

(20)－5

にきてみるよりはやくぬるゝ
そでかな
と遊ばし給へば　御墓所と思しく
て　やがて返歌にかくばかり
ぬるゝともそなたのそではあ
ればみるたゞくちはつる身こ
そつらけれ
と遊ばし給へば　御曹司は聞こし
召し　やがて返歌にかくばかり
こがらしの身にしむほどはお
もへども恋しき人はなどなか
るらん
と遊ばし給へば　御墓所の御返歌
に
一たびはちらでかなはぬ花な
れどさかりにちるぞものうか

一 愛しい故人が本当に泉下にあると見るやいなや涙に濡れる袖よ。
二 たとえ濡れたとしても貴方の袖はこの世にあるので見ることが出来る。すっかり朽ち果てて何もなくなってしまった私の身こそまことにつらく悲しい。

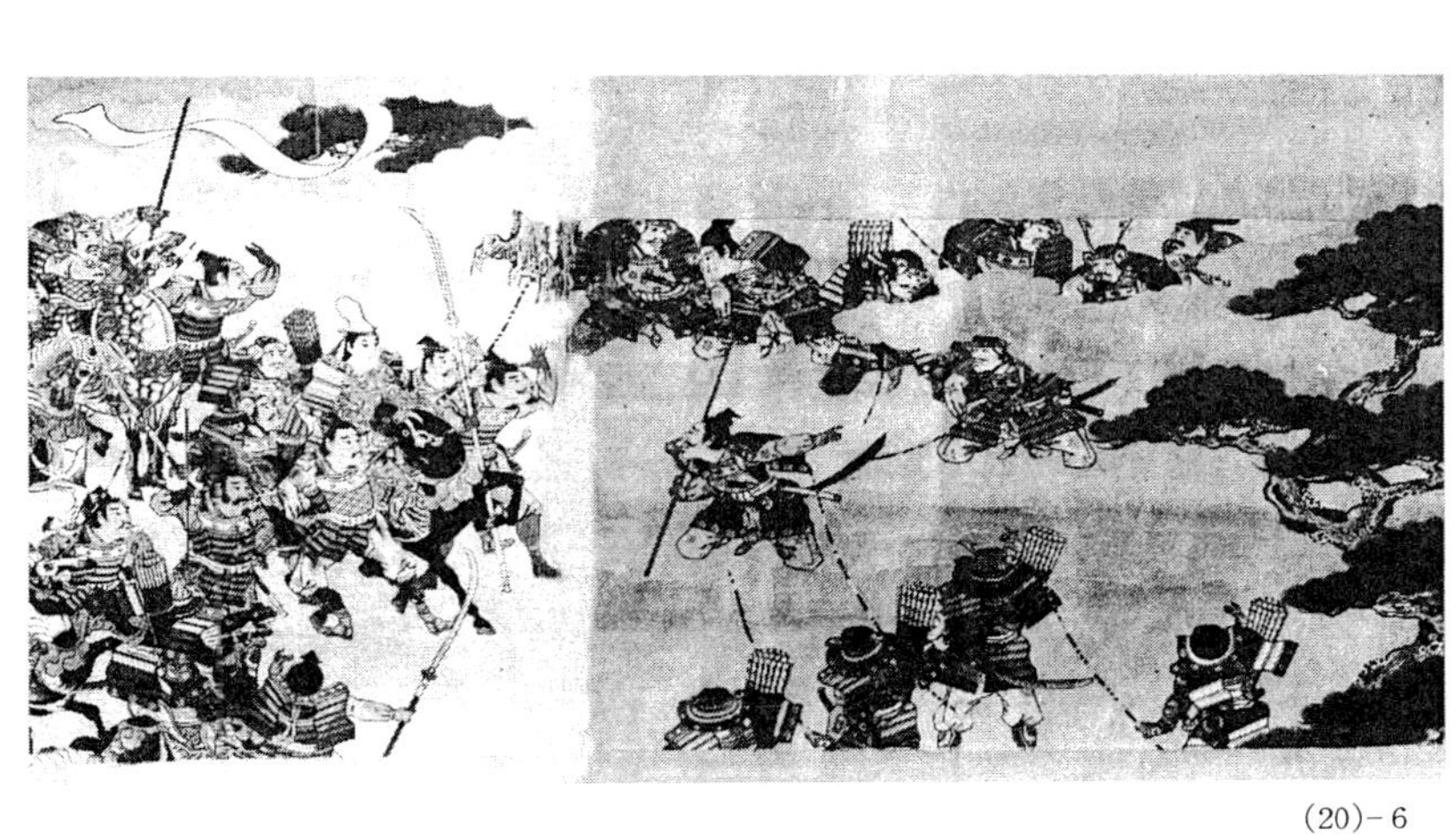

(20)－6

りける
と遊(あそ)ばし給(たま)へば　御曹司(ざうし)の御返歌(へんか)
に
三ふる雪のそらにこゝろのあく
がれてきえてかへらぬ人ぞこ
ひしや
と遊(あそ)ばし給(たま)へば　御墓所(みはか)の御返歌(へんか)
に
四あはれとよたつたの山のうす
もみぢちりにしあとをとふぞ
やさしき
と遊(あそ)ばし給(たま)へば　御曹司(ざうし)の御返歌(へんか)
に
五しち〳〵の日かずがけふにつ
もりきて七つ〳〵の人ぞこひ
しや

三 降る雪の落ちくる空に私の心はひかれてさまよい、雪のように消えてしまった人が恋しくてたまらぬ。古来、降る雪が消えるイメージは死と結んで歌に詠まれた。「奥山の菅の根しのぎ降る雪のけぬとかいはむ恋のしげきに」（古今集・恋一）。

四 竜田の山の紅葉が、濃き紅葉をまたず色薄いままで散ってしまったのはまことにあはれであるよ。その跡を弔う（訪う）人の何とやさしいことよ。

五 七七四十九日と日がつもり中陰の追善の日となった。その亡き人、七つ七つ十四歳で逝ったあの人がまことに恋しい。五五頁姫の年齢参照。

絵(20)－4～9　御曹司は姫を笹谷に放逐した母の処刑を命じた。縄打たれた長者は矢矧川原に引き出され、荒簀に巻き柴漬の刑に処せられたが、皆人この最期を曽まぬ者とてなかった。その後御曹司は五万余騎の軍勢と花の都に上り、平家を平らげ源氏の御代となすのであった。
　図は右方見物に我を忘れて駆けよる老若男女を生き生きと描き、左方に御曹司の率いる軍勢を川岸に向け展開させて終る。

(20)－7

と遊ばし給へば　御墓所の御返歌
に
かりそめにみちゆき人になれ
そめてこけのした[一]までとふぞ
うれしき
と遊ばし給ひて　其後御墓が三度
揺るいで　五輪が三つに砕けて
一つの破れ[二]が御曹司の右の袂に飛
び入れば　一つの破れは金色の光
を放ちて　虚空を指して飛んで
行　残りし破れは御墓のしるし[三]と
なりければ　御曹司は御覧じて
「今こそ上瑠璃御前の成仏[四]は疑ひ
なし　何程[五]も弔ひ申せや」とて
御墓の上に寺を建て　冷泉寺[六]と額[七]
を打ち　即ち寺領を相添へて　冷

一 墓の下。「もろ人の埋もれぬ名をうれしとや苔の下にも今日は見るらむ」(新勅撰集・雑三)。山崎写本は「かりそめに契りし人は今日は来て」とある。この方が意がよく通る。
二 破片。
三 お墓である目じるし。
四 ここは浄瑠璃御前成仏成神をもって、本作本地物としての完成を見る大事な箇所。
五 いくらでも。どのようにでも。
六 冷泉を対象とするが、本来なら浄瑠璃寺とあるべきところであろう。ここに冷泉を名乗る尼一派の存在を、またこの浄瑠璃譚を広める彼女らの宣布活動を介在させる見方がある。
七 寺額を掲げること。

(20)－8

泉にぞ給はりける
　其後又　御曹司は出羽の酒田を近付けて「いかに酒田うけ給はれ　[八]不便には思へども母の長者をば　[九]いかやうにも計らひ申せ」とありければ「承る」と申て　母の長者を引き出だし　[一〇]千筋結に縄を掛け　君の御前に引き立てて　其後矢矧川にて荒簀に巻き　[一一]柴漬にぞしたりける　母の長者が最期をば　憎まぬ者ぞなかりける

　其後又　御曹司は五万余騎を催して　[一二]花の都へ上らせ給ひて　奢る平家を平らげて　源氏の御代となさせ給ふ　御曹司のその心中

八　かわいそうには思うが。
九　どのようにも処分を考えるように。
一〇　幾重にも縛り結ぶ。「むすち」と底本にあるが、「結ひ」の誤りと判断した。
一一　刑罰として罪人を簀巻に巻いて、水の中に投げ入れること。元来柴を束ね川に漬けておき、魚を捕える漁法をいう。母の誅罰は、姫に対する彼女の処置に起因する。山崎写本では、母も八橋川の川上の淵に侍女二人と共に姫を追って入水して果てる結末を持つ。
一二　御曹司の都入は山崎写本にもあり、より詳しい。

(20)－9

を一見る人聞く者上下万民に至る迄感ぜぬ者はなかりけり（絵20）

一　古浄瑠璃の常套表現。

ほり江巻双紙（えのまきそうし）

阪口弘之 校注

宇都宮系塩谷氏をめぐる東国の在地伝承にはじまる物語。成立年代は未詳であるが、類話群の広がりからも、この物語の成立と伝搬には、東国で熊野信仰や日光信仰を説いた人々の関与があったと思量される。本作では、特に宇都宮系の唱導集団の関わりに留意すべきであろう。

【梗概】下野の塩谷郡三千八百町の主、堀江左衛門頼方は、清和の血をひき、八幡太郎義家には孫というめでたき人であった。嫡子三郎頼純は十六歳、上野から原の左衛門たかよしの美しい姫を娶り、やがて相愛の仲に若君月若丸が誕生する。

ところが頼方が病死すると、所領が召し上げられ、堀江は没落。折しも国司として下ってきた中納言ゆきとしは、姫の美しさを耳にすると、原を饗応して、妻にと所望する。喜んだ原は、次郎の反対を押し切り、堀江の三郎を謀り寄せて、三月の大番に自分に代って上京するよう依頼する。

十月五日、堀江は姫や月若丸と名残を惜しみ、七十騎を率いて出立する。しかし、上田山で、原兄弟が率いる原と国司の兵団の待ち伏せにあい、奮戦空しく、兄弟達を討ち果たしたあと、自害して果てる。

原の屋形に呼び寄せられていた姫の夢枕に堀江があらわれ、姫は胸騒ぎを覚えて屋形に戻ろうとする。原は姫を送るとみせかけ、輿を国司の屋形へ舁き入れさせる。

折も折、堀江の首が国司の屋形に運ばれてくる。姫はあまりの様に泣き崩れ、国司の隙をみて後を追う。姫の死骸が戻された原の屋形でも、母の御台が自害を遂げる。

一方、忘れ形見の月若も淵瀬に沈められようとするが、救けられ、熊野の利生を得た奥州の磐瀬権守の養子に迎えられる。磐瀬の太郎いへ村と名乗って十五歳の秋、見知らぬ修行者から身の上を知らされ、敵討ちを志す。まず堀江の跡を訪れ、家の年寄安藤太の案内で、国司の留守城を攻め滅ぼし、ついで上洛して国司を討つ。

坂東八か国の国司に任ぜられた太郎は、下野に下向して原の白髪を剃り落として笑い者にしたあと、奥州に下って磐瀬夫婦を篤くもてなし、再び下野に戻って、数の屋形を建て並べ、日光山にいた堀江方の祖母も呼び迎え、富貴の家と栄えた。

【特色】幸せに満ちた若い夫婦の栄華が、国司の横恋慕と舅の欲心で脆くも潰え、思いもよらぬ悲劇に見舞われるというのは、「明石」「村松」「師門」など、東国の熊野系物語に常套の筋展開で、多くの類話が知られる。しかし、同じような話柄にも個別伝承が見え隠れするものがあり、本作も塩谷氏をめぐる興亡伝承が核にあって、それらが物語的粧いを整えたものであろう。類話群の殆どは、語り物と読物の両形態で広がりをみせ、寛永期にも入ると、陸続と正本や草子本が刊行された。「堀江」に浄瑠璃正本の伝存を聞かないが、操浄瑠璃として行われていたことは、「大野治右衛門定寛日記」寛永十八年八月二十一日条で確認される。

【諸本】底本は、岩佐又兵衛工房とも名づけるべき画家集団の手で制作されたという。いわゆる「又兵衛風古浄瑠璃絵巻群」の一本で、「をぐり」などと同様である。全十二軸で、現在ＭＯＡ美術館蔵。「堀江」では、この他に残欠絵巻四巻が香雪美術館等に知られ、底本はそれを縮小再成したものという（辻惟雄氏説）。ただし、詞書は、用字法に多少の違いがみられる程度で、殆どかわりがない。おそらく操以前の語り物時代の浄瑠璃本文であろう。

　また、この作には、浄瑠璃とは別に、草子本（「堀江物語」）が写本と刊本で伝存する。前者は元和四年（一六一八）の奥書を有する。慶応義塾図書館・実践女子大学蔵。後者は寛文七年（一六六七）十一月、野田弥兵衛の板行。内閣文庫・国会図書館蔵。

(1)-1

[一]扨も其後　[二]堀江の左衛門頼方の由来を詳しく尋ぬるに　[三]国を申せば　[四]下野の塩谷の郡と申せしは三千八百余町なり　その主にておはします　[五]忝くも御位は　[六]清和天皇九代なる　[七]八幡太郎義家の御孫にておはします　めでたき人とぞきこえける　御子一人候ひしが　[八]堀江の三郎頼純とて十六歳にならせ給ふが　[九]詩歌管絃に暗からず　[一〇]何はにつけてこの君の学び残せる事ぞなき（図1）

[一一]ある時御母は　左衛門殿に近づきて仰せけるは　[一二]「いかにや申さ

一 語り物冒頭の常套表現。「扨も其後、誰々の由来を詳しく尋ぬるに」という文辞形式をとる。本地物に多い。
二 写本では「堀江の新左衛門頼かげ」、刊本では「堀江のからのとの頼方」。
三 以下、在所紹介の類型的な語り口を更に畳み込んだ言いまわし。「国を申せば大筑紫筑前の国、庄を申せば苅萱の庄、氏を申せば重氏なり、加藤左衛門と申なり」（せつきやうかるかや）、「庄を申せばえんたの庄、里を申さばかたひらが里」（慶安版・むねわり）等が本来的な形。
四 栃木県塩谷郡。同郡川崎郷堀江山上に塩谷城があった。現在、矢板市川崎反町と館の川の間にある御前原城跡がそれか。「下野国誌」には「塩ノ谷五郎兵衛尉朝業（とも/なり）はじめて築く、正治建仁の年間なり」とある。朝業は宇都宮頼綱（蓮生法師）の弟で、宇都宮系塩谷氏の祖とされる。塩谷系図に「法名信生歌人…号塩ノ屋ト又作塩ノ谷ニ所領凡千余町」とある。「信生法師集」の著者で、この物語の成立基盤に繋がる人物であろう。　五 おそれ多くも。
六 第五十六代天皇。在位八五八―八七六。塩谷系譜に拠れば、清和天皇から七代目の源義家の子義親が平正盛に誅されたあと、その子頼純が塩谷に配流されて、塩谷氏を名乗り、前掲御前原城も頼純の手で築かれたという。ただし、この記述は、宇都宮系塩谷氏との関係等で曖昧な所があり、むしろ本作伝承の影響を受けたものかもしれない。

絵(1)-1〜3　下野塩谷の堀江の屋形。三郎頼純が両親の前で文机に向かっている。詩歌管絃はもとより、何事にも優れた若君に、伺候の者達も讃嘆する。

(1)−2

(1)−3

(2)-1

ん左衛門殿　世のはかなさを案ずるに　草葉の露にたとへたり　御身も我もあるうちに　三郎殿にいかにもして　定まる妻を求めをきみばや」とこそは仰せける　左衛門殿はきこしめし　げに〳〵これも理とて　近き所を尋ぬるに　国を申せば[一]上野の　[二]原の左衛門たかよしは　[三]優なる姫を持つときく　それへ使を立て申　[四]その理をきかんとて奥へ入り　[五]家の年寄安藤太を縁のために遣はしける
原の左衛門これをきゝ　妻の御台を近づけ申されけるは　「堀江殿より我姫を　嫁に欲しきとの給ふが　いかゞはせん」と申され

七 平安後期の源氏武将。一〇三九—一一〇六。石清水八幡宮で加冠して、その名がある。東国における源氏勢力の礎を築く。
八 写本では「堀江の三郎頼家」、刊本は絵巻に同じ。注六参照。
九 類型句ながら、宇都宮歌壇の創始者とされる頼綱(蓮生)や朝業のイメージも重ねあわせられるか。
一〇 歌語から出た類型句。何事につけても、の意。
一一 以下、「あかし」等に筋立ての類想。「ある時御台は、左衛門殿にの給ふは、あの三郎にいかなる人をも迎へみばやとこそは仰せける、左衛門げにもと思し召、津の国の住人に多田の刑部(ぎやうぶ)いゐたかとて、みめよき姫を持つときく、此理(ことはり)をきかんとて、やがて使(つかひ)を立てられける」(古浄瑠璃・あかし)。
一二 呼びかけの常套句。「いかに申さん」とも。それよりは古い形。

以上一一〇頁

一 現在の群馬県。「堀江物語」では、原の館は「上野の国なんばの郡」(写本)にある。「なんば」は那波(なは)郡か。
二 写本では「原の新左衛門もちとき」、刊本では「原の新左衛門」。
三 上品で美しい。
四 諾否の判断。決断。
五 「いゐの年寄」とも。「いゐの年寄あくたまるを召されつゝ仰せけるは、某(それがし)栄華の身と生まれ、妻を持たざる口惜しや、優なる姫のあるならば、急ぎ尋ねよ、迎へんとの御諚なり」(はなや)。「安藤太」は、写本では「あんどう五」。ただし、父の名は「あんどう太(郎)」。刊本は絵

(2)−2

ける　御台此由きこしめし　我が子ながらも姫君は　心容貌も世に優れ　女御后に立て置くと　不足もなしと思へども　しかれども堀江殿　位を聞けば王孫にて[六]　八か国には双もなし[七]　聟に取り奉るとも何かは苦しかるべきと[八]　使を招じ思ひ入て[九]もてなして「姫を参らせ申さん」と　やがて返事を申されける　安藤太はたち帰り　此由かくと申ければ　堀江殿はきこしめし　御喜は限なし　其後　堀江の屋形には　新しき御所を建て　吉日選び　姫君の迎を立てゝ　程もなく　堀江の御所へ舁き入て　[一〇]囲繞渇仰中〳〵に申計はなかりけり（図2）

三郎殿は十六歳　姫君は十三にて　互に[一一]見えつ見えられつ　鴛鴦比翼の語らひも浅からず　其後又　若君[一二]出できつゝ[一三]　猶めでたさの[一四]折節に　定めなきとはこれとかや　堀江の左衛門頼方は　存命不定に[一五]病を受け　今を限と[一六]見え給ふ　御台をはじめ　跡や枕に[一七]立ち寄りて　嘆かせ給へど甲斐ぞなき

巻に同じ。

六 帝の末裔。古くは「ワゥゾン」（日葡辞書）。

七 関東八か国。

八 何の差し支えがあろうか。

九 心をこめて、の意。

一〇 深く崇敬し、手厚くもてなす意の局面末慣用表現。「囲繞渇仰」は、仏の周囲をめぐり、深く敬礼すること、転じて、囲りを取りまいて、仰ぎ慕うことをいう。

一一 男女の深い契りをいう常套表現。「中将なのめに思し召、姫君に打むかひ、互に見えつ見えられつ、鴛鴦比翼の語らひは浅からずこそ聞こえけれ」（寛文頃絵巻・梵天国）。「見えつ見えられつ」は、思い思われて、の意。「鴛鴦比翼」は、おしどりと比翼の鳥。後者は雌雄がそれぞれ一翼一目で、常に一体であるという想像上の鳥。

一二 名は月若。一三〇頁六行目参照。

一三 単純な接続を示し、「て」とほぼ同じ。

一四 幸せいっぱいの栄華が、父の突然の死をきっかけに脆くも潰える。そうした展開時に用いられる慣用表現。「あまたの人〳〵相添へて、囲繞渇仰中〳〵に申計はなかりけり。フシかゝるめでたき折節に、定めなきとは是とかや、…いたはしや京極殿、風の心地と成給ふ。今を限りと見えし時、御台所を召され、いかに申さん聞き給へ」（まつら長者）。「左衛門なのめに思し召、吉日を選び、姫君をぞ迎へ給ふが、比翼連理の語らいも浅からずと聞へける、しかれ共、定めなきとはこれとかや、左衛門殿、風邪の心

絵(2)−1・2　頼純に、上野から原左衛門たかよしの姫君が迎えられ、華やかな祝言。堀江の両親が介添えし、盃事が進む。十六歳と十三歳、鴛鴦比翼のかたらいのはじまりである。

(3)

[1]あらいたはしや左衛門殿は　嫁[2]御を傍へ近づけて「いかにや申さん姫御前　某空しくなるならば　[3]貧なる家と成り果てて　日々に衰へ行ならば　情も知らぬ人ときく　其時御身を呼び寄せて　二人の中を言ひ[4]放けて　世にある聟を取り替へ給はん事　[5]鏡にかけておぼえたり　これぞ[6]黄泉の障」とて　嫁御の袂を引き寄せて　たゞさめ〴〵と泣き給へば　嫁御此由きこしめし「心安くおぼしめせ　父の心の変はり果て　[7]物に狂はせ給ふとも　[8]貞女の法は背くまじ　あはれ御命　今一度留め置きける事あり

地とみへ給ふが、存命不定になり給ひ、御年七十三を一期として、朝(あした)の露とぞ消へ給ふが、御弔(とぶらひ)は隙もなし、しかれ共、世の中の定めなきとはこれとかや…」(浄瑠璃・あかし)。草子に較べ、浄瑠璃では、一般に男女主人公の幸福な結婚生活についての叙述が簡略で、その後の別離や再会描写が中心となる。

一五 命があるかどうかわからぬ程の瀕死の状態に。

一六 今にも死んでしまいそうな様子をいう慣用句。「限」は最期。

一七 足元。「女房達、跡や枕に立ち寄りて。様〳〵いたわり給へ共。更にげんきもましまさず」(宇佐八まんのゆらい)。

——以上一一三頁

一 愁嘆場面の語り出し句として詠嘆的に用いられる。説経に多い。

二 「嫁」の敬称。「嫁御前」とも。

三 男の家が零落し、婚姻関係から利益が期待できない場合、妻側の父が欲心のまま姫の相手を「世にある聟」と取り替えようとする。この種の物語に常套的な筋立て。「刈田(かつた)殿は浄瑠璃御前と申候息女を御もち候か。よにもなき師門(もろかど)を婿に取らせたまふとうけ給り候。中将にたぶならば、この国の政所をあづけべしとありければ、刈田の兵衛は、地体が欲心に住しける者なれば、かたはらへ向きてひとりゑみして、ともかくもおほせのまゝと申せしかば」(師門物語)。

絵(3) 頼方の臨終。北の方や頼純夫婦らが取りすがって嘆く。仕える者達も激しく泣き悲しんでいる。

(4)－1

て　よきに宮づき[九]奉らば　か程の思ひはよもあらじ」と　袂を顔に押し当て　消え入[一〇]やうに泣き給へば　げに頼もしき御言葉と　近[一一]所の人ゝ　共に涙を流されける

左衛門殿はきこしめし　世に嬉しげなる御顔なれども　次第〳〵に弱りければ　「南無阿弥陀仏弥陀仏」と　これを最期の言葉にて　朝[一二]の露と消え給ふ　人ゝの御嘆　哀[一三]とも中〳〵に申計はなかりけり

（図3）

扨も其後　堀江の死骸をば　無[一四]常の煙となしにけり　其後又　内裏より　堀[一五]江の本領悉く召し上

四 悪言をもって親しき間柄を裂くこと。

五 事態が鏡に映し出すように明白であることをいう。

六 よみの国(あの世)へ行く道の妨げ。

七 狂気じみた振舞をすること。「その御事にて候、をやにて(候)兵部こそ物にくるひ候也、御台所や若君を討ちたてまつらんと、か様のたくみを申なり」(あくちの判官)。

八 成句「貞女、二夫をかへず」(史記・田単列伝)を踏まえる。

九 「宮づく」は「宮仕ふ」に同意。奉公して仕える。

一〇 身も心も消え失せるばかりに、の意。

一一 側近。

一二 朝露の消えやすいことから、儚き命をいう常套句。

一三 浄瑠璃の段末表現の一典型。

一四 遺骸を荼毘に付すこと。このあと、写本、刊本ともに、北の方も三十一で様をかえ、日光山の麓に庵室を結んだという。

一五 堀江の本領は「三千八百余町」(冒頭参照)。写本に「百か日にもたらざるに、いかなる御事にや、塩谷の郷三千町、公方へ召し上げられて、たゞ残る所とては、堀江七百町ばかりなり、されば何事も昔にひきかへ、寂しき御事ばかりなり」(刊本もほぼ同じ)とある。

(4)－2

げ給へば力なく　日〻に衰へ貧なる事　よその見る目も哀なり

原の左衛門これを聞き　あら腹立や口惜しや　類もあらぬ我が姫を世になし[一]聟に添はせんより　謀り寄せて[二]　よき聟に取り替へばやと思ひつゝ　やがて迎を遣はして呼び寄せ　姫にのたまふは　「いかにや姫よ物を聞け[三]　世になき堀江に添はんより　良き夫求めて取らせんに　これに居よ」とぞ仰せける　姫此由をきこしめし　あらあさましの次第かな[四]　父に背けば五逆罪[五]　夫には二世と契りを[六]く　遣る方もなき心やと[七]　涙に咽び給ひつゝ　返事は更にましまさ

一 零落して世間から見捨てられた聟。反対が「世にある聟」(一一四頁八行目)。
二 欺きおびき寄せること。男性主人公を謀り寄せるのは、この種の物語の常套であるが、姫に対しては珍しい。後に姫を欺き、国司の屋形へ送り込むことにも照応して、原の欲心が強調されている。一三三頁一一行目参照。
三 命令・説諭・懇請などの慣用口調。「物を聞け」は、言うことを聞けの意。「いかに一わう、よく物を聞け」(刊本・堀江物語)。
四 あら＋形容詞(形容詞の語幹)＋の＋名詞＋かな(や)で定型。「あらうたての母の仰や」(舞曲・和田酒盛)の形も。
五 親と夫のはざまで進退窮まった時の類型表現。「親に背けば五逆罪、夫には二世と申が、自らも自害を遂げんと思し召」(浄瑠璃・あかし)。五逆罪は、一般に「殺母・殺父・殺阿羅漢・破和合僧(教団を乱すこと)・出仏身血(仏身を傷つけること)」をいうが、諸説ある。殺父についても「親をそしる者をば、五逆の者と申也」(親鸞・消息)といった意味などで広く流布していた。また「父の御恩は七逆罪、母の御恩は五逆罪、十二逆恩を得ただにも」(をぐり)といった理解も。
六 「夫婦は二世」による。「二世」はニセと読み、現世と来世。
七 どうしようもなく、思いの晴らしようがない、の意。

(4)－3

ず　母此由を御覧じて　「父の腹立て給ふとも　咎をば自ら負ふべきに　堀江に戻り給へや」と　帰し給ふぞ嬉しけれ

堀江殿に着かせ給へば　堀江殿は御覧じて　「さて某が噂をばいかにと問はせ給ふぞや　姫君いかに」とありければ　姫君此由きこしめし　とかくの返事もましまさず　たゞさめ〴〵と泣き給ふ　堀江殿は御覧じて　「某やがて覚えたり　貧なる家と成りぬれば　御身と我を引き分けて　世にある聟を取らんとや　よしそれとても力なし　里に帰らせ給ふべし　姫君」とぞ仰せける　姫君此由きこしめし　「あら恨めしの御事や　君の心の変はらずば　虎伏す野辺の住居なりとも　いかゞは苦しかるべし　堀江殿」とぞ仰せける

八　罪は自分が着るので。

九　原文のまま。「と」は、あるいは衍字か。

一〇　声をしのばせて泣く様。

一一　何も返事がなくても、貴女の様子で、私はすぐにわかった、の意。

一二　仕方がない。

一三　実家。原の屋形。

一四　「うたて(し)の仰やな」(刊本、写本)と同意。

一五　「虎伏す野辺のすへまでも、諸共にぞとのたまひて」(むらまつ)。「虎狼野干のすみかなりとも」(写本、刊本)。

絵(4)－1〜3　国司として、中納言ゆきとしが多勢の郎等を従え、華やかに国入りする。八か国の諸侍が出迎えている。

その折節　都より　中納言[1]ゆきとしとて　常陸[2]　上野　下野の国司を賜り着き給ふ　八か国の諸侍[3]　いつき[4]かしづき奉る（図4）

[5]その折節　国司仰せけるやうは「都は広しと申せども　未だ定まる妻もなし　我に合はする縁なきか　人〻いかに」と仰せける　[6]ある人此由承り「[7]さん候　原の左衛門こそ　良き姫持ちて候が　都の中はそも知らず　八か国には双びなき美人の由を承る　国司様」とぞ申されける　国司此由きこしめし「その姫に夫はなきか」とのたまへば「さん候　夫は堀江の三郎とて　下野に侍へど　貧なる聟にて候へば　[8]原の左衛門召し寄せて　数の宝を得させつゝ　姫をくれよとのたまはば　取り返してぞ参らすべし　国司様」とぞ申されける

国司なのめ[9]におぼしめし　原を御前に召されつゝ　御酒様〴〵に下されて「[10]まことやきけば原殿は　見目良き姫を持つと聞く　某を聟に取れ　聟にならん」とのたまひて　[11]打ち解け顔に仰せける　原この由をきくよりも「[12]仰をいかで背くべし　承る」とぞ申ける　国司なのめにおぼしめし　[13]良き馬庭に引きいだし　[14]金覆輪の鞍置かせ　[15]黄金作の太刀刀　数の宝を下されて「はや帰

一 写本、刊本には、藤原中納言のひとり子、三位中将とある。
二 現在の茨城県。
三 「ショサブライ」（日葡辞書）と読む。「ショサムライ」（天草版平家物語）とも。
四 大切に崇め奉り、世話をする、の意。
五 赴任した国司の嫁探しから、若い夫妻の悲劇がはじまる。この種の物語展開の常套。
六 「はなや」に、一一二頁注五所引の場面に続いて次のようにある。「折節、所の物の参りあい、いかに申さん国司様、筑前の国はなや長者こそ、美人の姫を持たれたり、国司様とぞ申ける、国司なのめにおぼしめし…」。
七 目上に対する応答語。
八 没落した夫妻は、国司（中央権力者）の横恋慕でその仲を裂かれようとする。その際、中央権力者側から妻の実父に対して、欲心を掻きたてる働きがなされる。浄瑠璃「あかし」で例示する。「舅の多田を召れつゝ、姫をくれよと有ならば、仰をいかで背くべし、天下聞召、さらば多田を召せと有、承るとて御前にぞ参りける、天下御覧じて、いかに刑部、汝が聟の明石を討ち、姫を中将へ参らせよ、その返礼には、六か国を得さすべし、刑部承つて、お受けを申、御前(ごぜ)を立、急ぎ宿所に帰り、四人の子共を近づけて、天下よりの宣旨には、明石を討ち、姫をくれよと仰ける、お受けを申て有、明石を討つべき談合せよ」。文辞の類同にも注意。
九 「なのめならずに」と同義。ひととおりならず。
一〇 話題をもちかけたり、転ずる時の慣用表現。それはそうと、聞くところによれば、の意。
一一 「まことやきけば鞍馬には、義朝の八男、御曹司牛若丸、忍びて彼にまします由、風の便(たより)に伝へ聞く」（源氏十二だん）。

れ」とぞ仰せける　「承る」と申て　原は我が家にたち帰り　子供近づけ言ふやうは　「[16]良き御機嫌に参合ひ　数の宝を下されて　国司仰せけるやうは「子供を数多持つときく　中にも姫は見目良きとや　我にくれよ」との給ふを　[17]とかう申に及ばれず　お受けを申て候ぞや　子供共」とぞ申されける　子[18]供此由承り　これこそめでたき御事と　後[19]の嘆を知らずして　喜びけるこそはかなけれ

其後又　次郎が申けるやうは　「[20]仰を背くにあらねども　堀[21]江も名にある人の末　たやすく妻は取らるまじ　姫も堀江を引き離れ　余の夫持たんとよも言はじ　御思案あれ」とぞ申ける　父の左衛門腹を立　「汝を頼む時にこそ[22]　とてもお受けを申上　何と言ふとも叶ふまじ　太郎に任する」と申されける　太[23]郎もちかげ承り　「心安くおぼしめせ　堀江を謀り申さんに　此事深く包め[24]や」とて　母御台にも隠しつゝ　謀[25]文こそ物憂けれ

[26]一筆送る文の事　この頃父の不孝[27]をさこそ無念におぼすらん　姫も笑止[28]に思ふらめ　老[29]に耄れたる亭なれば　太郎に何も御免あれ　父に折〳〵御不[30]孝を申きかせて候へば　父の申されけるやうは　「姫に添ひぬる聟なれば　何の恨もあらねども　本領上より召し上げられ　何[31]はにつけて腹が立

一二 「心中に他意のない顔つき」(日葡辞書)。
一三 お言葉にどうして背きましょうか。
一四 古くは、庭に馬を引き出して贈与して「引出物」「引物」と呼んだ。
一五 金の縁飾りのついた鞍。「キンプクリン」と読む。「奥州育ちの黒の駒、金覆輪の鞍置かせ、千匹引かせて、わか君の御はなむけとぞ聞こへける」(浄瑠璃・やしま)。
一六 金の飾り彫りや装飾を施した太刀と刀。妻子への形見として残される(「こあつもり」「はらだ」他)程に、武人が大切にした宝物。「コガネヅクリ」と読む。
一七 国司の上機嫌に参りあわせて、の意。
一八 あれこれと言うことも出来ず。「れ」は可能の助動詞。
一九 絵巻では、原の子供達は、姫が国司の妻に求められたことを喜ぶが、写本、刊本ではそれを喜ばず、父の怒りに触れて、やむなく心を変えている。ただし、次郎については、絵巻にも後者との接点をみるべきであろう。
二〇 前表。語り物の特色。
二一 慣用句。「御諚を背くにあらねども」とも。
二二 名門の末裔。冒頭参照。「御諚にて候へ共、明石と申は、文武に名を得し弓取なれば、たやすく討たれ申まじ」(浄瑠璃・あかし)の文脈で解すべきところ。
二三 「こそかくあれ」の略で、逆接。おまえを頼む時には、そうもしようが。おまえの出る幕ではない、の意。
二四 写本、刊本共に同名。
二五 包み隠せ、の意。
二六 謀り状。偽文で謀り寄せる奸計、「あかし」なども同様。
二七 書状冒頭の形式句。「一筆申遣(つかはし)候」の類。

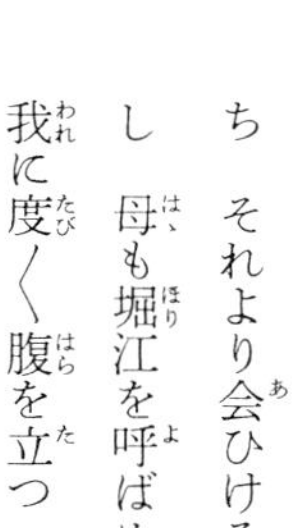

(5)－1

ち　それより会ひける事もなし　母も堀江を呼ばぬとて我に度〳〵腹を立つ　太郎、問はばと文を遣り　呼び寄せ　我に会はせよ」と　父の仰に候へば　急ぎ御出候へや　堀江殿

とぞ書きにける

扨も其後　堀江殿は御文受け取り　ざつと開いて御覧じて　御前を近づけ仰せけるは　「三年の不孝を受け申　今更会ふべき事ならず　その上不審に存づれど　御身に添ふ上は　たとひ殺され申とも御身故ぞと思ひなば　恨と更に思

二七 不孝者として親子の縁を絶つこと。中世の法律用語にはじまる。義絶。「不興」の字も宛て、主従関係にもいう。「苅萱」(寛永板)に「主の勘当・親のふけう」「親の勘当・主のふけう」が混在。

二八 気の毒。

二九 老いぼれたことであれば、の意。「父こそ老に耄れたりと、わ殿は老に耄れまいぞ」(さんせう太夫)。

三〇 義絶の関係を改めるように、道理を説いて諫言したところ、の意。

三一 →一一〇頁注一〇。

一 「問はば」は「問はば嬉しからむ」「問はばいかが」などの略か。「太郎よ、堀江に対して、原を訪れたら嬉しいであろうという書状を送り」の意か。あるいは「太郎と母と文を遣り」(太郎と母とで手紙を遣り)か。

二 濁点、原文のママ。

三 今更会えるはずもない。

四 後に「我も不審、子細あり」(一一七頁一一行目)とある。

(5)－2

はじ」と　かやうにの給ひ　返事には「参り御目にかゝらん」と返事あるこそ哀なれ　原此由をきこしめし　喜び給ふぞ限なし
[五]扨其後に　原殿は御台所を近づけて申されけるは「よく〳〵物を案ずるに　[六]浮世は夢の中なれば　堀江の三郎呼び寄せてみばやとこそは思ふなれ　御用意あれ」とぞ申されける
[七]いたはしや母御前　奥の心は知らずして　喜び給ふぞ哀なる
其後　堀江の三郎殿　原の屋形に着き給へば　兄弟の人〻も我劣らじと立ち出でて　手に手を取りて堀江殿奥の座敷へ招じける　[八]山海の珍物に国土の菓子を調へて　酒を様〴〵に奉る
（図5）　酒も過ぐれば　原殿は三郎殿に申されけるは「[九]御身を某が頼み申さ

五　浄瑠璃の場面転換句の一。「扨其後にかくて」の形をとることもある。
六　この世は存生不定であれば、の意。
七　→一一五頁注一四。
八　「酒を様〳〵に奉る」まで、最高の饗応をいう慣用表現。
九　前もってものを懇願する時の類型的言いまわし。「御身を頼まん子細有(あ)(り)」(こ大ぶ)。なお、写本、刊本では、原の言葉の始めに「日頃の咎を許し給へ」と謝罪する件りがあり、原の老獪さを印象づける。

絵(5)－1・2　原の屋形へ久しぶりに堀江が迎えられ、歓待される。兄弟達をまじえての様々なもてなしの中で、原は大番勤めを代ってくれるよう依頼する。謀りとも知らず、堀江は承知する。

(6)-1

ん子細あり　内裏より　三月の大番勤めよと宣旨を仰せ下さるゝ　子供数多候へど　御身を頼み申事　別の子細で更になし　御番召さるゝその中に　左や右の大臣達　御前近き公家達に　見知られ給ふものならば　御身の親の本領を申返さん御訴訟の　もし便とも存づれば　良き幸と思ひつゝ扨こそかくは申なれ　堀江殿」とぞ謀りける　三郎殿はきこしめし「それは思ひもよらねども　仰はいかで背くべし　承る」とぞ仰せける　原此由をきくよりも「さらば国にお帰りあり　御用意あれ」とぞ申されける　三郎殿は

一　内裏や院の御所などの警護役。
二　天皇の勅を記した文書。ここは天皇の命令。
三　「別の子細にあらず」「別の子細で候はず」を強調した言いまわし。何々する事は、他の理由で更々ない、の意。「御身これまで招ずる事、別(ち)の子細で候はず、叶わぬまでも、しげゆき殿を調伏して給われと、小声になりて申されける」(あぐちの判官)。「別」は「べつ」とも「べち」とも。
四　好い機会と思って。「つゝ」は「て」に相当。

絵(6)-1～3　堀江の上洛は十月五日と決まる。屋形では、兵馬や武具を調えるなど、あわただしく上洛準備が進められている。堀江の一行は七十騎と定められる。

(6)－2

(6)－3

(7)－1

きこしめし「暇[一]申てさらば」とて　国に帰らせ給ひつゝ　御上洛のその為とて　弓　鑓　長刀　馬[二]物の具　[三]さもはなやかに拵へて[四]十月五日と触れ給ふ（図６）[五]原殿よりも使者を立て「内裏の御番は大事なり　人数多では[六]怪我もある　いかにも人を[七]改めて　五十騎ばかり」と申されける　三郎殿はきこしめし　[八]とても置きたる人なれば　今更出だすにあらずとて　七十騎にぞ定まりける

其後又　原の左衛門は国司の御前に参りつゝ　「堀江の三郎頼純を内裏の御番に謀りて　来たる五日に上せしが　その間に先へ[九]人数

一　別れの折の慣用句。

二　武具、特に鎧をいう。

三　武具をはじめ、馬、鎧兜にいたるまで、美事に勢を装って上洛参内する様をいう慣用句。準備を整える際にもいう。「家の子郎党引具し、その勢三百余騎にして、さも花やかに拵へ、吉日選み給ひつゝ、都をさしてぞキリ」（ともなか）。

四　日付を記すのは、この一か所のみ。「十月五日」に特に意味はないであろう。

五　浄瑠璃「あかし」では、明石三郎に対して、義父多田刑部が都での聟揃えに少勢で上るよう促し、そこで討たんと謀る。「さはいひながら、供多くては叶ふまじ、わづか人は四五人にて上らせ給へや明石殿と書きとゞめ、播磨を指いてぞ急ぎつゝ、明石殿にぞ奉る」。

六　思いもよらぬ失敗。

七　吟味して。

八　どのみち上洛のためと心づもりした人であるので、今更お供から外すことはないといって。「出だす」は、外すの意。

九　徒党など、一団を構成する者たちをいう。軍勢。

(7)－2

を立て　[一〇]武蔵と相模の境なる上田山に隠し置き　[一一]たやすく討たんは治定なり　子供四人に[一二]軍兵添へ案内者にぞ参らすべし　その間に姫を呼び取りて参らせん」とぞ申されける　国司なのめにおぼしめし　[一三]相馬の次郎を召されつゝ　此由かくとのたまひて　二百余騎を下されて　原の人数とうち交じり　上田山に待ちたるは　情なふこそおぼえたれ（図7）

[一四]いたはしや堀江殿　敵待つとは知らずして　漸く〳〵五日になりければ　さも[一五]花やかに出立ちて　若君をかき抱き　御前を近づけの給ふは「幼き者を育て置き　[一六]生先

一〇 写本、刊本ともに「鎌倉上田山」とある。
一一 人数を隠し置き、迎え討てば、簡単に討てるはずだ、の意。「治定」は確かなこと。ただし、「討つ」と「治定」が結びつく場合は「討たれん事は治定なり」（浄瑠璃・たかだち）のような受身的な言いまわしで用いられる。「誅せられんは治定なり」（ちうしやう）なども同趣の表現。
一二 「グンビャゥ」（日葡辞書）と読む。
一三 写本「さうま」、刊本「相馬」。後に討死。
一四 当該人物の不幸や不運を不憫がる語り出し句。発語として単独で用いられる場合と「いたはしや誰々は…を知らず（わきまへず）して」という構文をとる場合とがある。後者は、段首に用いられて「扨も其後、いたはしや（な）誰々は」の形をもとる。「扨も其後、いたはしやな母上、しげのり討たれ給ひし事、夢にもしろしめされず」（あくちの判官）。
一五 衣裳などのりっぱさをいう。後の「花の袂」にも照応。
一六 将来。

絵(7)－1・2 原や国司達の隠し勢が、堀江を討つべく上田山に待ち受けている。後にこの様子を堀江に告げる一人の男が、大傘を肩にして不審そうに見やっている。

見せさせ給ふべし　暇申てさらば」とて出させ給へば　姫君此由御覧じて　花[一]の袂を控へつゝ仰せけるは「[二]君に添ひける此方は　少し見えさせ給はねば心を尽し待ちかねしに　これより都は程遠し　殊更三月の御留守を　[三]自ら何と暮らさん」と[四]消え入やうに泣き給ふ　されども叶はぬ事なれば　一首の歌にかくばかり

　[五]帰り来ん道をば急げ今こそは行くを留むる習なければ

とあそばし給へば　三郎殿はきこしめし　やがて返歌にかくばかり

　帰り来ん日数を数へ待てよ君三月過ぐるは夢の中なり

とあそばし給ひて　やがて御馬に召されつゝ出させ給ふ有様は　[六]百万騎がその中の大将と申とも　これにはいかでまさるべし

其後又　原の左衛門殿は　御台所に申されけるは「姫が寂しくあるらんに　呼び寄せ慰め給ふべし　[七]いかに〳〵」とありければ　母上なのめにおぼしめし　急ぎ姫御へ使を立て　此由かくと言ひければ　姫君なのめにおぼしめし　安藤太を召されつゝ「原殿よりも　参れとの[八]御諚なり　急ぎ輿を参らせよ　いかに〳〵」とありければ「承る」と申て　[九]網代の輿を参らする　姫君御輿に召されつゝ　数多の供を引き具して　[一〇]急がせ給へば程もなく　原の屋

一 堀江の花のように貴(あて)やかな袂にすがり、ひきとどめて、の意。別れに際しては、互いに袂を引きあったり、袂にすがったりして名残を惜しんだ。「又こそ御目にかゝらめと、控ふる袂を引わかれ給ふが」(ゆみつき)、「既に御出とみへし時、御台は袂にすがりつき」(浄瑠璃・あかし)。
二 以下、別離描写の一類型。「御身十六みづから十四の春よりも、幾春(いくはる)を送りきて。片時(へん)も見ゑさせ給はねば、とやあるらん、かくやわたらせ給ふらんと、これのみ明暮(あけくれ)思ひしに、鎌倉の御留守、何とて我〳〵暮らすべし、あら情なの次第とて、伏し沈みて泣き給ひし」(ちうじやう)。
三 あまりの悲しさに、どのように生きていけばよいかわからないという義。常套表現。「自ら何となるべきと、消へ入やうに泣き給ふ」(ゆみつき)。 四 →一一五頁注一〇。
五 上の二句、せめて帰り道は急いで帰って下さい、の義。返歌ともども「帰り来ん」という気持が前面に押し出されている。
六 若武者の凛々しさ、美々しさをいう慣用表現。「あっぱれ百万騎の大将と申とも、これにはいかでまさるべし」(牛王の姫)。「百万騎」は、上記正本では「ヒャクマンギ」と濁る。
七 強い呼びかけ。どうじゃどうじゃ。
八 仰せ。御命令。
九 屋根の表面に檜皮(ひわだ)や竹で編んだ網代を張り、押縁(おしぶち)をわたした輿。清華以下、諸公卿が用いて、武家は晴れの時のみ使用した(続視聴草)。「しんとく丸は御馬に召され、乙姫は網代の輿に召され、数多の御供引き具して、ざざめきわたり、和泉の国ゑとお急ぎある」(せつきやうしんとく丸)。

形に着き給ふ

　原殿なのめに思しめし　車寄[一一]まで立ち出て　「あら珍し[一二]の姫君や　若はいづくにましますぞ」「これに御入り候ふ」とて　網代の輿より抱き出る　原の御台は御覧じて　「か程やさしき[一三]若君を　今迄見ぬこそもの憂けれ」とて抱き喜び給ひけれ　妯娌達[一四]も立ち出て　「あら珍しの姫君や」と　もてなし給ふぞ限りなし

　扨も其後　堀江殿は急がせ給へば程もなく　武蔵[一五]と相模の境なる上田山の此方なる宿を通らせ給ふが　都より鎌倉へ下る男とうち見えて　人一人行き合ふて　興醒め顔[一六]の風情にて申けるは　「そこな山の麓には　直冑[一七]三百余騎　只今人を待ちかけて　討たん気色と見えたり」と　小声になりて語りける　堀江この由きこしめし　「我も不審[一八]　子細あり　皆／＼具足[一九]着よや」とて　長持[二〇]よりも取り出し　思ひ／＼に着るまゝに　上には小袖をうち掛けて　さらぬ体[二一]にて通らせ給へば　原が子供はこれを見て　「すはや[二二]言葉を掛けよ」とて　大音上げて申けるは「そこもと[二三]を通らせ給ふは堀江殿にてましますか　国司よりの討手に　原の太郎が参りたり　御腹召せ」とぞ申ける　堀江この由きこしめし

一〇　道を辿る時の類型表現。ただし「急ぐに程なく」の形の方が一般的。下部に「○○に着く(着き給ふ)」を伴う。

一一　牛車や輿などを寄せて乗り降りするための邸宅の出入口。庇などを張り出し、吹き抜けになっている。　一二　→一一六頁注四。

一三　愛らしくりっぱな。姫君や若君に対して多くいう。

一四　兄弟の嫁。用字は「色葉字類抄」「書言字考節用集」などに拠る。

一五　上田山の位置が浄瑠璃本文通りであるとすると、堀江が都から鎌倉へ下る男とここで会うのはおかしい。

一六　怪訝そうな呆気にとられた表情で。「キョウサメガオ」と清む。

一七　完全武装の兵士。「直冑の兵(つわもの)が三千余騎」(浄瑠璃・あかし)。

一八　私も不審に思う、何か事情があるに違いない、の意。今まで変だと思ってきたが、やはり訳があるのだなと、自ら確信した言。

一九　甲冑。

二〇　衣類や武具などを入れ、担ぎ運ぶ長方形の櫃(ひつ)。

二一　そしらぬ振り。「怪しめられ悪しかりなんと存ずれば、笠を傾け、清重はさらぬ体にて通りけり」(浄瑠璃・きよしげ)。

二二　合戦場で待ち伏せ勢が声をかける折の類型表現。「国司此由見るよりも、すわや言葉を懸よとて、大声上げて申けるは」(義氏)。

二三　以下、「はらだ」に類同描写。「そこゝ(もカ)とを通らせ給ふは原田殿にてましますか、君よりの御諚にて、我／＼討手に参りたり、御腹召せとぞ申」。

(8)－1

[一]合はぬ敵と思へども　[二]手並の程を見せんとて　急ぎ馬より飛んで降り　[三]御帯刀するりと抜き　[四]持つて開いてちやうど打つ　[五]真向二つに斬り割られ　後ろへ[六]かつぱと倒れける　原の三郎これを見て「そこを引くな」と懸かりける「心得たる」とのたまひて　[七]横手斬にちやうど斬り　[八]細首宙に落とし給へば（図8）四郎此由見るよりも「堀江殿は[九]手者にてあり　我が手並を見よや」とて　大音上げて掛かりしを　堀江この由御覧じて「汝は四郎か珍しや　受けてみよ」との給ひて　[一〇]持つて開いてちやうど打つ　弓手の肩より馬手へ

一 取るに足りない、相手としては不足の敵。「合わぬ敵(かたき)と存ずれど、弓取の死に所をば定め得ず、そこを引くなと言ふまゝに」(浄瑠璃・きよしげ)。
二 腕前。
三 古くは「ミハカシ」。その転。
四 御帯刀を持って、身をかわし、はっしと打ちかかる。「持つて」は、本来「何々を持つて」の形で、太刀、大長刀、大鉞(まさかり)などの名詞を受けたが、近世では省略する形で定着。「ちやうど」は、勢いよく打ちかかる様をいう。ばしっと。なお、このあたりの合戦描写、全て類型的表現で綴る。浄瑠璃「たかだち」で例示すれば、次の如し。「弁慶此由見るよりも、持つて開いて拝み打(ち)にちやうど打つ、兜の真向斬り割つて…柴田の四郎がこれを見て、まづは斬つたり武蔵殿、そこを引くなといふまゝに、隙間もなくこそかゝりける、弁慶此由見るよりも…手並の程を見せんとて、持つて開いてちやうど打つ…二陣に続いたる亀井の六郎が…横手斬りにちやうど斬る」。
五 兜の鉢の正面。
六 どっと倒れ伏したり、起き上がったりする様。激しく物音が立つ様や驚く様にもいう。
七 一般に「ヨコテギリ」、ただし「ヨコデギリ」とも(日葡辞書)。「手」は方向の意。
八 敵を討ち果たす時の常套句。
九 武芸の達人。
一〇 ここも太刀討ち時の慣用表現。「祐成是にありやとて、持つて開いてちやうど打つ、弓手の肩から馬手の乳(ち)の下へ、はらりづむと斬つた」(舞曲・夜討曾我)。

(8)-2

かけ　乳の下まで斬り下げられ
「南無阿弥陀仏」とどうど伏す[一一]
相馬の次郎がこれを見て　「堀江
殿とは御身かや　そこを引くな」
と斬り結ぶ　鍔[一二]を割つつ割られ
つ　暫し戦ひ給へば　堀江殿の郎
等に　せきの太郎がこれを見て
「汝は国司の郎等かや　我君の御
供を申て　死出[一三]の山路を来よや[一四]」
とて　細首宙に打ち落とせば　残
る者共これを見て　我も〳〵と逃
げけるを　堀江殿は御覧じて　追[一五]を
つ掛け追つ詰め討ち給ひて　とあ
る所に立ち寄りて　心を鎮めて見
給へば　敵味方の討たれしは　算[一六]
を乱した如くなり

一一 「ドウド」（日葡辞書）と濁る。
一二 刀剣の柄（かつ）と刀身の境目にはさむ金具。「…つ…つ」は「…たり…たり」の意。→一一三頁注一一。
一三 冥途にあり、死者が初七日の間に越えて行くという山。「十王経」に説く。
一四 来いよ。自分は一足先にあの世へ行くが、そこへ我が君のお供をして来い、の意。通例、主従関係の間で「死出の山にて待て」「死出の山にて追ひつかむ」の形で用いられる。既に死を覚悟した表現。ただし「越えよ」の誤りかも。
一五 逃げ場がないまでに追いかけ討つ様。慣用句。「追つ掛け追つ詰め斬り給ふ」（いけどり夜うち）。
一六 「算」は算木。占いに用いる十センチメートル程の角棒。まるで算木を散らしたようである、の意。「手負死人の伏したるは、算を乱した如くなり」（舞曲・八島）。

絵(8)-1・2　上田山での合戦の様子。堀江は原の兄弟を迎えうち、次々に切り伏せる。

一今は早　斬るべき敵もあらざれば　腹を切らんとし給ふが　残る味方を見給へば　安藤　二ごとうに　せきの太郎　三月王丸ぞ残りける　堀江この由御覧じて　月王丸を近づけて　「汝は四故郷へ形見の物を下すべし　膚の守りと鬢の髪をば母上に参らせて　汝よく申せや　世は逆様の事なれど　形見にこれを御覧ぜよ　五形見は思ひの種なれど　鬢の髪をば　某が幼き時より掻き撫で給ひし事なれば　御覧ぜよとて参らせよ　さこそ嘆かせ給ふらん　忘れ形見の六月若がもしも存らへあるならば　七出家になして我跡の菩提を問はせてたび給へ　此八差添は　某が最期の時まで身に添へて持ちたりし事なれば　父に添ふよと思ひつゝ　身に添へて持てよと申べし　御台所は上野へ　定めて帰り給べし　もし九もそれにましまさば　此由かくと申つゝ　原には恨尽きせねど　姫には名残惜しきとて　一〇御上帯の先を切り　一一二世と結びし中なれば　御身の心変はらずは来世は巡り合ふべきぞ　後の世までの形見とて姫君に参らせよ　月王丸」とて御顔に押し当てて　涙と共に月王丸に渡させ給へば　残る三人の人〻も　思ひ〳〵に形見の物を月王丸に渡しつゝ　「はや帰れよ」とのたまひて　国へ帰し給ひつゝ（図9）　一二西に向かひて手を合はせ　「南無や西方弥陀如来　来世を導きおはしませ　南無阿弥陀仏弥陀仏」と　これを最期の言葉にて　主従四人

一「今は早むかふ敵（かた）のあらざれば」（浄瑠璃・たかだち）のように、類型表現。「早」は、最早の意。

二 本文に乱れあるか。→一一二頁注五。

三 同名の従者が「師門物語」にも登場。形見送りの使者、身替り役という違いはあるが、「堀江」同様に、主君の伴をして最期を見届けた人物である。

四 以下、形見送りも類型表現で綴る。「国へ形見を下すべし、膚の守りと鬢の髪をば、子供が母に取らすべし…此世の縁こそ薄くとも、来世は巡り合ふべきと、たしかに語れ、人〻とて、まづさめ〴〵と泣き給ふ」（あぐちの判官）。「国へ形見を下すべし。膚の守りをば、老（らう）してまします父母の、二人に一人存（なが）らへてもましまさば、雪見の窓の折竹（をれたけ）の、よは逆様の事なれど、形見にこれを参らせん。鬢の髪をば若共が母に取らすべし」（舞曲・八島）。他に、佐渡七太夫豊孝正本「をぐりの判官」などにも。「膚の守り」は、肌身離さずつけてもつ守り札。「鬢」は、側頭部の髪。

五 形見というのは、悲しみの種であるけれど、の意。慣用句。

六 名前は、親の代を継ぐ意に由来するか。「さんせう太夫」冒頭（三一八頁）参照。

七 忘れ形見の月若を出家にして自らの菩提を問わせて欲しいとの嘆願。「二若存（なが）らへあるならば、出家になして我跡を問はせてたばせ給ふべしと、涙と共にのたまへば」（奈良絵本・むらまつ）。

八 脇差。太刀に添えて差す小刀。

九 堀江の故郷下野。

一〇 鎧の胴先に締める帯。「先を切り」まで、地の文の混入。

(9)

腹切つて　朝の露と消え給ふ

其後又　逃げたりし原の者共寄り集り　堀江の御首掻き落とし　[一三]紅の母衣に包みて　長持にうち入れて　その他の原の子供　こゝやかしこに討たれしを拾ひ集めて　長持にうち入れ〳〵行けるを　見る人聞く者「[一四]しらけたる原殿の仕業かな」とてうち笑ひ〳〵　原を憎まぬ者ぞなき

[一五]扨も其後　物の哀をとゞめしは　姫君にてとゞめたり　夫の討たれし御事を夢にもしろしめされず　父の屋形にましますが　[一六]小夜更け　まどろみ給へば　夫の堀江

二「夫婦は二世」に拠る。形見―鬢の髪―(上)帯―結ぶは、付合語(類船集)。

三 以下、最期の折の類型表現。「西に向ひ手を合、南無阿弥陀仏弥陀仏と、これを最期の言葉にて…朝の露と消へ給ふ」(まつら長じや)。その他、一一五頁八―十行目など。「南無」は帰命の意。仏への帰依をいう。「言ニ南無一者即是帰命、亦是発願廻向之義」(善導・観経玄義分)。

一三 矢を防ぐため鎧の背につけた袋状の幅広の布。漢字表記については、由来と共に諸説ある。「塵添壒嚢抄」で示せば、次の通り。「緥ヲ母衣ト書ハ、母ノ小袖ナンドヲ緥ニ懸ケル古事ノアル歟、未其由ヲ不レ知事モ侍ニヤ、常ノ義ハ、孩児ノ在ニ母胎内一時、戴ニ胞衣一以防ニ諸毒一也、亦武士ノ臨ニ戦場一時、被レ緥以防ニ敵矢一、蓋是胞衣消レ毒喩也、以ニ此義一母衣トモ書トコソ申侍ル也、胎内ト戦場ト人生死ノ二時也」。「景久は、此衣御手にかけ、かのもろこしの樊噲が母の衣をきかへしを、ほろと名付し昔(いにしへ)も、今身の上に知られたり、それはいくさの門出(かどで)也」(かげ正いかづちもんだう)。

一四 興ざめする意。

一五 愁嘆場面冒頭の類型表現。「扨も其後、物の哀をとゞめしは、平家の人々にて物の哀をとゞめたり」(こあつもり)。

一六 夜が更け。

絵(9) 堀江は、母には膚の守りと鬢の髪を、月若には差添を、御台には上帯をそれぞれ形見として届けるよう、月王丸に託す。残った安藤・ごとう・せきの太郎も、それぞれに形見を託して、四人は自害して果てる。

（10）

の三郎殿　[一]物の具　小具足さし固め　[二]枕神に立ち寄りて「いかにや姫君きこしめせ　御身の父の原殿に　さも恨めしく謀られ　上田山の麓にて腹切り空しくなりたるぞ　御身の心変はらずは　念仏申　廻向し給へ　その儀ならば　[三]修羅の巷に迷ふとも　[四]いかばかり嬉しかるべし」と　一首の歌にあそばしける

[五]連れて行習なりせば死出の山闇路を迷ふ事はあらじな

とかやうに詠じ給へば　姫君夢の中の御返歌に

[六]連れて行習なくとも死出の山暗き闇路を共に迷はん

一「物の具」→一二四頁注二。「小具足」は、小手、臑当（すねあて）、脇楯（わいだて）をいう。
二「枕上」の宛字。枕元に。
三 合戦闘諍の絶え間のない地獄をいう。後の「修羅道」に同じ。六道の一。「瞋恚盛ンニシテ悪心サムル事ナシ…常ニ物妬マシク、腹立チ、瞋リタル心ヲ宗トスル物也」（宝物集）。
四 底本「り」脱を改める。
五 堀江の歌には、姫に生きて菩提を弔ってほしいと言いながらも、絶ちがたき思慕の情に溢れる。
六 姫の歌にも、堀江がいなくては生きてはいけぬという強い思いがあり、姫がこのあと、堀江のあとを追って自害することまでもが暗示されているともいえよう。

「自らも　いかなる修羅道　地獄へなりとも　御供申候はん」と鎧[七]の袖に取り付くかとおぼしめせば　夢は程なく覚めにけり　[八]あらあさましき次第かな　此夜が早く明けよかし　堀江の館に戻らばやなとおぼしめす（図10）

[九]既にその夜も明けければ　母上に参りつゝ仰せけるは　「今日堀江へ帰るべし　戻してたべ」とぞ仰せける　母上この由きこしめし　「何とて左様にの給ふぞや　堀江殿の御留守の間は　[一〇]これに遊び給へや　姫君いかに」と仰せける　姫君この由きこしめし　「先づ此度はたち帰り　又こそやがて参らん」と仰ければ　「さらば御供の用意せよ」「承る」と申時　原殿此由御覧じて「何とて姫君は早く帰るぞ　せめて若子は残し置け　後より送り帰さん」とかやうに留め置き給ひつゝ　その隙に原殿は　国司の御前に参りつゝ　「如何にや申さん国司様　姫を[一一]よきに謀り寄せては候へど　帰るべき由申なり　急ぎ迎を下されて　堀江が屋形に行けるを送る体にもてなして　此御所へ舁き入れ給へや　暇申てさらば」とて　原は我が家に帰られける　国司なのめにおぼしめし　[一二]相馬の介を召されつゝ　此由かくとのたまへば　「承る」と申て　[一三]良き者数多引き具して　原の門にぞ待ちにける

いたはしや姫君は　この事夢にもしろしめされず　父にも母にも暇乞をし給

七 袖など、ものに「取りつくかと思へば（おぼしめせば）」夢が覚める。血縁者夢告の一典型。
八 →一一六頁注四。
九 「此夜が早く明けよかし」に呼応。
一〇 こちらでゆるりとすごしなさいよ、の意。
一一 うまく。
一二 国司の郎等。後に娘が国司の御台所となる。前出の相馬の次郎の父でもあるか。
一三 選び抜いた郎等。一三六頁六行目参照。

絵(10) 姫の夢枕に堀江が立ち、最期を告げる。夢中に、別れの歌を詠み交わし、袖に取り付こうとして、姫は目が覚める。

(11)−1

ひて　やがて御輿に移らせ給へば　中にて挙げ[1]　堀江殿へは行かずして　国司の屋形へ舁き入るゝ

国司なのめにおぼしめし　御輿に手をかけて「花の客人[2]珍しや　急ぎ降りさせ給ふべし　姫君いかに」と仰せける　姫君此由御覧じて　こはあさましき[3]次第とて　たゞさめ〴〵と泣き給ふ　国司此由御覧じて「見苦しき[4]次第なり　相馬の介　抱き降ろせ」とのたまへば「承る」と申て　相馬の介は立ち寄りて　謀り申ける様は「げに〳〵　厭とおぼしめさば　出させ給ひて様を変へ[5]させ給へや　その儀ならば　いかで

一「中に挙げ」と同意か。
二 訪問客。「マロウド」とも。
三 嘆かわしい、情けない、の意。
四 姫の態度・様相が見ていて不快だ、嫌になる、の意。「あさましき次第」と対比。
五 髪をおろし尼になること。

(11)-2

か寄り添ひ給ふべし　先づ〳〵御輿を降りさせ給へ　いかに〳〵」とありければ　力及ばず　御簾掻き上げて出させ給ふ御姿　嵯峨野の原の女郎花の露重げなる御風情　美しきとも中〳〵に申ばかりはなかりけり　国司此由御覧じて　喜び給ふぞ限りなし（図11）　されども姫君は　衣引き掛け　倒れ伏してぞおはします

其後又　上田山より　敵味方の討たれしを　原の屋形へ舁き入れける　原殿急ぎ立ち出て「いかに〳〵」とありければ「さん候　堀江殿をば討ち留めては候へども　子供達皆討死にて候ぞや　次郎殿こそ初めより　父の命には背かじと　屋形は出させ給へども　途より遁世し給ひて　御行方をば存ぜぬなり　三百余騎の味方の者皆討死」と申上ぐれば　原も御台も嫁達も　夫を討たれし妻子共も　上を下へと返しつゝ　わつと泣き立つ有様は　雷電　雷　天地も響

六 簾の敬称。網代輿では前後に吊るされている。
七 哀しみにうち沈んだ姫君の美しさを形容した表現。嵯峨野は京都市右京区。女郎花(おみなえし)。秋の七草の一)など、秋草の名所として知られる。歌枕。嵯峨野—女郎花—露は付合語(類船集)。写本、刊本では、物語冒頭に姫の美しさを次のように形容。「秋の野のおみなへし、露重げにて、籬(まがき)の外(ほか)にたほれいでたる風情なり」(写本。刊本もほぼ同じ)。
八 段末に一般的な類型表現。ここは姫の美しさを強調。
九 一一九頁七行目の「仰を背くにあらねども」に対応。
一〇 途中で剃髪して出奔したことをいう。「遁世」は「トンセイ」とも「トンゼイ」とも。
一一 思いよらざることに動顚して、大混乱の様をいう。
一二 雷に譬えるものとしては、怒号や鬨の声が多い。ここはそれらにも似て、皆々が激しく泣きわめく様をいう。「おごゑをあげて叫ぶ声、雷電、雷(いかづち)、天地も響くばかりなり」(御伽草子・酒呑童子)。

絵(11)-1・2　姫は堀江に戻ろうとしたが、騙されて国司の館に送られる。相馬の介が姫を宥めて輿から下ろし、その美しさに国司は驚喜する。

（12）－１

くばかりなり（図12）

[一]原殿呆れてましますが　嘆くべきにてあらじとて　堀江の御首に[二]諸勢の首を取り添へて　国司へ急ぎ参らせて　此由かくと申上ぐれば　国司の城にも良き者数多討たせつゝ　嘆きける事こそ哀れなれ

姫君此由きこしめし　[三]肝魂もあらばこそ　天に仰ぎ地に伏し流涕焦がれて嘆かせ給ふが　此世の名残に堀江の御首一目見ばやと思しめし「いかにや申さん国司様　堀江の討たれてましますとや　その首を自らに一目見せさせ給ふべし　国司様」とぞ仰せける　国司此由きこしめし「[四]余の

一　場面転換の慣用表現の一。一四一頁七行目参照。茫然自失の当該者が、思い直すように次なる行動に移る局面にみられる。

二　清音（日葡辞書、羅葡日辞典など）。

三　死別のような最も悲痛な場面でみられる慣用表現。肝魂も失し、涙も枯れる程に悲嘆にくれること。「義氏此由聞召、肝も魂もあらば社、天にあこがれ地に伏し、れうてひ焦がれ泣給ふ」（義氏）。「天に仰ぎ」は「天にあこ（く）がれ」とも。「嘆く」と「泣く」も同義。

四　他のこと。

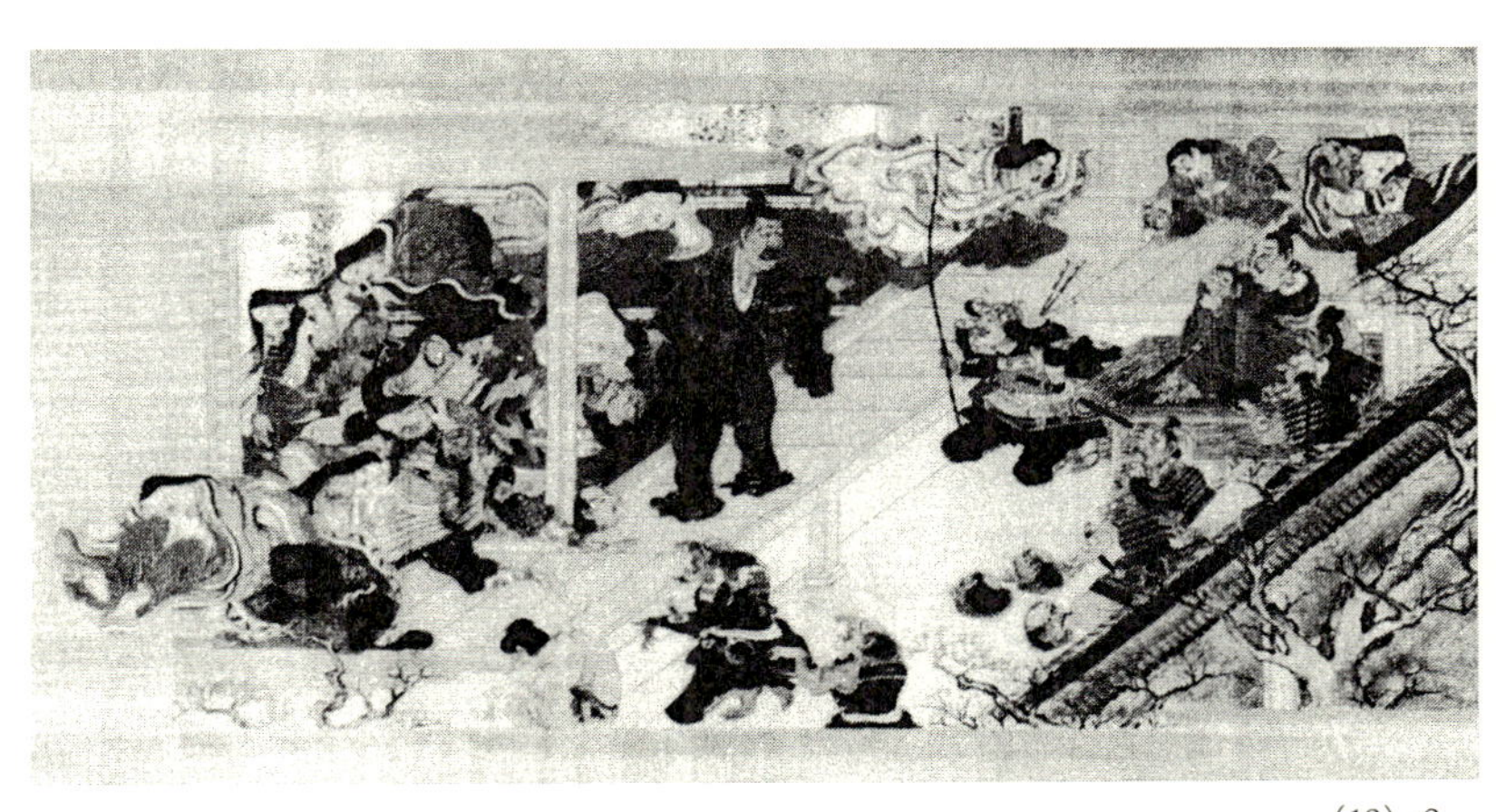

(12)-2

儀にてあるならば　何事なりとも　いかでか背き申べし　此儀にをひては叶ふまじ」とのたまへば　姫君此由きこしめし「首を見まじ[五]と言ふにこそ　情を知らぬに似たるべし　十三よりも十八まで馴れし情の名残に　一目見せさせ給ふべし　それを厭にてましまさば　御身様にも随はじ」と　[六]打ち解け顔してのたまへば「さらば見せ申せ」とて　[七]堀江の御首を紅の母衣に包みて参らする　姫君急ぎ走り寄り御首に抱き付き　懐に押し入れ　顔と〳〵とを押し合はせ「こはいたはしの有様や　[八]自ら何となるべき」とて　消え入やうに

五　底本通り。「まじ」は、未然形接続の形か。見てはいけない。

六　→一一八頁注一一。

七　一三二頁三行目以下参照。

八　私はどうなるのであろう、の意。

絵(12)-1・2　堀江の首と一緒に原兄弟の首も原の屋形へ持ち帰られた。余りの無残さに母御台や嫁たちは狂乱のごとくに嘆き悲しむ。

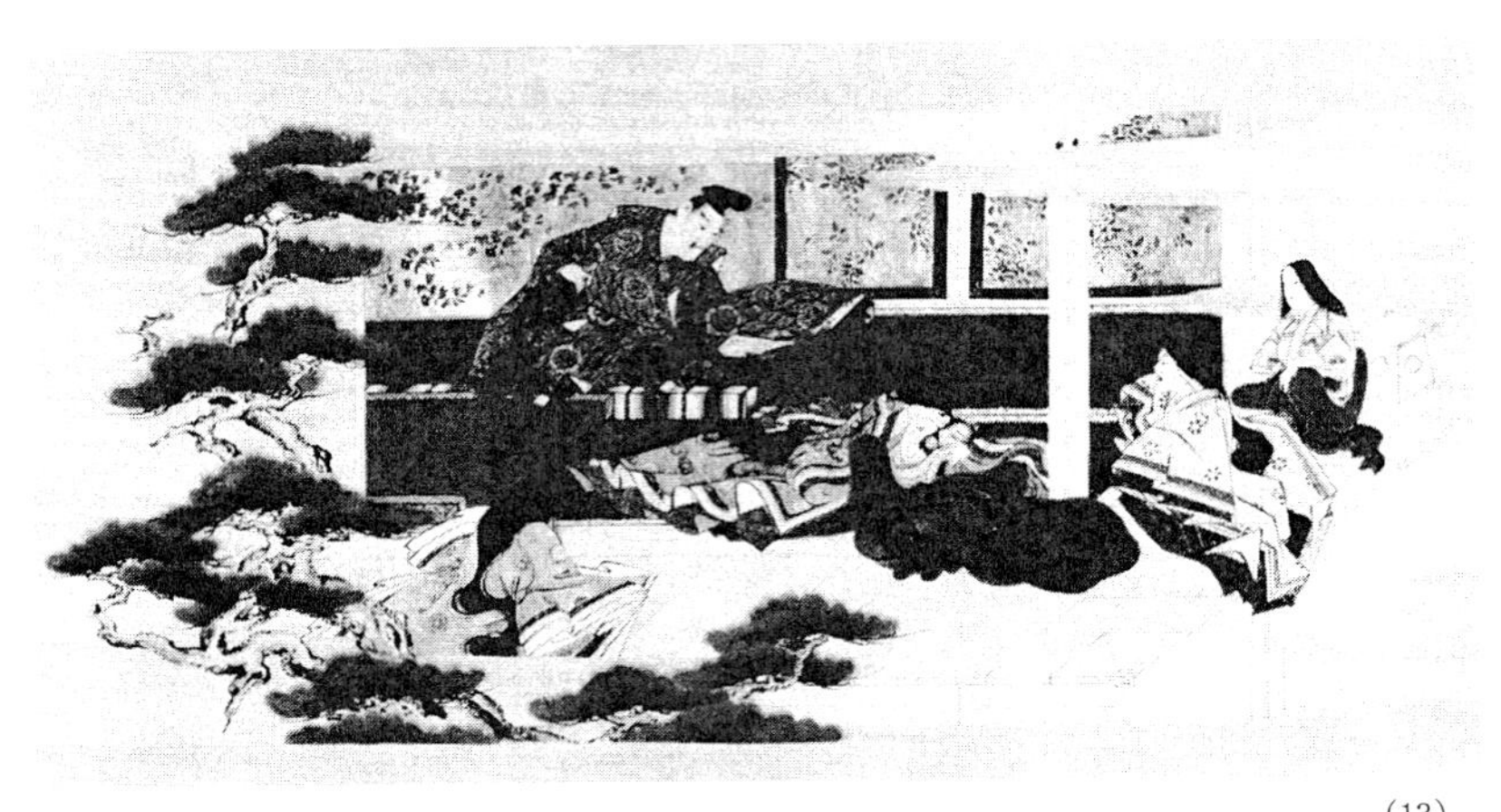

（13）

泣き給ふ（図13）　国司この由御覧じて　見苦しき[一]次第とて　御首を引き取り　縁より下へ蹴落とし給へば　母衣は跡にぞ残りける　いたはしや姫君は　残りし母衣に抱き付き　伏し[二]沈みてぞ泣き給ふ

其後又　国司は表へ出で　少し見えさせ給はぬ間に　姫君枕を上げて辺を見給へば　人一人もなかりけり　折節　床の上に国司の刀のありけるを　姫君なのめにおぼしめし　をつ[三]取り直し　するりと抜き「南無[四]や八幡大菩薩　跡に残りし月若を　よく／＼護らせ給ふべし　又西方の弥陀如来　先立

一　→一三四頁注四。
二　何かにすがりつくように倒れ伏して泣く様をいう。
三　「をつ」は、動作がすばやい意を添える接頭語。
四　月若は八幡大菩薩を氏神と仰ぐ清和源氏の一族。後にも「若君は正八幡の氏子にて」とある。それに拠り、成長加護を祈った。八幡大菩薩は、神仏習合思想のもとに、仏教信護の神として、七八一年、八幡神に奉進された称号。

絵(13)　原の屋形から国司の元に運びこまれた堀江の首に姫は抱き付いて嘆く。国司はこれを不快がって首を蹴落とす。

（14）

つ夫に自らを会はせて給はれ　弥[五]陀仏南無阿弥陀仏弥陀仏」と　これを最期の言葉にて　[六]心元に刺し立てて[七]かつぱと伏し　[八]その年積りて十八歳と申に　朝の露と消え給ふ　[九]哀とも中〳〵申ばかりはなかりけり

[一〇]扨も其後　国司は御座にたち帰り　姫の姿を見給へば　刀は前より後へ抜け　[一一]朱の血潮に染め替へて　倒れ伏してぞおはします　国司此由御覧じて大きに驚き（図14）こはいたはしき有様とて急ぎ立ち寄り　引き起こし　刀を抜きて見給へば　[一二]花の容貌も変は

五 →一三〇頁注一二。
六 胸元。「村松殿、しばらく御待ち候へや、死出三途をも諸共に、手に手を取りて行くべしと、心元に刺し立て、、朝(あした)の露と消へ給ふ」(浄瑠璃・むらまつ)。
七 →一二八頁注六。「かつぱと起き・折り・沈み・ころび・まろび」の他「かつぱと突き倒し」「かつぱと抱きつき」「かつぱと投げ」「かつぱと鳴る」など。「君の奉公はこれまでと、これを最期の言葉にし、…後ろへだうと転ぶもあり、前へかつぱと臥すもあり」(をぐり・二〇〇頁四行目)。
八 年齢を言いおこす慣用句。「御年積り」「惜しむべきは年の程」とも。当然、最期場面で多用される。
九 →一一五頁注一三。
一〇 浄瑠璃の段首表現。ただし、ここで場面転換はなく、絵巻本文が操と結びつく以前の語り物本文であることを思量させる。写本、刊本もこの箇所で場面変化はない。→一一〇頁注一。
一一 血潮で真っ赤になって、の意。
一二 一般には「花の姿」で成句化。

絵(14)　国司の隙をみて姫は自害する。刀に貫かれた姫の死骸を見つけて国司は仰天する。

（15）

り果て　実にいたはしき有様[一]　[二]扨あるべきにあらざれば　姫の死骸を原の屋形に送られけり　原も御台も嫁達も　急ぎ立ち出給ひつゝ　姫の死骸を御覧じて　「これは夢かや現か」とて　天に仰ぎ[三]地に伏し　流涕焦がれ泣き給ふ　[四]母上心におぼしめすは　若き子供を先に立て　後に残りて何かせん　姫諸共に行かばやなどとおぼしめすが　此儘自害をするならば　定めて自害をせさすまじ　謀らばやとおぼしめし　夫の原に差し向かひ　「[五]情なの原殿や　皆兄弟を討たするも　御身一人の故ぞかし　自らをも刺し殺せ　あら

一 底本通り。脱文があるか。
二 いつまでもその状態のままでいるわけにもいかないので、の意。愛別・死別の他、念願成就の喜びの場面などにも用いられて、局面を展開させる慣用表現。「いたわしや、御台所の心元を刺し通し刺し通せば、あつとばかりを最期にて、雪のはだへをひきかへて、朱の血潮に染まりける、扨あるべきにあらざれば、空しき死骸を野辺に棄て、泣く〳〵内裏へ帰りける」（月界長者）。
三 →一三六頁注三。
四 親兄弟に殺された夫を追って自害を遂げた妻（姫）、それを知って妻の母（原の御台）もまた後を追うという物語展開は、「鎌田」などに類想をもつ。「四間の出居を見給へば、鎌田をはじめ、らうの御方（おかた）、二人の孫、皆々朱に染め、一つ枕に伏して有、母、此由を御覧じて、これは夢かや現かや…花のやうなる若共を先に立て、よはひかたぶく自らが、一人あとに残りなば、深山（みやま）隠れの遅桜…同じ道へと思召、朱なる刀を取り上て、ばゝも自害を遂げ給ふ」（江戸七郎左衛門正本・かまた）。
五 情ない、あさましいの意。「情なし」の語幹に「の」のついた形。「あら情なの次第かな」（むらまつ）。→一一六頁注四。

恨めしや」と摑み付く（図15） 二人の嫁御や傍の人 「先づ〱殿御は 奥の間へ入らせ給へ」と[六]障ゆる間に 後の刀に手を掛け 抜くより早く[七]鉈を口に含みて 姫の死骸にかつぱと伏し [八]突き貫きておはします 嫁達も原殿も 急ぎ立ち寄り 引き起こし 刀を抜きて見給へど [九]さてあるべきにあらざれば 前や後に取り付きて 「南無阿弥陀仏弥陀仏」と 皆念仏を勧めつゝ 終に儚くなり給ふ 母上の最期の体 [一〇]哀と問はぬ人ぞなし

[一一]原殿呆れてましますが 嘆くべきにてあらざれば 国司の屋形へ使を立て「堀江が子 一人候ひしが いかゞはせん」と申上ぐれば 国司この由きこしめし 「連れて参れ」と仰せける 「承る」と申て 月若君を[一二]具足して 国司の屋形に参らする 国司この由御覧じて 「あら[一三]美しの幼きや 助けたくは思へども [一四]朝敵なれば力なし それ〱計へ相馬の介」とぞ仰せける 「承る」と申て [一五]郎等二人に申付け 「是より[一六]いつが谷とて淵あるに それへ沈めて帰るべし いかに〱」とありければ 「承る」と申て [一七]月若君を具足して いつが谷へと訪ね行き 「こゝにてや沈むべき かしこにてや沈めん」と 二人の者も沈め兼ね 涙に咽びてゐたりけり 「我手に掛けて沈めんより いざや これなる木の洞に捨ててなりとも帰るべし」「実に〱 [一八]これは言はれた

六 「障ふる」の転。遮りとどめる。
七 刀の先端。刀を口にくわえての自害、語り物に頻出。「刀を口にくわへつゝ、うつぶしにかつぱと伏し、朝(あした)の露とぞ消へ給ふ」(浄瑠璃・たかたち)。
八 底本「つきつなぬきて」を訂す。
九 ここは、どうする手立てもなければ、の意。
一〇 哀れなことだと、冥助を祈らぬ者はなかった、の意。
一一 →一三六頁注一。
一二 連れ従えて。
一三 「うつくし」に同じ。一三五頁六行目参照。
一四 堀江が国司に敵対したことをもって、斯くいう。
一五 家臣。「ラゥドゥ」(日葡辞書)と濁る。
一六 未詳。写本では「じやげんのむねはらいちが谷の麓なるないりが池」、刊本には「じやけんが原の麓にあるないりの池」とある。ただし、写本本文には錯誤があろう。
一七 月若が相馬の介の郎等二人に沈めにかけられようとして助命されるのは、説経「をぐり」で照手の姫が鬼王鬼次兄弟に助けられるのとよく似る。「ここにや沈めにかけん、かしこにてや沈めにかけんと、沈め兼ねたる有様かな」といった詞藻も類同的。
一八 これはもっともなことだ、の意。

絵(15) 原の屋形に送られてきた姫の遺体を見て、母御台は原にとりつき、刀を奪い、止める間もなく自害する。

（16）－1

り」とて　人も通はぬ木の洞に捨てて帰るぞ哀れなる　いたはしや若君は　二人の後を慕ひつゝ泣かせ給ふを見る時は　[一]二人の者の心の内　何に譬へん方もなし（図16）

　其後又　若君の乳母[二]は　此由聞くよりも　あらいたはしの御事や　自ら残りてあればとて　千年を保つべきにてあらざれば　若君を沈めたる同じ淵へ身を投げて死ぬべき物と思ひ切り　いつが谷へと訪ね行　[三]後や前よと迷ひしが　あらありがたや若君は　[四]正八幡の氏子にて　護らせ給ふとうち見えて　朽木の洞の其中に　打遊

一 段末に一般的にみられる類型表現。「とにもかくにも、れんぼ親子の心の内、何に譬へん方もなし」（とうだいき・三段目末）。

二 写本、刊本「六条の乳母」。

三 写本、刊本では、このあたりの描写が詳しく、乳母は大蛇と二疋の鼬（いたち）に若君の居所を教えられる。絵巻には「まつら長者」や「あいごの若」を彷彿とさせるこの説経的な場面がない。

四 →一三八頁注四。

五 あまりのことで涙も出ないばかりの様子をいう。「母はなか〳〵あきれ果て、泣けども涙はいでず、叫べども声もなく、夢かとばかり伏し沈む」（花子物語）。

六 陸奥の国の別名。後の磐城・岩代・陸前・陸中・陸奥。

七 陸奥の国南部の岩（磐）瀬郡（現在福島県岩瀬郡、須賀川市）に勢力を張った在地豪族。「権守」は、長官（かみ）の権官。

八 熊野三所権現。熊野坐（くまのにます）神社（本宮）、熊野速玉神社（新宮）、熊野那智神社（那智）三社の主祭神をいう。本作はこの熊野の利生譚。磐瀬権守には、奥州のみならず、出羽の羽黒山などを含めて、ひろく東国で熊野信仰と関わりをもって物語を担った人々の反映があろう。「あかし」の陸奥の国の住人、信夫の庄司もとたかも同様（次注参照）。

九 熊野に申し子を祈り、あらたかに神のお恵みを頂戴した、の意。「験たに」は、神仏の霊験の著しいこと、「利生」は、神仏の利益や恵みをいう。なお、このあたりの物語展開は、「堀江」に同趣の物語群に於いても重要な意味あいをもつ。以下、当該類同場面を、比較の便も考え、「あかしの物語」（天理本）と「あかし」（浄瑠璃）の二本で代表させて示す。関連して「ふないこん」も。

(16)－2

びてぞおはします　乳母はなのめに喜びて　急ぎ傍へ走り寄る　いたはしや若君は　御手を上げさせ給ひつゝ　洞の中より出でさせ給へば　乳母は君に抱き付き　[五]泣けども更に涙なし　「あらいたはしや　さりながら　自ら命のある程は　いづくの国へも落ち行て　御命だにもあるならば　御出家させ　父母の菩提を問はせ申さん」とて　抱きて出る乳母こそ　実に頼もしくきこえける

其後又　[六]奥州の[七]磐瀬権守殿は　子の無き事を悲しみて　[八]熊野へ参り祈誓ある[九]験たに御利生賜りける「汝帰らんその時に　[一〇]武蔵の原を行くならば　みなし子一人行合ふべし　それこそ汝が世継ぞ」と　[一一]御示現験たに賜りて　喜び下国ありけるが　(図17)　武蔵の原を通らせ給へば　案の如く　堀江殿の若君を　乳母が抱きて迷ひ行　磐瀬此由御覧じて　「その幼きは誰が御子ぞ　某に得させよ」と仰せければ　乳母此由承り　「この幼きこそみなし子よ　はや奉る」と申け

「かゝりける所に、奥陸奥(おく)の国の住人、信夫の庄司もとかたといふ人、熊野へ参(まい)り、本宮証誠殿の御前(ま)に通夜申、子の無き事を祈念するに、有夜の夢の枕に権現立たせ給ひて、…汝与ふる子は、遠江国小夜(さ)の中山にある也、…と示現蒙りて下向申、さるほどに、十二月三日に小夜の中山を通る、道のかたはらに、乳母の抱(だ)きたる子を見て、もとたかよろこぶこと限なし、是こそ誠に権現の給る子なれとて、馬よりおり、抱き取りて見るに、容顔美麗、いつくしく、何にたとゑんかたもなし、相具し奉りて下るほどに、二人の女房には乗物を仕立てゝ、忍ぶの里へぞ下りける」(あかしの物語・天理本)。「ここに又、陸奥の国の住人に、信夫の庄司もとたかは、子の無き事を悲しみて、熊野へ参籠有、験たに霊夢蒙りて、この山を通りし時、おさあひ者の泣く声せり、もとたか不審に思召、立寄つて見給へば、これこそ誠の子なりとて、やがて相具し下る所に」(浄瑠璃・あかし)。「いがらしの小文次は、夢想の告げの有けるとて、…善光寺へぞ参らるゝ、…小文次殿、御前(ま)に参りつゝ、心静かに祈誓あり、立帰らんとし給い、山門を見給へば、さもいつくしき少人有、小文次は御覧じ、我、いまだ子持たず、是ぞ夢想の告げならん、我が子にせんとの給ひて、侍共に抱かせ、悦国へぞ帰らるゝ」(ふないこん)。

一〇　関東平野西部の原野をいう。

一一　神仏が霊験を示すこと。

絵(16)－1・2　相馬の介の郎等二人は、月若丸を淵瀬へ沈めるのに忍びず、木の洞に捨てる。泣き声に後ろ髪を引かれながら郎等は帰って行く。

(17)-1

る　磐瀬なのめにおぼしめし　急ぎ馬より飛んで降り　熊野の方を伏し拝み　これぞ熊野の御利生とて　乳母と共に輿に乗せ　奥州へ下らせ給ひて　御台所に会ひ給ひて　この由かくとありければ　御喜は限りなし　[一]いつきかしづき奉る　[二]程なく年月経る程に　十三にぞなり給ふ　二人の親は喜びて　[三]元服せさせ申さんとて　磐瀬の太郎いへ村とて　めでたき事は限りなし

かくて月日を経る程に　十五と申せし秋の頃　一人屋形を忍び出で　月を眺めてましますが　[四]行方も知らぬ修行者の　磐瀬の辺に立

一 →一一八頁注四。

二 写本、刊本では、このあと、七歳になった若君が学問のため日光山に登り、その非凡な才ゆえ、一山の賞翫を得たことを述べる。七歳での学問登山は、「をぐり」なども同じ。

三 男子が成人になったことを祝う儀式。読みは「ゲンブク」。幼名を改めて烏帽子名をつける。

四 どこの誰ともわからぬ修行者から、若君の身の上が知らされる。この物語展開も語り物に多い。一例を「はもち中納言」(京大本)で示す。「或る時の事なるに、兄弟の人々、南面の縁に出で、花を眺めてゐ給ひしが、何処(いづ)よりか来たりけん、老人一人来たり、いかに若君たち、臼杵(うす)の左衛門殿は、御身の親と思すかや、臼杵殿は羽持(はもち)殿と申せしが、臼杵殿が讒奏にて、蝦夷(ゑぞ)が島へ流され給ふと、細々と宣ひて、掻き消すやうに失せ給ふ」。

(17)－2

ち寄りて「いかに磐瀬の太郎殿
[五]物を語らば聞き給へ　御身の親は
堀江殿とて　下野にての主ぞか
し　母は原の左衛門が[六]乙の姫にて
ありけるが　御身の祖父原殿は
[七]不思議の心出で来つゝ　御身の父
も討たれける　母も自害を召され
しが　その時御身は三つにて　い
つが谷へ捨てられしを　今の御身
の乳母こそ　情の深き故により
跡を慕ふて谷に降り　不思議に御
身を取り出だし　磐瀬殿に参らせ
て　この国に候へば　かくめでた
くぞおはしける　されども御身の
敵こそ　常陸　上野　下野の中納
言ゆきとしとて　今にめでたくあ

五 重要な事柄を打ち明ける際の慣用句。「語らば物を聞き給へ（聞こし召せ、確かに聞け）」の形がより一般的。「后達は聞召、御身が不審尤也、語らば物を聞給へ、ごすいでんと申せしは」（ごすいでん・横山正氏本）。
六 末の姫。
七 思いも及ばぬ心。ここは悪心をいう。

絵(17)１・２　奥州の磐瀬権守は熊野に申し子をして、権現から武蔵の原で出会う孤児こそ世継だとのお告げを受け、喜び下向する。

(18)

るぞかし　猶も昔のきゝたくば
御身の乳母に問へや」とて　掻き[一]
消す様に失せにけり（図18）
扨も其後　若君は夢の醒めたる[二]
心地して　暫しは涙も塞き敢へ
ず　[三]急ぎ屋形にたち帰り　乳母を
近付け仰せけるは「只今不思議[四]
の事を聞く　自らが父母は　坂東[五]
国の人なるが　討たれて今はおは
せぬとや　敵は今にありと聞く
御身が我に知らせねば　今迄知ら
ぬぞ悲しけれ　たゞ[六]一人と忍び出
で　敵討たん」とありければ
乳母此由うけ給り　大きに驚き
「自ら知らぬ事共を　誰やの人が

一　老人・客僧・山伏などに現じた神仏（時に幽霊）が姿を消す時の類型表現。「はもち中納言」（京大本）では、一四四頁注四引用本文に続けて「只今知らする老人は、人間にてはよもあらじ、我々が氏神にてぞおはすらん」とある。
二　「夢の醒めたる心地して」も「暫し（は）涙も塞き敢へず」も、共に成句。後者は「暫し涙は塞き敢へず」「いとゞ涙は塞き敢へず」の形も。「塞き敢へず」は、押さえても押さえきれないことをいう。
三　筋立て展開に関わる、これも慣用的言いまわし。「急ぎわがやにたち帰り」「急ぎそれよりたち帰り」なども。
四　↓一四五頁注七。
五　相模と駿河の国境にある足柄以東の八か国をいう。下野・上野が含まれる。
六　ただ一人で。ただ一人であっても。

申けるぞや　たゞ偽り」とぞ申ける　若君この由きこしめし「何と包むと[七]某がよく〳〵きゝてある程に　猶も昔を語れかし　懐しさよ」とぞ仰せける　乳母は此由承り「包むとすれど包まれず　思ひ出だせば悲しや」と涙を流し　古をありのまゝにぞ語りける　若君なのめに思しめし「急ぎ上りて　我親の敵討たん」とありければ　乳母あまりの悲しさに　御台所に参りつゝ「いかにや申さん御台様　誰やの人が申けるぞや　我君様の古をよく〳〵きこしめされつゝ　敵のあるときくなれば　たゞ一人と忍び出で　敵討たんとのたまへば　自らあまりの悲しさに　[八]扨こそ語り申なれ　若君の御親は坂東国では下野の　堀江の三郎頼純なり　御母は　原殿の乙の姫にておはします　敵は国司の中納言」と　[九]始め終はりのことの葉を詳しく語り申せば　磐瀬夫婦はきこしめし　大きに驚き給ひつゝ「堀江殿こそ　某がお主の家にてある物を　今迄知らざる悲しさよ　さりながら　敵討たんとのたまへば　一入我等も嬉しけれ　さらば[一〇]人数を触れよ」とて　[一一]着到付けて見給へば　三日三夜のその内に　一万余騎とぞ聞こえける　その日より改めて　千騎ばかりを[一二]催して　下野さしてぞ上られける

塩谷の郡に着き給ひて　敵を討たん門出に　昔の父の[一三]御座所を一目見ばやと

七 どのように包み隠しても、の意。

八 であればこそ、はじめて。

九 「はじめ終りの事共(次第・子細)をねんごろに(つぶさに)奏問ある(語りける)」というように、語彙の取りかわりの多い類型表現。「ことの葉」は底本通り。「事(こと)の様(よう)」の意か。

一〇 →一一四頁注九。

一一 着到帳。出陣の時、馳せ参じた諸将とその手勢や武具などを記した帳簿。

一二 兵を招集すること。「人数を催す　戦争などのために、軍勢をうながし準備をする」(日葡辞書)。

一三 「大身の主君の居る所」(日葡辞書)。

絵(18)　月若は磐瀬のもとで元服し、磐瀬の太郎いへ村と名乗る。十五歳になった秋のある日、太郎は見知らぬ修行者から父母のことや敵のことを教えられる。

(19)－1

おぼしめし　人数は道に隠し置き　人四五人を御供にて　心静かに見給へば築地も屋形も毀れ落ち　物哀なを御覧じて　一首の歌にかくばかり

古の月は変はらぬ跡なるを一人残りて見るぞ悲しき

とあそばし給ひて　涙に咽び給ひしが　奥より老いたる男の立ち出て　若君をつく〴〵と見参らせ　何とも物をば言はずして　たゞさめ〴〵と泣きにけり　若君此由御覧じて「いかなる者」とぞ仰ければ　涙を抑へて言ふやうは「若君を見奉れば　昔の堀江の御顔に少しも違はせ給はず　我は又

一「心を鎮めて見給へば」(一二九頁一四行目)に同意。気持を澄まして御覧になると。「高館殿の御所の体(てい)を、心静かに見奉るに、不思議やな」(浄瑠璃・たかだち)。

二 写本「築地はあれども覆いもなく、門はあれども扉なし」(刊本もほぼ同じ)。「毀れ落ち」は、崩れ落ちの意。

三「昔なれし友はさながら夢のよをひとり残りて見るかたぞなき」(拾玉集・慈円)。写本・刊本は歌なし。「いにしへさぞありつらんと思ふやり、御涙せきあへず」(写本。刊本も類似本文)。

四 類型表現。下部に「さめ〴〵と泣く」「消え入るやうに泣く」などを伴う。「父の花やに抱きつき、何とも物は言わずして、暫し消へ入るやうに泣き給ふ」(はなや)。

五 縁ある者同士が、長い離別や流浪の果てに、劇的な対面を果した時の慣用描写。老人が旧主(昔人)に瓜二つの若君(姫君)を見て不思議がる場面にはじまる。「此若君をつく〴〵見、不思議や、某一の谷にて討ち申たる敦盛殿に少しも違はせ給はぬ」(浄瑠璃・こあつもり)。

六 思うにまかせぬまま。

七 思いあたった時の類型表現。対面場で用いられ、「いにしへ」「聞き及ぶ」という語句をしばしば随伴する。「御台所はきこしめし、さながら

(19)－2

安藤太と申者にて候らひしが　堀江殿の御最期に　子供は討たせ　老の身の　つれなくこれに住みける」とて　又さめ〴〵と泣きにけり（図19）若君この由きこしめし「扨は汝は　聞き及ぶ安藤太かや　懐しや　我こそ谷に捨てられし　月若丸とは某」と　名乗らせ給へば　安藤太はうけ給り　これは夢かや現かと　若君に抱き付く　若君の御諚には「敵討たんその為に　数多の人数を引き具して　これまで遥〴〵来りたり　敵はいづくにありけるぞ　案内せよ」とぞ仰せける　安藤太は承り「国司は都にましますが　御台所はこれに候なり　若君二人ましますが　年を申せば十一と九にて　相馬の介が孫なれば　国司の城に相馬の介　世に有り顔にてありけるを先づ〳〵是を討たせ給へ」と申ければ　若君なのめにおぼしめし　打物　物の具下されける

其後又　安藤太は　一千余騎の先に立ち　国司の屋形に押し寄せ　鬨をどつとぞ上げにける　城には思ひよらずして　上を下へと返しける　されども城にも出で合ひて　相馬の介が申けるは「何者なるぞ　狼藉や　名乗れ　聞かん」

夢の心地にて、扨は汝はいにしへのたけわう丸か、懐しや、なをしも恋しき昔やと、又さめ〴〵と泣き給ふ」(あぐちの判官)。
八 塩谷郡。
九 世間に権勢を誇るかのように、の意。
一〇 刀剣などや鎧を安藤太に下された、の意。「打物」は、刀・薙刀・槍など、打ちきたえた武器をいう。「物の具」→一二四頁注二。
一一 以下、城攻めの常套描写。「鬨をどつとぞ上げにける」→「城には思ひよらずして上を下へと返しける」→「何者なるぞ狼藉や、名乗れ、聞かん」→「我をば誰とか思ふらん」と、成句を列ねて描述される。「国司の城（じやう）に押し寄せ、鬨をどつと上げゝれば、城（じやう）には思ひよらずして、上を下へともて返す、されども城（しろ）にも出で合いて、何物なれば狼藉や、名乗れ、聞かんとありければ、寄手の方（かた）より声〴〵に名乗るやう」(はなや)。
一二 城攻めの戦端が開かれる時の類型表現。「これときが城郭を二重三重におつとり廻し、鬨の声をぞ上にける、城（じやう）のうちには思ひ寄らざる事なれ(ば)、上を下へと返しけり」(たむら)。
一三 →一三五頁注一一。
一四 攻められた側(城内)からの応答。これも慣用的な言いまわし。「何者なれば狼藉や、その名を名乗れ」(清水の御本地)、「何物なれば狼藉なれ…いかなる物ぞ、名を名乗れ」(八幡太郎義家)などの形も。

絵(19)－1・2　軍勢を率いて下野に入った太郎は、数人を供に堀江の屋形跡を訪ね、そこに隠棲していた安藤太と再会し、敵の様子を知る。

(20)

と申ける　若君此由きこしめし
一「我をば誰とか思ふらん　汝が淵に沈めたる月若丸とは某なり　二因果は廻り合ひたるぞ　そこを引くな」との給ひて　御帯刀するりと抜き　三揉みに揉うでかゝらせ給へば　安藤太は押し隔てて　斬り向かふ相馬の介が四細首を　宙にずんど討ち落とせば　残る者共これを見て　我も〳〵と逃げけるを　追つ掛け追つ詰め斬り給ふ　安藤太は五内者にて　六御内を指して斬つて入り　若君二人と御前に縄を掛けて引き出だし　七「日頃の無念　晴れてあり　これ見給へ」と御目にかけ　御母上の目の前にて　二人

一 城内からの呼びかけに対して、寄手の名乗りの常套表現。寄手は父を討たれた忘れ形見であることが多い。「其時しげのり、高き所に立ち上り、大音上げて名乗られける、我をば誰とか思ふらん、安口の判官しげゆきが子にしげのりとは我が事なり」(あぐちの判官)。なお、この言いまわしは、神仏夢告の場にも見られる。「其時かの御僧、我を誰とか思ふらん、汝が父が身を離さず信じ申阿弥陀仏也」(とうだいき)。
二 「因果は廻り合ひたり」は、謡曲などでも多用される成句。ここは、悪事は天罰となって廻りきて、このように廻りおうたぞ、の意。「廻り」は前後に掛かる。
三 激しく身体を動かし走りかかること。「いか物作りの打物を、するりと抜いてうちかたげ、揉みに揉うで走りしが」(舞曲・義経ほり川夜うち)。
四 敵を討つ時の定型表現。「ずんど」は、いと簡単に物を切る様。「ずんと」に同じ。
五 内部の事情に通じている者。
六 貴人の邸内。ここは、国司の屋形内をいう。
七 普段から心に秘めてきた思いが晴らされた時の類型表現。「はなや」では、前掲本文(一四九頁注一一)のあとに「日頃の無念晴らさんとて、これまで押し寄せ来たりたり、腹を切れとぞ申ける」とある。

絵(20)　国司の留守城に攻め寄せた太郎は、相馬の介の首を討ち、まず国司の二人の子を御台の目前で殺し、続いて御台をも殺す。

絵(21)−1・2　関東八か国の国司となった太郎は下野に下向する。原を連れてこさせ、白髪頭を剃り落とさせ、物笑いにする。

(21)－1

(21)－2

の若を刺し殺し（図20） 其後又 御前の御首を討ち落とし 一千余騎の者共 勝ち鬨どつと上げけるを 草[1]の陰なる堀江殿 さこそ嬉しくおぼすらん

[2]それよりも若君は 都へ上らせ給ひつゝ 国司の屋形に忍び入り 国司を易く討ち取りて 此由御門へ奏聞[3]ある 帝此由きこしめし 「親[4]の敵は討つ道理 国司は国を鎮めん為 国を乱すぞ心得ね 堀江参れ」と召されつゝ 「年にも足らぬ初冠[5]にて 敵を討つこそ優[6]しけれ 堀江[7]は王孫近ければ 坂東をば八か国[8] 国司を取らする 常陸 上野 下野を 長く知行[9]に取らする」と 御[10]判下るぞめでたけれ

[11]それよりも若君は 父の国にてありければ 先づ下野に着き給ふ 八か国の諸侍 国司堀江の御下向とて いつきかしづき奉る 若君の御諚には 「原[12]が存命あると聞く 急いで連れて参れ」とありければ 「承る」と申て 原の宿所に使者を立つれば 原殿大きに驚きて 震ひ／＼ぞ出でられける 若君此由御覧じて 「御身は我が祖父なり 堀江殿さへ殺さずは 八か国にて御身に上越[13]す人あらじ 我さへ淵に沈められ 不思議に命を助かりて 参り合ふこそ嬉しけれ 親の敵に我敵 折目[14]／＼を刻みても 恨[15]の程は尽きせねど 草[16]の陰

一 草葉の陰。墓の下。
二 「其後又」などと同じで、時間的経過を辿って、場面展開を図る時の形式句。筋立てに一応の結末がみえた物語終部で多用される。「さんせう太夫物語」で例示すれば、「それよりもつし王殿、蝦夷が島へ御座ありて、母御の行方をお尋ねある」、「扨それよりもつし王殿、母御の御供なされつゝ、都を指して上らせ給ふ」、「それよりもつし王殿、国へ入部せんとの給ひて」の如し。本作では、一五二頁九行目、一五三頁一〇行目。
三 帝へ申し上げること。「ソウブン」とも。
四 中世軍記物以来の一般的理解。「御門叡覧まし／＼て、親の敵（かたき）の事なれば、心の儘にまかすべし」（あぐちの判官）。
五 元服して間もない人。「うひかうぶり」の音読。「これなる若、年にも足らぬ初冠にて、いまだ見ぬ父を恋しゆかしと思ひつゝ、これまで来たる事、実にもあはれと思ふなり」（こあつもり）。
六 けなげである。殊勝である。
七 冒頭部の「清和天皇九代なる八幡太郎義家の御孫にておはします…」に照応。
八 その八か国の中から、上記三か国を、の意。三か国は、写本、刊本共、上野・下野は一致するが、残りを前者は陸奥、後者は武蔵とする。
九 領地。
一〇 天皇の命。綸旨。
一一 →注二。
一二 「存命 ナガラエ〈或作存生〉」（文明本節用集）。「日田の大夫はいまだ存命あると聞く」（月かげ）。「一若存命（ながらへ）有ならば」（むらまつ）。
一三 越える、の意。
一四 「折目」は、袴などの折目から転じて、手足

(22)－1

なる母上の　もしも恨やあるらんに　命ばかりは助くるなり　老の白髪を剃り落とせ　人〳〵ゑい」とぞ仰せける　「承る」と　中て　右や左の腕を引つ張り　空[一七]剃にこそしたりけれ（図21）「あれを笑へ」とのたまへば　一度[一八]にどつとぞ笑ひける　中[一九]〳〵に生きたる甲斐ぞなし

それよりも若君は　奥州へ下らせ給ひて　磐瀬殿に会ひ給ひて　此由かくとの給へば　乳母を始めて　磐瀬夫婦　その外の人ゝの御喜に限なし

其後又　磐瀬殿の御諚には「御身は熊野の権現の下し給へる

の関節をいう。「孫のさみだれ御覧じて、折目〳〵を刻(き)みても、その恨は尽きせねども、母御前の恨の程も尽きせねば、命ばかりは助けをく」(月かげ)。「御身をば、折目〳〵を刻みてもあかねども、一つは姫が親なれば、命を助け申也」(浄瑠璃・あかし)。

一五　憎しみ。怨念。

一六　当然、命を取るべきところであるが、母の心情を思いやって助けるというのである。この種の物語では、敵が主人公の母方の父や兄という場合が多く、「月かげ」や「あかし」の右用例のように、類同表現がしばしばみられる。

一七　「あかし」では、明石の義父で敵の多田刑部が明石の押し寄せるという噂を聞いて、慌てて髪を剃る様を嘲笑的に描く。「多田の刑部はこれを聞き、此儘にてはかなふまじとて、髪剃りこぼし、出家にこそはなり給ふが、余りの事に動顚し、慌てゝ髭は剃らざりけり…明石此由御覧じて、いかに刑部珍しや、御身はいつよりの御出家ぞや、扨髭を何とて剃り給はぬぞ、刑部いかにとありければ、多田は赤面してこそいられける」(浄瑠璃・あかし)。

一八　軽蔑やあざけりがこめられた笑い様。慣用句。

一九　面目を完全に失った時の常套的言いまわし。

(22)－2

人なれば　利生はあらんと思ひしが　か程迄とは知らざりけり　親の敵を打[一]ながら　八か国を給はりて　国司となるこそめでたけれ　いかに〳〵[二]」とありければ　若君の御諚には「親の敵を討つ事も　又は国司となる事も　磐瀬殿[三]の御恩なり　八か国のその中に良からん所を父に二ケ国参らせん　急ぎ上らせ給ひつゝ　八か国の仕置[四]をも　よきに御意見候へや　これに逗留申さんが[五]　先づこの度はたち帰り　国の仕置を申付け　又こそやがて参るべし　暇申てさらば」とて　乳母を先に立て　下野に上らせ給ひて　堀江殿[六]

一 打ちつつ、加えて、の意。「ながら」は、同時に二つのことをする意。

二 強く呼びかけて、相手に同意を求める言いまわし。なんと、どうじゃ、の意。

三 磐瀬殿。

四 領民統治に関する措置全般をいう。

五 「これに逗留申さんが…暇申てさらば」の形で類型表現をとる。「はなやのたまひけるやうは、これに逗留申さんが、先づこの度(たび)は都に上り、帝に参内仕、又こそ参り申べし、暇申てさらばとて」(はなや)。

六 以下、物語末尾にみられる祝言的な類型表現を点綴。「それよりもとも正、…古(いにしへ)のその跡に、数の屋形を建て並べ、二たび栄華を栄へ給ふ、古の郎等共、我も〳〵と罷り出、君を守護し奉り、門前に駒のたてどはなかりけり、ためし少なき次第とて、感ぜぬ物こそなかりけり」(こ大ぶ)。「それより判官殿、古の其跡に、数の屋形を立並べ、富貴の家と栄へ給ふ、古の郎等共、我も〳〵と罷出」(いけどり夜うち)。

(22)－3

の御跡に　数の屋形を建て並べ　[七]日光山におはします祖母御前も具足し給ひて　[八]大方殿と申つゝ　いつきかしづき給ひける　その外昔の郎等共　我も〱と罷り出で　数の[九]所領を賜りて　屋形〱を建て並べ　[一〇]富貴の家とならせ給ひて　堀江殿の御跡を継がせ給ふぞめでたけれ（図22）

七　栃木県日光市にある二荒（ふた）山。絵巻では、祖母御前が日光山にいることが上記のように唐突に語られるが、写本・刊本では、夫（堀江左衛門頼方）に先立たれた北の方が、夫の四十九日が終って出家し、日光山の麓に庵室を結んだと記す。日光山との関係は、堀江が遺言で、日光山の母の許にある堀江の系図を月若に与え、跡を継がせよという点、あるいは妻が他人に嫁ぐなら、日光山の母に月若を預けよ（こちらは写本のみ）と述べる点にも認められ、この物語の成立に、熊野と共に日光信仰（二荒山を神体とする信仰）を説く人々の関与が想定されよう。浄瑠璃では、この日光山との関係が稀薄であるが、絵巻本文に先行して、日光との関係に今少し及ぶ古い語りがあったことも考えられよう。

八　貴人の母の尊称。父の母であることから用いている。

九　領地。

一〇　「フゥキ」（日葡辞書）とも。

絵(22)－1～3　太郎は堀江の跡に数の屋形を建て並べる。昔の郎等達が馳せ参じ、所領を賜わっている。再び威勢盛んに富み栄える。

をぐり

信多純一　校注

五説経の一つで、その主人公達の数奇の運命ゆえに著名の作品。成立年代は不明であるが、時宗当麻道場二十七世の明堂智光(一四九九―一五六九)と思われる人物名に注目すれば、十六世紀半ばあたりの成立が考えられる。しかし、現存するテキストとしては寛永以前を遡るものはない。

【梗概】二条の大納言兼家には世継がなく、鞍馬に申子をして男子を得た。十八歳で元服し、常陸小栗と名乗る。二十一歳まで妻を七十二人迎えたが、いずれも気に入らず、ある日鞍馬へ妻乞いに出かける。途中市原野辺で笛を吹いたところ深泥池の大蛇が聞き惚れ、鞍馬の一の階段に美女と現じて、二人は結ばれた。

大蛇との契りの風聞が立ち、父は彼を流罪に処し、母の助言で常陸の知行地に送った。

所の侍達にかしずかれて暮す小栗のもとに、ある日後藤と名乗る商人が来て、武蔵相模の郡代横山家の照天姫の美形を告げた。見ぬ恋にあこがれ小栗は彼に文を托する。後藤は返事を得て戻り、小栗は案内させ押して婿入りする。

横山一門は憤り、人食い馬の鬼鹿毛の餌食にさせようとするが、小栗はこれを自在に御す。息子三郎の奸策で酒宴に招かれた小栗は、夢見悪しと止める照天を振り切り出席し、十人の侍と共に毒殺された。横山は照天も生かし置くのは片手落ちと、鬼王兄弟に命じ相模川に沈めさせる。兄弟はこれを助け、牢輿はゆきとせが浦に漂着する。村君がこれを助け養うが、妻が夫の留守中人買に売り渡す。転々と売り飛ばされ、美濃青墓の万屋に買われた。流れを立てることを拒んだ照天は、常陸小萩と名付けられ、十六人の水仕の仕事を一人に負わせられる。

一方冥途に赴いた小栗達は、閻魔王の前に引き据えられ、小栗のみ悪修羅道へ落しかけられるが、十人の侍の主人を思う至誠に、娑婆に帰される。藤沢の上人が上野が原の墓地を過ぎると熊野湯の峯の湯へ入れてやれとの閻魔王自筆の判のすわった胸札をつけた餓鬼阿弥を見つけ、供養に引けと自らも書き添え、土車を引いてやる。人々の情けの宿送りに旅を重ね青墓に至る。

照天は夫と気付かず、主に乞うて夫の供養と関寺まで引き、己が名を胸札に書き添え戻って行く。諸人や山伏の力により湯の峯に辿りついた小栗は、薬湯で元の姿に戻ることが出来た。都に戻るが、山伏姿の小栗を父は弓矢で試し、我子と判り、喜び連れて参内する。国司と任ぜられ美濃に至り、小萩を訪ね夫婦は対面した。常陸に入り横山を攻めようとするが、照天の乞いにこれを助け、三郎を誅し、鬼鹿毛を神と祀った。八十三で小栗は往生をとげ、美濃墨俣の正八幡、照天は結ぶの神と斎われた。

【特色】本作の背景に、唱導して廻る巫女の存在が従来から想定されている。「てるて」の表記は、日光山に参り照る日月に申子して生じた女であることを顧慮し照天としたが、照手とも表記されてきた。謡曲「葵上」の照日の巫子、のろま狂言「淡島」の神子照日などともつながる名でもある。

しかし、話柄と作品としての形成の間には截然と差がある。舞曲を多彩に用いて形成し、とりわけ「鎌田」に負うところが多い。「夜討曾我」の文辞を用いるだけでなく、鬼王兄弟の人物設定にも利用するなど、創作の営為の跡がうかがえる。

【諸本】底本は絵巻「をぐり」(十五巻)、宮内庁三の丸尚蔵館蔵のもと御物。本文は説経正本によっていると思われ、現存本中もっとも完備し古形を有するが、それでも省略がある。すなわち、照天が青墓の長のところで七文で七色の買物を命じられる難題のくだりがない。清水を汲みに行くところにも省略が見られる。また土車で熊野までの道行も奈良絵本に比し省略が多い。さらに、熊野で神から二本の杖を授かるが、一本について記述が欠ける等がそれである。奈良絵本「おぐり」はそれに次ぐが、その結末部は都北野に愛染明王結ぶの神と二人は斎われる。他に、古活字丹緑本、寛永頃「せつきやうおぐり」と古本が残るが、前者は下巻のみ、後者は中巻零葉で完全でない。寛文六年・延宝三年整版正本、草子「おぐり物語」(中・下巻)鶴屋版もある。さらに正徳・享保頃刊の佐渡七太夫豊孝本「をぐりの判官」があり、常陸国鳥羽田村正八幡結ぶの神の本地と所を大きく変えて現われる。

(1)-1

[一]そも〳〵この物語の由来を詳しく尋ぬるに　国を申さば美濃の[二]国　安八の郡墨俣　[三]たるいおなこの神体は正[四]八幡なり　[五]荒人神の御本地を詳しく説きたて広め申に　これも[六]一年は人間にてやわたらせ給ふ

[七]凡夫にての御本地を詳しく説きたて広め申に　それ都に[八]一の大臣　二の大臣　三に相模の左大臣　四位に少将　五位の蔵人　[九]七なむ滝口　八条殿　[一〇]一条殿や[一一]二条殿　[一二]近衛関白　花山の院　三十六人の公卿　殿上人のおはします

一 本地物冒頭の形式句。「…此御神応迹示現由来委尋…」(神道集・諏訪縁起事)。
二 岐阜県安八郡墨俣町。
三 未詳。
四 →七七頁注七。
五 現人神とも記す。人として現われる神。たたりをなす神の意もある。御本地はその人が神に示現する由来、縁起。本来のお姿の意。
六 一時は人間でいらっしゃった。
七 ただの人間。「諸仏菩薩我国遊、必人胎借、衆生身成、身苦悩受、善悪試後、神成悪世衆生利益給御事也」(神道集・上野国児持山之事)の衆生に当る。
八 一の大臣は左大臣、二は右大臣。三に相模の左大臣としたのは、以下数字を羅列するための単なる語呂合わせか。説経等の語り物ではこの種の表現が多い(かるかや他)。
九 滝口は清涼殿の東北、御溝水の落ち口近くに詰める武士で、普通六位。
一〇 →三二一頁注九。
一一 →三二一頁注一〇。
一二 →三二一頁注一一・一二。

(1)-2

「公卿殿上人のその中に　二[一三]条の大納言とは某なり」
　仮名[一四]は兼家の仮名　母は常陸[一五]の源氏の流れ　氏と位は高けれど　男子にても女子にても　末[一六]の世継が御ざなふて　鞍馬[一七]の毘沙門に御参りあつて　申子[一八]をなされける　満ずる夜の御夢想に　三つ成り[一九]のありの実を賜はるなり（絵1）
　「あらめでたの御事や」と　山海の珍物に国土[二〇]の菓子を調へて　御喜び限りなし
　御台所は教へ　験[二一]値遇あらたかに　七月[二二]の煩ひ　九月の苦しみ　当る十月と申には　御産[二三]の紐をお解きある　女房達は参り　介

一三 某なりと自称を用いて名乗る形は、能人形のようにワキの人形が初めに出て語り出す形式の名残か。浄瑠璃「むらまつ」「ちうじやう」にもある。
一四 元服の時実名と共に付ける仮の名。「かねひ」は「かねいえ」の転か、あるいは脱落か。
一五 清和源氏の佐竹氏より出る家系。常陸氏。
一六 →四頁注六。
一七 鞍馬寺の本尊毘沙門天。
一八 神仏に祈誓して授かった子。
一九 「ありの実」は梨の実。三つの実が一枝になった梨。アリとは神霊出現を意味する古語で神木を有木という。「多聞天より福ありの実を下されてござる」（狂言・毘沙門）。
二〇 →六九頁注一七。
二一 夢想のしるし、不思議な因縁。「値遇」は仏語でまれに逢うこと。
二二 以下、懐妊から出産に至る慣用表現。「当る十月」は産み月。臨月。
二三 →八頁注一。

絵(1)-1～3　三条大納言兼家は申子に妻と鞍馬寺に参籠する。満ずる夜毘沙門が示現し、三つ成の梨を賜わると見るや程なく懐妊する。

(1)-3

錯申抱き取り　「男子か女子か」[一]とお問ひある　「玉を磨き　瑠璃[二]を延べたる如くなる　御若君にておはします」　「あらめでたの御事や　須達福分[三]に御なり候へ」と産湯を取りて参らする　肩[四]の上の鳳凰に　手の内のあひしの玉　桑[五]の木の弓に　蓬の矢　天地和合[六]と射払ひ申（絵2）

屋形に齢久しき[七]翁の太夫は参りて「この若君に御名を付けて参らせん　げにまこと毘沙門の御夢想に　三つ成りのありの実を賜はるなれば　ありの実に事寄せて　すなはち御名をば有若殿[八]」と奉る　この有若殿には　御乳[九]が六

一 御台所が女房達に問う言葉。「お…ある」は説経に頻出する敬語表現。
二 →八頁注二。
三 須達は、舎衛国の長者で祇園精舎を釈迦に施行した。福分は、仏語で富貴幸福になる分(運命)。三番叟祝言の文句にもとり入れられている(子宝)。
四 肩に倶生神が宿るの考えがあり、肩に鳳凰の造り物を乗せ、手に宝珠を握らせ祝詞を唱えたものか。または実際にそうした瑞兆を見たか。「母蔵氏、嘗夢五色雲化為鳳、集左肩上。已而誕陵」(南史六十二)。鳳凰は瑞鳥で天子の表象。「花園院御記」文保三年四月二十一日条では若君誕生時、祝詞を左耳に唱え入れ枕辺に金銭を置いたり、「成氏年中行事」では若君の産湯に金銀珠玉を入れるなどした。「あひしの玉」は不詳。「せつきやうかるかや」では「左の御手に安養の珠を握りて御いである」。
五 「礼記」に男子が誕生すると「桑弧蓬矢六。射天地四方」と見え、「曾我物語」十一・箱根にて仏事の事等にも記されている。
六 「小松殿…金銭九十九文、皇子の御枕にをき、「天をもて父とし、地をもて母と定め給へ…」」と祝詞を述べ注五と同様矢を射る(平家物語三・御産)。
七 長寿をあやかって翁が命名する。また男子なら禰宜神主、女子なら神子が命名したりした(のろま狂言・淡島)。翁の太夫は唱門師か。中古陰陽頭が出産に呼ばれた。
八 七日目幼名を付ける。「をさな名は或は松竹鶴亀などの齢久きもの、又は百千万の多き数、四季の名物などの名をとる事、定法なし」(御産之規式)。
九 御乳は貴人のうばで、乳を飲ませ養育する女。

(2)

人　乳母が六人　十二人の御乳や乳母が預り申　抱き取り　一〇いつきかしづき奉る　年日の経つは程もなし　二三歳早過ぎて　七歳に御なりある

一一七歳の御時　父の兼家殿は有若に一二師の恩を付けて取らせんと　一三東山へ学問に一四御登せあるが　一五なにが鞍馬の申子の事なれば　知恵の賢さかくばかり　一六一字は二字　二字は四字　百字は千字と悟らせ給へば　御山一番の一七学匠とぞ聞こえ給ふ

一八昨日今日とは思へども　御年積りて十八歳に御なりある　父兼家

御乳も乳母もほとんど同意であるが、貴人の場合分担して育てる。例えば抱き乳母など。
一〇 敬い大事に養育申し上げる。

一一 →八頁注一一。
一二 師恩に浴さしめようと。
一三 東山には清水寺等名刹が多い。
一四 →八頁注三。登山(とうさん)と同じ。
一五 なにしろ。
一六 八頁四行目と同じ形。
一七 学に通じた者。

一八 月日の経過の思わず早く過ぎることをいう慣用句。

絵(2)　玉の如き若君が誕生し、幸多かれと産湯をとり、弓矢で祝言を行う。若君は有若と名付けられる。

(3)-1

殿は有若を東山より申下し[一]　位を[二]授けて取らせたふは候へども　氏と位も高ければ　烏帽子[三]親には頼むべき人がなきぞとて　ここに八[四]幡正八幡の御前にて　瓶子[五]一具取り出だし　蝶花形に口包み　すなはち御名をば常陸[六]小栗殿と参らする

御台斜めに思し召し　「さあらば小栗に御台を迎へて取らせん」と　御台所をお迎へあるが　小栗ふでうな[七]人なれば　いろ〳〵妻嫌[八]ひをなされける　背の高ひを迎ゆれば　深山木[九]の相[一〇]とて送らるる[一一]　背の低いを迎ゆれば　人尺[一二]に足らぬとて送らるる　髪の長ひを迎ゆ

一　お願いして下山させ。
二　身分に相応しい位を授ける。すなわち元服させ仕官させる。
三　元服の時、烏帽子を冠らせる人。仮に親子の契約を結ぶ。兼家の氏位が高くそれ以上の親代りの人が見つからないことをいう。
四　男山石清水八幡宮をいう。「此相模守は…又我子の烏帽子親に取るべき人なしとや思ひけん、九と七とに成ける二人の子を八幡にて元服せさせ、大菩薩の烏帽子子に成して、兄をば八幡六郎、弟をば八幡八郎とぞ名付ける」(太平記三十六・清氏叛逆事)。
五　→六〇頁注三・四・五。
六　「鎌倉大草紙」に小栗孫五郎平満重の子、小次郎の事蹟が見える。小栗氏は常陸国真壁郡小栗邑から発す。
七　不調。本来身体の調和を欠くことで、不作法非常識であったり、秩序を乱し悪行を働くことか、色好み淫乱であることを指す。
八　妻の選り好み。「田村の草子」や「もろかど物語」「貴船の本地」などにも同様の語があり、とくに「もろかど物語」と類似の話が多い。
九　女性の背の高さを嫌う。「あらおそろしや薄雲御前よそ目にはひたぶる鬼神とやみやま木の風にそびへしごとくにて女共男共。人共鬼女共変化共言はんかたなき」(浄瑠璃・日本西王母三)。
一〇　外に現われたかたち。様相。
一一　実家へ送られる、返される。
一二　人の身長。「茅の人形を人尺に作り」(謡曲・鉄輪)。

(3)−2

れば 蛇身[一三]の相とて送らるる、面の赤ひを迎ゆれば 鬼神[一四]の相とて送らるる、色の白ひを迎ゆれば 雪女[一五]見れば見ざめ[一六]もするとて送らるる、色の黒ひを迎ゆれば 下種女卑[一七]しき相とて送らるる、送りては[一八]又迎へ 迎へては又送り 小栗十八歳の如月より二十一の秋までに 以上御台の数は七[一九]十二人とこそは聞こえ給ふ

小栗殿にはつゐに定まる御台所の御ざなければ ある日の雨中のつれ〴〵にさて某は鞍馬の申子と承る 鞍馬へ参り 定まる妻を申[二〇]さばやと思ひ 二条の御所を立ち出でて 市原野辺[二一]の辺りに

一三 蛇類の異称を長虫というように長いものと見られている。
一四 鬼に赤鬼青鬼がある。「炎の赤き。鬼となつて」(謡曲・鉄輪)。
一五 →八三頁注八。
一六 見ていて興がさめる。
一七 身分の低い、しもべ。下婢。
一八 「送りては…又送り、小栗」と「おくり」を連発するところ七十二人もの妻嫌いと誇張のあるだけに言語遊戯のおもかげがある。
一九 多い数としてよく用いられる。「七十二乃天地陰陽五行之成数、亦盈数也、故言数之至多者」(三余偶筆)。
二〇 神仏に対し乞い願う。
二一 京都市左京区静市市原町。鞍馬街道添いの野。

絵(3)−1〜3 有若は十八歳に成人し、元服後小栗と改め、七十二人の妻を迎えたが、皆を嫌い去る。鞍馬参詣の途中吹いた笛に深泥池の大蛇が惹かれ、小栗を恋う。

(3)-3

て　漢竹の横笛を取り出だし　八つの歌口露湿し　翁が娘を恋ふる楽　とうひらでんにまいひらでん　獅子ひらでんといふ楽を　半時が程ぞ遊ばしける

深泥池の大蛇はこの笛の音を聞き申　あら面白の笛の音や　この笛の男子を一目拝まばやと思ひつゝ　十六丈の大蛇は二十丈に伸び上がり　小栗殿を拝み申　あらいつくしの男子や　あの男子と一夜の契りをこめばやと思ひつゝ（絵3）

年の齢数ふれば　十六七の美人の姫と身を変じ　鞍馬の一の階に　由有り顔にて立ち居たる

小栗この由御覧じて　これこそ鞍馬の利生とて　玉の輿に取つて乗せ（絵4）

二条の屋形に御下向なされ　山海の珍物に国土の菓子を調へて　御喜びは限

一　→七六頁注三。
二　→一九頁注一六。
三　「娘（ジヤウ）ムスメ・ヨキヲンナ」（倭玉篇）。
四　「ひらでん」は団乱旋（とらでん）の誤りであろう。「とう」「まい」は唐・舞が比定出来るか。共に架空の曲。
五　獅子団乱旋。→二〇頁注三。
六　一刻が二時間、半時は一時間。または短時間。
七　賀茂の北東にある広い池の名であるが、古い伝承では鞍馬の奥僧正谷にあった池名とする（塵添壒嚢抄、貴船の本地）。この池と大蛇、鞍馬の利生の関係については「横笛草紙」等にも類話がある。
八　「中仙道浅香の郡の沼のそのたけ十六丈の毒蛇なりしが…」（奈良絵本十二段草子・上）。一丈は十尺。
九　鞍馬寺境内の下から一番目の階段。「清水の観世音へ妻乞に行かせられたれば、西門の一の階に立つたを汝が妻と定めいとの御示現であつた」（狂言・伊文字）。説経「しんとく丸」等でもその場が奇瑞の所となっている。
一〇　お蔭。利益。
一一　貴人の乗る美しい輿。

(4)-1

りなし　然れども好事門[一二]を出でず　悪事千里を走る　錐[一三]は袋を通すとて　都わらんべ[一四]漏れ聞ひて二条の屋形の小栗と深泥池の大蛇と夜な〳〵通ひ　契りをこむるとの風聞なり

父兼家殿は聞し召し「いかにわが子の小栗なればとて　心ぶちやうな者は都の安堵[一五]に適ふまじ壱岐　対馬へも流さう」との御諚なり　御台この由聞こし召し「壱岐　対馬へ御流しあるものならば　又会ふ事は難ひ事　自らが知行[一六]は常陸なり　常陸の国へお流しあつて給[一七]はれの」

兼家[一八]げにもと思し召し　母の知

一二 諺。「好事不出門悪事行千里」(北夢瑣言六)。良い事は世間に判らないが、悪いことは千里の外まですぐに知れわたるの意。

一三 諺。元来、才智のある者はおのずから現われる喩「譬若錐之処嚢中」(史記・平原君伝)であったが、悪事等が現われることにも用いる。「されば人の善悪は錐袋をとおすとてかくれなし」(平家物語十二・吉田大納言の沙汰)。

一四 京童。京市中の若者ども。うるさいものとされていた。

一五 都に安住すること。

一六 支配している領地。

一七 「の」は説経に多出する間投助詞。

一八 まことに。その通りと。

(4)-2

行に相添へて　常陸東条[一]　玉造の[二]
御所の流人[三]とならせ給ふなり

[四]常陸三かの庄の諸侍[五]　とり〴〵
に評定　「あの小栗と申は　天よ[六]
りも降り人の子孫なれば　上の都
に相変らず　奥の都[七]」とかしづき[八]
申　やがて御司[九]を参らする　小栗
の判官[一〇]あり[一一]とせ判と　大将[一二]ならせ
奉る　夜番　当番厳しうて　毎
日の御番は八十三騎とぞ聞こえ給
ふ　めでたかりける折節（絵5）

[一三]いづくとも知らぬ商人　一人参
り　「[一四]何紙[一五]か板[一六]の御用　紅[一七]や白粉[一八]
[一九]畳紙　[二〇]御匂ひの道具にとりては
[二一]沈　[二二]麝香　[二三]三種　[二四]蠟茶と[二五]沈香の御

一　常陸国東条。信太郡に属する。鎌倉から戦国期にかけて存した荘園、東条氏が経営した。
二　常陸国玉造。行方郡玉造郷。霞ヶ浦（西浦）に面す。玉造氏が領したが、天正に佐竹氏に滅ぼされた。
三　身分のある者の流人は、賄地（給付田）があったり、従者を伴った。関ヶ原での宇喜多秀家の八丈島流罪の際には主従十三人と記録されている。「拾芥抄」には流人の国として、伊豆・安房・常陸・佐渡・隠岐・土佐を遠流の地とする。なお、東条・玉造・小栗は共に常陸大掾氏の一族。
四　常陸の母の知行地（佐竹源氏の知行地佐竹郷か）と東条・玉造の三庄を指すのであろう。
五　それぞれに相談して。
六　「天より降り人」は天上界から下った人。「の子孫」の「の」は同格で、申子で現人神ともなる人と畏敬する。　七　常陸国に奥七郡があるが、それではなく京都に対し奥方の都の意であろう。
八　大事に仕える。　九　役職。
一〇　検非違使の尉の位。小栗や義経の称となる。
一一　実名。説経では「さんせう太夫」寛文版などでも「づしわう丸ありとしはん」とする。延宝版「おぐり判官」は「かね家」の子「かねうぢ」とする。「判」は任命者の書き判が押されるのが普通なので、この場合侍達の長の判か。
一二　軍勢の首領と彼等が小栗を立てた。
一三　どこの誰とも知らない商人。
一四　物売りの呼び声。発語的に用い、「何か…御用」の呼応関係がある。　一五　宿紙の類。
一六　板の物の略。板を芯にして畳んだ絹織物。
一七　頬に塗る赤い化粧品。「べにといふものいと赤らかにかいつけて」（源氏物語・常夏）。紅花から作る。　一八　白い物ともいい、「おしろい」「うしろい」ともいう。「顔を洗ひうしろひを塗り、

(4)−3

用」なんどと売つたりけり

小栗この由聞こし召し「商人が負うたはなんぞ」とお問ひある

後藤左衛門承り「さん候[二六]　唐[二七]の薬が千八品　日本の薬が千八品　二千十六品とは申せども　まづ中へは千色[二八]ほど入れて　負うて歩くにより　総名[二九]は千駄櫃[三〇]と申なり」　小栗この由聞こし召し「か程の薬の品〳〵を売るならば　国を廻らでよもあらじ　国をばなんぼう廻つた」とお問ひある

後藤左衛門は承り「さん候　きらい[三一]　高麗[三二]　唐へは二度渡る　日本は度[三三]三度巡つた」と申なり

紅をぬり付」(狂言・鏡男)。水銀を原料とする。

一九 帖紙ともいい、檀紙・杉原紙・奈良紙など畳んで懐中し、鼻紙や歌の詠草に用いる。また原紙に切箔などで装飾し、折り畳んで化粧品、香の物の包み紙にも用いた。 二〇 香の類い。

二一 熱帯地方に産する喬木の名。薫物のほか高級な調度品の材料にも用いる。上等のものを伽羅という。

二二 麝香鹿の香嚢から製する芳香の強い香料。

二三 三種の香を調合した練香の一種。

二四 茶と数種の薬種を粉末にして練り固めたもの。団茶ともいう。

二五 沈と同じ。薫物名三種を挙げ、「茶と沈香」と再度呼ばわったものであろう。沈は香木の代表的なもの。 二六 「さに候」の転。さようでございます。応答の詞。

二七 「千八品」は不詳。「凡薬八百五十」(唐六典十四)とか「上薬一百二十種…中薬一百二十種…下薬一百二十五種」(神農本草経・序録)とあり、「本草綱目」に至り一千八百九十二種となる。

二八 千種類。 二九 総称。一類の事物をすべて呼ぶ名称。 三〇 →一二頁注三。

三一 説経「ゆりわか大じん」にも「きらい、かうらい、けいたん国」とあるが、これは「きかい」の誤りであろう。「鬼界、高麗、契丹まで攻め従へさせ給ひけり」(平家物語五・都遷)とある。なお、この商人の様相については「新猿楽記」の「八郎真人者商人主領也」で始まる文が参考となる。 三二 朝鮮を総称して言ったもの。

三三 度数、回数は三度廻った。

絵(4)-1～3　小栗は鞍馬に妻乞いに参詣する。大蛇は十六七の美女と変じ、鞍馬寺の一の階に立つ。小栗は鞍馬の利生とたちまちに恋慕する。

(5)-1

小栗この由聞こし召し　まづ実名を御問ひある「高麗ではかめがへの後藤[一]　都では三条室町の後藤[二]　相模の後藤とは某なり　後藤[三]名字の付いたる者　三人ならでは御ざなひ」[四]と　有りのままにぞ申なり

小栗この由聞こし召し「姿形は卑しけれども　心は春の花ぞかし[五]　小殿原酒一つ」[六]との御諚なり　御酌に立つたる小殿原小声だつて[七]中やう「なふいかに後藤左衛門　これなる君にはいまだ定まる御台所の御ざなければ　いづくにも見目よきまれ人[八]のあるならば　仲人[九]申せ　よきお引き[一〇]」との

一 未詳。延宝版等は「さめがいの後藤」。
二 商人の京の住居として著名。「三条の吉次信高」(謡曲・熊坂)。
三 この場で商人名を後藤左衛門とする理由について、彼が重要な文使い役であることに注目すれば、「太平記」二・俊基被誅事で俊基に仕える後藤左衛門尉助光が俊基の北の方の文を預り鎌倉に下り、また俊基最後の形見の文を持って京へ上る条と関連があるか。
四 三人の他にはございません。
五 浮き立つように明るく、風流。「姿こそ山のかせぎに似たりとも。心は花にならばこそ」(謡曲・小塩)。
六 近習、小姓。
七 小声になって。
八 稀に来る人(まれもの)に近い語感。ここでは容貌などのたぐい稀なる人。
九 媒人。婚姻の仲介者。古くは専使(とうめ)と呼ばれる老女が、中世は牙婆(すあい)という女がつとめることが多い。狂言等には仲人が活躍する。
一〇 引出物。贈物。

絵(5)-1～3　大蛇と契った一件で、常陸に流された小栗の下に、常陸三庄の侍達が伺候し、かしずく。

(5)-2

(5)-3

御諚なり

後藤左衛門「存ぜぬと申せば　国を巡つた甲斐もなし　こゝに武蔵　相模両国の[一]郡代に　横山殿と申は　男子の子は五人まで御ざあるが　[二]乙の姫君御ざなふて　下野の国[三]日光山に参り　照る日月に申子をなされたる　なにが六番目の乙の姫の事なれば　御名をば[四]照天の姫と申すなり　この照天の姫のさて姿形[五]尋常さよ　姿を申さば[六]春の花　形を見れば秋の月　[七]十波羅十の指までも瑠璃を延べたる如くなり　[八]丹菓の唇鮮やかに　笑める歯茎の尋常さよ　[九]翡翠の髪ざし黒うして長ければ　[一〇]青黛の立板に[一一]香炉木の墨を磨り　さつと掛けたる如くなり　[一二]太液に比ぶれば　なをも柳は強かりけり　[一三]池の蓮の朝露に露打ち傾くも　及ぶも及ばざりけりや　あつぱれこの姫こそ　この御所中の定まる御御台ぞ」と　言葉に花を咲かせつゝ　[一四]弁舌達してぞ申なり

[一五]小栗こそ〳〵　はや見ぬ恋にあこがれて　「仲人申せや商人」と　黄金十両取り出だし　「これは当座の[一六]御引きなり　この事叶ふてめでたくば　[一七]勲功は望みにより御褒美」とこそは仰せける　後藤左衛門は承り　「位の高き御人の仲人申さうなんどとは　[一八]心多ひとは存づれど　[一九]へんへん申くらゐにて　言の葉召され候へ」と　料紙　硯を参らする

一　鎌倉時代の守護代が郡ごとに任ぜられ、これが室町に入ると年貢収納などをも司るようになる。　二　末の姫。「五人は男子にて乙は姫にて候らひける」(御伽草子・いづみが城)。

三　事代主命を祭り、開山は勝道上人。空海が二荒山を日光と改め、大日遍照の山とした。

四　説経類は全本、また近松「当流小栗判官」でも仮名表記のままである。宝永三年江戸森田・坂東座の「照手姫永代蔵」で「照手」の字が外題に当てられるが、本文は仮名表記である。寛政五、六年頃の正本「照天姫操車」で「照天」の字が当てられ、文化七年の黄表紙「照天姫黄昏艸紙」が江戸で刊行される。したがって、漢字表記は初期には見えない。日月の申子とあり照天をあてた。

五　→二九頁注一〇。　六　→四二頁注六。

七　→四二頁注七。　八　→四二頁注九。

九　→四一頁注一〇。　一〇　→四二頁注一三。

一一　→四二頁注一四。

一二　「太液芙蓉未央柳、芙蓉如面柳如眉」(長恨歌)に由来して、「源氏物語」他諸書に現われるが、芙蓉と柳は併記されるのが普通である。それぞれ面、眉の美をいうが、ここは誤って髪の表現に用いたもののようである。「強し」はしっかりとしている。「太液」は宮中の池名、「未央」は宮殿名で共に漢代の造営。

一三　池の蓮が朝露を含んで、ちょっと傾いた風情も美しいが、それも姫には全く及ぶものではないことよ。　一四　物言いすぐれて。

一五　「小栗こそ」を繰り返し言うことで、後藤言葉に惹かれたことを強調する。　一六　祝儀として与える金品。　一七　褒賞。　一八　望みが大きい。

一九　未詳。従来「片々」が当てられている。あるいは後藤は商人らしく「返弁」(返済)の語を用いて(向うが)返事をする内容でと言ったものか。

小栗[20]斜めに思し召し　[21]紅梅檀紙の雪の薄様一重　引き和らげ　[22]逢坂山の鹿の蒔絵の筆なるに　[23]紺瑠璃の墨　たぶ〳〵と含ませ　[24]書観の窓の明りを受け　思ふ言の葉を　さも[25]尋常やかに遊ばひて　[26]山形様ではなけれども　まだ[27]待つ恋の事なれば　[28]松皮に引き結び「やあ　いかに後藤左衛門　[29]玉章頼む」との御[30]諚なり

後藤左衛門「承つて御ざある」と　葛籠の[31]掛子に[32]とつくと入れ　[33]連尺摑むで肩に掛け　[34]天や走る　地や潜ると　お急ぎあれば程もなく　横山の館に駆け付くる

その身は[35]下落に腰を掛け　葛籠の掛子に薬の品〳〵[36]ずつぱと積み　[37]乾の局にさしかゝり「何紙か板の御用　紅や白粉　畳紙　御匂ひの道具にとりては沈　麝香　三種　蠟茶と沈香の御用」なんどと売つたりける

[38]冷泉殿に侍従殿　[39]丹後の局に[40]あからの前　七八人御ざありて「あら珍しの商人や　いづかたから[41]渡らせ給ふぞ　[42]何も珍しき商ひ物はなひか」とお問ひある

後藤左衛門　承り「[43]何も珍しき商ひ物も御ざあるが　これよりも常陸の国　小栗殿の[44]裏辻にて　さも尋常やかに認めたる　[45]落し文一通拾い持つて御ざ

二〇 一通りでなく心をこめて。
二一 紅梅色の檀紙(楮から作った厚手の紙、奈良時代は檀(まゆみ)の樹皮から作った)と雪(白色)の薄い鳥の子紙を重ねたもののその二枚を引きのばしてなじませ。
二二 逢うことの出来るように、逢坂山に住む鹿の毛で穂先を作った蒔絵の軸の筆。蒔絵の画題も逢坂山の雌雄の鹿の絵か。鹿の巻筆もあるが、軸を色糸で巻き付けるもので、蒔絵筆と合わない。 二三「こんるり」の訛。紺青。 二四 書院。
二五 →二九頁注一〇。 二六 →七九頁注八。
二七 逢瀬を待つ恋の意で歌題ともなっている。「玉葉和歌集」に「待恋」「待恋の心を」と題して詠歌が載る。
二八 待つをかけて松皮様に結ぶ。結び文(恋文などに用いられる)の一種で畳んだ形が松皮菱の模様に似たものであろう。

松皮菱

二九 手紙。 三〇 仰せ、お言葉。 三一 箱の中が二段になるよう、外箱の縁にかけてはまるように作った内部の箱。 三二 念入りに。十分に。
三三 二枚の板に縄を付けて背に荷負う道具であるが、麻糸などで肩の当る所を幅広く組んで、物を荷なう縄も連尺といい、ここは後者で葛籠を連尺で結んだものであろう。「亀井が笈に取り替へ、連尺つかんで肩に掛け」(舞曲・八島)。
三四 勇んでいかなる邪魔者も物ともせず急ぐさま。 三五 落縁。広縁の下にある縁側で雑人等の通路となる。 三六 十分に、沢山に。「水をずつぱと入て進ぜられひ」(狂言・おひやし)。
三七 戌と亥の間の方角(西北)にある部屋。女性達の部屋がある。
三八「中らふ。官、或ひは町の名。又おさな名を呼ぶなり。じゝう。せうしやう。さいしやう。」

あるが　[1]いくらの文を見参らせて候へども　かやうな[2]上書の尋常やかな文はい
まだ初めなり　[3]承れば[4]上臈様　古今　万葉　[5]朗詠の[6]歌の心でばし御ざある
か　良くは[7]御手本にもなされ　悪しくは引き破り　お庭の[8]笑草にもなされよ」
[9]とたばかり　文を参らする

女房達はたばかる文とは御存じのふて　さつと広げて拝見ある　「[10]あら面白
と書かれたり　[11]上なるは月か星か　中は花　下には雨霰と書かれたは　これは
たゞ心狂気　狂乱の者か　[12]筋道になひことを書ひたよ」と　一度にどつとお
笑ひある

[13]七重八重九重の幔の内に御ざある　照天の姫は聞こし召し　[14]中の間まで忍び
出でさせ給ひ　「のふ　いかに女房達　何を笑はせ給ふぞや　おかしひ事のあ
るならば　自らにも知らせひ」との御諚なり

女房達は聞こし召し　「何もおかしひ事はなけれども　これなる商人が
常陸の国小栗殿の裏辻にて　さも尋常やかに認めたる　落し文一通拾い持つた
と中程に　[15]拾ひ所心にくさに　広げて拝見申せども　[16]何とも読みがくだらず
これ〳〵御覧候へ」　と元の如くに押し畳み　御扇に据へ申　照天の姫にと奉
る

かすが。れんぜい」(大上臈御名事)。三九「下臈のつく国名。伊与。…備中。たんご」(同右)。四〇「三国一の悪女とあつて、父御の方へお送りある…御名をばあこう御前と申なり」(かるかや・二八一頁一五行目)などに見える名。四一 ここへお越しになったのか。四二 何か。「も」は強意の助詞。四三 何でも。四四 裏の道の交点で。四五 人手に渡り見られるよう落としておく手紙。落首の場合もある。

一 たくさんの。二 書状の表書き。三 お聞きいたしますが。四 身分の高い婦人。五「和漢朗詠集」。六 歌の趣意。「ばし」は上の語を強調する助詞。七 書の手本。八 嘲笑の種。庭に捨て、笑いの種となさい。「笑ひ草」には外に気晴らしの種の意もある。九 偽って。だまして手紙を渡す趣向は、「横笛草子」(古絵巻)や「鶴の草子」等多い。一〇 私と一緒に面白く遊びましょうと誘導の文。一一 判じ物。上中下に分けてこの言葉が能筆で書かれている。本書にはこの解は記されていないが「新薄雪物語」などには艶書に記された絵とその心が書かれている(図参照)。本書の場合私解は、貴女は雲の上のような存在、月か星か手に届かぬ、その艶色は中空の花のよう。私はその下で君故にあこがれて涙は雨霰と降るばかり。

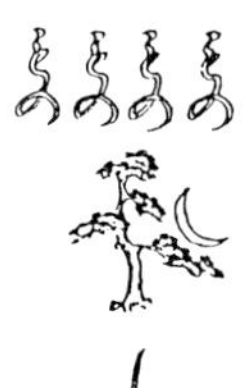

谷陰の　春の　薄雪より

図(解)「下の弓張月に待つ、初夜と夜中の間に

照天この由御覧じて　まづ上書をお褒めある　「天竺にては大聖文殊[一七]　唐土にては善導和尚[一八]　我朝にては弘法大師[一九]の　御手[二〇]ばし習はせ給ふたか　筆の立て[二一]どの尋常さよ　墨付なんどのいつくしや[二二]　にほひ[二三]心言葉[二四]の及ぶも及ばざりけりや　文主たれと知らねども　文にて人を死なすよ」と　まづ上書をお褒めある「なふ　いかに女房達　百様[二五]を知りたりとも一様を知らずはの[二六]　知つて知らざれよ　争う事[二七]のありそとよ　知らずはそこで聴聞せよ　さてこの文[二八]の訓の読みして聞かすべし」　文[二九]の紐を御解きあり　さつと広げて拝見ある

「まづ一番の筆立てには　細谷川[三〇]の丸木橋とも書かれたは　この文中にて止めなさで　奥へ通ひてに　返事申せと読もふかの　軒[三一]の忍と書かれたは　たう[三二]ちの暮ほどに　露待ちかぬると読もふかの　野中[三三]の清水と書かれたは　この事人に知らするな　心の内で一人すませと読もふかの　沖漕[三四]ぐ舟とも書かれたは　恋い焦がるるぞ　急ひで着けいと読もふかの　岸打[三五]つ波とも書かれたはくづれて物や思ふらん　塩屋[三六]の煙と書かれたは　さて浦か吹くならば　一夜はなびけと読もふかの　尺[三七]ない帯と書かれたは　いつかこの恋成就して　結びあふと読もふかの　根笹[三八]にあられと書かれたは　触らば落ちよと読もふかの　二[三九]本薄と書かれたは　いつかこの恋穂に出でて　乱れあふと読もふかの　三つ[四〇]

忍べ」(新薄雪物語四)。

一二 筋の通らない、訳の分らぬこと。

一三 「九ま」は「九重」の誤りか。深窓の中にある女性を表現する。→三七頁注一六。

一四 →六八頁注一〇。

一五 拾った場所が奥ゆかしく心惹かれ。

一六 意味が通らない。「読み」は判読すること。

一七 「大聖」は仏の尊号。文殊師利菩薩は大乗においては智慧第一とされる。

一八 唐の高僧。浄土教の大成者。

一九 真言宗の祖。三筆の一人。「かるかや」にはこの善導に弘法は名を頂き(実際は善導の逝去後)、文殊の弟子と文字比べをする条がある。

二〇 御筆蹟。「ばし」は強意の助詞。

二一 →二九頁注一一。　二二 美しいことよ。

二三 墨の香気や筆蹟の気品。この箇所の表現、状況設定は「平家物語」九・小宰相身投の条を参照して作る。　二四 考えも述べることも到底出来ないものであるよ。

二五 諺。沢山のことを知っていてもなお知らない一事があれば、それが大切なことであるかも知れないので、強いて主張してはいけない。「百様を知つたりとも一様を知らずは争うことなかれと申すたとへのあるぞとよ」(舞曲・烏帽子折)。　二六 知っていても知らないのと同じこと。　二七 争うことのないように。

二八 判り易く読んで。「(訓のよみ)日本の通用語で読むこと」(日葡辞書)。

二九 捻り文であっても上下二か所に紙捻(こより)で結ぶ。一種の封の役目をする。「貞丈雑記」九・書札の部にその説明が図入りである。

三〇 →五〇頁注六。文(踏)返さないで最後まで読み終え(渡り切り)、返り事せよと判じる。

三一 「我がやどは軒の忍に露ちりてくるる夜ごと

のお山と書かれたは　申さば叶へと読もふかの　羽ない鳥に弦ない弓と書かれたは　さてこの恋を思ひそめ　立つも立たれず　いるもいられぬと読もふかの　さて奥までも読むまいの　こゝに一首の奥書あり　恋ゆる人は常陸の国の小栗なり　恋ひられ者は照天なりけり　あら見たからずのこの文や」と　二つ三つに引き破り　御簾より外へふはと捨て　簾中深くお忍びある

女房達は御覧じて「さてこそ申さぬか　これなる商人が大事の人に頼まれて　文の使ひを申は　番衆はなひか　あれ計らへ」との御諚なり

後藤左衛門は承り　すは仕出ひたとは思へども　夫の心と内裏の柱は大きても太かれと中譬への御ざあるに　ならぬまでも脅いてみばやと思ひつゝ　連尺摑んで白州に投げ　その身は広縁に踊り上がり　板踏み鳴らし　観経を引いて脅されたり

「なふ〳〵いかに照天の姫　今の文をば何とお破りあつて御ざあるぞ　天竺にては大聖文殊　唐土にては善導和尚　我朝にては弘法大師の御筆始めの筆の手なれば　一字破れば仏一体　二字破れば仏二体　今の文をばお破りなふて弘法大師の二十の指を食い裂き　引き破つたにさも似たり　あら恐ろしの照天の姫の　後の業は何となるべき」と　板踏み鳴らし　観経を引いて脅ひたは

にまつ風の声」(隣女集・待恋)。

三二「しんとく丸」にも出るが未詳。

三三 →四九頁注二〇。　三四 →四九頁注二一。

三五「いかにせん岸打つ浪のかけてだに知られぬ恋に身をくだきつつ」(続後撰集・恋二)。

三六「立ちのぼる塩屋の煙うら風になびくをかみの心ともがな」(新古今集・神祇)。→五五頁注一〇。　三七 長さの足りない帯。「下の帯のみちはかたがた別るとも行きめぐりてもあはむとぞ思ふ」(古今集・離別)。　三八 →五〇頁注二。

三九 →五〇頁注三。「浄瑠璃御前物語」では「一叢薄」。　四〇 →五一頁注一九。

一 →五一頁注一五。

二 →五一頁注一四。

三 大和詞(「浄瑠璃御前物語」に拠る)はまだ続くが、いずれも恋の思いを述べているので、この先を続けて読むのを止め、目を奥に走らせる。

四 一首の和歌調の奥書(手紙の事情を記した文)。

五 見たくもないこの手紙よ。

六「思ひの外に引かへて別府か方よりの玉章也あまりの事の悲しさに。二つ三つに引さき。かしこにかはと捨させ給ひ」(舞曲・大臣)。

七 だから言わないことか。

八 大変な事を人に頼まれ。

九 →二三三頁注二五。

一〇 あれを処置しなさい。

一一 そら、やってしまった。

一二 諺。「男の心と大仏の柱は太うても太かれといふ」(虎寛本狂言・右近左近)。男は大胆な上に大胆であれの意。

一三 庭の白砂を敷いた所。

一四 腰かけていた落縁(下落)から一段上の広い

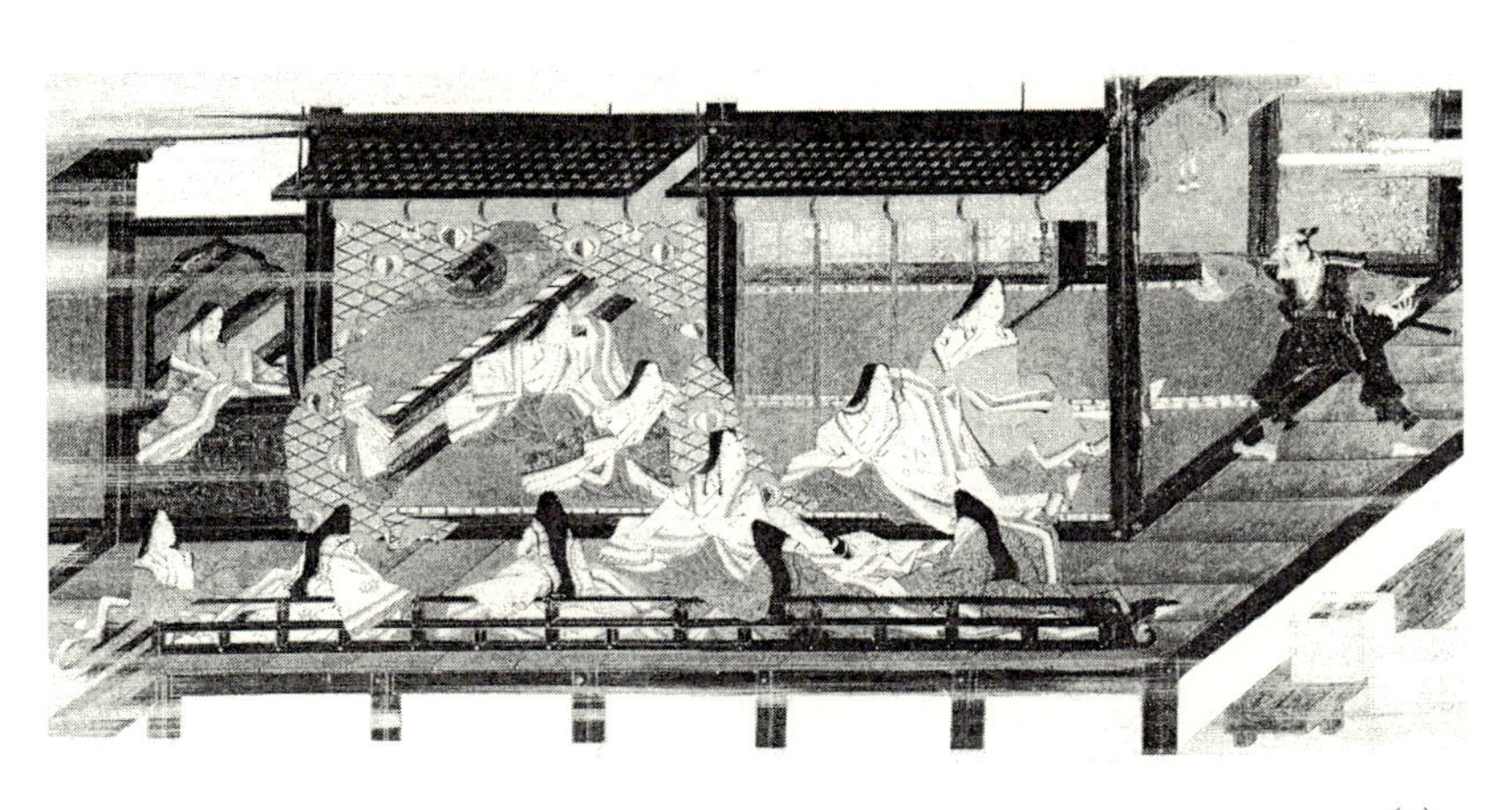

(6)

(絵6)

これやこの檀特山の[二〇]　釈迦仏の御説法とは申とも　これにはいかで勝るべし

照天この由聞こし召し　はやしほ〳〵とおなりあり　「武蔵相模両国の殿原達の方からの　いくら[二一]の玉章の通ひたも　これも食い裂き　引き破りたが　照天の姫が後の業となろか　悲しやな　千早振〳〵[二二]神も鏡で[二三]御覧ぜよ　知らぬ[二四]あひだをば　お許しあつて給はれの　さてこの事が明日は父横山殿　兄殿原達に漏れ聞こえ　罪科[二五]に行はるゝと申ても　力及ばぬ[二六]次第なり　今の文の返事申さう

縁に。

一五 普通は「観無量寿経」を指すがこのような内容はない。「今昔物語集二十ノ三十六の「昔ノ観経共ヲモ吉ク聞キ集メタラン」などは経一般を指すもよう。あるいは「観仏経」をさすか、「観仏三昧海経」が正しく、「仏説善悪因果経」に似て、具体的な罪に対する一々の地獄等での果を説く経。「もし念仏をそしらんともがらは、無間地獄におちて、八万大劫苦を受べきよし、観仏経の説にまかせて、説経ければ」(法然上人行状絵図)。

一六 前頁の文殊・善導・弘法の名筆の条を承けての展開。弘法大師はいろはの創始者として知られ、また大師流の祖として名高い。

一七 筆蹟。

一八 仏体を破るに等しいと脅す。「法花経を誹謗するものは我身躰を破るがごとし」(大仏供養)。

一九 死後の業報はどういう結果になるだろう。

二〇 北インド犍駄羅国にあって仏の修行した所とされる(沙石集三など)が、須達拏太子が布施行を修して有名の地で、仏伝に混入したものとされる。

二一 たくさんの。

二二 神の枕詞。勢いはげしい意で、これを繰り返し言うことで、自誓の意の強いことを示す。

二三 鏡に写して。偽りのないことを言う。

二四 全く知らないでいたことを。

二五 処罰されるといっても。

二六 仕方のない成行である。

絵(6) 仲人を頼まれ小栗に照天姫を推した後藤は、手紙を預り姫に奉るが、自分への恋文と知って彼女は破り捨てる。後藤は縁にのぼりその非を責め、脅して返事を得る。

よの　侍従殿」侍従この由承り「その儀にて御ざあらば　玉章召され候へ」と　料紙　硯を参らする
[一]照天斜めに思し召し　紅梅檀紙　雪の薄様　一重ね引きやはらげ　逢坂山の鹿の蒔絵の筆なるに　紺瑠璃の墨たぶ〳〵と含ませて　書観の窓の明かりを受け　我が思ふ言の葉を　さも尋常やかに遊ばひて　山形様ではなけれども　まだ待つ恋の事なれば　松皮様に引き結び　侍従殿にとお渡しある　侍従この文受け取つて「やあ　いかに後藤左衛門　これは先の玉章の御返事よ」と　後藤左衛門に給はるなり　後藤左衛門は「承つて御ざある」と　葛籠の掛子にとつくと入れ　連尺摑んで肩に掛け　天や走る　地や潜ると急がれければ　程もなく常陸小栗殿にと駆け付くる
小栗この由御覧じて「やあ　いかに後藤左衛門　玉章の御返事は」との御諚なり　後藤左衛門は「承つて御ざある」と　御扇に据ゑ申　小栗殿にと奉る
小栗此由御覧じて　さつと広げて拝見ある「[二]あら面白と書かれたり　[三]細谷川に丸木橋のその下で　踏落ち合ふべきと書かれたは　これはたゞ一家一門は知らずして　姫一人の[四]領掌と見えてあり　一家一門は知ろうと知るまひと姫の領掌こそ肝要なれ　はや婿入りせん」との[五]詮議なり

一　以下一七三頁小栗館の描写と全く同文。人物を変えただけ。

二　一七四頁の小栗の文の導入を受け、同じく「あら面白」と記すが、今度は相手の文の内容と筆蹟をほめ、感興を抱いた意。あなたの大和詞の遊び心の麗筆のお手紙おもしろく拝見しました。

三　小栗の細谷川の丸木橋の謎を、照天は「我恋は細谷川の丸木橋ふみかへされてぬるゝ袖かな」の歌意から文の返事を求められていると取った。返しにおいて、「平家物語」九の小宰相に代り女院がその通盛の歌に「たゞ頼め細谷川の丸木橋ふみかへしては落ちざらめやは」とした意を取って、その逆の踏み落ち、落ち合おうと恋の逢瀬に同意した。

四　承知、納得。

五　婿入りの相談。

(7)-1

御一門は聞こし召し「なふいかに小栗殿　上方に変り　奥方には　一門知らぬその中へ　婿には取らぬと申するに　今一度一門の御中へ使者を御立て候へや」

小栗この由聞こし召し「なに大剛の者が使者まであるべき」と　屈強の侍を千人すぐり　千人のその中を五百人すぐり　五百人のその中を百人すぐり　百人のその中を十人すぐり　我に劣らぬ異国の魔王のやうなる殿原達を十人召し連れて「やあ　いかに後藤左衛門　とても事に路次の案内」と仰せける

後藤左衛門は「承つて御ざあ

六 一門は同族をいうが、ここは小栗の周囲の者。
七 京の都。
八 そういう状態で。
九 使者を立てるほどのことはない。
一〇 撰りすぐった人の表現。「みめよき女を千人そろへて、そのなかより百人、又百人が中より十人すぐりいだされける。其中にも常葉一とぞきこえける」(平治物語・下・常葉六波羅に参る事)。
一一 魔王は第六天に住む自在天王をいうが、ここは外国の我国では目にしないおそろしい大男といった意味で用いたか。
一二 どうせおなじ事なら。
一三 道筋の案内。

(7)-2

る」と　葛籠をば我宿に預け置き　編笠目深にひつ込うで　路次の案内を仕る

小高ひ所へさし上がり「御覧候へ小栗殿　あれなる棟門の高ひ御屋形は　父横山殿の御屋形　これに見えたる棟門の低ひは　五人の公達の御屋形　乾の方の主殿造りこそ　照天の姫の局なり　門内に御入りあろうその時に　番衆誰そと咎むるものならば　いつも参る御客来を存ぜぬかと　御中ある物ならば　さして咎むる人は御ざあるまじ　はやこれにて御暇申」とありければ

小栗この由聞こし召し　かねて

一 深くかぶる。
二 二本の柱の上に切妻破風造りの屋根をつけた立派な門。→八〇頁注三。
三 室町時代以降の名称で、書院造に近く、武家屋敷の中心をなす建物。中門廊、広縁、上段の間、床、棚、書院、納戸などが備わる。
四 来客。

(7)-3

の御用意の事なれば　[五]砂金百両に[六]巻絹百疋　[七]奥駒をあひ添へて　後藤左衛門に[八]引出物給はるなり　後藤左衛門は引出物を給はりて喜ぶ事は限りなし

十一人の殿原達は門内に御入りある　番衆「誰そ」と咎むるなり　小栗この由聞こし召し　[九]大の眼に角を立て　「いつも参るお客来を存ぜぬか」とお申あれば　咎むる人はなし　十一人の殿原達は　乾の局に移らせ給ふ

小栗殿と姫君を物によく〳〵譬ふれば　神ならば[一〇]結ぶの神　仏ならば[一一]愛染明王　釈迦大悲　天にあらば[一二]比翼の鳥　[一三]偕老同穴の語らひも縁あさからじ　[一四]鞠ひようとう　笛太鼓　七日七夜の[一五]吹き囃し　[一六]心言葉も及ばれず（絵7）

この事父横山殿に漏れ聞こえ　五人の公達を御前に召され　「やあ　いかに

五・六 →六九頁注二二・二三。
七 奥州産の馬。「奥州常州之産為良薩州次之」（和漢三才図会・畜類）。
八 元来馬を引出して贈物にすること。後は祝い饗応に主人から客に贈る品。
九 目をいからせる。
一〇 記紀の産霊神。万物創成の神。これが後、夫婦の縁を結ぶという神と考えられるようになる。→三七頁注一三、二四六頁注一五。
一一 愛の神。忿怒相を示すが、恋愛染着の至情を本体とする明王。「恨めしや、天に住まば比翼の鳥、地にあらば連理の枝、神ならば結ぶの神、仏ならば愛染王、五道輪廻のあなたなる釈迦大悲の、弓手に候ふ涅槃の岸は変る共、我らが妹背は変らじと」（舞曲・伏見常葉）。
一二・一三 →五六頁注七・八。
一四 未詳。
一五 笛や太鼓での管絃の演奏。
一六 今まで思いもよらず言葉に尽し難いこと。

絵(7)-1〜3　後藤の手引きで照天姫の屋形へめでたく婿入りした小栗らは、鞠や管絃で祝いを七日七夜続ける。

嫡子のいゑつぐ　乾の方の主殿造りへは初めての御客来の由を申けるが　汝は存ぜぬか」との御諚なり　いゑつぐこの由承り「父御さへ御存知なき事を某存ぜぬ」とぞ申なり　横山大きに腹を立て「一門知らぬその中へ[一]押し入りて婿入りしたる[二]大剛の者を　武蔵　相模七千余騎を催して　小栗討たん」との詮議なり

いゑつぐこの由承り　烏帽子の[三]招きを地に付けて　[四]涙をこぼひて申さるる「なふ　いかに父の横山殿　[五]これは譬へで御ざなひが　[六]鴨は寒じて水に入る　鶏寒ふて木へ登る　[七]人は滅びようとて　まへなひ心猛うなる　油火は消えんとて　なをも光が[八]増すとかの　あの小栗と申するは　天よりも降り人の子孫なれば　力は八十五人の力　荒馬乗つて名人なれば　それに劣らぬ十人の殿原達は　さて異国の魔王の如くなり　武蔵　相模七千余騎を催して　小栗討たふと[九]なさるると　たやすふ討つべきやうもなし　[一〇]あはれ父横山殿様は　御存じない由で　婿にも[一一]御取りあれがなの　それをいかにと申するに　父横山殿様の　いづくへなりとも[一二]御陣立ちとあらんその折は　よき弓矢の[一三]方人で御ざなひか　父横山殿」との教訓ある

横山この由聞こし召し「今まではいゑつぐが[一四]存ぜぬ由を申たが　悉皆許容

一　無法に入り込む。
二　他に抜きんでて強いこと。
三　立烏帽子の上部の前に突き出ている部分。
四　長男が父に涙ながらの諫言をする局面は、「平家物語」二・教訓状の重盛のそれと似通う。
五　ただの譬えでない、真実の思いということの前置き。
六　諺。「毛吹草」や舞曲「伏見常葉」にも出る。それぞれの生れ付きによって、その行動も異なる。万物にそれぞれ特性のあることの譬え。
七　「まへなひ」は不詳。人は滅びようとする時は、前に見られなかった勇猛な心が生じるの意か。
八　増すとかいう。「の」は間投助詞。
九　なさるるとも。
一〇　是非にも。願望の「…あれ」と共に用いる。
一一　お取りあってほしいものよ。
一二　御出陣。
一三　味方ではありませんか。
一四　小栗を知らないように申したが、もうすっかり許していると見えている。

と見えてある　見ればなか〳〵腹も立つ　御前を立て」との御諚なり
三男の三郎は　父御の目の色を見申「道理かなや父御様　某が巧み出だし
た事の候　まづ明日になるならば　婿としゆとの見参とて　乾の局へ使者を御
立て候へや　大剛の者ならば　おめず臆せず憚らず　御出仕申さうその折に
一献過ぎ二献過ぎ　五献通りてその後に　横山殿の御諚には　なにか都の御
客来　芸一つとお申ある物ならば　それ小栗が申さうやうは　なにがしが芸に
は　弓か鞠か包丁か　力業か早業か　盤の上の遊びか　とつくお好みあれと申
さうその時に　横山殿のお申あろうは　いや某は　さやうの物には好かずし
て　奥よりも　乗りにもいらぬ牧出での駒を　一匹持つて候　たゞ一馬場と御
所望ある物ならば　常の馬よと心得て　引寄せ乗らふその折に　かの鬼鹿毛が
いつもの人秣を入るると心得　人秣に食む物ならば　太刀も刀もいるまいの
父の横山殿」と申なり　横山この由聞こし召し「いしう巧んだ三男かな」
と　乾の局へ使者が立つ
小栗この由聞こし召し「上より御使を　承らずとも　御出仕申さうと思ふ
たに　御使ひを給はりてめでたや」と　肌には青地の錦をなされ　紅巻の直垂
に刈安様の水干に　玉の冠をなされ　十人の殿原達も都様にさも尋常やかに出

一五 お前を見ればまことに腹も立つ。
一六 私の前を立ち去れ。
一七 底本「なん」。
一八 目の怒りの様子を見て。顔色を見て。
一九 お怒りになるのは尤もですよ。
二〇 婿と主との御対面といって。「げんざう」は「げんざん」と同じ。高貴な方に参りお目通りすること。
二一 少しも気おくれすることなく。
二二 肴の一膳を出し、盃・銚子を出して三度すすめてから、肴の膳も盃・銚子もしまうこと。
二三 過ぎた。
二四 感動詞。いやなに。
二五 それがし。自称の代名詞。
二六 料理すること。
二七 碁・将棋・双六など盤を用いる遊び。
二八 疾くの促音化。すみやかにご注文なさい。
二九 乗り馴らしもしていない、牧場から引き出したばかりの馬。
三〇 馬場にて馬を一通り種々の騎法で乗りこなすこと。馬場は元来方形(六、七町から百町)であったが、後には距離が長く、幅のせまい形になる。
三一 人を鬼畜の餌として与えること。「敵の寄る時、一声吠ゆるに人千人死ぬといふ馬を、千疋たてて飼い、一日別に人まぐさを一人宛から」(善光寺如来本懐・上)。
三二 底本「まくくさ」。
三三 「いしく」の音便。見事に。
三四 肌着には青地の錦をお着けになり。
三五 紅色の巻染(しぼり染め)。晴の時着用する。
三六 刈安染め風。刈安はイネ科の多年草。黄色の染色に用いる。
三七 狩衣の簡素化したもの。武家の私服。

で立ちて　幕つかんで投げ上げ　座敷の体を見てあれば　小栗賞翫[一]と見えてあり

一段高う左座敷[二]にお直りある　横山八十三騎の人〳〵も　千鳥掛け[三]にぞ並ばれたり　一献過ぎ二献過ぎ　五献通りてその後に　横山殿の御諚には　「なにか都のお客来　芸を一つ」との御所望なり

小栗この由聞こし召し　「なにがしが芸には　弓か鞠か包丁か　力業か早業か　盤の上の遊びか　とつくお好みあれ」との御諚なり　横山この由聞こし召し　「いや某は　さやうのものには好かずして　奥よりも　乗りにもいらぬ牧出での駒一匹持つて候　ただ一馬場」と所望ある

小栗この由聞こし召し　居たる座敷をずんと[四]立ち　馬屋にこそはお移りある　この度は異国[五]の魔王　蛇に綱を付けたりとも　馬とだにいふならば　一馬場は乗ろふ物をと思し召し　馬屋の別当[六]左近の尉を御前に召され　四十二間[七]の名馬のその中を　「あれか　これか」とお問ひある

「いやあれでもなし　これでもなし」　さはなくして　井堰[八]隔つて八町の萱野を期して[九]御供ある　弓手と馬手の萱原を見てあれば　かの鬼鹿毛がいつも食み置ひたる　死骨[一〇]　白骨　黒髪は　たゞ算[一一]の乱ひた如くなり

一　小栗を丁重に扱う様子。なお賞味するの意もあり、小栗をどういう人物か見ようとする意もこもるか。
二　左方に上位の者が座る。
三　斜めに打ち違えた形。左の上座、右の上座、左の次座、右の次座の順に交互に座るさま。
四　勢いよくぱっと。
五　魔王に綱を付け、大蛇に綱を付けたとしても。「魔王といふは欲界第六の天、蛇化自在の王なり」(拾遺古徳伝絵詞四ノ一)。魔王は他化自在で、種々蛇身にもなる(仏本行経二十六)。蛇・竜は駿馬とつながる。「馬八尺以上為竜」(周礼・夏官)。
六　元来院の厩(うまや)の頭をいうが、ここは横山家の馬丁の頭。
七　一間当り一頭ずつ、四十二の厩。普通大きくて十五間位。一間は柱間の標準寸法。
八　川の流れなどをせき止めた所。ここでは屋敷の環濠をいうか。
九　左近の尉が覚悟して。
一〇　死骸。白骨は時を経、さらされた骨。
一一　算木をばらばらに散らしたよう。算は占いなどに用いる方柱状の木片。八十一本を用いる。
一二　葬送の野。
一三　動物に食物や水を与える。
一四　けなげで感心なこと。弱者がけなげに立ち向かってくる時などに用いる。

十人の殿原達は御覧じて「なふいかに小栗殿　これは馬屋ではのふて　人を送る野辺か」とぞ申さるる　小栗この由聞こし召し「いやこれは人を送る野辺にてもなし　上方に変り奥方には　鬼鹿毛があると聞く　某が押し入りて　婿入りしたが科ぞとて　馬の秣に[一三]飼をうとする　[一四]やさしや」と　[一五]沖をきつと御覧ある　かの鬼鹿毛がいつもの人秣を入るると心得　[一六]前掻きし　[一七]鼻嵐など吹ひたるは　鳴る雷の如くなり

小栗この由聞こし召し　馬屋の体を御覧ある　[一八]四町飼い込め　堀掘らせ[一九]山出し八十五人ばかりして持ちさうなる　楠柱を左右に八本　[二〇]たう〳〵とより込ませ　[二一]間柱と見えしには　[二二]三抱ばかりありさうなる　栗の木柱をたう〳〵とより込ませ　[二三]根引にさせて叶はじと　[二四]地貫　[二五]かせを入れられたり　[二六]鉄の格子を張つて　貫を差し　四方八つの鎖で駒繋ひだは　これやこの冥途の道に聞こえたる　[二七]無間地獄の構へとやらんも　これにはいかで勝るべし

小栗この由御覧じて　[二八]愚人夏の虫　飛んで火に入る　[二九]笛に寄る秋の鹿は　妻故にさてその身を果〔て〕とは　今こそ思ひは知られたれ　小栗こそ奥方へ　妻故馬の秣にの　飼はれたなむどとあるならば　都の[三〇]聞けいも恥づかしや　[三一]是非をも更にわきまへず

一五 広大に開けた原野や田畑。
一六 前脚で地を掻き寄せる動作。
一七 馬などが激しく立てる鼻息。鼻孔のあたりを吹嵐という。→一八八頁注一〇。
一八 方四町の中に外に出ぬよう籠め置き。
一九 山から切った木を運び出す人夫。「山出し七十五人して引たるくすの大物」（舞曲・景清）。
二〇 石や木が叩かれて発する音「登登」。蛸と呼ばれる装置で木を地にねじ込ませ。
二一 大柱の間の柱。
二二 一抱は両手を拡げて抱えて指先の合う長さ。三抱は人三人で抱えねばならぬような大木。
二三 根からすっぽり引き抜くこと。
二四 根太と平行に柱の一番下に通した貫。柱を横に貫ぬいて連ねる材を貫（ぬき）という。
二五 自由にさせない木や金の道具。ここは地貫を枷（かせ）として入れた。
二六 鉄製の。
二七 八熱地獄の一で、阿鼻地獄ともいう。その城の構造は、七重の鉄城、七重の鉄網、下には刀林がめぐらされている（往生要集・大文第一）。鬼鹿毛の監禁状態の厳しく、外に出ることの絶望的な有様を強調していう。
二八 諺。「愚人は夏の虫、飛で火に焼とぞながめさせ給ひける」（源平盛衰記八・法皇三井灌頂）。愚者は自ら我が身を危地に陥れること。
二九 雄鹿が猟師の鹿笛に惹かれて雌鹿かと思い近寄り、身を滅ぼすことから、小栗は照天ゆえに窮地に身を投じたことを悔いる。「夏の虫とんで火に入、秋の鹿の笛に心をみだし、身をいたづらになす事」（曾我物語六・仏性国の雨の事）。
三〇 聞こえの訛か。評判。
三一 何の判断もつかなく我を忘れる。

十人の殿原達は御覧じて「なふいかに小栗殿　あの馬に召され候へや[一]　あの馬がお主の小栗殿を[二]少しも服すると見るならば[三]畜生とは申まい　鬼鹿毛が[四]平首の辺りを　一刀づゝ恨み申　さてその後は横山の[五]遠侍へ駆け入りて[六]目釘を境に防ぎ戦ひして　三途の大河を　敵も味方もさんざめいて[七]手と〳〵組んで御供申ものならば[八]何の子細のあるべきぞ」[九]我引き出ださむ　人引き出ださんと[一〇]たゞ一筋に思ひ切つたる矢先には　いかなる天魔鬼神も[一一]たまるべきやうは更になし

小栗この由聞こし召し「あのやうな大剛な馬は　たゞ力業では乗られぬ」と　十人の殿原達を　馬屋の外へ押し出だし　馬に[一二]宣命を含め給ふ「やあいかに鬼鹿毛よ　汝も生ある物ならば[一三]耳を振り立てよきに聞け[一四]世なる馬と申するは　常の馬屋に繫がれて　人の食ます餌を食うで[一五]さて人に従へば尊ひ[一六]思案してらよ　さて門外に繫がれて　経念仏を聴聞し[一七]後生大事とたしなむに　さてもなんぞや　鬼鹿毛は人秣を食むと聞くからは　それは畜生の中での[一八]鬼ぞかし　人も生ある物なれば　汝も生ある物ぞかし　生ある物が生ある物を服しては　さて後の世をなにと思ふぞ鬼鹿毛よ　それはともあれかくもあれよしこの度は[一九]一面目に一馬場乗せてくれよかし　一馬場乗するものならば

一 お乗りになって下さい。
二 少しでも食べようとするなら。
三 畜生といって許しはしない。
四 馬の首、たてがみの下の左右平らな箇所。
五 →九三頁注一二。
六 刀身が柄(つか)から脱けないよう、柄と刀の目釘穴にさす竹または鉄などで作る釘。その目釘の折れる極限まで。
七 がやがや賑わしく。説経に多い表現。ざざめくと同じ。
八 何の問題があろうか、ありはしない。
九 私が鬼鹿毛を引き出そう、他の人が自分が引き出そうと。
一〇 ただ一途に決心したその鋭い勢いの前には。矢先と一筋は縁語。
一一 こらえるすべは何もない。
一二 勅命を告(の)るの意、転じて人が動物その他に事の理を言い含めるのに用いる。「延喜帝(鷺に)宣命をふくめければ」(榻鴫暁筆二)。
一三 耳をそば立て。「高天原爾耳拡立聞物止、馬牽立弖」(延喜式・祝詞・六月晦大祓)。
一四 世間にある他の馬。
一五 そうして。
一六 思案をしているわい。「ら」は当時の庶民の言葉で、軽い感動を示す助詞であろう。
一七 来世の安楽。畜生は六道の人間界の下ゆえ。
一八 仏教的な夜叉羅刹などの暴悪な類のものをいう。
一九 秀れた名誉に。
二〇 黄金で造りなしたお堂。
二一 漆の木から採取したままの混ぜ物のない生漆。
二二 接続助詞。当時の庶民の言葉。初期の古浄瑠璃、古説経に現われる。解説参照。

鬼鹿毛死してのその後に　[二〇]黄金御堂と寺を建て　さて鬼鹿毛が姿をば　[二一]真の漆で固めて[二二]に　馬をば[二三]馬頭観音と斎ふべし　[二四]牛は大日如来の化身なり　鬼鹿毛いかに」とお問ひある

[二五]人間は見知り申さねど　鬼鹿毛は小栗殿の額に[二六]米といふ字が三行すはり　両眼に[二七]瞳の四体御ざあるを　確かに拝み申　前膝をかつぱと折り　両眼より[二八]黄なる涙をこぼひたは　[二九]人間ならば乗れと言はぬばかりなり

小栗この由御覧じて　さては乗れとの志　乗ろふものをと思し召し　馬屋の別当左近の尉を御前に召され　「鍵くれひ」との御諚なり　左近はこの由承り　「なふいかに小栗殿　この馬と申するは　昔繫いでその後に出づることがなければ　鍵とては預からぬ」とこそは申けれ

小栗この由聞こし召し　さあらば馬に力の程を見せばやと思し召し　くろがねの格子にすがりつき　「ゑひやつ」と御引きあれば　錠　[三〇]肘金はもげにけり　門取つてかしこに置き　[三一]文をば御唱あれば　馬に癖はなかりけり

左近の尉を御前に召され　[三二]「鞍鐙」とお乞いある　左近の尉は　「承つて御ざある」と　余なる馬の[三三]金覆輪に　手綱二筋より合せ　[三四]棟梁の鞭を相添へて参らする　小栗この由御覧じて　「かやうなる大剛の馬には　金覆輪は合はぬ」

二三　六観音の一つ。宝冠に馬頭を頂いた忿怒相の菩薩。俗間に馬畜の守護神として祀る。
二四　この説の根拠不詳。「御門はいつ刈り習はせ給はねば、牛にうち掛り、笛うち吹てまします。馬は馬頭観音、牛は大日如来の化身と承るが」(舞曲・烏帽子折)。
二五　この人を誰とはお見知り申さぬが。前注の「烏帽子折」の後を承けた文の「げにやさありけるか、人間は見知り申さねど、畜生なれ共色風情を見知たるかと覚しくて、草をも食まず、角を傾け、舌を垂れ、御門の笛を聴聞す」を本作は翻案。
二六　米は菩薩の異名。「御額によねといふ文字が三つ並びて候」(熊野本地絵巻)とめでたい異相として出ている。
二七　重瞳といい貴人の相。中国でも「史記」によれば舜や項羽が、「摩訶止観」によれば矢名大師が、我国では将門、信田小太郎などがそれと伝える。底本「人み」。
二八　動物の悲涙の形容、人間ならば紅涙にあたる。
二九　物は言えないが、人間であったらまるで乗れと言わんばかりである。
三〇　開き戸の枢(くるる)に用いる金具。枠に取り付ける凸形の方を肘金、扉につける凹形を肘壺という。
三一　呪文。馬術の流儀により唱える文や名号「南無大慈大悲馬頭観世音菩薩」などがある。狂言「止動方角」参照。
三二　共に馬具。鞍は馬の背に載せる座具。鐙は鞍の下の両側で、乗手の両脚を支えるもの。
三三　鞍の前輪・後輪を金で縁取りし装飾したもの。
三四　頭立った者の持つ鞭。例えば、紫竹の鞭は将軍家が用いる(古今要覧考)。

とて　当座の曲乗り[一]に　肌背[二]に乗りて見せばやと思し召し　棟梁の鞭ばかりお取りあつて　四方八つの鎖をも一所へをし寄せて　「ゑつやつ」とお引きあれば　鎖もはらりともげにけり

これを手綱により合せ　まん中駒にかんし[三]と噛ませ　駒引つ立てて褒められたり　「脾腹[四]三頭[五]に肉余つて　左右の面顔[六]に肉もなく　耳小さう[七]分け入つて八軸[八]の御経を二巻取つて　きり〳〵と巻き据へたが如くなり　両眼[九]は照る日月の灯明の輝くが如くなり　吹嵐[一〇]は千年経たる法螺の貝を二つ合はせた如くなり　須弥[一一]の髪の見事さよ　日本一の山菅を　本を揃へて一鎌刈つて　谷嵐に一揉み揉ませ　ふはとなびいた如くなり　胴の骨の様態は　筑紫弓[一二]の上張り[一三]が弦を恨み　一反り反つたが如くなり　尾[一四]は三条の滝の水が　たぎりにたぎつてたう〳〵と落つるが如くなり　後ろの別足[一五]は　唐のしんとほん[一六]と　はらりと落し　盤[一七]の上に二面並べた如くなり　前足の様態は　日本一[一八]の鉄に有所に節をすらせつゝ　作り付けたる如くなり　此馬と申は　昔繋ぎてその後に　出ることのなければ　爪[一九]は厚うて筒高し　余なる馬が千里[二〇]を駆くるとも　この馬においては尽くべきやうは更になし」　かやうにお褒めあつて　馬屋の出し[二一]鞭[二二]しつととゝうと打ち　堀[二三]の舟橋[二四]とくり〳〵と乗り渡し　この馬が進みに進みて出づるやう

一　曲芸風に変った乗り方をすること。
二　鞍を置かず裸馬に乗る。
三　かっしと。
四　わき腹。
五　底本「三すん」。「おつさま三寸にしゝあまり」（舞曲・馬揃、京大杉原本）などの系統の本文を参考にしたもよう。「三頭」が正しく、馬の尻の骨の盛り上がったところに肉がよく付いて。
六　「左右のおもかほしゝもなく」（同右）。「一耳ちいさきが吉…一面に肉なきがよし」（円流騎馬法三・馬体之次第）。
七　耳が小さく毛の間に分け入って。
八　八本の巻子の経、「法華経」八巻をさす。
九　「一眼見ひらきたるがよし」（円流騎馬法）。
一〇　鼻孔のあたり。「一鼻の孔ひろきがよし」（同右）。
一一　馬の首から肩のあたりまで生えた鬣（たてがみ）。
一二　筑紫特有の長大な丸木の強弓。「和御寮に心づくし弓、引くに強の心や」（閑吟集）。
一三　上品の一張の弓。中品、下品とある（射学大成）。
一四　「尾は三重の滝の落つるがごとくなり」（舞曲・馬揃）とあり、「三重」の誤りか。
一五　料理の語で雉の股をいう。ここは後ろ足の股。
一六　「唐の琵琶、転手と反手はらりともひで、二面逆さまに立て置たる如也」（舞曲・馬揃）とあり、琵琶を落した表現であろう。「しん」は転軫（転手と同じ）、「ほん」は反手（転手をさした所）のそれぞれ誤記か。
一七　馬腹を盤にたとえ、琵琶から余分のものを全て取って二面を盤に並べたようといった。
一八　日本一の上質の鉄に、あるべき所に関節を磨き作り、取りつけたようである。

(8)-1

を　物によく〳〵譬ふるに　竜が雲を引き連れ　猿猴が梢を伝ひ　荒鷹が鳥屋を破つて雉に会ふが如くなり

八町の萱原を　さつくと出いてはしつとと止め　しつとと出いてはさつくと止め　馬の性はよかりけり　十人の殿原達は　あまりの事の嬉しさに　五人づつ立ち分かれ　や声を上げてぞ褒められたり　横山八十三騎の人々は　今こそ小栗が最期を見むと　われ先せんとは進めども　「これは〳〵」とばかりにて　物言ふ人も更になし

三男の三郎は　余りの事のおも

一九「爪は厚ふてつつ高し」（舞曲・馬揃）。爪は厚く蹄（ひづめ）が筒状に高い。
二〇「千里を打つと疲るまじ」（舞曲・馬揃）。「尽く」は尽き果てるの意。
二一 馬屋から出す鞭の打ち方か。
二二 勢いよくぱっと。
二三 堀にかかる、舟を繋ぎ合わせ板をかけた橋。
二四 狭い舟橋を落ちないよう、またゆらさぬよう、注意してゆっくりと。
二五「竜が雲を引き連れ、虎が風に毛をふるひ…是にはいかで勝るべき」（舞曲・馬揃）。
二六 手長猿が梢から梢に伝うのが自在なように。
二七 網で捕らえられまだ馴らされていない鷹。
二八 羽も抜け変り、鳥小屋を元気に出て（破って）雉に向かって飛びかかる。「長田を追ふて走りしは。荒鷹が鳥屋をくぐつて。雉子を追ふが如くなり」（舞曲・鎌田）。
二九 勢いのよいさま、さっと。
三〇 馬の性能。
三一「や」とほめる掛声。
三二 呆れて言う言葉のないさま。

絵(8)-1～4　怒った照天の父横山は、息子三郎の教唆で小栗を鬼鹿毛に食い殺させようとはかるが、小栗は宣命をふくめ自在に鬼鹿毛を御し、屋根まで梯子で登り、乗りおろし、その他見事な曲乗りを披露した。

(8)-2

しろさに　十二格[一]の登梯を取り出だし　主殿の屋端へ差し掛けて腰の御扇にて[二]　これへ〳〵と賞翫ある　小栗この由御覧じて　[三]とても乗る上　乗つてみせばやと思し召し　四足を揃へ十二格の登梯を　とつくり〳〵と乗り上げて

（絵8）

主殿の屋端を駆けつ返ひつお乗りあつて　真逆様に乗り降ろす　[四]岩石降ろしの鞭の秘所[五]

いふつぐこの由見るよりも

[六]「四本掛り」と好まれたり　四本掛りの松の木へとつくりとくりと乗り上げて　真逆様に乗り降ろす　[七]岨伝ひの鞭の秘所

一 格は梯子の足をかける横木。

二 これへ登られよともてはやし招く。

三 どうせ乗ったからには、梯子乗りをもしてみせようと。

四 「岩石を落す時は、是も手綱を左の手にて、かみ中に取て、右の手にて鞭を取、いかにも馬をすぐに落す也。…先おろす所を五返も三返も馬を乗寄、何度も馬に能見せて、其後おろすべし」（大坪流馬術聞書）。

五 秘すべき事柄、秘伝。

六 蹴鞠を行うため庭の四隅に四本の木を植える。後に馬で庭乗りを行うため作られた。軒が南向きでその南に庭がある時、北西に松、南西に楓、南東に柳、北東に桜を植え、各木の周囲を乗り廻す。「掛りを乗る時は鞭をささぬなり。そのいわれは木に鞭を当てじためなり。ことに花、紅葉、木の枝などに当りて散ることありては、乗り手の大なるけがなり。総じて木に馬をかけ、枝などを折らしては恥辱たるべし」（大坪流秘伝）。

七 山の横斜面に沿って行くように、斜面の乗馬法の鞭使い。「岨伝ひは山の方の鐙を強く踏べし。手綱をば左右の山の方へ付て引べし」（大坪流馬術聞書）。

(8)-3

(8)-4

障子の上に乗り上げて　骨をも折らさず　紙をも破らぬは　沼渡しの鞭の秘所　碁盤の上の四つ立てなんども　とつくりとくりとお乗りあつて　鞭の秘所と申するは　輪鼓　そうかう　蹴上げの鞭　あくりう　こくりう　せんたんちくるひ　めのふの鞭

手綱の秘所と申するは　さしあひ　浮舟　浦の波　蜻蛉返り　水車　鴫の羽返し　衣被き　ここと思ひし鞭の秘所　手綱の秘所をお尽しあれば　名は鬼鹿毛とは申せども　勝る判官殿に胴の骨をはさまれて　白泡噛うでぞ立つたりけり

小栗殿は　無けれど裾の塵打ち払ひ　三抱ばかりありさうなる　桜の古木に馬引き繋ぎ　元の座敷にお直りある　「のふ　いかに横山殿　あのやうな乗り下のよき馬があるならば　五匹も十匹も聟引出物に賜はれや　朝夕口乗り和らげて参らせう」とお申あれば　横山八十三騎の人々　なにもおかしひことはなけれども　苦り笑ひといふ物に　一度にどつとお笑ひある

馬のほうみやうや起るらん　小栗殿の御威勢やらん　三抱ばかりありさうなる　桜の古木を根引きにぐつと引き抜ひて　堀三丈を飛び越へ　武蔵野に駆け出づれば　小山の動くが如くなり

一「沼渡しの事、鞭の組ちがへに手をかけ、手綱をもかみ中へ構へ、馬をはさみ、鐙を弱くふみ、手綱を引立、いかにもけたてて早く乗べし」(大坪流馬術聞書)。
二「四蹄を縮むれば双六盤の上にも立ち」(太平記十三・竜馬進奏事)とあり、四足を揃えて碁盤の上に乗ること。ただし、本絵巻の図では碁盤を逆さにし、四脚の上に乗っている。
三 馬を⊠の形に乗り廻す鞭使い。
四 早行か。「弓手へかかる敵をば、角(すみ)の手綱きつと引、さうかうの鞭を打つて、斬れ」(舞曲・信田)。
五「向かふ敵を斬る時は、蹴上げの鞭をちやうど打つて」(舞曲・信田)。「左右の鐙にて幾度もおとがいを蹴べし」(八乗流)。
六・七 悪竜・黒竜か。未詳。
八「足なみおそき馬に打。せんたんとは左右のそうもん(喪門＝馬の胸部の下に生えている渦状の毛)を言也」(騎方問答)。九・一〇 未詳。
一一 以下未詳。
一二 急に方向を変える術。「足立ちかへざるせばき道、橋にて乗る事、左へ廻さんと思はゞ、右の鞍つめに手綱を引き通し、よき程に引き付けて、右の手綱を片手に取つて、身共にきりりとひねり廻しざまに引く。手綱をよく引き廻す事肝要なり」(大坪流三百箇条)。
一三 馬をぐるぐる廻す術。「水車と云手綱の事、かた口とはき馬に乗るべし。さしよりて先手綱のまがりめを、一よりよりて強き方のはるひに引とをして、あまる手綱を鞦の房に結びつくべし。其後鞭をもて驚ろかして強き方のきくつぼをさすべし。さて馬を廻すなり」(小笠原流手綱之秘書)。
一四「折場ねばく喰下るとき、はみを外へ取、う

横山この由御覧じて　今は都のお客来に手擦らひ[25]ではかなはぬところと思し召し「なふ　いかに都のお客来　あの馬止めて給はれや　あの馬が武蔵相模両国に駆け入るものならば　人種[26]とては御ざあるまひ」と御諚なり

小栗この由聞こし召し　そのやうな手に余つた馬をば　飼はぬが法[27]と申たうは候へども　それを申せば[28]なにがしの恥辱なりと思し召し　小高ひ所へさし上り　[29]柴繋ぎといふ文をお唱へあれば　[30]雲を霞に駆くるこの馬が　小栗殿の御前に参り　諸膝折つてぞ敬うたり

小栗この由御覧じて「汝は豪儀[31]をいたすよ」と　元の御馬屋[32]へ乗り入れて　錠肘金をとつくと下ろひてに　さて其後　照天の姫を御供なされてに常陸の国へお戻りあるものならば　末はめでたかろふもの　又乾の局に移らせ給ふたは　小栗運命尽きたる次第なり

横山八十三騎の人々は一つ所へさし集まらせ給ふてに　あの小栗と申するを馬で殺さうとすれど殺されず　とやせんかくやせん[33]と思しなさるゝが　三男の三郎は　後のかうさい[34]は知らずして「なふ　いかに父の横山殿　某が今一つ巧み出だした事の候　まづ明日になるならば　昨日の馬の御辛労分[35]と思し召

ちの手を返し、腰に折付、外の手綱につり合を付、ひしと折也。鞍留り肝要也」(高麗流八条家手綱目録聞書)。
一五 未詳。
一六 判官の脚で胴の骨を強くはさまれて。
一七 別に付いていないがわざと。 一八 乗り心地。
一九 婚礼時、舅から婿に贈る引出物。
二〇 朝夕調練し、口強(ごわ)き(性質の荒い)馬をおとなしくしてさし上げよう。
二一 にが笑い。
二二 「法明」か。仏語で、諸法の事相を照らし、義理を分別すること。馬が事態を能く知り、分別が起って。
二三 底本「ありうさうなる」。
二四 一丈は約三メートル。
二五 手を擦って懇請する。
二六 人間。「治承養和の飢饉、東国西国の軍に、ひとだねほろび失せたりといへども」(平家物語十一・一門大路渡)。
二七 きまり。正しいやり方。
二八 だれやら。相手の名を敢て指して言わず、おぼめかして。
二九 立木などのない所で馬を止めておく法。「しばつなぎの事　歌　あらいそや渚の浜にわれ有て馬いごくなや駒いごくなや　此歌を三返よみて、手綱を草わきより引通し、鞍のしほてに結び付て置べし」(大坪流馬術聞書)。
三〇 一目散に逃走するさま。 三一 乱暴。
三二 厩(うまや)の尊敬語。
三三 どうしようこうしようと。
三四 「劫災」か。仏語。この世界の終末に火・風・水の三災があって滅びること。つまり、末の大きい災い。または「後災」で、重複表現か。
三五 お骨折をお慰めするため。

し　蓬萊の山をからくみ　いろ〳〵の毒を集め　毒の酒を造り立て　横山八十三騎の飲む酒は　初めの酒の酔が醒め　不老不死の薬の酒　小栗十一人に盛る酒は　なにか七ふすの毒の酒をお盛りあるものならば　いかに大剛の小栗なればとて　毒の酒にはよも勝つまひの　父の横山殿」と教訓ある

横山この由聞こし召し「いしう巧んだ三男かな」と　乾の局に使者が立つ　小栗殿は　一度のお使に領承なし　二度の使に御返事なし　以上御使は六度立つ　七度のお使には　三男の三郎殿の御使なり

小栗この由御覧じて「御出仕申まひとは思へども　三郎殿のお使　何よりもつて祝着なり　御出仕申さう」と　お申あつたは　小栗運命尽きたる次第なり　人は運命尽けうとて　智恵の鏡もかき曇り　才覚の花も散り失せて　昔が今に至る迄　親より子より兄弟より　妹背夫婦のその中に　諸事の哀れをとゞめたり

あらいたはしやな照天の姫は　夫の小栗へ御ざありて「なふ　いかに小栗殿　今当代の世の中は　親が子をたばかれば　子はまた親に盾を突く　さても昨日の鬼鹿毛に御乗りあれとあるからは　お覚悟ないかの小栗殿　さて明日の蓬萊の山の御見物お止まりあつて給はれの」「さて　自らがお止まりあれと申

一 蓬萊山をかたどった祝儀・酒宴の飾りの台をいろいろ工夫して作り。「我君の是までの御下向を。一期の面目優曇花と存じ。蓬萊をからくみ。君を祝ひ申さんため」(舞曲・鎌田)。
二 →九〇頁注一。
三 底本「しちふつ」。一九九頁一二行目には「七ふす」と出る。附子(ぶ)はトリカブトの根から採った毒薬。ここでは毒薬の総名に用い、先に「いろ〳〵の毒を集め」とあるので、それに七を冠したものか。七は種類の多いこと。
四 承諾。
五 →二〇頁注五。
六 喜ばしいこと。
七 「運命尽きよう」の約。「人は運命つきぬれば。智恵の鏡も。かきくもり才覚の花も散り果つる。郎党が。たばかるを御存知なきぞ口惜き」(舞曲・鎌田)。
八 物事をよく知り、真実を解する心。智恵を海・山・火などに譬えるが、よく照見するところから鏡にも譬え、それが煩悩等で曇り愚昧になることを「かき曇る」といった。
九 才知や機転のすぐれていることを花に譬える。諺。「才覚の花散り　智恵の鏡も曇る」(毛吹草)。
一〇 「今日此比のならひにて。親は子をたばかれば、子は親にたてをつく。…今夜を明かし給ひて夜明ておいで。ましませや鎌田殿とぞとゞめける」(舞曲・鎌田)。「盾を突く」は反抗する。
一一 今度も前もって用心をなさらないか。

(9)-1

するに　それに御承引のなきならば　[一二]夢物語を申べし　さて　自らどもにさて[一三]七代[一四]伝はつたる[一五]唐の鏡が御ざあるが　さて　自らが身の上に　めでたき事のある折は表が[一六]正体に拝まれて　裏にはの鶴と亀とが舞ひ遊ぶ　中で[一七]千鳥がしやくを取る　又自らが身の上に　悪しひ事のある折は　表も裏もかき曇り　裏にて[一八]汗をおかきある　かやうな鏡で御ざあるが　さて過ぎし夜のその夢に　天より[一九]鷲が舞い下がり　宙にて三つに蹴割りてに　半分は[二〇]奈落を指して沈みゆく　中は微塵と砕けゆく　さて半分の残りたを　天に鷲が摑ふで

一二 未来を暗示するものとして、自分の見た夢について物語ること(舞曲・夢合せ)。
一三 「さて」がここに頻出するが、話題を受けて話を続ける働きのほかに、照天の激して話すその感情が表われている。
一四 「七代」は、古くから伝わることを示す。歴世の。
一五 中国渡来の鏡で、大変貴重なものとされ、貴重品のたとえにも用いられる。「唐の鏡の我子をば」(近松門左衛門・三世相三)。
一六 神体。「表に正八幡のお写りある」(奈良絵本)。
一七 「酌を取る」と当てる説があるが、そうした図様は不詳。
一八 水分の滲み出る現象をいう。たとえば、青森県南津軽郡碇ヶ関の国上寺の本尊は汗掻不動と称せられ、郡中に不祥の事があると汗を流す前兆ありと言い伝えられているが、そうした伝承は多い。
一九 「鷲 悪(シア)也、力強くして物を攫む悪鳥也」(日本釈名・中・鳥)。
二〇 梵語の音訳で地獄の意。

(9)-2

あると夢に見た
第二度のその夢に　小栗殿様
の　常陸の国よりも常に御重宝な
されたる　九寸五分の鎧通しが[一]
のはゞき[二]元よりずんと折れ　御
用に立たぬと夢に見た
第三度のその夢に　小栗殿様の
常に御重宝なされたる　村重籐[三]の
御弓も　これも鷲が舞い下がり
宙にて三つに蹴折りてに　本弭[四]は
奈落を指して沈みゆく　中は微塵
と折れてゆく　さて末弭の残り
を　小栗殿のお為にと　上野が原[五]
に卒都婆に立つと夢に見た
さて過ぎし夜のその夢に　小栗
十一人の殿原達は　常の衣裳を召

一 長さ九寸五分の短刀は標準。鎧通しは敵と組打ちして刺す時の用途。そりの無い幅広の刀。

二 刀の鍔(つば)の上下にはめて、鞘から刀身の抜けないように締める金具。鍔もとから折れることは滅多にないことから不吉と照天は考えた。

三 弓の下地を漆で黒く塗り、その上に籐を緊密に巻いた弓。その巻き方が斑(むら)に巻かれた弓。

四 弓の両先端の、弦を掛ける所を筈といい、本筈は下方、上方が末筈。

五 不詳。相模国高座郡今田村辺か。現在藤沢市今田町上原。「新編相模国風土記稿」には高座郡西俣野村御所ヶ谷を照天の居館と伝え、小栗因縁の地がこの周辺に多い。この他、富士山東麓小山(静岡県駿東郡小山町)曹洞宗円通寺辺に横山・上ノ原の小字があり、同寺に小栗伝説があった。

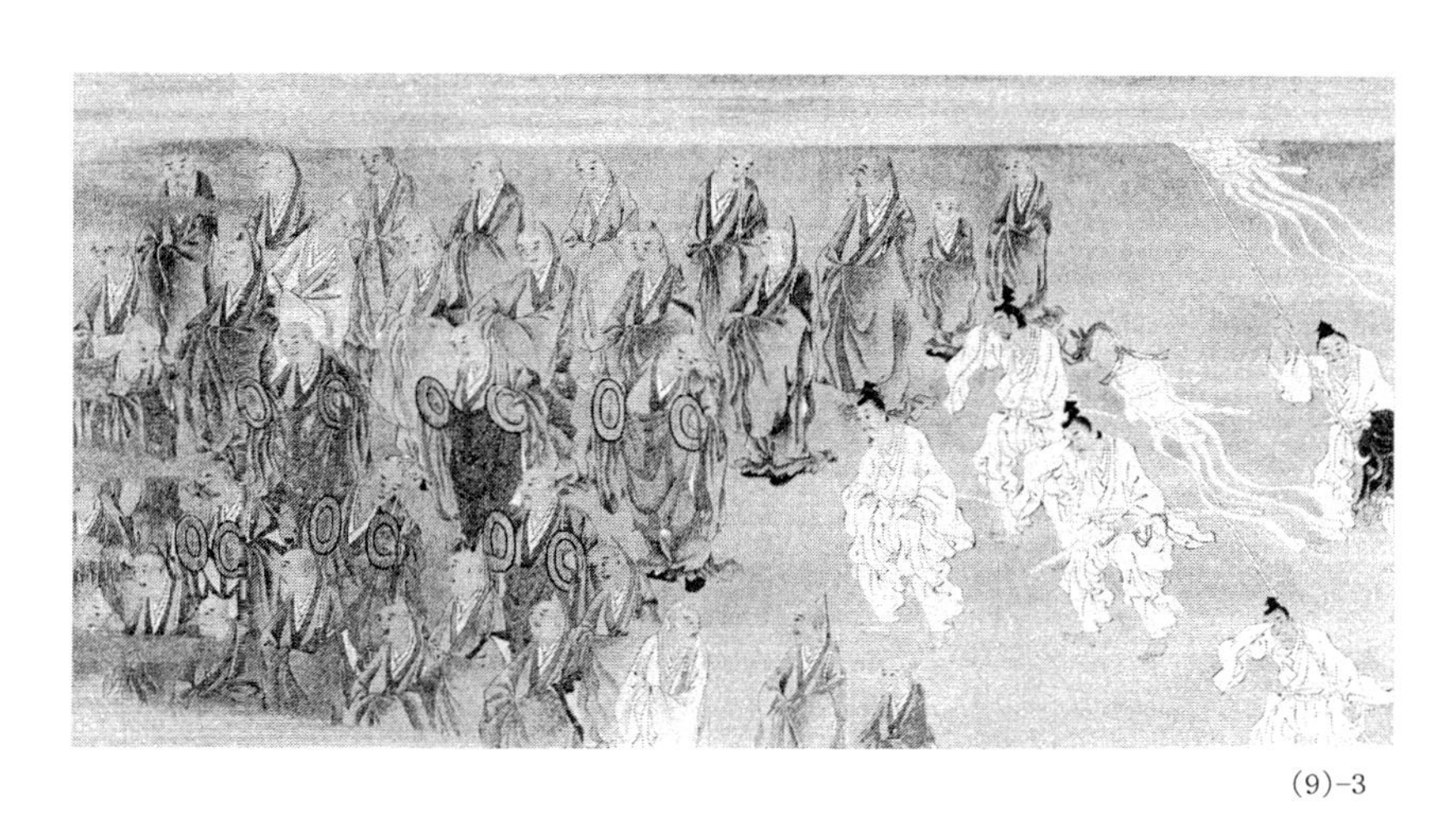

(9)-3

し替へて　白き[六]浄衣に様を変へ
小栗殿様は　葦毛[七]の駒に逆鞍[八]置か
せ　逆鐙を掛けさせ　後と先とに
は御僧達を千人[九]ばかり供養して
小栗殿のしるし[一〇]には　幡[一一]　天蓋[一二]を
靡かせて　北[一三]へ〳〵と御ざある
を　照天余りの悲しさに　跡を
慕ふて参るとて横障[一四]の雲に隔て
られ　見失しなふたと夢に見た

(絵9)

さて夢[一五]にだに夢にさよ　心の乱
れて悲しひに　自然[一六]この夢合ふな
らば　照天は何とならふぞの　さ
て明日の蓬萊の山の門出に　悪し
き夢では御ざなきか　御止[一七]まりあ
つて給はれの」

六 白い布や絹で仕立てた狩衣。神事祭事に用いる。「御夢想に君は白き浄衣に立烏帽子…」(舞曲・夢合せ)。ただしここは葬式の衣裳の面影。
七 馬の毛色で、白に青・黒等の諸色の毛が交る。
八 鞍を逆さまの向きに置く。逆さは死者の表象となることが多い。「死したる人の熊野詣では。あるひは逆様うしろ向き生きたる人には変ると聞」(けいせい反魂香・中)。
九 千僧供養。大きい功徳があると思われていた。
一〇 目印。普通、死者の棺のしるし。
一一 長い布の端を竿につけ、垂らしたもの。仏堂などに荘厳のため立てるが、葬儀にも白布などを垂らした幡を用いる。
一二 先端が曲った柄に吊るした絹蓋。仏像の上の天井に吊るしたり、棺の上にかざす。
一三 陰の方角。死者は仏涅槃の臥法で北向きに寝かすなどする。北に向かわせるのは死者の扱いと同じ。
一四 横ぎり妨げとなり、光をさえぎる雲。「あらなつかしやと言はんとすれば。横障の。雲の隔か悲しやな」(謡曲・善知鳥)。
一五 「さよ」は一般に知られていない副助詞であろう。後出の二〇三頁一六行目「さて千鳥さへ千鳥さよ」とあり「さへ」と同義か。
一六 万一。
一七 夢見が悪くて女性が酒宴に招かれた男を止める局面は、「太平記」三十三・新田左兵衛佐義興自害事に同趣のものがある。

絵⑨-1〜3　鬼鹿毛で失敗した横山らは、酒宴にこと寄せ毒殺をはかる。照天が夢見の凶事を告げて止めようとする。図はその一夢、逆鞍に白衣で跨り、千人の僧に供養されているところ。

小栗この由聞こし召し　女が夢を見たるとて　なにがし[一]の出で申せとある所へ参らではかなはぬところと思し召し　されども気にはかゝると　直垂[二]の裾を結び上げ　夢違[三]への文にかくばかり

　からくにやそのゝやさきになくしかもちかゆめあればゆるされぞする

かやうに詠じ　小栗殿は肌には青地の錦をなされ　紅巻の直垂に刈安色の水干に　[四]わざと冠は召さずして　十人の殿原達も都様に尋常やかに出で立ちて幕つかんで投げ上げ　[五]元の座敷に御直りある　横山八十三騎の人ゝも千鳥掛けにぞ並ばれたり　一献過ぎ　二献過ぎ　五献通れど　小栗殿は「さて某は　今日は来[六]の宮信仰　[七]酒断酒」と申てに　盃の交替[八]は更になし

　横山この由御覧じて　居たる座敷をずんと立ち　あの小栗と申するは　馬で殺さうとすれど殺されず　また酒で殺さうとすれば　酒を飲まねば詮もなしとやせんかくやせんと　思しなさるるが　「ここに思ひ出だしたる事の候」と　身もなひ法螺の貝を一対取り出だし　碁盤の上にだうと置き　「御覧候へ小栗殿　[九]武蔵と相模は両輪の如く　武蔵なりとも相模なりとも　[一〇]この貝飲みに[一一]入れて　半分押し分けて参らすべし　これを肴[一二]となされ　[一三]一つきこし召され候へや　今日の来の宮信仰　酒断酒は　[一四]なにがしが負い申」と　立つて舞をぞ舞

一　ここは舅をおぼめかして言う。
二　呪(まじ)いであろう。人魂を見た時、「玉は見つ主は誰とも知らねども結びとどめつ下がひの褄」と三返誦し、男は左、女は右褄を結び、三日後これを解くと、「袋草紙」上・誦文歌に見える。
三　同じく「袋草紙」に「吉備大臣夢違誦文歌」として「あらちをの狩る矢の先に立つ鹿もちがへをすれば違ふとぞ聞く」を載せ、「拾芥抄」諸頌部夢誦には「唐国の園のみたけに鳴く鹿もちがひをすれば許されにけり」と見える。この二首の混合した形か。鹿が狩人にあった時、前足をやりちがえることを「ちがへす」という(比古婆衣七)とある。
四　この辺り一八三頁の初めての見参の衣裳と同じであるが、冠を着けない点のみ異なる。
五　右の初見参の座敷。
六　「木宮」等の表記もある。霊木崇拝から発した神社の総称で、祭神は句句廼馳命など。西相模から伊豆にかけて社が多い。静岡県賀茂郡河津町田中の杉鉾別神社(旧名来野宮神社)や熱海市熱海来宮の阿豆佐和気神社(来宮明神)が有名。古来十二月十七日から二十四日まで飲酒と捕鳥が禁じられていた。これを「酒小鳥精進」とか「来宮精進」という。
七　酒断ち。「ダンジュ(断酒)願を立てたためか、その他の関係とかで酒を飲まないこと」(日葡辞書)。
八　やりとり。献盃。「交替　ケウタイ」(色葉字類抄)。「盃の交替心に染まず」(舞曲・和田酒盛)。
九　武蔵と相模は車の両輪の如く、二つ相まって成り立つ国であるが、その大事の国のどちらかを。横山は両国の郡代と前に出る。
一〇　このあたりは舞曲「鎌田」を用いて作文している。「貝を一つ取出し。微塵さつと打ち払ひ。

(10)

はれける

小栗この由御覧じて　なにがし[一五]がなにがしに　所領[一六]を添へて給はる上　なんの子細[一七]のあるべきと　一[一八]つたんぶと控へ給へば　下[一九]も次第に通るなり　横山この由御覧じて　よき透間[二〇]よと心得てに　二口[二一]銚子ぞ出でたりけり　中[二二]に隔ての酒を入れ　横山八十三騎の飲む酒は　初めの酒の酔いが醒め　不老不死の薬の酒　小栗十一人に盛る酒は　なにか七ふすの毒の酒の事なれば　「さてこの酒を飲むよりも　身にしみ〴〵と沁むよさて九万[二三]九千の毛筋穴　四十二双の折[二四]骨や　八十双の番[二五]の骨までも　離

…貝飲みにとつては。山田郷と申て。三百町の処の侯を。鎌田殿に奉る」(鎌田)。「貝飲み」は貝を盃に飲むことと、その貝盃をさす。「浮瀬に一貝飲は帳に名を記す。大かた一貝也。二貝も間々あり…」(鸚鵡籠中記・正徳二年)。

一一 法螺貝の盃一対にそれぞれ武蔵・相模を酒と見立て入れて、そのうちの一盃を飲みほせば両国の半分(一国)を、両輪の如く分かち難いが敢えて分割して進呈いたしましょう。

一二 酒宴の興を添えるためのもの。普通歌や踊などの芸。

一三 一杯お飲み下されよ。

一四 自称、私。私が罰をこうむります。

一五 れっきとした侍(舅)が、私に。

一六 「正清舅の呑ふだる盃に。所領を添て得さする上。いづくに心のをかるべき。さし受け〳〵呑ほどに」(舞曲・鎌田)。

一七 取り立てての問題、支障。

一八 一杯たっぷりと飲んで、盃を手もとに引かれると。

一九 酒が小栗の下座(家来)にも次第に行き渡る。

二〇 つけこむ好機。

二一 諸口(もろくち)と同じ。銚子の注口が両方にあるもの。乱酒の時用いる(貞丈雑記)。

二二 銚子の内部で隔てをして、別々の酒を入れ。

二三 「又増一経云。一人身中骨有三百二十。毛孔有九万九千。筋脈各有五百」(法苑珠林六十九)。

二四 腰骨。「後の折骨、臍(ぞほ)の下へさしこみ」(曾我物語一・おなじく相撲の事)。

二五 関節の骨。「籠手の番、腰の節、腰骨」(義経記四・住吉大物二ヶ所合戦の事)。

絵(10)　照天の必死の願いも聞かず酒席に臨んだ小栗と十人の勇士は、共に毒に臥す。

(11)-1

れて行けと沁むよさて　はや天井[一]も大床もひらりくるりと舞うよさて　これは毒ではあるまひか　御覚悟あれや小栗殿　君の奉公はこれまで」と　これを最期の言葉にし　後ろの屏風を頼りとし　後ろへだうと転ぶもあり　前へかつぱと臥すもあり　[二]小栗殿左手と右手とは　たゞ将棋を倒いた如くなり

[三]まだも小栗殿様は　さて大将と見えてある　刀の柄に手を掛けて「なふ　いかに横山殿　それ憎い[四]弓取を　太刀や刀[五]はいらずして　[六]寄せ詰め腹は切らせひで　毒で殺すか横山よ　[七]女業な　な召されそ　[八]出でさせ給へ　刺し違へて

一「天井の大床が。ひらりくるりとまひければ。後ろの障子によりそひて」（舞曲・鎌田）。

二 小栗殿の左右の殿原はあたかも将棋倒し（駒を間隔を取って並べ、一端を倒して次々と全部倒す遊び）のように次々と倒れた。

三 いまだもってさすがに。「も」は強意の助詞。

四 一かどの武士。

五 用いないで。

六 押し寄せて追いつめ。

七 女のするような所業はなさるな。「女業な」の「な」は、「は」の転。「な…そ」は禁止をあらわす。

八 私の前へ出てこられよ。照天の父だけに敬語を用いている。

九「高砂の松」と高ぶり、「松の緑」と相手の近より来るのを待ち、見参と盛んに勇み立つが。

一〇 仏語。五体の異名。ここは同義語を二つ重ねた。両臂両膝および頭首の五処をいう。「五大五輪は人の体」（謡曲・卒都婆小町）。

(11)−2

果たさん」と　抜かん斬らん　立たん組まんとはなさるれど　心ばかりは[九]高砂の松の緑と勇めども　次第に毒が身に沁めば（絵10）　[一〇]五輪五体が離れ果て　さて[一一]今生へとゆく息は　屋棟を伝ふ小蜘蛛の[一二]糸引き捨つるが如くなり　さて[一三]冥途へと引く息は　[一四]三つ羽の征矢を射るよりも　なをも速うぞおぼへたり　冥途の息が強ければ　惜しむべきは年の程　惜しまるべきは身の盛り　御年積り　小栗明け二十一を[一五]一期となされ　朝の露とおなりある

横山この由御覧じて　今こそ[一六]気は散じたれ　これも名ある弓取なれば　[一七]博士をもつてお問ひある　博士参り占ふやうは「十人の殿原達は　[一八]御主にかゝり[一九]非法の死にの事なれば　これをば体を火葬に召され候へや　小栗一人は名大将の事なれば　これをば体を土葬に召され候へ」と　占ふたは　[二〇]また小栗殿の

一一 この世へ通じる息。生きるための息、吸う息。

一二 細い糸を引き切って捨てたよう。息の細く絶え絶えのさま。

一三 冥途へ向かって引く息。吐く息。

一四 征矢は戦いに用いる矢。三枚の矢羽を付けたものが速く飛ぶので、非常に速いもののたとえに用いられる。

一五 一生。

一六 気が晴れた。

一七 官名。平安期には紀伝・明経・明法・算・音の博士が大学寮に、陰陽・天文・暦・漏刻の諸博士が陰陽寮に、その他典薬の博士などが設けられた。ここは陰陽の道に通じた博士の意で官位ではない。「博士 ハカセ〈陰陽士也〉」（文明本節用集）。博士に問う局面は、例えば御伽草子「唐糸さうし」などにも見え、（頼朝が）「安倍の中もちと申博士を召されて問はせ給ひける。…と占ひたるこそめでたけれ」と同様の展開がある。

一八 御主君の最後にかかわり合い。

一九 法にはずれた。本来でない。非法の死に対して火葬という習慣については不詳。我が国では土葬が一般で、古くは罪人は火葬とされたが、仏法渡来後天皇家でも火葬が行われ、火葬土葬並び行われる。ただ、後出（二一七頁）のごとく体の有無が蘇生と関わりを持つための所為か。

二〇 再び小栗殿が将来に繁栄する結果になると占うものであった。

絵(11)―1・2　横山は博士に彼等の葬法を占わせ、その占いのままに小栗を土葬に、十人を火葬に行なう。

末繁昌とぞ占ふたり
　横山この由聞こし召し「それこそ易き問ぞとて　土葬と火葬と　野辺の送[一]りを早めてに（絵11）
　鬼王[二]　鬼次兄弟御前に召されて「やあ　いかに兄弟よ　人の子を殺いてに　わが子を殺さねば　都の聞け[三]いもあるほどに　不便には思へども　あの照天の姫が命をも　相模川やおりからが淵[四]に　石の沈め[五]にかけて参れ　兄弟」との御諚なり　あらいたはしや兄弟は　なにとも物は言はずして　中まひよの宮[六]仕ひ　われ兄弟は[七]　義理の前[八]　身かき分けたる親だにも　背きなさるゝ世の中に　さあらば沈めにかけばやと思ひつゝ　やすく[九]諒承なされてに
　照天の局へ御ざありて「なふ　いかに照天様　さて夫の小栗殿　十人の殿原達は　蓬萊の山の御座敷で[一〇]御生害で御ざあるぞ　[一一]御覚悟あれや照天様」
　照天この由聞こし召し「なにと申ぞ兄弟は　時も時[一二]　折も折　間近う寄つて物申せ　さて夫の小栗殿　十人の殿原達は　蓬萊の山の御座敷で　御生害と申かよ　さても悲しの次第やな　さて自らが　[一三]いくせの事を申たに　つゐに御承引御ざなふて　今の憂目の悲しやな　自ら夢[一四]ほど知るならば　蓬萊の山の座敷へ参りてに　夫の小栗殿様の　最期に御抜きありたる刀をば　[一五]心元へ突き立

一 葬送を早くしおえて。
二 鬼を冠すると勇猛とか大きいといったひびきを持つ名となる。→注一八。
三 聞こえ。外聞。
四 不詳。寛文版「折からか入うみ」とあり、相模川の河口付近と考えられる。
五 身体に縄打ち、石を付けて水中に没入させる。
六 宮仕えのつらさを今更何も申すまいよ。
七 われら兄弟は主君への義理の前には（命に背くことなど出来ない）。前出の人の子を殺し、自分の子を殺さねば聞こえが悪いという義理とも取れるが、舞曲「鎌田」との関連でそれは取らなかった。
八 此頃は身を分けた親ですら、子にそむかれる世の中なのだから（家来が主君の姫を手にかけるのも仕方ないと）。「けふ此比のならひにて。親は子をたばかれば。子は親にたてをつく」（舞曲・鎌田）。
九 やすやすと承知されて。
一〇 殺されたこと。
一一 貴女も前もって死の心がまえをなされや。
一二 このような重大な時、間を隔てず間近く寄って事の次第を申せ（身分が異なる時、はるか隔てて伺候する）。
一三 「いくそ」の転。どれほど多く。「汀近く引き寄せらるゝ大網にいくせのものの命こもれり」（山家集・下）。
一四 ほんの少しでも。鎌田の妻が夫の死を知る局面「夢にも自ら知らぬなり…我をも連れて行けやとて。最期に抜かぬ刀を抜き既に自害と見えけるが」（舞曲・鎌田）。この後、彼女は眠っている兄弟の幼子に「いかに二人の若共よ」と声をかけ、殺害の後自殺する。
一五 心臓のあたり。

てて　死出三途の大河を　手と〳〵組んで　御供申ものならば　一六今の憂目のよもあらじ」　泣いつ口説ひつなさるゝが　歎くに甲斐があらばこそ　一七滕村濃の御小袖　さて一重取り出だし「やあ　いかに兄弟よ　これは兄弟に取らするぞ　一八恩愛主の形見と見　思ひ出したる折〳〵は念仏申て給はれの　唐の鏡やの　一九十二の手具足をば　二〇上の寺へ上げ申　姫が亡き跡弔うて給はれの　二一憂世にあれば思ひ増す　姫が末期を早めんと　二二手づから牢輿になさるれば　御乳や乳母やの　二三下の水仕に至るまで「我も御供申べし」「我も御供申さん」と　輿の二四轅にすがり付き　皆さめ〴〵とお泣きある

照天この由聞こし召し「道理かなや女房達　隣国他国の者にまで　二五慣るれば名残の惜しいもの　ましてや御乳や乳母の事なれば　名残の惜しひも道理かな　二六千万の命を呉れうより　二七沖がかつぱと鳴るならば　今こそ照天が最期よと　二八鉦鼓を二九とづれ　念仏申て給はれの　憂世にあれば思ひ増す　姫が末期を早めい」と　お急ぎあれば程もなく　相模川にとお着きある

相模川にも着きしかば　小船一艘をし下ろし　この牢輿を乗せ申　三〇押すや舟　漕ぐや舟　三一空艪の音に驚ひて　沖の鷗はばつと立つ　三二渚の千鳥は友を呼ぶ　照天この由聞こし召し「さて千鳥さへ　千鳥さよ　恋しき友をば呼ぶも

一六 今この辛い目にあうことはよもやあるまい。
一七 「滕」は織機の一部で、縦糸を巻く木。緒巻に同じ。紋所になっている。この紋様で色の濃淡のあるもの。
一八 「ヲンアイ　ただしおんないと発音される。親子間なり、夫婦間なりの親愛や愛情」(日葡辞書)。恩愛の主。「肌の守りと鬢の髪をば、箱根の別当の御方へ、馬と鞍をば和殿ばら、恩なひ主の形見ぞと思ひ出さん折〳〵は念仏申て得さすべし」(舞曲・夜討曾我)。この関連からすれば鬼王・鬼次の名は、曾我兄弟の従者鬼王丸・道三郎の兄弟の名から思いついたものであろう。
一九 手具足は女の手廻りの品(丸鏡・毛垂箱・元結箱等の髪の手入れや化粧品類〈安斎随筆〉)を入れる十二の手箱。二列六段の小箱のある箱。
二〇 山寺。奈良絵本「上の山寺」。右の「夜討曾我」との関連で言えば、箱根権現を念頭にこうした表現になったか。
二一 この辛く悲しい世に永らえていれば、夫小栗の事が思われ恋しさがいや増す。
二二 自ら牢輿にお乗りになる。「為す」は代動詞の働き。
二三 身分の低い水仕(台所で働く下女)。
二四 輿の下にかつぐ為に付けられた長い柄。
二五 説経「あいごの若」に「三国世界の者だにも、馴るれば名残惜しきぞよ」とあり、「竹斎」下にも「誠に他人なれども、馴るれば慕ふ習ひにや」とある。
二六 沢山の命。御乳・乳母・水仕までが死出の供を申し出たことに対していう。
二七 ばっと。動作が急にはげしく行われるさまに用いられ、この場合は照天が水に投げ入れられるさまをいう。

(12)–1

のを　さて自らは誰を便りにとをりからが淵へ急ぐよ」と　泣いつ口説ひつなさるゝが　お急ぎあれば程もなく　おりからが淵にとお着きある

　をりからが淵にも着きしかば　あらいたはしや兄弟は　一こゝにや沈めにかけん　かしこにてや沈めにかけんと　沈めかねたる有様かな　兄の鬼王が弟の鬼次を近づけて「やあ　いかに鬼次よ　あの牢輿の内なる照天の姫の姿を二見まひらすれば　三出づる日につぼむ花の如くなり　またわれら両人が姿を見てあれば　四入り日に散る花の如くなり　いざや命を助け参らせ

二八 念仏などの時に叩く楽器。唐金製で皿型の鉦。
二九 絶やさず声をかけたり、音を出したりする。
三〇 艪を押す。
三一 唐風の艪とか、艪を水中に浅く入れて漕ぐといった説があるが、「からろと云は櫓を押すの名」(和漢船用集十一)とも見える。音の出る表現にともなってこの名は多出する。「又湊へ舟が入るやらう、からろの音がころりからりと」(閑吟集)。
三二 「浜千鳥の友呼ぶ声は。ちりちりやちりちり…友呼ぶ所に。島。陰よりも艪の音が。からりころり」(狂言歌謡・宇治の瀑)。

一 「ここにてや沈めん、かしこにてや沈め申さむと、さすがに沈めかね」(舞曲・信田)。
二 底本「みまらひらすれは」。
三 登る日の光でつぼみを持つ花のようだ。これから将来のある身をたとえる。「出る日つぼむ花なれや」(舞曲・信田)。沈めにかけよと命ぜられ助ける局面は「信田」参照。
四 逆に今後将来のない身をたとえる。

(12)−2

ん　命を助けたる咎ぞとて　罪科に行なはるゝと申ても　力及ばぬ次第なり」「その儀にて御ざあらば　命を助けて参らせん」と　五後と先との沈めの石を　切つて放し　牢輿ばかり突き流す　陸にまします人ゝは　今こそ照天の最期よと　鉦鼓をとづれ　念仏申一度にわつと叫ぶ声　六六月半ばのことなるに　彼の泣く声もこれにはいかで勝るべし（絵12）

あらいたはしやな　照天の姫は　さて牢輿の内よりも　西に向つて手を合はせ　「七観音の要文にかくばかり　八五逆消滅　種〳〵消災　九一切衆生　即身成仏　よき

五 牢輿の柄の前後にくくりつけた沈めるための石。

六 他本、釈尊の涅槃の時の御弟子達、鳥畜類に至るまでの別離の悲しみに比す表現がある。「是やこの釈尊の御入滅の御時に。十第みでし、鳥類畜類に至る迄。仏の別れを歎きしも。是にはいかで勝るべき」（佐渡七太夫豊孝本）。底本はこの部分の脱落があり、二月十五日釈迦入滅の時とは違い、今は六月半ばのことであるが、あの時の諸弟子、鳥畜類のあの泣声もこの人々の泣声にはどうして勝ろうか勝りはしない、と人々の悲泣を強調して言う。「一度にわつと叫ばれしを、物によく〳〵たとふれば、これやこの、釈尊の御入滅の如月や、十大御弟子、十六羅漢、五十二類に至るまで、別れの道の御嘆き、かくやと思ひ知られたり」（舞曲・敦盛）。

七 観世音信仰の大切な文句。観音の功徳を讃える文句。

八 無間地獄に堕ちるような五逆の罪悪も消滅し、種々の災いも消滅する。

九 一切の衆生が、この肉身のまま成仏出来る。この八・九の句「観音経」には見えないが、「即現仏身」の語はある。

絵(12)−1・2　横山は娘照天をも鬼王兄弟に命じて殺させようとする。兄弟は闇にまぎれ沖に沈めた体に見せ、照天の牢輿を流す。岸では乳母や侍女が涕泣する。

島に御上げあつて給はれ」と　この文をお唱へあれば　観音もこれを哀れと思し召し　風に任せて吹くほどに　[一]ゆきとせが浦にぞ吹き着くる

ゆきとせが浦の漁師達は御覧じて　「いづかたよりも　[二]祭りものして[三]流ひたは　見て参れ」とぞ申なり　若き船頭達は「承つて御ざある」と見参らすれば「牢輿に口がなひ」とぞ申なり　[四]太夫達は聞こし召し　「口が無くば　打破つてみよ」とぞ申ける　「承つて御ざある」と　櫓櫂をもつて打破つて見てあれば　中には[五]楊柳の風にふけたるやうな姫の一人　涙ぐみておはします　太夫達はこれを見て　「さてこそ申さぬか　この程この浦に漁のなかつたは　その女故よ　[六]魔縁化生の者か　または竜神の者か　申せ〳〵」と　櫓櫂をもつてぞ打ちける

中にも[七]村君の太夫殿と申は　慈悲第一の人なれば　あの姫泣く声をつく〴〵と聞き申　「なふ　いかに船頭達　あの姫の泣く声をつく〴〵と聞くに　魔縁化生の者でもなし　または竜神の者でもなし　いづくよりも[八]継母の仲の讒により　流され姫と見えてあり　御存じの如く　某は子もない者の事なれば　[九]末の養子と頼むべし　某に給はれ」と　太夫は姫を我宿に御供をなされ　[一〇]内の姥を

一　未詳。六浦説が奈良絵本の本文からあり、同所の浄土宗日光山千光寺に照天姫ゆかりの伝説が伝わる。しかし、相模川口から伊豆半島を迂回して六浦に流れつくのは不自然で、相模川からせいぜい伊豆半島西岸までの漁村であろう。底本のここから「もつらが浦」(六浦カ)の商人に売り渡すというのが自然のかたち。奈良絵本はその間を省略したものであろう。
二　祭りの際、舟などを飾り立て海に流す行事。
三　流したわい。「は」は詠嘆の助詞。
四　頭立った者達。
五　楊柳(猫柳としだれ柳)の風になびくようなたおやかな姫。楊柳観音は、風になびくように衆生の諸願に従う観音であるが、ここにそのイメージもこめるか。ただし、もちろん「青柳の風にふけ海棠の眠れる花のよそほひ」(あきみち)のように、美女を言う表現の上に乗る。ただし、舞曲「烏帽子折」では山路の草刈り仕事などとても出来ぬ、たよりないさまに用いている。
六　人を惑わす悪鬼、化物。
七　村の主だった者。ここでは漁師の長。
八　継母継子の仲で、継母の讒言により。
九　末を頼む養子。
一〇　内儀の老婆。

(13)

近付けて「やあ　いかに姥　浜路よりも養子の子を求めてあるほどに　よく育んで給はれ」とぞ申ける

姥この由を聞くよりも　「なふ　いかに太夫殿　それ養子子なんどと申するは　山へ行きては木を樵り　浜へ行きては太夫殿の一一相櫓も押すやうなる　十七八な童こそ　よき末の養子なれと申せ　あのやうな楊柳の　さて風にふけたるやうな姫をば　一二もつらが浦の商人に　一三料足一貫文か二貫文　一四やすくと打売るものならば　銭をば儲け　よき末の養子にてあるまひか　太夫いかに」と申なり

一一 二人で舟の櫓を押すこと。艫(とも)の船頭の前で並んで櫓を押す。
一二 未詳。六浦か。六浦は神奈川県久良岐郡の南部(現在横浜市金沢区)。六浦津または金沢の入江といった。
一三 銭一千文か二千文。
一四 この値段でこの女なら容易に。

絵(13)　流れついたゆきとせが浦の漁師が、化生の者かと照天を打ち殺そうとするのを、村の太夫が助け家へ連れ帰る。その妻が嫉妬し太夫の留守中ふすべ殺そうとするが観音に助けられる。

太夫この由承り　あの姥と申するは　子があればあると申　なければないと申「御身のやうな　邪見な姥と連れ合ひをなし　共に魔道へ落ちやうより　家財宝は姥の暇に参らする」と　太夫と姫は諸国修行と志す

姥この由を聞くよりも　太夫を取り放ひては大事と思ひ　「なふ　いかに太夫殿　今のは座興言葉で御ざある　御身も子もなし　自らも子もない者の事なれば　末の養子と頼むまひか　を戻りあれや太夫殿」　太夫正直人なれば　お戻りあつて　わが身の農作とて　沖へ釣に御出でありたる後の間に　姥が巧む謀反ぞ恐ろしや　それ夫と申は　色の黒いに飽くと聞く　あの姫の色黒ふして　太夫に飽かせうと思し召し　浜路へ御供申つゝ　塩焼くあまへ追ひ上げて　生松葉を取り寄せて　その日は一日ふすべ給ふ

あらいたはしやな照天様　煙の目口へ入るやうは　何に譬へんかたもなしなにか照る日月の申し子の事なれば　千手観音の影身に添ふて御立ちあればそつともけむうはなかりけり（絵13）

日も暮方になりぬれば　姥は「姫降りよ」と見てあれば　色の白き花に薄墨さいたるやうな　なをも美人の姫とおなりある

姥この由を見るよりも　さて自らは　今日はみなし骨折つたる事の腹立ち

一　原本「大夫」とあるが統一した。
二　子があればよいと言ったり、なければないでよいと勝手を言う。
三　姥との離縁の代償に。
四　「ざきよう」の訛り。冗談。
五　自分の作業。なりわい。
六　男。
七　かまどの上の煙のかかる場所。「あまといふものにさし上げてありければ、煤ばみたりけれども、いささか不損なり」（体源抄六）。
八　六観音の一。両眼両手以外に、左右各二十手を持ち、手中各一眼があり、一切の衆生済度の方便の無量であることを表わす。左手に日輪を持ち、右手に月輪を持つ。
九　薄墨は墨色の薄いもの。灰色。薄墨を刷毛ではいて塗ったような。
一〇　「むなし骨」とも。むだ骨。

や　[一一]たゞ売らばやと思ひつゝ　もつらが浦の商人に　料足二貫文に　やす〱と打売つて銭をば儲け　[一二]胸のほむらは止うであるが　[一三]太夫の前の言葉に　はつたと事を欠いたよ　げにまこと　[一四]昔を伝へて聞くからに　[一五]七尋の島に八尋の舟を繋ぐも　これも女人の智恵　賢ひ物語申さばやと待ちゐたり

太夫は釣からお戻りあつて「姫は〱」とお問ひある　姥この由を聞くよりも「なふ　いかに太夫殿　今朝姫は御身の後を慕ふて参りたが　若き者の事なれば　海上へ身を入れたやら　もつらが浦の商人が　舟にも乗せて行きたやら　[一六]思ひも恋もせぬ姥に　思ひをかくる　太夫や」と　まづ姥は空泣きこそは始めける

太夫この由　承り「なふ　いかに姥　心から悲しうてこぼるゝ涙は　[一七]九万九千の身の毛の穴が　潤ひわたりてこぼるゝ　御身の涙のこぼれやうは　もつらが浦の商人に　料足一貫文か二貫文に　やす〱と打売つて　銭をば儲け　[一八]首より空の憂いの涙と見てあるが　[一九]やはか太夫が目が眇か　御身のやうな邪見な人と連れ合ひをなし　共に魔道へ落ちやうこゝり　家財宝は姥の暇に参らする」と　太夫は[二〇]元結切り[二一]西へ投げ　濃き墨染に様を変へ　[二二]鉦鼓を取りて首に掛け　山里へ閉ぢ籠り　後生大事とお願いあるが　皆人これを御覧じて　村君の

一一 ひたすら。
一二 胸の嫉妬の焔は。
一三 太夫の手前の言訳に。
一四 昔の事を今に伝えて聞くことには。
一五 諺。不可能なことを可能にする。「七いろの島に。八いろの舟をかくすとやらん。申たとへの候ぞや」（舞曲・しづか）。
一六 年をとり心配も思慕の思いもしないこの姥に、思いやって心労をかけさせる姫であるよ。ねえ太夫。
一七 →一九九頁注二三。
一八 首から上の心からでない。表面だけの。
一九 どうして太夫の目が斜視であろう、ちゃんと見え間違いではない。
二〇 もとどり。
二一 西方極楽浄土の方へ。西方浄土欣求の思いをこめて西へ投げる。
二二 唐金製で皿形をした打楽器。これを胸に下げた発心者は時衆の姿。

太夫殿を褒めぬ人とて更になし

これは太夫殿御物語　さてをき申　殊に哀れをとゞめたは　もつらが浦に御ざある　照天の姫にて　諸事の哀れをとゞめけり　あらいたはしやな照天の姫を　もつらが浦にも買いとめず　[1]釣竿の島にと買うて行く　釣竿の島の商人が価が増さば売れやとて　[2]鬼が塩谷に買ふて行く　鬼の塩谷の商人が価が増さば売れやとて　[3]岩瀬　[4]水橋　[5]六渡寺　[6]氷見の[7]町屋へ買うて行く　氷見の町屋の商人が能がない　[8]職がないとてに　能登の国とかや　[9]珠洲の岬へ買うて行く　あらおもしろの里の名や　[10]よしはら　さまたけ　りんかうし　[11]宮の腰にも買ふて行く　宮の腰の商人が価が増さば売れよとて　加賀の国とかや　[12]本折小松へ買ふて行く　本折小松の商人が価が増さば売れやとて　越前の国とかや　[13]三国湊へ買ふて行く　三国湊の商人が価が増さば売れやとて　[14]敦賀の津へも買ふて行く　敦賀の津の商人が能がない　職がないとてに　[15]海津の浦へ買ふて行く　海津の浦の商人が価が増さば売れやとて　[16]上り大津へ買ふて行く　上り大津の商人が価が増すとて売るほどに　商い物のおもしろや　[17]後よ　先よと売るほどに　美濃の国[18]青墓の宿　万屋の[19]君の長殿の　[20]代を積つて十三貫に買い取つ

一 未詳。
二 未詳。塩谷は新潟県岩船郡神林村塩谷。荒川河口。
三 富山市神通川の河口を岩瀬浜といい、そこに岩瀬の渡しがあった。
四 富山市東端、常願寺川の河口辺。岩瀬より東なので西に下る記事と順序に齟齬がある。
五 富山県新湊市、庄川河口。渡しがあった。「六渡寺を漕ぎ渡し、放生津（はうじやう）を歩み過、岩屋（瀬）の渡り今日もはや打出の宿とうち眺め」（舞曲・笈捜）。
六 氷見（ひみ）の訛りであろう。富山県氷見市。
七 商家の集まる町。
八 特別の職種。
九 能登半島突端、石川県珠洲市。珠洲の岬はさらに先端の金剛崎あたりをいうが、岬にある珠洲の町を指して言ったものであろう。
一〇 「りんかうし」まで三か所未詳。
一一 金沢市金石の旧名。犀川の河口。
一二 石川県小松市。本織とも書き、城があった。
一三 福井県坂井郡三国町。港町で江戸時代、遊女町があった。
一四 福井県敦賀市。
一五 滋賀県高島郡マキノ町海津。琵琶湖北端の要港。
一六 上りは不詳。海津方面から湖を渡って大津に着岸、京都に上るところから言うか。
一七 価が高い方に後先構わず売るうちに。
一八 大垣市の西北。中古宿駅が置かれ、古来伝承の多い地。
一九 遊君の長者の家。
二〇 代金が増えて。

たはの　諸事の哀れと聞こえ給ふ

君の長は御覧じて「あら　うれしの御事や　百人の流れ[二一]の姫を持たずとも　あの姫一人持つならば　君の長夫婦は楽〳〵と過ぎやう事のうれしや」と　一日二日はよきに寵愛をなさるゝが　ある日の雨中の事なるに　姫をお前に召され「なふ　いかに姫　これの内には国名[二二]を呼ふで使ふほどに　御身の国を申せ」とぞ申なり

照天この由聞こし召し　常陸[二三]の者とも申たや　相模の者とも申たや　たゞ夫の古里なりとも名に付けて　朝夕[二四]さ呼ばれてに　夫に添う心をせうと思し召し　こぼるゝ涙のひまよりも　「常陸の者」との御諚なり　君の長は聞こし召し「その儀にてあるならば　今日より御身の名をば　常陸小萩[二五]と付くるほどに　明日にもなるならば　これよりも鎌倉関東の　下り上りの商人の袖をも控[二六]へ　お茶[二七]の代りをも御取りありて　君の長夫婦も　よきに育んで給はれ」と　十二単[二八]を参らする

照天この由聞こし召し　さては流れ[二九]を立ていとよ　今流れを立つるものならば　草葉[三〇]の蔭に御ざあるの　夫の小栗殿様のさぞや無念に思すらん　なにとな

二一 遊女。流れの身などと言われ、初め水辺に居ることが多かった。姫も遊女の意でもちいる。
二二 出身国名をつけて呼ぶ。奉公人の呼称に多かった。
二三 小栗は常陸、照天は相模の人。
二四 「さ」は接尾語。時・折の意。
二五 「小萩」は萩の美称。彼女がこう名乗る由来は不明。ただし夫が「常陸小栗」と名乗り、妻が「常陸小萩」と名乗るところに連関が見てとれる。また、「さんせう太夫」にも「伊勢の小萩」が姉弟を助ける役の下女として出る。彼女も四十二度も売られている。
二六 引いて。
二七 代りのお茶の注文を取る。すなわち上にあげ色を売ることを暗に示したもの。袖を引く行為がすでに出女の所作で、他本も「今より後は流れを立てゝ、よきに夫婦を育み給へ」(奈良絵本)などとある。
二八 →八一頁注一〇。ここは遊女の盛装。
二九 遊女勤めをせよということだ。
三〇 墓の下にいらっしゃる。「あるの」の「の」は終助詞。感動をあらわす。

りとも申てに　流れをば立てまひと思し召し「なふ　いかに長殿様　さて自らは　幼少で二親の親に過ぎ後れ　[二]善光寺参りを申とて　[三]路次にて人がかどはかし　あなたこなたと売らるゝも　[四]内に悪ひ病が御ざあれば　夫の肌を触るればの　必ず病が起りて　かなしやな病の重るものならば　値の下がろふは一定なり　値の下がらぬその先に　いづくへなりとも御売りあつて給はれの」

君の長は聞こし召し　二親の親に後れいで　一人の夫に後れ　[五]賢人立つる女と見えてある　なにと賢人立つるとも　[六]手痛ひ事をあてがうものならば　流れを立てさしやうと思し召し「なふ　いかに常陸小萩殿　さて明日になるならば　これよりも[七]蝦夷　[八]佐渡　[九]松前に売られてに　[一〇]足の筋を断ち切られ　日にて一合の食を服し　昼は粟の鳥を追い　[一一]夜は魚　鮫の餌にならふか　十二単を身に飾り　流れを立ちやうか　[一二]あけすけ好め常陸小萩殿」との御諚なり

照天この由聞こし召し「愚かなる長殿の御諚やな　たとはば明日は蝦夷佐渡　松前に売られてに　足の筋を断ち切られ　日にて一合の食を服し　昼は粟の鳥を追い　夜は魚　鮫の餌になるとも　流れにおいては　[一三]え立てまひよの長殿様」

君の長は聞こし召し「憎いことを申やな　やあ　いかに常陸小萩よ　さて

一 先立たれ。
二 浄土宗のみなもととして尊信され、虎・少将も曾我兄弟の成仏を祈るため詣でている(曾我物語十二)。
三 道中。
四 体内に悪い病気がございますので、男の肌を触れると必ず私の病が起って。
五 底本「けいしん」とあるが、次に「けんしん」とあるので訂正した。賢女を立てる、操を立てる。
六 手厳しいことを彼女にふりあてるならば。この後に、言うことを聞くであろうといった意味の文が脱落しているもよう。
七 北海道の古称。
八 佐渡は流人の島と見られていた。
九 北海道松前郡松前町。渡島半島の西南端の地。
一〇「さんせう太夫」で御台がこの通りの扱いを受ける。
一一 夜は海に投げ入れられ魚・鮫の餌になろうつもりか。
一二 包みかくすことなくはっきりと選べ。
一三 遊女の境遇には決してなりますまい。

（14）

これの内にはの　さて百人の流れの姫がありけるが　その下の水仕はの　十六人して仕る　十六人の下の水仕をば　御身一人して申さ[一四]ふか　十二単で身を飾り　流れを立ちやうかの　あけすけ好まひ小萩殿」

　照天この由聞こし召し　「愚かな長殿の御諚やな　たとはゞ　某に　[一五]千手観音の御手ほどあればとて　その十六人の下の水仕がの　自ら一人して[一六]なるものか　[一七]承ればそれも女人の所職と　承る　たとはゞ十六人の下の水仕は申とも　流れにおいてはの　ゑ立てまひよの長殿様」

一四「行ふ」の謙譲語。

一五 千手千眼観音の千本の手。後に観音の庇護があることの伏線。

一六 出来るものか。

一七 しかしお聞きすれば、それも女性の職種とお聞きする。所職はショシキともいい、任じている職分。

絵(14)　太夫の妻に売られた照天は、転々と各地を売られ、美濃青墓の遊女の長に買われる。枕席に侍るのをことわった照天に、長は十六人の水仕の仕事を全て負わせるが、観音が庇護する。

(15)-1

君の長は聞こし召し「憎い事を申やの　その儀にてもあるならば　下の水仕をさせい」とて　十六人の下の水仕をば　一度にはらりと追ひ上げて　照天の姫に渡るなり[一]

「下る雑駄が五十匹　上る雑駄が五十匹[二]　百匹の馬が着いたは　糠を飼へ」[三]「百人の馬子共の　足の湯[四]　手水　飯の用意仕れ」「十八町の野中なる　御茶の清水を上げさひの」[五]「百人の流れの姫の足の湯　手水　お鬢に参らひ[六]小萩殿」　こなたへは常陸小萩　あなたへは常陸小萩と召し仕へども　なにか照る日月の申子の事なれ

一　一せいに台所から上にあげて。その仕事は照天の姫に渡るのである。
二　→一二頁注六。
三　糠を与えよ。糠は精米の時出る皮分の粉。馬の飼料。
四　洗足の湯と手や顔を洗う水。
五　諸本このところ異同がある。まず七文で七色(種)の菜を買い求めさせる難題(奈良絵本・草子)、清水を遠くに汲みに行かせる難題(草子)がそれぞれ景事風に設定される本がある。十八町彼方の野の中にある清水から、お茶の水を汲み上げなされ。青墓にはこの清水の遺跡と称するものが残る。
六　鬢の髪をすき整えに参れ。

(15)-2

ば　千手観音の蔭身に添うて御立ちあれば　いにしへの十六人の下の水仕より　[七]仕舞は早う措いてある（絵14）

あらいたはしや照天の姫は　それをも辛苦に[八]思しなされひで　[九]立居に念仏を御申あれば　流れの姫は聞こし召し　「年にも足らぬ女房の　[一〇]後生大事とたしなむに　いざや[一一]醜名を付けて呼ばん」とて　常陸小萩を引き替へて　念仏小萩とお付けある

あなたへは常陸小萩よ　こなたへは念仏小萩と召し使うほどに　[一二]賤が仕業の縄襷　[一三]人にその身を任すれば　[一四]襷の緩まる暇もなし　御

七 仕事を早くすましている。

八 お思いにならないで。
九 いつもの立振舞の度に。常平生。
一〇 来世の安楽を大切に思って行動するにより。
一一 あだ名。

一二 賤しい仕事をする縄の襷がけ。
一三 他人にその身を売り、命じるままに働くので。
一四 襷を緩め休むひまもない。

絵(15)-1・2　冥途に赴いた小栗主従は閻魔大王の前に引き出される。小栗を悪修羅道へ落とし、十人の侍を娑婆に戻そうとするが、十人は小栗を戻してほしいと懇請し、その忠をめでて容れられる。

(16)-1

髪の黒髪に　櫛の歯の入るべきやうも更になし　かゝる物憂き奉公を　三年が間なさるゝは　諸事の哀れと聞こえ給ふ

これは照天の姫の御物語　さてをき申　ことに哀れをとゞめたは　冥途黄泉におはします　小栗十一人の殿原達にて　諸事の哀れをとゞめたり　閻魔大王様は御覧じて「さてこそ申さぬか　悪人が参りたは　あの小栗と申するは　娑婆にありしその時は　善と申せば遠うなり　悪と申せば近うなる　大悪人の者なれば　あれをば悪修羅道へ落すべし　十人の殿

一 死者の行くところ。元来、地下の泉で漢語。
二 夜摩といい印度最古神の一。死神。仏教に入り地下暗黒界地獄の王。生死罪福の業を司る。
三 それだから言わぬことではない、悪人がここにやってきたわい。
四 善人にはほど遠く、悪人にはもっとも近い。
五 小栗を悪人とするのは、一六四頁注七の不調の性とつながる。
六 「悪」をつらねているので、ここは「悪人の行く悪趣の修羅道」と悪を形容詞と見る。すぐ後にも「悪修羅道ならば修羅道へ」とある。
七 法にはずれた、非業の。
八 娑婆世界。釈迦出現のこの世界。俗世界。
九 いらっしゃって。

(16)−2

原達は　お主にかゝり非法の死にのことなれば　あれをば今一度娑婆へ戻いてとらせう」との御諚なり

十人の殿原達は承り　閻魔大王様へ御ざありて「なふ　いかに大王様　我等十人の者共が　娑婆へ戻りて本望遂ぎやう事は難ひ事　あのお主の小栗殿を一人　御戻しあつて給はるものならば　我等が本望までお遂げあらふは一定なり　我等十人の者共は　浄土へならば浄土へ　悪修羅道へならば修羅道へ科に任せてやりて給はれの大王様」とぞ申なり

大王この由聞こし召し「さても汝等は主に孝あるともがらや　その儀にてあるならば　さても末代の後記に　十一人ながら戻ひてとらせう」と思し召し　視る目とうせん御前に召され「日本に体があるか見て参れ」との御諚なり「承つて御ざある」と　八葉の峰に上り　にんは杖といふ杖で　虚空をはつたと打てば　日本は一目に見ゆる　閻魔大王様へ参りつゝ「なふ　いか

一〇 もとからの望み。ここでは横山への報復か。
一一 確かである。
一二 罪に応じて。
一三 主人に孝心ある者どもであるよ。ここの孝は主に父母のごとくよく仕えること。忠孝が一体で用いられる。「(主に対し)浮世の忠孝是迄と」(公平甲論・四七六頁八行目)。
一四 後々のかがみに。歴史に。「名将ノ御前ニテ紛モナク討死シテ、後記ニ留メヨヤ」(太平記三十二・神南合戦事)。「後のかがみ」(日葡辞書)。
一五 十一人共に。「ながら」は副助詞。
一六 閻魔庁の視る目・嗅ぐ鼻二体の人頭幢(にんずどう)の一体。「とうせん」は頭幢を誤読したものか。「あいごの若」には「いかに視る目、娑婆に死骸が有るか見て参れ。承って御前を罷立ち、八万丈の矛先に上がり、三千大世界を一目に見」と同趣の表現がある。幢(はた)の上に人頭を乗せたもので、亡者の善悪を弁別する役人。よく見るところから、視る目を使ったもの。
一七 よみがえりには火葬されない人骨があることが必要で「熊野の本地」や「撰集抄」五などに例がある。いま一つ他の肉体をかりて蘇生する場合もある(出雲路修「「よみがへり」考」『国語国文』四九巻一二号)。
一八 高山のたとえ。頂上の平地を中心に胎蔵界曼荼羅の中台と八葉院のように四方四隅に峰が分れ出でた高山をいう。高野山・富士山がそれで、ここは地獄の高山をいうか。
一九 未詳。人頭幢を梵語で檀陀(だん)といい、その漢訳は棒・杖である。

絵(16)―1・2　大王は、小栗の胸札に湯の峯に入れるよう自ら記し、にんは杖を虚空に打って小栗を娑婆に戻す。

(17)-1

に大王様　十人の殿原達は　お主
にかゝり非法の死にの事なれば
これをば体を火葬に仕り体が御ざ
なし　小栗一人は名大将の事なれ
ば　これをば体を土葬に仕り
体が御ざある大王様」とぞ申なり
　大王この由聞こし召し「さて
も末代の後記に　十一人ながら戻
いてとらせうとは思へども　体が
なければ詮もなし　なにしに十人
の殿原達　悪修羅道へは落すべ
し　われらが脇立[一]に頼まん」と
五体づゝ両の脇に十王[二]　十体とお
斎ひあつて　今で[三]末世の衆生をお
守りあつておはします
　「さあらば小栗一人を戻せ」

一 本尊の左右に侍す仏。脇士(きようじ)。
二 冥途の十人の王。一に秦広王。二に初江王。三に宋帝王。四に伍官王。五に閻魔王。六に変成王。七に泰山府君。八に平等王。九に都市王。十に五道転輪王。それぞれに本地仏があり、これに蓮華王・祇園王・法界王が加わり十三仏といわれる。ここに閻魔王(本地地蔵)があるので、その脇立とするのは合わない。
三 今でも。
四 定業でないので閻魔が娑婆に戻す時「額に判を据へしが、薄くなりて見えず、今汝が手のうちに判を押すなり、これを版に開きて人に与へ候へとて、押し給ひ候」(平野よみがへりの草紙)とあるように、閻魔王の自筆の判が版木に作られ流布した。六波羅蜜寺蔵の版木も現存する。「嵯峨の釈迦、善光寺の如来その他、御印文と号する物ありて、諸人の額にあてて極楽通行の切手とす」(我衣)とあるように、この種のものが切手として通行した。

(17)-2

と　閻魔大王様の自筆[四]の御判をお据へある「この者を藤沢[五]のお上人の[六]めいたう聖の一の御弟子に渡し申　熊野本宮湯[七]の峯に御入れあつて給はれや　熊野本宮湯の峯に御入れあつて給はるものならば　浄土よりも薬の湯を上げべき」と　大王様の自筆の御判をお据へある（絵15）

にんは杖といふ杖で　虚空をはつたとお打ちあれば　あらありがたの御事や（絵16）

築いて三年になる小栗塚が　四方へ割れてのき　卒塔婆は前へかつぱと転び　[八]群烏笑ひける

藤沢のお上人[九]はなんと方へ御ざあるが　[一〇]上野が原に[一一]無縁の者があるやらん

五　神奈川県藤沢市の時宗、藤沢道場をさすか。
六　奈良絵本は「ふじさんのふもと、一のみでしにおわたしあり」と見える(古活字本も同趣)。絵巻では次に藤沢の上人が小栗を見つける展開をとるので、藤沢の上人の一の御弟子に渡すと見るのも問題が残る。したがって新潮日本古典集成『説経集』は小栗を「一の御弟子として渡す」と取る。それも無理であるので、「藤沢のお上人の」の「の」は同格の「の」と取り、藤沢の上人が、めいたう聖の一の御弟子と考えたい。ただし、「めいたう」は当麻道場二十七世の明堂智光を指すもののようであり、場所的にも、相模国当麻道場との関連が深い。要するに明堂と時宗本山の藤沢とを無理に一緒に結びつけた模様。
七　和歌山県東牟婁郡本宮町湯峯温泉。薬師堂の前に湯屋があり、江戸期の絵図にそこに小栗の湯と描かれている。本宮と湯の峯ではなく、本宮の傍の湯の峯の意であろう。二三〇頁に、湯の峯で快癒後、改めて熊野三山に入堂すると見える。
八　「一遍聖絵」高野山奥の院墓地図や、「北野天神縁起」八巻の墓地図など墓地で死体を犬と共についばむ図があり、よく墓に点描される。「笑ふ」はまるであざけるように鳴くこと。
九　未詳。「な」は「た」の誤写で、檀徒か。
一〇　→一九六頁注五。
一一　無縁仏。中世屍体が葬られず遺棄されることが多かった。

絵(17)-1・2　小栗の塚が崩れ餓鬼の姿で蘇生する。折柄藤沢の上人が通りかかり、胸札を見て、車を引けば供養と自らも書き添え、土車を作って熊野さして引き始める。

鳶烏が笑ふやと（絵17）
立ち寄り御覧あれば　あらいたはしや小栗殿　髪は[1]はゝとして　足手は糸よ
り細うして　[2]腹はたゞ鞠を括たやうなもの　あなたこなたを這ひ廻る　両の手
を押し上げて　[3]物書く真似ぞしたりける　「[4]がぜにやよひ」と書かれたは　[5]六
根かたはなど読むべきか　さてはいにしへの小栗なり　[6]この事を横山一門に知
らせては大事と思し召し　押さへて髪を剃り　形が[7]餓鬼に似たぞとて　[8]餓鬼阿
弥陀仏とお付けある　上人　胸札を御覧ずれば　閻魔大王様の自筆の御判をお
据へある「この者を藤沢のお上人の　めいとう聖の一の御弟子に渡し申　熊
野本宮湯の峯に御入れありて給はれや　熊野本宮湯の峯にお入れありて給はる
ものならば　浄土よりも　薬の湯を上げべき」と　閻魔大王様の自筆の御判据
はり給ふ　「あらありがたやの御事や」と　御上人も胸札に書き添へこそはな
されける　「この者を一引き引いたは[9]千僧供養　二引き引いたは万僧供養」と
書き添へをなされ　[10]土車を作り　この餓鬼阿弥を乗せ申　[11]女綱男綱を[12]打つて付
け　お上人も車の手縄にすがりつき　「[13]ゑいさらゑい」とお引きある
上野が原を引き出だす　[14]相模畷を引く折は　横山家中の殿原は　[15]敵小栗をゑ
知らひで　照天の為に引けやとて　[16]因果の車にすがりつき　[17]五町きりこそ引か

一 白髪。住吉大明神「松の緑生替形は皤々たる老翁也」（源平盛衰記四十三・住吉諏訪両神）。二 腹は鞠を身体にくくりつけただけのような者。餓鬼が食するものは水だけで手鞠のような腹をしているさま。三 何か字を書くまねをしたのであった。四「がぜにやよひ」は、「がぜにやまひ」の誤か。解説参照。五 眼耳鼻舌身意の六官。五つの感覚器官と心の総称。六根に障害がある人、の意。六 この蘇りの事を横山一門に知らせたならば大変な事になると。七 六道の一。餓鬼道に落ち、常に飢渇の苦しみを受ける鬼。「餓鬼草紙」などにその姿態は絵画化される。それから転じて、その姿に似た異形の者。八 阿弥陀仏の念ずる人に阿弥号をつける。中世浄土宗と共に流布したが、とりわけ時宗に顕著。九 千人の僧を集め、経を読ましめて死者を供養する法会。一〇 元来土砂を運ぶための粗末な車。車輪を丸太の輪切りで作り、台に楔(くさび)でとめただけのもの。乞食や病人などをはこぶ車。一一 対の引き綱。一二 綱をしっかりと付け。または綱をなってつけ。一三 掛声。「七車。積むともつきじ。重くとも。引けやえいさらえいさと」（謡曲・百万）。一四 未詳。相模川沿いの畷の意か。畷は田の間の道またはまっすぐな道。一五 仇敵小栗とは知り得ないで。一六 因果のめぐる事にたとえ、因果の小車ともいう。敵とも知らないで餓鬼阿弥の車を善根供養として引くことの因縁の深さをいった。一七 五町をかぎって。一町は六十間、約百二十㍍。一八 未詳。一九 小田原から東へ約一里の宿駅。酒匂川の河口付近。坂と酒を掛ける。二〇 未詳。小田原、酒匂間の松林を指すか。二一・二二 未詳。二三 小田原の次の宿場。箱根湯本。温泉が湧き、放光堂に運慶作の地蔵菩薩を安置する。二四 足柄の

れける
末をいづくと問ひければ　[一八]九日峠はこれかとよ　坂はなけれど[一九]酒匂の宿よ
[二〇]をひその森を「ゑいさらゑい」と引き過ぎて　はや小田原に入りぬれば　せ[二一]
はひ小路に[二二]けはの橋　[二三]湯本の地蔵と伏し拝み　[二四]足柄箱根はこれかとよ　[二五]山中三
里四つの辻　[二六]伊豆の三島や浦島や　[二七]三枚橋を「えひさらゑい」と引き渡し
[二八]流れもやらぬ浮島が原　[二九]小鳥さへづる吉原の　富士の裾野を[三〇]まん上り　はや[三一]富
士川で[三二]垢離をとり　[三三]大宮浅間富士浅間　心静かに伏し拝み　物をも言はぬ餓鬼
阿弥に「さらば〳〵」と暇乞ひ　藤沢さひて下らるゝ
[三四]檀那が付いて引くほどに　[三五]吹上六本松はこれとかよ　[三六]清見が関に上がりて
は　南をはるかに眺むれば　[三七]三保の松原　[三八]田子の入海　[三九]してしが浦の一つ松
あれも名所かおもしろや　音にも聞いた[四〇]清見寺　[四一]江尻の細道引き過ぎて　駿河
の[四二]府内に入りぬれば　昔はなひが[四三]今浅間　[四四]君のお出でに冥加なや　蹴上げて通
る[四五]鞠子の宿　[四六]雉がほろゝをうつのやの　[四七]宇津の谷峠を引き過ぎて　[四八]岡部畷をま
ん上り　[四九]松にからまる藤枝の　四方に海はなけれども　[五〇]島田の宿を「えひさら
えひ」と引き過ぎて　七瀬流れて八瀬落ちて　夜の間に変る[五一]大井川　鐘を麓に
[五二]菊川の月さしのぼす[五三]佐夜の中山　[五四]日坂峠を引き過ぎて　[五五]雨降り流せば路次悪

箱根。箱根山は足柄山の南半分。宿場名は古くは葦河宿。二五 箱根峠から山中村を経て三里、四つの辻に至る。四つの辻は未詳。三、四と数を重ねる。二六 三島宿。伊豆三島神社がある。浦島は調子を整えるための文辞か。または三島社の美麗を竜宮に譬えて言ったか。二七 車返しの宿(沼津)の入口の橋。「東海道名所図会」では「この橋いにしえは官橋なり」と記す。二八 沼津市原から富士市に至る海岸。田子の浦と重なる。「此原むかしは海の上に浮びて蓬萊の三つの島の如くに有けるによって浮島となん名付たる」(光行紀行)。二九 富士市吉原。宿場。蘆(よし)に掛けて小鳥さえづると表わす。三〇 真上りの転か。まっすぐ、一直線にのぼる。三一 吉原西の古家(ふるい)川、訛って潤(うるい)川を指すか。この川は富士川の支流。三二 富士詣でには必ず水垢離をとり潔斎した。大宮浅間では、社畔の湧玉池でみそぎをする。三三 山上にあった浅間神社(富士浅間)を平城天皇大同元年(八〇六)富士市大宮の今の地に遷し本宮と称する。三四 布施を行う人。この場合車を引く施しをする人。三五 →七五頁注六。三六 清水市清見寺の浜。関の古跡。須磨明石に並ぶ景勝とうたわれ、三保や田子の浦も一望出来る。三七 清水市吹合の岬にある古来羽衣伝説に有名な松原。三八 富士川以東の海浜をいうが、古くは以西の海浜をいう。入海としたのも、吹合の岬にかこまれ湾状をなす辺りをさしていったか。三九 袖師が浦の誤りか。清水市袖師町辺の海浜。四〇 清水市清見寺の禅寺。臨済宗妙心寺派。名勝の地で知られ、富士・三保・田子の浦が一望出来る。四一 清水市。興津の西の宿場。四二 府中。昔の国府。四三 府中(静岡)賤機山麓の浅間社。富士浅間の新宮。
四四 君のお出ではもったいないことよ。君は将

や　車に情を掛けがはの　今日は掛けずの掛川[一]を「ゑいさらゑい」と引き過ぎて　袋井畷[二]を引き過ぎて　塙見付[三]の郷に着く

あの餓鬼阿弥が　明日の命は知らねども　今日は池田[四]の宿に着く　昔はなひが今切[五]の　両浦眺むる潮見坂[六]　吉田[七]の今橋引き過ぎて　五井[八]のこた橋これとかや　夜はほの〴〵と赤坂[九]の　糸繰りかけて矢矧[一〇]の宿　三河に架けし八橋[一一]の蜘蛛手に物や思ふらん　沢辺に匂ふ杜若　花は咲かぬが実は鳴海[一二]　頭護[一三]の地蔵と伏し拝み　一夜の宿を取りかねて　まだ夜は深き星が崎[一四]　熱田[一五]の宮に車着く

車の檀那御覧じて　かほど涼しき宮をたれか熱田と付けたよな　熱田大明神を引き過ぎて　坂はなけれどうたう坂[一六]　新しけれど古渡[一七]　緑の苗を引き植へて　黒田[一八]と聞けば　いつも頼もしのこの宿や　杭瀬川[一九]の川風が身に冷やかにしむよ　さて　おほくま河原[二〇]を引き過ぎて　お急ぎあれば程もなく　土の車をたれもたゞ　引く[二一]とは思はねど　施行車[二二]の事なれば　美濃の国青墓の宿　万屋の君の長殿の門となり　なにたる因果の御縁やら　車が三日[二三]すたるなり

あらいたはしや照天の姫は　御茶の清水[二四]を上げに御ざあるが　この餓鬼阿弥

軍を指すか。四五 駿府の西一里半の宿。蹴上げるは鞠の縁語。四六 ほろろを打つは雉などの羽ばたきして鳴くこと。四七 →六四頁注三。四八 丸子の西二里の宿駅岡部の畷道。四九 岡部の西一里二十九町の宿駅藤枝。松にかかれる藤は和歌などに頻出する景。「中嶋の松にかかれる藤なみの」(平家物語・灌頂巻)。五〇 藤枝から二里八町の宿駅。かなり海から離れるのに島と名がつくので、「海はなけれど」と形容される。五一 大井川は信州の山あいから流れ落ちる急流。「打わたす幾瀬あまたの大井河見へてぞ遠き初倉の山」(藻塩草・藤原為家)。五二 静岡県榛原郡金谷町菊川。菊と聞くを掛ける。菊川という川の西に宿場があった。五三 →六四頁注二。五四 →六四頁注一。五五 雨が激しく降って路はぬかるみとなり、そのためこの土車に情を掛けて引いてくれた人達も今日は情を掛けてくれない。日の縁で雨を出す。

以上二二一頁

一 →六二頁注一一。宿駅。二 →六二頁注一〇。三 塙は河岸より高い土地。「袋井まで一里半富士山あらはに見ゆるゑ見付台といふ」(東海道名所図会三)。→六二頁注九。宿駅。四 →六二頁注八。宿駅。生と池を掛ける。五 浜名湖河口。明応七年(一四九八)の大地震で湖と海との間が切れて海とつながったので今切という。関所が置かれた。六 →六二頁注一。七 豊橋市吉田町。西入口の豊川に一二〇間余の長橋がかかり、この橋によって吉田の旧名を今橋といった。宿駅。八 豊橋市下五井町の西高橋にかかる。依田橋とも。九 →一一頁注二三。赤と明を掛ける。宿駅。一〇 →四頁注二。矢竹に羽をつけるのに糸を巻

を御覧じて　口説き事こそ哀れなれ　「夫の小栗殿様の　あのやうな姿をなされてなりともよ　浮世に御ざあるものならば　かほど自らが辛苦を申とも　辛苦とは思ふまいものを」と立ち寄り　胸札を御覧ある　「この者を一引き引いたは千僧供養　二引き引いたは万僧供養」と書いてある　さて一日の車道　夫の小栗の御為にも引きたやな　さて一日の車道　十人の殿原達の御為にも引きたやな　二日引いたる車道　必ず一日に戻ろうに　三日の暇の欲しさよな　よき御機嫌を守りてに　暇乞はばやと思し召し　君の長へ御ざあるが　げにやまことに　自らはいにしへ御奉公申しし時に　夫ない由を申てに　今夫の御為と申ものならば　暇を給はるまひと思し召し　浮世に御ざの二親の親にもてないて　暇乞はばやと思し召し　また長殿へ御ざありて　「なふ　いかに長殿様　門に御ざある餓鬼阿弥が　さて胸札を見てあれば　この者を一引き引いたは千僧供養　二引き引いたは万僧供養と書いてある　さて一日の車道　父の御為に引きたやの　さて一日の車道　母の御為に引きたやな　二日引いたる車道　必ず一日に戻ろふに　情に三日の暇を給はれの」

君の長は聞こし召し　「さても汝は憎い事を申よな　いにしへ流れを立ていと申その折に　流れを立つるものならば　三日の事はさて措ひて　十日なりと

く。宿駅。　一一　愛知県知立市。「伊勢物語」九段をも引く。宿駅。→四五頁注九。

一二　名古屋市緑区、旧鳴海村。成ると鳴るを掛ける。宿駅。　一三　頭護山如意寺の地蔵。

一四　名古屋市南区本星崎町。笠寺のあるところ。地名の星と夜深き星を掛けた。

一五　→二一頁注二四。宿駅。

一六　未詳。尾頭坂か。

一七　名古屋市中区古渡町。岩塚より熱田まで一里半を古渡といい、熱田を経て行く東海道と名古屋を経て行く木曾街道に分岐する。

一八　愛知県葉栗郡木曾川町黒田。緑色の苗を一面に植えつけた田の畔(くろ)の続く黒田の地名を聞くと、豊作が予想され頼もしい。宿駅。

一九　岐阜県大垣市の西を流れる川。

二〇　黒田宿と墨俣との間、長良川東の小熊の宿。現在岐阜県羽島市小熊町。

二一　引くとはなしに。

二二　「せぎやう」の訛。功徳のための車。

二三　顧みられないで捨ておかれる。

二四　二一四頁一〇行目「十八町の野中なる御茶の清水を上げさひの」と汲みに行かされる(清水の段)、その清水を汲み上げに出られたが。

二五　辛苦をいたすとも。

二六　長の御機嫌のよい折を見はからい。

二七　お暇をお願いしようと。

二八　本当にまあ。大事なことを思い出しての感情。

二九　青墓万屋に売られてきた時。

三〇　申したのに。

三一　この憂き世に存命の両親のためにとみせかけて。

三二　遊女の勤めをせよと申したその時に。

三三　言うまでもなく。

も暇取らせんが　烏[一]の頭が白くなつて　駒に角が生ゆるとも　暇にをひては取らすまひぞ　常陸小萩」とぞ申なり

照天この由聞こし召し「なふ　いかに長殿様　これは譬へで御ざなひが費[二]長房　丁令威は　鶴の羽交に宿を召す　達磨尊者のいにしへは　蘆の葉に宿を召す　張博望のいにしへは　浮木に宿を召すとかや　旅[三]は心　世は情　さて廻[四]船は浦がかり　捨子[五]は村の育みよ　木があれば鳥も棲む　湊があれば舟も入る　一時雨[六]一村雨の雨宿り　これも百生の縁とかや　三日の暇を給はるものならば　自然[七]後の世に　君の長夫婦御身の上に　大事のあらんその折は　引き代り自らが　身代になりとも立ち申さうに　情に三日の暇を給はれの」

君の長は聞こし召し「さても汝は優しい事を申やな　暇取らすまいとは思へども　自然後の世に　君の長夫婦が身の上に　大事のあらんその折は　引き代り身代に立とふと申たる一言の言葉により　慈悲[八]に情を相添へて　五日の暇を取らするぞ　五日が六日になるものならば　二親の親をも阿鼻[九]無間業に落すべし　車を引け」とぞ申されける

照天この由聞こし召し　あまりの事の嬉しさに　徒歩[一〇]やはだしで走り出で車の手縄にすがりつき　一引き引いては千僧供養　夫の小栗の御為なり　二引

一 諺。あり得ないことの譬え。「鴉の子が白くなつて駒に角の生いんほど待候へよ」(舞曲・鎌田)。出典は「史記」刺客列伝の注「燕丹求レ帰。秦王曰、烏頭白、馬生レ角、乃許耳」。
二 「一通り一村雨の雨宿も、百生の機縁と承る。飛鳥坊、丁令は鶴の羽交に宿を借る。達磨尊者は蘆の葉に召す。張博望が古は、浮き木に宿を取るとこそ、承り及びて候へ」(舞曲・八島)。費長房については「曾我物語」一・費長房が事)、丁令威(ていれい)については「捜神後記」上、張博望については「義経記」五・吉野法師判官追いかけ奉る事など参照。達磨が魏の洛陽に至る時、蘆の葉を折り舟となして江を渡った故事(神僧伝四)により、蘆葉達磨と称し、画題にもなる。→三二四頁注八・九。
三 諺。「旅は情人は心と申すが」(狂言・薩摩守)。旅にあっては心の持ち方が大事で、世間を渡るには人情が頼み。
四 諺様であるが出典不詳。「さんせう太夫」には「大船は浦がかり」と見える。海上輸送の荷舟は浦々に繋船する。浦の世話になるの意。
五 捨子は「其所にて養育可仕候」(享保集成・糸綸録四十七)等のお触れが出ている。
六 「宿二一樹下一、汲二一河流一…皆是先世結縁」(説法明眼論)等に見える成句と、「一村雨の雨宿。一樹の蔭に立ち寄りて。一河の流を汲む酒を。いかでか見捨て給ふべき」(謡曲・紅葉狩)などと一緒になった表現。百生は転生を限りなく重ねた世。舞曲「八島」に拠る。→注二。
七 万一。「自然鎌倉に御上りあらば」(謡曲・鉢木)。
八 慈悲の心に、さらに好意を添え加えて。
九 きっと無間阿鼻地獄に落ちる悪業の苦しみを受けさせよう。お前は勿論、二親をもと脅す。

（18）

き引いては万僧供養　これは十人の殿原達のお為とて　よきに回向をなされてに　承れば自らは形とかたちがよいと聞くほどに町や宿や関〳〵で　徒名取られてかなはじと　また長殿に駆け戻り　古き烏帽子を申受け　さんてのかみに結び付け　丈と等せの黒髪をさつと乱ひて　面には油煙の墨をお塗りあり　さて召したる小袖をば　裾を肩へと召しなひて笹の葉に幣を付け　心は物に狂はねど　姿を狂気にもてないて「引けよ引けよ　子供ども　物に狂ふて見せうぞ」と　姫が涙は垂井の宿（絵18）

この慈悲の心に背き、約束を違えるなら、極悪人の地獄に送るぞの意。

一〇「かちはだし」。はだしで。

一一 よく十分に霊を弔う行いをなされて。

一二 姿恰好と顔立ち。

一三 浮いた噂をこうむってはいけないと。

一四 乞い受けて。

一五 未詳。絵巻の照天の姿に、烏帽子下あたりにつけた幣に似たものをたなびかせていることとつながりがあるか。おそらく「さいで(割出)」、布の裁った切れはし、の誤りであろう。

一六「輓けや〳〵此車。物見なり〳〵。げに百万が姿は。本より長き黒髪を。おどろのごとく乱して。ふりたる烏帽子引きかづき。又眉根黒き乱墨。…親子のちぎり麻衣。肩を結んで裾にさげ。裾を結びて肩にかけ」(謡曲・百万)。

一七 行灯等の皿に油煙のついて出来た墨。

一八 物狂いの能などでも持つ採り物。天の岩戸で天鈿女命が笹葉を手草に結い、神懸りした(古事記)が、巫女の神懸りする時の採り物。「しで」は幣(ぬさ)でもとは木綿(ゆう)をさげ、後は紙を一定の形に切ってたらす。

一九 → 一一頁注二二一。涙が垂ると掛ける。

絵(18) 人々の情けで西へ西へと車は引かれ、青墓の宿に至る。照天は餓鬼阿弥に心惹かれ長に懇願し、遂に許しを得て、狂女の姿で引いて行く。

美濃と近江の境なる　[1]長競　[2]二本杉　[3]寝物語を引き過ぎて　[4]高宮河原に鳴く
雲雀　[5]姫を問ふかよやさしやな　御代は治まる[6]武佐の宿　[7]鏡の宿に車付く
照天この由聞こし召し　人は[8]鏡と言はば言へ　姫が心はこの[9]程は　あれと申
これといひ　あの餓鬼阿弥に心の闇がかき曇り　[10]鏡の宿をも見も分かず　姫が
[11]裾に露は浮かねど草津の宿　[12]野路篠原を引き過ぎて　[13]三国一の瀬田の唐橋を
「ゑいさらえひ」と引き渡し　[14]石山寺の夜の[15]鐘耳にそびへて殊勝なり　[16]馬場
[17]松本を引き過ぎて　お急ぎあれば程もなく　西近江に隠れなき　上り大津や[18]関
寺や　[19]玉屋の門に車着く
照天この由御覧じて　あの餓鬼阿弥に添ひ馴れ申さうも　今夜ばかりと思し
召し　別屋に宿をも取るまひの　この餓鬼阿弥が車の[20]わだてを枕となされ　[21]八
声の鳥はなけれども　夜すがら泣ひて夜を明かす
[22]五更の天も開くれば　玉屋殿へ御ざありて　料紙　硯をお借りあり　この餓
鬼阿弥が胸札に書き添へこそはなされけり　「[23]海道七か国に車引いたる人は多
くとも　美濃の国青墓の宿　万屋の君の長殿の下水仕　常陸小萩といひし姫
さて　青墓の宿からの　上り大津や関寺まで　車を引いて参らする　熊野本宮
湯の峯に御入りあり　病本復するならば　必ず下向には一夜の宿を参らすべ

一 近江国坂田郡山東町長久寺は美濃国不破郡と接した国境で、両国の山がそのたけを競ってそびえているのでこの称がある。
二 不詳。寝物語の里との間なので、長久寺村の中にあった地名か。 三 美濃と近江の堺は一筋の細い溝を隔て、両側の家から寝物語が出来るというので、この称がある。
四 滋賀県彦根市高宮町。犬上川の河原。
五 照天姫を慰めるのか。雲雀の「ひ」と韻をふむ。
六 滋賀県近江八幡市武佐町。宿場。「むさ」は武者(武士)と同じ発音。徳川の治政をたたえる。
七 →一一頁注二〇。
八 心の鏡ということばがあり、心性の明浄さを鏡に譬えるが、その心が何故か餓鬼阿弥ゆえに煩悩にかき曇る。 九 この当座は。
一〇 そのため、鏡の宿を過ぎてもここが宿場と見分けもつかず、いつの間にか過ぎ。 一一 草の間を分けゆけば朝露が裾に浮く筈だが、そういうこともなく草津の宿を過ぎ。草津は滋賀県草津市。東海道や木曾街道、中仙道の分岐点。
一二 「のぢのしのはら」が正しい。草津市野路町。古来和歌の名所。宿場。
一三 三国一の誉れのある長橋。滋賀県大津市瀬田。琵琶湖から出た瀬田川にかかり小橋の長さ二十三間、大橋九十六間あって、間に中島がある。高欄擬宝珠に飾られ、宇治・山崎と共に我邦三大橋と称せられた。
一四 大津市石山寺辺町にある真言宗の名刹。中腹に鐘楼があり、この鐘は昔竜宮より上ったものと伝えられる。 一五 高く聞こえて。
一六 大津市馬場。義仲寺がある。 一七 大津市松本。菊が浜松本の渡口があり、名勝の地。
一八 大津市。三井寺の別院、長安寺のあたり。往古は上関寺町・中関寺町・下関寺町と西の山悉

(19)–1

し　返す[二四]〳〵」と御書きある　なにたる因果の御縁やら　蓬萊の山のお座敷で　夫の小栗に離れたも　この餓鬼阿弥と別るゝも　い[二五]づれ思ひは同じもの　[二六]あはれ身がな二つやれ　さて一つのその身は君の長殿に戻したや　さて一つのその身はの　この餓鬼阿弥が車も引いて取らせたや　[二七]心は二つ身は一つ　見送り　たゝずんで御ざあるが　お急ぎあれば程もなく　君の長殿にお戻りあるは　諸事の哀れと聞こえける

[二八]車の檀那出で来ければ　上り大津を引き出だす　[二九]関　[三〇]山科に車着

くが関寺であった(近江国輿地志略)と伝える。
一九 未詳ではあるが、「かるかや」でもこの名の宿が出る。
二〇 輪立て。わだち。車の過ぎた輪の跡。車の傍で寝ること。 二一 八声の鳥ではないけれど。八声の鳥は明け方にしばしば鳴く鶏。
二二 →九七頁注六。
二三 鎌倉期の東海道。相模を出て、伊豆・駿河・遠江・三河・尾張・美濃の七か国を経て、今近江に入る。ただし、美濃は東山道に所属。
二四 必ず必ず私の申し出でをお入れあって、青墓にお寄り下さいの意。 二五 いずれも。
二六 ああ私の身が二つあれやい。「やれ」は感動詞。 二七 心は二つに分かれるが、その身は一つで仕方なく、車の去っていくのを見送り。二・一・み(三)送りと数を重ねる表現。参考「月は一つ。影は二つ満つ汐の」(謡曲・松風)。
二八 車を引く供養をしてくれる人々。
二九 逢坂の関所跡、関明神や関清水辺。
三〇 宇治郡四の宮村。現京都市山科区。

一 京都市東山区粟田口。三条白川橋以東、山際まで。この坂を下れば三条大橋に至る。会うと粟を掛ける。「吉次に今も粟田口」(舞曲・鞍馬出)。 二 京城。京都のこと。 三 京都市南区九条。教王護国寺。平安京遷都の際、羅生門の左右に王城鎮護の東西両寺を建立、真言宗の大刹。 四 西寺の誤りであろう。「南を眺むれば東寺西寺四塚」(舞曲・敦盛)。南区唐橋西寺町に西寺跡がある。 五 南区四ツ塚町。羅城門のあたり。 六 南区上鳥羽。文覚(遠藤盛遠)が源渡の妻袈裟

(19)-2

く　物憂き旅に粟田口　都の城に車着く　東寺　さんしや　四つの塚　鳥羽に恋塚　秋の山　月の宿りはなさねども　桂の川を「ゑいさらゑい」と引き渡し　山崎千軒引き過ぎて　これほど狭きこの宿を　誰か広瀬と付けたよな　ちりかき流す芥川　太田の宿を「ゑいさらゑい」と引き過ぎて　中島や三宝寺の渡りを引き渡し　お急ぎあれば程もなく　天王寺に車着く

「七不思議の有様を拝ませたふは候へども　耳も聞こえず目も見えず　ましてや物をも申さねば　下向に静かに拝めよ」と　安倍野

御前に恋して、夫を殺そうとし、彼女を身代りと知らず殺して発心し、女を弔って築いた塚。七 鳥羽殿(伏見区中島秋ノ山町)の中に造った秋の景の築山跡。八「東寺四塚うち過ぎ、月はなけれど桂川」(舞曲・景清)。秋・月・桂は縁語。月中に桂があるという伝承による。九 京都府乙訓郡大山崎町。油座などがあり栄えた集落。「古は繁栄して人家千軒あり」(山州名跡志)。一〇 大阪府三島郡島本町水無瀬。一一 高槻市を流れて淀川に入る。一二 茨木市。旧三島郡三島村の大字。一三 中島郷は中津川と三国川の間の中洲一帯四十八ヶ村をいう広い範囲の呼称。その惣社は崇禅寺馬場にある(現在淀川区)。三宝寺は北三島郡。「渡り」は摂津市からの神崎川渡しか。一四 大阪市天王寺区四天王寺。聖徳太子ゆかりの名刹。説経初期では重要な場所。一五「当寺に。三水四石とて。七(ちし)不思議とせり」(薫分船)。「天王寺と申は。聖徳太子の御願なり。七不思議の有様、劫は経るとも尽きすまじ」(舞曲・敦盛)。亀井水・逢坂清水・谷間の清水や引導石・転法輪石・礼拝石・影向石などをいう。「和漢三才図会」に「相伝曰第一王子在天王寺鳥居前」とある。大江岸からここに移ったと記す。一六 聞こえず・見えず・物言えずと三難を言うところ注意。後にも照応する。一七 大阪市阿倍野区。住吉村へかけての五十町。街道松森砂丘が続く。安倍王子(第二王子)がある。

絵(19)—1〜4　照天は大津まで車を引き、本復の後は寄ってほしいと添書し引き返す。諸人と山伏達の情けで小栗は熊野湯の峯に至り、薬湯の奇瑞で四十九日目に元の小栗に戻ることが出来た。

(19)-3

(19)-4

五十町引き過ぎて　[一]住吉四社の大明神　[二]堺の浜に車着く　松は植へねど[三]小松原　[四]わたなべ　[五]南部引き過ぎて　[六]四十八坂長井坂　[七]糸我峠や[八]蕪坂　[九]鹿瀬を引き過ぎ　心を尽すは[一〇]仏坂　[一一]こんか坂にて車着く

こんか坂にも着きしかば　これから湯の峯へは車道の嶮しきにより　これにて餓鬼阿弥を[一二]お捨てある　[一三]大峯入りの山臥達は　百人ばかり[一四]ざんざめいてお通りある　この餓鬼阿弥を御覧じて　「いざこの者を熊野本宮湯の峯に入れて取らせん」と　車を捨てて[一五]籠を組み　この餓鬼阿弥を入れ申　[一六]若先達の背中にむんずと負ひ給ひ　上野原をうつ立ちて　日にち積りてみてあれば　[一七]四百四十四か日中には　熊野本宮湯の峯にお入りある

[一八]なにか[一九]愛洲の湯の事なれば　[二〇]一七日御入りあれば　両眼が明き　二七日御入りあれば　耳が聞こえ　三七日御入りあれば　はや物をお申あるが　[二一]以上七七日と申には　六尺[二二]二分豊かなる　元の小栗殿とおなりある（絵19）

小栗殿は夢の覚めたる心をなされ　[二三]熊野三山三つのお山を[二四]御入堂なさるゝが　権現この由御覧じて　「あのやうな大剛の者に[二五]金剛杖を買はせずは　[二六]末世の衆生に買うものはあるまひ」と　[二七]山人と身を変化　金剛杖を二本お持ちあり「なふ　いかに修行者　熊野へ参つたる印には　[二八]何をせうぞの　この金剛

一　住吉大社。底筒男命（そこつつのおのみこと）・中（なか）筒男命・表（うわ）筒男命・息長足姫命（おきながたらしひめのみこと）の四神を祀る。津守王子が近くにあった。
二　大阪府堺市。古くから港として栄える。向井野に境王子があった。以下順序が狂っているので、順路を示せば、蕪坂・糸我峠・鹿が瀬・小松原・（わたなべ）・南部・仏坂・長井坂となる。
三　和歌山県御坊市湯川町小松原（旧日高郡）。道成寺がある。道成寺の傍には田藤次王子・愛徳山王子・クハマ王子があった。
四　未詳。御坊市と南部町との間辺の宿場か。恐らく印南辺と思われる。富ノ王子（イカルガ王子）や切目王子があり、行者は必ず参詣する所。
五　日高郡南部町。手前に岩代王子・千里王子・三鍋王子があった。
六　以下順路を無視して坂・峠を連ねる。その形容としての「四十八坂」であり長い坂であろう。長井坂は和歌山県西牟婁郡すさみ町の周参見（すさみ）と見老津（みろづ）の間の坂。
七　和歌山県有田市糸我町。糸我山の峠。峠のふもとに糸我王子と逆川（さか）王子があった。
八　和歌山県海草郡下津町から沓掛を経て紀伊宮原に至る山道。蕪坂峠王子があり、その坂下に山口王子があった。
九　有田郡広川町河瀬（ごの）から猪谷（いだ）に至る日高郡との境の峠。山口にはツノセ王子・馬留王子が、峠を越すと沓掛王子があった。
一〇　和歌山県西牟婁郡日置川町安居（あご）からすさみ町周参見入谷に至る坂。
一一　未詳。長井坂まで来るとこの路は大辺路（おおへじ）をとったものと判る。田辺から東へ入る中辺路を通り越しているからである。したがって以後地名を省略し、一気に湯の峯近辺に至る表現に移ると思われる。

杖を御買いあれ」との御諚なり

小栗殿はいにしへの[二九]威光が失せずして　「さて某は　海道七か国を　さて餓鬼阿弥と呼ばれてに　車に乗つて引かれただに　世に無念なと思ふに　金剛杖を買へとは　某を[三〇]調伏するか」との御諚なり

権現この由聞こし召し　「いやさやうでは御ざない　この金剛杖と申するは　[三一]天下にありしその折に　弓とも楯ともなつて　天下の運開く杖なれば　[三二]料足なければ　たゞ取らする」とのたまひて　権現は二本の杖をかしこに[三四]捨てかき消すやうにぞお[三三]見えない　小栗この由御覧じて　「今のは権現様を手に取り拝み申たる事のありがたさよ」と　三度の礼拝をなされ　一本は突いて　都に御[三五]下向なさるゝ

よそながら父兼家殿のゝ屋形を見て通ろうと思し召し　御門の内にお入りあり　「[三六]斎料」とお乞いある　[三七]時の番は左近の尉が仕る　左近はこの由見るよりも　「なふ　いかに修行者　御身のやうな修行者は　この御門の内へは禁制なり　[三八]とう御出であれ　とう御出でないものならば　この左近の尉が出だすべし」と持つたる箒で打ち出だす　小栗この由御覧じて　[三九]憎の左近が打つよな

一二　餓鬼阿弥を乗せた車を放棄すること。

一三　修験者が吉野大峯山に登り修行に入ること。熊野から入るのは順の峯入りで、陰暦四月八日登山する。大行列で登る。　一四　さざめくと同じ。

一五　背中で負う籠。　一六　先達は修行を重ね、先導する山伏。その中の若い人。

一七　「四百四十四か日と申」の「と」脱。四百四十四と四にこだわった理由未詳。ただし四百四病のごとく、小栗の病に因むか。　一八　なにしろ。

一九　愛洲薬。室町後期の産後・金瘡などの薬として用いられた。したがって薬湯の意。

二〇　七日目に眼が見え、十四日目には耳が聞こえ、二十一日目には物が言えるとあることと二二〇頁注四とも関連する。解説参照。

二一　四十九日目には。　二二　分は一寸の十分の一。

二三　本宮・新宮・那智の三つの山。

二四　お詣りすること。「然ども檀那共は入堂して下向しけるに」(妻鏡・立山禅定の条)。

二五　山伏などが持つ白木の杖。杖頭を剣頭とし、下を四角四面あるいは八角とし、周囲六寸、長さは行者の身量とし、それぞれ金剛・胎蔵の功徳を籠める。「平野よみがへりの草紙」にも、よみがえりの途中暗黒処に入り、「誰呉るゝともなく杖さはり候程に、探り取りてみれば、熊野へ参りし時の金剛杖とおぼしくて候、不思議やな我金剛杖は人の用に立てしが、また我が用に立ちけるよと思ひ嬉しくて、暗き道のたよりとなり候」と奇瑞を記す。　二六　末法の世。

二七　やまびと、やまうど。杣人。　二八　何をもって印としようか。印にはこの金剛杖を。

二九　ここは本来の意味よりも、誇りに近い意。

三〇　また足を悪くしようとのろうのか。

三一　汝が世間に出たその時に。　三二　銭。おあし。

三三　お見えでなくなる。お消えになる。

打つも道理　知らぬも道理と思し召し　[一]八ちやうの原を指してお出である

折しも[二]東山の伯父御坊は　[三]花縁行道をなされて御ざあるが　今の修行者を御覧じて　兼家殿の御台所を近づけて　「いかに御台所　われら一門にばかり額には[四]米といふ字が三行すはり　両眼に瞳の四体御ざあるかと思へば　今の修行者にも御ざありたが　ことに今日は小栗が命日では御ざなひか　呼び戻し斎料参らせ候へや　左近の尉」との御諚なり

左近はこの由「[五]承つて御ざある」と[六]ちり〳〵と走り出で　「なふ　いかに修行者　お戻りあれ　斎料参らせう」とぞ申されける　小栗殿はいにしへの威光が失せずして　「さて某は　一度追い出いた所へは参らぬが[七]法」との御諚なり

左近はこの由承り　「なふ　いかに修行者　御身のさうして諸国修行をなさるゝも　一つは人をも[八]助けう　または[九]御身も助かりたひと　お申ある事にては御ざなひか　今御身のお戻りなければ　この左近は生害に及ぶなり　お戻りあつて斎料も御取りあり　この左近が命も助けて給はれの　修行者」とぞ申なり

小栗この由聞こし召し　名乗らばやと思し召し　[一〇]大広庭にさしかかり　[一一]間の

二四 手に取るように目前にはっきり見たの意。このあたり底本に省略がある。古活字版を挙げると、「つき杖二本を渡しあつてに、一本の杖をばひなん川に捨つるならば、舟となるべきぞ、また一本の杖をば帆柱となつて、浄土の舟と名をつけるぞ、此舟に乗るならば、わがまゝに行きたい所へ行くぞと、のたまいてかき消す如くに失せ給ふ。おぐり、此由御覧じて、誰やの山人と思ひしに、権現様を拝むことの嬉しさよと思しめし、熊野三所を伏し拝み、二本の杖を頂きて、麓をさいてぞを下向あり、教えの如く、一本ひなん川へを流しあれば、浄土の舟と浮かみける。又一本をば帆柱に立てゝを乗りあれば、まことに権現様の御はからいや、漕手も押し手もなけれども、程なく国へ御下向あり」。
二五 神仏に参って帰ること。
二六 食事の料として行脚の僧などに与える米銭。
二七 その時の番人。二八「とく」の音便。
二九「の」は終助詞、感動を表わす。

以上二三一頁

一 八条か、未詳。
二 東山には寺院が多い。
三 本堂の周囲の縁側を、仏を敬礼し供養するために、仏の右方に向ってめぐる儀式。花は散華(さんげ)しながら行道するの意か。この日小栗の命日で、この儀を行なっていたものであろう。
四 →一八七頁注二六。
五 底本「うけたはつて」。
六 軽やかに速く走るさま。
七 きまり。
八 助けよう。衆生の困厄・惑障・邪見・苦輪を除き助ける出家の誓願。
九 人を救うこと、善根を施すことで、仏果を得、

(20)

障子をさらと明け　[一二]八分の頭を地につけて「なふ　いかに母上様　いにしへの小栗にて御ざあるよ　三年が間の勘当を許ひて給はれの」　御台斜めに思し召し　この事兼家殿にかくと御語りある　兼家この由聞こし召し「[一三]卒爾な事をお申ある御台かな　わが子の小栗と申は　これよりも相模の国　横山の館にて　毒の酒にて責め殺されたと申するが　[一四]さりながら修行者　わが子の小栗と申するは　幼ひ折よりも　教へきたる[一五]てうほう〳〵あり　[一六]御聊爾ながら　受けて御覧候へ」と　[一七]五人張りに[一八]十三[一九]束まちを拳に　間の障子のあなた

自己も救われる。
一〇 →九五頁注一八。
一一 庭と座敷の間の障子。
一二 深々と八分まで下げる頭を完全に地につけて。「十の蓮花を揉み合せ、八ふんの頭を地に付けて(祈る)」(舞曲・伏見常葉)。
一三 かるはずみ。
一四 御台への言葉を、ここで修行者に向ける。
一五 攘法か。払ひ止める法。または調法(心得)。奈良絵本・古活字版は「へいは(ほ)うのて」。
一六 かりそめで失礼なこと。
一七 五人がかりで張る弓。四人で弓を曲げて、一人が弦を張る強弓。
一八 矢の長さ。一束は拳の幅の長さ。十二束が普通。
一九 矢尻を差しこむ付け根の切り口。矢尻の二又の部分。「五人張りにからりと番ひ、本弭末弭一つになれと、きり〳〵と引き絞り、まちを拳に引つ掛け」(舞曲・八島)。

絵(20) 京の父の屋敷に修験者の姿で立ち戻るが、父は死んだ筈と信じないで、試しの矢を間近で射かけるが、見事に三つの矢を小栗は受け止め、我子と知って両親は歓喜する。

から　よつ引きひようと放す矢を　一の矢をば右で取り　二の矢をば左で取り　三の矢があまり間近く来るぞとて　[一]向歯でかちと嚙み止めて（絵20）三筋の矢を押し握り　間の障子をさつと明け　八分の頭を地に着けて　「なふ　いかに父の兼家殿　いにしへの小栗にて御ざあるぞ　三年が間の勘当許ひて給はれ」

兼家殿も母上も　一度死したるわが子にの　会ふなむどとは[二]優曇華の花や[三]たまさかや　ためし少なき次第ぞと　喜びの中にもの　[四]花の車を五輛飾り立て　親子連れに　御門の御[五]番にお参りある

御門叡覧まし〳〵て　「たれと申すとも　小栗ほどな大剛の者はよもあらじ　さあらば所知を与へて取らせん」と　[六]五畿内五か国の永代の[七]薄墨の御[八]綸旨　御[九]判を賜るなり　小栗この由御覧じて　「五畿内[一〇]五か国に欲しうも御ざなひ　美濃の国に相換へて給はれ」とぞ申されける　御門叡覧まし〳〵て　「[一一]大国に小国を換への望み　思ふ子細のあるらん　その儀にてあるならば　美濃の国を[一二]馬の飼料に取らする」と　重ねての御判を賜るなり

小栗この由御覧じて　「あらありがたの御事や」と　山海の珍物　国土の菓子を調へて　御喜びは限りなし　[一三]高札書いてお立てある　「いにしへの小栗に

一 前歯で。この同趣の矢を受け止める話は、田村伝説の一書「すゞか」三に見える。
二 三千年に一度うどんげの花が咲く時、仏が世に出現すると伝えられ、非常に稀なことにめぐり合うこと。
三 めったにないこと。偶然。
四 飾り立てた車。
五 当番・当直に出仕なさる。
六 山城・大和・河内・和泉・摂津。
七 子孫永代に贈る、薄墨紙に記した。薄い鼠色をした紙で、宣旨を書くのに用いられる。
八 蔵人が勅命によって書いて出す文書。
九 天皇の書判・花押。
一〇 五か国には望みはございません。
一一 五か国の大国に対し、美濃一国の小国を取り換えてほしいとの望みは、特に考えるわけがあるのだろう。
一二 馬を飼う入費をまかなう地として。
一三 →五二頁注一一。

奉公申者あらば　[14]所知に所領を取らすべし」と　高札書いてお立てあれば「我もいにしへの小栗殿の奉公を申さむ　判官殿に[15]手の者」と　[16]なか三日がその間に三千余騎と聞こえたる

三千余騎を催して　美濃の国へ[17]所知入りとて[18]触れがなる　三日先の[19]宿札は君の長殿に[20]お打ちある　君の長は御覧じて　百人の流れの姫を　一つ所へ押し寄せ申「いかに流れの姫に申べし　この所へ都からして　所知入りとある程に　参り　[21]憂き慰みを申てに　いかなる[22]所知をも給つて　君の長夫婦もよきに[23]育むで給はれ」　十二単で身を飾り　今よ今よとお待ちある

三日と申には　[24]犬の鈴　鷹の鈴　轡の音がさゞめひて　上下花やかに　悠〳〵と出で立ちて　君の長殿に御着きある　百人の流れの姫は　[25]我一我一と参り　憂き慰みを申せども　小栗殿は少しもお[26]勇みなし　君の長夫婦を御前に召され「や　いかに夫婦の者どもよ　これの内の下の水仕に　常陸小萩といふ者があるか　御酌に[27]立てい」との御諚なり　君の長は「承つて御ざある」と　常陸小萩殿へお参りあつて「なふ　いかに常陸小萩殿　御身の見目形美しひが都の国司様へ洩れ聞こえ　御酌に立ていとある程に　お酌に[28]参らひ」

一四　知行に所領を与えよう。
一五　部下。
一六　まるまるの日数を中という。
一七　所領を得て初めてその領地に入ること。
一八　触れが出る。
一九　宿所の門に、宿泊する公家・大名など名ある人の名を記して立てる木の札。この場合先触れが先行して立てた。
二〇　札を打つといい、札を立てること。
二一　旅の憂き思いをお慰めして。
二二　宿への恩義に酬いるやり方として、「山中常盤」(舞曲、浄瑠璃)でも宿の太夫に義経が山中三百町を下さる条がある。
二三　親身に世話をする。
二四　元来、鷹狩り一行の賑やかな行列風景をいう表現(舞曲・夜討曾我、御伽草子・物ぐさ太郎)を流用し、行列のはなやかさを言う慣用表現に説経では用いる(しんとく丸)。
二五　我劣らじと。我がちに。
二六　お気持がはずまない。
二七　立てよ。「い」は終助詞。語勢を強める。
二八　参りなさい。「ひ(い)」は助動詞。軽い敬意をあらわす。

との御諚なり
照天この由聞こし召し「愚かな長殿の御諚やな　今御酌に参る程ならば　いにしへの流れをこそは[一]立ちやうずれ　御酌にとては参るまい」とて申ける
君の長は聞こし召し「なふ　いかに常陸小萩殿　さても御身は嬉しひ事と悲しひ事は　早う忘るゝよな　いにしへ餓鬼阿弥と申て　車を引くその折に　暇取らすまひと申てあれば　自然後の世に　君の長夫婦が身の上に　大事のあらむその折は　引き代り身代りに立たんと　申たる一言の言葉により　慈悲に情を相添へ　五日の暇を取らしてあるが　今御身が御酌に参らねば　君の長夫婦の者どもは[二]生害に及ぶなり　[三]なにとなりとも計らひ申せ　常陸小萩」とぞ申ける
照天この由聞こし召し「[四]一句の道理に詰められて　なにとも物はのたまはで　げにやまことに自らは　いにしへ車を引いたるも　夫の小栗のお為なり　また今御酌に[五]参るもの　夫の小栗の御為なり　深き恨み[六]なめされそ　[七]変る心のあるにこそ　変る心はない程にと　心の内に思し召し「なふ　いかに長殿様　その儀にて御ざあらば　御酌に参ろふ」との御諚なり
君の長は聞こし召し「さても嬉しの次第やな　その儀にてあるならば　十

一　ずっと前に遊女勤めをしていたことでしょう。
二　殺されるような事になってしまう。
三　いかようにも(よいように)とりはからえ。
四　一言の。
五　「参るも」に間投助詞「の」のついたもの。
六　「な…そ」と禁止の形。なさいますな。
七　変る心があって酌に参ることか、変る心などない故にと。

絵(21)-1・2　美濃の国をも賜わり国入りの小栗は、青墓の長の所を訪ねる。常陸小萩と呼ばれ使われている照天に出自を問うが答えず、小栗は身の上話をし、餓鬼阿弥車を引いて貰った礼のため訪ねたと述べる。ここで始めて照天も名乗り感泣する。図は照天の毅然と座を立とうとする局面。

(21)-1

(21)-2

(22)-1

二単で身を飾れ」とぞ申なり　照天この由聞こし召し「愚かな長殿の御諚やな　流れの姫とあるにこそ　十二単もいらふづれ[一]　下の水仕とあるからは　あるそのまゝで参らん」と　襷がけの風情[二]にて　前垂[三]しながら銚子を持つて御酌にこそは御立[四]ちある

　小栗この由御覧じて「常陸小萩とは御身の事で御ざあるか　常陸の国では誰の御子ぞよ　お名乗りあれの小萩殿」照天この由聞こし召し「さて自らは　主命にて御酌にこそは参りたれ　初[五]めて御所様[六]と懺悔物語[七]には参らぬよ　酌[八]が厭なら待たうか」と

一　いるであろう。
二　様子。
三　着物の汚れるのを防ぐため、腰に紐をつけ前に垂らす布。前掛け。
四　その場をお立ちなさる。（さて座敷に至り）。
五　最初から。
六　貴族・将軍などをさす。
七　自分の過去の打ち明け話。
八　今酌をするのが厭なら、暫く遅らせようか。

(22)−2

銚子を捨てて、[九]御酌をこそはお退きある（絵21）

小栗この由御覧じて「げにも道理や小萩殿　人の先祖を聞く折は　わが先祖を語るとよ　さてかう申某を　いかなる者とや思し候らん　さてから申某は　常陸の国の小栗と申者なるが　相模の国の横山殿の一人姫　[一〇]照天の姫を恋にして　押し入つて婿入りしたる科ぞとて　毒の酒にて責め殺されては御ざあるが　十人の殿原達の情により　[一一]黄泉帰りを仕り　さて餓鬼阿弥と呼ばれてに　海道七か国を車に乗りて引かるゝその折に　海道七か国に車引いたる人は多くとも　美濃の国青墓の宿　万屋の君の長殿の下水仕　常陸小萩といひし姫　さて青墓の宿からの上り大津や関寺までの　車を引いて参らする　熊野本宮　湯の峯にお入りあり　病本復するならば　下向には一夜のお宿を参らすべしの　かへすぐ\とお書きあつたるよ　胸の木札はこれなり」と　照天の姫に参らせて「この[一二]御恩賞の御為に　これま

九　お酌の場から引きさがられる。

一〇　姫を恋の相手にして。小栗はこの時彼女に見ぬ恋をしていたので、「を」格をとったか。

一一　→九〇頁注二。「よみづ」は「よみぢ」の誤りか。

一二　御報恩。

絵(22)−1・2　小栗は照天を連れ、横山攻めを行なおうとするが、妻の助命の乞いをいれる。横山は鬼鹿毛を進上し、三郎に縄かけて小栗に引き渡す。小栗は鬼鹿毛を漆で固め黄金御堂に馬頭観音と斎いこめた。

(23)-1

で御礼に参りて御ざあるぞ　常陸の国にては誰の御子ぞよ　御名乗りあれや小萩殿」
　照天この由聞こし召し　何とも物はのたまはで　涙にむせておはします「いつまで物を包むべし[一]　さてから申自らも　常陸の者とは申たが　常陸の者では御ざないよ　相模の国の横山殿の一人姫照天の姫にて御ざあるが　人の子を殺いてに　わが子を殺さねば都の聞けひもある程にと思し召し　鬼王鬼次さて兄弟の者共に沈めにかけいとお申あつては御ざあるが　さて兄弟の情によりて彼方此方と売られてに　余りのこ

一　物事を包みかくしましょう。

(23)-2

との悲しさに　静かに数へてみてあれば　[二]四十五てんに売られて　この長殿に買い取られ　いにしへ流れを立てぬその科に　十六人して仕る下の水仕を自ら一人して仕る　御身に会ふて嬉しやな」

[三]かき集めたる藻塩草　[四]進退こゝにてに　是非をも更にわきまへず

小栗この由聞こし召し　君の長夫婦を御前に召され　「やあ　いかに夫婦の者どもよ　人を使ふも[五]由によるぞや　十六人の下の水仕が　一人して[六]なるものか　汝らがやうな[七]邪見な者は生害」との御諚なり

照天この由聞こし召し　「なふ　いかに小栗殿　あのやうな慈悲第一の長殿に　いかなる所知をも与へて給はれの　それをいかにと申するに　御身のいにしへ餓鬼阿弥と申てに　車を引いたその折に　三日の暇を乞うたれば　慈悲に

二「てん」は「手」の転。奈良絵本・古活字版「七十五ど」。
三 藻塩を注ぎかけた海藻。「掻く」から「書く」の序詞として用いられる。しかし、「とやせん、角やあらましと、かき集めたる藻塩草、進退爰に窮まりて、是非をも更に弁へず」(舞曲・満仲)のように、「どうしようかこうしようかと考えても、甲斐がなく」の意に用いられる慣用句として、説経(しんとく丸)では用いられるようで、その出典は、「かきつめて見るもかひなき藻塩草おなじ雲井の煙とをなれ」(源氏物語・幻)に見える。ここでは嬉しさに茫然のさまに用いたが、的確な表現ではない。
四「進退ここに窮まりてに」とあるべきところ。
五 次第。いきさつ。
六 出来る。
七 無慈悲で残酷な者は殺す。

絵(23)−1・2　その後ゆきとせが浦に渡り、姥を竹鋸での斬首の刑に処し、太夫には所知を与え賞する。

(24)-1

情を相添へて　五日の暇を給はつたる　慈悲第一の長殿に　いかなる所知をも与へて給はれの　夫の小栗殿」との御諚なり
　小栗この由聞こし召し「その儀にてあるならば　[一]御恩の妻に免ずる」と　美濃の国十八[二]郡を[三]一色[四]進退　[五]総政所を君の長殿に給はるなり　君の長は承り「あらありがたの御事や」と　山海の珍物に国土の菓子を調へて　喜ぶ事は限りなし　君の長は百人の流れの姫のその中を　三十二人よりすぐり　[六]玉の輿に取つて乗せ　これは照天の姫の女房達と参らする　[七]それ女人と申するは　氏なふて玉の

一 古活字版に「御身のさやうに仰せあらば、御身に免じて、さあらば長を許さん」とあり、御恩を受けた妻に免じ許すの意であろう。
二 多芸・石津・不破・安八・大野・本巣・席田・方県・池田・厚見・各務・山県・武義・郡上・賀茂・可児・土岐・恵奈の十八郡(和漢三才図会)。
三 すべて。
四 中世、土地に対する支配権利を有すること。「迫領内一色進退に永く知行せらるべく候」(永禄・蒲生文書)。
五 いくつかの国や荘園を総轄する役所や長官。奈良絵本以後は庄屋とする。
六 貴人などの乗る立派な輿。
七 諺。女は育ちや身分が賤しくても、容貌次第で貴人富家に愛されて出世出来るたとえ。この説話などに多い語源譚は、本書のみに見られる特異な要素で、語り物(正本)としてはなじまない部分である。

(24)-2

輿に乗るとは　こゝの譬を申なり

常陸の国へ所知入りをなされ　七千余騎を催して　横山攻めと触れがなる

横山「あつ」と八肝をつぶし　「いにしへの小栗が蘇りを仕り　横山攻めとある程に　さあらば城郭を構へよ」と　空堀に水を入れ　九逆虎落引かせてに　用心厳しう待ちゐたり

照天この由聞こし召し　夫の小栗へ一〇御ざありて　「なふ　いかに小栗殿　一一昔を伝へて聞くからに　父の一二御恩は一三七逆罪　母の御恩は五逆罪　一四十二逆おんを得ただにも

八「に」は間投助詞。

九 逆茂木(侵入に備え、とげのある木の枝を立て並べて作った柵)を引き並べて。

一〇 やってこられて。

一一 昔から伝え聞くにつけ。

一二 御恩に背けばの意か。

一三 出仏身血・殺父・殺母・殺和尚・殺阿闍梨・破羯磨転法輪僧・殺聖人(梵網経)を言い、五逆はこのうち殺和尚・殺阿闍梨を抜く。

一四 五逆・七逆合わせて十二逆おん。「おん」は縁の誤りか。父や母の恩に背き、十二逆縁を得たそのことだけでも悲しいと思うのに、まして。

絵(24)-1・2　その後大往生を遂げた小栗は、神仏達の神に斎いこめよという指図によって、美濃国墨俣の正八幡と祀られる。

(25)-1

それ悲しいと存ずるに　今自らが世に出でたとて　父に弓をばの得引くまひの小栗殿　さて明日の横山攻めをば　お止まりあつて給はれの　それがさなふて[一]厭ならば　横山攻めの門出に　さて自らを害[二]召され　さてその後に横山攻めはなされいの」

小栗この由聞こし召し　「その儀にてあるならば　御恩の妻に免ずる」との御諚なり　照天斜めに思し召し「その儀にてあるならば　[三]夫婦の御仲ながら御腹いせを申さん」と　[四]内証を書きて横山殿にお送りある

横山この由御覧じて　さつと広

一 そうでなくて。
二 殺害なされ。
三 貴方とは夫婦の間柄ではあり、(したがって我々の父ではあるが、今回の仕打ちの)怒りを晴らす事の申し入れをしましょう。
四 内々の事情を細かく書いて。

(25)-2

げて拝見ある　「昔が今に至るまで　七珍万宝の数の宝より　わが子に増したる宝はなひと　今こそ思ひは知られたり　今はなにをか惜しむべし」と　十駄の黄金に鬼鹿毛の馬を相添へて参らする　これも何故なれば　三男の三郎が業ぞとて　三郎には七筋の縄を付け　小栗殿に御引かせある

小栗この由御覧じて　「恩な恩仇は仇で報ずべし」　十駄の黄金をば　欲にしてもいらぬ　とて　黄金御堂と寺を建て　さて鬼鹿毛が姿をば　真の漆で固めて　馬をば馬頭観音とお斎ひある　牛は大日如来化身とお斎ひある

五 「シッチンマンボゥ」(日葡辞書)。七宝と同じ、あらゆる種類の宝物。
六 沢山の宝。
七 駄馬十頭で運ぶ荷。一駄はおよそ四十貫と近世では定められていた。
八 自分達が誅せられようとした原因はといえば。
九 仕業、所業。
一〇 沢山の縄でぐるぐるに縛り。
一一 恩は恩。
一二 「あたみ(仇)」の転。晴らすべき怨み。
一三 金欲とても持たぬ、不要と。
一四 一八七頁一―三行目の小栗の約束と呼応。
一五 牛はここでは関係ないが、馬・牛の化身という前出の表現にひかれての所為か。

絵(25)-1・2　同じく十八町下に照天は結神と祀られ、人々の信仰を集め、多くの参詣人が蝟集する。

る（絵22）

これも何故なれば　三男の三郎が業ぞとて　三郎をば[一]荒簀に巻いて　[二]西の海に[三]ひし漬けにこそなされける　[四]舌三寸のあやつりて　五尺の命を失ふ事　悟らざりけるはかなさよ

それから[五]ゆきとせに御渡りあり　[六]売り初めたる姥をば　肩から下を掘り埋み　[七]竹鋸で首をこそはお挽かせある　太夫殿には所知を与へ給ふなり（絵23）

それよりも小栗殿　常陸の国へ御戻りあり　[八]棟に棟　門に門を建て　富貴万福[九]二代の長者と栄へ給ふ

その後[一〇]生者必滅の習ひとて　八十三の御時に大往生を遂げ給へる　神や仏一所に集まらせ給ひてに　かほどまで真実に大剛の弓取を　いざや神に斎ひこめ　末世の衆生に拝ませんがそのために　小栗殿をば美濃の国　安八の郡　[一一]墨俣　[一二]たるひおなことの神体は　[一三]正八幡　[一四]荒人神とお斎ひある（絵24）

同じく照天の姫をも　十八町下に　[一五]契り結ぶの神とお斎ゐある　契り結ぶの神の[一六]御本地も　語り納むる　[一七]所も繁昌　御世もめでたう　国も豊かにめでたかりけり（絵25）

一　→一〇五頁注一一。
二　山梨県南都留郡にある西湖か。富士五湖の一。
三　柴漬(ふしづけ)の転か。
四　たった舌三寸を操ったばかりで、五尺もの自分の命を失うことを悟らなかった愚かさよ。「口は災の門。舌三寸のさえづりを以て五尺の身を果す。…桂川の。深き所を尋ねて。柴漬にしたりけり」（舞曲・しづか）。
五　→二〇六頁注一。
六　姫を初めて売って流浪の身とした姥を。
七　重い刑罰。「さんせう太夫」の結末など参照。
八　「むね」の転。刀の峰もむねという。
九　二代にわたる長者。
一〇　生の始あるものは必ず死滅する。「涅槃経」の文句。「生者必滅の世の習ひ、実にためしあるよそほひ」（謡曲・熊野）。
一一　岐阜県安八郡墨俣町。
一二　未詳。
一三　墨俣八幡宮をいうか。
一四　神になる因縁を持った有名な人が、死後神と祭られたもの。
一五　一八一頁注一〇「結ぶの神」と同じ。男女の契りを結んでくれる縁結びの神。安八郡安八町の結大明神をさすか。「十六夜日記」にも出てくる神社。「和漢三才図会」には「照天社　在結村〈大垣之近処〉祭神照天女」とある。
一六　神の由来。本地は仏・菩薩の本来の姿。仮に神として垂迹したその本来のお姿。
一七　祝言で終る語り物の常套表現。

かるかや

阪口弘之 校注

五説経の一。高野の下層念仏僧に育まれ伝播をみた語り物。遁世と女人捨離、あるいは廻国収骨といった物語構想の根幹に、象徴と寓意をもって語られる高野の縁起的世界が横たわる。成立年代は不明であるが、この物語が善光寺奥の御堂の親子地蔵の本地譚の形をとるのは、高野の萱堂聖が時宗化して、善光寺の時宗聖と関係をもったことによるといわれ、成立年代を示唆するであろう。

【梗概】 筑前の国苅萱の荘の加藤左衛門重氏は、六か国六万町を知行し、何不足なく暮していたが、一門の酒宴の折、散る花に無常を感じて出家を思い立つ。御台は七月半の身重であることを打ち明け、この子が生まれるまではと、遁世をひきとめるが、重氏は夜半に紛れて屋形を忍び出る。都に着いた重氏は、新黒谷の法然上人のもとで、恩愛の繋縛を絶つとの大誓文をたてて剃髪を許され、苅萱道心と名乗る。

寺へ来て五年目、苅萱は国元に捨てた御台と子供が尋ねて来る初夢を見て、上人に暇を乞い、女人禁制の高野に身を隠す。

一方、国元の御台は、嘆きの中で男子を出産。子は重氏の残した書置に従って石童丸と名付けられる。それから十三年、石童丸が燕の親子を見て父を恋うたのをきっかけに、御台は、姉娘の千代鶴を残して、二人で重氏を尋ねる旅に出る。母と子は、京都で父の消息を教えられ、更に京から高野をめざし、山麓の学文路の宿に辿り着く。

御台が高野に登ろうとするのを知って、宿の主玉屋の与次は、空海とその母の物語を長々と語って、高野の女人禁制の謂を説く(高野巻)。

御台はやむなく麓にとどまり、石童丸一人が父を捜しに山に登る。七日後、石童丸は父道心に巡りあったが、道心は親子とは名乗らず、旅人の逆修の卒塔婆を指し示し、尋ねる父は死んだと偽る。

その頃、麓では、母がわが子の帰りを待ちわびて死ぬ。身寄りを失くした石童丸は、再び山上に道心を訪ねて助けを乞う。道心は二人して野辺の送りを終えるが、それでも親とは名乗らず、御台の御骨を高野に納め、石童には遺髪をもたせて故郷へ戻す。

しかし、故郷で石童を待ち受けていたのは、これも悲しい姉の死であった。家を一門に預けた石童丸は、再び高野へと返し、道心に姉の死を語るが、父はここでも親とは告げず、石童を出家にして、道念坊と名付ける。二人は仲よく行いすますが、やがて父は親子の風聞が立つのを避けるように、北国修行に出て、善光寺奥の御堂で、八十三歳の三月二十一日に大往生を遂げた。高野にとどまった道念も同日同刻に六十三歳で往生を遂げ、二人は善光寺親子地蔵として祀られた。

【特色】説経「苅萱」は、主部の苅萱譚と、与次が語る「高野巻」の二重構造で語られる作品である。「高野巻」は、大師有縁の地で巷間流布をみていた空海縁起(弘法大師母子伝)で、高野山麓慈尊院の弥勒縁起ともいうべき性格をもつ。一方、主部の「苅萱譚」も、大師化去年齢と入定日を反映する往生譚に象徴されるように、高野の普遍的な物語として、「高野巻」を相対化する。語り口など、両者の説経的肌あいには、微妙な違いも認められるが、「結界浄土」高野をめぐる聖俗譚としての見事な照応が注目される。

【諸本】底本は、故横山重氏愛蔵の大形絵入古写本で、昭和二十年代末、能登の中島町で発見された。現在サントリー美術館蔵。画文入り組みで、絵数四十九、室町末期の風韻をよく伝えるかの如くである。数多い説経諸本の中でも最も古態を保持する一本であるが、「高野巻」を欠く。しかし、「高野巻」は、いわば取り外し自在の、独立した嵌め込み型の語りとしてあった。底本は、たまたまそれが省略された折の本文を採ったに過ぎず、本書では、これを寛永八年四月、じやうるりや喜右衛門板(天理大学附属天理図書館蔵)で補って提出した(二八一頁一一行目から二九〇頁三行目まで)。この参照本は、三巻形式をもつが、その他、六段形式をもつ整版正本に、万治板、寛文板(二種)、寛文二年板、貞享三年七月板、同霜月板などをはじめ、享保までに数多くの諸本が知られる。

[一]只今語り中候物語　国を申せば信濃の国　善光寺の奥の御堂に　[二]親子地蔵と[三]あらわいておわします地蔵の御本地を　詳しく説きたて広め申に　これも一年は凡夫にておわしますが　国を申せば[四]大筑紫筑前の国　庄を申せば苅萱の庄加藤左衛門[五]重氏なり

重氏殿は　[六]筑後　筑前　肥後　肥前　大隅　薩摩　六[七]万町を御知行となされておわします　[八]十方に十の蔵　南方に七つの泉　てつから　やうから　自在の車　日取る珠　[九]□取る珠　[一〇]七珍万宝の宝に飽き満ちておわします　[一一]御所だにも四季を学うでお建てある

頃はいつなるらんに　三月上旬半ばのことなるに　御一門はさし集まり御酒盛とありければ　[一二]先づ順の盃　逆に据わり　逆の盃　上に置き　酒盛真最中のことなるに　[一三]何処とも知らず　嵐が一揉揉うできて　[一四]この花　今の嵐に誘われて　花もさつとぞ散りにけり　さてこの花が散るならば　さらば余所ゑも散り行かず　重氏殿のたんぶと一つ[一五]控ゑさせ給ひたる盃のその中ゑ　莟みし花の　さつと一房散り込うだ[一六]

一　説経特有の冒頭表現。善光寺(長野県)の親子地蔵もかつては凡夫(人間)であって、その人間でおられた本地の物語をこれより語りはじめるとする。「只今語り申御物語、国を申さば丹後の国、金焼(かなやき)地蔵の御本地をあら〳〵説きたて広め申に、これも一たびは人間にておはします、人間にての御本地をたづね申に、国を申さば奥州日の本の将軍いわきの判官まさうぢ殿にて諸事の哀をとゞめたり」(明暦板・せつきやうさんせう太夫)。他に「をぐり」冒頭などを参照。

二　善光寺近くの西光寺(長野市石堂町)と往生寺(同市往生寺町)にこの伝承が伝えられる。

三　「あらわれて」の転。

四　九州福岡県。「苅萱の庄」は仮託。太宰府市水城(みずき。古来からの関)近くに苅萱の関跡が残るが、説経後の伝承。説経がこの地を舞台とするのは、空海が渡唐時(延暦二十三年)と帰朝(大同元年十月)後に、太宰府観世音寺に滞留したことに関連があろう。特に帰朝後は、約二年間に及ぶ留住が続いた。

五　「しげうぢ」は、底本(絵入写本)全てひらがな。「重氏」を仮に宛てた。

六　筑後以下、現在の福岡、熊本、佐賀、長崎、鹿児島県にある。

七　面積単位。太閤検地までは、三〇〇〇歩を一町とした。寛永板「六か国が御知行で」。

八　以下、長者描写の一類型。「此長者と申は、四方に四万の蔵お建て、八方に八つの蔵、何につけても不足なる事はなし」(せつきやうしんとく丸)。「てつかう」「やうかう」は、未詳。前者は「麝香(じやかう)の犬」に関わるところあるか。「六つには、泉の涌く壺を十二持つ、扨又七つには、麝香の犬を五匹までこそ持たれけり」(阿弥陀の胸割・二九〇頁一一行目)。

重氏　悟[一七]の人なれば　この花つく〴〵御覧じて　[一八]花も次第に散るならば　開ひた花は散りもせで　莟みし花の散る折は　さて人間もあの如く　[一九]老た若に定なひとぞ悟らるゝ

　[二〇]これを後生の種として　[二一]元結切つて西へ投げ　濃き墨染に様を変ゑ　「後生を大事に願わうの　御暇給われ御一門」　御一門はきこしめし　「愚なる重氏殿[二二]それ侍の遁世は　人に[二三]世領を奪い取られ　身の[二四]置方のなき折こそ　[二五]遁世修行と承る　左様にのたまふ重氏は　筑後　筑前　肥後　肥前　大隅　薩摩　六万

(1)

九 底本、手擦れと小破で不明。以下、不明の箇所は、字数分を□で示した。

一〇 仏典でいう七宝(金・銀・瑠璃・硨磲・瑪瑙・珊瑚・琥珀など。経典で異同がある)をはじめとするさまざまな宝物。「シッチンマンボゥ」(日葡辞書)。

一一 御所さえも、四季の景を模して、の意。「春は花見の御所、夏は涼みの御所、秋は月見の御所、冬は雪見の御所と申て、四季を学ふでお建てある」(寛永板)。「お＋動詞連用形＋ある」は、説経常用の語法。

一二 宴席で大盃を上座、下座からそれぞれ順に廻し飲みする様。その盃が一廻りして、酒盛真最中の時に、の意。「廻盃楽(くはいはいがく)といふ楽は、盃をめぐらすと云楽なり。さらば盃めぐらせとて、順逆なりとさす程に、酒もなかばと見えしかば」(御曹司島渡)。

一三 底本「ことなるなるに」。「なる」は衍字。

一四 寛永板は、「この花」を、重氏が「いつも寵愛の地主桜」とする。

一五 一回飲もうとして手許に置かれた、の意。

一六 緊迫感をもたせた語法。説経では珍しい。

一七 迷妄を去って、真理を感知する人。仏教的真実に気づきやすい人。

一八 順に散るのであれば、ともかくも。

一九 老少不定、人の死は老若にかかわりないことを悟られた、の意。莟のままの花が散ることで、人の世の無常を知ることは、「あいごの若」でも。「時ならぬ嵐吹き来り、莟みし花が一房、若君の御袂に散りかゝりける、おゝ悟りたる此花や、散りたる花は母上様、咲きたる花は父御様、莟みし花は愛護也、恨のことが書きたやな」。

二〇 仏道を修行して来世の成仏安楽を願う拠り

（2）

町(でう)を御知行(ちぎやう)　一何(なに)が不足(ふそく)で御不足(ふそく)で　遁世修行(とんせいしゆぎやう)とのたまふの二　さてこの度(たび)の遁世(とんせい)をばお止(と)まりありて給(たま)われの」　三これは御一門(もん)のお止(と)めあれ共　お止(と)まりなし

その頃(ころ)　重氏(しげうぢ)殿は廿一　御台所(みだいどころ)は十九なり　この事(こと)　御台所(みだいどころ)ゑ漏(も)れ聞(き)こゑ　四薄衣(うすぎぬ)取りて上五にかけ　重氏(しげうぢ)殿の六一間所(ひとまどころ)へ御座(ござ)七ありて　重氏(しげうぢ)殿の御姿(すがた)　上(かみ)から下(しも)　下(しも)から上(かみ)ゑと　二三度(ど)四五度　八見上げ見下(お)ろし御覧(らん)じて　先(ま)づさめぐ〜とぞお泣(な)きある　「承(うけたまわ)ればよ九　夫(つま)の重氏殿様(しげうぢどの)は　遁世修行(とんせいしゆぎやう)と承(うけたまわ)る　それ弓取(ゆみとり)の遁世(とんせい)わ　人に世領(せりやう)や奪(ば)一〇い取(と)られ　身の置方(をきがた)のなき折(おり)こそ　遁世修行(とんせいしゆぎやう)と承(うけたまわ)

所。煩悩を断ち悟りを会得するきっかけ。「菩提の種」に同義。

二二　出家遁世をいう類型表現。「元結」は髻(もとどり)を束ねておくための紐や糸。「モトユヒ」「モトヒ」とも。「墨染」は、黒色の僧衣。「法然上人を師匠に頼み奉り、元結切り、西へ投げ、…花の袂を墨染の」（舞曲・敦盛）。

二三　発語。「かるかや」では、「侍（弓取、某(なにがし)）の遁世は」以下の語りおこしとして、常用。

二四　「知行」（寛永板）。

二五　「置方」「たゝずみ」（寛永板）。

二六　出家して仏道に励むこと。

一　何が不満でお恨みで、の意。

二　説経に多い間投助詞。語調を整える。

三　それまでの物語場面を統括して、次の場面へとつなぐ言いまわし。「これは…」の形をとる。「これは道心の御物語はさておき申」（二六五頁九行目）など。

四　地の薄い着物。

五　底本のまま。寛永板「かみ」。髪の意か。挿絵4参照。

六　「一間」に同じ。常の間。

七　「来る」の尊敬表現。いらっしゃって。語り物に頻出語。

八　感慨をもってしみじみと相手（対象）をみる様をいう。「見やげ」は「見あげ」の訛音。「落合（おちいぢ）」の類。「又いつの世に此御寺を拝まんと、見上げ見下ろし、名残惜しくも麓を指してぞ下らるゝ」（あいごの若）。

九　感動を込めて、相手に念を押す間投助詞。これも語調を整える。

る　左様にのたまふ重氏は　筑後　筑前　肥後　肥前　大隅　薩摩　六万町を御知行にて　何が不足で御恨で　遁世修行とのたまふの　さてこの度の遁世止まりありて給われの」　重氏殿はきこしめし　「愚なる御台かな　それ侍の遁世は　人に世領を奪い取られ　身の置方のなき折に　遁世修行とのたまふの　それは世に住みかねたる時の事　身過世過の遁世よ　斯様に申重氏は　煩悩の綱を切り　菩提の綱に取りつきて　六万町を振り捨てて　御生を大事に願ふてこそ　仏には成るべきなり　何とお止めあるともよ　止まるまひよの　御台所」　とありければ

御台この由きこしめし　今申さうかよ　又は申まいかよ　今申さいでは　何時の御世にか申べし　「こは恥づかしき申事にて候へども　それ女の役とてに　夫の不浄を受け取りて　胎内に七月半の嬰子を受け取りもつて候うが　この子が生まれ　成

(3)

一〇 底本、「ばい」のあとで丁が移り、「うけたまわれはしけうちはとんぜ」の一行半を見せ消ち。底本が忠実な写本であることを示す。
一一 底本は訛音をはじめ、語りぐせを正確に映している。「ひ」は、しばしば「び」と表記される。ここも「びごびせん」とある。
一二 それはその日その日の暮らしをたてかねた時の遁世で、口過ぎ生計のためのものよ、の意。
一三 妄念につながれる綱をたちきり、悟りの道に進む綱に取りすがって、の意。恩愛繋縛を解き放ち、仏道へいざなわれることを綱に譬える。
一四 以下、高野系物語にしばしばみられる一節。常套表現の拡がりが、語り手や語り物の盛んな交流をうかがわせる。「はらだ」(正保四年正月)で例示する。「きたの御かた聞召、申まじとは思へども、今申さでは、何時の世にかは申べし、自らは、胎内に七月半の嬰子あり、男子か女子かを御覧じてくだらせ給へと仰せける」。→二五五頁注一八。
一五 「御世(よ)」の長音形。
一六 古説経に頻出する説経特有の口吻。解説参照。
一七 清浄でないもの。九竅(きゅうきょう。両眼・両耳・両鼻孔・口・尿道口・肛門の九穴)からの汚物。仏教では婬事を不浄行という。ここは精液。
一八 生まれたばかりの幼児。胎内の子もいう。

人し　父よと尋ぬるその折は　さて誰[一]やの者をばの　父と定めて教へんの　この子が生まれ　三つまで　お止まりありて給われの　それを不足とおぼすなら　自ら身二[二]つになろうまで　お止まりありて給われの　自ら身二つになるならば　夫の重氏殿様は　元結切りて西へ投げ　濃き墨染に様を変ゑて　高野[三]の山ゑ御座ありて　後生を大事にお願あれ　[四]さてその折は　自らも高野の麓ゑ参りてに　月に一度づゝの　垢馴れし衣をも濯いで参らせ申すべし　夫の重氏殿様」と御申あれば　重氏殿はきこしめし「さてその儀にてあるならば　三月程は止まるべし　三月過ぎてのその後は　何とお止めあるとも[五]の　止まるまひよの　御台所」とありければ

御台この由きこしめし　さても嬉しき御事や　この中　御一門や自らが幾瀬[六]の事を申ても　ついに御承引御座[七]ないが　胎内の七月半の嬰子の事を申て候へば　お止まりありて嬉しやな　五更[八]に天も明けぬら[九]ば　筑紫諸大名語ら[一〇]ひ　御一門をば先に立て　[一一]長き世の遁世を止め申さんの　嬉しやと　[一二]あらいたわしや　お御台は　薄衣取りて上にかけ　簾中[一三]深くぞ忍び入給ふ

重氏殿は　一間所ゑ御座ありて　よく〳〵物を案ぢ給ふに　あのやうに知恵

一「誰」をいう語り物類用語。「誰やの人」とも。
二 子供が生まれるまで、の意。
三 和歌山県北東部に位置する。弘仁七年(八一六)、空海が金剛峰寺(こんごうぶじ)を創建、以後、真言宗総本山として知られる。
四「雑談集」六に「高野ノ天野ハ、遁世門ノ比丘尼ナド、スム所」とあり、「天野女人」として知られる。「源平盛衰記」に、「天野に行て入道が袈裟衣すゝぐ共いへり」とされる「よこ笛」などもその類。山上の高野の聖の影身にそうように、高野山麓で行いすました遁世比丘尼の日常性を反映したもの。「垢馴れし衣」は、垢がついてよれよれになった衣。
五 前頁八行目「よ」。「よ」「の」の近似性が注目される。
六 様々どんなに申しても、の意。
七「御座ある」の否定形。中世口語。「御座ある」と共に、説経頻出語句。
八 一夜を五つに分けた五夜のうち、五番目の時刻。戊夜(ぼや)。今のおよそ午前三時から五時頃まで。
九 底本のまま。「明けぬれば」の意。
一〇 かけあって頼み込み。うまく仲間に抱きこんで。
一一 死ぬまでの長い仏道修行。出家し仏門に入ることをいう。
一二 説経語り出しの常套句。文中にくる例は珍しいが、語りにややあらたまるところがあるか。
一三 部屋の奥。

賢き御台にて　さて明日にもなるならば　筑紫諸大名衆を語らひて　長きの遁世をお止めあらうは[一四]一定なり　[一五]止まれば　思ひ立つたる重氏が長きの遁世の来[一六]世の不足とおぼしめし　硯　料紙を取り寄せて　書置の文をぞあそばせける
先づ一番の[一七]筆立てに　[一八]母の胎内に七月半の嬰子が生まれ　男子の子ならばよ　[一九]石童丸と名を付けて　出家になひて給われの　又女子ならば　[二〇]ともかくも　それは御台に任せおく　[二一]この世の縁こそ薄くとも　来世でやがて会うべきと　[二二]事懇に書き納め　あらいたわしや　重氏の少も御膚をお離しなき[二三]御腰物

(4)

一四 確かである。間違いない。
一五 思いとまれば、の意。下の「来世の不足とおぼしめし」にかかる。寛永板「止まれば後生菩提を欠くる」。
一六 来世まで不満が残る、心が残る、の意。
一七 底本「ふでたて」。後に「ふてだて」。→「をぐり」一七五頁八行目。
一八 以下、浄瑠璃「こあつもり」(正保二年八月)にも類似表現。「ことに御身はたゞならぬ身にてあり、胎内に七月半の嬰子あり、その子生まれてに、男子ならば黄金作を残し置く、父が形見に見せてたべ、又は女子にてあるならば、十一面観音、膚の守を残し置く、父が形見に見せてたべ、いとま申てさらばとて」。→二五三頁注一四。
一九 九州博多や善光寺などに地名として残る「石堂」に交渉のある承師法師に関連する名称(筑土鈴寛『中世芸文の研究』参照)。謡曲「苅萱(禿高野)」では、松若。
二〇 好きなように。どのようにも。
二一 出家遁世の強い意志の一方で、御台への断ち難い恩愛の情が溢れる一節。「薄くとも」は、底本「とも」なし。二七〇頁一四行目に拠り、補う。
二二 心をこめて優しく。
二三 刀。

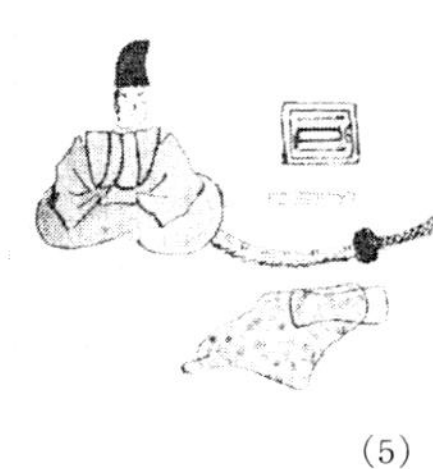
(5)

と籐の枕と畳みた文を　持仏堂に[一]とうど置き　[二]花の屋形を夜に紛れ　忍び出でさせ給ひしが
[三]通らせ給ふはどこ〳〵ぞ　[四]赤間が関をうち過ぎて　[五]周防の山口はや過ぎて　[六]安芸の国に聞こゑたる[七]厳島の弁才天　そなたばかりと遥し拝み　[八]備後　備中はや過ぎて　[九]播磨の国ゑ入りぬれば　仏法こゝに[一〇]広峰の宿　光は差さねど[一一]阿弥陀の宿　明石と言へど夜暗や　[一二]兵庫の浦を一見なされてに　塵かき下す[一三]芥川　神南　[一四]山崎はや過ぎて　花の都は東山　[一五]坂の清水寺ゑとお着きある
[一六]三の階うち渡り　御前間近く参りてに　鉦の緒に御手をかけ　[一七]鰐口てうど打

(6)

一 勢いよく。読みは「トウド」。底本も同形。
二 寛永板「玉の屋形」。
三 八行目まで道行文。「通らせ給ふはどこ〳〵ぞ」の冒頭定型句にはじまり、「…(を)はや過ぎて」などの慣用表現を列ねて、「…にお着きある」で結ぶのが一般的。冒頭句は「お通りあるはどこ〳〵ぞ」とも。「通らせ給ふはどこ〳〵ぞ、長柄の橋お打ち渡り、先おいづくとお問い有、大田の宿、塵かき流す芥川、先おいづくとお問い有、…お急ぎあれば程もなく、東山清水にお着き有」(せつきやうしんとく丸)。
四 現在、下関市赤間町。　五 山口県南東部。
六 広島県西部。　七 祭神市杵島姫神。(対岸から)あの辺りにおわしますと、の意。
八 広島県東部と岡山県西部。古くは、共に吉備の国の一部。　九 兵庫県南西部。
一〇 姫路市。「びろみね」は底本のまま。
一一 「光」から後光の「差」す「阿弥陀の宿」(現在、高砂市)を言いおこし、「明石(明し)」「夜暗」と縁語で続けた。　一二 神戸市。
一三 「芥川」「神南」共に、現在、大阪府高槻市。注三引用の道行文参照。
一四 京都府乙訓郡大山崎町。
一五 音羽山清水寺。北法相宗本山。本尊、十一面千手千眼観世音。「坂」は清水坂の意。
一六 西門または仁王門前の階段から数えて三番目の階段。
一七 以下、参詣祈誓の類型描写。「鰐口」は、仏閣正面の軒につるされた扁平中空の銅製音具。「打ち渡り」は「打ち鳴らし」の誤りか。
一八 他の理由ではない。ここは、「出家の末を遂ぐる」(出家遁世をどこまでもなしとげること)ために参ったのだ、の意。「御身これまで招ずる事、別(べち)の子細で候はず、叶わぬまでも、

ち渡り「南無や大悲の観世音　某これまで参る事　[一八]別の子細で候はず　[一九]福とも知恵とも願わばこそ　神慮も憎ませ給ふべし　これまで参りし御利生には　この重氏が長らへ　出家の末を遂ぐるやうに御守りありて給われ」と　[二〇]肝胆砕きてお祈りある

[二一]あらいたわしや　重氏は　それよりも[二二]勧進場に差しかゝり　お聖壱人近付けて「のういかにお聖様　物が問ひたう御座あるの　都の霊仏霊場を教ゑて給われ　お聖様」お聖この由きこしめし「左様にのたまふ[二三]若侍は　国は何処」とお問ひある　重氏殿はきこしめし「さて某と申するは　国を申せば　[二四]草深き大筑紫の者」とお答ひある

お聖この由きこしめし「大筑紫の人ならば　御存知なひは理なり　[二五]先づ西は西方極楽とて　こゝにては清水　麓にては[二六]六角堂　[二七]一条の御坊　[二八]誓願寺　[二九]嵯峨ほんりう寺の鐘の声　聞けば罪も滅するなり　あれゑ御参りあれや　若侍」　重氏殿はきこしめし「いや　それは[三〇]都の参り衆生の御寺と承りて御座あるぞ　我等がやうなる大俗人の髪を剃り「出家の

(7)

しげゆき殿を調伏して給われと、小声になりて申されける」(あぐちの判官)。
一九 一般には「福とも徳とも」。「福」は幸福。「知恵」は、仏教の真理にのっとり、事を判断する能力。これにより煩悩を消滅させることができるという。「神慮」は、神の心。ただし、ここにはそぐわず、前後の詞藻にも乱れがあろう。因みに、「徳」は利益、富。寛永板「南無や大慈大悲の観世音、楽の上に福、福の上の徳をも申にこそ、しんにかうきは蒙るべき、遁世者の末を遂げさせてたまはれ」。
二〇 心の底から。 二一 →二五四頁注一一。
二二 寺社堂塔の建立などを目的に、勧進聖(高野聖の類)たちが喜捨を勧める場所。清水山門には古くより勧進聖が常在。本堂入口轟橋傍にも勧化所が永く置かれ、成就院が執行した。「勧進場」は、「勧進所」「勧進場(かんじんば)」とも。
二三 「ワカサブライ」(日葡辞書)。
二四 枕詞的に「大筑紫」や「遠国」などにかかる。
二五 以下の都案内は、絵解き法師の口吻をうつすものであろう。眼下の名所旧跡をはるかに指し示しながら、同時に名所絵図などを傍らにたてかけての案内であったか。「先づ西は西方極楽とて、こゝにては清水(なり)」の決まり文句にはじまるのも、清水の勧進場にふさわしい。
二六 六角堂頂法寺。中京区堂之前町。本堂の形態からいう。
二七 一条道場を指す。聞名寺。時宗。
二八 浄土宗西山派本山。古くは元誓願寺町にあった。現在は京極三条。
二九 嵯峨法輪寺か。右京区嵐山に、「嵯峨の虚空蔵」として知られる。真言宗。 三〇 善男善女が参詣する御寺、の意か。あるいは「参り殊勝」かもしれない。寛永板「ちゝんやしろ」。

末を遂ぐるやうにお守りありて給われの」と　清水ゐも申上る如く　出家[一]の末を遂ぐる御寺を教へて給われ　お聖様」　お聖この由きこしめし　「さては御さ[二]んは　ちんさんの御事か」「いや　それは学問所[三]と承りて御座あるの　只我等がやうなる俗人の髪を剃り申　御寺を教へて給われ　お聖様」

お聖この由きこしめし　「[四]それもこゝに御座あるの　先づ西は西方極楽とて　こゝにては清水なり　又こゝに比叡の山　法然[五]上人と申て　東山[六]ゐお下がりありて　新黒谷と申御寺を御建立をなされて　今[七]が仏法の真最中で御座あるの　あれゐ御参りあれや　若侍」　重氏この由きこしめし　「のふいかにお聖様　その新黒谷とやらんは　道は何里」とお問ひ[八]ある　お聖この由きこしめし　「[九]経書堂の弓手の脇　[一〇]祇園林の山はづれ　[一一]粟田口をも北ゐ指して御座あらば　必ず新黒谷西門[一二]にこそはお着きある　若侍」とありければ　重氏殿はきこしめし　「[一三]あら事愍のお聖や　さて某がこの寺に長らへ　出家を遂げているならば　又こそ便宜は申べき　暇申てさらば」とて

[一四]経書堂の弓手の脇　祇園林の山はづれ　粟田口をも北ゐ指して御座あれば　お聖の教の如く　新黒谷西門にこそお着きある

一 底本「しゆつのすゐ」。前文で補正。
二 意味不明。寛永板「五さん候か、十さんか」。新潮日本古典集成『説経集』は、寛永板本文を「五山」と「十刹」の意に解して、「参詣だけでなく、剃髪を許す、修行中心の寺であろう」とする。
三 経典などの教学研究のための寺院。
四 掛図あたりを用いて、まず西方極楽、次いで当所の清水を指し示し、引き続いて話題の地を案内するという絵解きまじりのガイド口調か。「そういう寺もここ都にはござるよ。まず西は……」。→二五七頁注二五。
五 浄土宗開祖。比叡山西塔北谷、同黒谷で、源空、叡空に師事。安元元年(一一七五)四十三歳の時、「観無量寿経疏」(善導)によって専修念仏に帰し、間もなく比叡山を下りて、東山の白河禅房(紫雲山金戒光明寺)に止住。ここが比叡山黒谷に対して、「新黒谷」(後には単に黒谷とも)と呼ばれた。
六 底本「びかし山」。一二行目「お聖」も、「おびちり」で、同種の表記。その他、多数例をかぞえる。→二五三頁注一一。
七 優れた仏法として信仰を集めている最中、の意。
八 底本、「お問ひある」の下に「しけうち殿」とある。衍字。
九 清水坂中腹の来迎院。道俗男女に一石一字の「法華経」を書かせて納める。
一〇 祇園社境内、及びその周辺の森をいう。
一一 京都から大津への出口。東三条口とも。三条白川橋の東から蹴上(けあげ)へかけて、その北部をも含めていう。
一二 底本「さゐもん」、後に「さへもん」。西門の他、山門の訛語とも考えられるが、寛永板に

あらいたはしや　重氏は　新黒谷ゑも御着きあるが　貴賤群集のお参衆のその中を　押し分け掻き分け　正面に御参り被成て「のふいかに御上人様　さて某に[一五]十念授けて給われの　十念確かに受け取りて　髪をも剃り　出家になして給われの　御上人様」とありければ　御上人この由きこしめし「御身のやうなる若侍の　この寺にて髪を剃り　出家の本を遂げたるは一人もなし　総じてこの寺は　[一六]遁世わ禁制」との御諚なり

重氏殿はきこしめし「あら情なや　御上人　さて某が国元にて承り及びしは　都は[一七]洛中洛外とて　広き由を承りて御座あるが　広き都の寺ならば　御前を通る大俗人を　[一八]押ゑて髪を剃り　[一九]出家になして御出しありてこそ　上人の奇特なれ　御上人様」とありければ　上人この由きこしめし「のういか

(8)

「極楽の大門」とあり、西門と解すべきか。

一三 成句。大変親切なお坊様よ、の意。→二五五頁注二二。→二九一頁一一行目。

一四 語りの繰り返しは、語り物の特色ながら、底本は特に顕著。

一五 本来、阿弥陀仏を十度念じること。転じて、僧が南無阿弥陀仏の名号を十回唱えて、信者を阿弥陀と結縁させること。

一六 本来「遁世者禁制」とあったか。「者」を「は(わ)」に誤写したのであろう。寛永板「法然きこしめされて、門外に遁世者禁制と札を立てたによつて、髪をば剃らぬと御意あれば」。

一七 「ラクガイ」の訛語。「ラクグヮイ」(日葡辞書)。

一八 無理に。強いて。「伯父でなくはないまでよ。押へて甥に成まいぞ」(あいごの若)。

一九 出家にしてしまってこそ、上人の不思議な、卓越した行ないというものですよ、の意。

に若侍　都は洛中洛外とて　広き都で御座あるが　広い都ゑ参る人ならば　国[一]元にて子の綱　たが綱を□□　親の勘当　主の不興を[二]得たる者共が　高野　比叡[三]山に取り籠り　宵には髪を剃り　明くれば大俗人となるぞかし　左様に出家を破る時は　剃りたる道心者も　斯様に申上人も　阿[四]鼻無間の業ゑ沈むなり　それに髪をば剃るまいと申なり　まつこと髪が剃りたくは　五日も十日もそれに御座あれの　国元から尋ねて参らんものならば[五]　その上にて髪を剃りて参らすべし　若侍」とありければ　重氏殿はきこしめし「いや[六]　それならばこゝにての事　さて某と申するは　国を申せば[七]　大筑紫筑前の国の者なるが　国元に親はなし　子は持たず　尋たづねて参る者はなし　御上人様」とありければ　上人この由きこしめし「さてその儀にてあるなら　五日も十日もそれに御座あれの　その上で髪を剃りて参らすべし」　重

(9)

一 寛永板に、高野の下級僧（高野聖）について次の如く述べるのが参考になろう。「この山に居る者は、国元にて、鵜の綱・鷹の綱・家焼き、人を殺し、主の勘当・親の不孝を蒙りたる輩かや」。「子の綱」「たが綱」は、寛永板の本文（鵜や鷹の綱をもって殺生三昧に明け暮れし）が本来の形で、その誤写か。子供や誰かれとの繋縛を断って、の意ではあるまい。

二 主君より勘気を蒙ること。古くは「ブキョウ」。

→「ほり江巻双紙」一一九頁注二七。

三 天台宗総本山延暦寺。滋賀県大津市。

四 「アビムケン」の訛り。無間地獄。諸地獄のうち、苦痛はなはだしい地獄で、火の車、剣の山などで間断ない苦しみを受けるという。その業苦の世界に沈むこと。

五 「ん」は「ぬ」に同じ。

六 そういうことであれば、いよいよここで髪を剃りたい、の意か。文意やや不明。

七 底本「申せ」。前出文で改める。

氏殿はきこしめし「こは情なき御上人[八]の仰や」と　その儘そこを立ち出で
て　門唐石敷[九]を枕として　その儘そこにお臥しある
[一〇]都の道者はこれを見て「さてもこれなる若侍は　昨日もこれに御座あるが
又今日もこれにましますの　何の訴訟[一一]が叶わぬの　若侍」とありければ
重氏殿はきこしめし「都の道者で御座あるか　さて某と申するは　国を申せ
ば　これよりも草深き[一二]大筑紫の者にて御座あるが「この御寺で髪を剃りて　出
家になして給われ」と　御上人ゑいろ〳〵口説[一三]を申せども　髪をも剃りて給わ
らず　浮世には神や仏は御座ないか
命を取りて給わらぬか」と　都の道者
ゑお語りある　都の道者はこれお聞
き「のふいかにそれなる若侍　さて
この寺ゑ　日の中に千人万人のお参の
衆　その中に御身のやうに　只一筋に
思ひ切りたる遁世者　一人もあるまじ
き　こなたゑ御越し候へ」とて　御上
人ゑ御供申　御前間近く御参りありて

(10)

八 底本「御しやうの」を訂正。
九 門の柱の下に敷きつめ、門柱や門扉の軸を支える。「門居敷」とも。
一〇 「道者」は、連れだち参拝巡礼する人。ここは、都の仏道修行者。「旅の道者」に対していう。
一一 望み。希望。
一二 清濁、底本のまま。後には「くさふかき」(二七七頁一二行目)とある。
一三 思いを切々と訴えること。

一 あるいは衍か。 二 寛永板「けんそく」(還俗)。 三 地獄のうち、地下の最底にあることからいう。→二六〇頁注四。 四 依報と正報。過去の業によって受けた身心を正報、それがよる世間の事物を依報という。浮かぶべき仏土も身心もない、の意。 五 ありとあらゆる神仏に対する誓文。うそいつわりのないことを、これら神仏の名前

「のういかに御上人様　あのやうに只一筋に思ひ切りたる遁世者に　髪剃りて御出しあれ　御上人様」とありければ　御上人この由きこしめし「まだそれなる若侍は　まだそれに御座あるか　昨日我等が申如くに　御身の髪を剃るまひでも候はず　御[一]身の髪を剃るまひでも御座なひの　まつこと髪の剃りたくは　国元から親が尋ねてきたりとも　子が尋ねてきたりとも　「会ふまひ見まひ語るまひ　二度見[二]参申まひ　二度見参するならば　無[三]間の底ゑ沈みてに　浮かむ依[四]正のあるまい」と　大[五]誓文を御立てあれ　その上で髪を剃りて参らすべし　若侍」とありければ

重氏殿はきこしめし「さてもこれなる若侍は」と御申ある上人の言葉の下よりも「さても情なき御上人の御心中で御座あるの　その儀にてもましまさば　[六]昨日にもお申なうて　誓文を立つべきに　さりながら　只今髪を剃り申事こそ嬉しけれ」と　その時に重氏は　うがいにて身を清め　上人の御前にて「抑国本にて朝夕拝み申はあしての[七]かんでう　何事も国をめでたうお守り

(11)

を一々列挙して誓う。 六 せめて昨日にでもお申し下されば、の意を言外にこめる。 七 未詳。太宰府芦田(あしで)の武蔵寺(ぶぞうじ)。本尊薬師如来)をいうか。あるいは、前述観世音寺もイメージされているか。 八 以下、「神おろし」の誓文。山伏祭文の流れを受け、「謹上散供再拝再拝、敬つて申す」にはじまる。ここはそれを省略。ただし、「梵天大釈」以下は、神おろし語り出しの常套表現。「さんせう太夫」「公平甲論」など参照。 九 梵天王と帝釈天。共に仏法の守護神。これを最初に勧請するのは、災難砕障のため。たとえば、説経芝居櫓の由来について、「櫓之上ニ梵天帝釈勧請之大旗安置致し、雖得災難砕障之祈禱致し、並鎗を以非常致警固し…」(関蟬丸神社文書)とあるのも、この思想に拠る。 一〇 仏法を守護し、四方を鎮護する四王天。持国天(東方)・広目天(西方)・増長天(南方)・多聞天(北方)。 二 衆生がこの世でなした善悪の業因により、死後それぞれに赴く五つの世界。地獄・餓鬼・畜生・人間・天上。「五趣」とも。「冥官」は、存命時の罪を裁く閻魔王庁の役人。 三 未詳。寛永板、「さんせう太夫」など、「大じんに泰山府君(くん)」。 三 伊勢市。皇大神宮(内宮)と豊受神宮(外宮)を併せ総称。「天正公太」は「天照皇大」の宛字。 四 神仏の分霊を招き迎え、心を動かしめる、の意。「驚かす」は、神霊の眠りを覚まさせること。 一五 →「さんせう太夫」三六〇頁注一。 一六 那智の滝本に、の意。 一七 奈良県吉野郡天川(てんかわ)村。「くま」は「かわ」の誤写。 一八 「さはう」(蔵王)の誤写。吉野金峰山寺本尊。 一九 子守も勝手も共に奈良県吉野郡吉野町。前者は吉野水分(みくまり)神社とも。 二〇 奈良県桜井市多武峰の談山(だんざん)神社。祭神藤原鎌足。 二一 奈良県生駒郡三郷町の竜田大社。 二二 奈良県天理市石上神宮。

ありて賜れと　朝夕祈り申　神や仏に重氏が似合わぬ仏詣は致し申さねども
只今誓文に立て申
抑上は梵天大釈　下は四大天王　閻魔法王　五道の冥官　なんかい　下界
の地には　伊勢神明天正公太神宮　下宮が四十末社　内宮が八十末社　両宮
合百弐十末社の御神を勧請し　驚かし奉る　忝くも熊野には大小三つの御
山　新宮　本宮　那智は飛滝権現　神の倉は竜蔵権現　滝本に千手観音　天の
くまの弁才天　吉野にさはらの権現　子守　勝手の大明神　多武の峰は大織
冠の　初瀬は十一面観音　三輪の明神　竜田の明神　布留は六社の大明神　大
大和には鏡作の大明神　奈良に七堂の大伽藍　春日は四社の大明神　天だいに
牛頭の天王　山城に木津なの天神　わくの森の大明神　稲荷は稲荷五社の明
神　祇園は八大天王三社の御神　吉田は四社の大明神　今宮三社　松の尾七社
の大明神　北野は南無天満大自在天神　高きお山に地蔵権現　麓に三国一の釈
迦如来　鞍馬に毘沙門　貴船の明神　賀茂の明神　賀茂の御手洗　比叡の山に
中堂薬師　伝教大師　打下には白髭の大明神　湖の上に竹生島の弁才天　美
濃の国にながゐの天神　尾張に津島　熱田の明神　坂東の国に鹿島　香取　浮
州の明神　出羽の国に羽黒の権現　駿河の国に富士の権現　越後に弥彦　佐渡

石上振神宮・布都努斯(ふつ)神社。二三 奈良県磯城(しき)郡田原本町の鏡作坐天照御魂(かがみつくりにいますあまてるみたまの)神社。二四「惣じて奈良は七堂伽藍八百八禰宜、九重十重都の礎、社の数が壱万八千」(松の落葉)。二五→「さんせう太夫」三六〇頁注三。二六「天だい」は「転害」の転。東大寺転害(てがい)門。「牛頭天王」は、祇園精舎の守護神で、祇園社の祭神。ここは転害門南側の奈良市押上町八坂神社(祇園社)をいう。二七 京都府相楽郡木津町の岡田国神社。二八「ふしの森(藤森)」の誤写。京都市伏見区深草。二九「上御前・中御前・下御前・四大神・田中御前」(稲荷五所大事聞書)。京都市伏見区。三〇 寛永板「祇園は三社の牛頭天王」。「八大天王」は、八大王子と牛頭天王をいうか。以下「賀茂の御手洗」まで都の霊仏霊社。三一 愛宕山山頂近くの愛宕神社。本地は勝軍地蔵。三二 愛宕山麓上嵯峨(京都市右京区)の愛宕山(五大山)清涼寺本尊。三国伝来の霊像。三三 下鴨神社(京都市左京区)末社の御手洗社。境内を流れる御手洗川に足を浸して無病息災を祈る神事で知られる。三四 滋賀県大津市の延暦寺根本中堂。延暦七年(七八八)、最澄(伝教大師。延暦寺開基)創建の薬師堂。後に一乗止観院と呼ばれ、一山の中心堂舎となる。三五 滋賀県高島郡高島町打下の白髭神社。三六 竹生島(奥琵琶湖に浮かぶ島。滋賀県東浅井郡びわ町)宝厳寺弁才天。三七 未詳。新潮日本古典集成『説経集』は「岐阜県本巣郡糸貫(いと)町長屋の長屋神社か」とする。三八 以下、東国三社。鹿島は茨城県鹿島郡、香取は千葉県佐原市、浮州は茨城県鹿島郡神栖(かみす)町にそれぞれ鎮座。浮州は息栖(いきす・おき)神社とも。「奥州に、塩釜明神、常陸の国には鹿島、香取、浮州の明神、其外の神〱は、中も詞にのべがたし」(説経・大福人弁財天御本地)。

でほく山[一]　越中に立山　加賀で白山　敷地の天神[二]　能登の国に石動[三]の大明神
信濃の国に戸隠の明神　諏訪の明神　越前で五両[四]　五十八社の御神　若狭に小
浜の八幡　丹後に切戸[五]の文殊　丹波大原八王子[六]　津の国にふり神[七]の天神　河内
の国に恩地[八]　枚岡[九]　誉田[一〇]の八幡　天王寺[一一]に聖徳太子　住吉[一二]四社の大明神　堺に
三の村[一三]　大鳥[一四]五社の大明神　淡路島に諭鶴羽[一五]の権現　淡島[一六]権現　備中に吉備津[一七]
宮　備後にも吉備津宮　備前にも吉備津宮　三ケ国の守護神を勧請し驚かし
奉る　忝くも伯耆には大山[一八]地蔵権現　筑紫の地に入りては　宇佐[一九]羅漢寺　四[二〇]
こ　くのほてん鵜戸　霧島に　志賀[二一]　宰ほつ　伊予の国に一勺[二二]　五大三[二三]の　た[二四]
けの宮の大明神　総じて[二五]神の数が九万八千　仏の数が一万三千四ねん仏　神の
父は佐陀[二六]の明神　神の母は田中の御前　岩に梵天　木に樹神　屋の内に地神荒
神　三方荒神　み荒神　土居[二七]の竈　七十二社の宅の御神に至るまで悉く誓文に
立て申

この上では親が尋ねてきたりとも　子が尋ねてきたりとも　会ふまい見まい
語るまい　二度見参申まい　二度見参するならば　我が身[二八]の事はおんでもな
し　一家一門　六親眷族[二九]　七世[三〇]の父母に至るまで悉く誓文[三一]に立て申　この上で
髪をも惜しみ申まい」と　大誓文をお立てあるは　身の毛も弥立つ計なり

一 新潟県佐渡郡の金北山神社。 二 石川県加賀市大聖寺敷地の天神。菅生石部(すごういそべ)神社。
三 石川県鹿島郡鹿島町石動(いするぎ)山頂上に鎮座。
四 「五両」は未詳。あるいは、越前五領(敦賀・丹生・足羽・大野・坂井の五郡)をいうか。「御霊」の宮は知られない。 五 京都府宮津市文珠の智恩寺。本尊文殊菩薩。 六 京都府天田(あまた)郡三和(みわ)町の大原神社。 七 大阪府高槻市のひる神天神。以下、大阪府内の霊場。 八 八尾市の恩地大明神。 九 東大阪市。河内国一の宮。 一〇 羽曳野市。 一一 大阪市天王寺区、荒陵山敬田院。聖徳太子創建。 一二 大阪市住吉区。祭神は底筒男(そこつつのお)命、中筒男(なかつつのお)命、表筒男(うわつつのお)命の三神と神功皇后。ただし、異説もある。 一三 開口(あぐち)神社。古く三村大明神と称し、神宮寺(念仏寺)とあわせ、大寺の名で知られる。 一四 堺市。和泉国一の宮。 一五 「鶴羽山権現 在ニ由良ノ加葉山之西一、祭神熊野ニ同」(和漢三才図会)。 一六 和歌山市加太の淡島神社。 一七 岡山市吉備津の吉備津神社。吉備の総鎮護社。後に、備前に吉備津彦神社(岡山市一宮)、備後に吉備津神社(広島県芦品郡新市町)を分祀。 一八 鳥取県西伯郡大山町の大山寺(だいせんじ)。大智明(だいちみょう)権現(本地地蔵菩薩)で知られる。 一九 宇佐は宇佐八幡。羅漢寺はその西北。大分県。 二〇 「ひこ(英彦山権現)」「くぼて(求菩提山)」の誤り。彦山修験道の拠点とその傘下霊地。福岡県。 二一 福岡市東区志賀島の志賀海神社、及び太宰府市の太宰府天満宮。 二二 「一勺」は「一句」の誤写で、「伊予の国に一宮」(さんせう太夫)の意であろう。愛媛県新居浜市一宮(いっく)神社か。 二三 高知市内にある五台山をさす。山頂付近に竹林寺。
二四 未詳。 二五 以下、神おろし納めの語り口。定型。神の数「九万八千七社」、仏の数「一万三千

上人この由きこしめし「出家は遂ぎやう　若侍　こなたゑきたり候へ」とて　磨いたる[三二]半挿に湯を取り　熱湯温湯をぬめ[三三]合わせ　[三四]欲垢煩悩の垢を洗ぎ　[三五]天台の剃刀を額に二三度押し当てて　[三六]中道実相沙門界とゆふこの文を　二三度　髪をば[三七]四方浄土ゑ剃りこぼし　髪剃りての戒名に　苅萱の庄の人ならば　名は苅萱の道心と参らする

その時に　道心は　[三八]落合の水を汲み　花を摘みては香を盛り　念仏申　行い切つておわします

(12)

[三九]これは道心の御物語はさておき申

あらいたわしや　道心は　昨日今日とは申せども　御寺に五年の奉公なさるゝが　五年の正月の初夢に　悪き夢を見たるとて　御上人の御間[四〇]ゑ参り　[四一]夢懺悔物語をぞなされける

「のういかに申御上人様　さて某が　「この寺に長[四二]らへ出家を遂げ申べし」と　御前へ申上ぐるその折は　「国元に親はなし　子は持たず　尋ね参る者はなし」と申上げて候へども　捨てたる御台は十九なり　[四三]さて某は廿一　娘に千

余」は、当代の常識的理解。↓「さんせう太夫」三六一頁六行目。二六 島根県松江市の佐太(佐陀)神社。神在月(十月)に全国の神を迎える神在祭が行われる。「神の父」はそのことに関連するか。「田中の御前」は、同社の摂社。二七 屋敷のかまど神。「土居」は、屋敷まわりの土塀。二八 言うまでもない、の意。二九 一切の血族と姻族。全ての縁者。三〇「一子出家すれば、七世の父母成仏すといへり」(謡曲・高野物狂)。三一 この誓文を守り通したこと(「この世でこそは親とも子とも姉弟とも御名乗りなけれども」)により、物語終部で、「来世にては、親とも子とも、一家一門、六親眷属、七世の父母に至る迄、一つ浄土へ御参りある」(三一二頁八行目)という結果が招来される。三二 口漱ぎや洗面などに用いる盥。耳盥。三三 うめあわせ、の意か。あるいは熱湯と温湯を混ぜて、ぬるぬるした湯にすることをいうか。三四 欲望・執着・迷妄など、もろもろの煩悩。三五 天台止観。一切の雑念を止めて、心を一つに集中させること。三六 万有の真実相は、有でもなく空でもない中道にある。沙門界に入って法身を得よう、の意。三七 寛永板は「四方浄土と」、底本は「四方浄土へ」で統一。三八 川の合流点。「オチアイ」の訛り。三九 意味的には、局面末の定型表現。しかし、「爰に又物の哀をとゞめたは」「殊に哀をとゞめたは」等の形式句に連接して、局面末から次場面への橋渡し的性格をも備える。音曲的には、「三重がえし」のような語り出し句としてあったか。二六九頁二行目、三〇〇頁四行目など。四〇 寛永板「御前に参り」。四一 夢にあらわれた過去の罪悪を神仏や遁世者らに打ち明け話すこと。四二 長く住み続けて、の意。四三 一方。

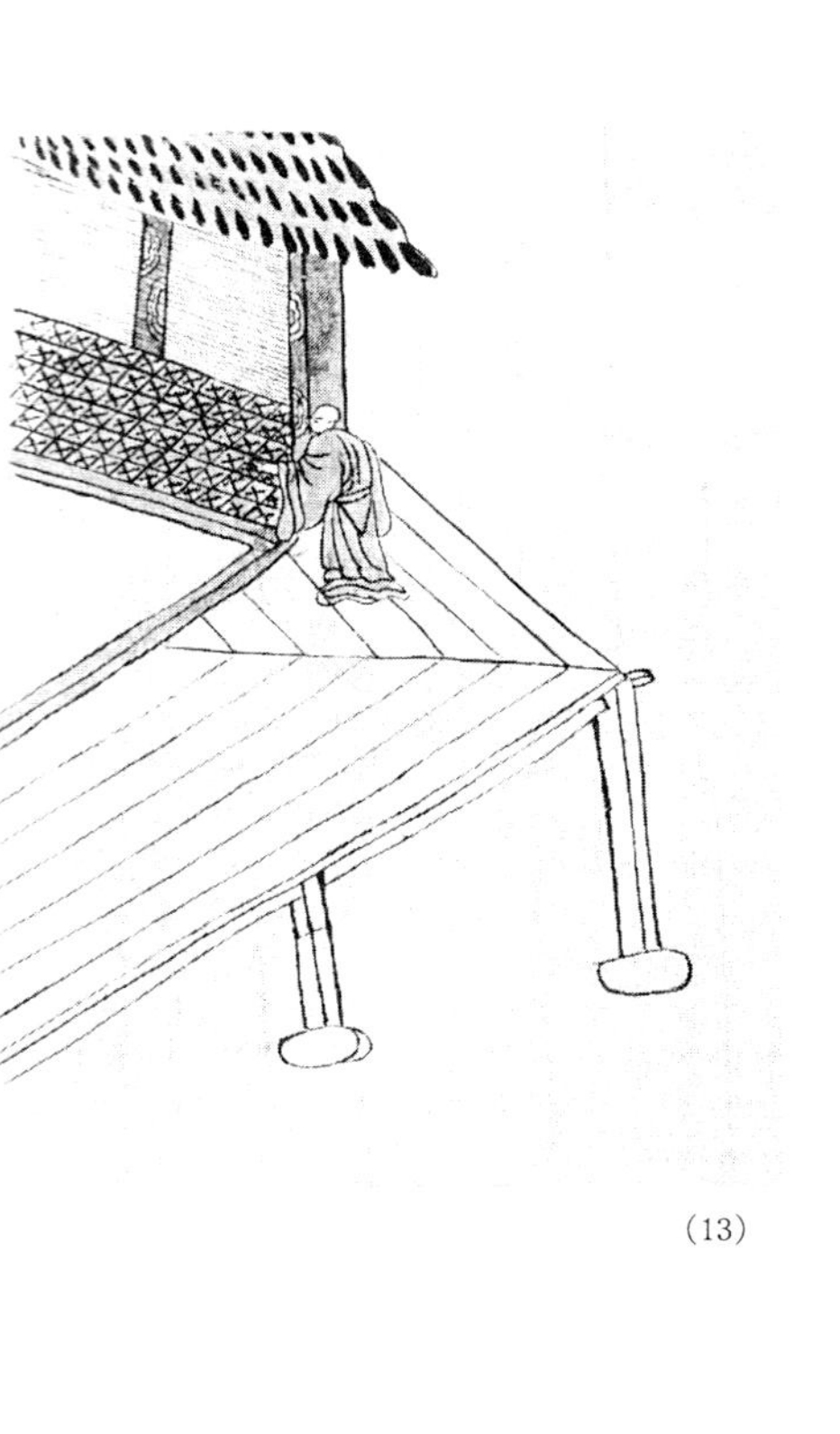

(13)

代鶴姫とて三歳になり申　母の胎内に七月半の嬰子を　捨てて参りて御座あるが　この子が生まれ　成人し　母諸共にこの寺ゑ尋ねて参りてよ　さて道心が衣の袖に縋り付き　泣いつ口説いつ　夢を見た[一]　夢にだに〳〵　心乱れて物憂きに　自然[二]この夢合うならば　道心何となろうぞの　さて某はこれよりも　女[三]人の登らぬ高野の山ゑ登るべし　お暇給われ　御上人様」

上人この由きこしめし　「情ないよの　道心よ　高野の山は託言[四]　国へ下ると悟るなり」　道心この由うち聞いて　「情なき御上人の御心中で御座あるの

一「夢を(に)見た」で成句化。「た」で言い切る形が、合戦場面を除くと、「御門に立寄り、ほと〳〵とたゝいた」(あいごの若)など、比較的少ない中、「夢を(に)見た」は慣用句として頻用された説経特有の語法。説経の物語展開で夢は重要な意味をもつ。「名乗りかくると夢を見た」(寛永板)。「さて半分の残りたを、天に鷲が摑ふであると夢に見た」(をぐり・一九五頁一五行目)。二万一、夢で見たことが実際におこったならば、の意。三女人禁制の、の意。高野系物語では、多く都新黒谷の法然の許での剃髪を述べ、その後、高野での遁世修行を描く。法然と高野を結んで語られる「高野聖」の唱導の拡りが注目される。「東山黒谷に住み給ふ法然上人を師匠に頼み奉り、元結切り、西へ投げ、その名を引き変へて、蓮生坊と申。…かくて蓮生、黒谷に籠居し、正念念仏申てゐたりしが、ある時、蓮生、心の内に思ふやう、紀の国に御立ある高野山へ参らばやと思ひ、上人に御暇申」(舞曲・敦盛)。四「カコツケゴト」(日葡辞書)の転。何かのせいにしていう言葉。口実。五「見一葉落而知歳之将暮」(淮南子)に拠る。落葉一枚で秋の訪れを知る意から、小さな事柄で大きな事象を察知することをいう。ここは、人の心中は、一つ二つのちょっとしたことでわかるというが、の意。寛永板「人の儀は、五日三日でだに知るゝと申に」。六底本「しはう」。「コノカタ」と読むべき「此方」を音読して生じた本文。七以下の「経尽し」は絵入写本のみで、寛永板にはない。同じ「大誓文」のうち、「神おろし」は絵入写本、寛永板双方にみられる。しかし、「さんせう太夫」では、それら二つが揃ってみられ、これらが嵌め込み式の語りとしてあったことを示す。経典列挙も類型的。「悟り賢き人なれば、

さて人の心と申は　一葉二葉で知ると申が　某もこの寺に　昨日今日とは申せども　五年の奉公申たぞ　五年此方のその間に　習ひ学問は致さねども　朝夕聴聞申たる御経を誓文に立て申　御心安かれや　御上人様」

その時に道心は　うがいにて身を清め　上人の御前にて　数珠さら〳〵と押し揉んで

「抑御経の数は　華厳に阿含　方等　般若　法華　涅槃に　並びに五部の大御経　観音経にすい御経　薬師御経に弥陀御経　こくみにこ経を尽されたり　万の罪の滅する御経は　血盆経かさては浄土の三部御経か　ふしやの御経が三十巻　ほつすい御経が十四巻　天大が六十巻　大般若が六百巻　並びに弘法の教の御経　法華経は一部八巻　文字の並が六万九千三百八十四字に記されたり　総じて御経のその数　七千余巻に積もられたり　八万諸聖経　この経文の神罰と被るべし　国ゑとては下らんなり　高野の山ゑ登るべし　御暇賜れ　御上人様」

(14)

華厳、阿含、方等、般若、法華、涅槃、三部経まで読誦して」(浄瑠璃御前物語・八頁五行目)。八 華厳宗所依の経典。釈迦の悟りの内容をそのままにあらわしている大乗仏教の最重要経典の一。天台宗など諸宗への影響も大きい。九 四阿含経(長阿含経・中阿含経・雑阿含経・増一阿含経)。釈迦の説いた教法を記す小乗仏教の根本聖典。一〇 大乗の経典の総称。個別の経典名ではない。一一「大般若波羅蜜多経」の略。万有はみな空であることを説く。「玄奘三蔵経」六百巻。一二「妙法蓮華経」の略。天台宗、日蓮宗所依の根本経典。八巻二十八品。一三「大般涅槃経」の略。釈迦入滅時の説法を録す。如来常住、悉有仏性を説く。曇無讖(どんむせん)訳、四十巻が知られる。一四 寛永板「五部の大蔵経」。「大日経」「金剛頂経」「蘇悉地経」「菩提道所説一字頂輪王経」「金剛峰楼閣一切瑜伽瑜祇経」の天台密教の経典をいうか。あるいは五部の大乗経(華厳経・大集経・般若経・法華経・涅槃経)をいうか。一五「法華経」の観世音菩薩普門品。一六「随求(ずい)経」か。「経は法華経さらなり。普賢十願。千手経。随求経。金剛般若。薬師経。仁王経の下巻」(枕草子一九五段) 一七「薬師瑠璃光如来本願功徳経」。名称通り、薬師如来の本願・功徳を説く。一八「阿弥陀経」。阿弥陀名号の功徳を説く。「浄土三部経」(他に無量寿経・観無量寿経)の一。一九 未詳。「さんせう太夫」では「こふみにこ経」(新潮日本古典集成『説経集』は、これを「小文に古経」とする)。二〇「女人血盆経」。日本で成立。二一「くしや(倶舎)の御経」の誤り。「阿毘達磨倶舎論」の略。倶舎宗所依の論。経ではない。「大般若経六百巻、倶舎経三十巻、ふんすい経十四巻」(てんぐのだいり)、「天台は六十巻、倶舎は三十巻、ふんすいは十四巻、次に五部の大乗経

上人この由きこしめし 「ありの儘なる道心かな さてその儀にてましまさば 早〳〵暇を出すなり 高野に心止まらずば 又この寺ゑ御座ありて よく〳〵御生御願いあれ 道心いかに」とありければ

道心この由うち聞いて 新黒谷をば傘一本で立ち出でて さて三日と申には 夜な〳〵学文路へ御着きある

急がせ給へば程もなく 高野の山に聞こゑたる 蓮華坊ゑと御着きある

あらいたわしや 道心は 高野の山ゑ御着きあるが 落合の水を汲み 花を

(15)

の」(常盤物語)。二二「ふんすい御経」の誤り。二三「天台三大部」六十巻。天台大師智顗(ぎ)講説の「法華玄義」十巻、「法華文句」十巻、「摩訶止観」十巻と、妙楽大師がそれらを講述した「法華玄義釈籤」十巻、「法華文句記」十巻、「止観輔行伝弘決」十巻をいう。二四 通例「経尽し」の中には、この表現なし。「苅萱」ならではのことであろう。二五「法華経は。一部八巻二十八品。文字の数六万九千三百八十四字。皆金(こん)色(じき)の仏体也」(奈良絵本・大橋の中将)。二六 神の数、仏の数、経の数の総数をいう時の慣用句。「惣じて神の御数は九万八千七社とぞ聞えける」(舞曲・伏見常葉)。「こふみにこ経は、数を尽いて七千余巻に記されたり」(さんせう太夫・三五七頁一一行目)。二七「八万」は「八万四千」の略。仏教で数多いことをいう。「ありがたやありがたや、八万諸聖教、皆是阿弥陀仏なるべし」(謡曲・誓願寺)。二八 以下、誓文結びの定型表現。「忝くも神の数。九万八千七社の御神。仏の数は一万三千余仏也、此仏神の御罰を被るべし。童(わっ)におひては知らぬなり」(さんせう太夫・三六一頁一〇行目)。

一 かくしだてのない、真正直な、の意。
二 後生。三 以下、道行。ただし、省略が甚だしい。二七九頁一二行目以下参照。
四「傘一本」は、破戒僧が寺から追放される時の風体。しかし、ここの「傘」は、挿絵にもあるように、長柄の大傘がイメージされる。大傘は、髭や羽織と共に説教者を特徴づけるものであり、高野聖に説教者の面影が重なる。
五 高野道行文を特色づける「夜な〳〵坂をお上りある」などが省略された形か。→二九一頁一

摘みては香を盛り　朝夕念仏申　行い切つておわします

九 これ迄は道心の御物語はやおき申

爰に又　物の哀をとゞめたは　国元におわします御台所で　物の哀をとゞめたり　一〇 さてもその夜の事なるに　あらいたにしや　お御台わ　重氏殿の一間所ゑ御座ありて　一一 間の障子をさらと開け　「重氏様は御座あるか」と御呼ばわりなさるれど　重氏様は御座のうて　一二 旅装束の跡ばかり

行目、六行目。六 和歌山県橋本市。高野山麓。後に「三日三夜と申には、高野の三里麓なる学文路の宿ゑとお着きある」（二八〇頁一行目）とある。古く、禿童村と呼ばれ、俗聖禿法師の寄集地、あるいは違例者施行の場として知られる。七 高野山に実在しない。「蓮華谷」に仮託した名称か。高野聖の祖ともされる明遍の蓮華三昧院は有名。「蓮華谷」は「伽藍の東十七町許にあり、曩昔此谷蓮華界の瑞想を現し、宝池皆蓮花となる。依りて名とす」（紀伊続風土記）という。「それよりも（重氏は）蓮華谷に聞えたる萱堂と申に取こもり、後生大事とお願いある」（寛永板）。八 以下、念仏修行をいう類型表現。頻用される繰り返し表現の一。→二六五頁七行目、三一一頁七行目。

九「これは道心の御物語はさておき申」（二六五頁九行目他）の変型。「爰に又」以下の説経特有の語り出し句が続き、移行表現として定着。ただし、「物の哀をとゞめたは」「殊に哀をとゞめた〈し〉は」は、一般には「扨も其後」に続く冒頭定型表現。「扨も其後、物の哀をとゞめしは、平家の人々にて、物の哀をとゞめたり」（こあつもり）。→三〇〇頁五行目、三〇八頁二行目。

一〇「さてもその夜の事なるに」は、説明的な挿入句。語りとしては、「物の哀をとゞめたり」で終止感をもたせ、調子をかえて、「フシ」または「コトバ」（説経は「フシ」と「コトバ」の交互で語る）で「あらいたはしや」と語り出すのが、通例の形。寛永板「その夜（重氏が出奔した夜）の事なるに、いつもは重氏殿の称名の音がつかまつるが、今夜は称名の音のせぬなりとおぼしめし…持仏堂にはや参り」。一一 成句。「さらと」は「さらりと」の脱か。一二 旅装束に着がえた跡が残るばかりであった、の意。

(16)

御台この由御覧じて　さても不思議や　重氏は今夜の夜の中に忍び出でさせ給ふたよ　自らが夢程[1]これを知るならば　何処いかなる浦場ゑも御供申て参らんにと　持仏堂を見給へば　あらいたわしや　重氏の少も御膚を御離しなき御腰物と　籐の枕と畳みた文のあるを見て　思わず知らずに取り上げて　さつと開ひて拝見ある

先づ[2]一番の筆立てに

母の胎内七月半の嬰子が生まれ　男子の子ならばよ　石童丸と名を付けて　出家になひて給われの　又女子ならば　ともかくも　それは御台に任せをく　この世の縁こそ薄くとも　来世でやがて会うべき

と　事懇[3]に書き写し

(17)

一 少しでも。「自ら夢ほど知るならば」（をぐり）と慣用化。

二 二五五頁四行目以下本文の繰り返し。置文も同様。

三 底本通り。誤脱があろう。

さて自らは　この文を見るにつけても情なや　海ゑも川ゑも身を投げて　死なんとこそは悶ゑ給ふ　爰にからかみのお局と申は　御台所に抱き付き　「のふいかにお御台　御身のやうなる胎内に子を持つて　[四]空しく御なり候へば　阿鼻無間の業に沈みてに　浮かむ依正のなひと承りて御座あるの　[五]御身二つに御なりあるものならば　夫の行方をお尋ねあらうとも　又は[六]海上ゑ御沈みあらうとも　それは御身の[七]御計らひ　さてこの度の[八]生害はお止まりありて給われの　御台所」とありければ　御台所はお止まりある

(18)

四 前出の「二度見参するならば、無間の底ゑ沈みてに、浮かむ依正のあるまい」(二六二頁九行目)と同趣。「てに」の連接の一致が注意される。「阿鼻無間」は、二六〇頁注四参照。
五 御出産なされたならば、の意。
六 古くは「カイシャゥ」(日葡辞書)。
七 底本の仮名文字「乃」。「この度の」の後の「の」も同様。以下、数多く散見される。筆写者の筆くせか。
八 自害。

(19)

[一]程なく十月と中暮程に　[二]御産の紐をお解きある　[三]平らかなる女房達参り　介錯申抱き取る　「男か女か」とお問いある　玉を磨き　瑠璃を延べたる如くなる若君様にておわします　[四]かうちうをとつて参らする左の御手に　[五]安養の玉を握り御いである　「早く御名を参らせよ」と　[六]げにそよまことに忘れたり　父置添の文に任せて　名をば石童丸と参らする　この石童丸には　[七]御乳が六人乳母が六人　以上十二人の御乳や乳母は　いつきかせづき奉る

年の暮るゝは程もなく　二歳三歳はや過ぎて　十三にこそおなりある

一 以下、類似的な誕生描写。通例、懐妊・出産・予祝・命名・養育に及んで、類型表現を点綴して描述される。→「をぐり」一六一頁一五行目。
二 出産をいう成句。「産の紐」は、妊婦の用いる腹帯。　三 心落ち着いた、おだやかな、の意。
四 未詳。「産湯を取りて参らする」(をぐり他)の意か。
五 安養浄土、即ち極楽浄土の玉。若君が極楽世界の阿弥陀の申し子であるというような理由づけが古くにあったか。空海伝承に関連して、「左の手に一寸八分の岩を握り」(四国遍路御開基弘法大師廼記)誕生した八坂右衛門三郎伝説と響きあうところもある。ただし、「手の内の玉」は誕生描写に常套。誕生描写に於ける「手の内の玉」は、「をぐり」(注一参照)のように予祝に述べたり、「師門物語」の「手の内の玉、袖の上の蓮華と斎(い)き傅き」の如く養育表現に用いられるなど混乱があり、そうした中から派生した表現とも考えられる。
六 そうだ、すっかり忘れていた、の意。慣用句。「げにまこと忘れたり」とも。→二七六頁五行目、二九九頁四行目。
七 大事に養育することをいう常套表現。「御乳が六人、乳母が六人、十二人の御乳や乳母が預り申、抱き取り、いつきかしづき奉る」(をぐり・一六二頁一六行)。
八 貴人邸宅の正殿。
九 以下、「さんせう太夫」(三一九頁二行目)に類同場面。燕夫婦をみて、親のないことに不審を抱くのは、「一切記」や松竹本「熊野の本地」などにも。「ほうどう丸は、七歳の春の比、南面の花園に立出、四方を眺めておわします…何処共なく燕がつがい飛び来り、…あら不審や、あの鳥類畜類だに親とて二人もつものが、我二親の

あらいたわしや　姉の千代鶴姫は　女房達に誘はれて　余所の花見に御座あれば　あらいたわしや　御台所と石童丸は　八南面の広縁に御座ありて　花園眺めておわします　九何処とも知らず　燕夫婦飛び来たり　花の小枝に並び入を石童丸は御覧じて「のういかにお御台　さてあの鳥と申は　何と申」とお問ひある　母上様はきこしめし「おふその事で御座あるの　あの鳥と申は一〇常磐の国よりも　二つ飛んだる鳥なれば　名をば燕共申なり　又は一一耆婆とも申なり　一二雄　ちゝと囀れば　法華経五の巻を囀りて　なんぼ優しき鳥である　あなたなるは　父鳥よ　こなたなるは母鳥よ　中に十二並うだは　さてあの鳥の子供共よ」と教ゑ給ふ

石童丸はきこしめし「一三さても不思議や今日の日は　あのやうなる鳥類　畜類　又は地を這う獣まで　父よ母よと申てに　親おば二人あるものに　何とて姉の千代鶴姫と某には　一四父という字は御座ないの　又侍の習にて　一五時の口論　ぎば　笠咎に駆け負けさせ給ひてに　空しく御なりありたるか　何時が命日　一六吉日にて御座あるの　母上様」とありければ　御台所はきこしめし「一七おふその事で候うの　御身の父は廿一　さて自らは十九なり　姉の千代鶴姫は三

知らざるは、鳥類には劣りたり」(一切記)。

一〇「常磐島」とも。燕や雁が飛び来る所とされた空想の島。「夷(ゑぞ)より五十里」(一目玉鉾、笈埃随筆)にあるとされた。「常磐の国よりも、春は来て秋戻る燕といふ鳥夫婦」(せつきやうしんとく丸)。

一一 雪山に住み、一身両頭、人面禽形、その鳴声から名があるとされる。仏典にみる想像上の鳥。命命鳥、共命鳥とも。燕を耆婆ということ未詳。

一二 寛永板「ちゝはしとさへづるとは思へども、法華経の一の巻の要文に、止止不須説、我法とさへづるぞよ、なんぼう親に孝行なる鳥なるぞ」。「止止不須説」は、寛永板にあるとおり「法華経」巻一の一節。「さんせう太夫物語」では、これを本作同様、「五の巻」とする。「なんぼ」は大層、の意。「なんぼうめでたき神成ぞ」(牛王の姫)。 一三 納得のいかぬことをいう慣用句。「あら不思議やな今日の日や」(明暦板・せつきやうさんせう太夫)。 一四 父という人は、の意。

一五 武士が行きずりの道で互いの無礼を咎めだてすることをいう常套表現。「時の口論、笠咎め、座敷の論に引くに引かれぬ男のならひ」(はもち中納言・京大本)、「不思議の乗り合ひ、笠咎め、座敷論のことといたすなよ」(むらまつの物語)。「ぎば」は「騎馬」の誤りで、騎上したまま通り過ぎようとして咎めだてされること。「笠咎」も笠をとらなかったとか、笠に触れたとかで、諍いに及ぶこと。「かさとがめ」に、底本「かさとかめめ」を改めた。

一六「忌日」の誤り。「何時が忌日ぞ命日ぞ」(さんせう太夫物語)。

一七「おふその事で御座あるの」(五行目)と同意。「さむらふ」は「さぶらふ」の転で、中世女性語。

歳よ　さて御身は胎内に七月半の御時に　嵐に花の散るを見て　青道心[一]を起こいてに　都の方に聞こゑたる新黒谷で髪を剃り　名は苅萱の道心と　風の便に聞く程に　余りに[二]自ら夫の恋しき折〳〵は　年〴〵文をも上するに　上する文は受け取りて　返す返事のおりない[三]わ　父は浮世[四]に御座あるぞ　石童丸」とありければ　石童丸はきこしめし　「さても嬉しき御事や　さて今迄は　父は浮世に御座ないと　心の中に存じたに　父は浮世に御座あるの　父さゑ浮世に御座あらば　姉の千代鶴姫と某に　少の暇[五]を給われの　父を尋ねて会をうぞよ母上様」とありければ

御台この由きこしめし　「[六]さてその儀にてあるならば　姉の千代鶴姫によ構ひてこの事を深く包めよ　石童丸　明日[七]と申せば人が知る　たゞ今夜の夜の中に　忍び出ふ」とおぼしめし　旅装束を拵ゑて　花の屋形を夜に紛れ　忍び出でさせ給ひしが

親[八]と子の機縁かよ　妻戸[九]のきり〳〵と鳴る音が　姉千代鶴が耳ゑ入　千代鶴姫はきこしめし　さても不思議や　今の妻戸の鳴る音は　母上様の妻戸なり母上様の夜〳〵御申ありたるは　石童丸が成人したるものならば　父御を尋ね申さんと　御申ありて御座あるが　さても今夜の夜の中に　忍び出でさせ給ひ

一　若気のあまりの俄道心。

二　底本「ちと」をなぞる。墨消のようでもあり、「に」に訂正したともみえる。後者によった。

三　「おりない」は、「ない」の丁寧語。「お入りない」の転。しかし、頻用表現であることからいえば、「返す返事のない折は」(二七七頁七行目)の誤写の可能性を考えるべきか。

四　この世。

五　家を出て父を探しに行くのに必要な時間。日時。

六　石童丸は、姉と自分に暇をくれと願ったが、母は石童丸と自らの二人だけで旅に出たいという。後続場面を用意するためであるが、やや飛躍が感じられる。寛永板では、その点が特に顕著で、姉に言うなの部分がなく、「二人の人々は…御出である」とあって、本文の省略が想定される。

七　明日出発ということにすれば、その間に、の意。

八　「機縁」は仏教語。仏の教化を受けるべき因縁。説経「苅萱」では、「親と子の機縁」が成句的に頻用され、母と娘、父と息子のただならぬ恩愛繫縛と愛別離苦を印象づける。

九　貴人邸宅の四隅にある両開きの板戸。「きり〳〵」は、「きりゝ」の誤写か。

たか　さて自らは　幼い折に　父には捨てられ申とも　母にまでは捨てられまじきとて　[一〇]徒歩や徒跣の風情にて　急ぎ追つ掛け給ひしが　親と子の機縁かの[一一]五町が間で追つ掛け　母上様の御袖に縋り付き　[一二]口説事こそ哀也

[一三]「のふ〳〵いかに母上様　[一四]どれが前腹当腹で　継子継父の御仲で　中に隔をなさるゝよ　石童丸ばかりがの　父の子にて御座あるか　さて斯う申自らは父の子にては御座ないの　石童丸が父を尋ぬるものならば　さて斯う申自らも共に[一五]父御を[一六]尋によの　母上様」とありければ

母上様はきこしめし「おふその事で候うの　どれが前腹当腹で　継子継父の御中で　中に隔はなさねども　石童丸は弟なれども　男子にて　[一七]道の伽にもなるぞとの　又御身は姉なれど　女の身にて候へば　道の伽にはならずして道の妨になるぞかし　その上　これよりも上方道と申するは　人の心が[一八]邪見にて　御身のやうなる[一九]妍き姫をばの　[二〇]押ゑて捕つて売ると聞く　売られ買われもするならば　[二一]長きの思であるまいか　御身は思ひ上まりて　屋形の留守をもよくめされ　父に尋ね会ふたらば　[二二]よきやうに申落とひてに　一度は父に会わせうぞ　千代鶴姫」とありければ

(20)

一〇 はだしのままで、の意。「徒歩や徒跣で走り出で」(をぐり)。

一一 寛永板に「五ちやうかはま」とあるが、地名ではない。五丁の間で追いつき、の意。一丁は、一〇九メートル強。「半丁ばかりがその間(あい)を、たゞ一あしにと急ぎつゝ、…姫御前にとりつきて」(奈良絵本・むらまつ)。

一二 恨み言など、心のうちをせつせつと訴えること。

一三 強い思いをこめた呼びかけ。二七七頁一行目「やあ〳〵いかに」も同様。ここまでは「のふいかに」を専らとするが、以降、「のう〳〵」「やあ〳〵」の形式が多くなる。物語が徐々に緊張感を高める。

一四 誰が先腹、誰が当腹で、誰が継子継父の間柄というのですか。そんな仲でもないのに、別け隔てをなされることですよ、の意。「前腹当腹」の読みは、底本の清濁表記に基づく。

一五 底本「ちゝ子」。

一六 「尋ねようの」の転。

一七 道中の話し相手。

一八 「邪見」(黒本本節用集、他)。

一九 「眉目 ミメ」「妍 ミメヨシ」「眼好 ミメヨシ」(易林本節用集)。

二〇 →二五九頁注一八。

二一 長い間の悲しい思い。寛永板「二世の思ひ」。

二二 うまく説得して、の意。「申落とす」は、口説いて意に従わせること。申し聞かせる。寛永板に「よきに教訓申てに、これまで御供申さいよ」(学文路で母が石童を高野に上らせる件り)とある。

千代鶴姫はきこしめし「さてもけなりや[一]石童丸
弟なれども男子とて　道の伽にもなるぞとよ　又自ら
は姉なれど　女と生まれて口惜しや　父を尋ねん[二]無念
さよ　さても父御の御方ゑ　[三]よき便宜にて御座ある
に　何がな[四]言伝申さんの　げにそよまことに忘れた
り　[五]父の御ためと思ひてに　暖か絹の衣をも裁ち縫い
持つて御座あるを　これを父御に言伝てん　やあ〳〵いかに石童丸　父御に尋
ね会ふたらば　「これは三つで捨てられし　今年十五になる姫が　[六]手綿の絹の
衣なり　見苦しうは候へど　[七]情にとりて召されよ」と　父御にこれを参らせ
よ　のふ〳〵いかに母上様　とてもお尋ねあるならば　[八]門出やうて物やうて
[九]やがてお下向待ち申　やがて戻らい[一〇]石童丸」と　[一一]さらば〳〵の暇乞　仮初の
暇乞とは思へども　親とも　子とも　姉弟とも　長きの別とおぼゑたり
[一二]あらいたわしや　お御台わ　[一三]暮るゝを宿　明くるを旅と御急ぎある　急がせ
給ゑば程もなく　[一四]五十二日と申には　花の都は東山　新黒谷に御着きある
御門の脇に立ち添ひて　あらいたわしや　御御台わ　石童丸を近付けて

(21)

一 うらやましいことよ、の意。
二 打消「ぬ」に同じ。
三 よいついで。絶好の機会。
四 ここは、「言付け」の意。
五 寛永板「自ら六つの年よりも、いかなるを聖にも参らせんと思ひてに、手わざの絹の衣を裁ち縫いて持ちて候が、これを言伝申べしや」。
六 自分で紡いだ綿衣。寛永板「手わざ(手業)」。
七 「情をかけて召されい」「情を賜うて召されい」(寛永板)と同意か。あるいは、情に(思いやりの心から)受け取って、の意か。
八 旅立ちもよく、道中もめでたく、の意。祝いの常套句。
九 すぐに。
一〇 説経の古い語法。万治・寛文以降の正本にはみられない。
一一 一時の別れと思ったのが、結局は、親とも、子とも、姉弟とも、永遠の別れとなった、の意。語り物特有の前表。別離場面末に用いられて慣用化した。「さらば〳〵の暇乞、事かりそめとは思へども、長の別と聞こへける」(さんせう太夫・三五一頁一一行目)。
一二 以下、短いながら、本来は新黒谷までの道行文であろう。寛永板は出発点を小松が浦とする。
一三 日が暮れたらその所を宿、夜が明けたら旅と、の意。
一四 重氏の苅萱から都までの旅程は、「日数を積りて三十九日」(寛永板)。

「やあ〳〵いかに石童丸　御身の父の苅萱の　髪剃り給ふ御寺はこれなる御寺で御座あるぞ　自ら参り尋ねんが　さて自らが国元にて　夫の恋しき折〳〵に　[一五]年〴〵文をも上するに　上する文は受け取りて　[一六]返す返事のない折は　最早自らに縁尽き果てたとおぼゐたり　御身は又　親と子の事なれば　御会ひあろうは一定なり　早〳〵参りて尋ねさい[一七]　石童丸」とありければ　石童丸はきこしめし急ぎ御門の内ゑ立ち入給ふ

「のふ〳〵いかに御上人様　さて斯う申某は　国を申せば　[一八]これよりも草深き大筑紫の者で御座あるが　国を申せば筑前の国　庄を申せば苅萱の庄　[一九]氏を申せば重氏なり　さて某が父上様は廿一　母上様は十九なり　姉千代鶴は三歳なり　さて斯う申某は　母の胎内に七月半の御時に　父上様は嵐に花の散るを御覧じて　青道心を起こさせ給ひてに　この御寺で髪を剃り　名わ苅萱の

(22)

一五　寛永板「時々」。
一六　返事がないからは、の意。→二七四頁注三。
一七　説経特有の語法。「落ちさい(よ)」「忘れさい(な)」など。寛永板「急ぎ上らい石童丸」。
一八　地名を言いおこす慣用句。必ずしも「これ」(此処)という地点が意識されているわけではない。「草深き」については、二五七頁注二四参照。
一九　家系。転じて、父の名。

(23)

道心と　風の便に承りて御座あるの　余り父御の恋しさに　これ迄参りて御座あるの　御存ぢありて御座あらば　教へて給われ　御上人様」

御上人この由きこしめし「あふその事で御座あるの　御身の父苅萱の道心は　この寺にて髪お剃り　名わ苅萱の道心と　お中ありて御座あるが　[一]御身母と御手前の尋ねて参ると夢を見て　会ふまい　見まい　語るまいとてに　これよりも女人の[二]上らん　高野の山へ御上りありて御座あるぞ　彼方を御尋ね候へ」とて　御上人も涙を流させ給ふ

あらいたわしや　石童丸　御上人に暇を申　急ぎ御門の内を立ち出でて　母上様の御傍ゑ御座ありて　「のふ〱いかに母上様　さても父重氏様は　この御寺で髪を剃り　名わ苅萱の道心と　お中ありて御座あるとの　母上様と某が尋に参ると夢を御覧じて　会ふまい　見まい　語るまいとてに

(24)

一 あなたの母。

二 「上らぬ」。筆者の書きぐせ。頻出。→二六〇頁注五。

三 慣用表現。「さのみ嘆いそ」は、そんなに嘆くな、「連れて」は、あなたが嘆くと一緒に、の意。「さのみ嘆いそつし王丸。連れて心の乱るゝに」(さんせう太夫・二三七頁七行目)。

四 慣用句。寛永板には、「いかなる野の末山の奥、虎伏す野辺の果て迄も」とあり、後句は「虎臥す野辺、火の中水の底迄も」の形でも成句化している。

これよりも女人の上らん高野の山ゑ御上りありて御座あるとの　さて高野の山とやらんは　何処にて御座あるの　母上様」とありければ　御台この由きこしめし「[三]さのみ嘆いそ石童丸連れて心の乱るゝに　父さゑ浮世に御座あらば　[四]いかなる野の末山の果　又は[五]湯水の底迄も　[六]一度は尋ねて会わせうぞ　[七]最早参れよ　石童丸」と

新黒谷を立ち出でて　四条の橋を打ち渡り「あれは[八]五条の橋とかや　都の[九]名勝旧跡をこの度拝ませたうは思ゑども　父に尋ね会ふたらば　下向に静かに拝むまいかよ」と　[一〇]八幡の山ゑ御参りなされてに　[一一]本地は弥陀でおわします　ゆめのは□お下向なされてに　[一二]交野の原を通るとて　禁野の雉は子を惜しむ　夫の重氏殿様は　我が子を思わん悲しさよと　心の中にうち恨み　御急ぎ

(25)

五「黄泉(ちよみ)の底」が訛って定着した形か。あるいは「火の中、水の底迄も」からの変か。

六「一度は」は「会わせうぞ」にかかる。御台は千代姫に対しても同じように、「一度は父に会わせうぞ」(二七五頁一五行目)と述べていて、せめて一度だけでも必ずという強い思いが滲む。

七もう来いよ、の意。「参る」は、「来る」の尊大語。

八現在の松原橋の位置にあった。

九寛永板「めいしよ」。

一〇男山(現在京都府八幡市)の石清水八幡宮。

一一行教和尚が宇佐参詣の砌、神告を蒙り、衣に弥陀三尊が移って、男山に八幡神を遷座した(八幡愚童訓)という。この縁起譚により、古来、八幡神の本地は阿弥陀とされた。

一二「交野の原を通り、禁野の雉は子を思ふ」(舞曲・敦盛)。寛永板は「夫の重氏殿」の前に「鳥だに我が子を思ふ習ひあり」を挿入。「交野の原」は、現在、大阪府枚方市から交野市にかけての一帯。「禁野」は天皇の狩場として一般の狩猟を禁じた地。枚方市内。「雉トアラバ…片野」(連珠合璧集)。


一高野山麓の浄穢の地として知られる。↓二六八頁注六。

二呼びかけではなく、地の文。「あらいたわしや、石童丸」で、冒頭定型。

三一応、石童丸の言葉と解したが、語り本文の特色として、地の文との区別は判然としない。

四「玉屋」は虚構。しかし、「をぐり」で、照天が餓鬼阿弥の土車を青墓から関寺の玉屋の門まで曳いた一致は注目されるべきであろう。「苅萱」

あれば程もなく　三日三夜と中には　高野の三里麓なる学文路[一]の宿ゑとお着きある

あらいたわしや　石童丸[二]「何処ゑも立ち越ゑて　宿取り給ゑ」とありければ　石童丸はきこしめし[三]「お宿は玉屋[四]の御元がお宿なり」

あらいたわしや　お御台は　玉屋が元ゑお着きあるが　宿の与次殿[五]を近付けて「のう〳〵いかに与次殿様　これよりも御山へは　道は[六]何里」とお問いある　与次殿この由きこしめし「坂三里とは申せども　皆難[七]所で候なり」　御台この由きこしめし「皆が難所であらうとも　皆が難所であるまいとも　明日は疾く御山ゑ上り　この子を父に会わせん事の嬉しさよ」

与次殿この由きこしめし「のふいかに旅の上臈様　この山の大法[八]を　御存

(27)

(26)

の場合、御台所は遥々と慕いきた夫を目前にしながら、照手の別離にも似て、この「玉屋」で息絶える。

五 説教者を想起させる名前。「京の寺内（悲田院）」の首長たちを与次郎といい、その組下に、節季候や敲与次郎または鳥追いと称した雑芸者がいた（雍州府志）。「関蟬丸神社文書」に拠れば、蟬丸供奉の一人である基経の子孫を代々与五郎といい、その名は説経与七郎、与八郎（与八）などにも相通じる。

六 道のりを聞く常套的言いまわし。→二五八頁九行目。

七 「ナンジョ」（羅葡日辞典）の訛り。

八 重大なおきて。

九 「高野山は帝城を避（さつ）て二百里（じはくり）、郷里を離れて無人声」（平家物語十・高野巻）による。「四百里」は「し（じ）」を誤ったもの。

一〇 高野の七里四方（四至）を聖域と定め、女人入山を禁じたことをいう。寛永板に「高野の山と申は、一（七）里結界・平等自力の御山なれば、…男子といふ者は入るれども、女子といふ者は入れざれば、一切女人は御嫌いなり」とある。

一一 「茅花」は「はらむ」と付合（俳諧類船集）。「茅」は「萱」に同じ。

一二 二八九頁二行目参照。「御出」は「出ること」「来ること」の尊敬語。

一三 問答をしても、その論議には、の意。

一四 絵入写本（底本）は、「与次殿この由きこしめし」のあと、二九〇頁四行目の「お上りあろうともあるまいとも、旅の上臈様の御儘とこそは申ける」に続く。この間を寛永板で補う。その中心が「高野巻」（本頁一四行目「弘法大師の母御と申は」から二九〇頁二行目「高野の山へ上らふとは何事ぞ」まで）。絵入写本は、しかし、本文構

ぢありてお申あるか　御存じのふてお申ある　さてこの山と申は　[九]帝去つて四百里境　[一〇]女人結界の御山なり　旅の上臈様」とありければ　御台この由きこしめし「さてはこの子の父は　この山に御座あるは一定なり　国元から先づ斯様なる者が尋ねて来たるものならば　麓にて言い騒ぎ　な上ひそと　お頼みありて御座あるな　この山の弘法も　木の股　[一一]萱の中より[一二]御出なし　これも賤しき女人の胎内から出でさせ給ひて候うなり　のふ〳〵いかに与次殿よ　この山の弘法と七日七夜[一三]問答とも　問題には負けまいの　旅で宿取るは　親とも子とももお主とも　頼み頼ふで宿取るに　頼みがいなの宿取ろうより　いざ来い上らん　石童丸」

[一四]与次殿この由きこしめし

〈コトハ〉「与次は此由聞くよりも　上すれば御山の御法度背く　上さねば旅の上臈の御意に背く「いかに上臈様に申べき　[一五]高野の巻とやらんを　そつと聴聞申て御座ある程て　あら〳〵語つて聞かせ申べし

[一六]弘法大師の母御と申は　此国の人にてましまさず　国を申さば[一七]大唐本地の帝の御娘なるが　余なる帝に御祝言あるが　三国一の[一八]悪女とあつて　父御の方へ

造とその文脈連接の実際からみて、嵌め込み型としてあった「高野巻」が取り外されて語られた時のテキスト（阪口「説経「かるかや」と高野伝説」『国語と国文学』平成六年十月参照）。

一五 高野山麓慈尊院の弥勒縁起で、弘法大師母子伝ともいうべき独立した語り物。空海の誕生、成長、入唐、文殊との出会い、更に大師の母の物語から成り、「平家物語」巻十の「高野巻」とは異なる。四国善通寺など、大師有縁の地を中心に、早くから巷間に流布。下部に「そつと聴聞申て御座ある程に」とある点に注意。写本に「弘法大師御伝記」「四国遍路御開基弘法大師廼記」「苅萱発心伝」などが伝存。

一六 宝亀五年（七七四）六月十五日、讃岐国多度郡屏風が浦（現在、香川県仲多度郡多度津町）に生まれる。父は佐伯直田公（さえきのあたいたきみ。善通）、母は阿刀（あと）氏（家系不明）。幼名真魚（まお）。

一七 唐土（中国）の美称。神国日本に対して、「本地」といった。

一八 醜女。

一 大木をくりぬいて造った丸木舟。「うつろ舟」とも。 二「抑四国讃州。多度の郡。白方屏風が浦ニ藤新大夫とて。漁師壱人候へしが。此内にあこやと申女人まします。これは唐土大をゝの姫宮。三国一の悪女たるに。御父大をゝより。うつろ舟ニ乗せ海中へ流し給ふ。白方屏風が浦ニつく。藤新大夫取りあげ。よきにいたわれ奉る」（弘法大師御伝記）。 三 朝鮮半島と日本の潮境をいう。対馬沖とされる。「唐と日本の潮境ちくらが沖」で成句。舞曲（烏帽子折・百合若大臣・大織冠など）をはじめ、語り物で頻用。ただし、「たうと」は「唐と」「唐土」の両用。 四 以下、

お送りある　本地の帝きこしめし　空舟に作り籠め　西の海にぞお流しある　日本を指いて流れ寄り　爰に四国讃岐の国　白方の屛風が浦　とうしん大夫と申釣人が　唐と日本の潮境　ちくらが沖と申にて　空舟を拾い上げて見てあれば　三国一の悪女なり　とうしん大夫が養子におなりあつたと申　又は下の下女にお使ひあつたとも申　御名をばあこう御前と申なり

あこう御前　この年なれども　山といふ山に霞のかゝらぬ山もなし　女人となつて夫の念力のかゝらぬ女人もなし　自らは未だ夫の念力もかゝらず　さあらば日輪に申子をせばやとおぼしめし　屋の棟に一尺二寸の足駄をはき　三斗三升入の桶に水を入れ頂いて　二十三夜の月をこそはお待ちある　その時　西の海よりも　黄金の魚が　あこう御前の胎内に入るとの御夢想なり　余なる女人は　当たる十月と申には　御産の紐ときこえたる　あこう御前は　三十三月と申には　御産の紐をお解きある　玉を磨き　瑠璃を延べたが如くなり　男子にてまします　さらば御名を参らせんとて　御夢想をかたどり　金魚丸とお付けある

なにが人間にてましまさねば　母御の胎内よりも御経を遊ばしける　屛風が浦の人〳〵達「とうしん大夫の身内の　あこうが儲けたる子こそ夜泣する

次行の「かゝらぬ女人もなし」まで挿入句。↓　五 男の一心の思い。　六 太陽。以下の異様な申し子の様相、一説に高野行人（高履）の姿態を写したものという（菊地仁「「苅萱」の語りと絵」『日本文学』第四十一巻第七号）。この他、金剛峰寺大棟上の火除大桶をイメージするところもあろう。　七 約三十六センチの高下駄。　八 三十三升。一升は約一・八リットル。　九 頭上に乗せて、の意。　一〇 陰暦二十三日の夜。この夜、月待ちをする。　一一 「（あこう御前は）四十の年ニゐたるまで。子なき事かなしみ。津ノ国中山寺ニ三七日参籠ありて。男子ニても女子ニても。子胤を一人。与へたび給へと。肝胆砕き。祈られければ。三七日満ずる夜の御夢想ニ西ノ海より金の魚。あこやの胎内へ。呑み給ふと。御夢想をこをむり給いてよろこび給ふ事かぎりなし」（弘法大師御伝記）。　一二 「それ人間は九月半の胎内と申せ共。御大師はたゞならぬ。御人ニてましませば。十三月と申ニ。生れさせ給ふ。…西ノ海より黄金の魚あこやの胎内呑み給ふとの。御夢想ニよって。御名を金魚丸と付せ給ふ」（弘法大師御伝記）。　一三 次行「御産の紐を解く（お解きある）」に同じ。→二七二頁注二。　一四 幼児の美しい様をいう慣用句。→二七二頁二行目、二八四頁一行目。　一五 表象して、の意。　一六 なにしろ。とにかく。　一七 「地頭政所（まんどころ）より。夜泣する子は七村七里又は。地頭七人の身の上までかゝると承る。急ぎ野原へ捨てよと被申ければ。藤新太夫もあこやも。たま〳〵生れ来ル子を。かよをニ仰候は。むねん成次第なれ共。地頭殿ニはかなわじとて。錦ニ包ませ給いて。千じよが原へ捨て給ふ」（弘法大師御伝記）。　一八 浦で暮らす人々。　一九 産もうとしたことは認められない、の意。

よ　夜泣する子は七浦七里枯るゝと申　その子を捨てぬものならば　とうしん大夫共に　[一八]浦の安堵叶ふまじ」との使者が立ち　あこうはこの由きこしめし　この子ひとり[一九]儲けぬとて　なんぼう難行苦行申たに　捨てまいぞ金魚よ　連れてを迷ひある　その数は八十八所とこそ聞こえたれ　さてこそ[二〇]四国辺土とは八十八か所とは申なり

その時　母御は「いかに金魚に申べき　[二一]夜泣するだにうるさいに　長泣を始むるか　昔が今に至る迄　[二二]身捨つる藪はなけれども　子捨つる藪はあると聞く」ひとまづお捨てあつたと申に

(28)

[二三]その時　[二四]和泉の国槙尾の[二五]たらん和尚と申が　[二六]讃岐の国志度の道場にて七日の説法をお述べある　あこう御前もお参りあるが　聴聞めされ　皆人はお下向あれども　あこう御前はお下向なし　くわらん和尚は　[二七]その時　下がり松のその下をきこしめせば　御経の声がする　くわらん和尚

て、どれ程。二〇 四国遍路。八十八の札所と十数か所の番外札所を廻る。徳島県鳴門市霊山寺にはじまり、香川県大川郡長尾町の大窪寺に終る。平安時代の廻国修行にはじまる(今昔物語集、梁塵秘抄など)が、大師が四十二歳の厄除け祈願のため、四国霊場を開創したとの言い伝えが広く流布している。二一 夜泣をするだけでもうるさいわれるのに、その上に、の意。ただし、「夜泣」と「長泣」との関係がはっきりしない。二二 諺「子を捨てる藪はあれど身を捨つる藪なし」。窮しはてるまま子供は捨てることは出来ても、我が身の捨て場はない、の意。二三 以下の話、高野系物語として知られる「小敦盛」(謡曲・生田敦盛)と酷似。北の方が出産した若君を下り松(京都市左京区一条寺付近)に捨てるが、これを法然が拾い上げ、説法の場で、北の方は若君と再会を果たす。その相互関係を認めるべきところ。一方、空海縁起では次の通り。「其頃徳道上人とて尊き僧、このほとりをお通りあり、不思議や、少人の御声にて御経よみ給ふと思召、近より御覧じ候へば、両眼に。金色の光さし只人にあらずと。思召、御衣に包み。宿坊へ迎え給ふ」(四国遍路御開基弘法大師洒記)。「ある時讃岐の国。善通寺と申寺ニ徳どを上人と申。御僧壱人候へしが。此かたわらお御通りありし時。おさなき子の声ニて。御経をよみ給ふと思召。立寄」(弘法大師御伝記)。二四 大阪府和泉市槙尾山の施福寺。二五 未詳。後出の「くわらん和尚」と同人。二六 香川県大川郡志度町の志度寺。二七 「その時」は、「是は不思議やとおぼしめし」にかかる。一方、その間の「下がり松」以下の本文も、同じく「是は不思議やとおぼしめし」にかかり、後者が挿入文的になったため、文意に混乱を生じた。

掘り起こし　御覧候へば　玉を延べたる如くなる男子なり　和尚は御覧じて是は不思議やとおぼしめし　あこう御前が手をすり足をすり　流涕焦がれて嘆くを御覧じて「いかにこれなる女人よ　何を嘆く」と御意ある　あこうはきこしめし「たま〳〵子を一人儲けてあれば　夜泣するとあつて　使者が立てば　これなる下がり松の下に埋みてあれば　昨日迄は泣く声が[一]つかまつるが今日は死したるやら　声がつかまつらぬと嘆く」と申なり　和尚はきこしめされ「此子の事か」とて　あこうにこそを渡しある　あこう[二]なのめにおぼしめす「いかに母に申べき　此子の泣くは　夜泣ではなふて　御経を遊ばすよ」とあつて　それよりも槙尾指いてお上りある

[三]七歳の御年　[四]金魚をお供めされ　和泉の国槙尾指いてを上りある　仏と仏の事なれば　槙尾の和尚はお会ひあつて　[五]御室の御所にこそ[六]とりお移りある　[七]なにが仏の事なれば　[八]師匠の一字をお授けあれば　十字とお悟りある　学問に暗い事はましまさず　御年積り十六と申に　髪を削つて[九]空海にこそはをなりある

[一〇]二十七と申に　入唐せんとおぼしめし　筑紫の国宇佐八幡に籠り　御神体を拝まんとあれば　十五六なる美人女人と拝まるゝ　空海御覧じて「それは愚僧が心を試さんか」とて「たゞ御神体」とこそある　重ねて[一一]大六天の魔王と

一「する」の謙譲語。　二「なのめならずに」に同意。　三 語り物では、学問登山は多く七歳にはじまる。それに拠るか。空海の槙尾登山は、延暦十二年(七九三)二十歳の時。この時、勤操(ごんぞう)大徳に随って得度。名を教海と称し、後に如空と改める。→「浄瑠璃御前物語」八頁注一一。　四 主語は、あこう御前。　五 真言宗御室派総本山仁和寺(京都市右京区)。創建は空海の没後。しかし、明遍を祖と仰ぐ高野聖の語り物群では重視される。舞曲「敦盛」(「小敦盛」はその後日譚)でも、敦盛と北の方(按察使の大納言資賢卿姫君)の出会いを、「仁和寺御室の御所」とする。因みに、明遍は幼名を按察使の君という。　六「とり」は誤入か。　七 →二八二頁注一六。　八 若君などの才すばらしきことをいう慣用表現。「師匠のかたより、一字と聞けば、二字と悟り、十字お百字・千字と悟り、寺一番の学者とおなりある」(せつきやうしんとく丸)。→「浄瑠璃御前物語」八頁四行目。　九 法諱を空海と改めたのは、二十二歳の延暦十四年(七九五)四月九日、東大寺戒壇院において具足戒を受けた折。　一〇 空海入唐は、三十一歳、延暦二十三年。五月、難波の港(現大阪市)、七月に肥前国田浦(現長崎県平戸市)を出帆し、八月福州に漂着、十二月下旬に長安(現西安)に入る。　一一 →「阿弥陀胸割」三九一頁注二八。　一二 南無阿弥陀仏の文字。　一三 大型和船の両舷に張り出した板。舟子が踏んで櫓を漕いだり、棹をさしたりする所。　一四 未詳。　一五 中国浄土教の大成者。唐初(六一三―六八一)の人。空海以前。法然、親鸞に影響を与えた。　一六「官度を成せや」で、「官度成り」の意であろう。任官すること、あるいは任官を披露すること。→二八七頁一〇行目。　一七「弘法」は、空海入定して八十六年後の延喜二十一年(九二一)、

拝まるゝ「それは魔王の姿なり　たゞ御神体」と御意あれば　社壇の内が震動雷電つかまつり　火炎が燃えて　内よりも[一二]六字の名号が拝まるゝ　空海は「是こそ御神体よ」とて　船の[一三]船枻に彫り付け給ふによつて　船板の名号と申なり　それよりも大唐にお渡りあつて　[一四]七帝に御礼めされ　その後[一五]善導にお会いあつて「さらば[一六]官を成せや」とて　[一七]弘法にこそはをなりある
とてものことに[一八]渡天せばやとおぼしめし　天竺[一九]流沙川を過ぎてお上りあれば　[二〇]大聖文殊は御覧じて「日本の空海　何して是迄来たるぞよ」空海きこしめし「[二一]文殊の浄土へ参る」となり　文殊　童子と変じ「いかに空海　この川に渡はないぞ　それよりも戻れ」となり　空海きこしめし「川となる川に　渡のない事よもあらじ」「小国の空海　それより戻れ」とある　空海きこしめし「それ天竺は　星をかたどる国なれば　[二二]震旦国と名付くる　大唐は月をかたどる国なれば　[二三]月氏国と名付くる　[二四]日本は　小国なれども　日をかたどる国なれば　[二五]日域と申なり　知恵第一の国なるよ」文殊きこしめされ「[二六]物をばなんぼう書く」とお問いある　空海きこしめされ「先づ童子書け」との御諚なり「いで書いてみせん」とて　飛ぶ雲に[二七]阿毘羅吽欠といふ文字をお据へある　雲は疾けれども　文字は[二八]そつとも違はず　空海御覧じて「あつ書いた

醍醐天皇より贈られた謚号。→二八七頁一一行目。一八 天竺に渡ること。一九 本来、タクラマカン砂漠など、中国西域の沙漠地方をいう。しかし、日本では、川として理解されてきた。「天竺震旦の境は、流沙葱嶺といふ嶮難也。わたりがたくしてこえがたき道也」(平家物語十・高野御幸)。「唐天竺の境なる流沙河に着き給ふ。彼河の広き事は、三百二十余町なり。波半天にさかのぼり、沙(いさご)を洗ひ流せり。流沙の河と書ては、沙流るゝ河と読む」(笛の巻)。二〇 文殊師利菩薩。「大聖」は、菩薩の敬称。知恵をつかさどり、「天竺にては大聖文殊、唐土にては善導和尚、我朝にては弘法大師の御手ばし習はせ給ふたか」(をぐり・一七五頁一行目)の如くに、文殊・善導・弘法で専ら三立される。この場面の直前、「善導」に触れるのも、その点に関わる。舞曲「笛の巻」では「霊鷲山の文殊」とある。二一 中国山西省清涼山(五台山)とされる。二二「大唐」の異称。「天竺」ではない。読みは「シンタン」「シンダン」の両用。二三「天竺」の異称。「大唐」ではない。二四「(我朝は)国は小国なれども、日域と名付て、日を象れる国なり。天竺、其名高けれど、月氏国と名付て、月を象る国なり。唐土広しと申せども、晨旦国と名付て、星を象る国なり。国は大小にはよるべからず。只智恵こそ本にてあるべけれ」(笛の巻)。二五「ジチイキ」(日葡辞書)。二六 以下は、文殊(童子)と弘法の筆比べ(文字讃嘆)。伝説として広く知られる。舞曲「笛の巻」のそれは本作と酷似。他に「金剛峰寺建立修行縁起」や「高野大師行状図画」「三国伝記」など。ただし小異がある。応天門の額伝説もこの類。次に「弘法大師御伝記」でその一斑を示す。「(童子は)願わくは。此流沙川ニ。

(二九三頁へつづく)

り童子かな　某書ひてみせん」とて　流るゝ水に竜といふ字をお据へある
童子御覧じて「あの字の点を打つてこそは　竜とは読まれうずれ　点が足ら
ぬ」との御諚なり　空海きこしめし「あの字に点を打たうは易けれども　俄
に大事の出で来うは一定なり」文殊はきこしめし「大事は出で来うとまゝ[一]
よ　たゞお打ちあれ」となり「いで打つてみせ申さん」とて　点をお打ちあ
れば　川上なる竜竜の眼に筆が当たり　その涙　一時の洪水となつて　空海も
五六丁ばかりはお流れある　童子御覧じて「それ〳〵空海」とあれば　空
海[二]石の印を結んで　川上にお投げあれば　五尺ばかりの大石となつて　あと
白川となりにけり
　文殊は御覧じて　[三]捨鞭打つて　文殊の浄土にお戻りある　空海は跡を慕いて
を参りある　[四]大聖文殊御覧じて　[五]三十三尋黄金の[六]卒塔婆を取り出し「この卒
塔婆に文字をお据へあれ　[七]一の御弟子」とお[八]御意ある　文殊の御弟子に[九]ちけい
和尚と申が　我書かんとおぼしめし　卒塔婆に乗つてお書きある　空海御覧じ
て[一〇]非を入ればやとおぼしめし「某の国は小国なれども　牛馬にこそは乗
れ　卒塔婆に乗つたは見はじめなり」ちけい大きに腹を立て「[一一]御身の姿を見
るに　背小さう色黒く　文字の[一二]讃嘆叶ふまい」となり　空海きこしめし　日本

一 結果には頓着しない、の意。 二 大石を生ずる手印。「盤石の印」「水の印」などもその類で、それぞれを生む印契。 三 乗った獅子の尻に鞭をあて、逃げ去ること。「ステブチ」「ステムチ」の両用。 四 以下の卒塔婆筆競べは、舞曲「笛の巻」にはない。「弘法大師御伝記」(「四国遍路御開基弘法大師廼記」も同じ)には、唐土のこととして次の通りある。「けいくわ年のよわい五百八拾年ニ成せ給ふ。御でし千人もたせ給ふが。千人あつめ万部の経をよみ給ふ、くよをにとてこがねの卒塔婆高サ卅三尋五角ニゐさせ。此卒塔婆かきたる人わが一ノ弟子とさだめ。五百八十年おこない給ふ。とつこう。三こう。れい。しやくじやう。五ツのたから物を寺ニそへ。わたすべしと仰ける。中ニもけいくわの壱ノ弟子。けいしつおしよをと申は。卒塔婆ニのりてかゝんとし給ふ。空海ごらんじて。おもしろや、大国ノならいか。わが朝は小国ニては候へ共。舟ニ車牛馬などにこそ。のるとはきけ、卒塔婆ニのるは今見はじめ也と仰ありて、御わらい被成候へば。千人ノ弟子立いかりを成シ。それ成ル日本の御僧ニおそれ申せとありければ。空海きこしめじちからおよばず、かきて御目ニ掛可申とて。あわんうんを卅三へんとなへ給へば、左リの御手を高サ卅三尋のこがねの卒塔婆ニかけさせおしたて。こし成ルやたてをぬき五管の新筆ニ墨をふくませ、五ぼうの一きざみへなげ上ゲさせ給へば。阿字十方三ぜ仏。弥字一切諸菩薩。陀字八万諸聖経皆。是阿弥陀仏とかき。ふでは空海の御手ニわたる也。其時千人の弟子立は。口をとぢ三度はいし給ふ。御弟子の契約申さんとて。其時こうぼうと名をあらため給ふ。弘法とはのりをひろめるとかく也」。 五 両手を左右に広げた時の、両端間の長さ。 六 細長い

の法[一三]をお引き有　「漆黒い[一四]と申せども　万の家具を延ぶるなり　針小さいと申せども　万の衣裳を綴づるなり　筆小さしと申せども　万の書を書くものなり　先づその如く　背小さう色黒くとも　文字の讃嘆参り会はん」との御諚なり　文殊此由きこしめし　「空海書け」との御諚なり　「いで書ひて御目に掛けん」とて　三十三尋の黄金の卒塔婆取り出し　法力[一五]が立つたれば　せんての手[一六]にて押し立てて　五管[一七]の筆に墨を染め　卒塔婆頭に投げ上ぐれば　筆獅子[一八]の毛と申せども　ちり〳〵[一九]と書き下り　空海の御手に渡る　文殊此由御覧じて「書くは書ひたり空海かな　一字足らぬ[二〇]」との御諚なり　空海きこしめされ「いで書いて御目に掛けん」とて　阿字十方三千仏[二一]　う一切諸仏　陀字八万諸聖経　皆是阿弥陀仏　筆獅子の毛と申せども　元の硯に戻るなり　「さらば官を成せよ」とて　大聖文殊[二二]の大の字をかたどつて　弘法大師とおなりある　その後　文殊[二三]は空海に渡さんとて　独鈷[二四]　三鈷　鈴を　三つの宝物を篰[二五]に結ひ添へ　庭をこそお掃きある　空海は文殊の手よりも受け取つて　師匠の賜つたる篰とて　我が料[二六]に掛け置き給へば　三節結ふたる縄目より　金色の光さす　切り解き御覧ずれば　三つの宝物がまします　我が朝にて巡り会はんと文殊の浄土よりも日本にお投げあれば　独鈷は都東寺[二七]に納まつて　女人の高野

板に塔を模した切り込みをつけ、死者の供養・追善のため墓にたてたもの。「ソトウバ」とも。　七 誰を指すか不明。　八「お＋名詞＋ある」の形。名詞は、動詞連用形の名詞化したものが一般的。やや珍しい形。仰せになる。　九 謡曲「渡唐空海」にいう、恵和和尚の弟子智恵を指すか。「弘法大師御伝記」は、恵果(けいくわ)。「四国遍路御開基弘法大師廼記」では「ゑくは」)の弟子けいしつ和尚とする。恵果は長安青竜寺の大徳で、空海の師。智恵は、カシミール(罽賓(けいひん)国)出身で長安醴泉(れいせん)寺に来学していた般若三蔵。空海はこの人や牟尼室(むにしゆ)利三蔵(中インド出身)からも多くを学んだ。説経で「ちけい」を天竺の文殊の弟子とするのはその影響もあるか。　一〇 道ならぬことを指摘しようと、の意。　一一「御身のおもむきを見るニ。背小さく色黒く、其身不浄ニして」(弘法大師御伝記)。　一二 ほめたたえること。ここは優劣を論じること。「サンダン」(日葡辞書)。　一三 教え。　一四「漆は。色黒くして万民の宝也、金は少しと申せ共其両軽からず、硯筆小さきと申せ共、天下の事を書き記す、一寸の針は小と申せ共、天下衣装を綴いとらす。もつ共。某。背小さく色黒く共。文字の讃段参らんとて。弘法という字を書き。童子に差し上ゲ給ふ」(弘法大師御伝記)。　一五 仏道修行で得た法験威力。　一六 千手、の意か。　一七 五本の筆。「管」は、筆の軸をいう。この伝承などにより、弘法を「五筆和尚」ともいう。清滝川(京都)を隔てての金剛乗寺の四大字の揮毫伝説など、類話が多い。　一八 文殊との筆競べゆえの表現か。　一九 さらさらと、の意。　二〇 前出「点が足らぬ」と同文脈で理解すべきところ。　二一「阿字十方三世仏、弥字一切諸菩薩、陀字八万諸聖教、皆是

(二九五頁へつづく)

と拝まるゝ　鈴は讃岐の国れいせん寺[一]に納まつて　西の高野と拝まるゝ　三鈷は高野に納まつて　[二]三鈷の松と拝まるゝ　[三]その後　空海は知恵くらべ筆くらべをめされて　我が朝にこそお戻りある

これは大師の物語

さて〳〵大師の母御　御年八十三におなりあるが　大師に会はんとて　高野を指いてを上りあるが　俄にかき曇り　山が震動雷電するなり　大師その時いかなる女人此山に赴きて有か　麓に下り見んとおぼしめせば　[四]矢立の杉と申に　八十ばかりな尼公が　大地の底に[五]ゑ入るなり　大師御覧じて　「いかなる女人」とお問ひある　母御はきこしめし　「自らは　讃岐多度の郡白方の屏風が浦の　とうしん大夫と申身内に　あこうと申女なるが　この山に[六]新発意を一人持ちて御座あるが　[七]延暦八年六月六日に相離れ　今日に至る迄対面申さず　我が子の恋しきまゝに　是迄尋ねて参りた」となり

大師　御手を打ち　「我こそ昔の新発意　弘法なり　これ迄御上りはめでたくは候へども　[八]この山と申は　天を翔る翼　地を走る獣迄も　男子といふものは入るれども　女子といふもの入れざる山にて候」とあれば　母御はその時「我が子のいる山へ上らぬ事の腹立や」とて　傍なる石をお捻ぢあつたるによ

一 未詳。前述、醴泉寺（二八六頁注九）の仮託か。二 御影堂の前にある。「大師…緑の松の木の間より、光明かゝやけるをあやしみ御覧あるに、大同のはじめ、大唐明州の津にて投し所の三鈷、松の枝にかゝれり、これを見るに密教有縁の地といふ事あきらけし」（高野山通念集）。三「その後」は、「我が朝にこそお戻りある」にかかる。四「矢立の杉とて狩場の明神、矢を射させ給ふ杉あり」（高野山通念集）。大門の西、旧高野街道にある。五 にえ込む。はまりこむこと。六 出家して日数浅い者。七 この年月日の依拠するところ、不明。大師十六歳。八 寛永板の「高野巻」の直前に、類同本文が認められる。二八一頁注一〇所引本文参照。九 以下、「捻石」「隠し岩」「袈裟掛石」「涙川」のいずれも、女人結界を弘法大師母子伝承に絡めて言い伝える地。天野道など、どれも登山道途次にある。「捻石」は、別名、捻岩とも。「あはれ、仏の御母も。女の罪の捻岩や。それさへあるに、我が身の咎は」（心中万年草）。一〇 別名、押し上げ石とも。一一 師として人を教化する者。「所化」に対していう。一二「涙川」の連想をみるべきところか。一三 七幅の布で作られている袈裟。「七条衣」とも。一四 俗に「袈裟掛石」と。「高野巻」では、この石が女人結界の境界点であることを示す。「高野山参詣曼荼羅」にも当該場面を描出。「袈裟掛石　一説に大師の御母堂、我子の住山へのぼらんとて、此所までおはしましければ、大師出むかわせ給ひ、夫れ我山は女人のいたるべき地にあらずと、かたくいさへ給へども、御母堂よしを聞入給はねば、大師御袈裟を彼石にかけさせ給ひ、のぼらんとおぼしめされば、此袈裟を越させ給へとありければ、御母堂越んとし

つて　捻石[九]と申なり　火の雨が降り来たれば　母御をお隠しあつたによつて　隠[一〇]し岩と申なり　「いかに大師なればとて　父が胤を下ろし　母が胎内を借りてこそ　末世の能化[一一]とはなるべけれ　浮世に一人ある母を　急ぎ寺へ上れとはなふて　里に下れとは情ない」とて　涙[一二]をお流しある　大師その時　「不孝にて申ではなし」　七条の袈裟[一三]を脱ぎ下ろし　岩[一四]の上に敷き給ひて　「これをお越しあれ」となり　母御は我が子の袈裟なれば　何の子細の有るべきとて　むんずと[一五]お越しあれば　四十一にて止まりし月の障[一六]が　八十三[一七]と申に　芥子粒と落つれば　袈裟は火炎となつて天へ上がる

(29)

それよりも大師　常在浄土[一八]にて三[一九]世の諸仏を集め　両界九尊[二〇]の曼荼羅を作り　七ゝ四十九日の御弔ひあれば　大師の母御　煩悩の人界を離れ　弥勒菩薩[二一]とおなりある　奥の院[二二]より百八十丁の麓に　慈尊院[二三]の寺に弥勒菩薩とお斎ひあつて　官省符[二四]二十村の氏神とお斎ひあつて御座ある　九

たまひしに、空より竜あまくだり、角石より火を打いだし、火の雨をふらしければ、御母堂は岩をねぢ給ひ、大師は石をおしあげて御母堂をかくし給ふとかや、今のねぢ石押上石これなりとぞ」(高野山通念集)。　一五 遠慮なくどっと、の意。「むずと」に同じ。　一六 月経。　一七 大師の母が承和二年(八三五)、八十三歳で往生したことの反映。絵入写本結末での苅萱道心八十三歳往生との照応が注目される。遁世と女人捨離という説経「苅萱」の物語構想の根幹に、象徴と寓意をもって語られた高野山縁起(大師母子伝承)があることを示す。　一八 高野山をいう。高野を大日如来常在の「諸仏の浄土」とする信仰に基づく。「金剛峰寺は前仏の浄土、後仏の法場なり、此の故に諸天日々に擁護し、星宿夜々に衛護し給ふ」(金剛峰寺建立修行縁起)。「高野山は十方賢聖常住の地、三世の諸仏遊居の砌、善神番々之を守り、星宿夜々に之に宿る」(仁海・野山仏土の因由)。　一九 過去・現在・未来の三世に出現する仏たち。　二〇「曼荼羅」は、諸仏・諸菩薩を真言密教の根本教義にそって図案化したもの。胎蔵界曼荼羅と金剛界曼荼羅を併称して両界(両部)曼荼羅という。「九尊」は胎蔵界曼荼羅で、中央に最高の仏として位置する大日如来と、四仏四菩薩をいう。　二一 釈迦入滅後五十六億七千万年に至ると、仏となってこの世に出現する菩薩。未来仏。　二二 大師御廟所。「壇上」に対していう。ただし、慈尊院までの距離、百八十丁は、金堂からのもの。一丁ごとに建てられた町石が有名。　二三 和歌山県伊都郡九度山町。大師が高野山政所として建立。大師の母、阿刀氏の廟。阿刀家、のちの中橋家が別当役をつとめた。国宝弥勒菩薩が母公の化身とされる。「高野巻」後半は、この慈尊院の弥勒縁起。　二四 高野山膝下

月廿九日と申に　[一]神拝とこそ申なり　大師の母御さへお上りなひ御山へ　昨日や今日の道心者の分として　高野の山へ上らふとは何事ぞ」[二]与次は斯様に申す
「[三]を上りあらふとも　を上りあるまひとも　旅の上臈次第」と申なり」
「[四]お上りあろう[五]ともあるまいとも　旅の上臈様の御儘」とこそは申ける
御台この由きこしめし「さて自らは　[六]それならば　ゑ[七]上るまいかの　悲しやな　あの子壱人上さうか　さりながら　あの子はの　母が胎内に七月半の御時に捨てられし嬰子の事なれば　[八]現在父に尋ね会ふたりとも　ゑ見知るまいの　悲しやな　さてその儀とても苦しなし　明日は疾く御山ゑ上らいの　石童丸」とありければ　石童丸きこしめし　「さらば拵へ上らん」と申給[九]ひたりけるが　あらいたわしや　お御台は　石童丸を近付けて　「やあ〳〵いかに石童丸　父に尋ね会ふたりとも　又は尋ね会わずとも　一両日尋ねて[一〇]に　やがて戻らい[一一]　石童丸　御山に長居を仕り　母に思を掛くるなよ　石童丸」とありければ　あらいたわしや石童丸　[一二]五更に天も開くれば　旅の装束召し替ゑて　御山ゑとてこそ上り給ふ
御山から　お聖は五人連でお下りある　石童丸はきこしめし　あの五人のそ

の大荘園をいう。慈尊院所在地の九度山町をはじめ、橋本市、伊都郡かつらぎ町・高野口町にまたがる。政所荘とも呼ばれ、高野山の根本寺領としてあった。

一 九月尽日の官省符祭参詣をいう。読みは「シンパイ」。古くは「ジンバイ」(日葡辞書)とも。
二 「高野巻」は、内容的には「高野の山へ上らふとは何事ぞ」まで。しかし、語りとしては「与次は斯様に申す」までを一纏まりとして、取りはずし自在で語られた。
三 二八一頁一一行目「与次は此由聞くよりも」と、前行「与次は斯様に申す」の双方に連接対応する本文。「高野巻」がない場合は前者に、語られた場合は後者に連接する。なお、寛永板はこの一文で「中之巻」を結ぶ。
四 以下、絵入写本本文。
五 底本「あろうと□」。寛永板で補正。
六 「それならば」は、「高野巻」(与次の語り)を前提とした言葉。絵入写本時代に「高野巻」が存在した証左。
七 「ゑ…まい」は、古風な語り口。
八 まぎれもない父。実の父。
九 説経本文としては落ち着きを欠く。本文に小混乱あるか。
一〇 説経特有の口吻(二五三頁注一六参照)。「高野巻」にはこの「てに」が一つもなく、「高野巻」が説経とは語り圏を本来異にしていたことを思量させる。しかし、「てに」自体、恣意的・即興的に用いられたものではなく、連接は固定化している。→二九二頁二行目、三行目。
一一 →二七六頁注一〇。
一二 朝一番の旅立を言いおこす慣用句。「五更」

の中に　父道心や御座あるの　問はばやなどとおぼしめし　[一三]夜な〳〵坂を上り
ある「のう〳〵これなるお聖様　物が問いたら御座あるの　さてこの山に[一四]道心
聖や御座あるの　御存ぢありて御座あらば　教ゑて給われ　お聖達」　五人連の
お聖達　この由をきこしめし「さてこれなる幼い者は　おかしい物の問いや
うかな　五人も皆道心」と　どつと笑うてお通りある　石童丸はこれを聞き
[一五]知らねばこその問言よ　教へぬ人こそ邪見やと　夜な〳〵坂をお上りある　急
がせ給ゑば程もなく　高野の峰にぞお着きある
あらいたわしや　石童丸　お聖壱人近付けて　[一六]院内の数をお問いある　お聖
この由きこしめし「七ゝ四十九院なり　[一七]中の坊と申てに　およそ大師のきたの
御文ゑも[一八]九百九千人」とこそお答ゑある　石童
丸はきこしめし「あらこと懇のお聖や　[一九]何と尋
ねん」　[二〇]大塔　[二一]講堂　[二二]御影堂舎のあるべきぞ　[二三]右
や左の高卒塔婆　皆国〴〵の涙なり　今日は会
わらかの　又今日は会わらかと　御山に六日の
間お尋ねあれども　父道心にはお会いなし

(30)

は二五四頁注八参照。「びらく」は、底本通り。→二五三頁注一一。

一三 高野道行文を特長づけて成句化。→二六八頁注五。

一四 寛永板「つくりやうの道心聖」。石童丸の問いかけが山上の聖達には通じない。「おかしい物の問いやうかな」を慣用句にして、そのあとに、山上世界の作法や慣習が描述される。→二九三頁五行目。

一五 道行く者の物悲しい恨みにみちた言いまわし。「此海道にて、稚児育ちの病者にお会いないかとお問い有。御身が連れか兄弟か、番はせぬと申されける。これは邪見言葉也。乙姫此由きこしめし、情けなの次第かな。知らねばこそ問いもすれ。教へぬ人の情けなやと、涙と共に急げば、程なく藤白峠に着きしかば」(せつきやうしんとく丸)。

一六 寛永板に、「高野の山と申は、…八葉の峰、八つの谷、三かの別所、四かの院内」とある。「別所」に対応するような、寺院の集合した谷をいうか。未詳。

一七 以下、文意不明。脱文・錯誤が考えられる。因みに、寛永板には次の通り。「坊の数はとお問ひある。七千三百余坊なり。法師の数はとお問ひある。をよそ大師の御金文にも、九万九千人と教へ給ふ」。

一八 「万」の転写ミスであろう。

一九 寛永板では、注一六所引本文に続けて、「あら殊もおびたゝしの次第やな。これをばなにと尋ねん」とある。

二〇 根本大塔。真言密教の根本理念を表すという。

二一 金堂とも。高野全山の本堂。大師開山の砌、最初に建立された。大塔や御影堂と共に、山上

あらいたわしや　石童丸　さて某は思ひ出ひたる事のあり　麓に御座ある母上様の御諚には　一両日尋ねてに　尋ねて父に会ふたりとも　又は尋ね会わずとも　一両日尋ねてに　やがて戻□と　お申ありて御座あるに　明日は疾く御山を出で麓ゑ下り　母上様に御物語を申べしと

あらいたわしや　石童丸　五更に天も開くれば　今一度　奥の院に参りてに　麓に御座ある母上様によく御物語を申べしと　奥の院に御座あるが　親[一]と子の機縁やら　父道心は　奥の院から花[二]を肩に打ち担げ　奥の院より御下りあ

(31)

中央の壇上にある。

三 御影堂。大師の御影を祠った堂。金堂の背後にある。

亖 高野山系六斎念仏の「高野のぼり」に拠る。「高野へのぼりて奥之院まいれば、右や左の高卒塔婆、みな国々の涙なるらん、ナムアイダンボ、ナムアイダンボ、ナムアイダンブツ」。高野山が六斎念仏前身の融通念仏有縁の地としてあり、高野聖が融通念仏の相承に関与していることの証左。

一 →二七四頁注八。

二 花摘み道心、木(榕)採り道心像を反映した条。高野での供花は、夏衆(堂衆)があたった(五来重・日野西真定氏)。

三 「御廟の橋」であろう。「御廟の正面に架せり。俗みめうの橋とよぶ。此橋板三十七枚は蓋金剛界会の三十七尊に表し」(紀伊国名所図会)。

四 終助詞「よ」に間投助詞「なう」の付いた形。詠嘆。説経特有ではない。→二九六頁一三行目、三〇四頁七行目。

五 底本「きこしめし」を消し、傍記。底本の転写本を示すか。

六 底本「だうしんひひちりや」を訂正。

ると　石童丸の御上りあると　行と戻の無常[三]の橋にて　行き違ふてお通りある　親が子ともお見知りなし　子が又親ともゑ見知らず　行き違うてぞお通りある

親と子の機縁・契の深きよの[四]　石童丸はたち帰り[五]　父道心の衣の袖に縋り付き「のふいかにお聖様　物が問いたう御座あるの　この山に道心聖[六]や御座あるの　御存じありて御座あらば　教へて賜れ　お聖様」

父道心はきこしめし「さてもこれなる幼い者は　おかしい物の問いやうか

（二八五頁からつづく）
一筆（ごふ）遊シ候へと仰せける。弘法きこしめし。昔が今ニ至る迄。流るゝ川ニ物書くためしなし。さりながら書かざれば日本の名下（なをり）と思召。流沙川ニ大日の梵字あらたニ拝まれ給ふ。水つき静ニ流れ。大日ノ梵字あらたニ拝まれ給ふ。童子御覧じて如何ニ弘法。大日の梵字、火といふてんを打物を何とて文字かたわニなし給ふ。弘法きこしめし火といふてんを打ならば。水の底より猛火（みやうくわ）燃へ上リ。童子を焼き殺さん不便さにわざとてんを略して候、童子きこしめし。焼け候は此方ノはからい也。急ぎてんを打候へ。案の如く水の底より。猛火。燃え上り。童子ニ燃ゑかゝる。童子御覧じて。殊勝ニ候。急ぎ此火を消シ候へ。弘法心得たりと。水の印を結び川上へ投げさせ給へば。元の水の流れいずる。童子御覧じて。さらば返答申さんと筆を虚空ニ投げさせ給へば。浮雲ニ雲という字を書き給ふ、弘法ごらんじて。いかニ童子雲という字ニ竜（たつ）というてんを打物を。何とて文字をかたわニならし給ふ。童子きこしめし。竜というてんを打物ならば。須弥山の麓。七ゑにまきたる竜。眼（まなこ）をうたれたとて。流す涙が大水と成リ、あきつしまの弘法を。流し給ふいたわしさニわざとてん略して候。弘法きこしめし。流れ候は此方のはからい也。急ぎてんを打候へ。童子さらばとてん打候へばあんの如く二ツ竜。眼をうたれたと。流す涙。大水と成リ。うちやうてんかきくもりたると見へ給へば。弘法思召は。いや流れてはせんなしと。弘明という字を石ニ書き。川上へ投げさせ給へば、石すなわち岩と成リ。こんがうせんの麓。天竺六万里つき渡ス」。

二七　胎蔵界大日の真言。万法ことごとく成就するとされる呪文。　二八　少しも。下に打消を伴う。

（32）

な　この山で人を尋ぬるには　御身がやうに言うては尋ねんぞ　この山で人を尋ぬるには　三所に札立つればよ　会ふまいと思ゑば札を引く　会わうと思ゑば添札をする　仍つて　三日中に　有り[一]さうもきこゆるなり　総じてこの山に居る者は　皆道心にて御座あるぞ　さりながら　御身の国を申　百姓ならば所在所　侍ならば国の出で所　名字　仮名[二]　氏位[三]を某に細かに語るものならば　さて斯う申聖も　共に尋ねてとらせうぞ　幼い者」とありければ

石童丸はきこしめし　「あらこと懇のお聖や　さてその儀にてあるならば

一「あり所(よし)」(寛永板)の転か。
二 通称。
三 家系と位階。
四 その旨をお話申し上げたところ、の意。

某が先祖を詳しく語るべし　さて某が国を申せば大筑紫筑前の国　庄を申せば苅萱の庄　氏を申せば重氏なり　加藤左衛門と申なり　父重氏は廿一　母上様は十九なり　姉の千代鶴三歳なり　さて斯う申某は　母の胎内に七月半の御時に　父の重氏殿様は　嵐に花の散るを見て　青道心を起こいてに　都の方に聞こゑたる新黒谷で髪を剃り　名は苅萱の道心と御申ありて御座あるを　風の便に承り　母の御台と某が　新黒谷ゑ尋ねて参り　御上人ゑ御[四]断を申て候へば　会うまい　見まい　語るまいとてに　この山ゑ御上りなされて御座あ

(33)

(二八七頁からつづく)

阿弥陀仏」(了誉・二蔵義など)。「う」の意、不審。→二六七頁注二七。　二二「毘沙門の沙の字をかたどり、おん名をも沙那王殿と付け申す」(謡曲・鞍馬天狗)。　二三 以下、三密修行の霊地伝説(三鈷投擲伝説)を反映。法具の種類と霊場(落下地)との関係に諸伝がある。舞曲「笛の巻」で例示する。「御船に召す時に、持つところの仏具に五鈷、独鈷、三鈷を、虚空へ投げさせ給ひけり。紫雲下つて、これを捲き、遥かの海を分け越して、紀の国の高野の峰に留まれり。三鈷の松と申事、此時よりの謂れ也。独鈷は花の都なる東寺の塔に留まれり。五鈷は越後の国国上(くがみ)の寺に留まれり」。　二四 独鈷・三鈷・鈴、いずれも密教法具の一つ。前二者は、金剛杵で、両端のとがったものが「独鈷」、三つに分かれたものを「三鈷」という。他に「五鈷」も。「鈴」は「金剛鈴」。金剛杵に鈴がついたもの。　二五 舞曲「笛の巻」などにいう、葱嶺山の麓から日本へむけて流した三本の漢竹(弘法の笛)伝承とも関連あるか。「文殊より、独鈷、三鈷、漢竹を賜る、大師、これを受け取、我に縁あらば日本にて巡り会へとて投げ給ふ」(四国遍路御開基弘法大師廼記)。　二六 用度品。　二七 教王護国寺。真言宗東寺派総本山(現京都市南区)。御影堂(大師堂)の前に、本伝説を踏まえる三鈷の松が残る。「三葉の松」とも(山州名跡志、都名所図会など)。ただし東寺が「女人の高野」と呼ばれたことはない。有名なのは、河内の金剛寺、紀伊の慈尊院。室生寺は桂昌院帰依の元禄以降。

ると　承りて御座あるの　余り父御の恋しさに　これ迄尋ねて参りて御座あるの　御存じありて候はゞ　教ゑて給われ　お聖様」

父道心はきこしめし　[一]問うまいものを悔しやな　見れば我が子の[二]不便やなと　忍涙は塞きあゑず

石童丸は御覧じて　「のふいかにお聖様　さて某がこの山で七日の間尋ぬるに　御身のやうに心の優しき　[三]涙の脆きお聖に会ふたが今が初なり　御存ぢあつたは一定なり　御存じありて候はゞ　教へて給われ　お聖様」

父道心はきこしめし　さても賢きあの子やな　悟られてはなるまいとおぼしめし　[四]先づ偽をお申ある「のふ〳〵いかに筑紫の幼い人　さて某と申は　御身の父の苅萱の道心と　さて斯う申聖はの　師匠が[五]一つで相弟子で御座あるの　国ゑ下るも同心して下るなり　仲の良かりし折節に　[六]不思議の病を受け取りて　空しく御なりありて御座あるの　殊に今日命日にて　御墓参りを申とて　縁とて御身に会ふたよの　それに涙が零るゝの　幼い人」とありければ

石童丸はきこしめし　「これはまことで御座あるか　さても悲しき御事や　[七]これは夢かや現かや　現の今の別やな　のふ〳〵いかに相弟子様　父に会ふたが心して　御墓参りを申べし　御墓教へて給われの　相弟子様」とありければ

一　尋ねなければよかったものを、の意。
二　かわいそうなことよ、の意。
三　底本「なみ□」を補訂。
四　父道心の遁世は、はるばると尋ねてきたはじめてみる幼子に「父の死」というむごい結末をつきつける「偽」ごとの上に辛くも成り立つ。「先づ偽をお申ある」が本作では慣用句的に前後四回にわたって用いられ、道心堅固と恩愛繋縛との相剋を緊張づけている。
五　同じで。
六　思いもよらぬ業病。→「阿弥陀の胸割」四〇〇頁注二。
七　臨終における類型表現。本来、三〇二頁一二行目のように、死者と直面した場面で用いられる。ここはその流用。このため、下句の「現の今の別やな」にややそぐわぬところがある。

父道心はきこしめし　我が立てたる卒塔婆があらばこそ　[八]旅人の逆修のため
にお立てあつたる高卒塔婆の傍へ連[九]と行き　「これこそ御身の父道心の御墓所」
と教へ給ふ
石童丸きこしめし　塚の辺に倒れ伏し　「のふ〳〵いかに父御様　これは胎
内に七月半で捨てられし嬰子が　生まれ成人仕り　これ迄参りて御座ある
の　さてこの塚のその下からなりともよ　今一度「石童丸かよ」と　言葉を
掛けて給われの」と　[一〇]流涕焦がれてたゞさめ〴〵とぞお泣きある

(34)

八 高野を訪れた旅人が、自らの死後の冥福をあらかじめ修すること。
九 「連れて行き」の訛り。
一〇 涙も涸れるばかりに激しく泣く様をいう。常套表現。

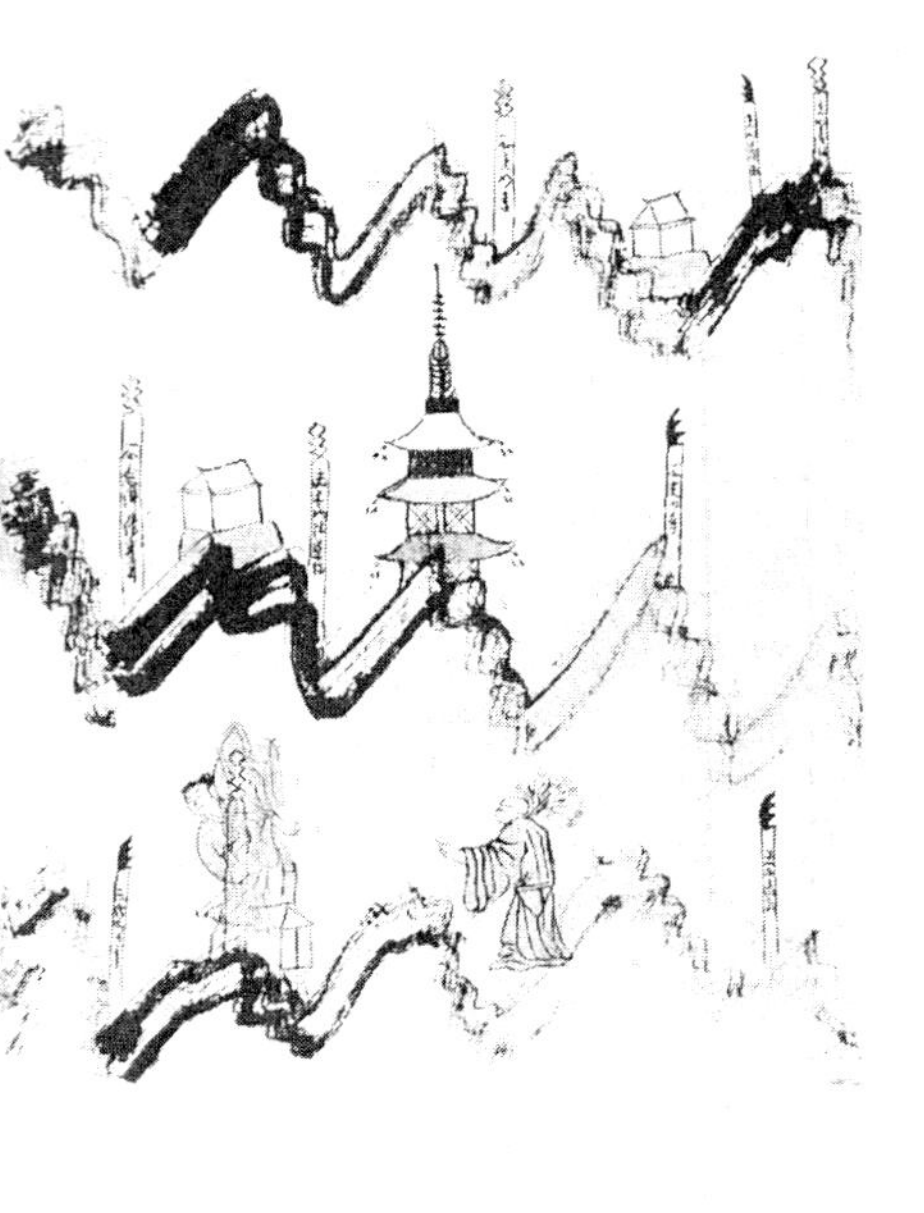
(35)

零る〻涙の隙よりも　御懐より[一]暖か絹の衣をも取りいだし　皆打ち払う[二]て　この衣　卒塔婆頭に投げ着せて　卒塔婆腰にて[三]抱き付き「のふ〳〵いかに相弟子様　父御に尋ね会ふたらば　先づ斯様に着せ申　抱き付くと思ひなば　如何は嬉しかるべきに　今は名ばかり着せ申　曲もなひ[四]」とて引き剝り[五]押し畳みて手に持ちて「のふ〳〵いかに相弟子様　これは三つで捨てられし　今年十五になる姫が　手綿の絹の衣なり　見苦しうは候へども　父御にこれを参らする　情にとりて召されよと　父御の方ゑ言伝あつて御座あれど　父

一 「フトコロ」の訛語。
二 衣全体のほこりなどを強く払って、の意。「ぶち」は、「うち」の強意。
三 寛永板「衣の腰に」。卒塔婆の腰のあたりに、の意。
四 味気無い。面白味もない。
五 まくりとり、の意。

は浮世にない程に　相弟子様に参らする　見苦しうは候へども　情にとりて召されよ」とて　相弟子様にと参らする　石童丸は相弟子様とは思ゑども　姉千代鶴の志　父の御手に渡すなり

　あらいたわしや石童丸　零るゝ涙の隙よりも　[六]げにそよまことに忘れたり　この卒塔婆を抜いて担げてに　麓ゑ下り　母上様にこの由御目に掛け[七]申さんと　卒塔婆を抜いて　担げて参らんず[八]るとするところ

父道心はきこしめし　さても賢きあの子やな　卒塔婆を抜いて麓ゑ下すものならば　御台所の御覧じて　それは父道心の卒塔婆にては御座ないぞ　逆修のためとあるならば　今迄包みたる事が　皆無になるとおぼしめし　先づ偽を御申ある「のふ〳〵いかに筑紫の幼い人　この山で立てたる卒塔婆と申は　同じ[九]台座に直りたるが如くなり　卒塔婆を抜いて麓ゑ下すものならば　元の[一〇]はつすいと引き落とされたる如くなり　[一一]まつこと卒塔婆が欲しくばよ　我が所ゑ参らいよ　卒塔婆を書いて取らせうぞ　幼い者」とありければ　石童丸はきこしめし　これもげにもとおぼしめし　父道心と打ち連れて　蓮華坊へと御急ぎある

[一二]あらいたわしや　石童丸は　現在父に御会いなされて御座あれど　これを父とも御存ぢなし　父道心は　現在我が子と御存じありて候へど　これを親とも

六 →二七二頁注六。
七 底本「申さ□」を補訂。
八 「するところ」で言い切るところは、絵解口調を彷彿とさせるが、あるいは「すると」は衍字で、本文にも乱れが生じたか。
九 仏像を安置する台。須弥座、蓮華座などの仏座。
一〇 寛永板「無間の業へ引き落とすが如く也」。これを参考にすれば、「はつすい」は「八大(地獄)」の誤りか。
一一 本当に。
一二 以下、三〇〇頁三行目まで、断ち難き恩愛の絆に動揺をみせる父道心を描述するが、やや説明的。局面末(「これは〇〇の御物語はさてをき申」などの直前)にしばしばみられるところ。

(36)

御名乗りなし　あらいたわしや　父道心も　名乗りたくはおぼしめされ候へ共　新黒谷で御立てあつたる誓文の恐ろしさに　これを我が子とお名乗りなし　父道心の心の中こそ哀なり

　これは道心の御物語はさてをき申

[一]爰に又　物の哀をとゞめたは　麓に御座ある御台所で　諸事の哀をとゞめたり　[二]あらいたわしや　お御台は　一両日を待ち兼ねて　[三]風のそよと吹く折音

一　→二六九頁注九。
二　寛永板、「あらいたはしや」から「フシ」で語り出す。→二六九頁注一〇。
三　寛永板「風のそよと吹く音も、妻戸のきりりと鳴る音も」。

も　妻戸のきり〳〵と鳴る音も　あれは石童丸よかの　夫の便宜で御座あるか　幼ひ者の事なれば　さて山道に踏み迷ひ　さて出方をゑ知らいで　まだ参らんかの　悲しやな　又は父に尋ね会ひ　恋し床しき事共を語り出いてに　さて離場をゑ知らいで　まだ参らんかの　悲しやな　「のふ〳〵いかに与次殿様さて自らは　今日の日をばゑ過ごすまひとの覚悟なり　自ら空しくなるならば膚に黄金の御座あるの　与次殿様に参らする　影を隠いて給われの　会いたや見たや　この子やの　さて今日のは　夫の便宜は聞かづとも　今一度は石童丸に会いたや」と　恋し〳〵とのたまふが　その恋風や積もりけん　又定業や極まりて　惜しむべきは身の盛　惜しまれべきは年の程　御年積もりて　明け三十一と申には　朝の露とぞおなりある　哀とも中〳〵に何に譬ゑん方ぞなし

与次殿この由御覧じて　あのやうに子を持ち親を持ちながら　下らぬ子の邪見さよ　明日になるならば　疾く御山ゑ上り　幼い者を尋ねんとおぼしめし五更に天も開くれば　宿の与次殿拵ゑて　御山ゑとてこそ上らるゝ

石童丸のお下がりあると　不動坂にてお会いある　与次殿この由きこしめし　「さてもそれなる幼い者は　それ程に母の空しおなりありたるが　御山へ聞こゑてに　卒塔婆を担げて下るものが　何とて昨日　死目には会わぬ」との

四 便り。
五 山を出る方法。
六 父のもとを去る機会、の意。去り時。
七 姿を隠して下さい、葬送してほしい、の意。「跡を隠す」とも。野辺送りを依頼された与次には、行倒れ人の死体検分、死体処理を重要な職分とした悲田院の与次郎の面影が重なる。
八 「日」の誤写か。
九 底本「きかつと□」を補訂。
一〇 以下、最期描写の常套句。「恋しゆかしとおぼしめす、其恋風や積もりけん」(浄瑠璃・やまなか)、「恋し〳〵とのたまひし恋風や積もるらん、さて定業や来たりけん」(舞曲・八島)。「定業」は、前世の業因によって定められた死期をいう。
一一 以下も最期の慣用表現。「惜しむべきは年の程、惜しまるべきは身の盛り、御年積り、小栗明け二十一を一期となされ、朝の露とおなりある」(をぐり・二〇一頁九行目)。「惜しまれべき」は「惜しまるべき」の訛り。「明け」は、満。
一二 底本、「よし殿」の下、「きこしめし」を見せ消ち。「拵ゑて」は、身支度を整えて、の意。
一三 正北の入口で、京大坂方面から来る者の登詣口。学文路から神谷を経て、山上に至る途次。
一四 寛永板「それ程母の御最期を御存じあつて、卒塔婆を舁きて御ざあらば、など昨日に御下りあり、母の死に目に御会ひないぞ」。

御諚なり　石童丸はきこしめし「いや是は母の卒塔婆にては御座ないの　さても母上様は何とならせて御座あるの」与次殿この由きこしめし「御身の母の[一]御御台わ　昨日の八つ[二]の終なり」石童丸はきこしめし「さて情なき御事や　あら[三]みやうしやう悪のこの卒塔婆」と　[四]弓手馬手ゑからと捨て急ぎ麓ゑ御着きある

屛風を取つて見給ゑば　[五]あらいたわしや　お御台わ　[六]西向に北枕　石童丸は是を見て「これは夢かや現かの　現の今の別やな」と　押し動かいてわつと泣き　抱き付いてはわつと泣き　面と顔ほ押し当てて　[七]口説事こそ哀なり

「なふ〳〵いかに母上様　さても石童

(37)

(38)

一 底本「御みだい□」。不明箇所、手擦れながら、「わ」とみえる。
二 午後二時頃。
三 未詳。「冥助悪」で、神仏の加護のないの意か。あるいは、「よいみやうせ」(幸せ)などに関連ある反対語か。寛永板「物わるのこの卒塔婆」。
四 左や右へ、の意。
五 以下の親子の死別場面、類同的。慣用表現を点綴して成ることにもよる。「せつきやうしんとく丸」で例示する。「信吉、…御台の死骸にいだきつき、これは夢かや現かや、現の今の別かや、…と嘆き給ふ。しんとく丸も母の死骸にいだきつき、これは夢かや現かや、現の今のなにとてか、年にも足らぬ某お、誰やの人に預け置き、母は先立ち給ふぞや、ゆかで叶はぬ道ならば、我おも連れてゆき給へと、いだきつゐて、わつと泣き、押し動かし、顔と顔と面添へて、流涕焦がれて嘆かるゝ」。
六 頭北面西右脇臥。死者を寝かせる作法。釈迦入滅時に倣ったもの。
七 哀しい心の中をせつせつと訴えること。

丸をばの　[八]たづきも知らぬ山中に　誰やの者に預け置き　斯く成り果てさせ給ひたぞ　[九]行かで叶わん道ならば　さて斯う申某も　共に御供を申さん」と　流涕焦がれたゞさめ〴〵とぞお泣きある

零るゝ涙を押し止め　[一〇]手向の水を取寄せて　あらいたわしや　母上のお開けなされん口を開け　小指で水を手向けてに「今参らするこの水は　同じ蓮におわします[一一]父道心の末期なり　又参らするこの水は　国元に残し置く姉千代鶴の末期なり　又参らするこの水は　この程御供申たる　ありてかいなの石童丸の末期なり　[一二]よき受け取り　成仏あれ」と　[一三]又押し返し回向して　あらいたわしや　石童丸は　爰にても頼む便のあらざれば　石童丸は拵ゑて　御山ゑとてぞお上りある

高野の峰にも着きしかば　父道心の相弟子様を近付けて「なふ〳〵いかに相弟子様　麓に御座ある母上様も　空しく御なりありて御座あるの　[一四]衣の上の結縁に　影を隠いて給われの　相弟子様」とありければ　父道心は[一五]これを聞き　[一六]やがて聞くより取りあゑず　石童丸と打ち連れて　蓮華坊ゑと御入あり　剃刀一挺[一七]懐りて　麓ゑとてこそお下りある

八「をちこちのたづきも知らぬ山中におぼつかなくも呼子鳥かな」(古今集・春上)。よるべもない、の意。
九 行かずには済まされない死の道ならば、の意。
一〇 死者にささげる水。
一一 父道心からの末期の水です、の意。
一二「よきに」の脱か。
一三 繰り返し、の意。
一四 僧としての仏縁で、の意。
一五 底本「これをき」。今、「これを聞き」と改めた。
一六 聞くとそのまま、の意。
一七 懐中にして、の意。「懐り」は、動詞「懐る」の連用形。

（39）

父道心は　不動坂にて暫し止まり　[一]思ひ出いたる事のあり　麓に御座あるお御台わ　あの幼い者を近付けて　御山様を事細〳〵とお問ひあり　あの幼い者が　御山にて[二]先づ斯様なる聖に会ふたと語るものならば　御台所のきこしめし　それは相弟子様では御座のふて　父道心であらうぞよ　謀り寄せて　[三]懺悔せんと悟りたり　これは下らぬところと思召　[四]先づ偽を御中ある　「なふいかに筑紫の幼い人　山から里ゑ下るには　師匠に暇を乞うて下るが習なり　御身の御存じの如くに　師匠に暇を[五]乞わで下るぞよの　御身は先ゑ御座あれの　後

一　単に「思い出した」というより、ある事に気づいた、の意。
二　「先づ斯様なる聖に会ふたと」まで、行間に細字で書き入れ。底本が転写本であることを示す。
三　「懺悔させん」の「さ」の脱か。御台が自分に懺悔させようとの魂胆と察した、の意。
四　父子対面後の慣用句。父道心から語り出される高野の作法は、父が子を知る契機となったが、以後は石童の接近を拒む拠り所として作用する。高野の知識をもちあわせぬ石童は、その真偽すら判断できない。この聖俗落差が父子の距離間と関わるところに、高野語りとしての説経「苅萱」の特色がある。→二九六頁注四。
五　「乞(こ)はで」の訛言。

よりやがて参らんの　幼い人」とありければ　石童丸はきこしめし「六節は時にこそはよるぞとよ　衣の上の結縁の事なれば　七何偽のあるべき」と　衣の袖を八控ゑある　父道心はきこしめし　そもやあの幼い者が偽をば申まいとて　麓ゑとてこそ御下りある

宿の与次殿御覧じて「さて今迄は誰やの人と思ひ申て御座あれば　九蓮華坊にて御座あるか　さて某は　旅の上臈様に一夜の御宿を仕　かゝる憂目を見て御座あるの　ともかくも蓮華坊に任せおく　影を隠いて給われの　蓮華坊」とありければ　父道心は是を聞き　人の一〇なひこそ嬉しけれと妻戸をきり／＼と押し開き　屏風取つて見給へば　あらいたわしや　御御台わ　北枕に西向きて　往生遂げておわします　死骸に一一がわと取り付きて　押し動かいてわつと泣き　抱き付きてはわつと泣き　面と顔ゝ押し添へて　さこ

(40)

(41)

六「節」は、時節。寛永板「いとま乞(か)ふは時による」。

七この一条、石童丸が「偽」という言を用いる点で、やや唐突。

八「お控ゑある」の「お」脱か。「控ゑる」は「引く」の派生語。ひきとめる。


九苅萱道心の高野山での呼び名。高野が舞台となるところでは、法然が命名の「苅萱道心」は用いられず、専ら「父道心」「蓮華坊」と呼ばれる。注四で指摘するところとも併せ、高野の特別な位置づけをここにもみるべきであろう。

一〇底本「なひなひこそ」を訂正。

一一「がばと」に同じ。古形。どっと。

(42)

そ最期の御時に　某を恨みさせや給ふらん　[一]深き恨な　な召されそ　変る心のあるにこそ　変る心のない程に　御生を問ひて参らせんと　御懐のその中より剃刀を取り出し　髪を剃[二]うとなさるゝが　十三年その先[三]に捨てたる御台の事なれば　[四]好み悪みが思われて　剃刀の立て所も見も分けず　されども髪をば[五]四方浄土へ剃りこぼし

[六]やつくわい輿に取つて乗せ　先を道心舁きければ　後をば石童丸のお舁きある　[七]野辺の送を早めいと　[八]せんちやうが野辺ゑ送りてに　[九]栴檀薪を積み焼べ

一 意に反した行動であることを訴え、許しを乞う慣用表現。深く恨みなさいますな。愛情に変りがあるならばともかくも、愛情に変りはないので、の意。「深き恨みななめされそ。変る心のあるにこそ、変る心はない程に」(をぐり・二三六頁一三行目)。上句は、「深き恨とおぼすなよ」の形も。

二 底本通り。剃ろう。

三 底本「さ□」を補う。

四 昔の親しい間柄。「悪み」は「好み」に添えた強調語。それこそもろもろのことが、の意。

五 →二六五頁注三七。

六 未詳。

七 以下、詠唱念仏の影響があろう。「吾が親の野辺の送りのその時は、広き野原も狭くなる、朝夕見上げし吾が親を、せんだんたきに積みこみて、野火や山火と火葬する、一日二日は煙立つ、早三日(さんにち)になるなれば、妻や子供があつまりて、死骨をひろい灰をよせ」(三河鳳来町の大念仏・四遍)。→二九一頁注二三。

八 広々とした「千じよ(う)が原」などをいうか。未詳。

九 読みは、底本のまま。荼毘に用いる白檀の薪。「千駄薪」(数多くの薪)を宛てることも。「木の葉を掻き集め、これをせんだんの薪と名付けて、三つの炎と焚き上げて、煙絶ゆれば、御骨取つて首にかけ」(浄瑠璃・あみだのほんぢ)。

て　[一〇]諸行無常ほん無常　[一一]三つの炎と火葬する
煙[一二]しむればの　静かに骨を拾い取り　[一三]あらいたわしや　道心の心の中こそ哀
なり

あらいたわしや　道心は　石童丸を近付けて「のふいかに筑紫の幼い人
[一四]この死骨白骨は　御山ゑ取りて上りてに　[一五]骨堂に籠むるぞよ　御身は国に姉御
のあるならば　この[一六]剃髪を取り持ちて　形見に是を参らせよ」とて　心の強き
道心の　さてそこにてもゑ名乗らず突き放す　道心の心の中こそ哀なり

(43)

一〇 寛永板「諸行むをん無常」。「むをん」は「無音」で、「ほん」はその転か。未詳。
一一 未詳。しかし、火葬描写自体は類型的。「泣く泣く野辺に送りつけ、栴檀薪積み焼(く)べて、諸行無常、三つの炎と火葬して、煙も過ぐれば、かの死骨拾い取り」(せっきやうしんとく丸)。
一二 止むれば、か。煙がおさまれば、の意。
一三 本文に混乱あるか。語り出し句に止め句が連接して、落ち着きを欠く。四行目「あらいたわしや」との関係にも留意。
一四 御台や姉(後出)の収骨にあたる道心らには、谷の者や聖など、高野の下級僧が携った葬送納骨習俗の反映がある。
一五 「御廟瑞籬の坤角御所芝の西にあり、…貴賤の遺髪遺骨を納る所なり」(紀伊続風土記)。
一六 底本「そりかみ」。以下、同じ。

(44)

これは道心の御物語はさてをき申

爰に又　物の哀をとゞめたは　石童丸にて　諸事の哀をとゞめたり　あらいたわしや　石童丸　母の剃髪首に掛け　筑紫を指ひて御下りある　路次[一]の伽なき所では　この剃髪を取り出し　口説事こそ哀なり

「この剃髪の母上[二]□　父を尋ぬるその折は　かほどに路次の遠くなかりしに　今の道の遠さや」と　泣いつ口説きつお下りある

一 道中、話し相手のない所では、の意。「路次」は、清音。寛永板「路次の遠き所にては」。
二 二、三字分欠。

急がせ給ゑば程もなく　大筑紫にぞ御着きある
屋形の門に佇み　内の体をお聞きある　屋形の内には[三]千部万部の音がする
石童丸はきこしめし　[四]悪事千里を走るとは　爰の譬を申かよ　父母の空しく御
なりありたるが　[五]某よりも先に聞こゑてに　[六]御弔をなさるゝよ　あら嬉しや
とおぼし　御門の内ゑぞ御入ある
石童丸の[七]御乳や乳母は　弓手馬手から抱き付き　「さてもめでたきは石童
丸　さて父御にお会いなされたるかの　母上様はお下りあるか　[八]果報少なの姉

(45)

三　千部読経・万部読経(追善・祈願の法会に、同じ経を千回・万回読誦すること。あるいは、千人・万人の僧で読誦する法会)の声が響く、の意。
四　「好事不出門、悪事行千里」に拠る。「伝灯録」「北夢瑣言」など。悪いうわさ(悪い事)はすぐに知れわたる意。「はする」は「はしる」の訛言。
五　自分の帰郷よりも(自分が知らせるよりも)前に、の意。
六　「トブライ」「トムライ」両用(羅葡日辞典)。
七　幼な子の養育にあたる人々を成句的にいう。「御乳」と「乳母」の違いが意識された表現ではない。
八　薄幸な、の意。「果報めでたの」(寛永板)に対応する言いまわし。

御やな　御身と母上様の御上りなされた後の間に　「父御恋しや　母の御台が恋しやの　[一]石童丸に会ひたや」と　恋し〳〵とのたまふが　その恋風や積りけん　又定業や極まりて　空しくおなり被成て御座あるの　是が姉御の死骨白骨　剃髪」と　石童丸にと渡し給ふ　石童丸は是を見て　「さても悲しの次第やな　さても姉御一人をば　[二]親とも子ともお主共　頼み頼ふで宿取るに　頼みても儚きは　さて某が事ぞかし　[三]国に心が止まらん」とて　国をば御一門に預け置き　姉御の剃髪首に掛け　高野を指してぞお上りある

高野の山に御座ある父道心は　[四]我が幼い者が[五]何程に国を持ち成す　余所ながら見て参らばやとおぼしめし　麓ゑとてこそ御下りあると　不動坂にてお会ひある　父道心は御覧じて　さてもあの幼い者は　さて長居をするものかな　「何故に疾う〳〵下らん」との御諚なり　石童丸はきこしめし　「いや某は国ゑ下りて御座あるが　国元に

(46)

一　以下、母の急死描写に同じ。→三〇一頁七行目。

二　「高野巻」直前の「旅で宿取るは、親とも子ともお主とも、頼み頼ふで宿取るに」(二八一頁七行目)の流用。「宿取るに」は前者では重要な意味をもつが、ここはそぐわない。常套表現に凭りかかる説経の一特徴。

三　底本「くにこゝろ」を補う。

四　一旦は恩愛の絆を絶ったものの、幼な子の行末が心にかかり、よそながら故郷を訪れようとするのは、「三人法師」「為世の草子」「葛和堂由来」など高野系親子恩愛譚に類同するところ(阪口「街道の伝承」『人文研究』第三十五巻第三分冊参照)。

五　どのように領国を統治しているか、の意。

六　眼前の余りの有様(父子邂逅、御台の死、娘の死の知らせ)に、父は我こそ親と名乗ろうと思い悩む。その心情を絵入写本は三度まで繰り返し描く。寛永板にも、「さて情なの次第やな。

おわします姉御様も　空しなつて御座あるの　相弟子様」とありければ　[六]父道心はきこしめし　さらば今　あの子壱人に名乗りて聞かせばやとは思へ共　新黒谷に立てたる誓文の[七]畏ろしさに　これを父とお名乗りなし　心の強き道心の[八]心の中□哀なり

その後に　石童丸は　父道心の手に掛かり　髪をば四方浄土ゑ剃りこぼし髪剃りての戒名に[九]　道心の道の字をかたどり　道念坊と名を付けて　その時に道念は　落合の水を汲み　山ゑ行きては木を樵り　朝夕念仏申　行い切つて御座あるが　山内の[一〇]木採法師は是を見て　「蓮華坊の道念こそ　中の良かりし間なり　其上蓮華坊に少も違わず似たる」とて　とり〴〵に[一一]評定する父道心は是を聞き　げにや人の口は[一二]さがないものにて　もし[一三]親の御弟子と悟られては　今迄包みし事　皆無になるとおぼしめし　先づ偽を御申ある　「のふ〳〵いかに道念よ　某は国ゑ[一四]心が指して御座あるの　寺をば御身に預け置く　もし浮世は[一五]不定の習にて　もし[一六]某が末期によ　[一七]南に紫雲の雲立たば　道心死したと思ふべし　[一八]北に紫雲の雲立たば　道念死したと思ふべし　寺をば御身に預け置く　暇申てさらば」とて

さて某この山で、出家の法はなさずして、人を殺すか悲しやの。あの子に親とも名乗りて、喜ばせうとおぼしめすが」と苦渋の心情が吐露される。

七 底本「おそ□しさに」を補う。不明箇所は手擦れによる。

八 底本「心のう□□哀なり」。不明箇所はここも手擦れ。

九 蓮華坊の高野山内での通称。「苅萱道心」の省略ではない。→三〇五頁注九。

一〇 夏衆(堂衆)。花摘道心とも。山麓花園村などから供花の奉仕に出た山伏修験。→二九二頁注二。

一一 本来は、相談して決めること。転じて、風評する、の意。

一二 迷惑も考えず、他人のことをあれこれうるさく噂するもので、の意。

一三 寛永板「真実の親子」。

一四 気持がむかう、の意。

一五 生死不定、老少不定、の意。

一六 「某が末期によ」は、やや冗漫。

一七 善光寺に対して、高野は南。「紫雲」は、念仏者の臨終に、仏が乗って来迎するとされる紫の雲。なお、当該同趣描写に次のようなものがある。親子、師弟などの別離場面にみられる。「日朗は鎌倉へ越し、由比が浜にて土の牢に入べき也、日蓮は伊豆の国へ流すべしと、やがて舟を出さんとすれば、日朗嘆き悲しむ事、眼もあてられぬ風情なり。日蓮申されけるやうは、…月の入を見ば、日蓮伊豆にあると思ふべし、日の出るを見ば、日朗由比が浜に有と思ふべしと、互に袖をしぼりつゝ、泣く〳〵別れ給ひつゝ」(にちれんき)。

一八 善光寺の空をいう。

高野の山を立ち出でて　新黒谷にて　[一]百日の別時の念仏と申
新黒谷に心が止まらんとて　信濃の国〻に聞こゑたる　[二]善光寺の奥の御堂に
取り籠り　朝夕念仏申　行い切つておわしますが　殊に寿命はめでたうて　[三]八
十三の[四]三月廿一日　[五]辰の刻辰の一天と申に□[六]　大往生を遂げ給ふ　南に紫雲の
雲が立□　高野の山に御座ある道念坊も　[七]六十三の御時　一つ月一つ日　同
じ辰の一天と申には　往生を遂げ給へば　北に紫雲の雲が立つ　[八]蓮華花降り
異香薫じて芳しく　心言葉も及ばれず　この世でこそは　親とも子とも姉弟と
も御名乗りなけれども　来世にては　親とも子とも　一家一門　[九]六親眷族　[一〇]七
世の父母に至る迄　一つ浄土へ御参りある
[一一]廿五の菩薩達　[一二]弘誓の船に棹を差し　「あのやうなる[一三]後生大事の輩を　いざ

(47)

一 百日の期間を定めて行う特別念仏。
二 冒頭本文参照。
三 大師の母が承和二年八十三歳で死去した事実と照応。高野系唱導では、八十三歳往生譚が専ら行われてきたこととも関連をもつ。舞曲「敦盛」の熊谷往生譚は、その典型。底本「□□三□三月廿一日」。「八十」と「の」は、一部残る文字からの推定。
四 弘法大師入定日と一致。大師の母の八十三歳往生との照応と併せ、苅萱譚が弘法大師母子伝として構想化されていることを示す。高野の普遍的な縁起としてこの物語があり、「高野巻」と二重の物語構造をもつことが注目される。
五 午前八時頃。「一天」は、漏刻で、一時(今の二時間)を四等分した最初の時刻。
六 底本、手擦れで不明。次の「くもかた」以下は、小破。
七 空海伝の多くは、空海六十二歳入定を説く。しかし、古くから六十三歳化去説も行われてきた。「承和二年三月廿一日寅の刻に。…御入定まし〳〵ける、御とし六十二、夏臘四十一」(弘法大師御伝記)。
八 弥陀・聖衆の歌舞来迎の粧いをいう慣用表現。挿絵48参照。
九 →二六四頁注二九。
一〇 「一子出家すれば。七世の父母成仏すといへり」(謡曲・高野物狂)。
一一 以下、人間を神仏にまつる本地語り結末の一典型。「をぐり」末尾との類同性に注意。「廿五の菩薩」は、臨終の際、阿弥陀仏と共に来迎する二十五体の菩薩をいう。観世音・大勢至・薬王・薬上・普賢等で、念仏の衆生を擁護する(十往生経)。
一二 彼岸(極楽)に衆生を救う仏の誓願を船に譬

(49)　(48)

えていう成句。「御法の舟の水馴棹」などとも。
一三 後生の安楽をひたすらに願う人々を、の意。

や仏に斎ゑ」とて　信濃の国善光寺奥の御堂に　親子地蔵と斎ひ籠め　末世の衆生に拝ませんがためぞかし　今当代に至る迄　是疑わなかりけり　親子地蔵の御本地を語り納むる　所も国もめでたう豊なりけり

一 仏として慎しんでお祀りせよ、の意。
二 祝言。寛永板は「国も富貴、所繁昌、一念後生は大事なり」で結ぶ。

さんせう太夫（だゆう）

阪口弘之　校注

五説経の一。題名の由来については、柳田国男氏の「山荘太夫考」(『物語と語り物』所収)以来、貴賤論、聖俗論の立場から諸説をみていて、そのいずれもが物語の成立論議に関わる。室町期に溯る古いテキストの伝存は聞かないが、「しんとく丸」「をぐり」との交流は深い。

【梗概】陸奥の国日の本の将軍岩城判官正氏は、讒訴により筑紫安楽寺に流罪となる。御台所は、父の無実を晴らそうという嫡子つし王丸の訴えに、姉の安寿、乳母のうわ(は)たきを伴い、四人で都へ向かう。

直江の浦で宿を乞うが、貸す者はなく、逢岐の橋で一夜を過ごしていたところを、人買の山岡太夫が言葉巧みに謀る。太夫は都へは船路をとるようにと勧め、御台とうわたき、安寿とつし王を別々の船に売り渡す。船が北と南に分かれ、自分達が売られたことに気づいた御台は、離れ行く船にむかって、姉弟が膚に掛けているのは、守りの地蔵菩薩と志太玉造の系図であると告げる。うわたきは入水し、御台は蝦夷が島に売られる。

一方、姉弟は、丹後の由良の湊のさんせう太夫に買われ、葱、忘草と呼ばれ、潮汲と柴刈を言いつけられる。重労働を強いる過酷な仕打ちに、姉弟は一度は死のうとするが、同じ下人の伊勢の小萩にひきとめられる。(上)

姉弟は別屋に置かれ、その屈辱から姉は弟を脱走させようとするが、さんせう太夫の息子の三郎に立聞きされ、二人共に焼金を当てられ、松の木湯舟の下で干し殺されそうになる。二郎の好意で辛くも命を繋いだ姉弟は、山へやられるが、姉弟の顔から焼金の跡が消える。膚にかけた地蔵菩薩が身代わりに立たれたと知り、姉は弟にその地蔵菩薩を与えて落とす。太夫の元へ戻った安寿は、残虐な拷問によって命を失う。

一方、つし王は、国分寺に逃れ、お聖の計らいで、皮籠に身を隠す。追手をかけた太夫達は、童の行方は知らぬというお聖に誓文を立てるよう迫る。大誓文。(中)

地蔵菩薩の利生で助かったつし王を、お聖は皮籠に入れ、都まで送り届ける。足腰の立たなくなったつし王は土車に乗せられ、天王寺へと引かれる。石の鳥居にすがると腰が立つという奇瑞があらわれ、折から霊夢を得た梅津の院に見出される。更に志太玉造の系図が証しとなって、つし王は本領に添えて丹後の国を賜わる。

丹後でお聖やさんせう太夫親子に厳正な信賞必罰を行なったあと、つし王は蝦夷が島に渡り、母を尋ね出し、更に父も迎えとる。そして、安寿の菩提のために丹後の国に膚の守りの地蔵菩薩を安置して、一宇を建立、奥州へ下って再び栄えた。(下)

【特色】陸奥、直江津、丹後、七条朱雀権現堂、天王寺を結んで語られる物語の基底に、十三世紀末から十四世紀にかけての叡尊、忍性、宣基ら、律宗僧の宗教活動が踏まえられている。その点が「しんとく丸」や「をぐり」とも響きあう所で、説経が宗教的営為の物語的虚構としてあることを示していよう。

【諸本】底本には寛永末年頃刊の「さんせう太夫」(天下一説経与七郎正本。天理大学附属天理図書館蔵)を用いた。丹緑中形本で、十四行二十八丁(上巻末丁裏無刻)。上中下三巻形式。現存最古の正本であるが、巻頭、巻末をはじめ、都合四か所に落丁や破損があり、その部分を、寛文後期刊の草子本「さんせう太夫物語」(上巻新出。中下巻大阪大学附属図書館赤木文庫蔵)で補った。草子本は寛永頃の面影をよく残すもので、底本とはきわめて近い本文をもつ。これまで上巻が知られず、当該作読解は、数種の正本本文を組み合せた複雑な校訂本文に拠らざるを得なかったが、今回の上巻出現で、寛永期本文がほぼ復原できた意義は大きい。特に物語冒頭の本地構造や安寿・つし王の呼び名問題など、この物語構想の根幹にも関わるところで、改めて慎重な検証が求められることになろう。しかし、草子本をもってしてもなお補い得ぬ箇所があり、それらは、底本の省略本的性格の濃い佐渡七太夫正本(明暦二年六月刊。天理大学附属天理図書館蔵)で注記した。その他、六段形式の正本に、寛文七年五月板、延宝元年十一月板、同六年四月板、正徳三年九月板など、享保に至る迄、数多くが知られる。草子本と挿絵に類縁関係をもつ大阪府立図書館本、東京大学図書館霞亭文庫本も早くから注目されてきた。

なお、挿絵(5)(6)は、底本においては見開きの図であるが、今、文意に添って順序を変えて、分割掲載した。

〔さんせう太夫物語　上〕[一]

〔[二]抑丹後の国。[三]金焼地蔵の御本地を詳しく尋ね奉るに　[四]国を申せば陸奥の国。日の本の将軍[五]岩城の判官正氏殿の。守本尊と聞えける。

此正氏殿と申は。御子二人持ち給ふ。姉御前をば[六]安寿の姫。次若君をばつし王丸とて。五つと三つにならせ給ふ。[七]いとしほらしくましませば。父母の御寵愛なのめならず。

[八]かゝるめでたき折節に。[九]いかなる者の讒奏にや。いたはしや　正氏殿。御門の勅勘蒙らせ給ひ。[一〇]筑紫安楽寺へ流されさせ給ひ。御嘆は限なし。[一一]殊に哀□□し　[一二]秋は月の前にて夜□明かし　詩歌管絃の道に長じ。御遊覧有し御身なれども。御浪人となり給へば。訪ひ奉る人もなし。されども姉弟の御子達に。心を慰ませ給ひて。年月を送らせ給ふ。[一三]光陰は矢の如し。はや十一か年に成に

一 以下、三二三頁二行目まで、「さんせう太夫物語」で補った。底本「さんせう太夫」(天下一説経与七郎正本)は、巻頭、巻末を欠き、その他にも落丁等による脱文がある。それらの箇所は、底本と内容的に近い草子本「さんせう太夫物語」で補った。なお、草子本にも欠文があり、更に他本を参照するところは、その箇所で断わった。

二 説経は、一般に「ただ今語り申す御物語」の定型句にはじまり、神仏の御本地を、「あらあら説きたて広め申す」と語りおこす。草子本は、「神仏の御本地を詳しく尋ね奉る」という形式に於て説経そのものであるが、説経特有の慣用句はもたない。本地譚も金焼地蔵が岩城の判官正氏の守本尊であったということにとどめ、その主、正氏一家をめぐる物語へと展開する。やや変則的な本地譚。説経諸本が、金焼地蔵の御本地を正氏としながらも、正氏流謫後の御台や姉弟の物語としてあることとも関連があろう。「ただ今語り申す御物語、国を申さば丹後の国、金焼地蔵の御本地を、あら〳〵説きたて広め申すに、これも一度は人間にておはします。人間にての御本地を尋ね申すに、国を申さば奥州日の本の将軍、岩城の判官正氏殿にて、諸事の哀れをとゞめたり」(せつきやうさんせう太夫・佐渡七太夫正本。以下、明暦板と略称する。なお、「用捨箱」所載の模刻に拠ると、底本も、冒頭から「人間にておはします、人」まで同文。以下は、不明。

三 三八五頁二行目以下の本文参照。その照応からいえば、冒頭本文は安寿の膚の守の地蔵尊を安置して、その後、正氏一家が守本尊としてきたとも解せる。宮津市由良の由良山如意寺現存の地蔵尊がそれという(丹哥府志)。

四 以下、慣用表現。登場人物(時に神仏)を国名

ける。
[一四]ある日の中のことなるに。[一五]何処とも知らず。燕夫婦舞ひ下がり。御庭の塵を含み取り。[一六]唐の長押に巣をかけて。[一七]十二の卵を儲けつゝ。父鳥餌食に立折は。母鳥卵を温むる。母鳥餌食に立つ折は。父鳥卵を温めて。互ひに養育仕り。連れて橘の小枝に並びゐるを。つし王丸は御覧じて。「なふいかに母御様。あの鳥の名をば何と申」と問ひ給ふ。母御此由聞召。「あれは[一八]常盤の国よりも飛び来たる鳥なれば。燕とも申也。又は[一九]耆婆とも申也。さて雄鳥は[二〇]止止不須説とさえづれば。あれは法華経の五の巻をさえづりて。なんぼう心の優しき鳥ぞかし。あなたなるが父鳥よ。こなたなるが母鳥よ。中に並びゐたるは。あの鳥の子共」とこそは教へ給ふ。
つし王丸は聞召。「[二一]あら不思議や　あの如く。天を翔くる翼。地を走る獣物までも　父母とて親をば二人持つものを。何とて安寿の姫や某には。父君はなきやらん。もし[二二]某の習にて。[二三]路次の口論　笠咎にかけ負けて。空しくならせ給

から言いおこして紹介。「陸奥の国」は「出羽」を除く福島県以北の地。明治維新後、磐城・岩代・陸前・陸中・陸奥の五国になる。「日の本」は日本。「奥州の国日の本の将軍」(三七二頁一〇行目)で成句化。東国領主の栄華の程を「日の本」で象徴したのであろう。
五 岩城氏は磐城地方(現福島県東部と宮城県南部)に勢力があった。桓武平氏末裔。その仮託。
六 姉弟の名が冒頭から示される。「次若君」は、世継の若君の意。「つし王丸」は、草子本が原則的に清濁を書き分けている点からみて、慣用の「厨子王丸」はとるべきでない。「次若君」「つし王丸」の呼称には、語り物作品にしばしば重要な登場をみせる「月若丸」「月王丸」との類同性をみるべきであろう。
七 かわいらしく、かれんなこと。
八 栄華を極める家庭がある事柄をきっかけに大きく崩れはじめる、そうした状態を述べたてる時に用いられる慣用句。→「ほり江巻双紙」一一三頁注一四。
九 正氏流謫の事由を、佐渡七太夫正本は、「情の強(こはひ)によって」、また、「御門(みかど)の大番とゝのへさせ給はぬ御罪科」に拠るとする(与七郎正本は冒頭欠丁のため不明)。「讒奏」(天皇に讒言すること)が物語展開の契機となるのは、語り物の通例。
一〇 太宰府天満宮(現福岡県太宰府市)の神宮寺。道真の廟所にはじまる。
一一 以下、草子本欠破。初丁表終り四行と裏二行。「殊に哀れをとどめし〈た〉は」の慣用句にはじまり、以下、御台所をめぐる描述が続いていたか。「殊に哀をとゞめたは、国元におはします御台所にて、殊更哀をとゞめたよ」(寛永板・せつきやうかるかや)。

ふたか。何時が忌日ぞ命日ぞ。父に会ふたる心地して。[一]御墓参を申べし。」母は此由聞召。「さればこそとよつし王丸。汝が父の岩城殿は。然る者の讒奏により。筑紫安楽寺へ流されて。憂き思ひを召されておはします。」つし王殿は聞召。「さて今迄は　父は浮世にましまさぬかと思ひたるに。此世にだにもましまさば。安寿の姫や某には。暇を給り候へや。都へ上り　[二]御門にて。咎なき由を申開き。[三]父の思ひを晴らしつゝ。[四]奥州五十四郡の主とならん」との給へば　母は此由聞召。「汝姉弟を都へ上し。自ら後にて思ひをばせんよりも。[五]大勢は旅の煩　小勢は道も心安し」と。乳母のうはたきの女房一人御供となされ。国を三月十七日に。[六]事かりそめに立出て。後後悔とこそ聞えけれ。

卅日ばかりの[七]路次すがら。越後の国[八]直江の浦に付給ふ。[九]日も陽谷を立出。扶桑を照らし給ひける。はや暮方になりければ。「宿取り給へ　うはたき。」乳母うけ給り。[一〇]直江千家の所を。「旅人に一夜〳〵」と借る程に。九百九十九軒程宿借れど。貸す者は更になかりけり。

一二 歌舞遊覧に興じ、優雅に明し暮す様をいう類型表現。「春は花のもとにて日を暮し、秋は夜もすがら、月の前にて、詩歌に心をくだき、その他、何事につけても、思召まゝにて、明し暮し給ふ」(あじろの草子)。

一三 諺。月日の立つことのきわめて早いことをいう。

一四「ある日の雨中のことなるに」、「ある日の雨中のつれづれに」とも。慣用句。

一五 以下、「かるかや」に類同場面。→「かるかや」二七三頁注九。

一六 鴨居の上や敷居の下などの側面に取りつけ、柱の間に渡した横材。ここは、その唐風のものをいう。

一七 →「浄瑠璃御前物語」二三頁注二九。

一八 →「かるかや」二七三頁注一〇。

一九 →「かるかや」二七三頁注一一。

二〇「法華経」巻一・方便品の語句。「五の巻」とあるのは誤り。経文も「シシフシュセツ」と読むのが正しい。→「かるかや」二七三頁注一二。本来、五の巻は女人成仏に関するもの。

二一 鳥、獣の類までも、の意の慣用句。頻出。以下も「かるかや」に同じ。二七三頁一〇行目以下本文参照。「明暦板」は更に近い。「地を走るけだもの、空を翔ける翼までも、親子の哀知らざらん、まして、みづからが老の頼みと思ひ子を」(浄瑠璃・住吉相生物語)。

二二 自称代名詞(男性)から転じて、侍をいう。

二三「ロシ」と清む(日葡辞書)。「かるかや」は、「時の口論」。→二七三頁注一五。

以上三一九頁

一「せつきやうかるかや」の父子対面場に類同表現。「父に会ふたるが心して、御墓参りを申べ

(1)

一一あらいたはしや　四人の人〻は。とある所に腰を掛け。「一二さても邪見放逸や。一三無仏世界の此里や。旅人に一夜の宿を貸さゞる事の悲しさよ」と。嘆かせ給ふ所に。(絵1)浜路より潮ほ汲んで戻る女房。此由を聞き。「一四旅の上臈様の御意尤もなり。これは直江の浦と申て。慈悲第一の所にて候が。悪ひ者が一人二人あるに

し、御墓教へて給われの、相弟子様」(二九六頁一五行目)。
二 帝の前で。朝廷で。
三 嘆き。恨み。
四 陸奥の国(三一八頁注四参照)の異称。
五 慣用句。浄瑠璃「はなや」でも、本作同様の場面で次のようにある。「大勢は旅の煩い、某一人、修行者となり□上るべし」。
六 ほんの一時のつもりで出立して、後に後悔するところとなった、の意。説経に慣用的な前表。「暇乞(いとまごひ)をなさるゝは、事かりそめとは思せども、親と子の生き別れとは、後こそ思ひ知られたり」(寛永板・せつきやうかるかや)。
七 「路次すがら」は、道中の意。ここは「路次の末」(明暦板)の意であろう。
八 新潟県上越市直江津。荒川河口の港町として発展。国府所在地。語り物では、人身売買の場としても度々描かれる。「いたはしや姫御前を、それよりも三国へ連れて行き、絹十五疋にぞかへにける、又宮の越へぞ売りにける、かなたこなたを売る程に、越中に聞こへたる六道寺へこそ売り渡す、六道寺の七郎が越後の国へ連れて行き、なをゐの次郎に、絹五十疋にぞ売りにける」(浄瑠璃・むらまつ)。
九 以下、舞曲「八島」の冒頭部分との影響関係をみるべきところ。「陽谷」は、中国で太陽がのぼるとされた東の果ての地。「本字暘谷。日本ノ一名」(書言字考節用集)。「扶桑」は、「フサウ」(日葡辞書)と読み、同じく日本の異称。文意は、次の舞曲「八島」で解するのがよいであろう。「日は暘谷を出、扶桑を照らし、やう〳〵西の山の端にかゝる。いづくへも立ち越え、家の造り然るべからんずる所を見て宿取り給へ」。
一〇 「直江千軒」(明暦板)の意。

より。越後の国直江の浦にこそ。人売がある　[一]人勾引があると。[二]国〴〵への風聞也。此事[三]地頭は聞召。さては我が名折と思召。[四]所詮たゞ宿貸す者が人売よ。宿貸す者があるならば。隣三軒罪科に行ふべきと。あれ〳〵御覧候へや。[五]制札が立つてあるにより。思ひながらも御宿を参らする者は御座あるまひ。あれ〳〵御覧候へや。これに見えたる黒森の下に。[六]逢岐の橋と申て。広き橋の候。あれへ御座ありて。一夜を明かしてお通りあれ。旅の上臈様」とぞ申ける。

御台此由聞召。是は我等が氏神教へさせ給ふと思召。四人連にて　逢岐の橋へと急がるゝ。

逢岐の橋にも着きしかば。[七]昔が今に至る迄。親と子の御中程。世に哀なる事はなし。[八]北風の吹く方は。何時も辛しと思召。うはたきの女房の。風を防がせ給ふ也。南よりしも吹く風を。御台所のよきに防ぎ給ひつゝ。[九]滕村濃の御小袖を一襲取り出だし。[一〇]御座の筵に参らせて。中には姉弟伏し給ふ。

[一一]是は直江の浦の物語。さても爰に。山岡の太夫と申は。人を売りての名人也。

二一 説経特有の語り出し句。より詠嘆的に「あらいたはしやな誰々は」にはじまるものの他、「いたはしや誰々は」の形もとる。
二二 さてさて無慈悲なことよ、の意。「さても」は、あきれ嘆息する意の感動詞。「邪見 ジヤケン〈放逸〉」(文明本節用集)。
二三 釈迦入滅後、弥勒菩薩が出現するまでの凡夫世界。仏語。ここは、「邪見放逸」と同じく、里人に哀れみをかける心のないことをいう。後出「慈悲第一の所」の逆。
二四 旅の奥様のおっしゃることは、その通りです、の意。「上臈」は身分の高い女性。「御意」は思しめすところ、転じて仰せ、の意。

一 誘拐する者。「かどはし」とも。「勾引 カドハス」(書言字考節用集)。
二 国々へうわさがひろがった、の意。
三 鎌倉、室町期、治安維持等の名目で、土地の管理や租税徴収にあたった。
四 つまりは。要するに。
五 高札。禁止事項の条々を記して諸人に下知した木の札。
六 荒川川口に架橋。次頁に橋名の由来を語るが、「あらげの橋」とも呼ばれた。
七 昔から今に至るまで。常套句。「昔より今に至るまで」(あかしの物語、他)とも。「昔が今に至るまで、継子継母の中程にうたてかりける事はなし」(浄瑠璃・小袖そが)。
八 以下、旅空に風雪をしのぐ親子描写の一典型。「なすのゝいとん」「伏見常盤」などにも類同場面。前者で例示する。「降り積む雪を御手にて。打はらひ〳〵、左右の袖を。兄弟に打掛け、御身は風吹く方の防ぎと也三重よもすがら。泣いて

人勾引かしての上手也。さても昼の上臈達に。御宿を申損なふて腹立や。謀り売りて　[一二]春す」ぎをせうと思ひ　女人の足の事なれば　よも遠くへは御座有まい　浜路を指いて[一三]行くべきか　まつた逢岐の橋へ行くべきと　草鞋[一四]脛巾の緒お締めて　[一五]鹿杖をつゐて　逢岐の橋へぞ急ぎける

逢岐の橋にも着きしかば　四人の人〻は　旅くたびれにくたびれて　前後も知らず伏しておはします　一威威さばやと思ひ　持たる鹿杖にて　橋の表をだう〳〵と突き鳴らし　「これに伏したる[一六]旅人は　御存知あつてのお休みかまつた御存知御座ないか　此橋と申は　供養のない橋なれば　山からは[一七]蟒蛇が舞い下がり　大蛇が上がりて　夜な〳〵逢ふて契を込め　さて暁方になりぬれば　逢ふて別るゝによつて　さてこそ橋の[一八]俗名を　逢岐の橋と申也　[一九]七つ下がれば人を取り　行方ないと風聞する　あらいたはしや」と言ひ捨てゝ　さらぬ体にてお戻りある

フシ 御台此由きこしめし　[二〇]かつぱと起きさせ給ひて　月の夜影よりも　大夫の姿

ぞあかさるゝ」。
九 滕紋(輪鼓(りうご)をかたどった紋)入りで、濃淡色に染めたもの。「ちきり」は清音(日葡辞書)。「滕村濃の御小袖、さて一重取り出だし」(をぐり・二〇三頁二行目)。
一〇 お席の莚かわりに、の意。御座蒲団にして。
一一 場面転換にはみられる慣用表現。「これまでは…の物語」の意で、文意的には局面末にくるべきものであるが、語り出し句として慣用化。「是は…の御物語、さておき申」の形は、移行的性格を残したもの。
一二 よい正月を迎えよう、の意。
一三 底本「ゆくつきか」。「つ」は「へ」の誤刻。
一四 脛穿(はぎ)の転。脚絆(きゃはん)。
一五 「かせづへ」(六行目)とも。→「浄瑠璃御前物語」七八頁注二。
一六 「タビビト」の転。古くは「タビュウト」(日葡辞書)。
一七 次行の「大蛇」に同じ。
一八 通称。俗称。
一九 四時を過ぎると、の意。ここは日暮れ時をいうか。「下がる」は、その刻を少し過ぎること。
二〇 急に起き上がる様をいう。がばと。

を見給ひてあれば　五十余りの太夫殿　慈悲有りさう成大夫殿に　宿借り損じてかなはじと　大夫の袂に縋り付き　「なふいかに太夫殿　我等ばかりの事ならば　狐狼変化[1]の物共に取らるゝとても力なし　あれ〱御覧候へや　これに伏したる童こそ　奥州五十四郡の主[2]とならふず物成が　さて不思議[3]なる論訴に都へ上り　御門にて安堵の御判を申受け　本地に帰る物ならば　やわか[4]大夫殿に　せちに施料が惜しかるべきか　一夜の宿とお借りある

太夫此由聞くよりも　宿借るまひと言ふとも　押へて[5]宿の貸したいに　宿借ろうと申嬉しやな　さりながら　偽らばやと思ひ　「なふいかに上臈様　御宿を参らせたうは御座あるが　御存知の如く　上の政道[6]が強ければ　思ひながらも御宿をばゑ参らすまい」とぞお申ある

御台此由きこしめし　「なふいかに太夫殿　これは譬でなけれ共[7]　費長房[8]や丁令[9]は　鶴の羽交に宿を召す　達磨尊者[10]は葦の葉に召す　旅は心世は情[11]　さて大船[12]は浦がゝり　捨子[13]は村の育よ　木があれば鳥が住む　湊があれば舟も寄

一　妖怪。
二　主となるはずの者であるが、の意。「ふず」は「むとす」の変化した形。
三　思いもかけぬ論争訴訟。底本「ろんぞ」と濁るが、一般には清音（日葡辞書）。草子本「さうろん」。
四　太夫殿にどうしてそんなにも布施礼物が惜しいことがありましょうか、の意。「施料」は、布施の物品。転じて、ここは御礼のほどこし物。ただし、「せちに施料」は、「所知に所領」の転かも。寛文板「何かしよりやうのをしからん」。
五　無理に。強引にでも。
六　為政者の取り締まり、禁制。「政道」は、「セイタウ」（日葡辞書）と読む。
七　以下「をぐり」に同文。舞曲「八島」（尼公の山伏摂待。弁慶が尼公に宿を求める条）も近い。「これは譬でなけれども」は、例を挙げて、事を引き出す際の慣用句。「譬へ事にてあらねども」とも。→「をぐり」二二四頁三行目。「浄瑠璃御前物語」七〇頁注五。
八　後漢、汝南（じょなん）の人。「仙ヲ好デ仙翁ニ逢テ仙ヲ学ブ、仙翁一壺中ニ費長房ヲ引入テ仙術ヲオシヘケリ、其壺中ハ別世界ニテ非人間ノ世…長房此ツボヲ出テ家ニ帰ル時、仙翁青キ竹杖ヲ一ツ長房ニアタヘケリ、此竹杖ヲ葛陂ト云処ニスツ、忽ニ此杖竜ト化シテノボリヌ」（連集良材）。「曾我物語」巻一・費長房が事には、更に「鶴にのりて、天にのぼりけり」とある。「羽交」は翼。
九　「丁令威（ていれい）」とも。「本遼東人、学道于霊虚山、後化鶴帰遼、集城門華表柱、時有少年挙弓欲射之、鶴乃飛徘徊空中而言曰、有鳥有鳥丁令威」（捜神後記）。
一〇　菩提達磨が揚子江を葦の葉に乗り、渡った

る一通り[一四]一時雨。一村雨の雨宿。是も多生の縁と聞く。それ女人と申は。[一五]七日七夜忍べ共。忍べば忍ぶ習あり。今夜一夜忍ばふは。易ひ事。[一六]ひらさら一夜」と借り給ふ。

太夫此由うけ給り。「御宿を参らすまいと思へ共。余りに御意の近ければ。さらば御宿を参らする。路次にて人に会ふたり共。太夫に計物を言はせて。静かにお忍びあつて給れ」と。太夫の宿へ御供ある。

是は太夫の[一七]符のよかりたる物語。上臈様の運命尽くれば。路次にて人に会ひもせず。太夫の家路にお着きある。

太夫は女房を近づけて。「いかに姥。昼の上臈様に御宿を申てある程に。[一八]洗足取りて参らせて。[一九]中の出居へ招じ申。飯を結構に持て成せ」と計也。女房此由聞くよりも。「さても太夫殿は。若い折の癖が失せたると思へば。まだ失せずして　あの上臈様に御宿を申さうとお申あるか。あの上臈様に御宿を参らする物ならば。自らには[二〇]飽かぬ暇」と乞ひければ。太夫此由聞くよりも。[二一]大の眼

伝承に基づく。なお、草子本では、この前に「張博望(ちやうはくばう)がいにしへは。浮木(うき)に宿(やど)を召(め)すとかや」(舞曲・八島も類似)の一文が入る。

一一 諺。「旅は情、人は心」とも。旅では思いやりの心が何より嬉しく、渡る世間では人の情けが有難いものだ、の意。「此程、旅の疲れにや。風の心地と候也。世は情にて候へば。看病してたび給へ」(江戸板・十二段草子)。

一二 大船も浦に入って碇泊することで、安全が期せる、の意。「かゝる」は、船が碇泊すること。「かい船(廻船または海船)は浦がかり」(をぐり)。

一三 捨子は、捨て置かれた村全体の責任で育むことをいう。京都では町掟として早くに法令整備が進む。これが村掟に及んでいたと想察される。

一四 以下、三二八頁一行目まで、底本(与七郎正本)欠。再び「さんせう太夫物語」で補う。「一樹のかげ、一河の流れ、一村雨の雨宿。袖のふりあはすも他生の縁」(毛吹草)。→「牛王の姫」四一一頁二行目。

一五 七日七夜隠れ忍ぶとしても、隠れようとすれば隠れきれる。身を隠そうと思えば隠しきれる習性がある、の意。

一六 なんとしても。何とぞ。

一七 「符」は「運、あるいは、めぐりあわせ」(日葡辞書)。太夫にはめぐりあわせがよかった、の意。対比して、御台所は「運命尽くれば」と、不運の様が語られる。人身売買の場では、旅にある御台所の不運がしばしば詠嘆的に語られる。「御台所の御運の末の悲しさよ」(義氏・慶安写本)。なお、三二七頁八行目本文も参照。

一八 旅に汚れた足を洗うこと。

一九 「表の出居」(土間に面する間)に続く「中の

に角を立て。姥をはつたと睨んで「さてもわ殿[一]は。今夜初めて生道心[二]ぶりたる事を申ものかな。今年は親の十三年[三]に当つて。慈悲の御宿を参らするが。それも惜しいか　女房。」姥此由を聞くよりも。「さて今迄は　売らふためか買はふためかと思ひ申て候へば。慈悲の御宿とあるならば。此方へ御入候へ」と。洗足取つて参らせて。中の出居へ招じ申て。飯を結構に持て成して。

女房は夜半計の事なるに。薄衣[四]取つて髪に懸け。中の出居に参り。「なふいかに旅の上臈様。宿の女房で候ふが。御物語に参りたよ。さても昼　御宿を参らすまいと申たるを。さぞ憎しとや思すらん。我[五]も女人　人も女人で有ながら。御宿を参らすまいではなけれども。あの太夫と申は。七つの年より。人買船の[六]あひ櫓を押し。人を売りての名人也。人勾引の上手也。されば上臈様をも。何処の山中へも売り申。情なの太夫や。恨めしの姥やと。お申あらふ悲しさに。さて御宿を申まいと申て御座あるぞ。慈悲の御宿とあるならば。五日も十日も足を休めてお通りあれ。それとても御油断はな召されそ。太夫が売ると知るな

間」。「でゐと云は、出居と書て、客に対面する座敷を云也。…今もいなかにてはでゐと云也」(貞丈雑記)。

二〇 あきもあかれもせぬ仲でのやむなき離縁をいう。

二一 怒りの様子を表す慣用句。→「をぐり」一八一頁八行目。

一 そなた。対称の人称代名詞。

二 うわべばかりの慈悲心。なまはんかな菩提心。

三 十三回忌。その追善供養として、仏事・善根が行なわれた。説経「松浦長者」はその十三回忌追善供養を契機とする人身売買譚。「世の中の親の菩提と申せしは、身を売り代換へても、弔ふと聞いてあり。さて自らも身を売り、菩提を弔はんと思ひ」(まつら長じや・上方板)。

四 →「かるかや」二五二頁注四。

五 互いにあわれみをかけあう立場であることをいう。「人」は、あなたの意。

六 相方となって櫓をこぐこと。「浜へ行きては太夫殿の、相櫓も押すやうなる、十七八な童(ばっ)こそ、よき末の養子なれ」(をぐり・二〇七頁八行目)。

らば。自ら知らせ申べし。その時に北へばし御座あるな。南を指して御座あれ。南は京街道[七]にて御座あるぞ。それとても嗷儀[八]の太夫が。跡を慕ふて行ならば。「人売がある　人勾引がある」と。声を放つてお申あれ」と申所を。

太夫は立聞を仕り。さても憎い事を申物かな。汝が左様に申共。謀り売りて春すぎをせんと思へば。終夜寝られはせず。善は弱く[九]。悪は強ひものゝ事なれば。女房少し目睡みたる間に。「なふ〱いかに上臈様に申べし。宿の太夫で御座あるが。御物語に参りたよ。京へ御上り候は。今が初か」と問ひければ。運命尽きたる上臈様の。「今を初」とお語りある。太夫此由聞くよりも。今が初の事ならば。舟路を売る共　陸を売るとも。[一〇]しすましたりと思ひ。「なふいかに旅の上臈様に申べし。舟路を召されうか　陸を召されうか」と問ひければ。御台此由聞召。「舟路なりとも　陸[一一]なりとも。道に難所[一二]のなき方を。教へ給れ」との御諚なり。太夫此由聞くよりも。陸に難所はなけれども。一威威さばやと思ひ。「それ陸道と申は。比丘尼転[一三]　合子投。親が死ぬれど子が知らず。

七 京への街道。ここは「北陸街道(北陸路)」をいう。越後から越中高岡・金沢・福井・湖北を経て、鳥居本または関が原で中山道に続く。
八 力ずくで無理を押し通すこと。「嗷儀 ガウギ」(文明本節用集)。
九 善事はなかなか行いにくいものであるが、悪事にはすぐに手を染め簡単に実行してしまうことをいう。「善に従うは登るが如く、悪に従うは崩るるが如し」(諺)と同意。
一〇 うまくやりおおせた、の意。多く「よろこぶ」に続く。
一一 「な」は衍字(草子本「くがな」)で改行)で、「陸なりとも」の意か。あるいは、「陸なりとも」「なんなりとも」の重なった言いまわしか。
一二 「ナンジョ」(日葡辞書)。
一三 以下、北陸街道の越後から越中へかけての難所をいう。「黒部四十八か所、憂き難所を打過て、涙ぞ道のしるべなり、…比丘尼転と聞くからに、心細さは限りなし、下の浜をながむれば、親不知子不知とや、げにやま事に昔しより、定めなき憂世かな、親のゆくゑ我知らず、又自らが憂き思ひ、母の知ろしめされねば、親知らづ子しらずと聞に付ても物うやと」(浄瑠璃・よろひがえ)。「黒部四十八ヶ所」は「黒部四十八ヶ瀬」とも。

子が死ぬれど親が知らぬと申。黒部が四十八か所あり。」[一]たゞ〳〵舟路を召されれ候へや　大夫がよき小船一艘持つて有間　沖迄漕ぎ出だし　[二]便船乞うて参らすべし　[三]とこう申間に　夜が明けさうに御座ある　[四]夜が明け離れば　宿の大事になる程に　早〳〵お忍びあつて給われや　上臈様」とぞ謀りける

フシ　あらいたはしやな　四人の人〻は　売るとも買うとも知らずして　大夫の家を忍び出で　人の軒端を伝ふて[五]に　浜路を指いてお下りある　さて浜路にも着きしかば　大夫が夜舟に取つて乗せ　[六]纜解く間が遅ひとて　腰の刀をするりと抜き　纜ずつと切つて　[七]あつぱれ切目の商かなと　心の内うちにうち祝ゐ「ゑいやつ」と言ふて　[八]櫓拍子踏んで押す程に　夜の間に三里押し出だす

コトハ　沖をきつと見てあれば　霞の中に　舟が[九]二艘見ゆる　「あれなる舟は　商舟か[一〇]漁舟か」と問いかくる　一艘は「ゑどの[一一]二郎が舟」　一艘は　「[一二]宮崎の三郎が舟候」と申　「おことが舟は誰が舟ぞ」　「これは山岡の大夫が舟」　「あら珍しの大夫殿や　商物はあるか」と問ひければ　「それこそあれ」と　片手を差し

一　旅人を舟路にさそっての人身売買は、語り物にしばしば描述をみるところ。「長太此由聞くよりも、せき山三里と申つゝ、難所のみにてましませば、舟にて送り申さんと、いつわり事は知り給はず、よろこび給ふぞいたはしき」(浄瑠璃・むらまつ)。
二　都合の良い船に便乗できるよう頼んであげます、の意。「あはれ唐船の出舟あらば、便船乞はんと思召」(越前国永平寺開山記)。
三　あれこれ言う間に、の意。
四　夜がすっかり明けわたると、の意。
五　説経特有の語法。伊勢言葉に関係あるという。草子本「伝ひつゝ」。解説参照。
六　舟尾(艫)をつなぐ綱。
七　してやった、品不足の折からのよい商売だな、の意。慣用句に「切目の時が商(あきない)」。
八　櫓拍子をとって、舟を進めるうちに、の意。「踏む」は、足拍子など、拍子をとること。
九　底本「二ぞう」。「二そう」(草子本)の誤り。
一〇　「レゥブネ」(日葡辞書)。
一一　「江戸」ではあるまい。物語内容からみて、「蝦夷」か。
一二　富山県下新川郡朝日町宮崎(室木説)か。草子本「宮崎の二郎」。

上げ　大指を一つ折つたるは　四人あるとの合点なり　「四人ある物ならば五貫に買おふ」と　はや値さす　宮崎の三郎が是を見て　「おことが五貫に買うならば　某は先約束にてある程に　一貫増いて六貫に買をふ」　[一三]我買をふ人買をふと口論する　[一四]刀づきにもなりぬれば　大夫ば舟に飛んで乗り　「手な打つそ　鳥の立つに　殊に此鳥若鳥なれば　末の繁昌する様に　両方へ売り分けて取らせうぞ　先づゑどの二郎が方へは上臈二人買うて行け　まつた宮崎の三郎が方へは姉弟二人買うて行け　負けて五貫に取らする」と　又我が舟に飛んで乗り　「なふいかに旅の上臈様　今の口論は誰故とおぼしめす　上臈様故にて御座あるぞ　二艘の舟の船頭共は　大夫がためには甥共也　伯父の舟に乗つたる旅人を我送ろう人送ろうと口論する　人の気に合ふは易い事　里も一つ湊も一つの事なれば　舟の足を軽う召され　類船召され候へや　先づ上臈二人は　あの舟に召され候へ　おこと姉弟は　此舟に召され候へ」と　大夫は[一五]料足五貫にうち売つて　直江の浦に戻らるゝ

一三　人身売買描写における慣用表現。せりあう様をいう。「越中におわします御台所を売てやらんと有ければ、人買共は見るよりも、我買わん人買わんとて、其儘買てぞのきにけり、売程に買程に」(義氏・慶安写本)。
一四　「刀つく」の誤りであろう。

一五　代金のこと。「銭を料足とも要脚とも云、…足も脚もあしとよむ字、銭の世上をめぐりありく事、足あるがごとし、依之料足要脚などゝ云也」(貞丈雑記)。「料足一貫文か二貫文に、やす〳〵と打売つて」(をぐり・二〇九頁一二行目)。

[一]殊に哀をとゞめたは　二艘の舟にてとゞめたり　[二]五町ばかりは類船するが
十町ばかりも行き過ぎて　北と南へ舟が行く　御台此由御覧じて　「さてあの
舟と此舟の間の遠ひは不思議やな　同じ湊へ着かぬかよ　舟漕ぎ戻ひて　静か
に[三]押さいよ　船頭殿」「何と申ぞ　今朝[四]朝夷を祝ゐ損ない　買い負けたるだに
も腹の立つに　上臈二人は買うてあるぞ　舟底に乗れ」とばかり也
御台此由きこしめし　「[五]やあ〳〵いかにうわたきよ　さて売られたよ買われ
たとよ　さて情なの太夫やな　恨めしの船頭殿や　たとへ売る共買うたり共
一つに売りてはくれずして　親と子のその中を　両方へ売り分けたよな悲しや
な」　宮崎の方を打ち眺め　「やあ〳〵いかに姉弟よ　さて売られたとよ買はれ
たぞ　[六]命を惜へ姉弟よ　[七]又も御世には出づまひか　姉が膚に掛けたるは地蔵菩
薩でありけるが　[八]自然姉弟が身の上に　自然大事があるならば　[九]身代にもお立
ちある地蔵菩薩でありけるぞ　よきに信じて掛けさいよ　又弟が膚に掛けたる
は　[一〇]志太玉造の系図の物　死して冥途へ行く折も　[一一]閻魔の前の土産にもなると

一「殊に哀をとゞめた〈し〉は、…にてとどめたり」は、説経頻出の慣用表現。「ここに哀をとゞめたは…にてとどめたり」の形も。
二 以下、慶安写本「義氏」に類同場面。「御身の様なる美目能上臈をば、一ツ舟に乗すれば、かならず舟がそんするとて、乗らぬならひの候ぞや、一艘に壱人づゝ乗りてたべとぞ申ける、姫君此由聞召、其儀にて有ならば、二艘の船に乗らんが、あのめのとには、我子を抱かせて候へば、自が乗船とならべて漕せてたまわれや、いかに〳〵と宣給て、二艘の舟に乗せ給が、湊を出す折節は、二艘の舟の、へさきを争出しけるが、沖中にも成ぬれば、めのとが舟をば漕もどす、姫君此由御覧じて、いかに船頭、あの舟と此船を、同じ湊へ着ぬか、船漕もどして、静に漕や船頭とぞ有ければ、船頭此由承り、我等はなんにも存ぬとて、櫓かひはやめて押しにける」。
三 説経特有の語法。一二行目「掛けさいよ」も同じ。
四 早朝一番の客を、商人が福を呼ぶ夷に見立て祝うことを、「朝夷を祝ふ」という。「祝ゐ損ない」はしたがって、四人一緒に買えなかったことをさす。
五 場面が緊迫感を増す中で多用される説経特有の呼びかけ語。→「かるかや」二七五頁注一三。
六 大切にしなさい。→三四〇頁三・四行目。
七 またしても世に出ないということがあろうか、でることもありましょう、の意。
八 もしも姉弟の身の上に、もしも予期せぬ出来事がおきたならば、の意。「自然後の世に、君の長夫婦御身の上に、大事のあらんその折は、引き代り自らが、身代りになりとも立ち申さうに」(をぐり・二二四頁八行目)。

やれ　それ落とさいな　つし王丸」と　声の届く所では　とかくの御物語をお申ある　次第に帆影は遠うなる　声の届かぬ所では　腰の扇取り出だし　ひらり〳〵と招くに　舟も寄らばこそ　「今朝越後の国直江の浦に立つ白波が　横[一二]障の雲と隔てられ　我が子見ぬかな悲しやな　[一三]善知鳥安方の鳥だにも　子をば悲しむ習あり　なふいかに船頭殿　舟漕ぎ戻いて　今生にての対面を　も一度させて給はれの」　[コトハ]船頭は聞くよりも　「何と申ぞ　[一四]一度出いたる舟を　後へは戻さぬが法ぞかし　舟底に乗れ」とばかり也　うわたきの女房　「承つて御座ある」と　「[一五]賢臣二君に仕ず　貞女両夫に見へず　二張の弓は引くまい」と　[一六]舟梁に突つ立ち上がり　[一七]呪遍の数珠を取り出だし　西に向つて手を合わせ　[一八]高声高に念仏と十遍ばかりお唱へあつて　直江の浦へ身を投げて　底の藻屑となりある（絵2）

[フシ]御台此由御覧じて　「さて親共子共姉弟共　[一九]頼みに頼ふだうわたきは　かく成り果てさせ給ふ也　さて身は何となるべき」と　[二〇]流涕焦がれてお泣きある

九　神仏（ここは地蔵）が衆生の苦を救済すべく、代って苦を受けること。代受苦。

一〇　「志太・玉造」は、現茨城県と宮城県内に、それぞれ同名二郡が存在した。その代々の領有支配を記した系図。この巻物で貴種の氏素性が認められ、つし王は再び世に出ることになる。常陸国（茨城県）の二郡は、「信太、玉造、地券の巻物」をめぐっての所領諍いを描く舞曲「信田」との共通性が注目されるが、奥州五十四郡との関係でいえば、現宮城県内の同名二郡を指すのであろう。

一一　無実の罪を証明するもの。父正氏の流謫を重ねあわせた表現か。因みに閻魔は地蔵の化身。

一二　「横障」は煩悩の障り。それを雲に見立てる。「横障の雲の隔て」「横障の雲と隔つ」「横障の雲に隔てられ」などの形で成句化。親子別離の場で多用。「あらなつかしやと言はんとすれば、横障の雲の隔てか悲しやな、雲の隔てか悲しやな、今まで見えし姫小松（子供を譬える）の、はかなやいづくにこがくれがさぞ」（謡曲・善知鳥）。

一三　親が善知鳥と呼ぶと子が安方と答えるという伝説上の鳥。「そとの浜といふ所に、うとやすかたと云ふ鳥の侍るが、此の浜のすなごの中に隠して子を産み置けるを、猟師母のうたうがまねをして、うとふうとふと呼べば、やすかたとて這ひ出でるを取ぞと申す。其の時母鳥来たりて、あなたこなたへ付きありき鳴くなり。その涙の血の濃き紅なるが、雨のごとくふるなり。ある歌に云はく、「子を思ふ涙の雨の血に降ればはかなき物はうとうやすかた」とよめり」（新撰歌枕名寄）。

一四　人買い仲間の掟があったか。未詳。「われらが中に大法の候、それをいかにと申すに、人を買ひ取つて再び返さぬ法にて候ふほどに、え参

(2)

零るゝ涙を押し止め　膝村濃の御小袖取り出だし「なふいかに船頭殿　これは不足に候へど　これは今朝の代物一也　さて自らにも暇を賜り候へや　身を投ぎやう二よ　船頭殿」

　船頭此由聞くよりも「何と申ぞ　一人こそは損にするとも　二人まで損にはすまい」とて　持つたる櫂にて打ち伏せ

らせ候ふまじ」(謡曲・自然居士)。

一五「忠臣不レ事二二君一、貞女不レ更二二夫一」(史記・田単列伝)をふまえる。前句は、「賢臣二君(ケンシンジクン)に仕へず」(日葡辞書)とも。ただし、草子本は「けんじん」(賢人の意か)と濁る。「二張の弓を引く」は、裏切ること。反逆をすること(同上)。「つくぐ\物をあんずるに。つきそひ申は御恩のしう。又行先もおしうにて。同傍輩と言われなば、御台様、さぞや心苦しくおぼすらん。しからば二張の弓を引が如し。所詮永らへ何かせん。身を投げんと思ひ」(寛文板)。

一六 和船の両側外板の間に挿みこんで、横圧を支える板。

一七 女性が膚の守としてもつ数珠。一般には、次の類型表現の中で用いられる。ここも、「膚の守より」が省略された形であろう。「其身は膚の守より、呪遍の数珠を取出し、いとゞだに女は五障三従にゑらまれて、罪の深きと承る、きうせんにかゝる水からを、たすけ給や、なむあみだぶつみだ仏と」(浄瑠璃・かまた、待賢門平氏合戦、よりまさ等)。なお、舞曲「鎌田」では、大頭系を除いて、「呪遍の数珠」に続いて「西にむかつて手を合」が挿入をみる。

一八 底本「こうせうだかに」、草子本「かうじやうに」。

一九 頼みの上にも頼みにしてきたことをいう慣用句。→「かるかや」三二〇頁注二。

二〇 狂おしいまでに嘆き悲しむ様をいう常套句。「天にあこがれ地に伏して流涕焦がれ給ひける」(草子本)。

以上三三一頁

一 代金。

二「投げよう」の縮。

舟梁に結い付けて　[三]蝦夷が島へぞ売つたりけり　蝦夷が島の商人は　「[四]能がない職がない」とて　[五]足手の筋を断ち切つて　日に一合を服して　粟の鳥を追うておはします

[六]これは御台の御物語　さておき申

殊に哀を止めたは　さて宮崎の三郎が　姉弟の人々を二貫五百に買い取つて　[七]後よ先よと売る程に　[八]爰に丹後の国由良の湊のさんせう大夫が　[九]代を積つて　十三貫に買うたるは　たゞ諸事の哀と聞こへける　大夫は此由御覧じて　さても良い[一〇]譜代下人を買い取つたる事の嬉しやな　[一一]孫子曾孫の末迄も　譜代下人と呼び使おふ事の嬉しさよと　喜ぶ事は限なし

[一二]ある日の中の事なるに　姉弟をお前に召され　「これの内には　名もない者は使はぬが　御身が名をば何と申」とお問いある　姉御此由きこしめし　「[一三]さん候　[一四]某姉弟は　[一五]これよりも奥方　山中の者にて御座あれば　姉は姉　弟は弟と申て　遂に定まる名も御座ない　たゞ良き名を付けてお使いあれ」　大夫

三　北海道。

四　働きがない、手わざがないといって、の意。「をぐり」に類似表現。「氷見(ひみ)の町屋の商人が、能がない、職がないとてに、能登の国とかや、珠洲の岬へ買うて行く」(二一〇頁六行目)。

五　以下も、「をぐり」に類同文。「これよりも蝦夷、佐渡、松前に売られてに、足の筋を断ち切られ、日にて一合の食を服し、昼は粟の鳥を追い、夜は魚、鮫の餌にならふか」(二一二頁九行目)。

六　同時に進行する物語の、一方をひとまずおいて、もう一方の話に転ずる場合の語り物慣用表現。→三二二頁注一一、及び「かるかや」二六九頁注九。「これは御台所のなれのはて。殊に哀をとゞめしは」(草子本)。

七　人買いの間をあちらこちらと転々と売られて行く様をいう。慣用句。「価が増すとて売るほどに、商い物のおもしろや、後よ、先よと売るほどに、美濃の国青墓の宿、万屋の君の長殿の、代を積つて十三貫に買ひ取つたはの、諸事の哀れと聞こえ給ふ」(をぐり・二一〇頁一四行目)。

八　京都府宮津市。由良川(大雲川)河口の湊。

九　これも慣用句。さんせう太夫の買値が、後に「十七貫」(三四五頁一行目)とあって矛盾をみせるのは、「十三貫」が慣用的言いまわしからきているため。注七所引本文参照。

一〇　「譜代主人」に対する語。何代にもわたる昔からの下人。ここは、これから何代にもわたって使役すべき下人、の意。

一一　ひ孫。

一二　以下、人買いから主人となるべき者の手に渡った主人公が、その出自を隠し、下人としての呼び名を名付けられるまでの場面典型。「小栗」にも同趣描写。絵巻と寛文板(万治板落丁)

此由きこしめし「げに[一]も成事を申物かな　その儀にてあるならば　国里[二]は何処ぞ　国名を付けて呼ぼう」との御諚也　姉御此由きこしめし「さん候　某姉弟は　伊達[三]の郡信夫の庄の物で御座あるが　国を三月十七日に　事かりそめに立ち出でて　越後の国直江の浦から売り初められ　某[四]余りの物憂さに　静かに数へてみてあれば　此大夫殿迄は　七十五[五]てんに売られたが　彼方にては代物よ　此方にては商物よとこそ申たれ　遂に定まる名も御座ない　たゞ良き名を付けてお使いあれや大夫殿」　大夫此由きこしめし「その儀にてあるならば　伊達の郡信夫の庄をかたどり[六]て　御身が名をば忍と付くる　忍[七]に付くは忘草　万の事を思ひ忘れて　大夫に良きに奉公仕る様に　弟が名をば忘草と付くる也　先づ姉の忍は　明日にも成ならば　浜路に下がり　潮ほゝ汲んで参るべし　まつた弟の忘草は　日に三荷[八]の柴を刈りて参りて　大夫を良きに育まい」とお申ある　五更[九]に天も開くれば　鎌と朸[一〇]と　桶と柄杓を参らする

フシ あらいたはしや　姉弟は　鎌と朸と　桶と柄杓を受け取りて　山と浜とに御

で示す。「ある日の雨中の事なるに、姫をお前に召され、なふいかに姫、これの内には国名を呼ふで使ふほどに、御身の国を申せ」(絵巻)。「長が内に名もなき物は使はぬ也。名を何と云ぞ。てるて聞召、相模に有し其時は、てるての姫と申せしが、今は名乗りてせんもなし。みづからは先から先へ売られし物なれば。定まる名は御座ない。いかやうにも御付あれ。長由を聞よりも、国は何処の物成ぞ、姫君は聞召…只取あへず、常陸の物と仰ける。其儀にて有ならば。今日よりして御身が名をば常陸小萩と付くると」(寛文板)。

一三 「さにさうらふ」の転。目上に対する応答語。

一四 不定称。女性にも用いる。

一五 「奥方」は、遠方の意。

一 もっともなことを、の意。

二 読みは清音(天草本平家)。

三 現福島県。伊達郡は平安後期までに信夫郡から分立。しかし、福島地方一帯の汎称としても通行。

四 以下、売られ売られてきた我身を嘆息する常套表現。「余りの事の悲しさに」の形も。→三四〇頁七行目、「をぐり」二四〇頁一五行目。

五 「てん」は「手」の転。草子本「七十五手にうられたが」。ただし、前注指摘箇所では、説経正本と同じく「四十二てん」。「又あき人に売るならば、いく数〻の手に渡り、いかなる思ひや有らんに」(浄瑠璃・むらまつ)。

六 真似て。ちなんで。

七 「忘れ草を忍ぶ草とやいふ」(伊勢物語・百段)。「忘草とアラバ。(忘るゝ草とも云。是に二種あり。忍ぶを忘草と云。又萱草をわすれ草と云。

座あるが　あらいたはしやな　姉御様は　とある所に立ち息らい　桶と柄杓を[一一]からりと捨て　山の方を打ち眺め　「さて自らは　此目の前に見へたる多い潮さへゑ汲まぬに　鎌手[一二]取つたる事はなし　手元覚へず　手や切りて　峰の嵐が激しうて　さぞ寒かるろう　悲しや」と　姉は嘆かせ給ふ也

まつた弟のつし王殿も　ある岩鼻に腰を掛け　浜の方を打ち眺め　「さて某は　此辺に多ひ柴さへゑ刈らぬに　あの立つ白波にも　女波男波[一三]が打つと聞く　男波の潮を打たせては　女波の潮を汲むとかや　女波も男波もゑ知らいで　桶と柄杓を波に取られて　浜嵐が激しうて　さぞ寒かるろ　悲しや」と　その日は山と浜にて泣き暮らす

かゝりける所に　里の山人達[一四]　山より柴を刈つてお戻りあるが　「これなる童は　さんせう大夫の身内成　今参[一五]の童にてあるが　山へ行き　柴を刈らいで戻るならば　邪見なる大夫　三郎が責め殺そう[一六]は一定也　人を助くるは　菩[一七]薩の行と聞く　いざや柴勧進[一八]をしてとらせん」と　柴を少づゝ刈つて　漸々柴

住よしのきしのわすれ草は是也。）軒は。しのぶ。…」（連珠合璧集）。
八　六束。「荷」は、天びん棒でかつぐ荷持単位。
九　→「かるかや」二五四頁注八。
一〇　天秤棒。
一一　潮汲、水汲場面で口説き言を言いおこして成句化。「あらいたはしや姫君は。…清水にも成ぬれば。桶と柄杓をからとすて。ざぶと汲み、汲んだる清水で影見れば。南無三宝、やつれはてたよ、わが姿」（おぐり判官・寛文版）。「ひしやく」は、「ひやく」（前頁一三行目）、「ひさく」（草子本）とも。
一二　鎌を手にして使うこと。
一三　寄せる波を高低で男波女波という。「なだの潮焼くいとまなみ、どうと打てはさつとひき、女波男波の其ひまに、いざ／＼潮を汲まんとて」（説経・石山記）。
一四　木こりなど、山で生計をたてる人。
一五　新参者、新入り。
一六　責めさいなんで殺すのは間違いないことだ、の意。→「牛王の姫」四二八頁注一一。
一七　菩薩実践行。本作の如く、「人を助くるは。即ち菩薩の行」（謡曲・籠祇王、他）の形で広く理解された。
一八　善根として柴を刈り、与えること。

を三荷程刈り寄せて「さあ荷作つて持て」と申　つし王殿はきこしめし「さん候　某は刈つたる事が御座なければ　持つたる事も候はず」　山人達はきこしめし「げにも成事を申物かな」と　面〱の重き荷の端に付けて　[一]あすみが小浜迄お出しある　上代より　[二]重荷に小付とは　その御代よりも申也

あらいたはしや　つし王殿は　三荷の柴をお運びある　三郎が是を見て童を片手　柴を片手に引つ提げて　大夫殿に参り「なふいかに大夫殿に申べし　[三]童が刈つたる柴を御覧候へ」　大夫此由御覧じて「さても汝は柴をゑ刈らぬと申たが　柴をゑ刈らぬ物ならば　[四]元口が揃わいで　もんどり打たせて束ねうが　[五]なんぼう所の習に　美しく刈つたよな　是程の柴の上手ならば　三荷は無益　三荷の柴に七荷増し　十荷刈れ　十荷刈らぬ物ならば　和殿等が命はあるまいぞ」と責めにける

フシ　あらいたはしやな　つし王殿は　門外へ立ち出でゝ　姉御様をお待ちある

あらいたはしやな　姉御様　裾は潮風　袖は涙にしよぼ濡れて　[六]桶を被いてお

一「由良の港に至る。其間に俗にいふ山椒太夫が子三郎が墓有、海辺に遊小浜など云所あり」(貝原益軒・西北紀行)。後に「やすみが小浜」(三八〇頁四行目)。草子本「あすみが浜」。
二 諺(毛吹草)。重荷の上にさらに小さな荷物をとりそえること。
三 底本「わつば」。他と同じく「ワッパ」(日葡辞書)と改めた。
四 柴の切口が揃わずに、元末を雑然とさせて束にしようが、の意。「元口」は、柴の根本の切口。「もんどり打つ」は、宙がえりすること。
五 なんとまあ、地の人の仕事のようにきれいに刈ったよな、の意。
六「おけいたゞきて」(草子本)に同意。

戻りある　[七]御衣の袂に縋り付き「なふ〳〵いかに姉御様　さて某は　今日の柴をばゐ刈らいで　里の山人達の情に刈て給はりたを　美しいが咎よとて　三荷の柴に七荷増し　十荷刈れとよ　姉御様　三荷に詫びて給はれの」姉御此由きこしめし「さのみに嘆いそつし王丸　さて自らも　今日の潮をばゐ汲まいで　桶と柄杓を波に取られて　海人の情に汲んで給はりたが　今日の役は勤めたが　明日をば知らぬぞつし王丸　承れば大夫殿　五人御座ある二番目の二郎殿と申は　慈悲第一のお人と聞ひて有　三荷に詫びて取らすべし　[八]さのみ嘆いそつし王丸　連れて心の乱るゝに」と　姉弟連れ立つてお戻りある

[九]姉御は　柴を三荷に詫びてお出し有　邪見成三郎が是を聞き「なふいかに大夫殿　昨日の柴を童が刈つたかと思い申て御座あれば　里の山人共が　[一〇]末も遂げぬ柴と聞ひて御座ある　由良千軒を触れ申さん」と言ふ儘に　邪見なる三郎が　由良千軒を触るゝ様こそ恐ろしや「さんせう大夫の身内には　今参の姫と童をお使いある　山にて柴を刈つて取らせたる物も　まつた浜にて潮を汲

七 召し物(着物)の袂。

八 そんなに嘆くな、つし王丸。あなたが嘆くと、私も一緒に心が乱れるのに、の意。共に苦難に耐える人物が、やり場のない思いのままに、それでも懸命に年少者を喩す慣用表現。「いとふな泣きそまにわうよ、連れて心の乱るゝとて」(浄瑠璃・ちうじやう)。→「かるかや」二七九頁注三。

九 以下、翌日のことをいうのであろう。姉は弟の柴を三荷にして欲しいと願い出たが、三郎がその訳を聞いて、の意か。

一〇 最後まで全うしない、の意。いっときの思いで刈ってやった。→「遂げての奉公」(三四三頁五行目)。

んでかあるならば　隣七軒両向　罪科に[一]行ふべき」と　触れたる三郎を　鬼かと言わぬ者はなし

あらいたはしや　つし王殿は　三郎が触れたも御存知なふて　まつた昨日の所へ御座ありて　柴の勧進をして給はれかしと思しめし　立ち息ろふておはします　山人達は是を見て「御身に柴を惜しい物はなけれ共　邪見成(なる)大夫殿から触が参りてあるにより　思ひながらも柴を刈つてやる物は御座あるまい　斯う持つて斯う刈る物よ」と　鎌手教へて皆通る

あらいたはしやな　つし王殿は　心[二]弱ふて叶はじと　腰なる鎌を取り直し　何木とは知らね共　木をば一本切りたるが　[三]こなす法を知らずして　元を持つてお引きあれば　[四]またもしやが生山を　柴を逆様に引くやうなとて　[五]進退にはならぬ也　[六]世に従へば　柴さへ進退にならぬよと　口説事こそ道理也　[七]それ人の寿命と申は　八十九十百迄とは思へ共　年にも足らぬ某は　十三を一期とすれば易いとて　[八]守刀の紐を解き　自害をせうと思しめす　[九]待てやしばし我が

一　底本「おこふへき」。草子本「おこなふべし」で訂正。

二　慣用句。「目くれ心はきゆれ共、心弱くてかなはじと」(浄瑠璃・よりまさ)。

三　柴を細かく処理すること。

四　下部へのつながりでいえば、股木やしゃがが生えた山を、といった意か。未詳。寛文板「いばらうくろ(葎カ)にかゝり。木は進退(じんだい)に及ねば」。

五　ままならぬこと、思い通りにはならないこと。読みは「シンダイ」(日葡辞書)。

六　世間の大勢に従えば、の意。

七　草子本「それ人の定命は。およそ百歳とは申せ共。某は十三を一期とせんと思召」。「易い」は、十三歳を定命と思えば、死ぬのもいと簡単だ、の意。

八　この句に関して、底本は以下の通り。「まふりかたなのひほ」、「まほりかたな」(次頁二行目)、「まぶりかたなのひほ」(三五五頁一行目)。対応箇所、草子本は「まふり刀のひほ」、ナシ、「まぼりかだな」。「羅葡日辞典」では、「守」は「マモリ」で統一、「紐」は「ヒボ」「ヒモ」が共存。

九　思い直した時の常套句。「待てしばし我が心」(草子本)が一般的。

心　爰で自害をするならば　浜路に御座ある姉御様の　さぞや名残が惜しかるべきと　さて浜路へ参りて[一〇]に　姉御様に暇乞はばやと思しめし　守刀を又収め　鎌と枴を打ち担げ　浜路を指してお下りある

あらいたはしやな　姉御様　裳裾は潮風　袖は涙にしよぼ濡れて　潮を汲んでおはします　御衣の袂に縋り付き「なふ／＼いかに姉御様　さて某は自害せうと思ふたが　御身に名残が惜しうてに　是迄参りて御座あるぞ　暇を給はり候へや　自害せうよの　姉御様」　姉御此由きこしめし「さても[一一]御身は弟なれ共男子とて　自害せうと申かや　さて自らも身をも投ぎよふと思ふたに　待つて待ち得て嬉しやな　その儀にてあるならば　いざさらば来い　身を[一二]投ぎやう」とおぼしめし　袂に小石を拾い入　[一三]岩鼻にお上がりあつて「やあ／＼いかにつし王丸　[一四]さておん身をば　自らを越後の国[一五]直江の浦で別れ申たる母上拝むと思ふてに　自ら一目拝まいよ　又御身が顔を　自らは　筑紫安楽寺に流されておはします父岩城殿を拝むと思ふてに　御身が顔を拝む」とて　既に投ぎ

一〇 説経特有の語法。現存与七郎正本(底本)では、前後九回使用。草子本では、全箇所、別表現となる。

一一 「かるかや」に同様の発想。→二七六頁二行目以下。

一二 底本「なけきやう」。前行に従って、「投ぎやう」と改めた。「投げやう」の可能性も。

一三 底本「いはは□に」、次行「みつから□」。共に小破。草子本で補う。

一四 姉弟(兄弟)が最期にのぞみ、たがいの姿に父母の面影をも重ねあわせて名残りとする条、「ふじのまきがり」にも。「わかれの姿をよく見ん、父幽霊が見たくは、すけなりを見給へ、母かうそうと思ひて時むねを見んと、たいまつばつと振り立て、たがいに顔を見合て、もろきは今の涙也」。

一五 底本「とをゐ」。「と」は「な」の誤刻。

よふと召さるゝが

同じ内に使われたる[一]伊勢の小萩が是を見て「やあ〱いかに姉弟よ　命を捨つると見てあるが　命を惜へ姉弟よ　[二]命があれば　蓬萊山にも会ふと聞く　又も御世には出づまいか　命を惜う物ならば　自らが先祖をも今は語りて聞かすべし　さて自らも　あの太夫殿に伝はりたる譜代下人にても候はず　国を申さば[三]大和の国宇陀の物にてありけるが　[四]継母の中の讒奏により　[五]伊勢の国二見が浦から売られてに　[六]某余りの物憂さに　ついたる杖に刻をして　数を取つて見てあれば　此大夫殿迄は四十二てんに売られたが　今年三年の奉公を仕る　初からは慣らはぬぞ　[七]慣らへば慣るゝ習有　柴をゑ刈らぬ物ならば　柴を刈つて参らすべし　潮をゑ汲まぬ物ならば　潮をも汲んで参らすべし　命を惜へ」とお申ある　姉御此由きこしめし　「あふ　[八]その職がならいでに　命を捨てうとの[九]中事なれ　その職だにも成(なる)ならば　何しに命が捨てたかるべきぞ」「其儀にて有(ある)ならば　今日よりも大夫の内に　姉を持つたと思ふべし」「[一〇]弟持

一　照天姫(「をぐり」主人公)の美濃青墓万屋での呼び名である「常陸小萩」と連絡。伊勢は宇治・山田などに、多くの説教者を輩出(関蟬丸神社文書)。その関連が注目される。

二　寿命さえあれば、後々には得難き幸運にも会えるとの諺。「命を全ふ持つ亀は、蓬萊山に会ふと聞く」(草子本)が一般的。「いかに申さん御台様、命を全う持つ亀は、蓬萊に会ふと承る、猶〱此上は、義氏様を尋給へや、君の自害を召されては、松若君は、何とならせ給ふべき」(義氏・慶安写本)。→「牛王の姫」四二四頁注七。

三　現奈良県宇陀郡。伊勢街道の要所。後につし王を助けるお聖も同所の出身(三五七頁七行目)。その他、語り物では、常盤が「大和源氏の大将に。宇陀の藤次が姫」(舞曲・山中常盤)といい、中将姫伝承も残す。説教者を含め、唱導集団との関連が想定されよう。

四　物語主人公流浪の最大因の一。説経では、「愛護の若」が著名。「しんとく丸」の放浪はその変型。

五　現在三重県度会郡二見町。伊勢街道の基点として、「直江の浦」にも似た性格に加え、遊行宗教者の寄集地としてもあった。謡曲「歌占」参照。説経では、さよ姫を助けた大蛇がこの地の出身と、以下のように名乗る。小萩との類似性に注意。「国を申せば伊勢の国二見が浦の物なるが、継母の母に憎まれて、行ゑも知らず迷ひいで、人あき人にたばかられ、彼方此方と売られきて、…憂きの思ひを仕る」(まつら長じや)。

六　→三三四頁注四。「刻」は、きざみ目。

七　何度も繰り返していけば、それが次第に普通のことになる、の意。

八　→三三三頁注四。

九　「申し言」の意。

つたと思しめせ」とて　浜路にて弟兄の契約を召され　姉弟連れ立ちて　大夫殿にお戻りある

西洞院通長者町

一〇 安寿とつし王を指す。

摂州東成郡生玉庄大坂
天下一説経与七郎以正本開

さんせう太夫　中

コトバ 一 大夫は昨日今日とは存ずれ共　はや師走大晦日にまかりなる　三郎を近付けて「やあいかに三郎　あの姉弟の物共は　これよりも奥方　山中の者なれば　正月といふ事も知らずして　いつも泣顔をしている物ならば　一年中の物二符の悪ひ事にてはあるまひか　あれら姉弟の物共をば　三三の木戸の脇に　四柴の庵を作つて　年を取らせい　三郎いかに」との御諚也　「うけ給はり候」とて　三の木戸の脇に　柴の庵を作つて　年を取らする　姉弟の口説事こそ哀なり

フシクドキ あらいたはしやな　姉弟は「さて去年の正月迄は　五御浪人とは申たが　伊

一 説経は、「コトバ」と「フシ」を交互に語るのを基本とする。この中に「フシクドキ」や「ツメ」「フシツメ」を織り込んだ。「コトバ」は日常会話に近く、「フシ」は曲節に乗って哀調を帯びて語ったのであろう。
二 明暦板「物ぶ」。「符」は、三二五頁注一七参照。
三 城や柵、あるいはりっぱな屋敷に設けた門や出入口をいう。「三の木戸」は、外側から数えて三番目の出入口。
四 「別屋」のこと。
五 父親は御配流の身とはいえ、私達は、の意。
六 りっぱな男女家臣達をいう。
七 破魔弓(はまゆみ)。縄などを丸めた鍋敷のような物を作り、これを転ばしたりして小弓で射る正月の遊戯。
八 羽根、羽子(ごは)。転じて羽根突きの遊びをいう。これも正月の遊戯。

達の郡信夫の庄で　殿原達上﨟達の破魔・胡鬼の子の相手となつて　寵愛なされてある物を　今年の年の取所　柴の庵で年を取る　我等が国の習には　忌みや忌まるゝ物をこそ　別屋に置くとは聞ひてあれ　忌みも忌まれもせぬ物をこれは丹後の習かや　寒いかよつし王丸　饑なるよつし王丸　やあいかにつし王丸　此大夫殿に遂げての奉公はなるまいぞ　此国の初山が　正月十六日と聞ひてあり　初山に行くならば　姉に暇を乞わず共　山から直ぐに落ちさいよ　落ちて世に出てめでたくは　姉が迎に参らひよ」　つし王殿はきこしめし　姉御の口に手を当てて　「なふ〳〵いかに姉御様　今当代の世の中は　岩に耳壁の物言ふ世時也　自然此事を大夫一門聞くならば　さて身は何と成べきぞ　落ちたくは　姉御ばかり落ち給へ　さて某は落ちまいよの」　姉御此由きこしめし　「自ら落てうは易けれど　女に氏はないぞやれ　又御身は　家に伝はりたる系図の巻物をお持ちあれば　一度は世に出で給ふべし」　いや姉に落ちよ　弟に落ちよ　落ちい落ちじと問答を　邪見成三郎が　藪に小鳥を狙ひい

九「我等が国の習には」をうけて、「これは丹後の習かや」が成句的に照応。→三四七頁八・九行目。

一〇 穢れがあるとして、産婦や三病者等を別住居させた粗末な小屋。本屋に対して、身分的隷属者（譜代下人など）の住家。安寿はここへ移されたことで、「遂げての奉公」が屈辱的なものになることを感じる。これを契機に、つし王に脱走を促す。「信義此由きこしめし、長者の身にて、あれ程の病者(やまふ)が、五人十人あればとて、はごくみかねべきか。ひとつうちにいやならば、別(ち)に屋方お立てさせ、はごくみ申そう信徳お」（せつきやうしんとく丸）。

一一「ひだるし」の「ひ」に「もじ」のついた文字言葉。

一二 新年、はじめての山入り。山の神を祭る小正月（十五日前後）行事として多くある。「正月十六日」はそのことに関わる。

一三 諺。物事が洩れやすいことをいう。「壁に耳、岩のもの言ふ世」（世話焼草）の変形。

一四 女性は身分や家柄に関係なく、寵愛を受けた相手によって地位がかわることをいう。つし王が信田（本文では志太）玉造の系図によって本領を安堵されるのとは対照的。「父母常に宣ひしは、氏なくしても女の身は、玉の輿にも乗るとかや。しからば育ちのいやしからんもほいなきぞと」（姫松相生由来）。

一五 姉弟（兄弟）のこの種のやりとり（問答）は、死が予想されるような状況で、それぞれが相手を助けるべく、犠牲を競いあう形で描述をみるのを典型とする。対して、つし王の幼さが目につく条。「いやとよ、某はふる里へとて帰るまじ、弟下れ兄下れと、兄弟がその中にて争ひけるこそ不便也」（いけどり夜うち）。

(3)

て　立聞こそはしたりけり

三郎は大夫殿に参り　「なふいかに大夫殿　姉弟が姉に落ちよ　弟に落ちよと問答す　斯う申間にはや落ちたも存ぜぬ」と申　大夫聞ひて「連れて参れ」との御諚也「承る」と申て　三の木戸の脇に御使立つ

いたはしや　姉御様は「さてこそ申さんかや　正月三日の御祝　今賜らふは一定也　今こそは大夫殿譜代下人と呼び使はるとも　古　伊達の郡信夫の庄で　殿原達上臈達の　正月初の御礼の時の式次第をば忘れさいな」とのたまひて　姉弟連れ立ちて　大夫殿にお参りある

一 それ、言わないことではないか、の意。ただし、以下の楽観的な言いまわし、やや唐突。
二 正月拝賀の際の礼儀作法や手順。色代(挨拶の義)に同じ。「母上盃を取り上げさせ給ひて、祐成にさし給ふ、祐成は時致へ、時致は十郎殿へと、ややしばらくの式次第也」(浄瑠璃・小袖そが)。上記「式次第」、同名舞曲では「色代」とある。

大夫は大の眼に角を立て　姉弟をはつたと睨んで　「さても汝等は　十七貫で買い取つて　まだ十七文程も使わぬに　落てうと申よな　落てうと申とて落とそうか　何処の浦廻にありとても　大夫が譜代下人と呼び使ふやうに　印をせよ　三郎いかに」との御諚也

邪見なる三郎が　「何がな印にせん」と言ふ儘に　天井よりからこの炭を取り出だし　大庭にずつばと移し　尻籠の丸根を取り出だし　大団扇をもつて扇ぎ立て　いたはしや　姫君の丈と等せの黒髪を　手にくる〳〵とひん巻ひて膝の下にぞ掻い込うだり（絵3）

いたはしや　つし王殿は　「なふいかに三郎殿　それは実か邪興かや　威のために召さるゝか　そもやその焼金を　お当てなさるゝ物ならば　そもや命が御座ろうか　たとへ命がありとても　五人御座ある嫁御達の　月見花見の御供に参ろうずる時は　「あのやうなる眉目形もよい姫が　何たる咎をしたればとて　あの焼金を当てられた」と言ふならば　主の咎をば申さいで　これはお主

三 浦のほとり。

四 →「牛王の姫」四三五頁二行目以下「七番の問状」参照。「からこの炭」は、同頁注六参照。「大庭」は、広庭、大きな土間。
五 底本「ずつはと」。三五四頁二行目「ずつばと」。勢いよくどっと、の意。
六 矢を入れて携帯する道具。「尻籠、又作矢籠」（天正本節用集）。
七 矢先の少し丸くなった矢尻。
八 「手にくる〳〵とひん巻ひて」まで、慣用句。「丈と等せの黒髪」も、成句としてあり、髪の美しさを形容。拷問などの責苦、時に自害描写などに多用。「丈に等しき黒髪を、手にくる〳〵と引まとへ、新木の橋子に取てふせ」（牛王乃姫問定）。「丈と等しき御ぐしを、手にくる〳〵とひんまとひ」（浄瑠璃・月界長者）。→三四八頁一二行目。
九 真実か、それともこの場の戯れか、の意。「邪興」は、「座興（ざきよう）」の訛り。
一〇 太郎以下、三人の息子達の嫁。
一一 容貌風姿もよい姫が、の意。草子本「あのごとくおさなき姫が」。
一二 本人の過ちは言わずに、これは御主人への御批判となります、の意。

の御難也　姉御にお当てある焼金を　[一]二つ成共某にお当てあつて　姉御は許いて賜れの」

コトハ
三郎此由聞くよりも「なんの面〳〵に当ててこそは印には成べけれ」と[二]金真赤いに焼き立て　十文字にぞ当てにける　つし王丸は御覧じて　大人しやかにはおはしけれ共　姉御の焼金に驚いて　[三]ぢりり〳〵と落ちらるゝ　三郎此由見るよりも「さても汝は口程にはない物よ　なに逃げば逃がさうか」と髻を取つて引き戻し　膝の下にぞ掻い込うだり

フシ
あらいたはしやな　姉御様は　我が焼金に手を当てて「なふ〳〵いかに三郎殿　さても御身様は　[四]罰も利生もない事をなさるゝぞ　姉こそ弟に落ちよと申たれ　弟は大夫殿のためにはよい[五]教訓を申たる　それ[六]夫の面の傷は　買うても持つとは申せども　[七]傷こそは傷になれ　これは恥辱の傷なれば　二つ成共三つ成とも　自らにお当てあつて　弟は許ひて給はれの」

コトハ
三郎此由聞くよりも「なんの面〳〵に当ててこそは印にはなるべけれ」

一　草子本「二つなりとも三つなりとも」。ただし、一一行目では、逆に底本に「二つ成共三つ成とも」とあり、草子本には該当句がない。

二　火印刑。中世来、謀書・窃盗等の初犯者、その他、人身売買関与者、近世に入ると吉利支丹宗門者等にも科せられた。ただし、侍身分には適用されず、「これは恥辱の傷なれば」(一一行目)には、その意識の反映も。

三　底本「ちりり〳〵と」。三五五頁三行目も。「たけりにたける勢も。忽ち尾をふせ耳をたれ。じりゝ〳〵と四足をちゞめ。恐れわなゝき岩洞にかくれ入る」(国性爺合戦)。

四　神仏の罰も利生も恐れない無慈悲残酷な仕打。

五　三四三頁一〇行目のつし王の言葉を指す。ただし、下部への繋がりでは、三四五頁九行目以下の言をもいうか。

六　諺。「夫」は、男の意。特に武士にとっての向こう傷(面の傷)は勇士のあかしとされた。「外様なれ共二たんと、御内の五郎丸より外、御用にたつべき者もなし。其外の手負共、皆召しよせて実検あれ、向ふ傷は候まじ、かほど臆病なる人〻に」(浄瑠璃・ふじのまきがり)。

七　底本のまま。「なれ」は、「よれ」の誤りか。草子本「きずもきずによる」。

と　[八]じりりじつとぞ当てにける　大夫此由御覧じて「さても汝等は　[九]口故に熱い目をしてよひか」と　[一〇]一度にどつとぞお笑いある「あの[一一]やうなる口のさがない物共は　命の果つる事も言わぬ物ぞかし　浜路に連れて下がり　[一二]八十五人ばかりして持ちさうなる松の[一三]木湯舟のその下で　年を取らせい　食事をも呉れな　たゞ干し殺せ」との御諚也「承候」とて　浜路へ連れて下がり　松の木湯舟のその下で年を取らする　妹弟の口説事こそ道理也

フシあらいたはしやな　姉御様は　つし王殿に縋り付き「やあいかにつし王丸　我等が国の習には　六月晦日に　[一四]名越の祓の輪に入るとは聞ひてあれ　これは丹後の習かや　さらば食事をも賜らず　干し殺すかや　悲しや」と　姉は弟に縋り付き　弟は姉に抱き付きて　流涕焦がれてお泣きある

大夫殿五人御座ある二番目の二郎殿と申は　慈悲第一の人にて御座あるが　[一五]主のお参りある飯を少しづゝお分けあつて　御衣の袂にお入れあり　父母兄弟の目を忍び　夜〳〵浜路へお下がりあつて　松の木湯舟の底を掘り抜いて

八 底本「ぢりりしつと」。

九 言葉ゆえに熱い目にあってよい気味か、の意か。底本「よひか」の「か」は、墨でなぞる。元字不詳。

一〇 嘲笑した様にいう慣用句。そのことで笑い手の無知や品位をさらけ出す。「一字もわきまへず、一度にどつとぞお笑いある」(せつきやうしんとく丸)。

一一 あのような好き放題の口をきく者は、かえって命が果てるようなことでも口を割らぬものだぞ、の意か。

一二 類型句。「山出し八十五人ばかりして持ちさうなる楠柱」(をぐり・一八五頁八行目)。「八十五人」は、説経では大力に関わる数。「あの小栗と申するは、天よりも降り人の子孫なれば、力は八十五人の力、荒馬乗つて名人なれば」(同・一八二頁九行目)。転じて、屈強の人足や手下の数にもいう。→三五四頁九行目。

一三 大きな松の木を刳りぬいた湯船。それを引っ繰り返し、監禁などの責苦に用いたのであろう。

一四 茅の輪をくぐり、疫病などを祓う行事。「六月晦日也、夏秋之交代之候而、夏ハ火、秋ハ金、火与金相剋、故越夏之名、禳二相克之災一、故云二名越之祓一」(黒本本節用集)。「はらい(祓)」は、底本「はいら」と誤刻。

一五 本人。二郎殿。

食事を通はし賜つたる　二郎殿の御恩をば報じ難ふぞ覚へたり
[一]大夫は昨日や今日とは存ずれ共　はや正月十六日にまかり成　三郎を近付けて「やあいかに三郎　それ人の命といふ物は　脆いやうで　まつたつれない[二]物でありけるぞ　浜路の姉弟が命があるか　見て参れ」との御諚也「承つて御座ある」と　浜路へ下がり　松の木湯舟を仰のけて見てあれば　あらいたはしやな　姉弟の人ゝは　土色になつてをわします　大夫殿へ連れてお参りあるが　大夫此由御覧じて「命めでたい物よな　最早山へも行け　浜へも行け」との御諚也　姉御此由きこしめし「さん候　山へならば山へ　浜へならば浜へ　一つにやつて給われ」とお申ある　大夫きこしめし「あふ　それ人の内には　[三]笑草とて　一人なふて叶はぬ物よ　姉だに山へ行かうと言はゞ　[四]大童にないて山へやれ　三郎いかに」との御諚也「承つて御座ある」と　あらいたはしや　姉御様の丈と等せの黒髪を　手にくる〳〵とひん巻いて　[五]元結際よりふつと切りて　[六]大童にないて山へ遣る　姉弟の口説事こそ哀なれ

一　以下、時の経過を述べて語り出す類型表現。「太夫は」で言いおこし、それ自体も時の経過を述べる慣用句「昨日(や)今日と(は)存ずれども、はや云々」に続く。ただし、文意は、草子本文脈で理解されるべきところ。草子本「さればひまゆく駒の足。早くも来たる春立て。正月十六日になりにけり。太夫は三郎を近付け」。
二　変化のないもの。転じて、無事をいう。
三　嘲笑、嘲弄の種。→「をぐり」一七四頁注八。
四　安寿の髪を短かく切って、童形の乱髪にすること。「ないて」は、「なして」の転。
五　髪の髻(もとどり)を束ねる紐や糸。
六　髪を断ち切る様や、またその音をいう。ふっと。→「牛王の姫」四三六頁注四。

あらいたはしやな　つし王殿は　姉御様を先に立て　つく〴〵後から御覧じて「それ人の姿と申は　三十二相[七]と申が　姉御様の御姿は　一際増いて　四十二相の形也　四十二相のその中に　一[八]　髪形と申するが　姉御様の髪が御座なければ　某　後から見てだにも　頼力の御座らぬに　さぞや姉御様の力の程の　思ひやられて悲しやな」とお嘆きある　姉御此由きこしめし「世が世[九]の折の髪形　斯くなりゆけば　髪も形もいらぬ物　姉弟連れ立ちて　山へ行くこそ嬉しけれ」と　ある獣道[一〇]をお上がりあるが　雪の斑消へたる岩の洞に立ち寄りて　膚の守の地蔵菩薩を取り出だして　岩鼻に掛け申「母上様の御諚には　自然姉弟が身の上に　もしや大事のある時は　身代にもを立ちある地蔵菩薩とお申あるが　斯くなりゆけば　神や仏の勇力[一一]も尽き果てゝ　お守りなきかよ　悲しやな」　つし王殿はきこしめし　姉御の顔を御覧じて「なふ〳〵いかに姉御様　さても御身の顔には　焼金の跡も御座ない」とお申ある　姉御此由きこしめし「げにまことに　御身が顔にも焼金は御座ないよ」　地蔵菩薩の白[一二]

七　仏が具足する三十二種の微妙の相状。この「三十二相」に更に十相の身体的特徴を加えて、源信が「四十二相」を説く（往生要集・観察門）。「たゞよのつねの人にてなし、髪の形、褄外れ、卅二相の形をうけ、かほどの上臈いまだ見ず」（浄瑠璃・むらまつ）。「白き顔にうす〳〵けふりたな引。卅二相の御形。一際増して。四十二相の形。太夫がほれたも道理也」（おぐり判官・延宝板）。

八　「女は髪容（かみかたち）」（譬喩尽）。「往生要集」では、「一　頂上肉髻」。「それ女はと申は、一髪（かみ）二容（かたち）と申て、一に惜しきは黒髪よ、我世の時は、一筋の髪を、千筋になれとなでさせ給ふが」（浄瑠璃・こあつもり）。

九　髪形云々も、世間に重んじられ、時めく時のこと、の意。

一〇　けもの道。

一一　神仏の加護の力。草子本「仏の威力（ゐりき）」。

一二　仏の眉間にあって光を放つ白い巻毛を「白毫」と呼び、その位置（眉間）を「白毫所」という。仏像では、玉を嵌入する。

毫所を見奉れば　姉弟の焼金を受け取り給ひ　身代にお立ちある
「[一]そもやその焼金をお取りなさるゝ物ならば　あの邪見なる大夫三郎が　又当てうは一定也　痛うも熱うもないやうに　を戻しあつて給はれの」「[二]何が一度再び身代にお立ちあれば　後へは戻らず　さてもよいみやうせやな[三]　これをついでに落ちさいよ　落ちて世に出てめでたくは　姉が迎に参らひよ」つし王殿はきこしめし「[四]一度には懲をする　二度に死をするとは姉御様の御事也　落ちたくは　姉御ばかり落ち給へ　さて某は落ちまひよの」　姉御此由きこしめし「[五]さて今度の焼金をば　姉が口故に当てられたと思ふかよ　さて自らが落ちよと申その折に　おうと領掌[六]するならば　なにしに焼金をば当てらるべきぞ　その儀にてあるならば　今日[七]よりも　大夫の内に姉を持つたと思はひな　弟があるとも思ふまひ」とて　鎌[八]と〳〵で　金ちやう〳〵ど打ち合わせ谷底指いてお下りある
つし王殿は御覧じて「さても腹[九]の悪しい姉御やな　落ちよならば落てう

一 いったい全体。
二 以下、つし王のとまどい気味の言を受けた安寿の言葉。
三 「妙瀬」か。草子本「さてもたつとき御事や」。
四 諺。一度目に懲り懲りの目にあいながら、懲りずにいると、二度目には死ぬ目にあうこと。一度目の懲りは、逃走話を三郎に立聞きされて焼金をあてられたことをいう。
五 相手の言を受けて、そうではないと説喩。「さて今度の○○をば、…と思ふかよ（とおぼしめさるゝか）。〈そうではない〉」の形をとる。→三六七頁二行目以下。
六 同意すること。
七 母や姉が、親子姉弟の縁を切ると迫る慣用表現。子や弟は、わが意をこえて従わざるを得ず、そこから新たな筋展開が導き出される。「今より後は、母持ちたると思ふまじ、わらはも子と更に思はぬ也」（浄瑠璃・剱さんだん）。「今より後はかな若よ、母持つたると思ふまじ、わらはも子有と思はぬ也」（越前国永平寺開山記）。「思はひな」は、思いなさるな、の意。
八 金打（きんちょう）のこと。盟約の際、金属（刀や鍔、鉦、鏡など）を打ち合せて破らぬことの証とした。ここは手にした鎌を用いての誓約。姉が「縁を切る」というのは単なる威しではないと、弟に思わせたいための誓約動作。
九 意地の悪い、の意。

迄を戻りあつて給はれの」　姉御此由きこしめし　「落てうと申か　[一〇]なか〳〵や　その儀ならば　[一一]暇乞の盃せん」　とのたまへど　[一二]酒も肴もあらばこそ　谷の清水を酒と御名付け　柏の葉をば盃にて　姉御の[一三]一つお参りあつて　つし王殿にを差しあつて　「今日は膚の守の地蔵菩薩も御身に参らする　自然落ちてありけるとも　[一四]たんじやうなる心をお持ちあるな　たんじやうは却つて未練の相と聞ひてあり　落ちて行きてのその先で　在所があるならば　先づ寺を尋ねて　に　出家をば頼まひよ　出家は頼みがいがあると聞く　もはや落ちよはや落ちよ　[一五]見れば心の乱るゝに　やあ〳〵いかにつし王丸　斯様に薄雪の降つたるその折は　[一六]足に履いたる草鞋を　後を先へ履きないて　右についたる杖を　左の方へつき直し　上れば下ると見ゆる也　下れば上ると見ゆる也　もはや落ちさいはや落ちよ」と　[一七]さらば〳〵の暇乞　事かりそめとは思へども　長の別と聞こへける

いたはしや　姉御様は　[一八]今日は見づ　明日より後に　誰やの者か弟と定めて

一〇　それはよい。
一一　底本「□とまこひ」、下部も「あ□ばこそ」。いずれも草子本で補った。
一二　「谷の清水」に、菊水のイメージを重ねるか。「柏の葉」は、古くから飲食の器に供した(「あいごの若」など)。「岩をうがち土を堀(つぼ)ても一滴の酒はなし盃なし。…七百年生きる仙人の薬の酒とは菊水のながれ。それをかたどり、筒につめたも此島の山水。酒ぞと思ふ心が酒。此鮑貝のお盃いたゞき」(平家女護島)。
一三　一杯お飲みなさって、の意。
一四　「短慮ハ未練ノ相」(文明本節用集)。
一五　言いきかせたり、注意を促したあとに詠嘆的に添えられる成句。自戒のあとにも。「連れて心の乱るゝに」「問ふて心の乱るゝに」など。
一六　履物を逆さまに履いて落ち行く事例については、「義経記」巻五・吉野法師判官追いかけ奉る事など参照。
一七　少しの間の別れと思ったのが、永遠の別れとなった、の意。別離場面での前表を伴う慣用表現として定着。派生して、「かりそめながら、永き別れと成給ふは、後にぞ思ひ知られたり」の形も。一方で、三三〇頁九行目での前表内容が、物語の進展と共により具体的に述べられてくる点も注意されよう。→「かるかや」二七六頁注一一。
一八　慣用表現。「けふはみづ」は、「けふはみつ」の誤り。「今日はみつ、明日より後の恋しさを、誰やの物に頼みつゝ、さよ姫と名付つゝなぐさまぬ」(まつら長じや)。「今日は見つ。明日より後の恋しさを、誰に語りて慰まん。なふ人ゝとの給ひつゝ、悶へ焦がれ給ひけり」(舞曲・敦盛)。

に　御物語を申さうと　泣いつ口説いつ召さるゝが　零るゝ涙を押し止め　人の刈つたる梢もつゑ[一]を拾い取り　わづかの柴に束ねて　つき戴いて　大夫殿にお戻りある

大夫は　正月十六日の事成に　表の櫓に遠目[二]を使ふていたりしが　姉御の柴を御覧じて　「さても汝は弟に増して　よい木を刈つて参りたに　どれ弟は」との御諚也　姉御此由きこしめし　「さん候　今朝　某が浜へとは申さいで山へと申て候へば　髪を切られた愚痴ない[三]姉と連りやうよりと申て　里の山人達と打ち連れだちて参りたが　自然道にも踏み迷ひ　まだ参らぬか[四]よ　悲しやな　某参り

(4)

一「梢、持つ柄(柴をつき戴く柄)」か。草子本「こずゑもすゑ」。「梢も末」か。未詳。

二 遠見。高い所から遠くの様子をみること。「上の山には梶原は、我〱を尋ねて、遠目していると聞く」(浄瑠璃・かばの御ざうし)。

三「ない」は程度の甚しいことをいう接尾語。多く形容詞、形容動詞の語幹につくが、当該事例のように漢語にも接続。まことに愚かな、の意。草子本「ぐちなる」。

四 成句。「かるかや」三〇一頁二行目、四行目に類同表現。

て尋ねて参ろう」とお申ある　太夫此由を聞きあつて「あふ　それ涙にも五[五]つの品がある　めん涙　怨涙　感涙　愁　嘆とて　涙に五つの品があるが　御身が涙の零れやうは　弟をば山から直ぐに落といて　首[六]より空の喜び泣とみてあるぞ　三郎　何処にいるぞ　責めて問へ」との御諚也

邪見なる三郎が「承り候」とて　十[七]二格の梯に絡み付けて　湯[八]責　水責にて問ふ　それにも更に落ちざれば　三[九]つ目錐を取り出だし　膝の皿をからり〳〵と揉うで問ふ　[一〇]今は弟を落といたと申そうか　申まいとは思へども「物をば言わせて給はれの」

大夫此由お聞きあつて「物を言わせうためでこそある　物を言わば言わせい」とお申ある

「今にも弟が山から戻りた物ならば　姉は弟故に責め殺されたとお申あつて　よきに御目を掛けてお使いあつて給はれの」

大夫此由聞くよりも「問ふ事は申さいで　問[一一]はず語する女めを　物も言わ

五「めん涙・怨涙・感涙」に加えて、「愁涙」「嘆涙」の五涙をいう。「めん涙」は、未詳。

六「首より空の」は、「首から上の」に同じ。心の底からでないうわべだけの涙で、実は喜び泣きとみてとったぞ、の意。「御身の涙のこぼれやうは、もつらが浦の商人に、料足一貫文か二貫文に、やす〳〵と打売つて、銭をば儲け、首より空の憂いの涙と見てあるが、やはか太夫が目が眇(すがめ)か」(をぐり・二〇九頁一一行目)。

七 横木が十二ある長い梯子。

八「牛王の姫」四三二頁注一二、注七、および注五所引本文参照。

九 刃先が三稜になつている錐。「ミツメギリ」と濁る。「牛王の姫」第三番問状(四三二頁一二行目)の「錊」に相当。

一〇 以下の一条、「牛王の姫」四三五頁三行目以下の牛王描写の流れと同じ。「牛王の姫」本文で補えば、以下の通り。「(あら苦しや眩暈や胸苦しければ、)今は弟を落といたと申そうか、(落ちて〈白状して〉甲斐なき我身かな、)申まいとは思へども、(爰は一つ悪口して死なんと思ひ、)物をば言わせて給はれの」。

一一 尋ねないのに自ら語ること。

ぬ程責めて問へ　三郎いかに」との御諚也

邪見なる三郎が　天井よりもからこの炭を取り出だし　大庭にずつばと移し　大団扇をもつて扇ぎ立てて　いたはしや　姫君の髻を取つて　彼方へ引いては「熱くば落ちよ　落ちよ〳〵」と責めければ　責手は強し　身は弱し　何かはもつて堪うべきと　正月十六日日頃四つの終[一]と中には　十六歳を一期[二]となされ　姉をばそこにて責め殺す（絵4）

大夫此由見るよりも「威のためにしてあれば　命の脆い女かな　そればそこに捨てて置け　幼い者の事なれば　よも遠くへは落ちまいぞ　追手を掛けい」と言ふまゝに　[三]八十五人の手の者を　四つに作つて追つ掛くる　つし王殿の方へは　大夫子供ぞ追つ掛くる

いたはしや　つし王殿は　今は姉御を打つか叩くか嘖むか[四]　後へ戻ろう物をとおぼしめし　[五]あるく峠に腰を掛け　後をきつと見給へば　先に進むは大夫　後に続くは五人の子共　[六]諏訪八幡も御知見あれ　[七]遁れんところとおぼしめし

一「四つの終」は、午前と午後の十一時頃。「日頃」が日中を意味すれば、前者となるが、本作の「正月十六日」の描述は、時間的経過を厳密に辿るものではない。

二 最期をいう慣用句。「小栗明け二十一を一期となされ、朝の露とおなりある」（をぐり・二〇一頁一〇行目）。

三 →三四七頁注一二。屈強の手下達で追ったことを意味する。

四 苦しめる。厳しく叱責する。

五 未詳。草子本「ありく峠」。

六 武の神、諏訪や八幡に誓って、の意。「知見」は、神仏が衆生の願いを見そなわすこと。底本・草子本・寛文板「し(じ)けん」、正徳板「しやうらん」(照覧)。脱走後、つし王が俄に行動的になる点を注目したい。

七「のがれぬ所」(草子本)に同じ。

守刀の紐を解き　太夫が心元に刺し立てゝ　[八]明日は閻浮の塵とならばなれとおぼしめさるゝが　待てよしばし我が心　姉御様のたんじやう心を持つなとお申あつて御座あるに　叶わぬ迄も落ちてみばやと思しめし　ぢりゝ〳〵と落ちらるゝが　里人にはたと会ひ　「この先に在所はなきか」とを問ひある　「在所こそ候へ　[九]渡の在所」　「寺はないか」とお問いある　「寺こそ候へ　国分寺」「本尊はなんぞ」とお問いある　「[一〇]毘沙門」と答へける　「あら有難の御事や[一一]某が膚に掛けたるも　神体は毘沙門也　力を添へて給はれ」と　ぢりゝ〳〵と落ちらるゝが　かの国分寺へお着きある

お聖は[一二]日中の勤を召されておはしますが　つし王殿は御覧じて　「なふいかにお聖様　後よりも追手のかゝりて　[一三]大事の身にて候　[一四]影を隠して給はれ」お聖此由きこしめし　「汝程なる幼いが　何たる咎をしたればとて　さやうの儀を申ぞ　語れ　助きやう」との御諚也　つし王丸はきこしめし　「命のありての物語　先づ影を隠して給われ」との御諚也　お聖はきこしめし　「さても

八 慣用句。「閻浮」は、須弥山の南方の島。閻浮提、閻浮洲。インドを指したが、転じて、人間世界のこの世もいう。ここは後者。明日はこの世の塵となり、命を落としても構わない、の意。
九 未詳。草子本下巻の道行に「かぜもわたりの里を過ぎ、丹後丹波の境なる」とある。固有名詞。「西北紀行」は、宮津街道の宿場町、由良川の渡船場として知られた中山(舞鶴市)に、「渡りの里と云名有所なり」と記す。
一〇 多聞天。四天王・十二天の一。夜叉を率いて北方守護にあたる。日本では、七福神の一人ともされる。
一一 草子本「某が膚に掛けたるも。本地を申せば毘沙門也。力を添へて給れと。もみにもうでぞ落ち給ふ」。
一二 正午の勤行。「日中」は、六時(晨朝・日中・日没・初夜・中夜・後夜。一昼夜を六分した時刻)の一。
一三 生死の危険が迫る身。
一四 姿。

汝は　げにもなる事を申物かな」と　眠蔵[一]よりも古き皮籠を取り出だし　皮籠[二]の中へだうど入れ　縦縄横縄むんずと[三]掛けて　棟の垂木に吊つて置き　さらぬ体にて　日中の勤を召されておはします

[四]何が正月十六日の事なれば　雪道の跡を慕ふて　国分寺の寺へぞ追つ掛けたり　大夫は表の[五]楼門に番をする　五人の子供はお聖に参り　「いかにお聖　只今爰へ童が一人入り候　お出しあれとぞ申ける　お聖此由きこしめし　耳は遠うなけれ共　「何と候や　[六]「春夜の徒然なに　[七]斎の檀那に参れ」とお申あるか」　三郎聞いて　「さてもお聖は　[八]川流が杭に掛かつたお聖かな　斎の檀那は追つての事　先づ童をお出しあれ」と怒りける　お聖は　「今ぞ聞きて候　この法師に童を出せとお申あるか　某わ百日の別行[九]にこそ心が入れ　童やらすつぱ[一〇]やら　番はせぬ」との御諚なり

ツメ「憎いを聖の御諚かな　さあらば寺中を捜させん」とお申あれば　「なか[一一]〳〵」とお申ある　身の軽き三郎が尋ぬる所はどこ〳〵ぞ[一二]　内陣[一三]　長押　庫[一四]

一　僧侶の寝起きする部屋。納戸もいう。
二　皮張りのかご。後には、紙製のものや、竹製の行李などもいう。
三　「むずと」の強調。力一ぱい強く。ぎゅっと。
四　何しろ。なんといっても。
五　重層の山門。上層に高欄をめぐらし、下層の屋根はない。
六　春の夜が手もちぶさたなので、の意。草子本「春の日の寂しきに」。
七　「斎」は、僧が戒律に従って正午までにとる食事。転じて、仏事法要の食事をいう。「檀那」は、その布施をする人。ここは、お斎を布施するので参れ、の意。
八　「川流（水死者）が杭に掛かる」と「食いに掛かる」を掛け、食い意地の張った和尚かな、の意。
九　百日を定めて、特別に執り行う仏事。
一〇　戦国時代の忍びの者。こそどろ、掏摸の類もいう。ただし、ここは「童」との語呂あわせ。
一一　いかにも結構、の意。
一二　物名列挙の語り出し句。道行文冒頭定型句「通らせ給ふはどこ〳〵ぞ」の類。
一三　本堂奥の本尊安置場所。
一四　寺の台所。

裏　眼蔵　仏壇　縁の下　築地の下　天井の裏板はづいて尋ぬれども　童が姿は見へざりけり

「あら不審やな　[一五]背戸へも門へも行方のなふて　童のないわ不審也　いづれお聖の心の中に御座あるは一定なり　童をお出しあれ　童をお出しない物ならば　[一六]身にも及ばぬ大誓文をお立てあらば　由良の湊へ戻ろう」との御諚也

お聖は「童とては知らねども　誓文を立ていならば立て申べし　抑この法師と申は　此国の者でもなし　国を申さば　[一七]大和の国宇陀の郡の物成が　七歳の時に　[一八]播磨の書写へ上り　十歳にて髪を剃り　二十で[一九]高座へ上がり　幼い折より習ひ置いたる御経を　只今誓文に立て申べし

[二〇]抑御経の数〳〵　華厳に阿含　方等　般若　法華に涅槃　並びに[二一]五部の大蔵経　薬師経　観音経　[二二]地蔵御経　阿弥陀御経に　[二三]こふみにこ経は　数を尽いて七千余巻に記されたり　万の罪の滅する経が血盆経　浄土の三部御経　倶舎の経が三十巻　天台が六十巻　大般若が六百巻　それ法華経が一部八巻廿八

一五 裏口へも表の門へも。
一六 身分不相応の、の意。「大誓文」を強調。
一七 →三四〇頁注三。
一八 兵庫県姫路市書写山円教寺。
一九 僧が説法などを行う一段高く設けられた席。
二〇 以下、経尽しの誓文。→「かるかや」二六七頁九行目。順序に一部違いなど、小異はあるが、同一の誓文。「華厳・阿含・方等・般若・法華・涅槃」と語りおこす。
二一 草子本「五部の大乗経」。→「かるかや」二六七頁注一四。
二二 草子本「地蔵経」。「地蔵菩薩本願経」。
二三 草子本「小ぶみにこぎやう」。→「かるかや」二六七頁注一九。

品文字の流が六万九千三百八十四つの文字に記されたり　此神罰と厚う深う被るべし　童においては知らぬ也」

太夫この由聞くよりも「なふいかにお聖様　それ誓文などといふ物は　日[一]本国の高い大神　低い小神を勧請[二]申　驚かしてこそは誓文などと用いる物也　今のは　お聖の幼い折より習ひ置いたる　檀那哆の経尽といふ物にてはなきか　たゞ誓文をお立てあれ」とぞ責めにける

いたはしや　お聖様は「今立てたる誓文だにも　出家の上では　なんぼう物憂ふ思ふたに　又立ていとは曲もなや[三]　今は童を出そうかよ　又誓文を立てうかよ　今童を出せば　殺生戒[四]を破る也　又童を出さいでに　誓文を立つれば　妄語戒を破る也　破らば[五]破れ妄語戒　殺生戒を破るまい」と思しめし「なふいかに大夫三郎殿　誓文を立ていならば　立て申べきぞ　お心安かれ大夫殿」

お聖は　うがひにて身を清め　湯垢離[六]七度　水垢離七度　潮垢離七度　二十

一 草子本「日本国の大小の神祇」。
二 神仏の来臨を請い願うこと。神おろし。
三 つれないものよ、の意。
四 殺生戒も妄語戒も五戒（殺生、不与取、邪淫、妄語、飲酒）の一つ。「妄語」は、嘘をつくこと。
五 「妄語戒を破りても、父のかはりに討たれん事こそうれしやと」（説経・石山記）。
六 「垢離」は、神仏に祈誓する前に、心身を清めるべく、湯・冷水・潮水を浴びること。「姫の身をも浄めさせんとて、湯殿へおろし、湯垢離七度、潮垢離七度、水垢離七度、廿一度の垢離を取給ふ」（まつら長じや）。

一度の垢離を取つて　護摩[七]の壇をぞ飾られたり　矜羯羅[八]　制吒迦　倶利迦羅[九]不動明王の　剣を呑ふだる所をば　真逆様に掛けられたり　眼蔵よりも　紙を一[一〇]帖取り出だし　十二本の御幣切つて　護摩の壇に立てられたは　たゞ誓文ではなふて　大夫を調伏[一一]するとぞ見へたりけり（絵5）

「敬つて申[一二]」　独鈷[一三]握つて鈴を振り　苛高[一四]の数珠をさらり〳〵と押し揉ふで「謹上散供再拝再拝[一五]　上に梵天帝釈　下には四大天王　閻魔法王　五道の冥官　大じんに泰山府君　下界の地には　伊勢は神明天正太神　外宮が四十末社　内宮が八十末社　両宮合て百廿末社の御神　只今勧請申奉る　熊野[一六]には新宮　くわ

(5)

七 護摩木を焚いて祈願する壇。本文ならびに挿絵の如くに荘厳に飾り立てる。
八 矜羯羅、制吒迦は、不動明王八大童子の第七、第八番で、不動明王の左右に侍す。
九 不動明王の変化身。黒竜が炎に包まれた宝剣にまきつき、その先端を呑み込もうとする姿で知られる。
一〇 美濃紙は四十八枚、半紙は二十枚を一まとめとして、「一帖」という。
一一 悪魔降伏(ごうぶく)の修法を行い、太夫を呪詛すること。
一二 神おろしは、山伏祭文の影響を受けて、「謹上散供再拝再拝敬つて申す」に多くはじまる。これに対して、底本は「敬つて申」が誓文発語として、先にきて、他の誓文とも切りはなされている。「敬つて申諷誦願文の事」(ゆみつき)など、諷誦文、起請文などの表白形式の影響か。草子本「独鈷を握り、鈴を振り。苛高の数珠さら〳〵と押し揉み。敬つて申す。謹上再拝。上には梵天帝釈」。
一三 独鈷、鈴については、「かるかや」二八七頁注二四参照。
一四 山伏などが用いる数珠。平たく角の立った珠で出来ていて、高い音が出る。「苛高(の数珠)をさらり〳〵とおしもふで」は、慣用表現。頻出。
一五 以下、神おろしの大誓文。「謹上散供再拝再拝」は、その冒頭礼拝語。「散供」は、米銭をまいて神仏に供えること。経尽しの誓文と同様に、「かるかや」と酷似する。「かるかや」二六三頁三行目以下の注参照。
一六 草子本「忝くも熊野には。新宮、本宮。那智には飛滝(ひれう)権現」。「くわう宮」は「本宮」の誤り。「ひろう」は「ひりょう」の転。

う宮　那智に飛滝権現　神の倉には［一］十蔵権現　滝本に千手観音　初瀬は十一面観音　吉野に蔵王権現　子守　勝手の大明神　大和に鏡作　［二］笛吹の大明神　奈良は七堂大伽藍　［三］春日は四社の太明神　転害牛頭天王　［四］若宮八幡大菩薩　［五］しもつ河原　［六］かもつ河原　［七］たちうち　べつつい　［八］石清水　八幡は正八幡　［九］西の岡に向日の明神　［一〇］山崎に宝寺　［一一］宇治に神明　［一二］伏見に御香の宮　藤の森の大明神　稲荷は五社の御神　祇園に八大天王　吉田は四社の大明神　［一三］御霊八社　今宮三社の御神　北野殿は南無天満天神　［一四］梅の宮　松の尾七社の大明神　高きお山に地蔵権現　麓に三国一の釈迦如来　鞍馬の毘沙門　貴舟の明神　賀茂の明神　［一五］比叡の山に伝教大師　麓に［一六］山王廿一社　打下に白髭の大明神　湖の上に竹生島の弁才天　［一七］お多賀八幡大菩薩　美濃の国にながへの天王　尾張に津島　熱田の明神　坂東の国に鹿島　香取　浮州の明神　出羽に羽黒の権現　越中に立山　加賀に白山　敷地の天神　能登の国に石動の大明神　信濃の国に戸隠の明神　越前に御霊の御神　［一八］若狭に小浜　丹後に切戸の文殊　丹波に大原八王子　津の

一　和歌山県新宮市神倉神社。熊野根本神蔵権現とも。「十蔵」も「竜蔵」（かるかや）も、「神蔵」の音通からきた宛字。
二　奈良県北葛城郡新庄町笛吹の葛木坐火雷神社（かつらぎにいますほのいかづちじんじゃ）。俗に、笛吹神社という。
三　「されば国のまづはじめ、大和の国を御蓋（みかさ）山、奈良の都にあとを垂れ、衆生済度おはします、春日の四社の御神は、伊勢両宮の御霊験、かはることなき御ちかい」（ぶだうのをんな）。
四　未詳。春日若宮が想定されるが、本地は「文殊菩薩」。他に、奈良周辺では、東大寺鎮守の「手向山八幡」、大安寺鎮守の八幡宮などが知られる。
五　奈良県御所市の鴨都波神社。「しもつ河原」は、同社別名の「下津鴨（しもつかも）」の誤り。
六　御所市鴨神の高鴨神社。「かもつ河原」は、同じく「上津鴨（かもつかも）」の誤り。
七　「たちうち」「べつつい」、共に未詳。前者は、丹比郡（たじひのぐん）（河内国中央西部）に関係するか。
八　貞観元年（八五九）、行教和尚が宇佐八幡から男山（現京都府八幡市）に遷座。「いわしみづ。やわた」とある点、やや不審。
九　京都府向日市の向日神社。「西の岡」は、乙訓（おとくに）郡地方の旧名。
一〇　京都府乙訓郡大山崎町の宝積寺。「ゆんでは山崎宝寺、めては八幡の石清水、打渡したる橋本の里は淀路のすへちかく」（れんげ上人）。
一一　京都府宇治市の宇治神明神社。
一二　京都市伏見区の御香宮神社。
一三　京都市上京区、同中京区鎮座の、上・下両御霊神社。八所御霊を祀る。
一四　京都市右京区梅津に鎮座。「天満天神」の縁で続いて、「松の尾」に連接するか。
一五　延暦寺開祖最澄。叡山大師。「れんげう（れ

国にふり神の天神　川内の国に恩地　枚岡　誉田の八幡　天王寺に聖徳太子
住吉四社の大明神　堺に三の村　大鳥五社の大明神　高野[一九]に弘法大師　根来[二〇]に
覚鑁上人　淡路島に諭鶴羽の[二一]権現。備中に吉備の宮。備前にも吉備の宮。備
後にも吉備の宮。三が国の守護神を。只今爰に[二二]勧請申。驚かし奉る。さて筑
紫の地に入ては。宇佐　羅漢　四こ　くほてん。鵜戸　霧島。伊予の国に一宮。
[二三]ぼだいさん。たけの宮の大明神。総じて神の総政所。[二四]出雲の国の大社。神の父
は佐陀の宮。神の母が田中の御前。山の神十五王。[二五]いはんや梵天　樹玉。屋の
内に地神荒神。三宝荒神。八大荒神。三十六社の竈。七十二社の宅の御神に至
る迄。皆悉く誓文に立申。
忝くも神の数。九万八千七社の御神。仏の数は一万三千余仏也　此仏神の
御罰を被るべし　童におひては知らぬなり。」〕

んぎやう)」と読むのは「かるかや」も。草子本は「でんげう」。
一六 滋賀県大津市坂本の日吉大社。山王二十一社を祀る。
一七 滋賀県犬上郡多賀町の多賀大社。神仏混淆時の本地仏は阿弥陀如来。八幡大菩薩との関係、神社史に認められない。
一八 「小浜の八幡」(かるかや)。
一九 →「かるかや」二五四頁注三。
二〇 平安後期の真言僧。高野山再興に尽すが、山内対立をうけて根来(現根来寺。和歌山県那賀郡岩出町)に移住。
二一 底本(与七郎正本)、以下、「中」の終まで欠。草子本「さんせう太夫物語」で補う。
二二 来臨を請い願い、神仏の眠りをさまさせ申す、の意。「かるかや」でも、神仏名列挙中のこの位置で、「勧請し驚かし奉る」の止句が入る。あるいは、ここで語りを終える場合もあったか。
二三 高知の「五大三〈山〉」(かるかや)の誤りか。
二四 島根県簸川郡大社町の出雲大社。
二五 本文に乱れ。「岩に梵天、木に樹神」(かるかや)で理解すべきところ。

摂州東成郡生玉庄大坂
天下一説経与七郎以正本開

さんせう太夫　下

コトハ大夫此由きこしめし「殊勝なりやお聖　明日よりも斎の檀那にまかりなろう」との御諚也　三郎此由聞くよりも「なふいかに大夫殿に申べし　爰に不思議なる事を一つ見出いて御座ある　あれに吊つたる皮籠は古けれ共　掛けたる縄が新しゝ　風も吹かぬに　一揺るぎ二揺るぎ　ゆつすくと動いたが　これが不思議に候　あれを見いで戻る物ならば　一年中の炎の種となるまひか　お戻りあれや　大夫殿」
フシ兄の太郎はこれを聞きゝ「やあいかに三郎よ　父こそ老に耄れたりと　和殿は老に耄れまいぞ　此やうなる古寺には　古経　古仏の　破れた反古のいらぬ

一　見ないで。
二　怒りやむかつきなど、心中に燃えたつ激しい感情の原因。「ホムラヲモヤス　憤激する、あるいは、怒って興奮する」（日葡辞書）。
三　↓「ほり江巻双紙」一一九頁注二九。

をば　いらひで吊つてある物よ　昨日吊るも習也　又今日吊るも習也　外は風が吹かねども　屋鳴りて　上は樹神[四]の響とで　内は風が吹くぞやれ　例[五]はばあの皮籠の中成が童にてもあれ　今を聖の誓文を聴聞するからは　使[六]おう方はないぞやれ　あの童でなければ　大夫の内に人は使い兼ねた身か　先づ此度は我に免じて先づ戻れ」

三郎此由聞くよりも　「大郎殿の御意見　聞く事もあらうず　又聞かぬ事も御座らう　生道心ぶつたる事を申ある物かな　そこ退き給へ」と言ふ儘に　打物[七]の鞘をはづいて　吊つたる縄を切つて降ろいて　宙にて要[八]を引ゐて　童あると喜ぶだ

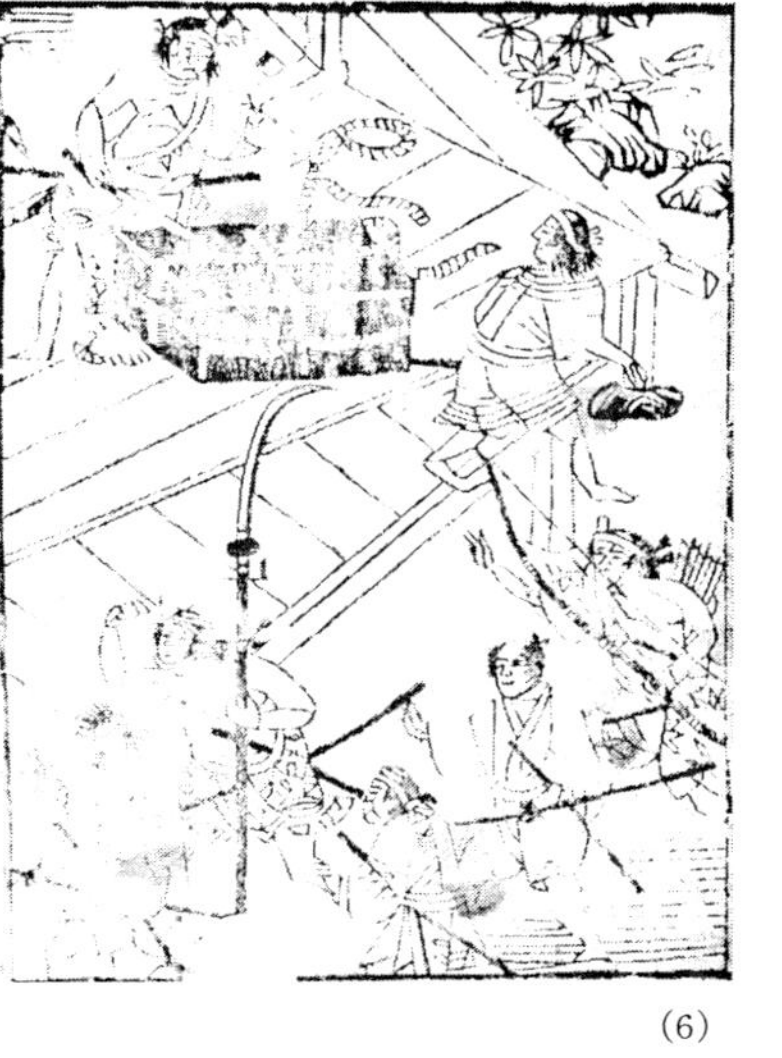

(6)

四「た」は清音（日葡辞書）。「木玉　コタマ　樹神同」（運歩色葉集）。
五 仮定を表し、「（童にても）あれ」と呼応。たとえ。
六 気を使う、心配する、の意か。「なにうたがひを残すべき」（草子本）、「うたがふほう」（寛文板）、「うたがふ所」（正徳板）。
七 広く刀剣の類をいう。「ウチモノ　薙刀と呼ばれる鉾」（日葡辞書）。寛文板「長刀のさやはづし」。
八 要の縄、もしくは縄の結び目をいうのであろう。

り　[一]下へ降ろす間が遅ひとて　縦縄横縄むんずと切つて　蓋を開けて見てあれば　膚の守の地蔵菩薩の　金色の光が放つて　三郎が[二]両眼に霧降り（絵６）縁から下へこけ落つる　大郎此由御覧じて「さてこそ申さぬかや　当座に命をお取りないは　汝が冥加よ　元の如くに吊つて置け」と　縦縄横縄むんずと掛けて　元の如くに吊つて置き　三郎は兄弟の肩に掛かつて　由良の湊へ戻りたは　たゞ[三]面無い体とぞ見へたりけり

フシ　いたはしや　お聖様は　今の皮籠を降ろすと見てあるが　皮籠を降ろす物ならば　童を連れて行からは一定也　童を連れて行くならば　さてこの聖にも　縄を掛きやうと申さうが　皮籠の中成は　[四]神方便　仏神通の者か　さて皮籠の下へ立ち寄りて「童はあるか」とお問いある　つし王殿は弱りた声をして「童はこれに御座あるが　もはや太夫の一門は　辺には御座ないか」　お聖此由きこしめし「心安く[五]思はひ」と　皮籠を降ろし　蓋を開けて見給へば　あらありがたや　地蔵菩薩は　金色の光を放つてをはします　皮籠の中より飛

一「纜解く間が遅ひとて、腰の刀をするりと抜き、纜ずつと切つて」（三二八頁七行目）と同型の表現。悪人の逸る様をいう。

二 眼がくらむこと。草子本「両眼。くらみ」。「眼に霧降つて、母の姿も見も分かず」（浄瑠璃・小袖そが）。

三 恥ずかしい。面目ない。

四「神方便」「仏神通」は同意。「せつきやうしんとく丸」（佐渡七太夫正本）に、「河内高安より都清水へは、ほどとおふいとは申せ共、仏方便とて此こときこしめし」とある部分、江戸板では、「仏方便」を「神神通」とする。

五「未然形＋い」で、軽い敬意を含んだ命令表現。「あき人是へまいる迄、しばらく待たいさよひめ」（まつら長じや）。→三三〇頁注三。

んで出　お聖様に縋り付き「なふ〱いかにお聖様　名乗るまいとは思へ[六]共　今は名乗り申べし　我をば誰とかおぼしめす　奥州五十四郡の主　岩城の判官正氏殿の惣領に　つし王丸とは某也　さて不思議なる論訴[七]により　都へ上り　御門にて安堵の御判申受けに上るとて　越後の国の直江の浦から売られてに　彼方此方と売られて後　あの太夫に買い取られ　刈りも慣らはぬ柴を刈り　汲みも慣らはぬ潮を汲み　その職がならひでに[八]　これ迄落ちて御座あるが　又大夫の内に姉が一人御座あるが　自然都の路次をお問いあらば　教へて給われ　お聖様　某は都へ落ちたう御座あるよ」　お聖此由聞召「さてもあど[九]ないつし王や　大夫が数多ある人を　五里三里も先へ追手が掛かりて御座ろうぞや　まつこと落ちたう御座あらば　とてもの事に　某送り届けて参らせん」と　元の皮籠へ[一〇]だうど入れ　縦縄横縄むんずと掛けて　聖の背中にだうど負い　上には古き衣を引き着せて「町や関や関〲で[一一]「聖の背中なは何ぞ」と人が問ふ折は「これは丹後の国　国分寺の金焼地蔵で御座あるが　余りに古

六 素性を明かす時の類型表現。「しんとく此由きこしめし、名乗るまいとはおもへ共、今は何おかつゝむべき、おとひめ殿かやはづかし」(せつきやうしんとく丸)。

七 底本「ろんそん」。→三二四頁注三。

八 前行「てに」と同様、説経固有の語法。「―に」に特色があろう。草子本では、前者「うられつゝ」、後者「ならずして」。正本と草子本との比較対照から、説経語法の抽出が可能である。

九 無邪気であどけない。追手の存在に気づかないつし王丸の態度を言う。

一〇 底本「たうと」。下部も同じ。しかし、三五六頁二行目「だうど」に従った。「日葡辞書」は「トゥド」。

一一 「町や宿や関〲で、徒名取られてかなはじ」(をぐり・二二五頁五行目)。草子本では「みおがたうげ」に関が据わり、関守に皮籠の中を咎められるが、国分寺の本尊との言訳で許される場面がある。「三戸野嶺…坂の上に民家あり。其所を嶺と云。俗に云、山椒大夫が関をするし所也(此辺船井郡也)」(西北紀行)。

び給ふたにより　都へ上り　仏師に彩色しに上る」と言ふならば　さして咎むる物はあるまひ」と

丹後の国を立ち出て　いばら　ほうみはこれとかや　鎌谷　みぢりを打ち過ぎて　くない　桑田はこれとかや　口こぼりにも聞こへたる　花に浮木の亀山や　年は寄らねど思ひの山　沓掛峠を打ち過ぎて　桂の川を打ち渡り　川勝寺　八町畷を打ち過ぎて　お急ぎあれば程はなし　都の西に聞こへたる西の七条朱雀 権現堂にもお着きある

権現堂にも着きしかば　皮籠を下ろし　蓋を明けて見てあれば　皮籠の内の窮屈やらん　まつた雪焼ともなし　腰が立たせ給はざれば　お聖此由御覧じて「某が都へ参り　安堵の御判を申受け参らせたらは御座あるが　出家の上ではいのらぬ事　これからお暇申」との御諚也

あらいたはしやな　つし王殿は「命の親のお聖様は　丹後の国へお戻りあるか　けなりやな　物憂ひも丹後の国　姉御一人御座あれば　又恋しいも丹後

一 丹後から権現堂までの道行。「これとかや」「打ち過ぎて」は、道行の常套表現。
二 京都府天田郡三和町の「菟原・細見(大身)」。寛文板には「いばらほそ道」が見える。以下、「鎌谷みぢり」「くない桑田」と地名を二つ重ねるのは特徴的。
三 「鎌谷」は丹波国船井郡(現在、京都府船井郡瑞穂町)、「みぢり」は、鎌谷の東の「井尻」の誤りか(新潮日本古典集成『説経集』室木説)。
四 船井(現在、京都府船井郡)の誤りか。
五 現在、京都府北桑田郡。「船井」と共に、丹波六郷の一。国府・国分寺・国分尼寺・一宮などがあり、行政の中心地。
六 新潮日本古典集成『説経集』は、奥郡に対し、都に近い「口郡」の誤りかと。「口丹波」の類か。
七 亀山は、京都府亀岡市の旧名。「浮木の亀」は、「仏難得値。如優曇波羅華、又如一眼之亀値浮木孔」(法華経・妙荘厳王品)を踏まえる。「花に」「優曇華の花」からの連想。「都の西と聞えつる嵯峨野の寺に参りつつ、四方の景色を眺むれば、花の浮木の亀山や、雲に流るる大井河」(謡曲・百万)。後句は、寛文板にも。
八 「としはよらねどおいのさか」(寛文板)の誤り。草子本「我は皮籠をおひのさか」。「老の坂」は、大枝坂とも。京都市右京区。丹波山城両国の境。→「一心二河白道」四九六頁注一五。
九 「老の坂」の東。底本「くづかけたうげ」。
一〇 桂川。「亀山の奥よりも流れ出づる清滝を、大井川と名づけ、末をば、桂河といふ」(舞曲・築島)。
一一 西七条末、桂川東の村。京都市右京区。秦川勝が建立した川勝寺が村名として残った(山州名跡志)。
一二 桂川東岸を西七条村へまっすぐに延びる道。

也　命の親のお聖様に　何がな形見を参らすべし　地蔵菩薩を参らせうか　守刀を参らせうか」　お聖此由きこしめし「一七さて今度の命をば　此聖が助けたとおぼしめさるゝか　膚の守の地蔵菩薩のお助けあつて御座あるぞ　良きに信じてお掛けあれ　それ侍と申するは　守刀をば七歳よりも差すと聞く　出家の上の刃物には　剃刀ならではいらぬ也　まつこと形見が給りたくは　一八鬢の髪を賜れや　聖の方の形見には　衣の片袖参らすべし」とて　鬢の髪を一房一九生やいてお取りあり　衣の片袖参らせて　お聖は涙と共に丹後の国へぞお戻りある（絵7）

(7)

あらいたはしや　つし王殿は　朱雀権現堂に御座あるが　朱雀七村の

一三 七条朱雀通(千本通)の西角に権現寺(浄土宗)があり、権現堂に聖徳太子作の勝軍地蔵、脇壇左に「都子王丸本尊」の地蔵、右に聖徳太子自作の影が祀られる(山州名跡志)。「菟芸泥赴」には、権現堂の地蔵菩薩に関連して、「丹後の人につかはれし児」を堂僧が葛籠に隠したのを怪しみ、追手の者が蓋を取ると、児の守本尊の地蔵が助けて、葛籠の中には地蔵菩薩の姿があった、という話を載せる。丹後国分寺でのつし王脱出譚の広がりが見られる。浄穢の寄集地。→「牛王の姫」四一七頁注一五。

一四 皮籠の中が狭く窮屈だったためか、また凍傷というのでもないが、の意。

一五 「いのらぬ」は「ならぬ」(草子本)の誤刻。以下、「あいごの若」にも類似場面。「いやしき物にて候へば、たゝをいとまと申ける」と、親切にしてくれた細工に告げられて、愛護は次のように口説く。「もはやかへるか細工、都に父御の御座あれば、恋しきも都也、又邪見の継母有ければ、うらめしきも都なり」。

一六 「ケナルイ 上方にてウラヤミヽル意」(俚言集覧)。

一七 →三五〇頁注五。

一八 鬢の髪を形見として渡すことは、語り物にも頻出。「是を形見に見せてたべとて、鬢の髪を少切、形見は人のなき跡の、思ひのたねと聞なれば、是を御覧さふらへと、泪と共に渡しける」(説経・ゆりわか大じん)。→「ほり江巻双紙」一三〇頁注四。

一九 「切る」の忌言葉。「刻 ハヤス〈切刻〉」(書言字考節用集)。

童共は集まりて[一]「いざや育み申さん」と　一日二日は育むが　重ねて育む物もなければ「いざや[二]土車を作つて　都の城へ引いて取らせん」とて　[三]都の城へぞ引いたりける　都は広いと申せ共　五日十日は育むが　重ねて育む物もなし「いざやこれより[四]南北天王寺へ引いて取らせん」とて[五]宿送村送して　南北天王寺へぞ引いたりけり

あらいたはしや　つし王殿は　[六]石の鳥井に取り付いて「ゑいやつ」と言ふてお立ちあれば　[七]御太子の御計らいやら　又つし王殿の御果報やら　腰が立たゝせ給ひける

折節　御太子の守をなさるゝ[八]おしやり大師のお通りあるが　つし王殿を御覧じて「これなる若侍は　遁世望みか　又奉公望みか」とお問ひある　つし王殿はきこしめし「奉公望み」とお申ある　おしやり大師はきこしめし「某が内には　百人の稚児若衆を置き申　その古袴を召されて　お茶の給仕成共召されうか」との御諚也「なか〳〵」とお申ある　おしやり大師に御共あり

一 以下、「せつきやうしんとく丸」に類同表現、乞食となったしんとく丸を「天王寺七村」の人々が育む件りがある。「いさやいみやうおつけんとて、弱法師と名おつけ、ひとい二日ははごくめど、ついではごくむ者はなし」。

二 →「をぐり」二二〇頁注一〇。

三 平安城、すなわち洛中。

四 荒陵山四天王寺敬田院。「南北」は不詳。大阪市天王寺区。

五 宿から宿、村から村へ送ること。「をぐり」でも、土車に乗せられた餓鬼阿弥が、都の城から桂川を渡り、山崎などを経て、天王寺へと送られる。→二二八頁一行目以下。

六 四天王寺の西門の外にある衡門(かぶきもん)。もとは木製、永仁二年(一二九四)、忍性によって石で造立された。扁額に「釈迦如来転法輪所、当極楽土東門中心」の十六字が記される。物語主人公達の蘇生復活の奇瑞の場として重要な位置を占める。「せつきやうしんとく丸」との関係など。ただし、「さんせう太夫」の場合、寛文板以下では、足腰が立つのを権現堂での奇瑞とする。なお、説経に叡尊・忍性ら、律宗僧の宗教的営為が反映をみている点については、阪口「万寿の物語」(『芸能史研究』九四号)があり、最近では、松尾剛次『勧進と破戒の中世史』もこの問題について触れる。

七 底本「御だいじ」。四天王寺創建者、聖徳太子。

八 「あじやり(阿闍梨)」(草子本)の誤りか。ただし、「お舎利」のイメージもあるか。

九 東国訛りの茶汲み坊主。ここでまた、東国育

て　稚児達の古袴を召されて　彼方へは[九]声訛の茶道　此方へは声訛の茶道と
良きに寵愛せられてをはします
これはつし王殿の物語　さてをき申
[一〇]花の都におはします三十六人の臣下大臣の御中に　[一一]梅津の院と申は　男子に
も女子にも[一二]末の世継が御座なふて　清水の観音へ参り　申子を召さるゝが　清
水の観音は　[一三]内陣よりも揺るぎ出でさせ給ひて　枕上にぞ立ち給ふ　「梅津の
院の養子は　これよりも南北天王寺へお参りあれ」との仏勅也　あら有難の
御事やと　梅津の御所に御下向ありて　御喜は限なし　三日先に　南北天王
寺参と聞こへける
おしやり大師はきこしめし　「都の梅津の院の　此所へお参りと承る　さあ
らば[一四]座敷を飾らん」とて　天井を綾錦金襴を以つて飾[一五]〔か〕られたり　柱をば豹虎
の皮にて包ませたり　[一六]高麗べり〔の〕畳をば千畳ばかり敷かれたり　座敷に掛か
つた本尊は　そ〔の頃〕都にはやりける　[一七]牧谿和尚の墨絵の　観音　釈迦〔達

ちが急にもち出される。次の場面での、つし王の劇的な復活を意識したもの。

一〇 「三十六人の臣下大臣」は定型表現。「こゝにみやこと、卅六人のくげたちのその中に、六条殿」(せつきやうしんとく丸)、「都三十六人の其中に。三条高倉の大納言」(佐渡七太夫豊孝正本・をぐりの判官)。

一一 桂川の上流を梅津と呼ぶ。京都市右京区。散所として知られた。「梅津長者物語」は、この里を舞台としたもの。それらからの連想か。

一二 跡取りの子。「男子にても女子にても、末の世継が御ざなふて」(をぐり・一六一頁五行目)。「末の世」とも。→「浄瑠璃御前物語」四頁注六。

一三 「内陣」については、三五六頁注一三参照。「かたじけなくも御本尊な、揺るぎ出させ給いて、長者夫婦の枕上にお立ちある」「御本尊な、内陣よりも揺るぎ出」(せつきやうしんとく丸)。

一四 以下、天井・柱・畳の描写は、「浄瑠璃御前物語」三七頁参照。「天井を綾錦金襴を以つて飾」るというのも、具体的には、「天井をば錦にて五色の糸をより合せ、四方へさらりと吊」る様などをいうのであろう。「金襴」は、綾や繻子(しゅす)などの地に、金糸で横糸を織り込んだ豪華できらびやかな織物。これらで寺院を荘厳した。

一五 底本には、以下、小破がある。その部分を草子本で補い、〔 〕の中に示した。また、両本文に異同があると思われる場合は、草子本本文を注で示した。

一六 白地に雲形・花文などを織り出した、畳の縁。

一七 底本「もつけ」。「もっけい(もくけい)」が正しい。南宋の画僧。その水墨画は鎌倉時代に伝来し、茶人等に珍重された。「牧渓の墨は色あひかはりし所あり」(ひとりね)。→「浄瑠璃御前物語」三八頁注四。

（8）

磨　三幅一対掛けられたり　花瓶に立てたる花は　[一]天上〔天下〕唯我独尊と立てられたり　百人の稚児若衆も　花の如〔く〕に身を飾〔り〕立て　今よ今よとを待ちある

はや三日と申には　な[二]□天王寺へお参りあるが「あら面白の花の景色や」と　座敷[三]□お通りありて　百人の稚児若衆を　[四]上から下へ　三遍まで〔御〕覧づれ共　養子になるべき稚児はなし　梅津の院は御覧じて　は〔る〕かの下におはしますつし王殿の額[五]には　米と言ふ字が三く〔だ〕り据はり　両眼に人みが二体御座あるを　確かに御覧じて「某が養子に　お茶の給仕を　某に給われ」との御諚也　百〔人〕の稚児若衆は御覧じて「さても都の梅津の院

一　立花用語。真の立花で、三具足の花瓶（他は燭台・香炉）に立てた花の、右の長いのを「天上」（主居）、左の短いのを「天下」（客居）という。釈迦が誕生時、右手で天を、左手で地を指して唱えた誕生偈（天上天下唯我独尊）によって名づけられる。

二　草子本「大坂天王寺」。

三　草子本「に直らせ給ひて」。

四　上座から下座まで。

五　小栗や信田小太郎と共通する異相。「小栗殿の額に米といふ字が三行すはり、両眼に、瞳の四体御ざある」（をぐり・一八七頁注二六）。「将門の御眼に、人見が二つましく〱て、八ケ国の王と成て、八ケ年を御保ち有しが、君にも弓手の御眼に、人見が二つましませば、王位までこそおはせずとも、必ず坂東八ケ国の主とはならせ給ふべし」（舞曲・信田）。本作が、舞曲「信田」と共通性をもつことについては、三三〇頁注一〇参照。

は　目も利［か］ぬ事をお申ある物かな　昨日や今日の　土車に乗りて乞食［を］
したる卑しき茶道を　梅津の院の養子なんどとお申あ［る］」と　一度にどつと
ぞお笑いある（絵8）

梅津の院はきこしめし「某が養子をお笑いあるか」と　湯殿に下ろし申
湯風呂にて御身を清めさせ申　膚[六]には青地の錦を召され　絡巻[七]の直垂[八]に　刈安[九]
色の水干[一〇]に　玉の冠を召され　一段高う　梅津の院の左の座敷にお直りありた
るは　百人の稚児の中に　似たる稚児は更になし

梅津の御所にお下向ありて　山海[一一]の珍物に国土の菓子を調へて　御喜は限
なし

梅津[一二]の院の御代官に　御門の大番に　つし王殿をお直しある　三十六人の臣
下大臣は御覧じて「いかに梅津の院の養子であらふとまゝよ　卑しき物は
我等が同じ[一三]対座には叶ふまい」とて　居たる座敷を追つたつる

あらいたはしや　つし王殿は　今は名乗り申さうか　今名乗れば　父岩城殿

六　武士の正装を言う定型表現。→「をぐり」一八三頁一五行目。

七　絡巻染（唐巻染とも）。糸を絡め巻いて、その跡が白く残るように染める絞り染。

八　角襟・垂頸の上衣で、袴とともに着用する（近世には長袴）。元来庶民の平服で、後に武家の礼服となった。

九　刈安（イネ科の多年草）の茎・葉を使って染めた色。黄色。

一〇　狩衣を簡略化したもので、上前の襟先と後襟中央とにつけた紐を結んで着用する。中世以降、武家や公家の私服として広く用いられた。立烏帽子を着用する。「水干に立烏帽子」（平家物語一・祇王）。

一一　饗応の場面での類型表現。「酒を様々に奉る」が入ることも。

一二　梅津の院の代理として、御門の警護役につし王殿を参内させた、の意。「代官」は、主君などの代理として職を行なう者。「大番」は、内裏や院の警護役をいう。寛文板「やがて御将束をなされ。御参内とぞ聞へける。御殿になれば」、草子本「ある日のうちの事成に。梅津の院は、御代官に。帝の大番に。つしわう丸をいだし給ふ」。

一三　同じ座敷にむかいあって座ること。対等に座すること。挿絵9参照。

の御面目[一]　又名乗り申さねば　養子の親の御面目　父の面目追つての事　先づ養子の親の威光をあげばやとおぼしめし　膚の守の志太玉造の系図の巻物取り出だし

(9)

扇に供へ[二]　はるかの上に持つて上がり　その身は白洲へ飛んで降り　玉の冠を地につけて　答拝[三]召されておはします　中にも二条の大納言　此巻物を取り上げ　高らかにお読みある　「抑　奥州の国日の本の将軍　岩城の判官正氏の惣領　つし王判」とぞ読ふだりけり　御門叡覧ありて　「今迄は　誰やの人ぞと思ふてあれば　岩城の判官正氏の惣領つし王か　長〱[四]の浪人　何より以つて不便也　奥州五十四郡は元の本地

一 世間に対する顔向け、名誉。「面目を失う」を省略した言い方。「女房達の、お笑いあつたお聞きしより、面目と思い、ひじに、せんと思へ共」（せつきやうしんとく丸）。

二 巻物や書状、文書の類を差し上げる作法。→「をぐり」一七八頁一二行目。

三 大饗の時など、高貴の客人が臨場した際、主人が庭に下りて迎え、拝礼すること。ここは、白洲に冠をつけて帝を敬礼（きょうらい）すること。

四 以下、配流を許されて、本領安堵される際の常套表現。「咎なき弓取を、長〱流人させつるよ、昔の本領こと〲く返し与ふる所也と、やがて御判ぞ出にける」（いけどり夜うち）。「本地」は、本領。もともとの領地。

に返し置く　[五]日向の国は馬[六]の飼料に参らする」と　[七]薄墨の御綸旨をぞ下されける　つし王殿はきこしめし「今申さうか　申すまひとは思へ共　今申さいで　何時の御世にか申べし　奥州五十四郡　日向の国も望なし　存ずる子細の候へば　[八]丹後五郡に相換へて給はれ」とぞお申ある　御門叡覧ありて「何[九]大国に小国を換への望は　思ふ子細やあるらん」と「丹後の国も馬の飼料に参らする」と　重ねて御判ぞ賜る也（絵９）　卅六人の臣下大臣は御覧じて「さて今迄は　誰やの人ぞと思ひ申て御座あれば　つし王丸にて御座あるか　我等は同じ対座には叶ふまい」とて　座敷をこそはお下がりある　つし王殿は梅津の御所にお下向ありて　御喜は限なし

フシ　あらいたはしやな　つし王殿は　口説事こそ哀也「某は今[一〇]一度　鳥になりたや羽欲しや　丹後の国へ飛んで行き　姉御様の潮を汲んでおわします御衣の袂に縋り付き　世に出た由を語りたや　蝦夷が島へも飛んで行き　さて母上様に尋ね会い　世に出た由の申たや　筑紫安楽寺へも飛んで行き　父岩城殿に尋

五　宮崎県。「田数七千二百四十七丁」（運歩色葉集）、「中々国」（易林本節用集）。
六　→「をぐり」二三四頁注一二。
七　宿紙に書いた綸旨。宿紙は山城国紙屋川で反古紙をすき返した紙。紙屋紙。その色から薄墨（紙）と言う（貞丈雑記）。→「をぐり」二三四頁注七。
八　「竹野・熊野・加佐・丹波・与謝　田五千五百廿七町」（運歩色葉集）、「中上国」（易林本節用集）。
九　「をぐり」で、五畿内五か国（大国）を美濃の国（小国）に換えてくれるよう頼んだことに対してのみかどの返答（をぐり・二三四頁一二行目）と同文。その際、望みの地（丹後・美濃）をいずれも「馬の飼料」として賜う。
一〇　もう一度鳥になりたい、翼がほしい、の意。「今一度」は、強調か。明暦板「今一たび丹後の国へゆき」、草子本「今一たび、丹後の国へ下りたや」。

ね会ひ　世に出た由の申たや」
[一]何時迄待とふ事でもなし　御門へ此由お申ありて　安堵の御判を申受け　筑紫安楽寺へも　迎の輿をお立てある　さてその後に　丹後の国へ[二]入部をせんとお申ありて　三日先の[三]宿札を　丹後の国国分寺の寺の中の御門にお打たせある　お聖此由御覧じて　丹後は僅か小国とは申せども　広い堂寺の御座あるに　此やう成古びたるお寺に　都の国司の宿札を御打ちありたは　[四]聖の身の上とおぼしめし　それ出家と書いては　家を出づると読むぞかし　[五]傘[六]一本打ち担げ。[七]いづちともなく落ち給ふ。
　はや三日と申には。丹後の国分寺に着き給ふ。里人を近付けて。「いかに汝等。此寺に堂守はなきか」と問ひ給ふ　里人　答へて申やう。「さん候　此以前迄　尊き僧の一人ましましたが。国司の宿札を打ち給ふは。聖の身の上とやおぼしけん。何処ともなく落ち給ふ」と申。「しからば尋ねて参れ」との御諚也　「承る」と申て。[八]丹波の穴太より尋ね出し。[九]高手小手に縛めて。国分寺へ

一　いつまでも放っておくことでもない。思いを募らせるだけでなく、早く行動にうつすべきだ、の意。
二　知行を受けた領主がはじめてその領地に入ること。所知入り。「入府　ニフブ〈本朝ノ俗 采地ヲ受テ後、初テ行ヲ入府ト曰。又之ヲ初知入ト謂。東鑑 入部ニ作〉」(書言字考節用集)。節用集の多く、「入部」。
三　→「をぐり」二三五頁注一九。
四　聖の一身上にかかわる落度があって、それを処断するためのこととお思いになり、の意。
五　寺を追放される破戒僧の風体。ここは、傘一本を許されて追われる破戒僧にも似た気持で、お聖が出奔したことをいうのであろう。→「かるかや」二六八頁注四。
六　以下、下巻末まで、底本(与七郎正本)欠。草子本「さんせう太夫物語」で補う。
七　どこをめざしてというわけでもなく、逃げられた、の意。
八　京都府亀岡市曾我部町穴太。同所の穴太寺は西国三十三所の二十一番札所。
九　両手を後ろに回し、首から手首(小手)、肘(高手)にかけて縛ること。

ぞ引きたりける。（絵10）

つし王は御覧じて。「命の親のお聖に。何とて縄を掛けたるぞ。解きて許せ」との御諚也。聖此由聞召。「今迄都の国司に。命を助けたる事はなし。さやうに出家は嬲らぬものぞ　早く。命を取り給へ。」つし王は聞召。「げに道理なり　理や。某をいかなる者とおぼしめす　皮籠の中の童也。都七条朱雀迄。送り給るその時に。取り交はしたる形見には。衣の片袖これにあり。鬢の髪を給はれや。」聖此由聞召。「まだ百日もたゝぬ間に。世に出給ふめでたさよ。一〇侍と黄金は。朽ちて朽ちせぬとは　こゝの事をや申らん」と。御喜は限なし。

（10）

一〇 諺。「人は一代名は末代、侍と金(こがね)は朽て朽せぬ、鷹はしぬれど穂をつまぬ」（毛吹草）。「不慮に仕合あしく、いくさにかけ負け、かく落人の身となれり、それ侍と黄金は朽ちぬ物と言ひ伝へたるぞ、明日にも我世にあらば、此恩賞を方〴〵に篤く報じ参せん」（今川物がたり）。

つし王丸の仰には。「由良の湊に残し置く。姉御は此世にましますかや。」聖此由聞召。「[一]さればこそとよ　姉御前は。御身を落とした咎ぞとて。邪見なる三郎が。遂に責め殺して候。捨てたる死骸を取り寄せて。此僧が火葬にいたし。その死骨　剃髪」とて　涙と共に取り出だし。つし王殿に参らする。つし王は御覧じて。「これは夢かや現かや。さて某は此度は。世に出た甲斐も候はず」と。[二]死骨　剃髪を顔に当て。流涕焦がれて泣き給ふ。

[三]さてしもあるべき事ならねば　さんせう太夫を召寄せて。重罪に行はんと。由良の湊へお使立つ。太夫此由聞くよりも。五人の子共を近付けて。「やあいかに汝等。某は国所に久しき者の事なれば。定めて名所旧跡をお尋ねあらんは一定也。その時　某　御前に罷り出。一〱[四]次第を申べし。その折は　所知を給らむは一定也。いかに三郎。所知を給るものならば。[五]小国ばし好むなよ。「太夫は[六]孫子の末も広き者の事にて候へば。大国を給れ」と好むべし。[七]構へて〱忘るな」とて。五人の子共に手を引かれ。国分寺へぞ参りける。

一　そのことなのですが、の意。相手の発話を受けて、心にとめていたことを切り出す場合の発語。
二　慣用表現。臨終時、死人の顔に面添えて泣く様と同じ。「とても行べき道ならば、父母共に連れ行と、御死骸を押し動かし、顔と顔とを面添へて、消へ入やうにぞ泣き給ふ」(毘沙門之本地)。→「かるかや」三〇二頁注五。
三　そのままにしておいてよいことではないので。
四　由来。
五　なんか、の意で、禁止などの文中に用いられる。
六　「孫子」も「末」もともに子孫の意。
七　決して決して。打消・禁止の意を特に強調していう。

つし王は御覧じて。「さても太夫は　よくこそ早く参りたれ。某を見知りたるか」との御諚也。「なか〳〵[八]都の国司と崇め申」と申けり。つし王殿は聞召。「さても汝が内には。よき下女を持ちたると聞く。某を従者聟[九]に取つて。富貴の家と栄へよかし。」太夫は三郎が方をきつと見て。「げにまことに　い□□の者とて。姉に荵　弟に忘[一〇]〈草とて兄弟有たるが　姉の荵は　眉目も形もよか〉りしも〈のを殺さいで置くならば　都の国司を従者む〉こに取りて。富貴の家と栄へんものを」と。後悔す。

つし王殿は聞召。包むとすれど[一一]包まれず。太夫が前にさしかゝり。「やあいかに汝等。姉の荵おば何たる咎のありたれば。責め殺してはありけるぞ　我をば誰とか思ふらん。汝が内にありたりし。忘草とは某なり。姉御を返せ　太夫三郎よ。さても汝は。死したる姉を返せと言ふを。無理なる事と思ふべけれども。かの三荷の柴さへえ刈らずして。山人達の憐れみに。刈りて給はりたる柴を。美しきが咎ぞとて。三荷の柴に七荷増し。十荷刈れと責めたるは。これは

八　いかにも、もちろん。
九　「ジュウザムコ　ある人の召使の女と結婚した男」(日葡辞書)。「ジュウザ」は「ズンザ」とも。
一〇　以下、「さんせう太夫物語」小破。その部分、天下一説経佐渡七太夫正本(明暦二年六月、さうしや九兵衛板)で補い、〈　〉の中に記した。
一一　心情をおし隠そうとするけれども、おし隠すことが出来ず、の意。

無理にてなきかとよ。さても　某は。[一]儚き事を申てあり。[二]仇を仇にて報ずれば。燃ゆる火に薪を添ふる如く也。[三]仇を慈悲にて報ずれば。これは仏の位なり。いかに太夫。大国が欲しきか。小国が欲しきか。望次第に取らすべし。太夫いかに」との御諚也。

太夫　につこと笑ひて。三郎が方をきつと見る。三郎　答へて申やう。「さん候　太夫は。孫子の末も広き者の事にて候へば。小国にてはなり申さぬ。大国を給れ」とぞ申ける。

つし王殿は聞召。「さても[四]器用に好みたる三郎かな。太夫が小国を好むとも。[五]押へて大国を取らすべきに。幸い太夫には。[六]広き黄泉の国を取らせよ」との御諚也　「承る」と申て。太夫を取つて引立て。国分寺の広庭に。[七]五尺に穴を掘りて。肩より下を掘り埋み。竹鋸をこしらへて。「構へて他人に引かするな。子共に引かせ　憂目を見せよ」との御諚なり。「承る」と申て。肩より下を掘り埋み。先づ兄の太郎に鋸が渡る。「太郎には思ふ子細がある程に。鋸許せ」

一 特にとりたてて言う程でもないこと。
二 恨みに対して厳罰をもって報復すれば、の意。「あた」は清音(日葡辞書等)。
三 「怨ニ報ズルニ徳ヲ以テス」(老子)、「仇は恩にて報ずる」(毛吹草)に同義。「恩な恩、仇(あた)は仇(あた)で報ずべし」という小栗の言葉(をぐり・二四五頁一〇行目)などとは対極にであるが、つし王も厳しい復讐を決意している点は同じ。信賞必罰は説経の特色。
四 何事も抜け目なく所望した、の意。
五 →三二四頁注五。
六 死者の魂が行くという世界。大国を望んだ者に黄泉の国を与えるのは、女主人公に対する厳しい拷問が類似する「牛王の姫」末尾にも見られる。→「牛王の姫」四三七頁一四行目以下。
七 人間の身の丈。約一五〇センチメートル。

との御諚なり。さて二郎に鋸が渡る。二郎　鋸受け取りて。後の方へ立廻り。口説事こそ哀なれ。「[八]昔が今に至る迄。子が親の首を引く事は　聞きも及ばぬ次第かな。某が申たる事。少しも違ひ申かや　「[九]遠国波頭の者なりとも。情を掛けて使ひ給へ」と　[一〇]時〱申せしはこゝぞかし。お引かせあるこそ理なれ」と。涙に咽て　え引かねば。「げにまことに　二郎にも思ふ子細あれば。鋸許せ」との御諚也。（絵11）

（11）

三郎に鋸が渡る。邪見なる三郎が。この鋸を奪い取つて。「卑怯なりや方〲。[一一]主の咎をばの給はで　我等が咎とあるからは　なふいかに太夫殿。一期中念仏をば　何時の

八 説経頻用の常套句。昔から今日に至る迄、の意。
九 都から遠く離れた所の者。「波頭」は、波がしらで、海上の意。
一〇 折にふれて。「時々　ヨリ〱」（黒本本節用集、他）。

一一 自分（太郎、二郎を指す）の罪はおっしゃらずに、我等（三郎や太夫）の罪と言われる上は、の意。→三四五頁一三行目。

用に立給ふぞ　この度の用にお立てあれ。死出三途[一]の大河をば。此三郎が負ひ越して参らすべきぞ。[二]一引引きては千僧供養。二引引いては万僧供養。ゑいさらゑい」と引く程に。[三]百に余りて六つの時。首は前にぞ引き落とす。

　さてその後に　三郎を。やすみが小浜に連れて行き。行戻の山人達に。七日七夜　首を引かせ。さてその後に　二郎　太郎を御前に召され。「[四]昔を伝へて聞くからに。[五]苦い蔓には苦い実が成る。甘い蔓には甘い実が成ると聞きたるに。汝等兄弟は　苦い蔓に甘い実の成りたる者共かな。先づ　兄の太郎に鋸を許す事。[六]別の子細にあらず。皮籠の中にありし時。「あの童でなければ。太夫の内に人を使ひ兼ねたる身か。我に免じて先づ戻れ」と申たる。言葉一言によりて。鋸許して参らする。又　二郎に鋸許すは。別の子細にあらず。松の木湯舟のその下にて。[七]空年取らせたる其折に。夜毎に浜路へ下がり。食を通はし給りたる。二郎殿の御恩をば。[八]湯の底水の底迄も報じ難くぞ覚えたる。丹後は[九]八百八町と申するを。四百四町を押し分けて。兄の太郎に参らする。」太郎は

一　死後、初七日に渡るという川。三つの渡りがあり、罪の軽重により、その場所が異なる。

二　一引引くと千人の僧、二引引くと万人の僧を招いて供養するのと同等の功徳がある。「をぐり」で、藤沢の上人が小栗の胸札に書き添えた文面も同じ(二二〇頁一二行目)。土車の手綱を引いて供養としたのを転じた形。「ゑいさらゑい」は、その土車を引く掛声。→同上、注一三。なお、竹鋸で首を引かせる処刑は「をぐり」の末尾(二四六頁)にも。「辻の藤太を搦め取、十日に十の爪を放し、廿日に二十の指を挽ひで、首を挽き首にし給へり」(舞曲・信田)。

三　百六度目に。

四　昔から言い伝えて聞いていることは、の意。下部に諺を伴う慣用句。→「をぐり」二〇九頁三行目、二四三頁一三行目。

五　悪の親には悪の子が、善の親には善の子ができる、の意。太郎・二郎は悪の太夫の子であるにもかかわらず、善であることを言う。

六　他のことではない、次のことだ、の意。「別の子細で候はず」「別の子細で更になし」とも。→「ほり江巻双紙」一二二頁注三。

七　柴の庵(別屋)で年越しさせたことをいう(三四三頁二行目)。　八　どこまでも、の強調。

九　→三七三頁注八。ここは、丹後もさすがに広いということをいうのであろう。

一〇　「一色」は、「一色(一式)進退」で、所領を一元的に支配すること。「総政所」は、複数の国や散在する荘園を統轄した支配機構の長官をいう。「ソゥマンドコロ　国王のすべての地租を集める役人」(日葡辞書)。「荘政所」を宛てる場合も。つし王丸が二郎に丹後四百四町を一色進退で知行させ、その総政所に任じたことをいう。「美濃の国十八郡を一色進退、総政所を君の長殿に

髪を剃り落とし。国分寺にすはりつゝ。姉御の菩提を弔ひ。又太夫の跡も問ひ給ふ。「残る四百四町をば　二郎殿に[一〇]一色　総政所に参らする」とお申ある。上代より　丹後の国の[一一]地頭をば　[一二]一色殿とぞ申ける。

さて又　お聖様を。命の親と定め。同じ内に使はれたる伊勢の小萩といふ姫を。姉御と定め　[一三]網代の輿に乗せ参らせ。都へ上らせ給ひける。

[一四]それよりもつし王殿。蝦夷が島へ御座ありて。母御の行方をお尋ねある。

いたはしや　母上は。[一五]明くれば「つし王恋しやな。」暮るれば「安寿の姫が恋しや」と。明暮嘆かせ給ふにより。両眼を泣き潰しておはします。[一六]千じやうが畑へ御座ありて。粟の鳥を追ふておはします。[一七]鳴子の手縄に取り付きて。[一八]「つし王恋しや　ほうやれ。安寿の姫恋しやな。うはたき恋しや　ほうやれ」と。言ふては[一九]どうど身を投ぐる。つし王殿は御覧じて。「さても不思議な鳥の追ひやうかな。ま一度追へかし　[二〇]所知を与へて取らすべし。」母上此由きこし召。「なふ　所知迄がいるべきぞ。これ[二一]能にしてゐるものを。又追へならば追

給はるなり」(をぐり・二四二頁七行目)、「御門、叡覧ましく／＼て、坂東八ケ国を信田殿に賜び給ふ。…(信田殿八)坂東八ケ国の荘政所を、若どもに賜び給ふ」(舞曲・信田)。

一一 鎌倉・室町時代、荘園や公領の下地管理権等を有した在地領主をいう。

一二 清和源氏で足利氏の支族。足利泰氏の第五子公深が三河国吉良荘一色(愛知県幡豆郡一色町)を本拠としたのに始まる。守護大名で、四職家の一。三代範光は三河・若狭両国守護。五代満範は更に丹後の守護となった。本作で、二郎を一色氏の祖とするのは、前行「一色」からの連想。

一三 網代(檜や竹などの薄い板を編んだもの)を屋根や両脇に張った輿。→「ほり江巻双紙」一一六頁注九。

一四 時間的経過を追って、テンポよく物語展開を図る語り出し形式句。物語の終部で多用される。→「ほり江巻双紙」一五二頁注二。

一五 行方のわからぬ子を恋い慕う母親の哀しみを強調した慣用描写。「母御は、御身失せさせ給ひて後、明くれば姫が恋し、暮るればさよ姫恋しやと、お嘆きありて、程なく両眼泣き潰し」(まつら長じや)。

一六 「千丈」、あるいは「千畳」で、広々とした畑、の意か。

一七 鳥おどしの一種。数本の竹筒を小板に付け、手縄を引いて鳴らし、鳥を追うもの。

一八 以下、鳥追い歌。「足手の節を断ち切」られている(三三三頁二行目)ため、身を投げて鳥を追っている。 一九 底本「どうと」(次頁六行目も)を改めた。→三六五頁注一〇。

二〇 所領。「知」は、支配する、の意。

二一 →三三三頁注四。

ふべし」とて。鳴子の手縄に取り付きて。「つし王恋しや　ほうやれ。うはたき恋しや　ほうやれ。安寿の姫が恋しや」と。言ふてはどうど身を投ぐる。

(12)

つし王丸は御覧じて。これは母上様に。紛ふところはなきぞとて。母上[一]に抱き付き。「なふいかに　某は。つし王丸にて候が。世に出　これ迄参りたり。母御様」とぞの給ひける。母は此由聞召。「さればこそとよ　某は。姉に安寿の姫。弟につし王丸とて。子をば姉弟持ちたるが。[二]これより奥方へ売られ行き。[三]行方なきと聞きてあり。さやうに　目の見えぬ者は哆[四]さぬものぞ。[五]盲の打つ杖には咎もなし」と。辺を払ふておはします。（絵12）

一　以下、母の両眼平癒に至る条は、「まつら長じや」も同様。「さよ姫、夢共わきまへず、する〳〵と走りより、母にひしと、抱きつき、いかに母上様、さよ姫参りて候とて、泪と共にお申有、御台由をきこしめし、さよ姫とはたがことぞ、いかに子共、自らがいにしへ、松浦谷とて有しが、さよ姫とて、娘を一人持ちたるが、人商人が謀り、行方も知らず成にけるが、今此世になき物也、盲目に打れて我を恨むなと、杖振り上げ、辺りを払い給へば、さよ姫猶も悲しみて、かの玉を取出し、両眼に押し当て、善哉なれや、明らかに、平癒なれと、二三度撫で給へば、両眼はつしと明きければ、是は〳〵と計にて、御喜びは限なし」。
二　→三三三頁注一五。
三　本作では、「ユキガタ」「ユクヱ（へ）」が併存。
四　うまいことを言って、だますものではない、の意。「哆　タラス」（伊京集）。
五　諺。盲人が杖で人を打っても、咎にならない、の意。「さのみおなぶり給ひそよ、盲目杖に咎なし、そこのき給へと払いある」（せつきやうしんとく丸）。

つし王殿はきこしめし。「げにも道理や　なか〳〵（六）に。思ひ出したる事あり」とて。膚の守の地蔵菩薩を取り出だし。母御の両眼に当て給ひ。「善哉（七）なれや　明らかに。平癒し給へ　明らかに」と。三度撫でさせ給ひければ。潰れて久しき両眼が。はつしと明きて　鈴（八）を張りたる如くなり。

母は此由御覧じて。「さては御身はつし王丸か。安寿の姫は」と問ひ給ふ。つし王殿は聞召。「その事にて御座あるよ。越後の国。直江の浦から売り分けられて。彼方此方と売られて後。丹後の国　由良の湊の。さんせう太夫に買い取られ。汲みも慣らはぬ潮ほ汲み。刈りも慣らはぬ柴を刈り。其職を勤め兼ね。某落ちたる後の間に。安寿の姫をば責め殺して候を。某世に出　敵を取り。これ迄尋ね参りたり。母御様」とぞ語り給ふ。母は此由きこし召。「御身は世に出てめでたきが。さて　某は　若木（九）を先に立て。老蔓の後に残るよ　悲しやな。（一〇）よしそれとても力なし」とて。玉の輿に乗り給ひて。国へ帰らせ給ひけり。

さてその後　越後の国　直江の浦へ御座ありて。売り初めたる山岡の太夫を

六 もっともだ。なるほど。
七 開眼のための唱え言。注一の「まつら長じゃ」の他、「せつきやうしんとく丸」にも。「善哉あれ、平癒なれと、撫づる」「善哉なれと、三度撫でさせ給へば」。
八 ぱっちりした目の形容。
九 若い安寿を先立て、老いた自分が生き残ったことをいう。「若木」は「ワカキ」（羅葡日辞典）。
一〇 成句。ええままよ、それも仕方がない、の意。「よし」には、不満足だが、やむを得ないという気持を表す。

ば。荒簀に巻きて　柴漬[一]にこそ召されけれ。女房[二]の行方をお尋ねある。「女房は果てられたる」と申。「よしそれとても力なし」とて。柏崎[三]に渡り給ひ。なかの道場といふ寺を建て。うはたきの女房の菩提を問はせ給ひけり。

[四]さてよりも　つし王殿。母御の御供なされつゝ。都を指して上らせ給ふ。梅津の御所に入り給へば。梅津の院も立出給ひ。母御に御対面有。「さて〳〵めでたき次第」とて。御喜は限なし。

是は扨置　岩城殿[五]。つし王世に出給ふ故。御門の勅勘許されて。都に上らせ給ひつゝ。御所に移らせ給ひければ。御台所もつし王丸も。立ち出させ給ひつゝ。思はず知らずに抱き付き。これは〳〵と計なり。嬉[六]しきにも　悲しきにも。先立つ物は涙也。これにつけても安寿の姫。浮世に長らへ有ならば。何しに物を思ふべきと。あめやさめ[七]とぞ泣き給ふ。梅津の院もお聖も。伊勢の小萩を先として。「御嘆きは理なれども。さりながら　嘆きて叶はぬ事なれば。おぼし召切らせ給へ」とて。蓬萊山[八]を飾り立て。御喜のお酒盛は　夜昼三日と

一 簀巻にして、水中に沈める刑。
二 山岡太夫とは逆に、女房はつし王らに心優しい気遣いをみせた。それに報いようとしたのである。明暦板「山岡の太夫が女房の菩提もよきにを問い有て」。
三 新潟県柏崎市。「なかの道場」は不詳。明暦板「なかのたうしや(堂舎カ)」。
四 「さてそれよりも」の「それ」の脱。→三八一頁注一四。
五 明暦板は、罪を許されての父の上京について触れず、最後に「日向の国を父の隠居所とお定め有て」とある。
六 諺。「昔よりも申せしは、嬉しいにも涙なり、まためな(悲)しきにも、涙なりと、申事のありけるが」(せつきやうしんとく丸)。
七 涙をしきりに流しながら泣くこと。「さめ」も「雨」の意。
八 蓬萊山(東の海上にあるという仙山。不老不死の地と信じられた)をかたどり、台上に松竹梅・鶴亀・尉姥などを配した祝いの飾り物。島台。→「牛王の姫」四二四頁注七。

聞えける。
御盃も納まれば。九姉御の菩提のためにとて。膚の守の地蔵菩薩を。丹後の国に安置して。一宇の御堂を建立し給ふ。今の世に至る迄。金焼地蔵菩薩とて。人〻崇め奉る。
一〇それよりも　つし王殿。国へ入部せんとの給ひて。父上や母上を。網代の輿に乗せ参らせ。さてまた命の親のお聖様。伊勢の小萩もそれ〴〵に。輿や轅に乗せ給ひ。其身は御馬に召されつゝ。十万余騎を引具して。陸奥指して下らせ給ふ。
一一往古のその跡に。数の屋形を立並べ　富貴の家と栄へ給ふ。往古の郎等共。我も〳〵と罷り出。君を守護し奉る。上古も今も末代も。ためし少なき次第なり」

九 以下、冒頭と照応。金焼地蔵菩薩の本地譚としての結構を具えるが、やや変則的。→三一八頁注二・三。「安置」は「アンチ」(饅頭屋本節用集、他)。

一〇 以下、めでたき国入りの類型描写。「しんとく丸は御馬に召され、乙姫は、網代の輿に召され、数多の御供引具して、ざゞめきわたり、和泉の国ゑとお急ぎある」(せつきやうしんとく丸)。

一一 国入り後の、再びの繁栄を述べ、語り収める定型表現。「いにしへ、付き従ひし物共、かしこより参りつゝ、我奉公申さん、人奉公せんとて、数多下人付き従ふ、棟に棟を、建て並べ、富貴の家と也給ふ…上古も今も末代も、ためし少なき次第とて、感ぜぬ人はなかりけれ」(まつら長じや)。

阿弥陀の胸割

阪口弘之 校注

仏教種の古い語り物。早く慶長十九年(一六一四)、金沢や京都で「浄瑠璃御前物語」や「牛王の姫」と共に、操として上演をみている(三壺聞書、時慶卿記、言緒卿記)。

【梗概】昔、天竺の吠舎釐国のえんたの庄、かたひらが里にかんし兵衛という長者があった。世にも稀な七つの宝を持ち、天寿の姫とていれいという子宝にも恵まれ、栄華を極めていた。しかし、不老不死さえもかなうことに心奢った長者は仏法を嫌って悪事を尽す。釈尊はこれを案じ、地獄の鬼達を長者の館に攻め入らせ、長者夫婦を殺して魔道に落とす。(一段目)

孤児となった姉弟は袖乞いをして命をつなぐ。やがて姉弟は親の七年忌の供養のために身を売ることを思い立ち、天竺の波羅奈国あららの庄へたどり着くが、買う人もない。阿弥陀堂で祈念すると、をきの郷ゆめの庄の大まん長者を尋ねよとの夢告をうける。教えに従い、姉弟は長者の元へと急ぐ。(二段目)

〔その頃、おきの郷の源太兵衛は、大まん長者の一子、松若を婿に望むが断られ、その遺恨から、臣下の花月の次郎に命じて長者の館を攻めさせる。長者側が勝利し、恨みを残した花月の首は天へと上がる。〈三段目〉大まん長者は戦いには勝ったものの、松若が不思議の病に伏してしまう。〕

松若の病を憂えた長者が、博士に占わせると、松若と同じ相性の姫の生肝を延命水で七十五度洗って与えれば平癒すると告げる。そこで、高札を立てて十二歳の姫を募るが、同じ相性の姫は見つからなかった。(三段目)

長者は館を尋ねた姉弟を招き入れ、姉が松若と同じ相性と知って喜ぶ。長者の妻は、天寿のただならぬ容貌に、神仏の変化かと憚り、事情を打明け、命を惜しく思うならば、立ち去るよう告げる。(四段目)

天寿は身を売る決意をし、親の菩提を弔うために七間四面の光堂を建て、阿弥陀三尊を作りこめて欲しいと望む。長者は天寿の望みをかなえ、二十一日の間に阿弥陀堂を完成させ、ていれいの行末をも請け合う。今は思い残すこともないと、御堂に参り、最後の「法華経」を読誦する。共に孝養を尽したいという弟に、長者の嫁に迎えられ、御堂を建てることができたのだと偽り、この寺に出家し、長く菩提を弔うよう諭す。安心した弟は、姉の膝を枕に寝入る。(五段目)

松若の容態が重くなり、長者は天寿の生肝を取るよう武士達に命じる。〔御堂を血であやすまいと、天寿は麓の里まで武士達を伴い。〕生肝を取らせる。その生肝を博士の教え通りに松若に与えると、病は平癒する。〔喜んだ長者は死骸を納めようと麓を尋ねるが、死骸はなく、血潮だけが残り、不審に思う。〕そこで、御堂へ出かけてみると、死んだはずの天寿が弟と共に伏していて、持仏堂の阿弥陀の胸が割れ、朱の血潮に染まっていた。皆々奇異の思いをなし、感じ入った長者は、天寿を松若の御台に迎え、ていれいは阿弥陀堂の住僧となった。

（六段目）

【特色】「船木屏風四条河原図」に、「山中ときは」と共に上演風景が描出される操揺籃期の代表的作品。「さんせう太夫」の金焼地蔵などにも似て、阿弥陀の身替り利生譚。それだけに浄瑠璃系、説経系の双方で行われ、本文も相互に混融が認められる。最近出現した古活字版も、「扨も其後、天竺のかたわらに胸割阿弥陀とて」にはじまっていて（『国文学研究資料館報』第五十二号、平成十一年三月）、浄瑠璃本と推測されるが、説経とは未分化。

【諸本】底本は、慶安四年（一六五一）九月刊の草紙屋賀兵衛板。丹緑中本二冊。内題は「むねわり」（ただし、本書での作品名は、通行に従って、「阿弥陀の胸割」とした）。絵入十四行十五丁、六段。天理大学附属天理図書館蔵。三段目と六段目に大幅な省略があるが、これらを説経系本文で補うことで寛永期に溯る本文復原が可能である。詳細は、信多純一「『阿弥陀胸割』復原考」（『近世文学——作家と作品』昭和四十八年）を参照されたい。本書では、その参照本に、鱗形屋板の天満八太夫正本（慶応大学・東京芸術大学・天理大学附属天理図書館・関西大学）を用いた。本文欄の〔　〕内に示したのがそれである。説経には、他に、同じ天満八太夫正本に村田屋板が知られるのをはじめ、享保板が二種類ある。

胸割　一段目

[一]扨も其後　昔[二]天竺の傍に大きなる国あり　その国の名をば[三]吠舎釐国とぞ申ける　[四]庄を申せばえんたの庄　里を申さばかたひらが里といふ所に　大きなる長者あり　その長者の名をばかんし兵衛と申なり

この長者は何につけても涌く宝を七つまでこそ持たれける　[五]第一番の宝には　黄金の涌く山を九つ持つ　二つには　[六]白金の涌く山を七つまでこそ持たれたる　扨又三つには　悪魔を払ふ剣を[七]二振までこそ持たれける　扨又四つの宝には　[八]南面の前栽に　音羽の松とて　松を一本持たれける　この松と申は　不思議なる松にて　八十九十になる人も　この松風にそよと吹かるれば　引き替へて十七八とぞ若やぐなり　これ又第一の宝とて　四つの中ゑぞ入れられける　五つには　[九]邯鄲枕を持つ　六つには　泉の涌く壺を十二持つ　扨又七つには　[一〇]麝香の犬を五匹までこそ持たれけり　[一一]扨又七つの宝の上盛には　姉弟の子供あり　姉に天寿の姫とて七つになる　さて弟にていれいとて五つになる若君あり　この長者は何につけても不足なるといふことなし

一 浄瑠璃の冒頭表現の一典型。「扨も其後、昔天竺の傍にさいじやう国といふ国あり、此御門の御なを(ば)さいしやう王とぞ申ける」(とうだいき)。この他、「あぐちの判官」、「ともなが」(若狭掾正本)、「むらまつ」(絵巻)なども、「扨も其後、昔…」にはじまる。一方、説経系は「扨も其後…爰に…然るに」の冒頭形式をもつ。しかし、これも浄瑠璃と共有するもので、「いけどり夜うち」「すわのほんぢ兼家」「ゆみつぎ」(いずれも若狭掾正本)などにその例をみる。

二 インドの古称。

三 「吠舎釐国〈旧曰毗舎離国訛也。中印度境〉吠舎釐国周五千余里土地沃壌花果茂盛」(大唐西域記)。「仏、在世のことかとよ、天竺吠舎釐国といふ国に、月界(ぐわつかい)長者と申て、長者一人おはします」(月界長者)。

四 在所紹介の類型的語り口。→「ほり江巻双紙」一一〇頁注三。

五 以下、宝尽し。浄瑠璃では「すわのほんぢ兼家」初段などにも。

六 「シロカネ」(日葡辞書)。

七 二本。「振」は助数詞。刀剣などに用いる。

八 南側の木草を植え込んだ庭園。「南面に立出、花をながめておはします」(たむら)。

九 栄華が思いのままになるという枕。「枕中記」の故事に拠る。

一〇 香気を分泌する麝香腺をもつ犬。麝香鹿、麝香猫などが知られる。

一一 宝尽しの例として、多く最後に子供のことを言う。「宝の上盛には、によせくわうの姫とて。十(三)に成給ふ。姫君一人おはします」(月界長者)。

一二 単に妻のこと。当時の慣用。

一三 来世、極楽浄土での安楽を願うこと。

ある時　長者　栄華のあまりに　妻[12]の女房近づけて　「いかにや妻の女房聞き給へ　それ人の後世[13]をば願ふといふは　弥勒出世[14]に遭はんがためぞかし　さて我〳〵は　あの音羽の松を持つ間は　年の寄らば　あの松にそよと吹かれては又若やぐならば　末代末世のその間　死する事は思も寄らぬ事ぞかし　さあらんにおいては　後世を願いて何かせん　とても[15]慰に　悪を作りて遊ばん」「尤も然るべし」とて　悪をなすこそ限なし　上[16]を学ぶ下なれば　従者[17]　家来　並[18]の在所の物までも　皆　長者の真似をし　悪をなすこそ無慙なれ

昔より人の建てたる[19]堂塔をば皆焼き払い　大河には舟を浮かべ　小河には橋をも架けず　仏法僧[20]をも供養せず　布施[21]の行をもなさずして　人のよきことがあれば嫉み　悪しき事をば喜べば　既に天竺吠舎釐国えんたの庄　かたひらが里のかんし兵衛こそ慳貪[22]なるとぞ聞こゑける

折節その頃　釈尊は檀特山[23]にをはしますが　此由をきこしめし　「あさましや　いとゞ[24]だに善[25]には人の連れがたし　悪には人の堕ちやすし　あの長者をこの国に置くならば　四方の衆生は皆魔道[26]たるべし　その儀ならば　是非これに障礙[27]をなさん」と宣ひて　第六天[28]の魔王達を頼ませ給ひて　「いかに魔王達あの長者に障礙をなして賜び給へ」と仰せける

一四　現在、兜率天に説法中という弥勒菩薩が、釈迦入滅後、五十六億七千万年に至り、仏となってこの世に出現することをいう。

一五　どうせのことに。いっそのことに。

一六　上に立つ者の好む所、下が倣うことをいう慣用句。「みなかみ相模入道、大ひなる悪人故、上を学ぶ下とかや、此両人も…民を苦しめ、心の儘に奢れるを」(浄瑠璃・後醍醐天皇)。

一七　「従者　ウチノモノ」(書言字考節用集)。

一八　隣の在所。ただし、広く「辺の里」と同義で用いる。

一九　以下、檀波羅蜜供養(三九五頁八行目参照)の寄進物を焼き払ったり、施行もせずに、の意。「舟を浮かべ」は「舟を浮かべず」(説経系)が正しい。「母上様の孝養とて、峰には塔を組み、谷には堂を立、大河には舟を浮べ、小川には橋を掛け、数の御僧供養し、よきに御菩提問ひ給ふ」(しんとく丸・江戸板)。

二〇　三宝。仏と、その教えである法と、それを拡める僧をいう。総じて、仏の異名。

二一　僧や他者に施しを与える慈悲善根。仏教の基本的実践徳目。「かく有べきとしるならば、三宝をもくやうし奉り、布施の行をもなすべき物」(月界長者)。

二二　惜しみむさぼること(文明本節用集)。

二三　釈尊が前身の須大拏(しゅだいな)太子の頃、菩薩の行を修したとされる山。北インドのガンダーラにある。

二四　ただでさえ。

二五　底本「せんかは」。「か」は「に」の誤刻。「連れがたし」は、説経系「そひがたし」。諺「人は善と言へば遠のき、悪と言へば近づく」。

二六　悪魔の世界に住むことになろう、の意。

二七　障害をなしてやめさせること。底本、以下

かの長者の館へ我も〱と乱れ入りければ　かの剣が出でて　こゝを先途と切つて廻れば　第六天の魔王達も叶はずし　我も〱と帰られける（絵1）

(1)

仏この由御覧じて　「さあらんにおゐては疫神達を頼まん」と仰せければ　「承る」とて　九万八千の疫神達は　かの長者の館へ押し寄せ　障碍をなせども　これも又　悪魔を払ふ剣が出でて　天地を四方へ切つて廻れば　疫神達も叶はじとて帰られける

仏この由御覧じて　何とかしてあの長者に苦しみをばさせて　思ひ知らせんとて　御弟子達を召されつゝ　「汝等は地獄へ行き　急ぎ鬼共具して参れ」　「承る」と申て　御弟子達には　阿難　迦葉　須菩提　目蓮なんどといふ人は　もとより変化の人なれば　天眼通を持ち　刹那が間に地獄へ行　「いかに

「しやうけ」「しよけ」を混用。「しやうげ」で統一した。

二六 底本「大ろくてん」。欲界の最高所である他化自在天。仏法を破壊しようとする魔王の住処とされる。次頁四行目の「第六天」も底本用字同じ。

一 ここが戦いの大事な分かれ目とばかり、の意。慣用句。

二 疫病神。疫病など、災禍をもたらす悪神。

三 以下、釈尊教化譚の一類型。しかし、ここでは、長者をとり殺し、更なる展開を導く。「其後難陀太子の大悪行、都鄙に隠れもあらばこそ、霊鷲山におはします釈迦牟尼仏は聞召、阿難・迦葉・目蓮尊者をはじめとして、御弟子達を近づけて」(浄瑠璃・十界図)。

四 阿難以下目蓮まで、いずれも仏の十大弟子。阿難は釈迦の従弟。常に釈迦に従い、「多聞第一」(十界図)といわれた。迦葉は、行法第一で、阿難と併称された。須菩提は、底本「しゆほたい」。今、説経系正本で改めた。無諍第一の仏弟子。「仏をはじめ奉つて、阿難・迦葉・須菩提」(舞曲・しづか物語)と並び称される。目蓮尊者は、摩訶目犍連・目犍連などともいう。「神通第一」(十界図、舞曲・兵庫築島)。

五 神や仏が姿を変えること。ここは神通自在をいう。

六 仏などがもつ自他の未来を見通すことのできる超能力。六神通の一。「尺そんは聞召、我は是、三めう六つう具足して、天眼通を以ては、まんほうかいを一目にし」(十界図)。

や鬼共　仏の仰なるぞ　急ぎ参れ」とありければ　「承る」と申て　異類異形の鬼共が　あるいは牛頭[七]　馬頭　阿傍羅刹なんどといふ鬼が　色〳〵の道具を持ち　剣　叉[八]蔟　矛[九]　鉄の鉄杖なんどを担げつゝ　三百余人参りたり

仏この由御覧じて　「汝等これまで召すも別の子細で更になし　向に見えたる長者こそ　あまり慳貪なる程に　汝等行きて取り殺し　苦しみを得させよ」と仰せ給へば　「承る」と申て　三百余人の鬼共は　長者の館へ我も〳〵と乱れ入　障礙をなしければ　これも悪魔を払ふ剣が出でて　ここを先途と切つて廻れば　中にも大火[一〇]といふ鬼が　手より火炎を出だし　剣を摑めば　剣は湯とぞなりにけり　数[一一]の宝は水の泡とぞ消えにけり　鬼共喜びて　家[一二]人の者をば悉く食ひ裂き引き裂き　長[一三]者夫婦をば左右[一四]なく殺さず　熱鉄の湯を沸かし　口の中へ流し入れ　五[一五]臓六腑を焼き払

(2)

七 牛頭人身、馬頭人身の地獄の獄卒。これら牛頭・馬頭を総称して、阿傍(阿防)または阿傍羅刹ともいう。

八 柄の先に菱形のとがった刀をつけた武具。やすに似る。

九 両刃の剣に長い柄をつけた武器。

一〇 底本「あふひ」。天満八太夫正本の鱗形屋板「大くわ」、同村田屋板「大火」。よって、これら諸本に先行して「大火」とある正本が存在したであろう。

一一 栄華一転して貧苦の家となる時、しばしば用いられる慣用句。「蔵の宝は蔵で失せ、庭の宝は庭で失せ、八万宝の宝物、水の泡と消へ失せて、貧者の家となり給ふ」(まつら長じや)。

一二 説経系では「めしつかふ者共を取り裂き」とある。あるいは「下人」をあてるべきか。

一三 以下、「三熱の苦しみ」をイメージする類型表現。地獄図でも周知。「憎かりし梶原を左右なくも殺さずして。百鬼神に仰せ付、熱鉄の湯を沸かし、口の中へ流し入、六腑五臓を焼き払ひ」(舞曲・富樫)。「天人の五衰、人間の八苦、我(修羅王)はまた三熱の苦しみ有、日に三度、熱鉄の湯をのむ也」(酒典童子若壯)。

一四 すぐに。やすやすと。

一五 肝臓・心臓・脾臓・肺臓・腎臓の五つの内臓と、大腸・小腸・胆・胃・三焦(外の腑)・膀胱の六つのはらわた。漢方でいう。

ひ　[一]魔道指してぞ堕ち行きける（絵2）

仏この由御覧じて「姉弟の子供をば殺すな　ちつと子細のある間　助け置け」と仰せける「承る」と申て　姉弟の子供をば殺さずして　鬼共　地獄を指してぞ帰りけり　[二]とにもかくにも姉弟の人〻の心の中の哀さ　何に喩へんかたもなし

胸割　二段目

扨も其後　[三]物の哀をとゞめたは　姉弟の子供にて　物の哀をとゞめたり　今ははや父にも母にも離れて　[四]何ともかともせうずる様のなきまゝに　姉は弟の手を引けば　弟は姉に取りつきて　並の在所へ出させ給ひて　[五]諸袖乞をぞ召されける

在所の者はこれを見て「あれを見よ　昨日までは長者の子供と呼ばれし身が　今日は昨日に引替へて　袖乞するこそ哀なる」「さりながら七や五つにて父母に離るゝことも　[六]三世の諸仏の見放なり　忌〳〵し、げに内へ寄するな　門に立たすな」とて　[七]厭はで内へも入れざれば

一　三行目に「鬼共、地獄を指してぞ帰りけり(る)」とあり、文意の整合性からは、説経系の「(長者夫婦を)魔道を指してぞ落としける」の如くにあるべきか。

二　説経系「かのかんし兵衛が最期の体、哀ともなか〳〵申ばかりはなかりけり」。

三　愁嘆場面を言いおこす慣用表現。「物の(殊に)哀をとゞめしは…にて諸事の(物の)哀をとゞめたり」の形をとる。

四　「何とも」を強調して、程度がこの上もなくひどいさまをいう。「せうずる」は、「消ずる」で、日々を送る意か。

五　姉弟二人しての袖乞(乞食)。

六　過去・現在・未来の三世の多くの仏たち。

七　いたわらずに、の意。

子供この由聞くよりも　在りし所にたち帰り　[八]ある時は空しき所ゑたち帰り　又ある時は　薄の下を頼とし　宿なきまゝの宿として　空しく月日を送られけり　心の中こそ哀なり（絵3）

[九]食せんもののあらざれば　沢野へ下りては芹を摘み　里田へ出でては落穂を拾いて　露の命を送られける　[一〇]たま〳〵言問ふものとては　野に住む犬の声ばかり

ある時　弟は姉の天寿を近づけて　[一一]「いかにや申さん姉御様　語らばよきにきこしめせ　それ世にある人の親菩提を弔ふとは　[一二]檀波羅蜜の供養とて　大河に舟を浮かべ　小河には橋を架け　千部を読み万部を読み　御堂を建て　塔を組み　四十八日の[一三]別時念仏を興行し　父母の菩提を問ふと聞ひてあるが　あさましや我〳〵は　何としてか親の

(3)

八 以下、野宿の寂寥をいう。「空しき所」は、説経系「むなしかはら」(「空しが原」か「空し河原」か)。「日も暮方になりぬれば、薄の下を頼(たより)とし、空しき袖をかたしきて」(あみだのほんぢ)。

九 以下、貧窮描写の一典型。例示すれば、「まつら長じや」にも、「あらいたはしや御台所、春にもなれば沢辺ゑ下りて、根芹を摘み、秋にもなれば里田へ出でて、落穂を拾ひ、露の命を送られける」とあり、そのあと、親の菩提を弔うべく、身を売ろうとする場面へ連接。→「浄瑠璃御前物語」九九頁一四行目。

一〇 「わずかに事とふ物とては、峰に木づたふ猿の声」(平家物語・灌頂巻・大原御幸)から派生した慣用表現。「たま〳〵事とふ物とては、谷のふくろ峰の猿、狐狼野干の声計」(とうだいき)。「言問ふ」は、おとずれる意。

一一 呼びかけの古い形。→「ほり江巻双紙」一一〇頁注一一。

一二 他人に布施を恵み施すことで、悟りの世界へ至る修行。六波羅蜜の一。「檀」は「檀那」の略で、布施の意。説経系正本「願波羅蜜」。

一三 特別に日時を定めて行う不断念仏。通常の念仏に対していう。それを催し、の意。

菩提を問ふべき　はや当年が父母の第七年忌と覚へてあるに　いざや何方へなりとも行き　鷲の餌になりとも　または鷹の餌になりとも　我〱が肉身を売り[一]代替へ　菩提を問ふべきかや　なふ姉御様」とぞ勧めけり

天寿この由聞くよりも　「優しやな　大人しやかに我こそは勧めをなそふず[二]るに　さすが男にてありけるよな　いざや何処へなりとも行き　我が身を売りて　父母の菩提を問ふべき」とて　在りし所をば手に手を取りて出でさせ給ひて　ある時は[三]野に臥し山を家として　よう〱歩ませける程に　九日と中に天竺に隠もなき　[四]波羅奈国あららの庄にぞ着かせ給ひける

このあららと申所は　四方四万軒の所なるが　姉の声にて「人を召せ」　弟の声にて「我が身を召せ」と呼ばわれど　誰出でゝ「買はん」と言ふ者更になし

こゝを見れば大きなる[五]阿弥陀堂あり　表に清き滝の落ちけるが　姉弟の人ゝは　[六]表の滝にて垢離を取り　一首は斯うぞきこへけり

朝顔のいつしか花は散り果てゝ葉に[七]消え残る露ぞ物憂き

と遊ばして　それよりも涙を流し　御堂へ参らせ給ひて　[八]鰐口てうど打ち鳴らし　「[九]南無や西方弥陀如来　さて我〱と申は　父母の菩提を問はんとて　身

一 代金にかえて。「げにやまことに世の中の、親の菩提と申せしは、身を売り代換へても、弔ふと聞て有」「それ親の菩提を問ふといふは、身を売りて也共弔ふを大善と説かれたり」（まつら長じや）という理解に支えられる。
二 「なさむずるに」の転。勧めをするはずなのに、の意。
三 一所不住の身をいう慣用句。「野に臥し山に泊まる身」（謡曲・卒都婆小町）などとも。野山に寝起きしてはるばるの旅を続けたことをいう。
四 古代中インドの国名。「はらな国」とも。ガンジス川中流のベナレス地方。鹿野苑で知られる。
五 浄土教の中心をなす阿弥陀如来を本尊として安置する御堂。
六 慣用句。「清き滝にて身を清め」「…の滝にお下がりあり、うがひ・手水で身を清め」の型も。「垢離」は、冷水で身を清めること。「垢を離る」（日葡辞書）。
七 底本「きはのこる」。「は」は「え」の誤刻であろう。
八 御堂の前につるした銅製円形の金鼓（こん）。「てうど」は、長い緒でそれを鳴らす音をいう。参詣時の慣用句。
九 阿弥陀仏は西方の極楽浄土で教化する。この仏に帰依すること。「言二南無一者即是帰命、亦是発願廻向之義」（善導・勧経玄義分）。

を売り候ふなり　願わくは　このあたりにて　我が身を易〳〵と買うべき人があるならば　御引き合はせて賜び給へ」とて　深く祈誓を申つゝ　その夜は堂に籠られける

案のごとく　その夜の夜半ばかりの事なるに　[一〇]忝くも仏は　[一一]八万四千の光を放つて　姉弟の枕上に立たせ給ひて　「優しやな　汝等は親の菩提を問はんとて　身を売りけるこそ哀なり　さりながら　この所にて汝等を買うべき者は更になし　[一二]これよりも奥山中　[一三]をきの郷ゆめの庄といふ所に　大きなる長者あり　長者の名をば　大まん長者と申なり　それが汝等を易〳〵と買うべき」とて　[一四]上から下へ下から上へ　二三度四五度撫でさせ給ひて　掻き消すやうにぞ失せ給へば　夢は程なく覚めにけり

胸割　三段目

扨も其後　姉弟の人〻は　有難さに[一五]三十三度の礼拝参らせて　夜もほの〴〵と明けければ　阿弥陀堂を涙とともに立ち出でゝ　此程の[一六]旅の疲を晴らされける

一〇 仏が人身売買に積極的に関与するのは、「まつら長じや」の春日明神と同じ。「明神は…八十ばかりの老僧と身を変げ、いかに太夫殿、是よりあなたに、松谷といふ所に、松浦長者と申て、有徳成人有しが、余りに慳貪成により、万の宝も水の泡と消え果て、其身も空しく成給ふ、今ははや貧者の家と也、屋形の内には、御台・姫ただ二人、もし此人の売らせ給ふ事も有べし、太夫殿との給ひて、消すがやうに失せ給ふ」。

一一 数多いことをいう仏教用語。光明・相好・法蔵などに冠する。「八万四千のきやうせつ」(とうだいき)。

一二 「ここから離れた」「ここから奥の」といった意を添えて、地名や在所名を言いおこす形式句。「これより」の形も。「某姉弟は、これよりも奥方、山中の者にて御座あれば」(さんせう太夫・三三三頁一二行目)など。

一三 「牛王の姫」に「天竺おきのかうにて、弘法大師と文殊との知恵比べの有」(四一八頁一五行目)とある。

一四 一般には、鳥箒や守り仏をもって開眼を祈る場面で成句化した慣用表現。夢告場面にもみられる。ここはその変型。「上から下へ、下から上へ、善哉あれ平癒なれと撫づる物ならば、病平癒あるべきと御告げあり、消すがやうに御見ゑなし」(せつきやうしんとく丸)。

一五 ここも観音開眼譚での願成就のあとの礼拝描写の流用。「夫婦打ち連れ、御前にお参りあり、三十三度の礼拝お奉り、さらば下向申さんと、宿坊に御下向ある」(せつきやうしんとく丸)。前注所引本文に続く場面。

一六 「旅の休息なされけり」(しだの小太郎)などともいう。

〔[一]其後　姉弟は　[二]弥陀の教に任せ給ひて急がるゝ

是は扨置　その頃又　おきの郷といふ所に　源太兵衛とて[三]有徳なる人のありけるが　大まん長者の子に松若殿と申を聟に取るべきとて　度〳〵申させ給へども　ついに承引なきにより　源太大きに腹を立て　一の臣下に花月の二郎を近づけて　「[四]かのあらましを申聞け　いかゞせん」とぞ申ける　花月　承り「まことに憎き次第也　某に大将給はるべし　敵等の首取つて　本望を遂ぐべき也」　源太大きに[五]喜びて　「よく言ふたり花月　さらば汝向ふべし」とて　三百余騎を賜びければ　畏つて引き具し　はや長者へと押し寄する

館になれば　[六]三方よりも追取籠め　鬨の声をぞあげにける

鬨の声も鎮まれば　長者の内より　せいがんの左馬之介　とうぼくの右馬之允　彼等兄弟は表の矢倉に駆け上り　「何者なれば狼藉や　名乗れ聞かん」と申ける

[七]その時　花月は大音あげ　「只今爰元へ押し寄せたる大将は　源太兵衛が御内なる花月の次郎とは某也　かのあらましの事共の本望を遂げんため　只今爰に向つてあり　疾う〳〵腹を切るべし」と　高らかに呼ばわつたり　兄弟聞いて　「[八]事珍しき雑言かな　手並の程を見せん」とて　大勢に割つて入　[九]こゝ

一 以下、〔 〕は天満八太夫正本「阿弥陀胸割」(鱗形屋孫兵衛板)で補った部分である。最初の一行は、浄瑠璃(慶安板)冒頭の「扨も其後、姉弟の人〻は…此程の旅の疲を晴らされける」に対応する。

二 以下、姉弟はすべて阿弥陀の教えにまかせて行動する。霊夢に従うことが、幸せへ回帰する鍵となる。

三 富み栄える人。「大きなる長者」に同意。

四 村田屋板(鱗形屋板と同じく天満八太夫正本)「かのあらましの事共はいかゞせんとぞ申ける」。「あらまし」は「あらましごと」で、前もって思いめぐらしていた事柄。ここは松若殿を聟にと心づもりしていたことを指す。

五 底本「よろこひで」。濁点表記の倒錯は当時一般的。

六 敵が遁れられないよう、攻め口を残して、三方から包囲すること。「三千余騎にてをしよせて、三方よりも火をかけて、一方よりも乱れ入」(むらまつ)。

七 以下、合戦場における常套表現をもって綴る。「その時、寄手の中よりも、ゆふき兄弟すゝみいで、大音上て申けるは、只今爰元へ寄せられたる人〻を、いかなる物と思ふらん、相模の国の住人に、和田の判官ともなが也、…帝よりの宣旨をうけ、只今爰に向つてあり」(ともなが)。

八 思いもよらぬ悪態雑言よの、の意。合戦場の典型的な受け言葉。「かくのたもふはむさし殿か。事珍しき雑言かな」(義経たかだち)。

九 「こゝを先途と戦いける」に同意。→三九二頁注一。

(4)

を最後と戦いける　二人の者が手にかけて　よき兵五十騎ばかり切り伏せ　一〇残りし奴原四方へばつとをつ散らす（絵4）

花月は是を見るよりも「さても無念の次第也　重ねて本望遂ぐべき」とて　国元指して落ち行くを　二人の武者は追つかけて　一一高手小手に縛めて　長者の御目にかけにける

その時　花月　ひとり言に言ふやうは「あゝ口惜しや　今こそかやう

一〇 慣用表現。「残りし奴原むら〳〵ばつとをつ散らし」（中将姫之御本地）、「残る物共、一度にばつとおつ散らし」（しのだづまつりぎつね付あべノ清明出生）などとも。

一一 後ろ手に肘を曲げさせて、厳重に縛り上げること。

にせらるゝとも　死しての後は鳴る雷となり　終には本望遂ぐべき也」とて大の眼に角を立て　はつたとこそは睨みけれ　大まんは御覧じて　「[一]とかくな物な言はせそ」とて　やがて首を打ち落とせば　首は天ゑぞ上がりける　各舌を巻き給ふ　とにもかくにもかの花月の次郎が有様　をそろしきともなか〳〵申ばかりはなかりけり」

〔四　段　目〕

〔其後　大まん長者には　戦には勝ち給へども　只一人の松若殿　[二]不思議の病をひきうけて　[三]万事の床に臥し給ふ[四]〕

大まん長者は　十二になる若を一人持たれける　不思議なる病[五]をうけとめ今を限と悩ませ給ひけり

長者悲しみて　[六]天竺中の博士[七]を召し寄せて　「いかに博士殿　この子が病は何といふ病[八]と　薬は何が薬ぞ　よきに占いて給われや　博士殿」とぞ申ける

博士この由承り　もとより[九]占は上手なれば　六十一の暦に八十[一〇]一の[一一]算木をはらりと立て　[一二]一〳〵次第を置きければ　「あらおもしろの占や　[一三]語つて聞か

一 村田屋板「とかくな物をいわせそ」。
二 説経系本文では、後に「たゞ世の常の病でなし」とある。→注一三。
三 鱗形屋板「ばんじ」、村田屋板「万事」、西村屋板「ばんし」。「万死の床」ともいう。
四 以上、天満八太夫正本(鱗形屋孫兵衛板)で補う。この説経本文は、合戦場面で三段目が終り、上記のごとく、「其後、大まん長者には」以下が四段目となる。その説経冒頭本文に対応するのが三九七頁一四行目に続く「大まん長者は…今を限と悩ませ給ひけり」の一節である。
五 説経系のような「病をひきうけ」が一般的ないいまわし。「にわかにやまふをひきうけ、三病となり給ふ」(はなや)。
六 以下、次行「何といふ病と」まで、説経系は「天竺中の上手を揃ゑてたいさんぶくんをまつれ共、更にしるしのなきにより、博士をめしよせ占はせよと有ければ、博士は御前に参りける、大まん此よし御覧じて、あの松若が病は何といふ病ぞや」とある。
七 陰陽道などに通じた人で、天文・暦数・卜筮(ぼくぜい)などを業とする。
八 底本の通り。説経系「ぞや」。注六参照。
九 おそらく生まれ年の干支でその人の運勢を占ったのであろう。早くから早見表などもあったはず。中国では元・明・清の頃、「居家必用」なる俗書があり、治病・占候などの知識を集録。同書には六十目吉凶図を挙げる。これは十干十二支を組み合せたもの。「六十」で事足りるところを「六十一の暦」としたのは不明。数え年では、六十一歳でもとの干支に戻る点を意識したか。
一〇 説経系「八十三」。
一一 占いで用いる木片。筮竹(ぜいちく)で割り出した卦(け)の形に並べて判断する。「易経」は六十四

せ申べし　これは同じ年の同じ[14]相性の姫君を買い取つて　[15]その生肝を取り　[16]延命水といふ酒にて　[17]七十五度洗い清めて　薬に与へ給はゞ　病は易〱と治るべし　長者様」とぞ申ければ　長者この由きこしめし　「それこそ易き程の事」とて　天竺の麓に[18]高札書いて立てらるゝ

札の表には

十二になる姫あらば　[19]価を小切らづ買い取らん

と　高札書いてぞ立てられける

天竺の事なれば　札の表につき　「我も十二になる」「又我も十二」とて同じ年の姫が三百五十余人ぞ来たりける　長者この由見るよりも　[20]中の出居へ請じ　悉く引合てみれば　年は同じ十二なれ共　月の違ふた姫もあり　日は[21]一つでも　時の変わりたる姫も有　ついに同じ相性の姫は一人も更になし　皆〱我が家へ帰られけり

慶安四歳九月吉祥日

四条柳のばゞ上ル町　さうしや　賀兵衛板

卦。「八十一」は「易経」の模擬「太玄経」(前漢・揚雄作)の八十一首(卦の代りに首という)によるか。説経系の「八十三」は、これに踦贊、贏贊を加えた数であろう。「六十一の暦に八十三の算木を置き、いち〱次第に占ひけり」(ともなが)。「いかに博士…一〱占ひ申べし、畏て六十一のこゆみ、八十三の算木を置、心をくだき占ふたり」(おぐり判官)。

一二 一般には「一々次第にうらなふ」の形をとる(「はなや」「ともなが」など)。

一三 以下、次行「同じ年の」までに対応して、説経本文には、次のように松若の病いについて語る。「この病(やまひ)と申は、たゞ世の常の病でなし、天竺にてはひ衰病、大唐にては五衰病、扨日本にては三病の病(やまふ)とて、人の嫌ふ病なり、この病(やまひ)と申は、薬といふこともなく、また、祈り祈禱もかなはず、こゝに一つの不思議あり、この松若殿と」。説経本文の「ひ衰病」は「四衰病」か。「五衰病」と共に、「三病」をひき出す文飾。「五衰病」には、「天人五衰」のイメージを重ねるか。「三病」は、「癩病・くつち・癩狂」(日葡辞書)とされるが、多く癩病をいう。

一四 男女の相性を古くは生年月日で判断し、「年月日」または「月日時」の一致する三時合の男女を「同じ相性」と呼んだ。

一五 同趣の趣向は、「摂州合邦辻」をはじめ、浄瑠璃、歌舞伎にしばしばみうけられる。

一六 飲めば長生きできるという薬水。多く酒をいい、「延命酒」とも。

一七 神事祭式の例に倣ったものであろう。「臼の上に戸板を敷き、荒薦敷かせ、若君様に奉り、米(よ)取出だし、賀茂川の流れにて七度清め、かはらけに入、若君に進めける」(あいごの若)。

一八 しかるべき条々を記して人の集まりやすい

胸割

四段目

扨も其後　こゝに又[一]物の哀をとゞめしは　姉弟の人〻にて　物の哀をとゞめたり　既にその夜も明けければ　姉は弟を近づけて　「いかに申さんていれい殿　いざ弥陀の教に任せ　行きて身を売らん」とて　在りし所を手に手を組みて立ち出でて　[二]大まん長者の館に立ち寄りて　姉の声にて「人を召せ」　弟の声にて「我が身を召せ」と呼ばわれば　長者は　内より女房達を召し出だし[三]出て対面して　中の出居まで請じ参らせて　[四]山海の珍物に国土の菓子を調へ酒を様〳〵に奉る

ややありて　大まん長者は　一目見ばやとおぼしめし　中の出居まで[五]揺るぎ出でて見てあれば　まことに[六]あたりの座敷も輝く程の姫なれば　「あら美しの姫君や　さて〳〵御身は何とて身を売らせ給ふぞ　年はいくつにならせ給ふぞ　国は何処ぞ　在所いかなる人」と問はせ給へば　姫この由聞くよりも「さん候　自らは　[七]これよりも吠舎釐国ゑんたの庄かたひらが里の　世にも賤しき者の子にて候うが　幼少にて父母に離れ　菩提は問いたし　問ふべき物は

場所に高く立て置く木の札。
一九　値段を値切らず、の意。
二〇　中の間の座敷をいう。
二一　同じでも、の意。

一　→三九四頁注二。
二　説経系「大満長者の門(かど)のほとりを」。
三　主語は「女房達」で、その脱落であろう。
四　慣用表現。最高のもてなしをいう。
五　からだをゆするように重々しく威厳に満ちて現れる様をいう。「四間の出居より中門へゆるぎ出でたるその有様」(浄瑠璃・たかだち)。
六　姫君や、若君の美しさをいう慣用句。「輝く」は、清音(日葡辞書)。
七　→三九七頁注一二。

更になし　さてこそ身をば売り候へ　年は十二に罷りなる　買い取り給ひて
[八]水仕になりとも使わせ給へや　長者様」とぞ申さるゝ
長者此由承り「さて／＼御身わ十二にならせ給ふよな　何の年の何の月の幾日の日の何時に生まれ出でさせ候う」と問わせ給へば　姫はこの由きこしめし「細かに問はせ給ふものかな　自らは　[九]癸の酉の年の三月の六日の日の辰の刻の[一〇]辰の一点に生まれて候ふ[一一]」と申されければ　長者この由きこしめし
さて／＼嬉しや　[一二]我／＼が松若　癸の酉の年　三月の六日の日の辰の一点に生まれ出でて候うなり　これこそ同じ相性の姫にてありける　是を買い取り薬に与へばやとおぼしめし　奥へ入り　妻の女房近づけて「いかに女房　物聞き給へ　今来たれる姫ぞ　同じ相性にて候なり　出でて見給へ　いか程になりとも買い取るべき」とぞ申さるゝ

(5)

八 台所を中心に、水仕事をする下女。
九 説経系「の三月の六日の日の辰の刻の」なし。三月六日の意味は未詳。
一〇 今の午前八時頃。「一点」は、一時を四等分した最初の区切り。
一一 底本「さふら」、今改めた。
一二 以下、「生まれ出でて候うなり」まで、説経系には「わが子の松若と同じ生まれでありしよな」(鱗形屋板。他本もほぼ同様)とある。

(絵5)

「承る」と申て　中の出居まで出でさせ給ひて見てあれば　まことにあたりも輝く程の姫君なり　あら美し[一]の姫君や　これはたゞ尋常[二]の人にては更になし　[三]神や仏の変化の姫にて候ふなり　これを買い取り　謀り殺す物ならば　天の恨も深かるべし　ただ[四]夢ばかり語つて聞かせ申べし

「いかに中さん姫君　我〳〵も若を一人持ちけるが　不思議なる病をうけとりて　今を限と悩ませ候ふが　親の身の悲しさは　[五]天竺中の物の[六]上手を揃へて　[七]泰山府君を祭れども　未だその甲斐更になし　ある[八]傍より[九]正しき博士を召し寄せ　占いてみてあれば「これは同じ相性の姫を買い取り　その姫の生肝を取り　延命水といふ酒にて　七十五度洗い清めて与へ給はば　病は治るべし」と語つて候ふ程に「[一〇]それこそ易き間の事」とて　[一一]天竺の麓に札を立てければ　[一二]天竺の事なれば　札の表につき「我も十二」「又我も十二」とて　同じ年の姫が三百五十余人ぞ[一三]来たられたり　悉く[一四]引き合わせてみてあれば　年は同じ十二なれど　月の違ふた姫もあり　月が一つなれども　日の変はりたる姫もあり　日が一つでも　時の違ふた姫もあり　つゐに同じ相性の姫は一人も[一五]更になし　御身こそは年も月も時も同じ相性にて候ぞや　御身を買い取るものな

一「うつくし」に同じ。
二 姫君や稚児などのただ人でないことをいう慣用句。「よのつねならずけたかくして」(青葉の笛)。「出居にまします上﨟は、たゞよのつねの人にてなし」(むらまつ)。
三 神や仏が仮の姿として現れた姫。
四 少しばかり。
五 前出の説経系本文(四〇〇頁注一三)に対応。底本(浄瑠璃)はその箇所の本文を省略。なお、祭り事から博士による占いへの展開は、「はなや」などにも認められる。「帝の后、俄に御悩となり給ふ、…いろ〳〵のまつりごと、とりをこなわせ給へども、さらによき共見えざれば、帝あわれに思召、博士を召せとぞおほせける」。
六 すぐれた祭司。
七 人の命を司る、道教や陰陽道の神。延命を祈る。読みは「たいさんぶくん」「たいさんぶく」とも。
八 居所を曖昧化していう常套語。
九 間違いのない確かな、の意。
一〇 そんなことはたやすいことだ。「易き間の事」は、慣用句。→四〇六頁四行目。
一一「天竺の麓」は、ややなじまぬ表現。「天竺檀特山の麓にすまゐする」(常盤物語)などを参看すべきか。
一二 我朝ではなかなか集まらないが、さすがは広い天竺の事なので、の意を含む。「京洛中の辻〳〵に、高札書いて立て置、忍び〳〵に巡らるゝ。都広しと申せ共、売るべき人とそなかりけれ」(まつら長じや)。
一三「来たる」に、尊敬の助動詞「る」と完了の助動詞「たり」が接続した形。
一四 比べ合わせてみると、の意。
一五「なし」を強調。

らば　是非[一六]において生肝を賜るべし　それにても命や惜しい　恨めしいとおぼしめされ候はゞ　力及ばず　何処へなりとも疾く行かせ給へや　姫君様」とぞ申ける

天寿此由きこしめし　何とも物をば言わずして　さしうつむいて　たゞさめ〴〵とぞ泣かれける　やゝありて「長者の人〻　自ら命の惜しきに嘆くにては更になし　これなる幼き者五つ　自ら七つの年よりも　父母に離れて後　姉[一七]は弟を頼とし　弟は姉を頼とし　野中[一八]の憂き住居を仕りて候が　夕さり[一九]　自ら命を参らするならば　明日よりは　誰やの人が姉[二〇]となり　此幼き者を育まんや　これが不憫に思はれ　今一入[二一]の涙となり候ふ」とて　袂を顔に押し当てゝ　さめ〴〵と泣かれける　長者の人〻　これを見て「げに[二二]道理なり　断なり」とて　共に涙を流しけり

胸割　五段目

扨も其後　天寿の姫　こぼるゝ[二三]涙の隙よりも「身をば商い申さん　さりながら　命のありてこそ　白金黄金も欲しう候へ　命なき上は　数[二四]の宝も欲しか

一六　是が非でも。慣用句。
一七　苦境の中で幼い姉弟が身を寄せあうように生きる様。母子、姉弟ら、恩愛間の愁嘆描写の一典型。「姉は弟に縋り付き、弟は姉に抱き付きて、流涕こがれてお泣きある」（さんせう太夫・三四七頁九行目）。
一八　「物憂き山の御住居（すまゐ）」（ほう蔵びく）、「物憂き辺土の住居（すまゐ）」（一切記）などの類。
一九　暮れ方。
二〇　底本「か」。説経鱗形屋板によって濁音とする。
二一　慣用表現。「さなきだに人心、子を思ふと、いづれにひまはあらね共、今一入の涙也」（とうだいき）。
二二　まことにもっともなことだ、の意の常套表現。段末にも用いられる。「よこ山をはじめとし、ありあふ貴賤群集（きせんくんじゆ）、このよしをきくよりも、げに道理なり、断なりとて、袖を絞らぬ人はなし」（はなや）。
二三　成句。「おつる涙の隙（下）よりも」の形も。
二四　数多い宝。

らぬ　[一]とても親の菩提のために　[二]良き金をもつて　七間四面に光堂を建て　本尊には　[三]阿弥陀の三尊を作りこめて給はらば　生肝をば易〳〵と参らすべし　長者様」とぞ申されける

長者この由きこしめし「それこそ易き間の事」とて　天竺の[四]鍛冶番匠を揃へ　[五]二十一日のその間に　七間四面に光堂を建て　天寿の姫にぞ渡さるゝ

天寿この由御覧じて「今ははや思ふ事はなし　思ふ事とては　これなる幼き者が[六]黄泉の障となる　あれをば長者様へ参らする　[七]良くは松若君の[八]小者中間とおぼしめすべし　悪しくは[九]又庭の塵取共おぼしめして　良きに育てゝ給はれや　長者様」とぞ申されける

長者この由承り「幸い自ら　あの松若に[一〇]次ゐで子も持たず　松若が弟と思ひ　宝をも半分づゝ分けて譲るべしぞや　姫君様」とぞ申ける

天寿きこしめし「今ははや思ふ事はなき」とて　御堂へ参り「南無や三尊の弥陀如来　我〳〵が命に代へて　この御堂を建てゝ参らする　たとい罪業深かるとも　この功力をもつて　[一一]上品上生　[一二]玉の台に　[一三]一つ蓮の蓮台に救い取らせ給われ」とて　[一四]法華経を取りいだし「五の巻読みては父のため　六の巻を読みては母のため　七の巻を読みては　弟のていれい[一五]逆修のため　八の巻を読

一　とてものことに。

二　黄金。下の「光堂」も、「黄金堂」(説経系)をいう。

三　黄金作りの阿弥陀仏(黄金阿弥陀)と、その左右に脇侍する観音と勢至の二菩薩。「三尊の弥陀如来」に同じ。

四　鍛冶職人や大工。後者は「バンジャゥ」(日葡辞書)と濁るのが普通。

五　三七日。「七間四面」の「七間」に照応。

六　成仏の妨げ。「黄泉」は、あの世へ行く道のこと。

七　「良くは」はめがねに叶ったならば、「悪しくは」は気に入らねば、の意。慣用表現。「牛若と申て、不思議の若一人持ち申、今日よりして別当へ参らする、良くは弟子ともおぼしめせ、悪しくは庭掃ともめされよとて」(常盤物語)。「文を拾うて御座あるが、…良くはお手本にあそばせや、悪しくは当座の笑い草にもなされい」(せつきやうしんとく丸)。

八　武家、公家、寺院などで召し使われた下僕。身分は中間・小者の順で、侍の下。

九　庭の掃除など雑用に従う者。

一〇　「次ぎて」の音便。続いて。

一一　極楽浄土を上中下の三品に分け、それぞれを更に上生・中生・下生に三分する。これを「九品」といい、その最上階を「上品上生」または、「九品上生」という。

一二　玉楼。極楽の荘厳な御殿。

一三　弥陀と同じ蓮華座に。

一四　「妙法蓮華経」八巻が広く流布する。天台宗・日蓮宗の所依の経典。第五巻が第八巻と共に最も重んぜられた。「五之巻」から言いおこすのは、そのためであろう。「かの法華経を取り出し、是は自ら高らかに読み給ふ…五の巻を取出し、是は自ら

みては我が身のため」と回向し
その時　弟のていれいは　姉の際に立ち寄り　口説かるゝこそ哀なり　「いかに申さん姉御様　故郷を出づる時には　「一つに身を売りて　親の菩提を弔はん」と申されて　御身はこの何処とも知らぬ他国へ来たらせ給いて　大きなる御堂を建て　菩提を御問いあるこそ羨ましけれ　何とて我をも一つに売りて給はらぬぞ　あら羨ましの姉御」とて　たゞさめ〴〵とぞ泣かれける
天寿この由きこしめし　[一六]我〳〵は身をば売り候はぬぞ　命に代へたと言ふならば　何処へなりとも連れて行けやとて　嘆かんも不憫なり　少し偽言はばやなどとおぼしめし　「いかにていれい聞き給へ　我〳〵の眉目姿も良きとて　長者の嫁に取らせ給ひて　万の宝を下されて候程に　菩提は問いたし　この御堂を建てて参らする　御身は寺に出家し　[一七]よきに香花を採り　長く菩提を問はせ給へや　ていれい殿」とぞ申ける　幼き者の事なれば　何とも物をば知らずして　これをまことと思ひ　[一八]姉御の膝を枕として　前後も知らず臥したりけるこそ哀なる
天寿の姫　臥したる弟の[一九]後の髪を掻き撫でて　口説かれけるこそ哀なり
「自ら七つ　この幼き者五つの年より　父母に離れて後　姉は弟を頼とし　弟

がため也とて、高らかに読み給ふ」(まつら長じや)。「八の巻は我が身のため、九品蓮台へ迎ひとらせ給へとて」(さよひめのさうし)。
一五 死後の冥福を祈って、生前に仏事を修すること。「逆」はあらかじめの意。

一六 以下、九行目「おぼしめし」まで、説経系は「みづから身を売りたるといふならば、我をも売れとて嘆かん事の不憫さに」。
一七 しっかりと、立派に。「よきに追善をなし給ひけり」(熊野之御本地)、「よきに養育し給ふ」(まつら長じや)のように用いられる。「香花」は香りのよい花か。一般には、「香」と「花」の両意に用いる。読みは「こうか」「こうげ」「こうばな」と、とりどり。
一八 慣用表現。辛苦を重ねてきた幼な子が、父や姉など、血縁者の言葉から目的を達成したと思い込み、安堵感から眠りこける様をいう。「いたはしや若君は、此ほどの旅の疲れにや、父の膝を枕として、前後も知らず臥し給ふ」(説経・こあつもり)。
一九 以下、親子・兄弟など、肉親の別離・再会場面にしばしば認められる口説き描写の一類型。「後(おくれ)の髪」は、おくれ毛。短くて結えず、両鬢あたりに垂れ残る幼な子の髪。「二人の子共を弓手馬手の膝に寄せ、後(おく)の髪を掻き撫でて、いかに女房聞給へ、…と、泪と共にぞ口説かるゝ」(鎌田兵衛政清・豊孝正本)。「あの若を膝の上に掻き乗せ、後(おくれ)の髪を掻き撫で、泣いつ口説いついたししが」(説経・こあつもり)。

は姉を頼して　[一]一時片時がその間も　[二]荒き風にもあてじとこそは思ひしに　[三]肌身に添へてこの髪を　[四]一日に五度は結へども　三度と結わぬことはなし　夕さり　自らは命を参らするならば　[五]明日より後は　誰やの人が姉になり　結ふてとらすべし　これが不憫に候」とて　また袂を顔に押しあてて　声も惜しまず　たゞさめ〴〵とぞ泣かれける

六段目

胸割

扨も其後　その夜も既に明けければ　長者の内には　松若君の病は[六]重りければ　荒き武士五人近づけ　「いかに武士ども　汝等は御堂へ行きて　姫が生肝を取りて参れ」と仰せける

「承る」と申て

[七]「急ぎ御堂に参りつゝ　「なふ〳〵いかに姫君よ　「生肝取れ」との仰にて　これまで参り候也　今ははや　[八]とても叶はぬことなれば　嘆を止めをはしまし　早〳〵出でさせ給へ」と言ふ

姫君はきこしめし　げに〳〵嘆きて叶はぬと　「[九]をつ」と答へて出で給ふ

一 少しの間。

二 大切に思い、いたわり庇護する様をいう常套句。「あらき風にもあてじと思ひ。あが仏とまぼりつゝ」（花子こひ物ぐるひ）。

三 からだを寄せあうようにして、の意。

四 日に五度結うことはあっても、三度しか結わない日はなかった、の意であろう。

五 慣用表現。四〇五頁八行目以下本文参照。「いたはしや、姉御様は、けふは見つ、明日より後(のち)に、誰やの者か弟と定めてに、御物語を申さうと、泣いつ口説いつ召さるゝが」（さんせう太夫・三五一頁一二行目）。

六 終止形「重る」。病気や思いが重くなること。「いろ〳〵看病尽くせども、重りこそすれ、げんもなし」（しやかの御本地）。

七 以下、次頁一二行目「教へ申べし」まで、底本脱文。説経本文（鱗形屋板）で補う。

八 何としても。「叶はぬ」を強める。

九 即座に返事をして、行動にうつすこと。「おつと答へて、石童丸と打ち連れて、麓を指いてお下りあるが」（かるかや）。

が　折節闇のことなるに　[10]天寿の姫の眉目姿の良き光かや　又は[11]御堂の映かや　あたりはぱつと輝きける　武士どもは見るよりも　かほどに美しき姫君に　何処に刀を立つべきと　さしも[12]剛なる輩も　声をあげてぞ嘆きける　姫君この由御覧じて　[13]「さのみに嘆き給ふなよ　連れて心の乱るゝぞや　とてもはや自らは親のために身を捨つる者なれば　死する命　[14]露塵程も惜しからず　こゝは御堂の内なれば　[15]血を零さんも畏なり　[16]麓の里へ行かん」とて　麓を指して下りらるゝ

さて麓にもなりぬれば　西に向いて手を合わせ「南無や西方弥陀如来　たとへ罪業深くとも　[17]父母諸共に　上品上生の玉の台の蓮台に救い取らせ給へ」とて　[18]「諸行無常　是生滅法　生滅滅已　寂滅為楽」と　この四句の文を唱ゑ給ひて「いかに武士達　女の生肝を取るは大事なり　[19]定めて知らせ給ふまじ　いで〳〵教へ申べし」　武士　まづ[20]脇差を五分巻き　[21]弓手の脇にがはと立て　馬手へきりゝと引き廻せば　生肝には子細なし」とぞ語らるゝ　「承る」と申て　姫君の教に任せ　脇差を五分巻き　花のようなる姫君様の弓手の脇へがはと立て　馬手へきりゝと引き廻し　即ち生肝を取りいだし　長者の内へ帰り　博士の教に任せて　延命水といふ酒にて　七十五度洗い清め　与へけれ

一〇 姫を形容して、「まことにあたりも輝く程の姫な」ればと、前出(四〇四頁二行目)。
一一 光堂の照り輝きであろうか、の意。
一二 清音。「心のかうなる者」(羅葡日辞典)。
一三 慣用表現。一般に、庇護者など、上位者が真情をこめて諭す表現。姫の悟りきった心境が浮き彫りにされる。「とてもはや」は、どのみちもう、の意。ただし、「とて」は混入で、「連れて心の乱るゝぞや、最早」が本来の形かも知れない。因みに、村田屋板も「つれて心が乱るゝにとてもはや」とある。→「さんせう太夫」三三七頁注八。
一四 少しも。「ちゝ子の菩提のためなれば、水からうらみに存ぜぬなり、命におひては、露塵程も惜しからじ」(まつら長者・江戸板)。
一五 血をこぼすのも。
一六 説経他本「宿」。
一七 「ブモ」(饅頭屋本節用集)。「ふぼ」に同じ。
一八 「涅槃経」の四句の偈(仏徳をたたえたり、教理を説く詩)。この世の一切のものは変化・生滅してとどまらないが、その輪廻の境界を離れて涅槃に至れば、寂滅の境地こそ真の安楽となる、の意。
一九 きっと御存知ないであろう、の意。
二〇 脇差の刀身を半分(五分)、布や紙などで巻くことか。
二一 以下、自害描写の転用。「判官此由きこしめし、その儀にてあるならば、腹を切るべし、兼房介錯せよやとて、腰の刀をするりと抜いて、弓手の脇に…」(浄瑠璃・たかだち)。

ば　松若君の病は治り
[一]その夜の夜半ばかりに
[二]かつぱとこそは起き給ふ

（絵６）

(6)

[三]〔元のごとくに本腹あれば　大まんなのめにをぼしめし　これにつけても　姫君の志こそいたはしや　いざや死骸を納めんとて　麓を指して下り給ひ　こゝやかしこを見給へば　死骸はなくして　朱の血潮ぞ残りける　不思議さよとをぼしめし〕

「さあらば　いざ行きて死骸を見ん」とて　見に御堂へ参り　見てあれば[四]姉は弟に手をかけ　弟は姉に手をかけて　前後も知らず臥したりけり

[五]持仏堂に立ち寄り　御堂を開き見てあれば　三体立たせ給ふ中の[六]本尊の御胸割れ　[七]血煙て　朱の血潮ばかりぞ零れけり

長者の人ゝ　これを見て「あれを見よ　親に孝なる者は　[八]三世の諸仏も不憫におぼしめし　身代に立たせ給ひて候ふぞや」とて「皆手を合わせて拝め

一「その夜の夜半ばかり」は、物語世界では夢告の時分として知られるが、主人公らが俄に病を得る時刻でもある。ここでは、逆に病本復の時となっている。「あはれなるかやはなよの姫、その夜の夜半ばかりの事なるに、俄にやまふをひきうけ」（はなや）。→三九七頁四行目本文。

二　急に起き上がる様。

三　以下、一一行目まで説経本文（鱗形屋板）で補う。

四　これも恩愛の情を強調した常套表現。「二人の若を見給へば、兄は弟に手をかけ、弟は兄に手を持たせ、よねんなくぞ臥して有」（説経・鎌田兵衛正清）。

五　仏間。

六　中央の阿弥陀本尊。説経系「中の阿弥陀の胸よりも御膝の上迄、朱の血潮ぞ流れける」。

七　血が煙のように吹き出て、の意。

八　前世、現世、来世の三世。

や〳〵」と申されければ　拝(おが)まぬ者(もの)こそなかりけり
「[九]あのやうなる有難(ありがた)き姫(ひめ)を何処(いづく)へやり申さん」とて　長者の嫁(よめ)に取(と)らせ給(たま)ひて　松若(わか)の御台(みだい)と備(そなは)り　弟(おとと)のていれいは　この寺(てら)に出家遂(しゆつけと)げ給ふ　例少(ためしすく)なき事なりとて　拝(おが)まぬ者(もの)こそなかりけれ

さうしや　賀兵衛板

九　説経系結末表現、次の通り。「かほどたつとき姫君を何処へやり申さんと、やがて長者の嫁に取り給ふぞめでたけれ、天寿の姫の功力(くりき)により、二親(しん)の親もうかみ上らせ給ひつゝ異香薫じ花降りくだれば、有がたき共中〳〵申計はなかりける、かくてていれいは御出家せさせ給ひけり、寺号はへいあん寺、山号はすいこ山と申ける、是を大唐にて善導大師の浄土のしやうこに書き記し給ふ、胸割の阿弥陀とて三体立たせ給ふ也、上古(しやうこ)も今も末代も例(ためし)少なき次第とて皆感ぜぬ人こそなかりけり」。

牛王(ごおう)の姫(ひめ)

阪口弘之 校注

慶長年間、「浄瑠璃御前物語」や「鎌田」に次いで、「阿弥陀の胸割」などと共に操にかけられたという(『東海道名所記』『三壺聞書』)古い浄瑠璃。しかし、その頃のテキストは伝存せず、底本は寛文十三年(一六七三)正月に刊行をみたものである。

【梗概】鞍馬の寺にいた御曹司牛若は、父義朝の十三回忌を弔うため、新黒谷に法然上人を訪れ、十念を授かる。七条朱雀権現堂の義朝の墓に立ち寄り、「法華経」を読誦しての帰り途、雨に遭い、ある伏屋の門外に雨宿りする。屋形から出てきて、その姿を見た牛王の姫は、胸ときめかせ、叔母の尼公に容姿や衣裳の見事さを告げる。尼公は御曹司を招き入れ、様々にもてなし、笛を一手所望する。青海波の音色に感じ入った尼公は、明日も十二人の女房と管絃させたいからとひきとめる。(第一)

牛若はならわぬ旅の疲れに重病になってしまう。清盛は牛若が鞍馬にいないことを知って驚き、景清を大将にして厳しく探索させる。姫は牛若を看病しながら、義朝の郎等鎌田兵衛正清の妹であることを話す。牛若は驚いて自らの素性を明かす。恋しき人が三代相恩の若君と知った牛王が、その喜びを急ぎ尼公に告げると、欲心にかられた尼公は、心変じて六波羅へ訴え出る。(第二)

尼公の訴人を悲しんだ姫は、醍醐にいる叔父の少進坊に助けを求めに行く。激しい雨の中、ようよう醍醐の麓に辿り着いた姫は、女人禁制の山と聞いて途方に暮れる。しかし、これを憐れんだ源氏の氏神正八幡が老僧と現じて、姫の文を少進に届ける。驚いて下山した少進は、同宿二人を連れて、牛若を救けに走る。途中、鳥辺野で、牛若をうまく落としてほしいという、正八幡と鞍馬の毘沙門の御判が据った龕を見つけ、これに力を得て、七条に向かう。(第三)

少進は牛若を龕に入れ、姫を伴って醍醐に向かったが、途中で景清の率いる討手三百余騎と行き会い、厳しく検問される。しかし、行き倒れの死人を野辺に送るのだと言い張り、虎口を逃れ、ようやく醍醐に着く。最後の別れを惜しんだ姫は、三条油の小路のみどりという下女の元に忍ぶ。一方、平家方の兵たちは、伏屋の屋形を取り囲み、牛若を探したが見つからず、空しく六波羅にひきあげた。(第四)

清盛は尼公の偽りを糾弾させるが、尼公は牛王の姫が落としたに違いないと訴える。もっともなことかと、姫の詮索がはじまり、清水に七日詣したところを、同じく参詣に来た景清に捕らえられる。姫は六波羅に引き出されるが、牛若の行方は白状せず、ために七、八度の問状をかけられる。一番に水責、二番に湯責と、四番まで拷問が続くが、姫は来世の弥陀浄土を信じて耐え抜く。(第五)

　更に、五番、六番、七番にわたって拷問は続く。あまりの苦しみに、最後に悪口して死のうと決意した姫は、清盛との対面を望み、「やがて牛若が奥州から攻め上って、そなたを獄門に掛けるだろう、景清を自分のように拷問されればどんなに嬉しいか」と言い放つ。怒った清盛は、八番目の問状をかけさせ、姫は十七歳を一期として、舌を喰い切って死んでしまう。清盛は姫の心を愛でて、清水の滝の上に牛王の宮として祀り、一方、尼公は七条河原に引き出して、牛裂きにした。天が俄にかき曇り、何者かが尼公の死骸を攫んで行った。(第六)

【特色】本作は、「浄瑠璃御前物語」をはじめ、「烏帽子折」や「義氏」などとも交流をもつ。主人公の牛王の姫は、鎌田正清の妹で、数々の厳しい拷問にも屈しない姿は、「さんせう太夫」の安寿にも似て、強く美しい。醍醐の少進坊も、「義経記」に登場する正清の子の三郎正親の反映があろう。彼此よく古態を残した作品であるが、一方で寛文十一年の「かげきよ」など、同時代正本に拠って粧いを新たにする部分もある。古い語り物に基礎づけられながらも、操揺籃期(慶長頃)本文とは明らかに断絶があろう。

【諸本】底本は、水谷不倒氏『絵入浄瑠璃史』に紹介をみて以来、長く行方を確認できなかったが、昭和五十年代はじめに出現した。横山重氏旧蔵本で、現在大阪大学附属図書館赤木文庫蔵。絵入十六行十六丁、八文字屋八左衛門刊。所属は未詳。孤本ながら、影響作に「牛若千人切」があり、奥浄瑠璃の拡がりからは、この系統作の人気の程がうかがえる。

牛王の姫

第一

[一]扨も其後　[二]御曹司は　[三]鞍馬の寺におはしまし　よきに学問なされける　心におぼしめすやうは　げにやまことに　今年ははや　[四]義朝様の十三年とおぼへたり　いかなる僧をも供養して　[五]弔いたくは思へども　今の世と申は　[六]平家は栄へ源氏は衰ふ事なれば　しのびやかに是よりも　[七]新黒谷に住み給ふ[八]法然上人を頼みつゝ　弔はばやとおぼしめし　鞍馬の寺を夜に紛れ忍び出で　黒谷指して急がるゝ

[九]急ぐに程なく着きしかば　上人に対面あり　[一〇]「いかに申さん上人様　自らと申は　東方にて世にも賤しき者なるが　今年は父の[一一]十三年忌に当つて候へば　[一二]十念授け賜び給へ　上人様」とありければ　「承る」との給ひて　やがて十念を授け給ふ

御曹司は　十念を授かりて　「いとま申てさらば」とて　鞍馬の寺へ〔た〕[一三]ち

一 浄瑠璃冒頭の定型句。→「浄瑠璃御前物語」一〇頁注八。 二 源九郎義経(牛若丸)の別称。「判官殿」とも。「判官殿は、七つの御年、鞍馬の寺へのぼらせ給いて、よきに学問めさるゝが」(天狗の内裏・慶応本)。 三 京都市左京区の鞍馬山中にある。本尊毘沙門天(四二六頁八行目参照)。多くの牛若丸伝承をもつ。 四 野間内海(愛知県知多郡南知多町)で、長田庄司忠致に討たれる。「平治二年正月三日御年三十八にて失せ給ふ」(平治物語・下)。ただし、「尊卑分脈」では、平治元年(一一五九)十二月二十九日に討たれるとある。これらに拠れば、十三回忌は承安二年(一一七二)か同元年にあたる。本作では、これを「安元四年」(後出)とする。安元は承安に続く年号。ただし、三年まで。 五「トブラフ」「トムラフ」併行(羅葡日辞典他)。 六「源氏は衰へ(絶へ果て)、平家は栄ふる事なれば」(ふきあげひでひら入)。成句。 七 京都市左京区黒谷町。法然が比叡山を下り、この地に草庵を結んで以来、比叡山黒谷に対して新黒谷(後には単に黒谷とも)と呼ばれた。「比叡の山西塔北谷、法然お上人と申すは…これよりも東山に分け入つて、新規に寺をお建てあるによつて、寺の近うまで、新黒谷と申すなり」(かるかや・寛永版)。 八 →「かるかや」二五八頁注五。 九 場面移動の慣用句。「…指して(ぞ)急がるゝ」を受けた上で、「急ぐに程なく」の形をとるのは、古く寛永・正保期以前に一般的な語り口。本作に古態本文の混入をうかがわせる。 一〇 呼びかけの慣用句。「いかにや申さん」とも。 一一 牛若の父十三回忌孝養伝説は、一般には、牛若十五歳(十六歳とも)での「鞍馬出」以前の牛若千人斬伝説と結びつく。「天狗の内裏」中の「未来記」に、「来年十四の年は、父が十三年の孝養(きやう)と名づけて、五条の橋にて辻

帰らんとめされしが　[一四]いや待てしばし我が心　聞けば[一五]七条朱雀権現堂のあたりに　[一六]父の御墓のある由を　風の便に聞くからに　参らばやとおぼしめし　七条指してぞ急がるゝ

御墓になれば　[一七]法華経の五の巻提婆品の取りいだし　「[一八]一者不得作梵天王　二者帝釈　三者魔王　四者転輪聖王　五者仏神　[一九]云何女身　又成仏」との給ひて　[二〇]六の巻では　浮世にまします[二一]母常盤[二二]逆修のため　七の巻では[二三]悪源太　八の巻は朝長のためとて　御経をあそばしてたち帰らせ給ひしが　未だ七条[二四]伏屋の朝にて　村雨さつと降りきたり　西をはるかに見給へば　[二五]棟門高き屋形あり　立ち寄りて見給へば　門はあれど扉もなし　築地はあれども覆なし　[二六]さもあさましき屋形あり　この門外に立ち寄りて　[二七]四方の時雨を厭はれける

やゝありて　内よりも十六七なる姫の立ち出でゝ　御曹司の花の姿を御覧じてやがて内にたち帰り　[二八]伯母の尼公に近づきて　「いかに申さん尼公様　たゞ今門外を見てあれば　いづくよりとも知らざる[二九]少人の立ちやすらひて　[三〇]時雨を晴らしておはしますが　この君の有様に　都育ちとおぼしくて　[三一]黔眉に薄化粧　はさきとつて鉄漿黒く　[三二]額に三日月三体あらはれて　[三三]召したる衣裳はなに〳〵ぞ　[三四]肌には緞金といふものを召し　[三五]地をば褐に水色に山鳩色に　一刷毛さ

斬せよ、辻斬だにもなすならば、九百九十九人はなんなく斬つてすつべきか」(慶応本)とある。 一二 →「かるかや」二五九頁注一五。 一三 底本小破を補う。以下の「 」内本文、同様。 一四 思い直した時の慣用句。 一五 七条朱雀通の西角、権現寺(浄土宗)北門内にあった。「朱雀」は、底本「しゆし□」。「すざく・しゆし(じ)やく・しゆし(じ)やか・すじやく」等の呼び方が併存。→「さんせう太夫」三六六頁注一三。 一六 義朝の墓は、大御堂寺(通称野間の大坊。愛知県知多郡美浜町)や勝長寿院(鎌倉市)に知られる。七条朱雀権現堂にあったとするのは、義朝が父の六条判官為義を同所で討ったこと(保元物語、舞曲・伏見常葉など)に関連するか。同所には、為義塚があったという(都名所図会)。 一七 「妙法蓮華経」。八巻二十八品に分れ、五の巻は、提婆達多品(提婆品)・勧持品・安楽行品・従地涌出品から成る。提婆品は、後半に竜女の変成男子による成仏を説くところから、一般に女人往生を願って読誦される。ここは牛若が読誦する点で、「浄瑠璃物語」(浄瑠璃御前の墓前)や「山中常盤」(常盤御前の墓前)などの影響があろう。→「浄瑠璃御前物語」一〇一頁。 一八 提婆品の一節。「女人身。猶有五障」(女人の身には猶五つの障あり)に続く。「此文(もん)の心は、一つには、梵天の位に至事かなはず、二つには帝釈、三には魔王に成事なし、四つには転輪聖王、五つには、仏身を得る事あたはずと也」(熊野之御本地・江戸板)。 一九 経文「云何女身。速得成仏」。成仏疑わしいという原意を、逆に転じての回向。 二〇 以下、「法華経」読誦描写の一典型。 二一 生没年、出自未詳。「常盤が腹にも三人あり。今若七歳、

(四三二頁へつづく)

つと刷ひて　十八五色の糸をもつて　七所に縫を縫いたる直垂を　折目気高く召されしが　黄金作の太刀刀を　弓手の脇に忍ばせて　笙と高麗笛　四管の吹物を　紫檀の矢立に取り添へて　馬手の脇にぞ差されたり　あつぱれ百万騎の大将と申とも　これにはいかでまさるべし　尼公様」とぞ語りける（絵1）

尼公この由きこしめし「その儀にてあるならば　急ぎこれへ招じ申せ」とありければ　牛王なのめに喜び　急ぎ門外に立ち出で　御曹司を招き寄せ「こなたへ」と招じける

君はなのめにおぼしめし　主は誰とも知らね共　やがて内へ入給ふが　尼公この由見るよりも「いかに申さん旅の殿　見苦しくは候へども　奥へ通らせ給へ」とて　四間の出居に招じつゝ　山海の珍物に国土の菓子を調へて　酒を様〳〵に奉る

酒も半ば[の]事なるに　尼公申されけるやうは「旅の殿の腰に差させ給ふ笛を一手あそばせ」とありければ　御曹司はきこしめし「大和竹に目をあけて持ちは持つて候へども　吹様更に知らぬなり　許させ給へ」とありければ　尼公この由きこしめし「げにやまことに忘れたり　一年の事なるに　天竺おきのからにて　弘法大師と文殊との知恵比べの有し時　笴竹一本生ゐける

一 未詳。十色八色五色の糸をもつて、の意か。「呉郡の綾の元渡り。山鳩色に薄紅まぜてさつと一刷毛。刷かせかけたる八重がすり。八色五色の。組糸にて。十二の菊綴四つの紐付」(孕常盤)が参考となるか。五色は、青黄赤白黒(運歩色葉集)。 二 元来庶民の平服、鎌倉以降、武士の公服。 三「ケタカク」(羅葡日辞典)。 四「(御佩刀を)弓手の小脇にかいこうで、笙の笛、横笛(やうでう)、四管の吹物を、紫檀の矢立に取り添へて、馬手の脇に忍ばせたり」(浄瑠璃十二段の草紙)。「黄金作」は「コガネヅクリ」(日葡辞書)。 五 雅楽用管楽器。木製の匏(ほう)に十七本の竹を環状にたて、下端の簧(した)で吹奏する。 六 雅楽用横笛。高麗楽と東遊(あずまあそび)に用いる。 七 笙・高麗笛・篳篥・横笛をいうか。注四引用本文参照。ここは篳篥・横笛が落ちた形か。 八 →「浄瑠璃御前物語」二九頁注三・四。 九 →「ほり江巻双紙」二一六頁注六。 一〇 →四二一頁七行目以下。 一一「なのめならずに」と同義。非常に。 一二 慣用句。「主(あるじ)は誰とも知らねども」とも。「文主誰とは知らねども」の類。 一三 旅の御方。「浄瑠璃御前物語」及びその周縁作では、専ら牛若をいう。頻出。 一四 間口・奥行共に二間または四間の客間をいう。ただし、広さを限定した呼び名ではなく、「余間」とも記し、空き間や別間の小座敷などもいう。 一五 饗応の折の慣用句。最高のもてなしをいう。 一六 以下、舞曲「烏帽子折」の影響。「酒も半ばの事なるに」に、しばしば連接。「御身の腰に差させ給ふ其笛、一手遊ばせ。牛若殿は聞し召し、何、この冠者に笛吹けと候や。大和竹に目を空けたる草刈笛にて候を、東の旅の徒然さに、持ちは持つて候へども、吹く事はなか〳〵思ひ寄らず候」。 一七 一曲。音曲や舞にいう。読みは「ヒトテ」(日葡辞書)。

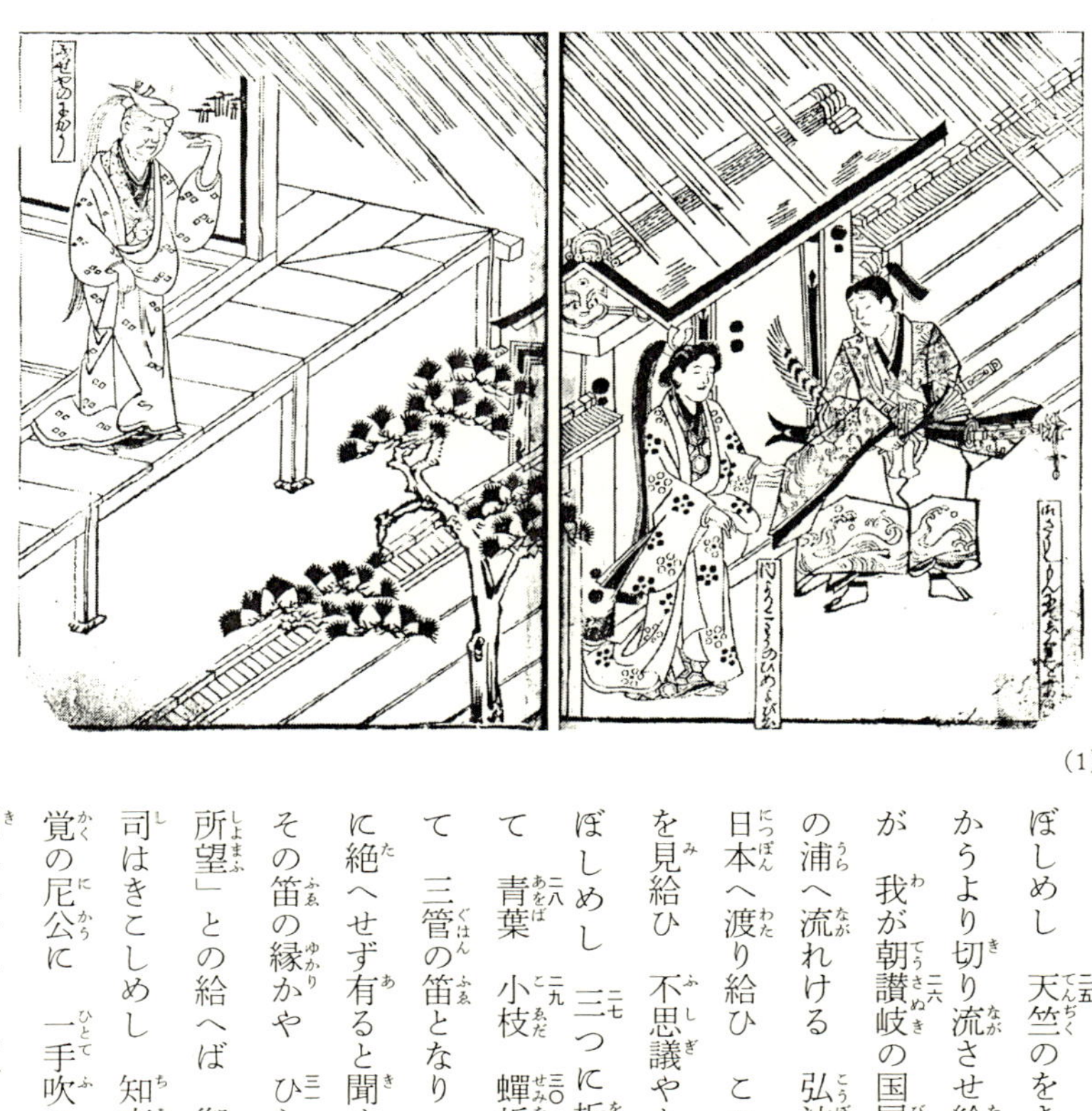

(1)

が　弘法不思議におぼしめし　[二五]天竺のをきのかうより切り流させ給ふが　我が朝[二六]讃岐の国屏風の浦へ流れける　弘法日本へ渡り給ひ　この竹を見給ひ　不思議やとおぼしめし　[二七]三つに折りて　[二八]青葉　[二九]小枝　[三〇]蟬折とて　三管の笛となり　今に絶へせず有ると聞く　その笛の縁かや　[三一]ひらに所望」との給へば　御曹司はきこしめし　知恵才覚の尼公に　一手吹ひて聞かせばやとおぼしめ

二八 苦竹(にがたけ)。真竹)の異名(懐竹抄)。笛材として品が劣る(注一六「烏帽子折」引用本文参照)。どこにでもある真竹に適当に穴をあけて、の意。
二九 慣用句。「そよまことわすれたり」(じやうるり・絵巻)とも。「げにま事思ひ出したり」(多田満中他)に同義。→四二一頁七行目。三〇 以下、弘法笛之巻伝説に拠る。説経「苅萱」の「高野巻」、舞曲「烏帽子折」などで知られる。ここに弘法名笛由来譚をみるのは、舞曲「烏帽子折」に次の如くあるのに想を得たか。注一六引用本文のあと、吉次に無礼をたしなめられた牛若が「さらば一手吹て思出に聞せばやと思召、母の常葉の、淀の津の弥陀次郎がもとよりも、買い取らせ給ひたる弘法大師の蟬折なれば、いつくしきともなかなかに申ばかりはなかりけり。此笛を取り出し、干五上夕中六下口とて、八つの歌口に、花の露をしめし、とう盤渉に音を取つて、雲井にさつと吹き上げ、万事を静めて遊ばしたり。長、此由を聞し召し、面白の笛の音や」。三一「天竺」はインド。「おきのかう」は未詳。「笛の巻」の毛利家本などに「我入唐のつゐでに。天竺霊鷲山におはします。大聖文殊を拝まんため。しんしんと有遠島を。分け越え給ひけるほどに。だいしうのをきを透り。かうしうといへる国には」とある条などがヒントとしてあるか。
三二 空海。延暦二十三年(八〇四)遣唐使藤原葛野麻呂に同道して入唐。これが中世初期、入唐渡天伝説へと展開(南山秘記、高野大師行状図画他)。
三三 仏の脇侍。智恵をつかさどる菩薩。「知恵比べ」は、その文殊と弘法との法論、筆比べをいう。三四 呉竹をいい(撮壌集)、笛材に適す。甘竹・漢竹とも記し、ここでは前出の「大和竹」との対比も意識されているか。→「かるかや」二一八
(四三七頁へつづく)

し　かの蟬折を取りいだし　[一]干五上夕中六下口とて　[二]八つの歌口　[三]常夏の花の露にてうち湿し　雲居にさつと吹き上げ　[四]青海波といふ楽を　[五]かんじをしづめて吹かれける
[六]尼公この由きこしめし「面白の笛の音や　しかるべくは　明日もこれに留まり給ひて　十二人の女房達に管絃させ　御身は笛をあそばせ」と　[七]皆いちれうにぞ止めける　御曹司の[八]心中　何にたとへんかたもなし

第　二

扨も其後[九]御曹司は　慣らはぬ旅の疲かや　軽き御身に重き病を引受けさせ給ひつゝ　[一〇]万事の床にぞ臥し給ふ
是は扨置　平家の大将[一一]清盛は　御曹司の鞍馬の寺にましまさぬ由　大きに驚き給ひ　[一二]景清を大将にて　[一三]尋ぬる所はどこ〳〵ぞ　[一四]大津　[一五]坂本　[一六]醍醐[一七]河内　津の国　丹波を尋ぬれども　御曹司はましまさず　さて[一八]七口に札を立その告を待ち給ふ
是は扨置　尼公は牛王の姫を近づけて「いかに姫　それ[一九]旅は心世は情　よ[二〇]

一 横笛の七つの指孔(調子口)の指遣いによる名称。「干五上夕中六」は、第二孔から第七孔(第一孔はあんばい孔)を開けた指遣い。また、第五孔と七孔を開けるのを下六、全孔を塞ぐのを口穴という。 二 横笛の吹口と指孔七つ。「ウタグチ」(日葡辞書)。→「浄瑠璃御前物語」一九頁注一六。 三 なでしこの古名。石竹の四季咲きの変種を特にいうことも。「浄瑠璃御前物語」では「常若の花の露」「菊の露」、あるいは単に「花の露」とも。「四季折〳〵の心まで、ひとへに咲ける常夏の露よりあだし」(一心二河白道)。 四 雅楽の曲名。左方の新楽で盤渉調。 五 未詳。朝日版『近松全集』の「牛若千人切」頭注(藤井紫影)に、「芳香ある花の露にて打湿せばおちつきて甲(カン)ばらずしめやかなる音いづるなるべし」とある。舞曲「烏帽子折」は「万事をしづめて遊ばしたり」、その他「上瑠璃」や説経「をぐり」では「半時ばかり(半時が程)ぞ遊ばしける」。 六 以下、牛若に屋形にとどまるよう促すこと、「浄瑠璃御前物語」の影響。 七 皆うち揃って、の意か。「浄瑠璃御前物語」に依拠したことで、「皆」の示すところに混乱がみられる。 八 「シンヂュゥ」(日葡辞書)と濁る。 九 「御曹司は…慣らはぬ旅の疲とも、重き病と引受けて、万事の床にぞ臥されける」(じやうるり・絵巻)、「常盤御前は…旅の疲かや…軽き身に重き病を引受けて、今を限と見へ給ふ、乳母の侍従は是を見て、こは情なの次第やとて…よきに介病つかまつる」(山中常盤・絵巻)に依拠。「御身」は「オンミ」。 一〇 万事休するばかりの重い病床。 一一 保元・平治の乱で、義朝ら対立勢力を一掃、平氏政権を確立。六波羅殿。治承五年(一一八一)、頼朝らの挙兵する中で病死。 一二 平家の侍大将。上総介藤原忠清の子。生没年未詳。景清が本作のように

きに介病つかまつれ　牛王の姫」とぞの給へば　姫は仰を承り　なのめならずにおぼしめし　枕元に立ち寄り　「いかに若君様　それ[二一]一樹の陰に立ち寄り　一河の流を汲む事も　是皆多生の縁ぞかし　ましてや君の御病　自ら[二二]介錯する事も　[二三]過去をんの機縁なり　君はいづくの人なるぞ　早く名乗りをはしま〔せ〕　いかに〱」とありければ　御曹司はきこしめし　いかにも苦しき息をつぎ　「東の者」とぞ仰せける

牛王の姫は聞くよりも　「げにまこと忘れたり　[二四]人の先祖を聞く時は　我が先祖を申と聞く　我を誰とかおぼしめす　恥づかしながら自らは　[二五]一年　尾張の国野間の内海にて失せさせ給ふ義朝の郎等に　[二六]鎌田兵衛が妹に　牛王の姫とは我がことなり　旅の殿」とぞ申ける

御曹司はきこしめし　夢現ともわきまへ給はず　[二七]重き頭をやう〱上げ　「さては汝は牛王かや　我こそ　鞍馬の寺に候ひし牛若丸にてありけるが　この七条ほとりには　御父の御墓のある由を聞き　参らばやと思ひつゝ[二八]　是まで参りてありけるが　[二九]前世の機縁の朽ちずして　御身にめぐりあふ事は　[三〇]なんばう嬉しく存ずるなり　さりながら当代は　源氏衰へ平家は栄へ　この事沙汰ばしし給ふな」　牛王の姫は[三一]承り　三度拝み奉り　[三二]喜涙をこぼしつゝ　さて

敵役的相貌をもって登場するのは珍しい。牛王との対立に物語の成立基盤に繋がる点があるかも知れないが、直接には、「義経記」一・常盤都落の事で、景清と監物(後出)が常盤親子を六波羅へ伴うことがヒントにあろう。一三 類似の慣用表現に、「通る名所はどこ〱ぞ」「狙ふ所はどこ〱ぞ」「通らせ給ふはどこ〱ぞ」など。道行文や敵討描写で目につく。→四一七頁注三三。一四 滋賀県大津市。京都と東海、東山、北国を結ぶ水陸交通の要衝。三井寺も意識されているか。一五 大津市内。延暦寺門前町として栄える。一六 京都市伏見区。「上の醍醐」の所在地。一七 以下、都の近隣諸国。「河内」は大阪府東南部。「津の国」は同西北部および兵庫県の一部。「丹波」は京都府西北部と兵庫県の一部を含む。一八「凡自二四方一入二京師一有二七道一是謂二七口一、是自レ古所レ定也…所謂七口者東三条口、伏見口、鳥羽口、七条丹波口、長坂口、鞍馬口、大原口是也」(雍州府志)。この京の七口が転じて、「この宿と申は、七口に番を据へ」(よしうぢ)のようにも用いられる。一九 旅では思いやりの心が、世の中では情が大事、の意。諺。二〇 注九所引「山中常盤」本文参照。「介病」は、「看病」に同じ。二一「宿二一樹下一、汲二一河流一…皆是先世結縁」(説法明眼論)から変形した成句。「旅は心世は情、…一通り一時雨、一村雨の雨宿り、これも多生の縁と聞く」(さんせう太夫物語)。「一樹の陰に一河の流を汲むも、五百生の機縁と承る」(上るり御前十二だん)。「多生の縁」は、多くの生死を経て、前世から結ばれている因縁。二二 介添。そばに付き従って世話をすること。二三「過去遠々」または「過去久遠」の意か。「機縁」は、ゆかり。二四 以下、名乗りの典型。譬喩尽に「先の名が聞きたくば我が名から名乗れ」。

(2)

〽一三代相恩の若君様にあふこと　二一眼の亀の浮木にあふがごとくなり　伯母の尼公にこの由かくと申ならば　さぞや喜びおはすらん　語らばやと思ひつゝ　急ぎ尼公に近づき　この由を申ける

三尼公此由聞くよりも　四持つたる扇にて　畳の表をちやうど打ち「さてはまことか牛王の姫　牛若殿の御ことを　五清盛の方よりも　この若君を討つてなりとも搦めてなりとも六六波羅へ七注進申もの

三五「義朝」を言いおこす常套句。ただし、ここは舞曲「烏帽子折」本文の襲用。「自らをば、いかなる者と思し召すぞ。これは一年(ひとゝせ)、尾張の国野間の内海にて失せ給ひし義朝の御内、鎌田のためには妹なり」。→四一六頁注四。三六名は正清。義朝の乳母子で、野間内海で義朝と共に殺害される。舞曲「烏帽子折」では、その鎌田の妹が烏帽子折の女房、絵巻「じやうるり」でも「鎌田兵衛がひとり姫みたわう御前」が知られる。鎌田の妹や姫という点が語り物ではしばしば強調され、牛王の姫もその系譜にある。三七「浄瑠璃物語」(吹上)詞文の襲用。重病の御曹司に、吹上での牛若像が重なる。→「浄瑠璃御前物語」七九頁。三八→「ほり江巻双紙」一一三頁注一三。三九「前世」は「ゼンゼ」(日葡辞書、文明本節用集他)。「あらいたはしや牛若殿…ゆふべ常盤の討たれさせ給ひたる一つ所に御泊りある、前世の機縁朽ちもせぬ親子のちぎり哀也」(舞曲・山中常盤)。四〇どれだけか。四一底本「うけたまい」。「い」は「は」の誤刻。四二「嬉し涙」「有難涙」の類。当時、頻用。

以上四二一頁

一幾代にもわたって同じ主家に仕え、扶持などの恩義を受けていること。二仏法に逢い難いことから、めったにない幸運にめぐりあうことの譬え。「仏難レ得レ値。…如三一眼之亀値二浮木一之孔一」(法華経)。一般には、「盲亀の浮木」(往生要集「猶如三盲亀値二浮木一」など)の形で定着。「一眼」は「イチガン」(日葡辞書)。三尼公の形象には、景清の愛人で、彼を訴人した清水坂の遊女あこ王の投影があろう。なお、以下の展開に関連して、「天狗の内裏」の「未来記」には次のようにある。「汝、都六条の尼公が所へ宿をと

ならば　勲功を与へんとの高札を立てられたり　自らは六波羅へ参りつゝ　此由を申上げ　勲功に預かりて　伏屋の尼公をひきかへて　宝の尼公と呼ばれん」と　白髪三筋に油を付け　板歯こつに鉄漿を付け　取る物も取りあへず六波羅指して急がるゝ

急ぐに程なく着きしかば　謹んで申上ぐる「この程尋ね給ふ御曹司は某御宿申て候なり　急ぎ討手を給はれ」と申上ぐる　清盛大きに喜び給ひ「よくこそ申て来たりたり　さらば討手を遣はすべき」とて　その勢数多差し向けらる　かの尼公の心中の程　憎まぬ者はなかりけれ（絵2）

第三

扨も其後　いたはしや牛王の姫　尼公の有様を見まいらせ　あら情なの次第かな　いかゞはせんとかきくどき　胸うち騒ぐばかりなり　今ははやかなふまじと　御曹司の枕元に立ち寄〔り〕て　尼公の有様を一〳〵に語りつゝ　たゞさめ〴〵とぞ泣かれける

御曹司はきこしめし「さのみに嘆いそ牛王の姫　生者必滅会者定離とて

るべし、尼公が屋形に有内、又汝、風の病を引請、半死後(ヲクレ)ては煩ふべし、其内ニ、宿の尼公心替り、平家六原殿へ訴へ、大勢押寄、汝ニ腹を切らすべきと工べし、しかれども、汝が七代普代なる鎌田兵衛が娘ごわうの姫、汝が一命にかわり、すな山寺のしやうしん坊のはからひにて、やう〳〵其をまぬかれて下るべし」。

四 はっと大事に思いあたった時などに思わず出る所作。慣用表現。「富樫、これを見て、持ったる扇にて畳の面をちやうど打って」(舞曲・富樫)。

五「平家の侍大将、悪七兵衛景清を討つて也共搦めて也共参らせたらん輩(ともがら)は、上下をゑらまず、勲功有るべしと書きて…札立て」(浄瑠璃・かげきよ)。舞曲にも近い本文をもつものがあるが、直接には古浄瑠璃(寛文十一年菊月、鶴屋刊)に依拠するか。刊年の近さに留意すべきであろう。

六 京都市東山区。鴨川東岸の松原通付近。平家政権の中心地。清盛邸があった。

七 事の急を上申すること。

八 恩賞。褒美。

九 心得や禁制の条々を記して、路傍等に高く立てた木の札。「カゥサッ」(日葡辞書)とも。

一〇「伏屋の屋形(後出)に住む尼公」という呼び名を改めて、の意。「常陸小萩を引き替へて、念仏小萩とお付けある」(をぐり・二一五頁一一行目)。

一一「向歯」とも書き、「ヌカバ、マヘバ、ムカフバ」(箋注和名類聚抄他)などともいう。上部の前歯。「こつ」は「二つ」の誤りであろう。

一二「此ことと敵(かたき)に知らせつゝ、景清を打とらせ、あとの栄花に誇らんと思ひ、取物も取あへず、六原指してぞ急ぎける」(浄瑠璃・かげきよ)。

一三 →四一六頁注九。

一四 自称代名詞。女性にも用いられる。

一五 古浄瑠璃段末表現の一類型。ただし「憎まぬ」という語句で結びとする事例は比較的少ない。「かげきよ」「判官吉野合戦」「あ

一[1]たび生を受けしより　滅せぬ者のあらばこそ　こゝにて空しくならんより
は　六波羅へ駆け入て　平家の大将清盛を一[2]刀恨み　其後腹切つて死[3]なんず
ものを」との給ひて　[4]御佩刀に手をかけさせ給ひ　起きん〳〵とし給へども
さすが病の事なれば　[5]五体身分叶はねば　弓手へも馬手へも起きんとし給ふ心
ばかりぞありける

牛王この由見るよりも　「いかに申さん若君様　[6]昔が今にいたるまで　[7]命全
ふ持つ亀は　蓬萊山に逢ふと聞(きく)　しばらく待たせ給へや　自らは　是より[8]上の
醍醐といふ所に　[9]しやうしん聖と申て　我がためには叔父なり　君の御ために
も三代相恩の者なり　此聖を頼み　一まづ落とし申べし　その間に討手向ふも
のならば　裏の漢竹藪よりも忍び出させ給へ」とて　涙とともにそれよりも
醍醐を指してぞ急がるゝ

[10]頃はいつぞの事なるに　[11]安元四年四月廿八日の事なれば　月は出ずして　道
見へず　[12]雨は車軸と降りわたり　[13]長夜の闇のごとくなり　その上　醍醐の寺を
ば　[14]音には聞けど目には見ず　[15]たゞ東と心得て　[16]足に任せて行く程に　はや[17]鳥
辺野に着かれける　[18]死したる者は数知らず　犬狼は鳴き騒ぐは　物すさまじ
き有様也

たかたかだち」など。→四三八頁注八。 一六 →「ほり江巻双紙」一一四頁注一。 一七 浮世の無常、世のならいをいう成句。

一「人間五十年、化天(けてん)の内を比ぶれば、夢幻のごとくなり。一度生を受け、滅せぬ物のあるべきか」(舞曲・敦盛)を踏まえる。 二 復讐するため、人に斬りつけ、殺傷すること。 三「んず」は「むとす」。「ものを」は詠嘆をあらわす終助詞。強い決意を自ら確認した言いよう。 四 御太刀。「ミハカシ」とも。 五 手足など身体(五体)や関節(身分)が動かねば、の意。「五体身分切れ損じ」(舞曲・信田)、「五体身分の逞しき者」(羅葡日辞典)。 六 昔から今日に至るまで。 七 諺。「命があれば蓬萊山に会ふ」(さんせう太夫)とも。寿命を全うすれば、得難き幸運にもめぐりあえる、の意。「蓬萊山」は、東の海上にあるという仙山。蓬萊神仙思想に基づく。山海経に「蓬萊山在二海中一、上有二仙人之宮室一、皆以二金玉一為レ之」といい、その仙宮は「蓬萊宮」と理解された。「瑯嬛記」(伊士珍)に「亀千年者能至蓬萊山下」とある。 八 上(かみ)醍醐の醍醐寺。当初、顕密両宗兼学の寺院、後に真言系となる。平安後期からは源氏と深く関わる。「伏見常盤」や「山中常盤」でも、今若や、あるいは乙若(諸本で異同あり)が醍醐へ預けられている。 九「義経記」一に、鎌田正清の子、鎌田三郎正近が「四条の御堂」(金蓮寺カ)で行いすまし、少進坊またはしやうもん坊を名乗ったという。本作がこれに拠ったとすれば、「牛王の叔父」という点に矛盾があるが、「四条の御堂」を「醍醐」にかえて、源氏譜代の臣であることを強調したのであろう。「天狗の内裏」の「す

牛王　あまりの悲しさに　一首の歌にかくばかり

　[一九]鳥辺野に争ふ犬の声聞けばかねて我身の置き所なし

と詠じて　行く程に　醍醐の麓に着かれける
悲しや　これより上へは　[二〇]女人あがらぬ山と聞くなれば　いかゞはせんとあきれはて　まづさめ〴〵とぞ泣かれける
かゝりける所に　[二一]源氏の氏神[二二]正八幡は　これを不憫におぼしめし　[二三]八旬ばかりの老僧と御身を変じ　[二四]香の衣に[二五]甲の袈裟　[二六]皆水晶の数珠を爪繰り　御杖にすがり　牛王のあたりに立ち寄りて　「いかに申さん姫　この山と申せしは女人のあがらぬ山成が　[二七]御身はいかなる人なれば　何をか嘆く」とありければ　牛王この由聞くよりも　「さん候　この山のしやうしん坊に[二八]少し子細のある上に　是まで参りて候へども　女人のあがらぬ山なれば　何とつかまつり候らはん」と　たゞさめ〴〵とぞ泣かれける
[二九]八幡はきこしめし　「その儀にてあるならば　一筆あそばし候へや　届けん」この給へば　牛王喜び　文「こ」まやかに書きとゞめ　御僧に渡しける
八幡　この文受け取らせ給ひ□　やがて醍醐の山に上らせ給ひ　しやうしん坊に渡されける

な山寺のしやうしん坊」との関係未詳(四二二頁注三参照)。なお、「牛王の姫問定」(奥浄瑠璃)や「牛若千人切」では、しやうしん坊相当人物を常陸坊海尊とする。　一〇 年月を言いおこす慣用表現。「頃は平治元年の事なるに」(待賢門平氏合戦)の変形。　一一 安元は京の大火、鹿ヶ谷事件で同三年(一一七七)に治承と改元。この年月は存在しない。四月二十八日についても未詳。義経の高館自刃四月二十九日(天狗の内裏)との関連づけか。　一二 雨が並はずれて激しく降るさま。　一三 仏教語。「チャゥヤ」(日葡辞書)と濁る。「無明煩悩」の意。「生死長夜」などという。　一四 慣用句。噂には聞いているが、実際に見たことはない、の意。　一五 醍醐は七条朱雀からは東南に位置する。七条通を東進して、醍醐街道を滑石(すべりいし)越にとる。その途次に鳥辺野。　一六 足の力の続く限り、の意。類型句。　一七 京都市東山区今熊野付近に広がる丘陵。古来、葬送の地として知られる。　一八 終止形「死す」。漢語に基づく。「生きたる人死したる人」(ドチリナキリシタン)。　一九 九相詩の「第六噉食相」に添えられる和歌二首の一。鳥辺野に死肉を争う犬の声を聞くと、我身の行末も思いやられて心細く、身の置き所もない。　二〇 「自₂山腹滝樋不動堂₁以上不ㇾ許₂女人登山₁」(山城名勝志)。　二一 →「浄瑠璃御前物語」七七頁一四行目以下。浄瑠璃「ふきあげ」にも類同場面。　二二 石清水八幡や宇佐八幡などの祭神。「殊更八幡の御神は、当家(源氏)弓矢の守護神にて」(舞曲・腰越)。　二三 以下、僧形夢告の類型表現。「天狗の内裏」「常盤物語」にも類趣の夢告描写。「八旬」は八十歳。読みは、「ハチジュン・ハチシュン」(文明本節用集)、「ハッシュン」(日葡辞書)。　二四 →「浄瑠璃御前物語」六頁注六。　二五 一枚袈裟(平袈裟)に対して、

しやうしん　驚き給ひ　やがて麓へさがり　牛王の姫に対面有　「何事やらん」とありければ　牛王この由見るよりも　衣の袖にすがりつき　この由かくとありのまゝにぞ語りける

しやうしん　大きに驚かせ給ひ　「それはまことかなか〳〵や[一]　心安かれ牛王の姫　いかやうにも某落とし申さん」とて　同宿[二]二人うち連れて　急がせ給へば程もなく　鳥辺野[三]にこそ着かれけり

不思議やな　こゝに龕[四]ひとつ見へてあり　しやうしん　不思議におぼしめし　引き寄せて見給へば　源氏の氏神正八幡　鞍馬[五]の毘沙門より

僧正[六]頼む　牛若をよきに落として賜び給へ

と　御判[七]ぞすはりける

僧正　これに力を得　御運は強しと喜んで　同宿共に持たせつゝ　七条指してぞ急がるゝ　かの僧正の心の中　たのもしきなか〳〵申ばかりはなかりけれ

第　四

扨も其後　しやうしん法師は　急がせ給へば程もなく　伏屋[八]の屋形に着かせ

縁などを別の布で縫った袈裟。高位の僧が着用。三六 →「浄瑠璃御前物語」六頁注七。三七 相手に物をたずねたり、とがめだてしたりする時の慣用句。三八 こみいった事情。三九 以下、八幡の文使い。「浄瑠璃御前物語」吹上の段に拠る。「いたはしや御曹司、今を限と見えしかば、かたじけなくも正八幡の、世にも哀とおぼしめし、濃き墨染の御衣を召し、老僧と現じ給ひ…もしも都に知る人ましまさば、ことづてし給へ、ねんごろに届けてまいらせんとぞ仰せける」(浄瑠璃十二段の草紙)。

一 なるほど容易なことではない、の意。牛王の応答語とはとらない。
二 同じ宿坊で修行する若者。本来、寺の同輩をいう。
三 本作は鳥辺野を重要な一舞台とする。しやうしん坊が「四条の御堂」の少進坊に拠っていることはほぼ確実で(四一四頁注九参照)、その点からすれば、鳥辺野の葬地を管掌した四条派金蓮寺末の宝福寺が本作成立の古層では意識されていたであろう。時宗関与になる物語である。
四 棺(ひつ)。「仏厨子又斂(オサム)ニ死人ヲ一輿呼云レ龕也」(伊京集)。
五 鞍馬寺の本尊で、多聞天とも。四天王、十二天の一で、皇城北方を守護。牛若に加護を垂れたことも、同寺の牛若伝説と共に有名。「牛若殿をば、鞍馬の多聞、伊勢の両社、守り守護し給ひ」(舞曲・未来記)。
六 しやうしん坊のこと。
七 上野が原で小栗が餓鬼阿弥姿で蘇生した折にも、閻魔大王の自筆の御判が据えられていた。説経「をぐり」に時宗の関与があるのと同様、本

給へば　御曹司の枕元に立ち寄りて　「いかに申さん若君様　某は醍醐の寺に住居するしやうしん坊と申者にて候が　まづ〳〵この龕へ移らせ給へ」との給へば　御曹司はなのめならずおぼしめし　やがて龕にぞめされける

牛王この由見まいらせ　「いかに申さんしやうしん様　三代相恩の若君を龕に入奉る事は　さてももつたひなき次第や」と申さるゝ　しやうしん坊はきこしめし　「いや〳〵牛王　さにてはなし　それ龕と書きてはよをひらくと申て　なんぼうめでたき神成ぞ　心安くおぼしめせ」と　牛王の姫には白き練衣を被かせて　醍醐を指してぞ急がれける心の中こそはかなけれ

是は扨置　六波羅よりの討手には　景清を大将にて　三百余騎にて急がれけるが　折節　行くと戻るとはたとあふ　景清此由見るよりも　さればにや御曹司を死人に学びて通るぞと心得　やがて僧の衣の袖に取りつき　「怪しやしばらく待たせ給へ　少し子細の候へば　此龕をあけてみん」とぞ申ける　しやうしん坊はきこしめし　少しも騒がせ給はず　大の声音をさしあげて　「何との給ふ若侍　「少し子細の候へば　此龕を開きみん」との給ふか　某は無縁の聖の□やうなれば　都の中を廻りて　死したる者の候へば　此法師が拾い取りて　野辺に送り無常の煙となし申　菩提を弔ひける修業者なり　今宵も七条あ

作成立基盤にもその影響が認められよう。鞍馬が融通念仏の寺として知られたことも注意。

八 →四一七頁注二四、四二三頁注一〇。

九 なんともまあ恐れ多い、の意。

一〇 未詳。あるいは龕が観音開きの付いた輿(よ)であることをいうか。

一一 とても。「なんぼうめでたきこの玉なり」(まつら長者)。

一二 「神」の意、不明。「龕」との混乱あるか。

一三 白衣を被(かず)くのは、女性の野辺送り装束。白かづき。絹衣は、練って柔らかくした絹布。練絹。

一四 底本「大ご」。

一五 底本「へたとあふ」と誤り。「五条油小路にて、両方はたとあふた」(だいりむらさき女郎幷公平けしやうろん)。

一六 死人の真似をさせて、の意。

一七 慣用句。合戦場面に頻用。「大の声音をさしあげて、なふ〳〵御内へ案内申さんと、大音声にて呼ばはりける」(浄瑠璃・たかだち)。

一八 「ワカサブライ」(日葡辞書)。

一九 底本小破。前出文で「さ」を補う。

二〇 よるべなく自由に遍歴して、埋葬などにも携わった僧。時宗系、禅律系の僧に多く、法系としては高野山に連なる。

二一 底本小破。「ぎやう」(行)または「くやう」(供養)とでもあったか。

たりを修業のために通り候へば　折節幼ひ者の死して候へば　拾ひ取りて　只今野辺に送るなり　情ある者にて候へば　お通しあれ」とぞ申ける

　中にも監物の太郎頼方　この由を聞くよりも「いかに面〳〵　聞き給へ　敵討の門出に　死したる者にあふたるこそ幸なれ　詮無き聖に問答し　時刻移して叶ふまじ　たゞ〳〵枉げて御通りあれ」とぞ申ける　面〳〵この由聞くよりも「げに是は尤も」とて　三百余騎の者共が弓手馬手へさつと散り　しやうしん坊をぞ通しける　しやうしんなのめに喜びて　虎の尾を踏み毒蛇の口を逃れたる心地して　醍醐を指してぞ急がれける（絵３）

　急ぐに程なく醍醐の麓に着かれしかば　牛王の姫は　御曹司の輿の轅に取りつきて　最後の別ぞ哀なり「いかに若君様　是までは送り届け申なり　めでたくやがて御代に出させ給ふべし　御暇申てわ若君様　定めて某は　若君を落とし申せし科により　清盛殿へ生け捕られ　十日に十をの指を捥がれ　廿日に廿の身を砕かれ　責め殺されんは治定なり　責め殺されてあるならば　後世をば頼むしやうしん坊　暇申」との給ひて　涙と共にたち帰る　牛王の姫が心中のたのもしさはまた二人共あるべからず

　扨それよりも牛王の姫は　三条油の小路に　みどりと申て下女を一人持ちけ

一「をさない」の転。
二 経歴など不明。寿永三年(一一八四)一の谷で討死。監物の登場は、「義経記」一・常盤都落の事に想を得たものであろう。
三 往来の出会いで事の吉凶を判断した習俗(辻占)に拠る。「門出」は「カドデ」「カドイデ」が併用(日葡辞書)。
四 事を急く場合の成句。「時刻移して叶ふまじ、いざうつたゝん」(箱根山合戦)。「時刻移りて叶ふまじ」「時刻移りて悪しかりなん」などともいう。
五 道理をまげて。改めるべきが筋であるが、そこをこらえて、の意か。下句「お通しあれ」の誤りかも。
六 諺。「虎の尾を踏み毒蛇の口を逐(のが)る」(譬喩尽)、「如レ踏二虎尾一、如レ踏二毒蛇首一」(大智度論)。「わにの口を逃れつゝ」(浄瑠璃・にちれんき)なども。
七「轅」は、車の前方に差し出た二本の棒のこと。輿に転じてもいう。「輿 コシ〈車ノ無レ輪也〉」(書言字考節用集)。
八 別れの際の慣用句。
九 底本、丁移り箇所であり、「わ」は衍字か。
一〇 罪人処刑の類型表現。ただし、「廿の身」は、未詳。「十日に十(をと)の爪を放し(捥ぎ)、廿日に二十(はた)の指を捥ひで、首を挽き首にし給へり」(舞曲・信田)。「十を」は、当時、しばしばみられる用字法。「九には…十をには…」(あみだのほんぢ)。
一一 責め殺されるのは確かなことだ、の意。「責め殺そうは一定なり」(さんせう太夫)。
一二 身替りを決意したり、討死を覚悟した者が、当該者や近縁者に弔いを懇請する。これも常套表現。「今日、某は西国にて討たれん事は治定

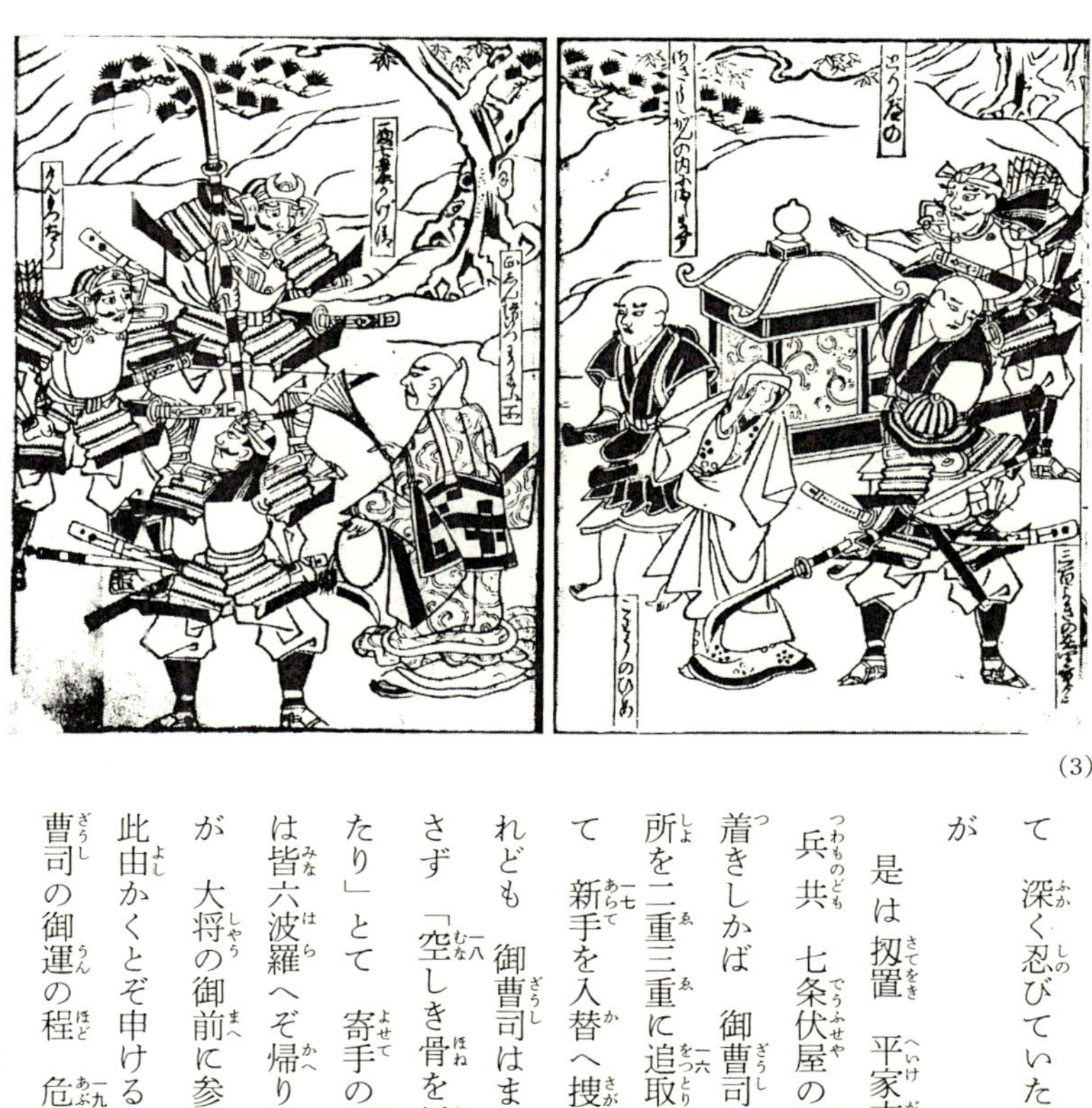
(3)

るが　彼が宿所に立ち入て　深く忍びていたりし[一五]が

是は扨置　平家方の兵共　七条伏屋の館に着きしかば　御曹司の宿所を二重三重に追取回し[一六]て　新手[一七]を入替へ捜しけれども　御曹司はましまさず「空しき骨[一八]を折りたり」とて　寄手の者共は皆六波羅へぞ帰りけるが　大将の御前に参り　此由かくとぞ申ける　御曹司の御運の程　危かり[一九]ともなか〳〵申ばかりは

也、もしも討たれてあるならば、後世を問ふて給はれよ」(こあつもり)。

一三 小川通と堀川通との間。

一四 異本「義経記」に、牛王の最期を述べ、その下女のことに触れる。

一五 この文末表現不明。省筆の際の錯誤か。

一六 完全に取り囲み。「取回し」の強意。「国はるの屋形を、二重三重に取回し」(清水の御本地・江戸七郎左衛門正本)。

一七 まだ戦わずにいる交替要員。「荒手」とも書く。

一八 詮なき無駄骨、の意。

一九 一般には「あやうかりとも」で表わされる段末表現。「危(あぶな)かりとも」は珍しい。

なかりけれ

第五

扨も其後　清盛はこの由をきこしめし　「その儀にてあるならば　伯母の尼公は　扨は偽り学びて来たりたり　あれはからへ　景清いかに」と仰ける　「承る」と申て　やがて伯母の尼公を搦め捕り　牢舎の住居ときこへけり　哀れなるかな　尼公は牢の中より申やう　「あら情なの御事や　某何しに偽り申べし　所詮思ひいだしたり　こゝに又　牛王の姫と申て　女一人ありけるが　定めて彼が落としてありつらん　召し寄せ御尋ねあれかし」と申ければ　げに〳〵是もさぞあるらんとて　洛中を尋ぬれども　その行方は知れざりけり

これをば知らで牛王の姫は　御曹司の御ためとて　清水の観音へ七日詣をしたりけり　かゝりける所に　平家の侍景清も思ふ子細のありけるとて　清水へ参りしが　行くと戻ると行きあふ　景清　目早き男にて　「あれこそ尋ぬる牛王よ」と　一度にばつとうち寄り　いたはしや　牛王の姫を高手小手に搦める　景清なのめに喜びて六波羅指してぞ帰りける

一 訴人とみせかけて、の意。「案内検見の其ために、偽り学んで来たりけん」(浄瑠璃・たかだち)。 二 それ召し取れ、の意。「あれ」は、代名詞から転じて、指示や注意をする時に用いられる感動詞。 三 「第五」も、ひき続いて、景清譚に於けるあこ王訴人が意識されている。訴人される景清と捕縛する景清との対比。「あら恐ろしの阿古王や。九年迄(景清に)契りし者が、重ゝ訴訟する心の内の憎さよ。自余の女の身懲り、聞き懲りのためも有、それ計らへとの御諚なり」(舞曲・景清)。 四 「牢舎の住居」で成句。牢に入れられること。用字は、「牢舎」「籠舎」の他、「籠者」も。 五 いろいろ思いめぐらしたが、そうだ、気がついた、の意。慣用句。類句に「げに思ひいだしたり」。 六 「ユキガタ」(日葡辞書)と濁る。 七 「景清は、是をば夢にも知らずして、今日は十七日、清水へ参らばやと思ひ」(浄瑠璃・かげきよ)、この後、あこ王の裏切りにあう。その場面を踏まえる。 八 京都市東山区の清水寺。本尊十一面千手観音。 九 期間を七日と定め、観音に参詣し、仏力加護を祈願すること。牛王の清水参詣には、常盤が行方のわからぬ牛若の無事を祈願して清水に百日詣をしたこと(常盤物語)が踏まえられていよう。 一〇 「これは平家の侍悪七兵衛景清にて候。…宿願の子細あるにより。…清水に一七日参籠申して候」(謡曲・大仏供養)。景清の清水寺観音信仰は特に有名。 一一 「(梶原)源太、目早き男にて」(舞曲・清重)と同趣の人物造型。景清の敵役的相貌を増幅。「目早き」は「メバヤキ」と濁る。→四二〇頁注一二。 一二 後手にして、首から縄をかけて、腕の上部と手首を縛ること。

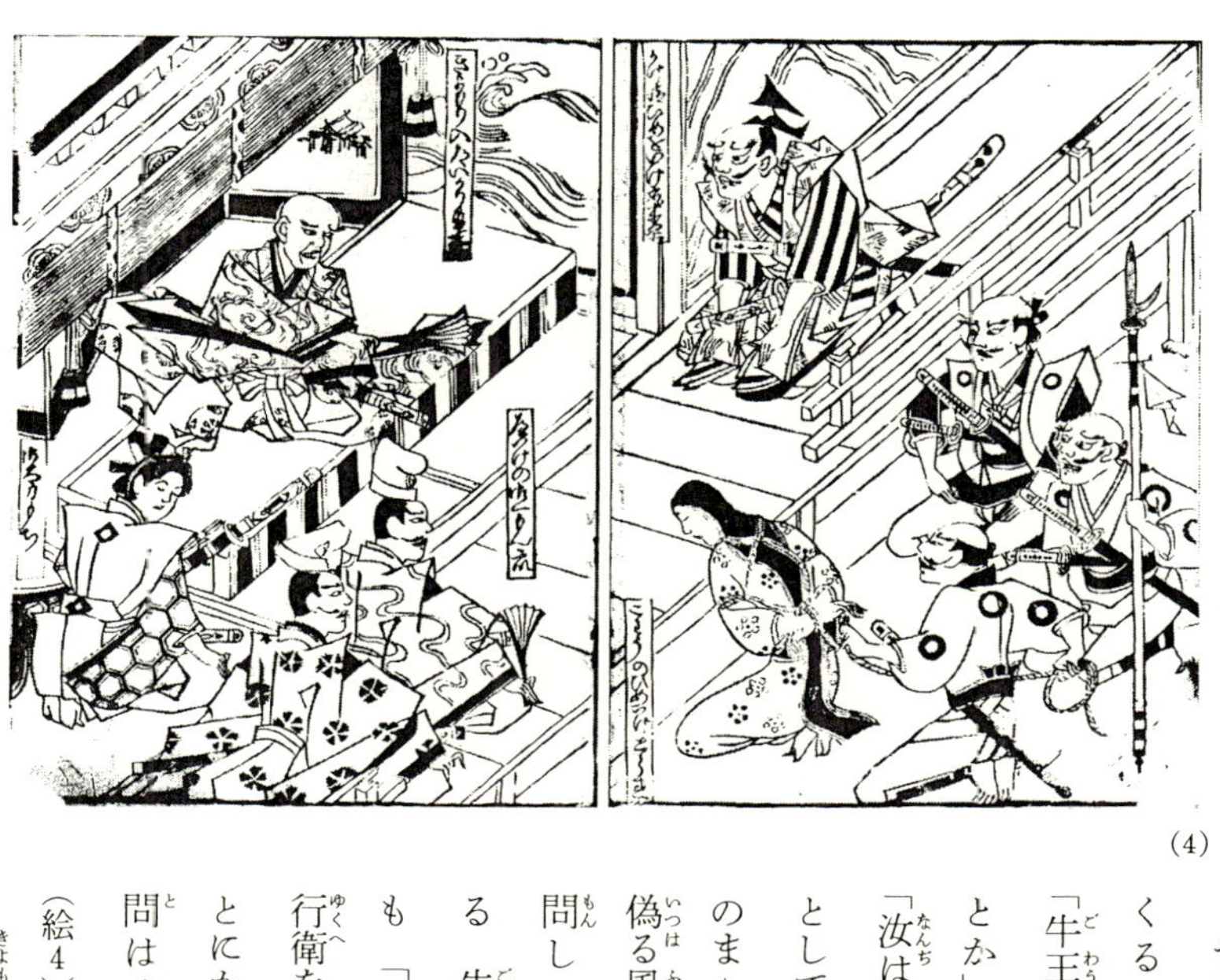

（4）

やがて清盛の御目にかくる　清盛御覧じて「牛王の姫とは汝がことか」「さん候」と申「汝は何として牛若を落としてありけるぞ　ありのまゝに申べし　少しも偽る風情これあらば　拷問して問はん」と仰ける　牛王の姫は聞くよりも　「何とて自らが君の行衛を知るべきぞ　たゞとにかくに伯母の尼公に問はせ給へ」と申ける

（絵4）

清盛此由きこしめし

（四一七頁からつづく）乙若五歳、牛若当歳子なり」（義経記一）。二二 生前、あらかじめ死後の冥福を修すること。二三 悪源太は義朝嫡子義平、朝長は同次男中宮大夫進。平治の乱で敗走中、悪源太は近江で捕えられ六条河原で斬首。朝長は美濃青墓で自害。二四 粗末な家の並ぶ町中。「朝」は「市朝」の意で、町中、巷間をいう。二五 荒れはてた屋形の様をいう類型表現。「棟門」は、「ムネカド」「ムナカド」両用。二六 呆れるばかりに見苦しい。二七 四方に降り来る時雨を避けられた。二八 尼君。尼を敬っていう。二九 多く美少年をいう。三〇 時雨の晴れるのを待っていらっしゃいますが。三一 以下、貴公子の相貌描写の類型を点綴。「黔眉」は「高眉」とも「天上眉」ともいう。「有元服其当日直本眉剃落、本眉上裡額以レ墨丸二所眉作被レ置事也、是高眉云也…金黒歯被レ染事也、白歯無礼也」（故実拾要）。「はさきとつて」は未詳。三二 「さんせう太夫」などに同趣。→「さんせう太夫」三七〇頁一一行目。異相が常人でないことを示す。ただし、ここは浄瑠璃物語の牛若の佩く鞘巻描写を誤って転じたもの。「頭（かしら）」から「額」を連想。「御腰の物お見てあれば、黄金作とうちみへて…柄頭（つかがしら）にはかたじけなくも三日月三体あらはかし」（浄瑠璃十二段・古活字版）。三三 物尽しの常套表現。「尋ぬる所はどこ〳〵ぞ」（後出）も同類。三四 底本「かた」は誤り。「縠金」は、唐渡りの金糸を使った織物。三五 →「浄瑠璃御前物語」二二頁九行目及び注六。ただし、古活字版「地をば褐に水色に山鳩色に染めさせて」。「山鳩色」は禁色の一。牛若の高貴さをいう。

「あの女　尋常にては落ちまじき　[一]七八度の[二]問状かけ　責めて問へ　[三]景清いかに」と仰ける　「[四]承る」と申て　御前を罷り立　弘庭に引きいだし

[五]まづ一番の問状には　[六]九つ格の登り梯に牛王の姫を搦めつけ　[七]水責にして「落ちよ〳〵」と責めければ　牛王　心に思ふやう　あら情なの次第やな　それ[八]来世にて　[九]地獄の数は一百卅六地獄あり　中に取ても寒地獄と申せしは　[一〇]大紅蓮の氷に閉ぢられ　浮かむ事更になしと聞く　その苦しみをこゝにて受け　来世は必ず弥陀の浄土へ参るべし　「君の行衛は知らぬなり　景清殿」とぞ申ける

[一一]第二番の問状には　[一二]湯責にして　「落ちよ〳〵」と　十四五度責めにけり　牛王　心に思ふやう　その来世には　[一三]無間地獄と申て　かやうに責めると　承る　其苦しみを爰にて受け　来世は必ず成仏すべし　「君の行衛は知らぬなり」

[一四]第三番の問状には　[一五]榦をもつて　節〳〵をきり〳〵と揉まれけり　あら情なの次第やな　其来世には　[一六]石女地獄と申て　大磐石の岩をおゝせ　灯心にて竹の根を掘れよ〳〵と責めにけるを　かくのごとく　こゝにて受け　来世は救かり申べし　「君の行衛は知らぬなり」

扨又[一七]四番の問状には　松の木板に八寸の[一八]釘をあきどもなく打ち立てて　「渡

一以下、「義氏」(慶安四年写本。他に絵巻、寛文初年頃江戸板も)三段での明月に対する問状と酷似する。古くから語りの型があったのであろう。「太夫そこにて申様、何と陳じて申とも、此女が知らぬ事は候まじ、七度八度の問状をかけ、責落とさせ給へや、国司様とぞ申ける」(義氏・慶安写本)。二本来、鎌倉室町期の裁判文書の一をいう。訴人(原告)の訴えに対して被告に陳状(弁明書)の提出を命じた通達。「モンジャウ」(日葡辞書)とも。転じて拷問による自白強要をいう。故に、「七十五度の問状」(唐糸さうし)と「七十余度の拷問」(舞曲・信田他)とは同義。三底本「いがに」。四処刑や拷問に及ぶ時の類型表現。引き出す場所は、河原、大道など。五「千筋「弘庭　ヒロニハ」(書言字考節用集)。五「千筋の縄を懸、のぼり橋にくゝり付、先一番の問状には、水攻にしてぞ問われけり、明月此由見るよりも、それ来世に地獄の数は一百卅六地獄、其中に取ても、八幡地獄に寒地獄と申は、そも紅蓮大紅蓮の氷に閉ぢられ、浮む世更に無ときく、自はいつの月日に生れをなし、今生にて、紅蓮大紅蓮の氷に閉ぢらるゝ共、来世は必ず弥陀の浄土に参べし、何と成とも責て問ひ給へや、君の行衛は知ぬなり」(義氏・慶安写本)。六足をかける横木が九つある梯。「十一格の梯(のぼりはし)に絡み付けて、湯責、水責にて問ふ。それにも更に落ちざれば、三つ目錐を取り出だし、膝の皿をからり〳〵と揉うで問ふ」(さんせう太夫・三五三頁五行目)。七梯に囚人を仰向けに縛り、口に間断なく水を注ぎ込む刑。八底本「らいせにて」を訂正。九「説ニ一百三十六地獄一。謂八大地獄一々。皆有ニ十六近辺一。都計成ニ一百三十六一」(三界義)。「わが朝の地獄一百三十六地獄」(常盤物語)。合一百二十八也。

れ〳〵」と責めければ　牛王この由見るより〔も〕力及ばず渡りけり　足の裏よりあ[一九]へる血は　ひとへに滝のごとく也　あらいたはしや牛王の姫　心に思ひけるやうは　それ来世には　剣の山とて　かやうなる所を渡る由承るが　その苦しみをこゝにて受け　来世は必ず弥陀の浄土へ参るべし　景清殿とぞ申ける　かの牛王の姫の心の内　哀ともなか〳〵何にゝ喩へんかたもなし

第六

扨も其後　扨又五番の問状には　小刀にて　牛王の姫の廿[二〇]の爪をぞ放しける　あら無慙やな　牛王の姫は心に思ひけるやうは　それ来世には　修羅[二一]の地獄と申て　弓箭に携〔さ〕はり　敵無き者は　我が身をかやうに責むると聞く　その苦しみを自らはこゝにて受け　来世は必ず仏に成るべし　「君の行衛は知らぬなり」（絵5）

扨六番の問状には　腰[二二]より下を掘り埋み　蛇責[二三]にして　「落ちよ〳〵」と責めければ　牛王　心に思ひけるやうは　それいとゞさへ　女は五障[二四]三従に選ばれ　罪深き身なり　ことに月の障[二五]は七日のもの　産の紐を解き　七十五日過ぎ

一〇 八寒地獄の一。「或閉二紅蓮大紅蓮之氷一」（往生講式）。「紅蓮大紅蓮の氷に閉ぢられて、浮かむ世もなき苦しみの」（謡曲・船橋）。 一一 「第二番の問状には、瓶子（へいじ）六具、樽六荷に湯をつひで、湯責にしてぞ問われける、明月此由見るよりも、何と成共責て問ひ給へ、君の行衛は知らぬなり」（義氏・慶安写本）。 一二 熱湯による水責め同様の責苦か。 一三 八大地獄の第八。諸地獄のうち最も苦痛甚だしい地獄。「ムケン」（日葡辞書）。 一四 「第三番の問状には、簳をもつて、四十四の骨の節（つがひ）をきり〳〵と揉まれたり、明月此由見るよりも、夫来世に死たる人の炎魔の庁へ参るとて、こんづめんづが四十九本の釘を打と承る、其苦しみを今生にて受け、来世は助り申べし、君の行衛は知ぬなり」（義氏・慶安写本）。 一五 矢の幹。 一六 石女（子を生まない女性）が落ちる地獄。「昔、熊野比丘尼、絵を掛けて、是は子を生まぬ人、死で後、とうしみをもちて竹の根を掘る所也といふを聞く」（私可多咄）。→四三五頁注九。 一七 「第四番の問状には、松の木板に、八丁釘をあき間もなき程打ぬきて、其上を、渡れ〳〵と有ければ、明月此由見るよりも、夫来世に、剣の山の有と聞く、今生にて、人を悪しかれ我身よかれと、思ひし人の死たる時には、必来世にて、剣の山へ追いのぼすると承る、其苦を今生にて請、来世は助かり申べし」（義氏・慶安写本）。 一八 あき所。場所。「ど」は、「臥所（ふしど）」などの「ど」に同じ。 一九 「零（あ）ゆる」に同じ。滴り落ちる。「剣の山へ。あがれのぼれと責めにけり。…一足踏めばさつと裂け。二足踏めばさつとは切れ。こゝかしこより零ゆる血は。たゞ紅のごとく也」（目蓮記）。 二〇 「ハタチ」と読む。→四二八頁注一〇。 二一 阿修羅道。六道の一。闘諍を専らとして、

(5)

ざる内に死したる輩が
それ来世にては血の池へ[一]
落つる也　此血[二]の池と申
は広さも四万由旬　深さ
も四万由旬也　此池に
鉄の糸より細[三]き橋を架
け「渡れ〳〵」と責め
ければ　力及ず罪人共
血の波を流しつゝ　向の
岸へ渡らんとす　下を見
れば　毒蛇大蛇の簀子[四]を
かきたるごとく也　たま
〳〵向の岸に着きぬれ
ば　あまたの鳥が集まり
て脳を突くと承　其苦し
みを爰にて受け　来世は

生前、合戦闘諍に携った者や、妄執の瞋恚盛んなる者が落ちるという地獄。二二「国分寺の広庭に。五尺に穴を掘りて、肩より下も掘り埋み」(さんせう太夫・三七八頁一〇行目)。二三 多くの蛇を身体にまきつかせて責める拷問。挿絵6参照。二四 女性の罪業深きをいう慣用句。「いとゞだに。女は五障三従に選まれて。罪の深ひと承る」(舞曲・鎌田)。「いとゞさへ」は、「いとゞだに」に同じ。ただでさえの意。「五障」は、女性の持つ五種の障礙(法華経・提婆品)。→四一七頁注一八。「三従」は、幼少では親に、嫁しては夫に、夫亡きあとは子に従うこと。二五「女人は月に一度の障あり、それを浄むるとて、水に流して水神をけがし、山に捨てゝは山神(さんじん)けがし、土に捨てゝは堅牢地神をけがし、それさへ重き罪なるに」(目蓮記)。

一「血の地獄」とも。血をたたえた地獄の池で、女性、とりわけ産の道で死んだ人が落ちるという。二 以下、血の池地獄の諸相を類型的に描出。「血の池地獄のせつなさは、深さは四万由旬なり。幅も四万由旬なり。八万由旬のその池に、糸より細き橋を架け、数多の罪人を召し寄せて、此橋渡り向ふの岸に着くならば、成仏遂ぐべしと責め行ふ、あまり責めるが切なさに、渡らんとすれば、橋は細し、身は重し、真中よりふつと切れ、身体は悪道へ沈むなり」(目蓮尊者地獄めぐり)。「くろがねの橋一有り。細きかなぐさりなり。獄卒共、罪人を責めつけて、渡れ〳〵と責め、さん〴〵にさいなむ、あまりに強く責められて、かなぐさりをわたらんとすれば、…その波間より、大蛇の角高く見え、眼(まなこ)はてりかゝやく日月のごとし、口をあきつれ、

弥陀の浄土へ参るべし「君の行衛は知らぬ也」

扨又七番の問状には　弘庭にからこ[六]の炭を移して　大団扇[七]にて煽[八]ち立　四つの手足に縄を付　鳥炙と云ものに「落ちよ〳〵」と責めにける　あら苦しや[九]　[一〇]眩暈や胸苦しければ　今ははや落ちばやなどと思へ共　落ちて甲斐なき我身かな　爰は一つ悪口[一一]して死なんと思ひ「いかに景清殿　君の行衛を申べし　是にて申たればとて　理非[一二]を分くる人もなし　君の御前に引かせ給へ」と申ける

景清なのめに悦びて　御前指して引て行

清盛御覧じて「とても中物ならば　最前は言わざるぞ　とつく中物ならば　数の宝をとらすべきに　去ながら後世弔いてとらすべし　いかに〳〵」と有ければ　御前成侍共　今こそ敵の行衛知れるぞと　各三戸[一三]鎮めて聞たりける

牛王申けるやうは「それ我が君と申せしは　天へも上らせ給はぬ　地へも入せ給はぬぞや　[一四]日本六十六か国を尋させ給へ　奥[一五]は奥州よりも攻め上り　御身の首を切　獄門[一六]に懸くべき也　又あれ［成］景清も　某がごとくに責めらるべきを　草の蔭にて見るならば　なんぼう悦び申べし　［清］盛いかに」と申ける

罪人落ちばのまむとのたれあがる有様、たとへんかたもなし」(平野よみがへりの草紙)。なお、血の池の大きさについて、「血盆経」は「闊八万四千由旬」、「天狗の大裏」(絵巻)には「深さも広さも八万由旬」とある。 三 底本「ほそきはし」を訂正。 四 無数の蛇が絡みあう様をいうか。「蛇(ちく)」は、編むの意であろう。「蛇(ちく)ども、簀子をかきたるごとく也」(ふじの人穴)。 五「此度の問状には、広庭にからこの炭を取出し、大団にて煽ぎ立、四の手足を引張りて、鳥炙(あぶり)にぞ責にける、女房此由見るよりも、荒苦や、今ははや落ばやなどゝは思へ共、落て甲斐なの我身やな、何と成共責て問給へ、姫の行衛は知ぬなり」(義氏・慶安写本)。ただし、「義氏」では、五番目問状。同様の責めは「さんせう太夫」にも見られる。 六 天井などに吊して保存したけしずみの類。 七 底本「大うちはわにて」。「わ」は衍字。 八 四段動詞「煽つ」。 九 身体的苦しみをいう慣用句。謡曲以来。古浄瑠璃で例示すれば、「すわのほんぢ兼家」で「石女」を描いて、「あら苦しや眩暈やな、胸苦しや」とある。→四三二頁注一六。 一〇「眩暈 メクルメク」(易林本節用集、温故知新書)。 一一 罵言をあびせて相手を悩ますこと。 一二 是非。道理と非理と。 一三「三戸を潜(ひそ)む」ともいう。目・耳・口の感官三つ(三戸)を閉じふさぎ、黙して注意をむけること。「公卿・大臣も感涙を催し、たれ物いふこともなく、三戸を鎮めてい給ふ」(戒言)。 一四「六十六箇国 日本五畿七道也。国名略レ之。壱岐対馬合六十八也」(譬喩尽)。日本国中。 一五 韻を重ねた慣用的言いまわし。 一六 斬罪に処した者の首を獄屋や刑場周辺の木架の上に晒すこと。梟首。

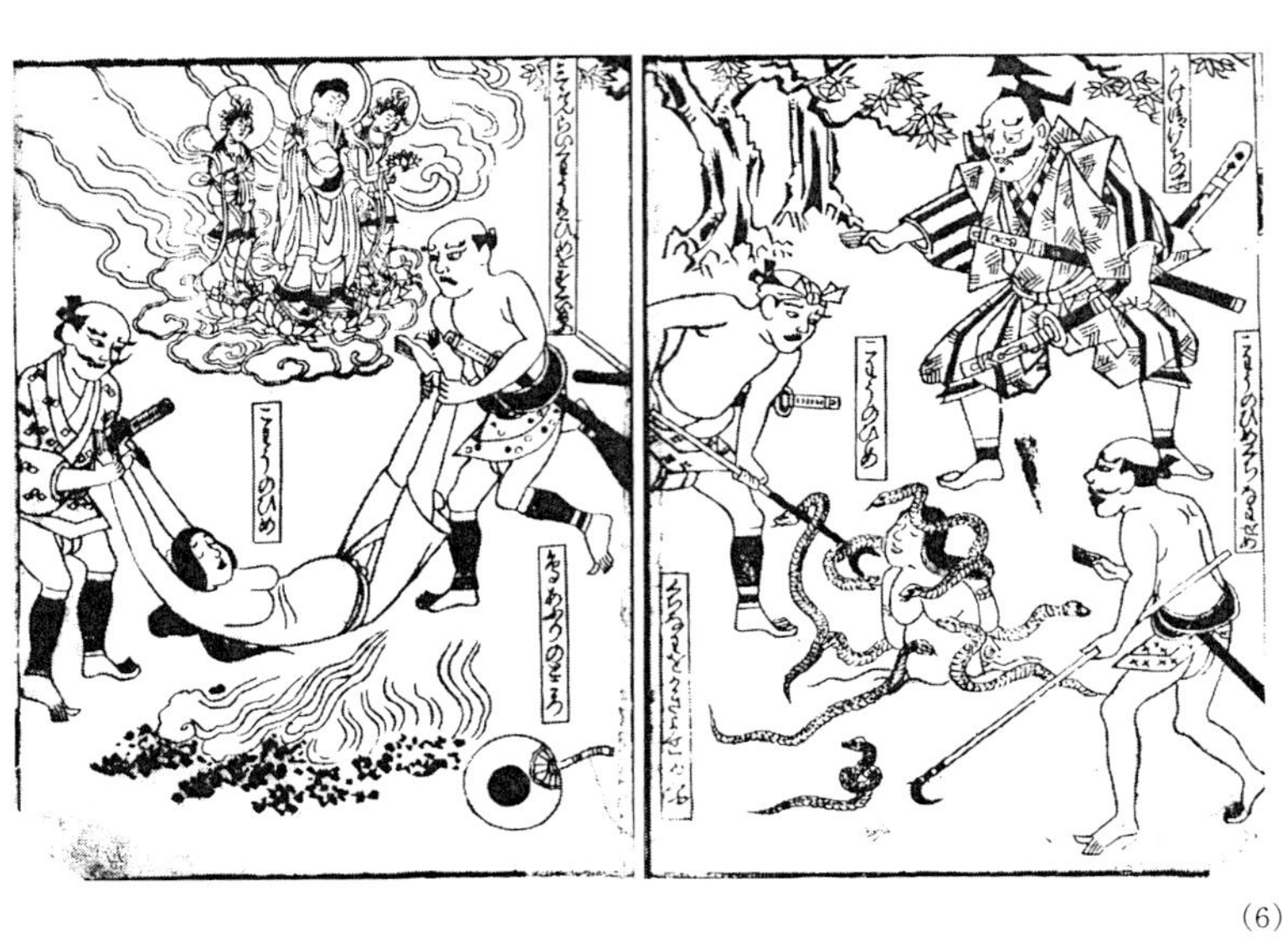

(6)

清盛は聞召　大きに腹を立「是非〳〵言わぬ物ならば　責めをかへよ」との給ひて　一御内を指して入給ふ

二八番の問状には　松の枯木より鉄の鎖をおろし　喉頸に縄を付　上る時は息絶ゆる　おろせば少息をつぐ　いたはしや牛王　今ははや死なばやと思ひ　三西に向ひ　心の内に手を合「南無阿弥陀仏弥陀仏」と　是を最期の言葉として　十七歳を一期として　四舌をふつ

一貴人邸内の奥まった部屋。二「又此度の問状には、千筋無筋の縄を懸、枯木の上に吊り上る、上ぐる時には息絶ゆる、おろせば少しよみがゑる、女房此由見るよりも、此上は果ばやなどゝ思ひつゝ、西の方を心がけ、南無や西方弥陀如来、来世を頼奉ると、是を最後の言葉にて、舌をふつと喰ひ切りて、朝の露と消にける」（義氏・慶安写本）。「しだの小太郎」（説経）、「信太」（舞曲）などにも、類同の拷問描写。三以下、最期の常套表現。最期にあたって願い事のある場合、念仏にかわって、「南無や西方（の）弥陀如来」の形をとる。「西に向て手を合、南無や西方の弥陀如来、御前様と若君を、願わくはあわれみて、義氏様にあわせてたび給へやと、是を最後の言葉にて、朝の露とぞ消にけり」（義氏・慶安写本）。四「ふつつと」に同じ。「ふつと、ふつつとなどいふは、緒や紐などのきれ侍る音を、やがて言葉に用ひそめたること歟」（かた言）。五弥陀・聖衆来迎時の慣用表現。「異香」は、えもいわれぬ芳香。六阿弥陀仏を念じて極楽世界への往生を願う者を擁護する観音・勢至・薬王などの二十五菩薩（十往生阿弥陀仏国経）。七仏や棺などの上にさしかざす長柄の衣笠。八主君に対して父母へのごとくによく仕えること。りっぱな奉公、働きをいう。ただし、「孝」は「功」の解も可。→「をぐり」二一七頁注一三。九手本。一〇音羽の滝。一一「牛黄姫社六波羅本堂の北小社也。又清水滝の上の社とも云、或説に此滝の社は熊野飛竜権現なりと云」（京羽二重）。このうち、六波羅本堂前説は「名女情比」に詳しく、清水の滝の上説は、「山城名所寺社物語」「出来斎京土産」「洛陽名所集」などが、世俗に牛黄姫社説と言い伝えるとする。「かやうにめでたき輩（ともがら）をば…末世の衆生に

（7）

と喰ひ切　朝の露と消へにけり　五異香薫じ花降り　六廿五の菩薩は　七天蓋を差し立　救ひとらせ給ひけり（絵6）

清盛この由御覧じて　あのやら成主に八孝有者　九末の世までの見せしめとて　一〇清水の滝の上に宮を立　一一牛王の宮とぞ斎はれけり

其後　伯母の尼公を召出し「汝に所領をとらせん　一二大国が欲しいか小国が所望かや」伯母の尼公はにっこと笑ふて云

拝ませんとおぼしめし、信濃の国の善光寺、奥の御堂に、親子地蔵と斎はれておはします」（かるかや・寛永版）。 三 以下、「さんせう太夫」結末と類似。他に舞曲「しづか」の影響もみてとるべきであろう。→三七八頁三行目以下。

（四一九頁からつづく）
七頁注二五。 二五 切り流し地は、諸伝に動揺あるが、ほぼ葱嶺（そうれい）山の麓、流沙川とする。 二六 弘法の故郷、現在香川県仲多度郡多度津町。ただし、土佐で邂逅したとの伝承もある。 二七 三管の名が一致するのは、清涼寺本「滝口縁起」や「鷲の弥陀の事」。「笛の巻」は「大水竜、小水竜、青葉の笛」。大水竜、小水竜を含め、それぞれ横笛の名管とされ、その命名由来譚には異伝が多く、相互に混融もある。「江談抄」「十訓抄」「教訓抄」「続教訓抄」「拾芥抄」など参看。 二八 「青葉の笛と申は、竹は潮に枯れたれど、青葉は節に一つあり。枯ざる徳に名付たり」（笛の巻）。鬼笛、葉二（はふたつ）とも。「青葉の笛の物語」も参照。 二九 「蟬折」と共に高倉宮秘蔵とも、また、鳥羽院から忠盛、経盛と相伝された敦盛の愛管とも（平家物語、舞曲・敦盛など）。「サエダ」とも呼ばれた。 三〇 高倉宮秘蔵の蟬折は、唐土の帝から献進された漢竹で彫られ、三井寺で弥勒に捧げられたと。「平家物語」四、「源平盛衰記」十五に、笛咎めによる命名譚を伝える。ただし、本作との関係については、注二〇所引本文を参照。 三一 どうか一曲お願いしたい、の意。「ひらに」は、せつに。

やうは「大国を所望」と申ける「其儀にて有ならば 黄泉の国をとらせん」[一]と有「承はり候」とて 雑車[二]に縛り乗せ 上は一条柳原[三] 小路〳〵を引渡し 七条河原[四]へ引出し 片足[五]は馬に付 又片足は牛に付 四方へさつと引ければ 牛裂きにぞしたりけり

天俄[六]にかき曇り 車軸[七]の雨降り 尼公が死骸を摑み行 上下万民をしなべ憎まぬものこそなかりけれ（絵7）

寛文拾三丑暦正月上旬　　八もんしや八左衛門板[八]

一 死後、魂が行くとされる所。冥途。広き大国と理解されていた。

二 荷運びや雑用に使う車。

三 現在、京都市上京区室町寺ノ内上ルあたり。都の道路基点とされた一条札の辻に近い。ここから洛中を引廻したのであろう。→注八。

四 源平時代、六条河原などと共に、しばしば処刑が行われた。「今日於二七条河原一武士十余人切レ頸」（玉葉・寿永二年八月廿九日条）。

五 以下も「義氏」（慶安写本）の次の場面と似通う。問状以外であることに注意。「義氏此由御覧じて、夫婬をはからへと有ければ、承ると申て、馬と牛とに結付て、河原をさして放しける、馬は牛におぢて引、牛は馬におぢて引、彼婬、牛裂きにさつと裂かれて、無間の底に沈ける」。

六 天地大荒れをいう慣用表現。「天俄かにかき曇り、震動雷電おびたゞしく、雨は車軸と降りにける」（くわてき船軍）。

七「車軸の雨降り」以下に脱文あるか。十番を基本とする問状が、後半やや省略されていることも関連あるか。

公平甲論（きんぴらかぶとろん）

信多純一
阪口弘之
校注

金平浄瑠璃の代表作。金平浄瑠璃は、源頼義のもと、親四天王の子どもたちが子四天王として活躍する武勇譚である。東西を通じて一世を風靡したが、江戸の和泉太夫(丹波少掾)と岡清兵衛の二人がそれを主導した。

なお、作中人物の「金平」と「武綱」については、それぞれ「公平」「竹綱」とも表記されるが、本文については底本通りの字遣いとし、脚注においては、通行に従った。

【梗概】ただすの広長の讒言で熊野へ流刑になっていた源頼義は、四天王(金平・武綱・定兼・季宗)と一人武者の活躍で、ついに広長を討ち、喜悦の眉を開く。しかし、重傷を負った定兼、季宗、一人武者の三人は、後れをとったことを恥じ、出家をも考える。いつもは短気な金平がしみじみと諫言し、武綱も自分の軍法違いだからと言い、三人も思い直す。武綱に首実検の次第を語らせての実検中、猪熊入道らいげんの首が飛び上がり、伺候の与一の首を喰い切る。武綱はさらに警戒を呼びかけ、兜の着用を勧めるが、金平はいつものきかん気を出し、死に首を恐れて兜など着られないと言い張る。口論するうちに稲光がして、らいげんの首が金平に襲いかかるが、激しく切り払われ、虚空に飛んで行く。金平はやみくもに追おうとするが、人々に制止される。(第一)

戦の後始末を終え、熊野から凱旋した頼義は、改めて天下一統の武将に任じられる。一方、らいげんの首は吉野山で共に修行していた朋友のれっさんとじょうばんの元へ落ちる。そこへ広長の息子のしげ長が迷い来て、頼義との戦いに破れ、らいげんが金平に討たれたことを語る。れっさん・じょうばんの二人は、しげ長と主従の契約をし、反乱を起こすべく、山を下りる。やがて都の頼義に、しげ長反乱の知らせが届く。折節、定兼・季宗・一人武者は療養のために帰国、金平は熊野へ代参しており、武綱は京の守護のため動けなかったが、武者修行中の大ば兄弟が駆け付け、討手となる。(第二)

山陽道を攻め下った大ば兄弟は、石田親子一万騎といかずちが原で激突して、これを滅ぼす。(第三)

翌朝、れっさん・じょうばんとの対決で、大ば兄弟は討死、源氏勢は追い散らされる。敗北の報を受け、源氏は都から引くことにする。武綱は、熊野から戻った金平が引くことを拒むであろうと思い、浜松で別の戦があると騙して向かわせる。都から東国に向かった頼義は、途

中、熱田明神で逆臣滅亡の調伏祈願をする。（第四）

先を急ぐ頼義らが今岡村を通り過ぎる頃、引き返してきた金平と行き会う。金平は武綱を責めるが、その深謀を知り、和解。頼義たちは定兼の浜松城に入り、籠城戦を決める。ところが金平が、またも尾張へ抜駆けし、敵の関守らを悩ますものの、武綱をも狼狽させる。（第五）

やがてしげ長が大軍で浜松城に攻め寄せる。源氏は無勢であったが、四天王一人武者揃っての活躍により、じょうばん・れっさんらをことごとく討って大勝利を収め、頼義は再びその威光を輝かせた。（第六）

【特色】金平浄瑠璃では、強力な外敵に立ちむかわねばならない源家軍団の中で、ひたすら勇力を頼りとする金平と、武綱の智謀がしばしば深刻な内部対立を招く。その対立の因は、常に金平側にあり、その行動論理は、「例のくせ」「いつもの持病」と総称され、金平劇を特徴づける。本作では、そうした造型が滑稽味も交えて巧みに盛り込まれ、題名の由来ともなっている。

【諸本】底本は、寛文三年（一六六三）六月刊行の上方板。絵入十六行二十丁半、半紙本、六段、山本九兵衛刊。東北大学附属図書館所蔵。ただし、太夫名が記されていない。四段目段末が、「古播磨風筑後丸」に「かぶとろんのかみおろし」として収載されていて、上方で播磨掾が語ったことは確実である。しかし、本作は初段冒頭に明らかなように、連作を構成して、前作に「頼義長久合戦公平生捕問答并四天王国めぐり」がくる。この「公平生捕問答」には、比較的多くの正本が存在するが、江戸に岡清兵衛作の丹波少掾正本が知られる（『声曲類纂』に一部模刻）。諸本系統はここを起点とするはずで、「公平甲論」も、したがって、この二人の手になる作が上方へ移入されたと思量される。事実、神おろしの節事も、二人の関与が想定される「きそ物がたり」の襲用で、播磨の増幅ではない。しかし、播磨もこれらの作を連作として語ったことは、「忍四季揃」に「いけ取もんだう ていせんの四季」が収載されることからも明らかである。ただし、底本が播磨掾正本かどうかは不明。寛文二年、丹波掾受領時を中心に、多くの江戸浄瑠璃が書肆主導で所属を明示せずに刊行をみたが、その類かもしれない。

その他、江戸の六段本に、享保頃刊行の絵入十六行十丁本が知られ、東京大学・東洋文庫・大阪大学・台湾大学の他、大東急記念文庫に所蔵される。

公平甲論

第一

抑も其後。密かに天地の気変を鑑みるに。悪逆に驕る者は。栄華を永く子孫に伝へず。善にして隠るゝ者は。ついに天の照覧明らけく。家引起こす弓矢の道。治まる国こそめでたけれ。

されば　源の頼義公。たゞすの広長が暴悪ゆへ。雲上の栄耀を南国の夷狄。熊野の浦に遷され。年月と送り迎へましませしが。霽月ついに曇なく。讒人広長を。御心の儘に追罰あり。喜悦の眉を開かるゝ。

時に大将。おくみの平太左衛門が兄弟の子供。年ひろ　年みち　並びに舎弟。おくみの弥二郎を近く召され。「此年月の。年景が芳心を報ぜんと思ひしに。

一 自らの見解による教訓を示し、それというのもと語り起こす表現。金平的な古浄瑠璃の序に類型的に用いられる。「抑も其後、ひそかに、目前の境界を、鑑みるに、邪智は、風前の雲、上智は、末代のかゞみたり」(北国落)。
二 気の変化。「故聖人独知ニ気変之情一」(越絶書・外伝記軍記)。
三 以下、善悪を対比させ、道理を説く。冒頭表現の一典型。　四 天から神が見通していること。
五 武士道を全うして家を再興すること。「引起こす」が「弓矢」にかかる修辞。「家引おこす弓矢の道。末繁昌のめでたさよ共中〳〵。申計はなかりけれ」(くわばら女之助兄弟かたき打)。
六 治世を礼賛する祝言的な類型表現。
七 平安時代中期の武将。九八八―一〇七五。鎮守府将軍となり、前九年の役を鎮圧した。「陸奥話記」に拠れば、頼義は「将帥之器」で、武士たちの信望を集めたという。金平浄瑠璃においては、架空の子四天王を率い、天下を治める中心人物に設定され、理想的な主君として描かれる。
八 前作「頼義長久合戦公平生捕問答」で反逆を企んだ悪人。菅原氏の流れを汲む権大納言で公家の将軍という設定。金平本は連作性が強い。
九 世を乱す悪事。　一〇 殿上で栄えときめくこと。
一一 「イテキ(夷狄)　すなわちイナカ(田舎)」(日葡辞書)。
一二 和歌山県南東の海浜。前作で、広長の讒言により、熊野に流刑になっていた。
一三 年月を過ごす。
一四 澄んだ清い月。正義が行われることを喩える。「誠を照らす、日月のかげに、曇はよもあらじ」(頼義長久合戦公平生捕問答)。
一五 安心して喜びの表情をされる。　一六 以下、頼義を「大将」「武将」と呼ぶことが多い。

案の外成討死。方〴〵が心底。さぞと思ひやられたり。さりながら 悔[一九]いて
かへらぬ死出の旅。変わらず家を相継ぐべし」と。本領安堵[二〇]に相添へ。一万
丈[二一] 弥二郎に三千丈給はれば。何れも感涙袖[二二]を浸しける。
扨 定兼[二三]。季宗[二四]。一人武者[二五]。何れも重手を負いぬれば。若侍に介錯[二六]せられ。
よろぼい〳〵罷出。まづ武将の御前に謹んで式礼[二七]し。竹綱・公平に差し向か
い。「今までは四天王一人武者[二八]とて。天下に肩を並ぶる物もなく。鬼神のごと
く言われしに。此度思の外の後を取。三人共に手を負いぬる事。人の誹 身の
恥辱。なまじい死にもやらずして。面〳〵に面を合 恥づかしさよ。方〴〵
さぞ言い[二九]甲斐なく思ひ給ふべし。詮ずる所[三〇] 弓切折つて[三一]。髻と共に投げ捨て。
菩提心に基づかんと。思ひ定る也 ゑゝしなしたる身の果や[三二]」と。歯嚙をなし
て申ける。
公平聞て「面〳〵の中さるゝ段。尤[三三] 理有に似たれ共。さして恥辱と云べ
きや。時により 鼠[三四]も猫に食らい付く。其上 かの猪熊[三五]は。只人間とは思はれ

一七 おくみの平太左衛門年景。前作で流刑の頼義を預かり味方となるが、らいげんに討たれた。熊野権現の臣下おくみの中将に十一代の後胤という設定。舞曲「高館」に熊野権現の供として「おくみの中将かねみつ」とある。二人の息子と、弟も前作に登場。
一八 同情して心を寄せること。一般に「ホウジン」「ホウシン」。「ボウシン」と読む例は未見。
一九 後悔しても取り返しがつかないの意と、死ぬと帰らないの意を掛け合わせた表現。
二〇 先祖伝来の私領の所有を承認すること。
二一 中世の面積単位。六十歩(約一九八平方メートル)。
二二 感動して涙を流す場面の慣用表現。
二三 碓井貞光の息子という設定。遠江守。前作でらいげんに右の肩先を切られた。
二四 卜部季武の息子という設定。駿河守。前作でらいげんに右膝を切られた。
二五 平井保昌の息子という設定。播磨守。名は清春。前作でらいげんに右腕を切り込まれた。
二六 介添えされ。 二七 あいさつ。
二八 金平浄瑠璃で源家の四天王一人武者は絶対的な強さを誇る存在として描かれる。
二九 武士として不面目ながら生きていることを、恥じる言い回し。 三〇 所詮は。つまる所は。
三一 面目なさから武士を捨て道心を起こし、出家しようとする。「菩提心に、御もとづきなされ候御事。一しほめでたく御入候」(公平法門諍井石山落)。 三二 し損なった身のなれの果て。
三三 正しいように聞こえるが。
三四 「窮鼠かへりてねこをくらひ、闘雀人を恐れずといふべきにや」(曾我物語五)。
三五 猪熊入道らいげん。前作で超人的な強さを見せた悪僧。金平浄瑠璃に登場する敵の中でも際だった存在。

ず。欲界の魔王共。我〳〵が武勇の威を押さんため。件の入道と出生し。励みし技と覚へたり。某も自力にて勝ちたるにあらず。大木の力を頼み。危うき所を保ち。やう〳〵表裏を以てしおほせたり　唐土四百余州の。大勇者と聞へし樊噲だにも。手を負いたる例も有。構ひて心にかけらるゝな。荒儀は人の捨物也」と。しみ〴〵と諫言する

竹綱聞て打笑い。「誠に方〴〵　手を負い給はずは。只今のやう成公平のおとなしき言葉は聞かじ。今の一言　一生忘れ給ふな。扠此度は　まづ某が軍法違いたり。由なき搦手へ勢を分けしゆへ。味方の後と也たり。然共人の身に　一生が間。誤なき事あらざれば。恥辱共思はれず。まして方〴〵手を負い給ふこと。誰か恥辱と云べきや」と。理非発明に相述ぶれば。三人の人〴〵もほとんど理に服しつゝ。何れも色を直さるゝ。

武将御悦喜限なく。「いかに竹綱　首実検致べし。ついでながら実検の次第を語られよ。かつうは　頼義開き難き業運を開きし悦び。又　若殿原に示のた

一　三界のうち、淫欲・食欲・睡眠欲を有するものがいる所。その中で最上の第六天に住み、善行を妨げる天魔。
二　武勇の力によって天下に示す勢威を押さえ込もうと。
三　「あの入道めは。源氏の武力を砕かんがため。悪魔外道が、出生したると覚へたり」(公平法門諍并石山落)。
四　前作で金平は、らいげんに古木へ押さえ付けられて危うい所を、らいげんに自分の上を越えさせ、押さえて首を討った。
五　偽りによるかけひき。「表裏とは略也」(兵法家伝書)。
六　中国全体。
七　漢の高祖の臣。鴻門の会の故事で知られる(太平記二十八・漢楚合戦事)。極めて強い人のたとえに引かれる。傷を負った例については未詳。
八　粗暴なこと。「為朝ガ計、荒儀也」(保元物語・上)。金平の人物造型において、荒儀は持病と言われる程の特質とされている。ここでは、その金平が逆に、尤もらしく諫める。
九　何の役にも立たず、捨てるしかないもの。
一〇　金平浄瑠璃では金平が武綱に諫言されるというパターンが大きな特徴となっている。その上で、金平が逆に諫言し、その意外さによるおかしみを表現する場面が見られる。「わたなべちりやく打」第三などその例。
一一　分別ある言葉。
一二　道理を明確に。武綱の智将ぶりを示す。
一三　全く、心の底から。
一四　気が沈んだ状態から思い直す。
一五　「かつは」の転。
一六　因果によって陥った運。

め。疾く〳〵」と御所望有。竹綱承り「御前にて。左様の儀申上んな。近頃[一七]推参がましき為体。たつて御辞退申上度候へ共。御祝[一八]と御諚有を。違背仕らんな　却つて慮外の至。御免なれや人〳〵」と。膝立直し　伸び上り。

「抑まづ五か[一九]の首と申は。右眼　左眼　天眼　地眼　仏眼とて。眼に五つの変はり有。其色[二〇]を見分くるが肝要也。扨　実検の時の陣の張様は。面〳〵の心次第。とかく左備へ　右備へ。先陣　後陣　本陣　少[二一]も油断なく。物見[二二]を四方へ廻すべし。其子細は　敵敗北の勢。一所に固まり　油断の所を見透かし。打てかゝる物也　誉を得たりし名将達。首実検の場にて。後取し事　漢家本朝に例多し。大将[二三]の出立は同く鎧[二四]一支具。たゞし小具足[二五]計にても苦しからず。牀[二六]机の上に　熊か虎の革を敷かせ。腰を掛け　右の手[二七]を太刀の柄にかけ。敵に会ふ心持にて。左の目にて逆目[二八]を使い。右の足にて左の足を踏み越し。呪文[二九]の唱へみる法也。扨　馬[三〇]の年の物に。村重籐の弓を持せ。大将と首の間に立せ。山

一七　いかにも出過ぎた様子。
一八　運が開けた御祝いの意で仰せがあったのを、背き申し上げるのは、かえって無礼極まりないこと。
一九　「五ヶの首の事、右眼、左眼、天眼、地眼、仏眼、是也」（武者物語・実検之書）。眼が寄っている四方向によって区別する。閉じているのは仏眼。
二〇　様子。
二一　「実検の作法すべて戦場の如し。大将の首などは敵方より奪ひ返しに来る事ある故、別けて用心きびしくする事也」（軍用記七）。
二二　見張役を四方に派遣せよ。
二三　「大将出立べき様体は、先よろふべし」（武者物語）。
二四　鎧を一揃え。
二五　鎧を着ないで小手・臑当・脇楯・膝鎧だけを身に着けること。「但小具足にても苦しからず」（武者物語）。
二六　「牀机のうへに熊虎の革を敷、腰をかけて居給ふべし」（武者物語）。
二七　「右の手を太刀のつかにかけて、すこし抜かけ、敵にあふ心持にて、左の目にてさかめを使ひ、実検し給ふ。其時左の足を右の足にて踏こする」（武者物語）。
二八　目尻を吊り上げて。
二九　「首実検にとなふる呪文の事　諸悪本末無明来実検直儀何処有南北　此文を唱ふれば、死人すなはち成仏得道するなり。然而たゝりむくひを得ることあるべからざる也」（武者物語）。
三〇　「午の年の人を大将と首の間に立て、むら重籐の弓を持すべし。首の左右に山鳥の羽のかぶら矢を二筋立べし。首より四尺さり張弓を置べし」（武者物語）。

鳥の羽の尖矢[一]を二筋備へ。首より四尺去り　張弓を置べし。首見参[二]に入る物は。鎧　腹巻　太刀　刀横たへ。兜計略し　首板[三]に据へ。両方の指を左右の耳にかけ。右の側顔を御目にかくる物也。首板　梅檀　ひの木。幅八寸四方　角を丸くするとかや。首札[四]は杉か松　長さ四寸。幅七分　先を将棋頭[五]に切。左の耳を突き通し。其板に　仮名実名[六]を記す也。此外首実検の次第。家〳〵の秘伝言語に尽くされず。とかくの長物語に。時刻移り候　まづ御実検の用意を申付候はん」と。御前を罷立。竹綱が心底。上から下に至まで　感[七]ぜぬ物こそなかりけれ。

　さればにや　竹綱。委細に下知をなし。備の次第詳らかに。よう〳〵[八]とう〳〵たる有様。いか成天魔疫神[九]も。たやすく駆け入難き強陣[一〇]たり。扨　大将軍　赤地の錦の直垂。錦皮の御着背長。御家の御重宝　髭切[一一]　膝丸を。しとやかに横たへ　さも悠〳〵と御出有。諸軍勢に色代有。牀机に御腰掛け給へば。竹綱　金平　常よりも。花やかに出立　左右に連し跪く。

一　底本は「どかりや」とあるが、訂す。「トガリヤ」(日葡辞書)。
二　「頸を実検させ申人は、かなゆこてまでさす。甲ばかり着ずして、頸を板にすへて両方の指を首の左右の耳の穴へ入れて、残る手にて、首板を抱て膝をつかずして、つくばいて、右のそばがほを実検させ申す」(武者物語)。
三　獲った首を載せる板。「首板のはゞは八寸なり。四方なるべし。かな針なるべし。おなじく首板の角を丸くする也。イに梅檀の板とあり」(武者物語)。
四　「首に札をつくる事。杉板を長さ四寸広さ七分に先を将棋頭に切りて、緒を付て首の左の耳のびくを突き通して付るなり。それに仮名実名を書くべきなり」(武者物語)。
五　将棋の駒の頭の形。上部を方錘形にする。兜巾(ときん)とも。
六　俗名と元服時の名乗り。
七　場面末の類型句。
八　様々に速やかに整える。
九　善行を妨げる欲界の魔王と災厄をもたらす悪神。何者でもという意を強調する表現。
一〇　堅固な陣営。
一一　「剣巻」によると、満仲が源氏姓を賜り、天下の守護を任じられた際、作らせた太刀。膝丸と共に源家重代の宝剣とされる。「有罪ノ者ヲ切セテ見給ニ。一ノ剣ハ髭ヲ加テ切テケレバ髭切ト名付タリ。一ツヲバ膝ヲ加テ切ケレバ。膝丸トゾ号シケル。満仲髭切膝丸。二ノ剣ヲ持テ。天下ヲ守護シ給ヒケルニ。靡カヌ木草モ無リケリ」(版本太平記付録「剣巻」)。
一二　むとうの伝内とものり、同源次ともみつ。

首の次第　まづ一番は。大将権大納言広長。其次はむとう兄弟[一二]。第四番な竹原猪熊入道らいげん。其外　仮名実名。何れも札に相記す。

時に山田の源内時定[一三]。「御実検に入れん」と　居たる所を罷立を。竹綱　「しばし」と押し止め。「まづ某心み致し[一四]。其後御見参に入れん」と言ふ。より早く　つつと寄り。「大将広長の首は。右眼　むとう兄弟が首　地眼地眼。是は何れも子細なし。あら不思議や　是成らいげんが首は。右眼左眼　五か[一五]の首をはづれ。眼の底に光あつて。面の色変ぜず。面の顰　口の体。伝へ聞唐土の。眉間尺[一六]が首の図に。少も違ふ所なし　早く御前の持て退け。」「承り候」とやばせの与一　首おつ取　立所に。案のごとく　眼をくはつと開き。やばせが首をふつつと食い切　三重[一七]　虚空にこそは上りけれ。凄まじかりける次第なり。

竹綱見て　「すは申さぬ事か。あつぱれ危かりし物哉[一八]。彼奴が眼の瞋り様。只今[一九]のばかりにてはよもあらじ。空の気色[二〇]　雲の体。何様事有げ也。畏れながら御兜を召れ候へ。金平も着せられよ。某も着申さん」と。君に御兜を奉り。

広長の家の後見。前作の最後の合戦で平井一人武者に討たれる。

一三　源家の侍。前作で、頼義への嫌がらせを狙う広長に、無実の罪を着せられ、処刑されようとした。金平に救われるが、その騒ぎのために頼義が流罪になったので、責任を感じて大いに活躍した。

一四　試み。

一五　→四四五頁注一九。「野心の者の首は、面をしかめ、左眼にしてはがみをするなり。此時首祭りあり」(武者物語)。らいげんの首は左眼でもない。

一六　父の仇楚王を討つため、自ら首を斬る。三か月獄門にさらされても目を瞠って歯がみをし、さらに七日間煮られた後に、口に含んだ刀の切っ先を吹きかけて楚王の首を切った。「太平記」十三・干将莫耶事に詳しい。

一七　「八まん太良二どのかけ幷公平さいご」第四では、金平が自分の首を切り、首は虚空に上がる。首が上がり下がりする動きを見せる演出。

一八　ああ危ない所であったという意の慣用句。「あつぱれ、あやうかりつる物かな、今すこし遅なわらば、後悔するとかいあらじ」(よりちか二どのぎやくしん)。

一九　只今の行ないだけでは決してあるまい。

二〇　変化が現れるなどの異常が起こる時は、にわかに空が曇り、稲光がするといった現象を伴う。「雨一通降過テ、風冷(スサマジク)吹騒ギ、電(イナビカリ)時々シケレバ、盛長、今夜何様(イカサマ)件ノ化物来ヌト覚ユ。遮(サヘギツ)テ待バヤト思フ也」(太平記二十三・大森彦七事)。

其身も五枚錣[一]　星兜の。忍の緒[二]を強く締め。片膝推し立て[三]　虚空に眼を配つて控へければ。何（いつ）れも兜を着し。忍びに太刀に手をかけ。心を配り[四]　機を詰む[五]る。

金平見て「あら仰〳〵しの有様や[六]。なふ竹綱　其分にては危し。急ぎ石の[七]櫃を拵へさせ。其内に入給へ　構いて怪我ばしし給ふな」と。ゐせ笑うて[八]ぞ申ける。竹綱聞て「御分が持病[九]のゐせ笑。此年月随分療治せしむれ共。更〳〵薬廻らず。重りこそすれ　験の無きこそ笑止なれ。去（さり）ながら　此度（このたび）は。理を[一〇]非に曲げ　ひらに兜を着給へ。」金平聞て「持病本病はいさ知らず。我　此年月　幾らの敵に相[一一]ぬれ共。ついに兜を着たる例[一二]なし。たとい天魔疫神也共。別儀はあらじと思ふ金平が。死したる首に恐れ。兜を着申さんずること。中〳〵（なかなか）思も寄らぬ事。彼奴が食い千切（ぎる）共。五寸か一尺　それに事や有べき。其上某は生まれ付[一三]たる金頭[一四]。御辺達が兜を着たるより。猶ちつと手強かるべし。あはれ彼奴が近付かし。微塵[一五]になしてみせん物を」と。拳[一六]を握り控へける。

一　錏（しころ）を五枚重ねの鎖で編んで、鉢に凸形の鋲を多く打ちつけた兜。
二　兜の首の下で締める緒。
三　片膝を前に出す。待ち構え、挑むような姿勢。「時に使い、片膝をしたて」（四天王関破り）。
四　「こはいかにと四方に心を配つて見る所に」（田村）。
五　積極的に対処しようという構えで精神を集中する。「水フセギケル兵共、夜毎ニ機ヲツメテ、今ヤ〳〵ト待懸ケルガ」（太平記七・千剣破城軍事）。
六　大袈裟だと馬鹿にする際の慣用句。金平浄瑠璃では、金平が一人拗ね者ぶりを発揮する時に言う場面が多い。「中にも金平は、きかぬ顔していたりける、武綱、いかに金平、御ぶんは中されぬかといへば、金平聞いて、あらぎやう〳〵しの、先祖の誉れや」（四天王高名物語）。
七　「（天狗の）腕とはがいを入れおきし、石の櫃に、生けながら籠めん物」（よりちか二どのぎやくしん）のように、厳しく用心するものを入れる。
八　嘲笑する。金平のやんちゃな性質が現れる一典型。「金平聞て…元日の祝いにも、首を山程積みあげ、それをさかなに食べんこそ、千秋楽にて候はんづれと、ゐせ笑ふてぞいたりける」（よりちか二どのぎやくしん）。
九　前作でも、武綱が「此程は中絶へたりし持病。又再発致笑止さよ」と嘆き、金平が「それがしが持病は、本よりも生れ付、頼みもせぬ御ぶんの。療治に、ほとんどもてあつかいたり」と拗ねる場面がある。
一〇　道理をまげてでも。
一一　逢う。
一二　軍記では、命を捨てていることを示す時、

（1）

然所に　雲の内に。[17]稲光隙もなく。件のらいげんが首　[18]一文字に飛び掛かる。「[19]推参也」と[20]虚空無量に払いければ。本望を達し得ず。[21]小手の板を食い切り。雲居遥に上りける。（絵1）

「こは無念也　おのれ[22]何処へか余さん」と。飛んで出るを　竹綱押し止め。「[23]こは物に狂ふかさりとては。虚空に上り

兜を着ない。「其日を最後とや思はれけん、わざと甲は着給はず」（平家物語四）。金平浄瑠璃においては、四天王一人武者は普通兜を着ないようで、挿絵でも大体が兜の無い姿である。特に顔を隠すために金平が兜をかぶる例が「公平末春いくさろん」にある。

一三 金平がわがままを言う際に、生まれ付き何々だからと主張する。「金平聞て、落ち逃るに、その支度が有べき、たゞ足の早きこそ逃る支度の第一也、めん／＼存のごとくそれがしは、生付たる早走り、せめて敵の旗の色成共一目見、あとより追つくべし」（北国落）。

一四 金属のように固い頭。

一五 粉々に。

一六 積極的に働こうとする構えで、拳を強く握りしめる。

一七 「虚空に稲光しきりにして、震動雷電ひまもなし」（田村）。

一八 まっすぐに。

一九 飛びかかるは無礼なり。

二〇 めったやたらに。

二一 手から肘にかけての防具。

二二 どこへ逃がそうか、逃がしはしない。「君の御敵は汝也、いづくへかあまさんと。とんでかゝるを」（くわばら女之助兄弟かたき打）。

二三 突飛な行動に対して言う慣用句。金平を押し止める時によく言われる。「（金平が）とんでいづるを、こは物に狂うか、さりとては、ひらに／＼と左右に取付、働かせねば」（北国落）。

し首を。何処西土に尋ん。まづ鎮まり給へ」と制言する。金平聞て　腹を立。「只今の首は西を指いて飛びたり。きらい　高麗　契丹国。たとわば雲の果迄も。命を限にぼつつめ。草摺を取返さでは叶わぬ也。放ち給へ」と振り切。駆け出〳〵しけれ共。大勢左右に立塞がり。取拉いで制すれば。力及ず「あつぱれ心に任せぬ　口惜しや」と。跳り上り飛び上り。歯嚙をなして立にける。金平が心の内　無念中〳〵申計はなかりけれ

第二　しげ長謀反幷大ば兄弟打手を給る

扨も其後　頼義公。首実検事終り。あなたこなたへ逃げ隠れし。敵の一党尋出され。追罰なされ　国の仕置仰付られ。さらば上洛有べき。路次の行列引繕い。紀州熊野を御立有　洛陽指してぞ上らるゝ。花洛になれば。御装束改め　禁裏に上らせ給ひける。帝叡覧ましく〳〵て。

一　江戸板は「いづくをさいどに尋ん」。一体西の方のどの地を尋ねようか。
二　言葉をかけて制止する。「桑原かけつけ、取て押さへ、こは物に狂うか。いかに〳〵と制言す」（くわばら女之助兄弟かたき打）。金平浄瑠璃では主に武綱が金平に対してする。
三　どこまでもという意を強調する慣用句。鬼界島を指しながら、高麗の音に引かれて「きらい」となったか。「きらい、高麗、契丹国。鬼住む島の果てまでも。此金平が、命のあらんかぎりは、いづくまでもぼつつめ。たな心にかい摑み、首引きぬき。ほうぎも知らぬ、生公家に、一々に投げつけ。本望を達せん」（わたなべちりやく打）。→「をぐり」二六九頁注三一。
四　「おいつめ」の転。
五　金平浄瑠璃では、金平が勝手な行動に出ようとするのを、止められる場面の典型。「〔尼公が戦いに行こうとして〕こゝを放せ、もの共と、かけ出〳〵したまへ共、立ちふさがつて、止める」（にしきど合戦）。
六　押しつぶすようにする。
七　「あはれ」の促音化。深く感動して発する語。ここは落胆の嘆声。
八　思いのままにならない。
九　段末表現の一典型。「公平が心の内、無念共中〳〵、申計はなかりけれ」（わたなべちりやく打）。
一〇　国で定めた正統な刑罰。
一一　道中。「ロシ」（日葡辞書）。
一二　きちんと整え。
一三　京都。唐様の表現。
一四　前作で讒言のため流罪になっていた頼義が、都に帰り、帝から、改めて皇室の守護を頼むと勅定を受ける。天運循環し、頼義が元に復した

「[一五]珍しや頼義　悪人に[一六]掠められ。[一七]罪なき配所の憂き住居。是朕が不徳ゆへ。何事も[一八]時刻到来　[一九]是非もなし。構いて恨を相残ず。いよ〳〵朝家の守りたるべし」と。天下[二〇]一統の武将の宣旨を蒙り。御前を立給ふ　[二一]御威光のめでたさ　三重
羨まざるはなかりけり。

是は扨置　爰に又。猪熊入道らいげんと。[二二]吉野山へ一所に閉ぢ籠りし。二人の朋友有。一人は[二三]出雲の国の住人。しの村しがの入道れつさん。一人は[二四]備後の国三次の一族。三あくの律師じやうばんとて。何れも[二五]大憍慢の曲物共。兵法に望深く。[二六]天狗の法を伝へんため。らいげんと同年月　山中に引籠り。光陰の送りしに。らいげん　[二七]不慮に里へ出。ついに音信あらざれば。常は二人一所に寄り「さるにても猪熊は。何とか也て有けるぞ。[二八]互いに交せし言葉の有。[二九]人中へ見来せしめ。とかく行方を相尋ん」と。有し栖を立出んとする所に。何とは知らず　[三〇]鞠のごとく成　光物。らいげんが棲み棄てし。窟の内へ落ちにけり。二人の物共怪しみ　立寄り見れば。らいげんが首也　「こはいかに」と取付。

ことを示す一典型。「花洛になれば、御装束、はなやかに、禁裡をさしてぞ上らるゝ…残念少もあい残さず、いよ〳〵朝家の守りたるべき物也」（すがはらのしん王）。

一五　久しぶりだな。

一六　だまされ。

一七　「なに事も、前世の業とはいゝながら、罪なき配所の憂き住居、思へば〳〵口をしや」（北国落）。

一八　しかるべき時が来て、初めてそうなること。

一九　仕方がない。

二〇　一つに統合する。

二一　場面末の類型表現の一典型。「御威光のめでたさ三重うら山ざるはなかりけれ」（すがはらのしん王）。

二二　奈良県の大峰山地から吉野川左岸にかけての山地一帯。前作の第一で、らいげんは「十八才の年より、和州吉野山にとぢこもり。山中を住家とし。邪慢我慢の天狗共に相なれ、兵法の奥義くもりなく。過つる春の比、又人中へ見来（けんらい）せしめ。いにしへの縁にふれ。広長が家臣と也。年月と送る」とされていた。

二三　島根県東部。

二四　広島県東部。可愛川・馬洗川・西城川が合流する三次盆地がある。江戸板では「みあく」と仮名書きの箇所がある。

二五　「憍慢と申は人に増らんと思ふ心也」（源平盛衰記八）。曲物は一癖ある者の意であるが、ここは異常な能力をもった者。

二六　天狗の兵法や魔法。「此文覚は天狗の法成就の人にて、法師をば男になし、男をば法師になしなどして、うつゝ心は無けれ共、ゆゝしき荒行者にて、度々鍔金（はが）顕したる者也」（源平盛衰記十八）。

泪にぞ咽びける。

やゝあって　二人の物。「ゑゝ死[一]なば一所と契りしに。散り〳〵に骸を曝す無念なれ。我〳〵と言ひ合　三人一所に出るならば。いかではかくは有べきに。何とて知らせず出ぬるぞ。日頃棲みにし所とて。昔を偲び帰り来る不便さよ。心安かれ　年頃睦びし好に。骸[二]の恥をば清く雪いで得さすべし。さは言ひながら　日本も広ければ。最期は何処　敵誰と。早速には知れまじき。ゑゝ浅ましや。たとい生[三]こそ変はる共。せめて夢に也と。事の次第を語れ　敵を打て得させん。らいげん〳〵」と　歯噛をしてぞ怒りける。

然所に　いと清らか成旅人二人来りしが。此物共を見るより。「はつ」と云て　前へも進まず。跡へも帰り得ず　只茫然と立けるが。とても逃れぬ所ぞと。近〳〵と歩み寄り。「定めて面〳〵は　此山に棲み給ふ。魔[四]王達にて有らん。たとい命を取とても。此山道に踏み迷い。漏[五]れて行べき様もなし。哀れみ給へ　さりとては」と。うちしほれてぞ申ける。

二七 思いがけず。
二八 約束した言葉。次頁の「死なば一所と契りしに」を指すか。
二九 人間界(下界)へ姿を見せさせ。天狗達と山谷を棲家としていたと彼等は考えた。
三〇 蹴鞠の鞠(直径二〇センチメートル強)のような大きさの光る物。「鞠ばかりなる物のひかりて、巽のかたへ飛つるをば、人々は見給ひけるが。悪源太が霊かと、心におぼえつるなり」(平治物語・下)。「虚空よりも冷じき光物、飛来り。庭前へ落にけり…さしより、能見れば。古の傍輩、きんせうたんが首也。…それがしがもとへ。勅の使に来るとて。道にて敵に行合、打れぬるかや。むざんさよ、然共。一念の執心にて。綸旨を取て来る、志こそしんべうなれ。光物と見へしは、ほむらの火にてぞ、有つらん」(楊貴妃物語)。

以上四五一頁

一 もし死ぬならば同じ所で共にという約束。強い絆を示す。「幼少竹馬の昔より、死なば一所で死なんとこそ契りしに、ところ〳〵でうたれん事こそかなしけれ」(平家物語九・河原合戦)。
二 死骸を敵にさらす恥。「天下の動乱、土をかへし、雲をたて、すぎしころ、熱田にて討たれたる輩が、かばねの恥をきよめ、身の本懐をも達すべし」(すがはらのしん王)。
三 生きる世界がこの世とあの世に違っても。
四 天魔・天狗は深山に住む場合があると考えられていた。「天狗の業已に尽果て後、人身を受んとする時、若は深山の峰若は深谷の洞、人跡絶果て千里有所に入定したる時を波旬と名(づ)く」(源平盛衰記八)。
五 逃れて行く手だてもない。「網に掛かれる魚とかや。漏れて行くべき様もなし」(北国落)。

(2)

しがの入道聞よりも。「やあ魔縁[六]変化物ならず。山中に年久敷棲みぬれば　姿形も変はり果て。恐れ給ふは理也。我も変はらぬ人間成ぞ。こなたへ」と　窟の内へ招じ入。「扨面〳〵はいか成子細にて。斯く人[七]倫稀成深山に迷い来給ふぞ。[八]まつすぐに語られよ。[九]心得あつて尋ぬる也。我等も[一〇]由所を名乗るべし。

六　人を悩ませる種々の天魔、化け物ではない。「其外さま〳〵の魔縁変化を滅ぼし」(するたけ印問答)。

七　人間がめったには来ないような。

八　正直に。

九　承知しておきたい事情。

一〇　由緒。氏素性。

はや疾く〳〵」と申せば。（絵2）

旅人聞て「そなたは何共白波[一]の。漕がるゝ舟のうき身の末。覚束無くは存れ共。一樹[二]の陰の雨宿も。多生の縁。と聞時は。さのみはいかで包むべき。そも是こそは　たゞすの権大納言広長とて。公家[三]方の大将被り。源の頼義と両輪に備はり。天下の政道[四]取行いし物の子に。たゞすの中将しげ長と。中物にて候が　親にて候広長。不慮[五]の儀あつて　頼義と。不快[六]に也　合戦の相挑み。紀伊[七]の国にて打死致し候。其子なれば　某をも。天が下が其内をば　土[八]を返して捜し候間。身を置[九]に所なく。迷ひ来り候也　あら恥[一〇]づかしの昔語りや。扨〳〵はいか成由緒ぞ　覚束無や。」

二人の物聞[一一]もあへず「げにたゞすの家の事をば。我〳〵人家に住みし時。内〳〵承り及たり。それに付　存当たりし事の有。是や見知らせ給ふ」と。件の首を取出せば。しげ長見て。「こはそもいかに　是こそは。此度の軍大将に頼みし。竹原猪熊入道らいげんと。中物の首也　和泉と紀伊の境成。鬼[一二]の中

一 あなた方は誰とも知らないが、我は波に漂い浮く舟のように憂き身の末。知らないと白波を掛け、漕がるる・舟・浮きと付け合い、憂きを掛ける。
二 「一樹ノ陰ニ宿リ、同流（オナジナガレ）ヲ汲ムモ、皆是多生ノ縁不レ浅」（太平記一・頼員回忠事）。「宿一樹下汲一河流一夜同宿…皆是前世結縁」（説法明眼論）。
三 「（広長は）公家方の将軍。頼義は、武家の大将つかさ取給ふ。是偏に車の両わたり。両雄は、必争そふならい有」（頼義長久合戦公平生捕問答）。前作に息子しげ長の登場はない。
四 「セイタゥ」（日葡辞書）。
五 思いがけないこと。ここでは、具体的な事を指すのではなく、説明のための形式句であろう。
六 関係が悪くなること。
七 和歌山県と三重県南部。
八 地面を掘り返す程にくまなく探すの意。
九 落ち着ける居場所がないこと。「イカンセン身ノ置キドコロ無キヲ。昼ハ終日深山幽谷ニ臥シ、石巌ニ苔ヲ敷キ、夜ハ終夜荒村遠里ニ出デテ、足ヲ素足ニシテ霜ヲ踏ム」（太平記十二・兵部卿親王流刑事）。「天地広しと申せ共、うき身をおくに所なく」（北国落）。
一〇 よしない身の上を語ったことを恥じる言い回し。
一一 聞き終わるか終わらないかの内に即。
一二 「郎等五人、あひ伴なひ。和泉の国と。紀伊の国の境成、鬼の中山に引こもる」（わたなべちりやく打）。

山にて。頼義が後見。坂田の金平といふ者に打れ候が。首来る事　更〳〵[13]不審晴れゆかず。いかに〳〵」と尋ぬれば。

二人の物聞て「御不審の段　尤也。さらば名乗り候はん。まづ斯く申某は。出雲の国の住人。しの村しがの入道れつさん。今一人は　備後の国。三次の一族　三あくの律師じやうばんと申物にて候が。武勇の奥義を究めんため。猪熊入道と三人申合。此所へ閉ぢ籠り。昼夜兵法に身を[14]俏し。魔縁[15]の法大方曇なく。奥義今少に也たる所に。らいげん　不慮に里に出。二度音信あらざれば。心もとなく存所に。我等を懐かしくや存けん。此首虚空に飛び来る。され共子細を知らず候へば。何とぞ尋て敵を打んと。心意[16]を砕く所に。公の御目にかゝること　是らいげんが。執心の引合[17]。思へば深き縁也　憚りながら主従の。御契約仕らん」と　沢[18]の水を結び上。柏の葉を以て　礼儀の盃取交し。「此上は御供申　里に出。源氏の一党打滅ぼし。らいげんが供養[19]に奉じ。君を天下の武将に備へ奉らん。おそらくは天が下に。我[20]〳〵に向つて軍せん物は

一三 全くいぶかしく納得できない。

一四 打ち込む。

一五 「憍慢無道心の者必天狗となれりといへ共、未其人不知時に、人に増(まき)ばやと思ふ心の有を縁として、諸の天狗集るが故に、此を名付て魔縁と申」(源平盛衰記八)。「兵法望深く、魔縁の法を伝へんため、和州吉野山にかけこみ、邪慢我慢の天狗共を共ない」(頼義長久合戦公平生捕問答)。

一六 精根を尽くす。「巧みし智略の、現れし上は、いかゞはせんかた〴〵と、心意を砕きて、評定ある」(頼義金剛山合戦幷ひやうぶ物語)。

一七 執念が手引きして会わせる。「御契約にあづからんと、つね〴〵願い候所に、くつきやうの折から、偏に弓や神の御引合と存候」(四天王関破り)。

一八 酒も盃もないので、谷川の水と柏の葉を代用する。「日比のなじみ是迄と、沢の水をむすびあげ、木の葉の盃、あいたがいに交はし交はすぞあはれ也」(八幡太郎誕生記)。

一九 仇を討って供養とする。「頼義を退治して、もりずみが供養に奉じ、御身も天下の武将に、仰がれ給へや」(頼義金剛山合戦幷ひやうぶ物語)。

二〇 「我〳〵に向つて、互角の軍いたさん物、四天王をはじめ、源氏のさぶらひには、おそらくはおぼへず」(わたなべちりやく打)。

覚へず。もしも立て合う物候はば。取て引寄せ〳〵て　先任の人飛礫。力任に投ぐるならば。五里や三里が其内には。影も形もよもあらじ。まづ猪熊が敵金平めを。中に引提げ　落花微塵に引裂き。らいげんが骸の恥を雪がんことの嬉しや」と。側に立たる大の鉞引提げ〳〵。「是こそ我〳〵が師匠よりの譲の打物。磐石にても当たるに堪る所なし。まづ我〳〵が本国山陽道へ打入。往古の一族共を相靡け。それより帝都へ攻め入申さん。はや打立給へ」と　しげ長を先に立て　人家を指してぞ下りける。

　さればにや　都には。此事未だ知ろしめされず。春も半に也ぬれば。花見の御遊有べきと。花園に御出有。手先づ遮る曲水の。巡る盃数添いて。上より下に至まで。興を催す所へ。備中の国の住人。吉田の小太郎道のり。早馬にて馳せ来り。「扨も逆党権大納言広長の嫡子。たゞすの中将しげ長が　疫神のごとく成郎等二人相具し。山陽道へ打入。旗下に属せざる輩をば。二人の物を差し遣はし　或は打伏せ。摑み裂かせ。城に籠れば。即時に打破り。たゞ人間

一「タテアイ、ワゥ、ワゥタ　反抗する、または、対抗している」(日葡辞書)。「金平物語」三段目にも同趣表現。
二（どこまで飛ぶかは）なりゆき任せの。
三 人をつかまえて、投石するように投げること。「ネヂ頸ニヤスル、人竜礫(ヒトツブテ)ニヤ打ツト思案シタル様ニテ、中ニ差上テゾ立レタル」(太平記三十八・細川相模守討死事)。
四「敵とだにいへば、かい摑み、五里も三里も、とつて投ぐるこそ、うきよの中の、思ひ出なれ」(四天王高名物語)。一里は三十六町(三・九キロメートル)。
五 散る花のように細かく。「岩巌石も打砕き、落花微塵になすべきぞや」(かつらぎ)。
六 大型の斧。「歯ノ亘リ八寸計ナル大鉞ヲ振カタゲテ、近付敵アラバ只一打ニ打ヒシガント」(太平記三十二・山名右衛門佐為敵事)。
七 吉野山の大天狗か。前作にも明示されない。
八 大きな岩であっても、当たれば持ちこたえられない。
九 畿内の西に続き、中国山脈の南、瀬戸内海に続く地方。備後はそこに属する。
一〇 以前からゆかりのある一族たちを味方にして。
一一 流れにのって前を過ぎる盃を、まず手をさし出して止める。「花もゑゝるや盃の、手先さへぎる曲水の宴かや」(謡曲・西王母)。「牽流遡過手先遮」(和漢朗詠集・三月三日)。
一二 中国の上巳の節句を伝え、我国内裏等で行われた行事。曲溝を造り、流れに酒盃をうかべ、詩歌を詠じて酒盃を取って飲む宴。
一三 早打ちの使者の乗った馬、その使者。治まった世が、再び戦乱へと展開する際の一典型。地方から反逆の知らせが来る。「さればにや…信濃の国の住人、木曾のしやうじ。早馬打て、

の業ならぬ振舞ゆへ。見る物聞物従い付き。山陰道山陽道は中に及ず。筑紫九か国の輩まで。大方相靡き。其勢あたかも雲[18]のごとくにて。追付帝都へ打て上り候。されば件の郎等共。天狗[19]の所為共申。又は大六天[20]の魔王共。取〳〵[21]の風聞 なか〳〵身の毛も弥立つ計に候。御用心有べし」と。大息[22]継いで打たへける。

折節 定兼 季宗。一人武者 過にし合戦に蒙りし傷。療治のため 皆〳〵本領に相下る。坂田の金平は頼義の流罪[23]の時の御立願のため。御名代に熊野へ参り。有合ず たゞ竹綱計。帝都の守護に残りしを。御前近く召れ。「此事いかゞ有べき」と 御内談[24]啓ぜらるゝ。

竹綱 承り 「誠に時節悪しく。難儀の至に候。某[25]発向仕らば。帝都の守護覚束なし。又 自余[26]の物を差し遣はし申ては。さやうの大敵 即座に取拉がん事。ゆめ〳〵叶い候まじ。金平熊野よりの下向を相待候はゞ。其内に敵花洛へ乱れ入申べし。扨いかゞ仕らん」と さし物[27]竹綱も。たゞ安閑[28]としてい

はせ上り…大息ついで、打たへける」(四天王高名物語)。

一四 謀反を企てた一党。

一五 疫病を流行させる悪鬼。

一六 「ハタシタニナス 人を従える」(日葡辞書)。

一七 普通の人間の仕業ではないような行動。「たゞ人間の業ならずと。一度にどつと崩れける」(かしま御本地)。

一八 雲霞のように。多くの人が集まっている様子を喩える類型句。

一九 以下、普通では考えられないような異常な出来事を指して言う類型句。「天狗ノ所為ナルカ。人ノ肝ヲツブシケルコソ不便ナレ」(保元物語・下)。

二〇 天魔。「第六天魔王ト申ハ、他化自在天ニ住シテ、欲界ノ六天ヲ我ガマヽニ領給ヘリ」(版本太平記付録「剣巻」)。「大六天の魔王なり共、此金平に、いかでか働き候べし」(かつらぎ)。

二一 種々の。

二二 荒い呼吸を大きく息を吸って押さえて申し上げる様子。「打たへ」は「訴たへ」。

二三 前作の第三で、頼義は讒人の退治と、自らの帰京を願って熊野権現へ祈誓していた。その願掛けの御礼の代参。

二四 「計ぜらるゝ」か。はかられる。

二五 「ハッカウ …ある国、または軍勢を打ち滅ぼすために行き向かうこと」(日葡辞書)。

二六 自分以外の他の。

二七 さすがの。

二八 一般には何もしないでのんびりする様を指すが、金平浄瑠璃では、どうしようもなくて呆然とする様子をいう。「手強き敵とて、手ざしをいたさず、安閑として有らんは、侍のおくれにて候はずや」(公平花だんやぶり)。

たりけり。

然所へ　八幡の五郎。慌しく参り。御前に畏り「大ばの権太郎清道。同平太兵衛はる清と名乗り。其様世の常ならぬ人。参上致れ候」と申。頼義聞召れ「何　大ば兄弟とや。こは思ひよらざる事共哉。」竹綱　承り「誠に稀代の事に候」と。御前を罷立　遠侍へつつと出。兄弟を見て。「是は〳〵」と計にて　連れて御前に出にける。

武将御覧じ「こは夢か現か。いかに〳〵」と計也　清道膝立直し。「さん候　罷出候刻　一言申上る儀もなく。身を隠し候事。不忠の至　偏に狂乱共思召され候べし　併　我〳〵が。祖父大ばの庄司道国は。是成竹綱の祖父。渡部のぜんじもり綱と。両輪にて　御先祖。六孫王の御後見として。押しも押されざる武勇にて候ひしに。次第に大ばの家は衰へ　剰へ新参の輩。四天王一人武者などと号し。大ばの家ははや有か無きがごとくに罷成候。是　君にも傍輩達にも恨なし。只我〳〵が武勇の足らざる所と存。武者修行に心がけ。

一 めったにない珍しい事。
二 「遠侍と云は主殿などよりはるか遠くはなれたる番所也。表向にて番の侍の居る所也」（貞丈雑記十四）。
三 感情が大きく動いて言葉にならない際の慣用句。「高橋夫婦御出有、是は夢かや現かと、たがいにひしといだき付、是は〳〵と計にて、よろこび泪はせきあへず」（箱根山合戦）。
四 さようでございます。尋ねられたことを受けて話し出す時の慣用句。「鈴木申けるは、さん候」（義経記八）。
五 出奔致しました折。
六 未詳。「尊卑分脈」によると綱の父は宛（あつる）とある。「渡辺綱三田合戦」では「みたの左衛門もとつな」とする。
七 未詳。「源氏の後見、坂田渡辺は、鳥の両羽の勇士と、雨が下にかくれなし…両輪の勇士と」（金平山伏問答）。
八 清和天皇の第六皇子貞純親王の息子、経基。源氏姓を賜った。
九 親四天王一人武者も綱以外は相伝ではなく、頼光の時に家臣となったとされる。「仲光と、渡辺は、相伝のよしみ共思ふべし、貞光、季竹、金時は、ふしぎに、主〴〵の縁のかね、年月の栄華もなく」（うぢのひめきり）。「今日よりしては、平井の一人武者保正たるべしと、みじんといへる、打刀を下され」（四天王関破り）。

東国に罷下り　此五か年が間。道奥あぐろ山[一〇]に閉ぢ籠り。人倫の離れ。夜共分かず昼共なく。只兵法に身を砕き。秘術と振ふと申ながら。未だ晴れざる[一一]所候ゆへ。今一修行仕らんと。伯耆[一二]の大山を心ざし。罷通り候が　さすが故郷懐かしく。往古存ぜし物の本に立寄り。御所[一三]の体を承り候へば。「去年熊野の御合戦に。四天王一人武者手を負い。未だ平癒[一四]なき所に。又　中国に逆臣起こり。頗る御大事　是に過ず」と語り候間　そも我〱深山幽谷[一五]の住居に。心意[一六]を砕きしも。以ては君忠節の御為。左様の節[一七]を承り。罷通らん[一八]は人たる道に候はずと存。参上仕り候」と　詳らかに相述ぶれば。

武将きこしめされ。「真一[一九]の忠節」と。御悦喜中〱浅からず。「面〱が申通り　殆ど家の大事此度也。中国への大将として。急ぎ発向致れよ。」兄弟承り　「発向の大将。まづ竹綱へと申さんが。[二〇]御身は此間の御戦に。定て功を尽されつらん。我〱は以ては新手[二一]の事なれば。御辞退に及ず　お受け仕り候。許し給へ」と　謹んで畏。竹綱聞て「天成[二二]かなや〱。此度は御一世の御

一〇 江戸板「はくろさん」。羽黒山は出羽国である。
一一 兵術において、まだ不明な所があったので。
一二 鳥取県西部。中国地方で最高の山。修験道の根拠の一つ。「さては伯耆の大山に住む、邪慢我慢の、天狗共にて有らん」(やはぎ合戦)。
一三 頼義の屋敷の様子。
一四 「ヘイユゥ 傷や病気などが治る」(日葡辞書)。
一五 山の奥深く、人も通わない所。
一六 心をくだく。その事に必死に傾注する。
一七 時期。大事な折。
一八 (難儀と知りつつ)通り過ぎるのは人としてあるべき道ではない。「それ人たるの道は。義をもつて利とす。利を以て利とせず」(北条五代記)。
一九 真に、一番の。
二〇 前作の熊野合戦では武綱は軍法を失敗するなど手柄は立てていないようだが、ここでは直接それとは関係せず、武綱をさしおいて討手を蒙ることへの遠慮を示した儀礼的な言葉。
二一 まだ戦いに加わっていない軍勢。「明日ノ御合戦ニハ義勝、荒手ニテ候ヘバ、一方ノ前ヲ承テ敵ヲ一当当テ見候ハン」(太平記十・三浦大多和合戦意見事)。
二二 吉凶に拘わらず、神仏のはからいと感じる際の慣用句。「天なるかなや〱、国土のまれものと、なにしあふたる五人の内、三人あい果て、残る二人な、さやうにわたくしの宿意をもつて、大事の戦場を見捨つる事…ひとへに諸仏神われを罰し給ふ所也」(やはぎ合戦)。

大事と。咽[一]に迫る所に。面〳〵参上の段　御家久しかるべき瑞相[二]。げに主従[三]朽ちぬ御縁の程。是に擬[四]したるめでたき事や有べき」と。悦事は限なし。

武将　いよ〳〵御感浅からず。五万余騎の着到[五]相添へ。錦[六]の采を下さるれば。兄弟　三度押し戴き。「此年月心を尽せし兵法は。何時のためぞ。たとへば敵　大六天の魔王也共。何かはもつて余[七]すべき。家引起こす弓矢の道。竜[八]門原上の。土に骨は埋む共。名は万天に残さん物。弓取の望所は爰也」と。御前を罷立　兄弟が心底。貴賤[九]上下押し並べ皆。感ぜぬ者こそなかりけれ

第三　大将石田父子降参幷大ば兄弟高名

扨も其後　たゞすの中将しげ長は。山陽道へ打入。与力の勢を相招くに。[一〇]二人の郎等。勇力に。肝を消し　山陰山陽道は中に及ず。九州の軍勢も。過半馳せ付　其勢は雲霞[一一]のごとく也。

一 命の危険が寸前まで迫ること。「綺(ト)スデニ喉(ドン)ニ迫レリ、踵ヲ廻ラスベカラズ」(太平記二十四・依二山門嗷訴一公卿僉議事)。
二 不思議な前兆。吉凶共に用いる。「兵衛佐の世に立べき瑞相にて、懸る臥木の空にも隠れけるにやと末憑(たの)もし」(源平盛衰記二十一)。
三 主従の間の絶えることのない強い御縁。「大津打出の浜にてはたと逢ふ、主従の縁な、いまだ朽ちざりけると、しばし泪はせきあへず」(ともへ)。
四 これに匹敵するような。
五 馳せ集まった軍勢の兵の名が書かれた名簿。着到状。
六 采配。柄の先の房が錦か。大将の采。「錦の袋に入たる、采を取出ださせ給ひ、是は先祖、多田の満中公より、代々家伝の采也…袋をはづし、直に下されし」(たけち合戦)。
七 とり逃がす。
八 白楽天が、友の元稹が竜門(洛陽の西南の山)に葬られた時、その遺文を讃え、竜門山の塚原の土に骨は埋めても、その詩名は埋め去ることは出来ぬと詠んだ。それと同様に。「竜門原上土埋骨、不埋名」(白楽天詩後集一)。「竜門原上の土に骨は埋むとも名をば雲井に残せ」(曾我物語三)。
九 段末の定型表現。「兵庫の守が心底、貴賤上下をしなべ。皆かんぜぬ者こそなかりけれ」(頼義長久合戦公平生捕問答)。
一〇 しがの入道れっさんとじょうばんの二人。
一一 人が多く集まっている様子を喩える慣用表現。

永よう元年三月十七日。備前の国松崎に陣を取。勢の着到相記し。花洛へ打て上らんと。用意する所へ　播州の住人。うすきの平蔵　仰兜に也。射向の袖に矢二筋三筋折りかけながら。駆け来り「都より御打手下り候間。一門の家の子　二千余騎を催し。播磨の姫路まで馳せ向かい候が。中〱叶い難きことに候。大将大ばの権太郎。同平太兵衛と名乗り候。かの物共が働。只人間の業ならず。筒抜　胴切　人飛礫。二千余騎の勢を。駒の足も立させず。暫時が間に駆け散らし。只今是へ取かけ候。御用心有べく候」と　色を違へて申ける。

じやうばん此由聞よりも。「あつぱれ不覚の男哉。四天王一人武者とて。名にし負うたる物共さへ。らいげん一人に叩き立られ　這う〱の体にて有しと聞。況して其外の奴原。何でうことの有べき。総じて心後るれば　餓鬼をも鬼と見做す也。汝がやう成臆病物。是万人の煩也」と。飛びかゝつて掻い摑み。首ふつつと捻ぢ切「今より後も少も逃足踏む物は。斯くのごとくぞ　よつく見よ面〱」と。首かしこへ打捨て　備中の住人石田の兵どう時氏。同嫡子伝

一二 前作の第六では「ていとく二年七月二日」に頼義が熊野から都へ向かう所で終わっている。「ていとく」「永よう」共に実際には無い年号。
一三 岡山県東南部。砂川と百間川の間の地名。
一四 播磨国。兵庫県西南部。
一五 兜を後ろの方に傾けたかぶり様。「義朝、清盛仰兜になつて馳せ参る」(保元物語・中)。
一六 弓を射るとき敵に向ける鎧の左袖。
一七 家来。
一八 首を引き抜くこと。
一九 胴の部分を横から切る。
二〇 馬の足を立たせて向かい合うこともさせないで。
二一 わずかの間に。
二二 攻め寄せる。
二三 不安や恐れなどから顔色を変えて。
二四 這い這い逃げるような様子。「御力者共は流石命の惜ければ這々逃失ぬ」(源平盛衰記三十四)。
二五 なんだって大事が有ろうか、ありはしない。
二六 餓鬼道に落ちた者。常に飢え渇いていて、か細い姿である。弱い者の喩えに引く。「心をくれ餓鬼にもをとれり」(北条五代記)や、「鬼のまへの餓鬼共や」(四天王関破り)など。
二七 「不覚人、一人臆病者あれば、万人それにひかれて、皆臆病に成」(するたけ印問答)。
二八 逃げようとする足。「畠山程なる勇士が、女にあふて、逃足ふむ見ぐるしさよ」(ともへ)。

内左衛門もり時を近付。「せめて竹綱　公平向ふならば　我〳〵手[一]をおろすべけれ共。其外の葉[二]武者共に。駆[三]け合んな　大人気なし。方〳〵が此間の働を見るに。源氏方におこと[四]などに越へん物は覚へず。時刻移さず発向せしめ。其大ばとやらだるまとやらが。首を引抜き帰られよ」と。中国勢一万余騎の着到を相渡せば。石田父子「委細心得候。かの輩が首　早速持参仕らん」と。一万余騎を引具し　揉み[五]に揉ふでぞ急ぎける

急げば程なく。しゞうちか[六]のを弓手になし。いかづちが原にぞ付にける。源氏方の勢も。駒を早めて打程に。先[七]一文字に行き逢い。互に旗を進ませ　時[八]の声をぞ上にける。

時の声も鎮まれば　中国方の大将。馬しづ〳〵と乗り出し。「抑[九]　是は備中の住人。石田の兵どう時氏　同嫡子伝内左衛門もり時と申物也。忝　もたゞすの中将しげ長の上意を蒙り。先陣の大将として発向せしむ。都方よりの大将は誰人ぞ　仮名実名　承り。花[一〇]〳〵しく見参いたさん」と。高声に呼ばはり

一　直接に自身が事に当たる。
二　無名の武士を侮った言い方。木葉(こ)武者とも。「大人気なくも、葉武者共に立向かはんは、由なし〳〵」(頼義長久合戦公平生捕問答)。
三　馬を走らせ敵と対戦することは。
四　あなた。
五　馬に鞭を当てて走りに走らせ激しく敵にせまること。「東の門へ押寄せて、揉みに揉うで攻め入ば」(保元物語・中)。
六　未詳。「鹿打か野」か。
七　「ま一文字」。一直線に。
八　戦い始める際に上げる叫び声。合戦開始の際の類型表現。「時の声をぞ上にけり、時の声も静まれば、駒一ぢんに乗りいだし」(田村)。
九　戦いの前の名乗り。
一〇　はなやかに、見事にお目にかかろう(戦かおう)。「我と思はん物あらば、はなばなしく、見参やつと、呼ばわつたり」(よりちか二どのぎやくしん)。

ける。

時に　源氏方よりも。一様に鎧うたる武者。二人しづ〳〵と立ち寄り。「帝都よりの大将は。大ばの権太郎　同く平太兵衛といふ物也。聞及たる[一一]二人の法師武者かと思ひしに。国〳〵の住人ら　此大ばには叶ふまじ。あれ[一二]推参成に召取れ。」「承り候」と　[一三]早雄の若物共　我劣らじと打て出。[一四]敵も味方も入乱れ　追ふつ捲くつつ　[三重]火花を散らして戦いける。

さればにや　中国方の勢は。高処に備を立。[一五]畷を廻し　一度に突いてはかゝり。息をもくれず揉む程に。源家の軍勢　上手の敵に揉み立られ。[一六]駒の足を立兼ねける。大ば兄弟　是を見て。「こは浅ましの有様や」と。大長刀をおつ取のべ。勝ち誇つたる敵の真中へ割つて入。[一七]立破　胴切　[一八]車切　[三重][一九]当たるを幸に。はらり〳〵と薙ぎ倒す。

半時計が其内に。[二〇]さし物いかづちが原。人馬の死骸[二一]累〳〵として。俄に小山ぞ出来ける。中国方の諸軍勢。「是はいかさま人間にてはよもあらじ。偏に

一一 れっさん、じょうばん二人をさす。法師武者は金平物では七尺程の大男で、豪勇な荒法師のイメージがある。「七尺あまりの法師武者、まなこ朝日のごとくなるが、大太刀をかいこみ」(四天王関破り)。
一二 さしでがましく無礼である故。
一三 勇み立っている若武者。戦いが始まる際の類型表現。「早リ雄ノ若者共三百余騎、馬ヲ乗捨テ走リ寄リ」(太平記九・六波羅攻事)。「はやりをのわかものども、我おとらじと打ていで、ひばなをちらしてたゝかひける」(四天王つくしぜめ)。
一四 乱戦の様子を示す類型表現。「敵御方二千余騎、一度ニ颯ト入乱テ」(太平記三十一・山名右衛門佐為レ敵事)。「敵も味方も入り乱れ、追ふつ捲くつつ、五相方、火花を散らして、こゝを最後と戦いける」(よりちか二どのぎやくしん)。
一五 田のあぜ道を迂回させ。
一六 馬をその場で静めることが出来ない、動揺した有様。
一七 頭から縦に斬ること。
一八 胴を車の輪のような切り口で横から斬ること。「弓手馬手ニ相付、車切、胴切、立破(たてわり)ニ仕棄度(ツカマツリステタク)存候ツレ共」(太平記十・長崎高重最期合戦事)。
一九 手当たり次第に。「引寄せ貫ぬき、ねぢ首人飛礫、当たるを幸いに、はらり〳〵と投げすてにぞ」(公平末春いくさろん)。
二〇 「さしもの」。さしもに広い。
二一 数知れず重なっている様子。「はらり〳〵となぎ倒す、時もうす(つカ)さぬ間に、目前の死人の山、累〳〵としておびたゞし」(金平山伏問答)。

(3)

天魔の化身ぞ」と。散
〴〵に引退く
爰に　周防の国ひろと
みの旗頭。ひろとみの平
内本秀。我に劣らぬ郎等。
もりだの十郎を相具し。
「たとい鬼神にてもあら
ばあれ。馬上にての働。
我〳〵に上越す物や有べ
き」と。主従二騎　駒を
並べて馳せ寄るを。平
太　につこと笑ひ。もつ
て開いて打ければ。ひろ

一 地方の大小名の中の頭だった者。

二「バシャゥ 馬の上、または、馬に乗っていること」(日葡辞書)。「たとへ、樊噲にてもあらばあれ、某と馬上の勝負は、なか〳〵思ひもよらず」(うぢのひめきり)。

とみが肩先より。弓手の草摺まで割り付られ。余る長刀　馬の平首まで打込みける。郎等のもりだ　「こはしなしたり」と。間の鞭をちやうど。弓手すがいにかゝるを。飛び退つて　横手切に薙ぎければ。腰の番を打離され。上は陸地へどうと落つれば。下は馬にぞ乗つたりけり。（絵３）

大将石田親子　是を見て。「侍は渡り物　悪心の翻し。御味方に属し候はん」と。兜を脱いで降参する。大ばの権太郎立向い。「心底察しがたけれ共。降人の法に任せ許す也。こなたへ」と申せば「悦入つて候」と。両方よりむんずと組む。清道「ゑゝ物〳〵しや」と。左右の脇に掻い込み。ちつ共更に働かせず。首一〳〵に捻ぢ切　勢いかゝつて引返す。大ば兄弟が働。貴賤上下押し並べ皆　感ぜぬ者こそなかりけれ

三　左の胴の下の草摺（鎧の腰から下を守る部分）まで断ちわられて。
四　馬の首の左右。
五　これはしまった。
六　斬りかかる間隙に乗馬を打つ鞭。「向ふて敵にあふ時は。間の鞭を、てうど打て。おつさまに、切てをとせ」（渡辺綱三田合戦）。
七　左から行き違ひに掛かる。「すがい（ひ）」は「すがふ」（次ふ）の連用形。
八　腰骨の関節。
九　侍は有利な方へ付くのが習い。「かゝるあやうき、戦をせんより、侍は渡り物、いざひまをうかゞひ、しげもち、むねたかが、首討つて、降参せんと」（みはら物語）。
一〇　本当の心はかりがたいが。降参と見せかけて近付こうとする計略を警戒する。「その杉山松山は、おく山が内にて一二の勇士と聞ぬるに、降参とは心得ず、なにさま計略と思へたり」（金平物語）。
一一　降伏した者は命を助けるというしきたり。「降参いたせば、太刀の下なる敵をも、助くるは弓矢の方」（四天王関破り）。
一二　しっかりと馬上で組み合う。
一三　大げさな。それ程にないくせにの意。
一四　挟むように抱え込む。
一五　段末の類型表現の一典型。

第四　大ば兄弟討死并頼義[一]都を開き給ふ

扨も其後　既に其夜も明けければ。勇みに勇む源氏の勢。「はや打立ん」と用意する所へ。華やかに鎧うたる法師武者二騎馳せ来り。「抑　是はたゞすの家の軍大将に。しの村しがの入道れつさん。三悪の律師じやうばんと云者也。大ば兄弟に見参いたさん」と　高らかに罵りける。

清道　はる清聞もあへず。「何　承り及たる御坊達とや。尤　望所に候」と言ひもあへず　つつと出る　れつさん見て。「大ば殿とは面〱のとな。抑[二]源家古参の臣か。たゞし国侍か　[三]とて物事に詳しく承らん。」清道聞て。「身不肖なれ共。我〱は源家[四]重代の家臣。大ばの庄司が孫。大ばの権太郎清道。同はる清と申物也。然るに此年来は。兵法に望深く　[五]陸奥の国。あぐろ山に引籠り。軍議の奥義を究めんと欲する所に。不慮に此乱　是非もなく発

一　敵に都をあけはなして去る。

二　源氏に古くから仕える家臣か、今回の合戦に集められた地方の侍かを糺す。

三　「とても事に」。いっそのこと。どうせなら。

四　源氏に代を重ねて仕えている家臣。「我〱が家は多田の満中公より此かた、代々源氏重恩の家にて有」(金平物語)。

五　江戸板は「出はの国はくろさん」。

向せしむ。方々はいか成人ぞ。」

れつさん聞て「扨は源氏家伝の物な。物数ならね共。まづ斯く中法師は。雲州の住人しの村しがの入道れつさん。今一人な備後の国三好一党の旗頭。三あくの律師[六]じやうばんといふ物也。我〳〵も所存あつて。和州吉野山に閉ぢ籠り。年月と送るとは申せ共。兵法の奥義[七]とやらんは夢にだにも見ず。然共敵と見ては[八]余さぬ道をば。随分心に覚へたり。さらば見参いたさん」と。しづ〳〵と寄り四人一度に打物を合。木の葉返[九]水車[一〇]。虚空を翔り[一一]地に沈み。偏に蝶鳥[一二]なんどのごとくにて火花を散らして戦いける。

両方の打合る太刀影は。只稲妻のごとく也捲くつつ捲くられつ黒煙天[一三]の霞め揉みけるが。平太何とかしたりけん。じやうばんが太刀を受け外し。左右の高股払はれ。真逆様に倒れける。清道今は是迄と。つつと寄つてひつ組みける。れつさん物共せず打倒し首ふつつと掻き落とし。「あら笑止[一四]の有様や」と。鋩に貫き差し上れば。源氏の勢は鷲[一五]に会へる小鳥に等しく。

六 底本は「りんし」。以下同様。
七 相手の言葉を受けた皮肉を言う、戦う前の言葉の応酬。
八 敵と見てとれば逃さぬ法。
九 木の葉が翻るように早い太刀の返し方。
一〇 水流で回る水車のように早く太刀を振り回すこと。
一一 縦横無尽の動きを言う。「飛び違ふ有さま、あたかも天を翔り、地を潜るべき、術を得たると、世に名をぞ知られたり」(四天王高名物語)。
一二 蝶や鳥のように身が軽い様子。「猪熊、天狗の法を伝へ、蝶鳥なんどのごとくなれば」(頼義長久合戦公平生捕問答)。
一三 蹴立てて起こる土煙が空をかすませる。「黒煙ヲ立テ責戦フ」(太平記十)。
一四 気の毒やらおかしいやら。
一五 強敵の前の弱者のたとえ。「朝定敗北の軍勢は。天を翔る鳥の。鷲のつばさにかゝり。地を走るけだものの。獅子のはがみにあふがごとく。左右の足なへ前後に迷ふ有様」(北条五代記)などに類する表現。

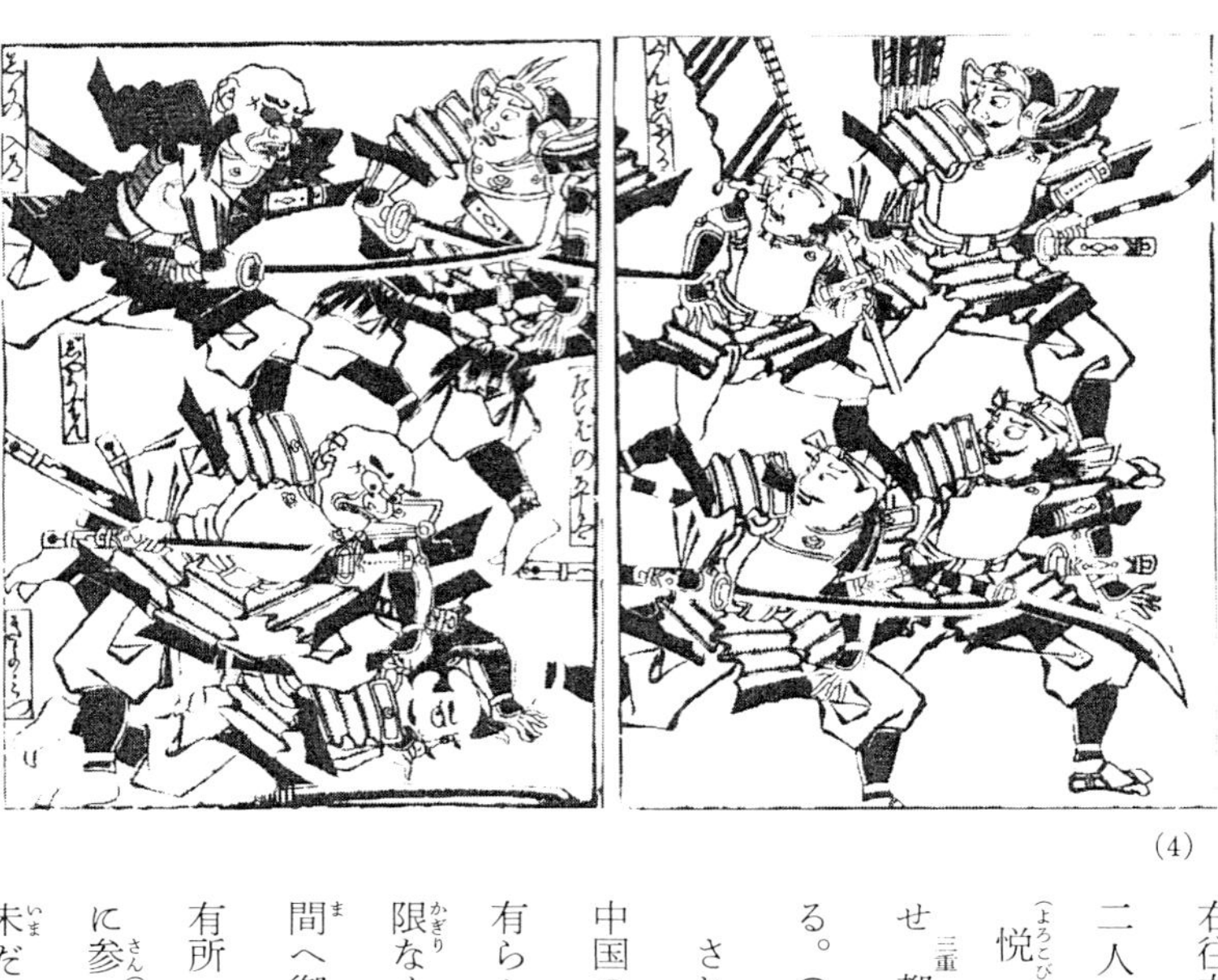

(4)

右往左往に落ち行ける。二人の物共是を見て。悦の勝時どつと作らせ　都を指してぞ上りける。（絵4）

されぱにや頼義公は。中国の軍の様は。何とか有らんと　御心許なさ限なく。御一人　聖賢の間へ御出有。黙然と看読有所へ。竹綱　忙はしげに参上し　「軍の次第未だ聞しめされまじ。

一 勝鬨。勝利を祝って軍勢があげる大声。

二 襖などに聖人賢人を描いた部屋。紫宸殿の賢聖障子は有名。

三 お経を読む。看経（かんきん）と同じ。「武将たゞ一人、らんげき御祈禱のため、法華経読誦有所へ、三浦のわた左衛門、あはたゞしく参り、いまだ聞しめされまじ」（金平山伏問答）。

扨も其　此度の戦　心許なく存　病気と偽り引籠り。只一人忍びて罷越し。戦の次第を窺ひて候。大ば兄弟が働。なか〳〵言語にも尽されず。夥しき振舞にて候ひしが。二人の曲物　偏に天魔疫神のごとくにて。大ば兄弟　共に討たれ候。仍つて　某駆け合んと　千度百度進み候ひしが　某　打死仕らば。金平も苛つて駆け込み。過致さんな必定。然らば　天下を敵に奪はれんこと　たな心を指すがごとくに候はんな。浮世の誹　身の恥辱は。ともかくも君忠節の御為。始終の落居を存。家の恥をも顧みず。一代ならざる傍輩の討たるゝを見捨て。つれなく罷帰り候」と。泪をばつら〳〵と流しける。

武将聞し召れ「今に始めぬ御分が忠節。数うるに言葉なし。無慙やな　大ば兄弟は　数年幽谷に引籠り。心を砕きし深切。花咲く春にも会はずして空しく散りし　不便や」と。忝も御大将　泪に咽せばせ給ひける。

竹綱も　落涙袖を絞り兼ね。暫し泪に沈みしが。やゝ有　泪を押し止め「差し当たりたる愁涙に。前後を忘じ候。扨もあれ程競いかゝつたる大敵を。

四 並々でなく非常な。
五 何度もという意を強調した表現。「千度百度すゝめども」(曾我物語八)。
六 確実であること。「義貞ノ勢弥(イヨ)強大ニ成テ、足羽城ヲ拉(トリ)ガン事、隻手ノ中ニアリト、皆掌ヲサス思ヲナセリ」(太平記二十・宸筆勅書被レ下ニ於義貞一事)。
七 世間の人々の非難。
八 事の結果、落着。「軍は、しゞうの落居が専一也、いかにも身を全うして、敵を退治有らんこそ、君のため、家のため」(武綱さいご)。一般には「らくきょ」。
九 戦いを避けたことで源家が世に非難される恥辱。「たゞ家の恥をかへり見て励む所の合戦なり」(にしきど合戦)。
一〇 忠節のために先祖代々共に仕える傍輩への情を捨てるつらさ。「却テ不忠ナルベケレバ、無レ力只今打死スル傍輩ヲ見捨テ帰リケル心ノ中、被ニ推量一テ哀也」(太平記五・大塔宮熊野落事)。
一一 数多く。
一二 以前から度重なる竹綱の忠義。「今にはじめぬ、竹綱の計略。感ずるに言葉なし」(わたなべちりやく打)。
一三 真心を切に尽くすこと。「シンセッ、フカイタイセツ　強い親愛の情と好意」(日葡辞書)。
一四 世に出て栄誉を得ること。「二たび花咲く、御代の春、尽きせぬ御運ぞめでたけれ」(すがはらのしん王)。
一五 当面の。
一六 「ゼンゴヲバウズル、すなわち、アトサキヲワスルル　何もかもわけがわからなくなる」(日葡辞書)。

防ぎ止めん事は。中〱大事に存候。[一]一先東国の方へ御開きまし〱て。計略を廻らし。二人の物をだに打候はゞ。しげ長は[二]己と滅び申べし。それに付金平斯くと聞候はゞ。君の御勘気蒙る共。[三]よも落ちんとは申まじ。謀つて先へ落とし。其後　君の御供申さんため。軍勢に先立つて。夜昼の境もなく　馳せ参じ候。味方敗北の勢も。明日の暮　明後日の早天には。定めて帰り申べし。あはれ其内に。金平下向いたせかし」と。万端軍 物語申上る所へ「[四]兵庫の守　只今下向仕り候」と。御前に畏。

「中国に[五]乱逆起こり候と。道にて承り候間。[六]道の順路は存ぜね共。あれよりすぐに罷 越さん。と存ぜしか共。[七]世の常ならず神慮の御使と。随分堪へ罷帰り候。御言付是迄。彼地へ打越へ候」と　御前を立けるを。竹綱「暫し」と引留め。「[八]物怱也兵庫の守。中国の乱は僅の事。打手を指し向け候間。滅亡子細有まじき。東国北国の物。[九]一身致し　定兼が住所。[一〇]浜松の城を取巻く。されば定兼は。傷未だ平癒せざるゆへ。事難儀に及とて　[一一]早打。櫛の歯を引がご

一 一旦、都を出て地方へ落ちのびるという展開。金平浄瑠璃の筋の一典型。
二 ひとりでに滅亡する。「仁武をだに討つならば、くもはけ親子はおのれと、滅び失せぬべしと、思ひかへ」(仁武天王)。
三 源家が戦いを避けて退く際には、頑なに拒む金平のわがままぶりが典型的に示される。「聞落ちに、落ちたるなど、言はれては、源家の家の瑕瑾也、人はともあれかくもあれ、金平にをいては、一から御所を出まじき」(公平末春いくさろん)。
四 金平。
五 反乱。
六 中国への道筋。
七 普通のこととは異なり、熊野権現のお使と思い。金平には珍しく我慢したことを言う。
八 あわただしく落ち着かない。「ブッソゥ 物いそがはし。混乱すること、忙しいこと」(日葡辞書)。
九 一味。
一〇 前作で定兼は遠江守とされている。
一一 急使の馬が櫛の歯を削り出すように、わずかの間隔で次々とやってくる。「早打たゞ櫛の歯を、引がごとし」(うぢのひめきり)。

とし。御辺は帝都の留守を致れよ。竹綱は東国へ。加勢に罷越す也。」と居たる所を立たんとするを。金平押し止め「其儀ならば。東国へ某下り申さん。吾殿は帝都の守護を致れよ」と。つつと立を　竹綱放さず。「軍と言へば　御事計働くは。竹綱有ても詮なし。叶まじき」と遮る。金平「こは大人気なし。重ねては共かくも。此度計は許し給へ」と。振り切て駆け出「心ざし有共がらは。跡よりも追つ付」と　門外より駒引寄せ。打乗り。揉みに揉ふでぞ急ぎける。

竹綱此由見るよりも。「存の儘に賺し果せ候　此上は。急いで御用意候へ。」武将聞召。「幸い帝　越前の。気比の宮へ臨幸也し事なれば。北陸道へさしかゝり。天子の御伴申落ち行ん。」竹綱　承り。「誠に其儀。宜しくは御座候へ共。金平　浜松の城に馳せ付。件の儀を空事也と聞と等しく。扨は謀られぬると腹を立。夜昼の境もなく。打て上り候べし　然るに　君。越前へ寄らせ給はば。道にて。違い　金平都へ上り申べし。然らば　尽せし計略。徒に詮なき

一二 金平に進んで東国へ行かせるために、わざと武綱が行きたそうに言う。金平の戦好きや短気といった性格を理解しきった武綱を描出。
一三 考えた通りに言いくるめてしまいました。
一四 福井県敦賀市曙町にある大社。「仲哀帝角鹿(ツノ)に行幸ある。その行宮を笥比宮と号す」(和漢三才図会)。
一五 畿内七道の一つ。日本海に面し、若狭・越前・加賀・能登・越中・越後・佐渡の七国に分かれる。
一六 無駄に。

ことと也申さん。越前へは誰にても差し遣わし候はん」と。相模の国の住人。本間　渋谷に　件の通　具に示し。手勢三百余騎相添へ。越前指してぞ遣はしける。其後に　大将は。近習[一]の輩七十五人。御供にて　三重　御所を開かせ給ひける。

いつしか雲居の都をば。跡遥〴〵と詠来し。名所は尽きず数〴〵の。野暮れ[二]　里過　山越へて。急がせ給へば今ははや。尾張の熱田に付給ふ。時に武将　竹綱を召れ。「当地八剣[三]の明神の濫觴[四]を聞に。出雲の国にて。素戔嗚尊。山田の大蛇を伐し　其尾に一つの剣を取給ひしを。天の村雲の剣と名付。然を　唐土新羅の帝聞伝へ給ひ。かの剣を奪はんと　生不動[五]と云力士に　七つの剣を持せ。日本へ渡されしを。熱田明神　かの生不動を忽ち神罰有。持つ所の七つの剣を奪い取。村雲の剣に相添へ。宝殿に納め給ふ。去によつて　八剣大明神と号し。別て弓矢の守り神成由聞て有社僧を召て。武運長久の祈誓致せよ。」「承り候」と　急ぎ使者を立て　召し寄せ。あらまし具に語。

一 側近く仕える人。

二 野で日を暮らし、里で日を暮らす、長い旅路の形容。「東路や旅の空こそあはれなれ野くれ山くれ駒にまかせて」（夫木抄三十六）。

三 熱田神宮の第一摂社。以下の説話は版本「太平記」付録「剣巻」や屋代本「平家物語」と同趣。

四 ことの起り。

五 「生不動ト云将軍」（屋代本・平家物語）。

「日本の神〴〵を当社へ申降ろし。逆臣滅亡の。[六]調伏の法を行はれよ。」社僧承り。「調伏の法　近頃勿体なくは候へ共。是偏に天下の御ため。いかで違背仕らん。さあらば宝前へ御参り候へ」と。武将の御供致　神前指してぞ参る〻。

かの八剣と申は。そも弓矢の道を守らんと。[七]御裳濯川の末長く。汲むや。流の千代かけて。[八]和光の影は曇なく。照らす日影に[九]熱田成。宮居も殊に澄み渡り。深き誓を[一〇]御注連縄。[一一]八声の鳥の告ぐるだに。[一二]巫覡が鈴振る袂かと。奇瑞の泪弥増しに。[一三]心の月も冴へ渡り。手先づ遮る神風の。身にしみ〴〵と有難く。誠を尽して祈らる〻

社僧　壇に上り。種〴〵の奉幣奉り　[一四]「神〴〵たらば　速やかに。逆臣しげ長一命を召取。源氏武勇長久の徴。立ち所に見せしめ給へ　南無帰命頂礼。日本大小の神祇。只今勧　請申奉る。先　上は梵天帝釈　下は四大天王。扨下界の地に入つて　伊勢は神明天照皇大神宮　外宮が四十末社　内宮が八十末

六 対立する相手を法力によって滅亡へ向かわせるための修法。金平浄瑠璃では、頼義が苦難に陥った時、神や仏に祈誓をかける場面が頻出する。「扨人〴〵神前に参り、夜もすがら、祈誓をぞかけらる〻。頼義仰らる〻は、そも〳〵我四海の政(まつりごと)をつかさ取つて…」(四天王高名物語)。

七 伊勢神宮の南を流れる五十鈴川。

八 和光同塵の略。仏が威光を和らげ、姿を変えてこの濁世に現われること。影は、その威光、お蔭。光の縁でいう。「和光の影は曇なく。明らかなれや」(謡曲・和布刈)。

九 明らかで一点の曇りもなく、その照らす日の光で暑くなる、と熱田を掛ける。「曇なき名の日の本や。〳〵。熱田の宮に参らん」(謡曲・源太夫)。

一〇 深い有難い誓願を「しめ」によって標示された御注連縄。「しめ」は不浄なものの立入りを禁ずる縄。「此君の。千年をかけて御注連縄」(謡曲・鱗形)。

一一 夜明けにたびたび鳴く鶏。八剣の縁で八を出す。「八声の鳥も。かず〳〵に。八声の鳥も。かず〳〵に。鐘も聞ゆる。明方の」(謡曲・六浦)。

一二 神楽を奏し舞う神人。

一三 悟りの心。「身の浮雲も晴れぬれば心の月ぞさやかなる」(謡曲・現在七面)。

一四 調伏の神おろし。なお、この神おろしは、「きそ物がたり」三段目で法皇が義仲を調伏させる勧請とほとんど一致する。神名の箇所は「かるかや」二六三頁三行目、「さんせう太夫」三五九頁六行目以下参照。

社。一天の岩戸は大日如来　二朝熊が岳は福一万虚空蔵。川下に下がつて熊野に三つの御山。新宮は薬師。本宮は阿弥陀。那智に飛滝の権現。滝本に千手観音。神の倉に竜蔵権現。三葛城七大金剛童子。高野に弘法　根来に覚鑁　大和の国。吉野蔵王権現。子守　勝手の大明神。多武の峰に大織冠。初瀬に十一面観音。三輪の明神　立田の明神　奈良に七道大伽藍。春日は四社の大明神　四しもつ川原。かもつ川原　五たちうち　べつつい。石清水　八幡は正八幡大菩薩。稲荷　祇園　賀茂の明神。北野に天神　鞍馬に大悲多聞天。高き御山に愛宕山。麓に三国一の釈迦如来。坂本山王廿一社。打下に白鬚の大明神。湖の上に竹生島の弁才天。美濃の国ながへの天王。尾張に津島　三川の国に。矢作の天王　鳳来寺に。峰の薬師　遠江に。六きつき大明神　駿河の国。富士浅間　伊豆に三島。箱根の権現　七相模に大山。大聖不動明王。関東に鹿島　香取。浮州の明神　奥州に八塩竈六社の大明神。出羽に羽黒の権現　信濃に戸隠の大明神　越中に立山　能登に石動　加賀に白山。丹後に成相　切戸の文殊。但馬の国に一の宮の

一 伊勢高倉山の嶺にある(和漢三才図会)。
二 伊勢の朝熊山頂の金剛証寺。本尊が虚空蔵菩薩。
三 葛城山一言主社。河内金剛山に七山金剛童子を祭る(和漢三才図会)。
四 「しもつ川原」「かもつ川原」は「さんせう太夫」三六〇頁注五・六参照。
五 「たちうち」「べつつい」は未詳。→「さんせう太夫」三六〇頁注七。
六 不詳。
七 神奈川県愛甲郡大山(雨降山)。不動明王を祭り、その奥に石尊大権現を祭る。木太刀をかついでの大山詣でが流行した。
八 宮城県塩竈市。千賀浦にあり六所大明神と号し、名勝の地。

大明神。丹波に大原八王子。津の国に住吉四社の大明神。西の宮の若夷[九]。天王寺に聖徳太子。河内の国恩智　枚岡。誉田の八幡　和泉に入て。大鳥五社の大明神。紀伊の国に淡島権現。阿波に焼山[一〇]　土佐に御舟[一一]の大明神。讃岐に金平　伊予に椿[一二]の森の大明神。播磨の国に牛頭[一三]天王。安芸の国に厳島の大明神。別して崇め奉るは。当社熱田の大明神。惣じて日本の諸仏神。勧請申奉る」と。攻め伏せ〱祈らるゝ。

神慮　納受まし〱けん。虚空に剣降り下り。生首数多壇に落ち。消すがごとくに失せにけり。有がたし共中〱　申　計はなかりけれ

第五　公平抜駆幷関守を討つ事

扨も其後　頼義公は　熱田八剣の御宿願。御心の儘に遂げさせ給ひ。急がせ給へば程もなく。尾張三川の境。今岡[一四]村を通らせ給ふ所に。金平　駒[一五]に白泡

九　西宮市社家町。蛭児命を祀るが、俗に夷三郎と称する。
一〇　焼山寺。四国八十八所の一。徳島県名西郡神山町下分。
一一　土佐神社。高知市一宮。七月三日神輿の入海祭儀があり御船遊びという。そこで御船大明神とも称する(土佐物語七)。
一二　未詳。
一三　姫路市広嶺山。広峯神社。祭神素戔嗚尊。広峯天王と称する。
一四　愛知県刈谷市逢妻川の右岸。
一五　馬が白泡を吹く程に早く走らせて。

嚙ませ馳せ来りしが。此由を見て　急ぎ馬より飛び降り　「やあ竹綱　御辺は。[一]跡方もなき空事申。某を遥〴〵と東国迄下したるは。何の宿意[二]ぞ　是非次第を承らん」と。太刀の柄押し握り。詰めかけ〳〵申ける

竹綱更に騒がず。「おう理也　兵庫の守。先鎮め[三]て事を聞給へ。此度の戦　とても叶いがたくみたりし間。君を様〴〵に諫言致　一先都を開き申に。[四]議定致たり　然共。御分　いつもの癖なれば。よも花洛をば落ちじと思ひぬると謀りたり」と。打笑いて申せば。

金平　愈腹を立。「昔より[五]見逃と云は。臆病物の業に有とは伝へたれ共。聞逃と云事は　更に聞たる事なし。無用の吾殿が[六]軍法立にて。[七]源家の弓矢に疵を付くる口惜しさよ。御辺がやう成　腰抜と知らずして。只今迄傍輩と頼し事こそ無念なれ。敵を都へ入ては。此金平が御家に有たる甲斐の有べきや」と。歯嚙をなして駆け出るを。

竹綱取て押さへ。「おう〳〵某がやう成臆したる物と。傍輩の縁[八]のかね。

一　全く根拠のない嘘。
二　遺恨に思うこと。
三　気持ちを落ち着かせて。
四　決議すること。
五　敵を見て逃げることより、敵が来ると聞いて逃げる方が臆病だと強調して言う。「軍には見逃げといふ事をだに、心うき事にこそするに、是は聞逃げし給ひたりと笑ひあへり」（平家物語五・五節の沙汰）。
六　兵法を心得顔にふるまうこと。
七　源家の武士道にとって恥になること。「はかり事に縄かゝりし者、天竺にてはしゝめい…たぐひ多し、さら〳〵弓矢の疵ならず」（たけち合戦）。
八　縁を保ち。「勅定をもつて縁のかね、親子の契約を、なしたるかいもなく、魔縁に妨げられ候だん」（田村）。

御分達の面迄汚せし事の面目なや。併　世[九]には不定成事も有。竹綱が一言の聞。其後都へ也共　天竺[一〇]へ也共上られよ　扨も我　此度。中国の軍を忍びて窺いしに。かの二人の似非物共が。大に狂い　一村[一一]覆い。二人が働けば　上にも共に働く物有。是はかの二人の法師。数年　山国に取籠り。魔縁をよつく信じ入たるゆへ。影身[一二]に添いて守也。去るによつて　たとい唐土の樊噲[一三]に。百倍増したる勇士也共。人力の分にては及難き所也。然ば　此方弱〳〵と都を開き。彼等を帝都へ入るゝなら。幽国[一四]艱難の住居を引替へ　金銀珠玉。種〳〵の衣服に驕増し　勤む[一五]る所の行。忽　薄く成べし　さあらば。一ゝ添う魔縁共　離れて退かんは必定　其時節と見て　合戦の励まば。必　味方勝利を得べし。其上　君は水の兄未。当年の卦体[一六]を勘へみしに　鳥一度古巣を離れ。年を経ずして本に帰る。離れざれば　鷲来つて罰すと記して有　爰を以て案ずれば　かの二人の法師は。鷲　早く栖を離れ給はずは。御過ましまさんと。勘へ　扨こそ花洛を開きたり。然に　吾殿　何の差別[一七]もなく。さすが竹綱程の

九 世には決まってないこともある。「よき事も。悪しき事も。世はみな不定也」(北条五代記)。
一〇 印度。勝手にせよを強調していう。「たとゐ日本に、天竺を添へて、賜はる共」(にしきど合戦)。
一一 全村にその威を行きわたらせ。江戸板では「かの二人の法師が働くたびに黒雲をゝひ、とも〳〵働く者の有」。
一二 敵が信仰する魔縁・天狗が敵を加護する。「われ〳〵は是、伯州大山の方より来たりたり、さだめておぼへ有べし、御へん十一の春より十八のくれまで、われ〳〵が法をたつとみ、日夜の祈誓おこたらず、さるによつて、武勇天下に知らせんと相守る所に」(やはぎ合戦)。
一三 漢王の武勇の士樊噲より百倍強い勇士でも人間の力では敵わない。「たとへ異国の樊噲が、生れかはりて来る共、たやすくは叶ふまじ」(やはぎ合戦)。
一四 幽谷。山奥の谷。不自由で苦しい住居。
一五 魔縁への信仰・祈誓につとめる。
一六 占って易の卦のかたちを調べ解釈するに。
一七 わきまへ。

物を。腰抜 いや臆病物などと悪言せられ。生きても詮のあらばこそ。それ[一]松柏の青き色は 霜後に現われ。人の剛臆[二]は 死してならでは知れぬ也 竹綱が最期の体。伝へても聞[三]給へ。よも不覚には死ぬまじき。浮世の忠孝是迄と。御暇申候」と 都の方へ。一文字に駆け行を。

金平慌てて引留め。「謂を聞ば 至極[四]せり。げに誤つたり 武蔵の守 去ながら。某が横紙[五]を破るごとく成。僻事は 今に始めぬ事也。此後は 何にても。御分の諫言を漏れ。粗忽[六]の荒儀出すまじ。ひらに〳〵」と 悄〳〵として申ける。

竹綱聞て「吾殿左様に申さるゝ事は。一度ならず二度ならず。度〳〵の事なれ。只水に絵を画く[七]。ごとくにて。更に跡なき虚言也。とかく竹綱浮世に有ゆへに。万事 御辺の所存に達[八]せず。某 打死致なら。心に任 働かれよ」と。振り切て飛び出るを。金平更に放たず。「情なし竹綱 其儀ならば。全く偽是なき証。諸神にかけて顕わさん」と。引合[九]より 矢立 巻物取出す。竹綱見

一 常緑樹の松や柏は厳しい寒さの後にも散っていないことから、人の節操も厳しい時期の後に明らかになるということ。「歳寒、然後知松柏之後彫也」(論語九)。「松柏は霜のちにあらはれ忠臣は世のあやうきにしらるゝ」(曾我物語五)。「しやうはくのあをき色は、しもの後にあらはれん」(やはぎ合戦)。
二 剛勇と臆病。
三 後から伝聞でなりとも聞かれよ。
四 もっともと承服した。
五 和紙は横には裂けにくいが、それを破るところから、無理をおし通すこと。横暴さは金平の特質の一つ。「さしも横紙破りの金平も、あたる道理にせめられ」(金平山伏問答)。
六 軽率で粗暴なふるまい。
七 甲斐のない虚しいこと。古くは「水に数書く」。
八 思っていることにはずれる。思う通りにならない。
九 鎧の胴を合わせている右脇の隙間。物を入れる。

て　押し止め。「さしも横紙を破り給ふ金平の。某が打死を労り。誓詞に及給ふ心底のやさしさよ。此上は都上りを止まらん。兎角申も　君忠節の御ため。又　御分の竹綱を惜しみ給ふも　君の御ため。今より後は互に心を合。君を御代に奉らん。あら頼もしの所存や」と。袂を顔に押し当つれば。鬼のやう成[一〇]金平も。声を上てぞ泣きにけり。

武将此由御覧じ。「誠に異国にも本朝にも。例稀成方〳〵を持　頼義が。果報[一一]の程のうたてさは。共すれば逆臣に悩まされ。面〳〵に心意を砕かする。業運こそは口惜しけれ」と。御泪に咽せばせ給へば。並居たる諸侍　何れも袖をぞ浸しける。やゝあつて　竹綱。「何事も過しは夢　めでたき末を急がん」と。君の御供仕り。浜松指してぞ急がるゝ。

はや浜松に也しかば。碓氷の定兼が館へ　斯くと申遣はしければ。定兼　季宗　一人武者。大きに驚き走り出。「まづ此方へ〳〵」と　奥に請じ奉り。「夢現共弁へかねたる御下向。驚き入て候」と。謹んで畏。

一〇「鬼のやう成（鬼をあざむく）…も」。さしもの荒くれ男も泣くという類型的な表現。「君の御姿をつく〴〵見て、鬼のやうなる者共も、只しほ〳〵と成にけり」（北国落）。

一一 運の悪いことの情けなさには。「かほど迄良き郎等を持ち給ふ我君の御果報のほどのうたてさは、せめて大国四五ヶ国御知行なきこそ口惜しけれ」（舞曲・高館）。

武将聞し召れ「まづ方〳〵。平癒の段　珍重也　かやう〳〵の次第にて。都を開きたり。扨季宗[一]　一人武者は。何ゆへ　是へは集まりたるぞ。」「さん候　都に乱逆起こり候と承り。未だ傷[二]すきとは平癒仕らず候へ共。参りて御用に立たんため。先程是へ馳せ付。三人一所に上らんと内談致候也。なふ竹綱。金平　さやうに敵強きこそ面白けれ。[三]過にし軍の後を此たび致候へ。嬉しさよ。」と　勇み進んで悦ける。

然所へ　みつはのぜんし馳せ来り。「御敵しげ長　今月十一日に。花洛へ打入候が。君は尾張の国へ忍ばせ給ふと聞。帝都を立て　又尾張の国へ打入。[四]四方の口〳〵に関を据へ。往来を止め　国中　草木を分けて尋候」と申上る。定兼　季宗　一人武者　聞もあへず。「それこそ願い設けたる事。先んずる[五]時んば　人を制するに利有とかや。いざ此方より取かけ　何とか思ひ給ふ　兵庫の守」金平聞て。「某は子細あつて。率爾に物をば申さぬ也。万事は此武蔵[六]の守と内談あれ。ゑゝ心に任せぬ浮世や」と。苦り切てぞいたりける。

一　季宗も一人武者もそれぞれ本国で療養していた。
二　すっきりと完全に。
三　この前の戦で敵に負けたが、今度は仕返しなされ。前作の合戦でらいげんに斬られて怪我を負ったことを指す。
四　四方を関所で囲んで探索する。「四方ノ山々ニ関ヲ居(ス)エ、路ヲ切塞(キリフサ)イデ用心密(キビ)シクゾ見ヘタリケル」(太平記五・大塔宮熊野落事)。
五　「待軍シテ敵ニ気ヲ呑レテハ不レ叶、先ズル時ハ人ヲ制スルニ利有トテ」(太平記十三・足利殿東国下向事付時行滅亡事)。「先則制レ人。後則為二人所一制」(史記・項羽本紀)。
六　武綱。

竹綱　黙念と打案じ。「先んずる時は　敵を制するに利有といへる。軍法も　時による。此度の戦　[7]押し寄すると寄せさするに。三分七分の弱味強味是有。待て戦ふに如くはなし」と。御前を罷立。[8]逼〳〵を掘り切らせ。柵を降らせ　塀を掛け。「[9]菱　[10]乱杭　[11]櫓　[12]掻楯　少も油断有べからず」と。其役〳〵に下知をなし　[13]軍の用意を構へける。

さればにや　金平は。随分保ちて[14]引へしが。生まれ付たる持病。堪ゆるに堪へ得ず　やぎりの八郎と云。大力の家の子を近付。「[15]我は抜懸し　二人の法師が首引抜かんと思ふ也。聞ば　道〳〵に関据わりたりと風聞する。打破つて通らん事は易けれ共。然らば　敵聞付　用心せんな必定。汝　山伏姿に様を変へ　我を笈に入て連れ行。」「畏て候」と　俄に山伏姿に様を変へ。金平を笈に入れ　[16]忍びて館を出にけり。

急げば程なく。今岡村に付にけり。案のごとく関屋を立　番の侍数多並居たり。八郎見て　何となく通らんとする。番の物共見て。「是は大事の関也　そ

七 こちらから攻めるのと、敵に攻めさせるのでは、三分の不利、七分の有利で。「此度の合戦、打て出れば、八ぶんの弱味。待て戦へば、十ぶんの強味有」(くわばら女之助兄弟かたき打)。
八 行き止まりの要所要所を削って堀を通す。
九 刺股。堀や地上に上向きに差しておく。
一〇 堀や地上に杭を不規則に多数立てておくこと。
一一 城側から矢を射かけるための高い建物。
一二 楯を多数並べて垣のようにすること。
一三 いずれも敵の侵入を防ぐための籠城戦の準備。
一四 「控へし」の当字。
一五 金平が郎党を連れて抜け駆けする。彼の抜け駆けはその性を示す場面として頻出する。(武綱に)「御分の抜け駆け、今に始めぬこと」(四天王高名物語)と言われる。「人は類をもつて集まり、似たるを友とするとかや、公平が郎等、さかわの源太、とんだかねみつ、あいそのしん八、などゝいふ家老共、大将弱くは、抜懸にも、功名せんと、はやりきつたる勇士也」(公平花だんやぶり)。

れより帰れ」と申ける。八郎聞て「日頃有共知らぬ。新関は[一]公方よりの仰にて候か。一国の私か。たとい何にてもあらばあれ。仏法修行の客僧を。止むべき謂なし　通されよ」と申ける。番の物共腹を立。「強情成客僧哉。いかさま[二]偽山伏と覚へたり。余すまじ」と犇めきける。

八郎ちつ共騒がず。「出羽の国[三]羽黒山の勧進聖也。[四]悪しく近付　罰当たるな」と申ける。関守聞て「其儀ならば。いで勧進帳を拝まん」と責めにける。

八郎聞て「おう易き間の事」と。笈を彼処へどうど下ろしけれ共。[五]本より持たぬ勧進帳。いかゞはせんと倦んで暫し立にけり　関守が愈怪しみ。「扨こそ偽山伏よ　紛なし」と。真中におつ取籠む所に。金平　笈をくわつと踏[六]み破り。「勧進帳は是に有。よつく拝め」[七]と　仁王立に立つたりけり。番の物共驚き　逃げんとするを。はら〳〵と薙ぎ伏せ。「此上はすぐに切て入らん。足纏に成に　汝は是より帰れ。」八郎「こは情なの御諚や。御先途を見届け申さん」と。兎角論ずる所へ。

一 鎌倉以降は幕府や将軍。
二 偽山伏と察した。逃がすまい。「偽山伏と覚へたり、只打伏せよとひしめきける」（四天王関破り）。
三 羽黒山の修復等の寄進集めに廻る山伏。羽黒山伏は関銭を免除されるなど特別の待遇があった。「羽黒山伏の渡賃関手なす事はなきぞ」（義経記七）。「渡辺取あへず、是は出羽の国、羽黒山の山伏なるが、大峯山へまいり候也」（四天王関破り）。
四 自分の側を誇示して相手に警戒するように言う広言。「敵モ敵ニヨルゾ。一騎ナレバトテ我ニ近付テアヤマチスナ」（太平記八・妻鹿孫三郎勇力事）。「征夷大将軍ぞかし、悪しく申て、罰あたるな、とかく物な言わせそ」（やはぎ合戦）。
五 舞曲「富樫」では、入れた覚えのない巻物が笈から見つかり、弁慶が勧進帳を読むふりをするという展開であるが、ここでは金平が飛び出す。「もとより勧進帳はあらばこそ」（謡曲・安宅）。
六 蹴破って飛び出す勢いを見せる趣向。「うぢのひめきり」「公平末春いくさろん」「北国落」では大般若の箱に潜んでいて踏み破って出てくる。また、「四天王むしや執行」では、長持を蹴破って出る場面がある。
七 「四天王関破り」では、関所でたまりかねた公時が「是ぞ頼光の御内なる、坂田の公時と云、四天王なるぞ、よく見よやなんぢらと、仁王立に立つたりける」と関所破りへ展開する。

(5)

竹綱大息継いで駆け来り。「察[八]せしに少も違はざりける。物に狂ふか急いで帰られよ」と申せば。金平聞て「いやとよ。宿願の事あつて。[九]三島の城へ参とて。道に迷い来りたり。是と云も御辺を余り。怖し〳〵と思ふゆへ老耄[一〇]致。物の前後も弁へず。此分にては金平[一一]。久しき事は候まじ。あゝ南無阿弥

八　推量したことに少しも違わない。武綱の深慮を示す。「案のごとくもろうぢ、竹綱が察しに、少もたがはず」(北国落)。
九　江戸板「三島のやしろ」。伊豆の三島大社。源氏との関わりが深い。
一〇　「ラウモウ、オイホルル　分別をなくした、または老衰している老人」(日葡辞書)。
一一　この金平、永くは生きられますまい。武綱の諫言に服し煙たく思いながらも事を起す金平の言訳。「わたなべちりやく打」では、金平の暴走を心配して武綱が付き添おうとするのに対し、「一度ならず二度ならず。竹綱の諫言に、それがしもほうどもてあつかうたり」などと言い、走って逃げている。

陀仏」と申せば。竹綱[一]余りの事に呆れ果て。打笑いてぞいたりける。
然所へ　関屋の大将ながぬまの源太。三百余騎にて馳せ来る。金平見て「是計は許し給へ。竹綱」と　大手を広げ　駆け合。むんずと抱いて　一度にぐわらりと投げければ。ながぬま　大きに肝を消し。駒の手綱を引返すを。馬の尾髪をしとゝ取。後へどうと引付。源太を中にひつさげ。「是　君への草苞」[二]と　竹綱と打連れ。浜松指してぞ立帰る。金平が勢[三]。只鬼神も斯くやらんと皆怖ぢぬ者こそなかりけれ（絵5）

第六　れつさん金平ニ打るゝ幷すへ宗大将しげ長を討取

去程に　たゞすの中将しげ長は。尾張の国熱田に陣の取。国中残らず相尋所に。源氏一党は　遠州浜松に没落とぞ告げにける。しげ長聞て。「すかさず取かけ討てや」と。勢の着到相記し。都合十万八千余騎。尾州熱田を打立[二重]

一 金平の余りのやんちゃぶりに愛嬌を感じて笑いになる常套場面。「君もあまりの事に、ゑつぼにいらせ給へば、竹綱もあきれはてゝ、打笑ひ、一座一しほ興に也」（よりちか二どのぎやくしん）。
二 おみやげに。「てつざんをば、鎧の上帯引ちぎり、しめつけ、是都への御みやげとひつたつる」（金平物語）。
三 段末の類型表現の一典型。「金平が勢い、ひとへに天魔疫神の、荒れたる風情もかくやらんと、皆怖ぢぬものこそなかりけり」（北国落）。

遠州指してぞ押し寄する。

是は扨置　浜松には。頼義公　四天王一人武者を召れ。「東国方の軍勢も。皆〳〵敵に思[四]ひ付と風聞する。扨　城に籠る所の勢は。いか程有ぞ」竹綱承り。「さん候　一昨日迄は五万余騎候ひしが。日[五]日に落ち行　今朝の着到には。二千五百ならでは御座なく候。又其内にも　五十も百も落ち行申てぞ候はん。」

頼義聞し召れ「是非もなし。此度が家の滅亡と覚へたり。誠にかの二人の法師共が働を伝へ聞に。過し頃打れけるいのくま入道に。抜[六]群増したる勇者と聞。二人が中にも殊にしがの入道とやらんは。速[七]き事鳥のごとく。力は大山をも穿つやう成大力と聞ゆ。此度の軍　運の開かん事。枯[八]木に花の咲くがごとし。只同負くる軍。死しての後も　面〳〵が。名[九]を万天に輝かし。末代迄誉を潔く残すべし。方〳〵」とぞ仰ける。

竹綱承り「御諚のごとく。此度は大事の御戦にて候　去ながら。此年

四 慕って味方につく。「きやつらは天の神の子孫とて、諸人思ひ付けば力なし」(日本大王)。

五 強敵の大軍を恐れて、源氏勢から兵が脱落し、わずかになるという事態を作り、その後の展開で四天王らの一騎当千の勇力を強調する。「諸軍勢、肝を消し…五十騎三十騎、うちつれ〳〵しのび〳〵に落ちにけり…天下に四人のまれものと、名にしおふたるわれ〳〵を、持たせ給ふは、かゝる時の御用ならずや」(うぢのひめきり)。

六 ずっとぬきんでた。「さても源家のともがらが振舞、聞ゝしとは、抜群勝りたり」(武綱さいご)。

七 早業で大力のたとえ。「磐石を、つぶてに打、速き事、鳥のごとく、はせめぐり」(仁武天王)。

八 ほとんど可能性のないことを示す。「さてこそ千手の誓には。枯れたる木にも。花咲くと今の世までも申すなり」(謡曲・花月)。

九 天下四方に名を知らしめて、子孫に永く栄誉を残す。「兄ども世にこえ名を万天に上げしゅへぞかし」(曾我物語十)。「一命を、戦場になげうつて、いさぎよき誉を、秋津洲に、広め申さんものを」(北国落)。

月　天下に五人の稀物と。万民に怖ぢられたるは。身の不肖　今度御供申。帝都を落ちしも　自然。怪我を厭い　十分の勝を致んためにこそ　敵に後を見せ候へ。五人が内に一人か二人　打死　致と存なば。鳴る雷を手取にし。き万国の鬼王が変じ来り候共。やはか余し申べし。二人の似非物をだに打候はば。残る勢は　風に靡く草のごとく。何の子細か候べし　何れもかくて候上は。天下をば敵には渡し候まじ。御心安かれ」と。さも頼もしく申上れば。頼義　御悦喜限なく。「万事宜しきやうに相頼」と。御座を立せ給ひける。

其後に　竹綱　中座にむんずと直り。「此度は手に余つたる敵也。五人の内に一人か二人な。過あらんな必定。大方は竹綱打死　致んと存る也。それに付金平。御辺跡に残られば　構いて今迄のやうに。荒儀に逸り給ふな。引べき時節は引　駆くべき時は駆け。潮の道干のごとく成を。勇者と申候也　其節を違へ。無体に駆くるは　血気の勇者とて。軍書に嫌う所也。随分嗜み給へ」と。しみ〴〵と諫言し　「はや敵近付申べし　いざや用意を致ん」と。

一 四天王一人武者は自他共に、天下に五人のみの稀な勇士とされる。「天下に五人の稀物と、名にしあふたるわれ〳〵が」(北国落)。
二 私のおろかさ。その不肖の私ではありますが。謙遜した言いまわしで、豪の自分があえてこうした行動をとった弁明。
三 万一。
四 武勇の程を強調する。「天の雷を手取りにせんと思ふきしよくの」(みはら物語)。
五 「たとへきまん国の鬼王、らせん国の羅王を、あざむくほどのつはもの、千騎万騎敵に受けたり共」(四天王紫野合戦)のように、出てくるが、「らせん」が「らせつ」の誤りのごとく、「きまん」は「懈慢国」の誤りか。この世から極楽国に至る間の辺地にあり、快楽にふけり、懈怠憍慢の心をもつものの国。
六 どうして逃がし申しましょうか。「いかなる天魔疫神をも、やはかはあまし申さん」(北国落)。
七 「万民従い申さん事、風に靡く草のごとくにて」(北国落)。
八 武綱が死を覚悟する程の強敵は、金平浄瑠璃でも珍しい。
九 「よき大将軍と申すは、駆くべき所をば駆け、ひくべき所をばひいて、身を全うして敵を亡ぼすを以てよき大将軍とはする候」(平家物語十一・逆櫓)。
一〇 元気すぎてはやる士。「血気の勇士は。逃るべき所を。逃れずして討れ。駆くまじき所を駆けて討死す。是を不忠死といふ」(北条五代記)。「太平記」二十九にも「仁義血気勇者事」とある。「血気と申は、軍書を違へ、軍陣駆け引、多勢に討つて入を申と、渡辺武蔵の物語に日比承候也」(あたご山大合戦)。

先　東の門は　三木の一党。相模の国座間　岡崎　土肥　土屋。武蔵の七党　以上其勢[二一]二千余騎。南の門は　卜部の季宗。平井の一人武者　其勢二万余騎。西の門は　武蔵の守竹綱。遠江の守定兼。百五十騎　北の門は。兵庫の守金平　山田の源内時定。其勢七十五騎　思ひ〳〵の持口。軍の法を固く定め。寄せ来る敵を　三重　今や〳〵と待いたり。

間も透かさず　敵の勢。勢　天の響かし。取かけ　北の手は　中国勢三万余騎。東は　西国勢四万三千。南は　大将しげ長　北陸道七か国に。其名を得たる大力荒木兄弟引具し。坂東　海道の勢五万余騎。西は　しがの入道れつさん。三あくの律師じやうばん。手勢二千余騎　思ひ〳〵に備を立　三重　時の声をぞ上にけり。天地も動ずる計也。

時の声も鎮まれば。れつさん　じやうばん　一陣に進み出。「此門の大将は誰成ぞ。寄手はしがの入道れつさん。三あくの律師じやうばん也。とかく城に籠る輩。一人も余さばこそ。敵には[二二]嫌なし。最期の観念し。五百も[二三]千も一度

二一　前出、味方は二千五百もないとあるのと矛盾する。

二二　敵の選り好みをしないこと。「いづれにても、かたきは嫌いなし」（やはぎ合戦）。

二三　五百人でも千人でも。「一騎あいの駆け入には、われに及ばんものは覚へず五十も百も、一度にかゝれ」（武綱さいご）。「若君へ緩怠（くわんたい）の者あらば、五百も千も踏み殺し、死人の山をつくべき」（渡辺がんぜき割）。

にかゝれ〳〵」と罵り。筒抜　胴切　人飛礫。向物[一]を幸に　三重 算の乱いて打伏する。面[二]を向くべきやうぞなき。

　爰に相模の国の住人。もんまの四郎やす時。同く五郎やすひろ。父の庄司を目前に打せ。「親の敵　何処へか余さん」と。太刀を並べ　打てかゝるを。れつさん　二人を一度にむんずと抱き。虚空にこそは投げにけれ。其次に　駿河の国竹の下兄弟。三人　一門家の子皆打せ　歯嚙をなして駆け寄るを。じやうばん　棒おつ取のべて打ければ。身際[三]の堀へどう〳〵と倒れける。

　定兼見て「夥しき働哉。遠江の守碓氷の定兼　是に有。花〴〵見参致ん」と。する〳〵と立寄る　じやうばん見て。「何　碓氷の定兼とや。定て聞も及れつらん。三あくの律師じやうばんと申物也　聞ば御辺は　天下に五人の稀物とや。さ程名誉の臣をむざ〳〵と殺さん事。さりとては惜しし　とても我には叶ふまじ。ひらに降参致れよ。命計は助くべし　いかに〳〵」と申ける。

一　向かって来る者があるのを良いことに、算木をばらばらに乱すように逃げまどう敵を。「そこつ成葉武者共、向かふ物をさいはいに、二三百切つて捨てぬれば」（よりちか二どのぎやくしん）。「逃ぐる者の腰の番、大地を廻る車切、から竹割りといふものに、算の乱いて駆けちらす」（四天王女大力手捕軍）。

二　立ち向かうことができない程に恐ろしい様子。「内より矢先をそろへて射ければ、面を向くべき様も無し」（保元物語・中）。

三　自分のすぐ側にある。「身際の谷へ、どを〳〵と落ちにける」（うぢのひめきり）。

定兼聞て「事〱しの広言や。たゞすの家の作法は知らず。[四]自体源氏の習にて。駆けよ組めよといふ言葉はあれ　[五]降参と云事は　終に聞たることなし[六]すは参りさう」と打てかゝれば。じやうばん「こはやさしや」と。鉞の柄長くをつ取のべて　三重受けつ開いつ。爰を先途と戦いける。

さればにや　定兼。秘術と尽くし働け共。じやうばん　更に物共せず　畳みかけて揉む程に。定兼が大太刀　[七]簓のごとく也にけり「こは無念」とひつ組んで。しとと組む　じやうばん。「ゑゝ物〱しや」と掻い摑み。「ゑい」と言ふて投げにけり。さし物定兼　[八]犬居にどうど打据へられ。暫し立ち兼ね漂いける。じやうばん見て。「おのれは未だ働くか」と。走りかゝつて　又摑まんとするを。抜打に払いければ。左右の高股打落とされ。仰に返すを　首水も溜まらず打落とし。鉈に貫き「[九]此間鬼神のごとく聞へたる。三あくの律師じやうばんをば　碓氷の定兼打取たり」と。高らかに名乗り　しづ〱と引返す。

しがの入道聞よりも「おのれ　[一〇]何処へか余さん」と。無二無三に駆け出る。

四 家の習いとして自分の有りようや信条を強調する言い方。「自体源氏の習ひにて。おのれらがやう成悪人をば。かやうのてだてをめぐらす也」（わたなべちりやく打）。「坂田が家の習いにて目前のかたきを打もらす法はなし」（八幡太郎誕生記）。

五 降参などは考えられないことを誇張した言い方。「それ降参と云物は。黒きやら、白きやら、いまだ見たる事なし」（かしま御本地）。

六 それ参り候。

七 簓のように刃が殆どかけてしまった。簓は竹を細かく割いて束ねたものを、刻み目のついた棒で摺って音を出す。その棒のようになる。

八 両手を地につき尻もちをついた、犬が座っている姿。

九 「此日比、羽黒山にて鬼神と取り沙汰せし、大じやうばん坊ぞんかくをば、兼光が打たる也。これを見よ〱と、呼ばゝりけり」（御館権太郎）。

一〇 どこへとり逃がそう。

竹綱見て「余りに苛つて出らるゝな。御坊　さすが天下分目[一]の軍。死んでも名誉を跡に残さん。是こそ四天王の随一[二]。渡辺の竹綱也　尋常に参らん」と。太刀引側め寄る所へ。

金平　上の岨[三]より飛び降り。竹綱を押し止め。「二人の法師　此陣[四]へ向ふたると聞。南の手[五]をば山田の源内に申付て参りたり。軽〴〵しくも組打などは。御分には似合わぬ也。一期の御奉仕　此度也。御免なれ」と駆け寄り。「御分な聞及たるしがの入道な。我ぞ坂田の金平也。」れつさん聞て「何　金平とや。汝に会はんためにこそ。遥〴〵山を出たり　御事が首を。らいげんに手向くるぞ。南無阿弥陀仏[六]」とむんずと組み。「ゑいや〳〵」と励みしが。れつさん「いつ迄」と。金平が上帯引詰。力に任せ撥ぬるを。金平　内搦[七]にしつかと掛け。二人　弓手返にどうと倒れ。上に也下に也　ひらり〳〵と転びしが。れつさん　遂に上に也。首を掻かんと腰を探るに。太刀何処[八]にてか抜けけん。鞘計残ける「こはいかに」と。捻首にせんとするを。馬手の足を差し込み。

一 天下の治世がどちらの手に帰するかを決定づける戦。「此度は、天下分目の軍ならんに、やみ〳〵とかく也、せんどの御用に立たざる事の無念さよ」(やはぎ合戦)。
二 綱が四天王の随一であり、武綱も「四天王の、ずい一とよばれたる、竹綱」(たけち合戦)とされている。「竹綱は、四天王のうちにても、年すこし老いぬれば、竹綱が申こと、金平にかぎらず、いづれも、もるゝことなかれ」(四天王高名物語)というように最年長ともされている。
三 山の側面。
四 二人の法師武者が攻め寄せたのは、西の門。
五 金平が源内と共に守っていたのは南ではなく、北。江戸板も「南の手」。
六 相手を討つと確信した際に言う。「もろうぢは、われ〳〵が手にぞかゝらん、南無阿弥陀仏と、うちうなづき」(北国落)。
七 足を相手の足の内股にかけ、体を反らせて捻り倒す相撲の技。ここでは金平は投げとばされないため、からめ、共に左向きに倒れる。
八 戦場の混乱に太刀が鞘から抜けてしまう。「挙様ニ一刀サヽントテ腰刀ヲ捜リケルニコロブ時抜テヤ失タリケン、鞘計有テ刀ハナシ」(太平記九・主上上皇御沈落事)。「いづくにてか抜けつらん、腰の刀、鞘ばかりぞ残りける、こはいかにと思ひ」(みはら物語)。

(6)

「ゑいやつ」と。撥ね返し。又 上に也下に也[九]二廻三廻。くるり〳〵と転ぶ所へ。竹綱駆け付。れつさんが上げ巻[一〇]おつ取。「ゑいやつ」と引ければ。金平 下より撥ね返し。首ふつつと搔き落とし。「天晴 骨を折つたる物哉」と。大息継いで立にける。（絵6）

然所へ 季宗は。大将しげ長が首引つ提げ。

九 「上になり下になり、二ころび三ころびしたりけれ共」（源平盛衰記二十八）。

一〇 鎧の背の逆板（さかいた）の中央の環につけて垂らす、あげまき結びの飾り紐。左右の輪を作り、中を結んで房をたらす紐の結び方をあげまきという。

一人武者は　荒木兄弟が首。切先に貫き　馳せ来る。大将　御悦喜限なく。さしも乱れし世の中。万歳楽治まりける。[一]頼義の御威光　末繁昌　めでたやとて。感ぜぬ者こそなかりけれ

寛文三癸卯年六月吉日　　　　山本九兵衛板

一　天運循環して源家の治世が戻ったことを示す、作品末の類型表現の一典型。「頼義の御果報、末繁昌、めでたや〳〵とて、皆感ぜぬものこそなかりけり」(やはぎ合戦)。

一心二河白道

阪口弘之 校注

歌舞伎の主要演目として知られる清玄桜姫物のうち、最古とされる作品。

【梗概】丹波の国老の坂の長者佐伯の郡司秋高には、清水の申し子で、桜姫という美しい姫君がいたが、男子の世継ぎがなく、隣郡の桑田の藤次を婿に迎えることになった。祝言を前に秋高は清水参詣を思い立ち、姫と連れだち都に向かう。音羽の滝の前で佇む姫の姿を、若僧式部卿清玄が見初める。国元で姫君の祝言が執り行われるが、閨近くに心という字が現れ、美僧の首と変じたりするので、藤次は恐れて逃げ帰る。その後迎えた婿も同様の怪異に逃げ出してしまう。しかし、婿養子を募る高札に応じて津の国の多田から来た田辺吉長が心の字から現れた餓鬼の首を討つ。若僧の一念が姫君に通うと察した吉長は都へ向かう。（第一）

　吉長は清水に参り、住持に対面して桜姫の兄と偽り、姫が亡くなったと話す。清玄はそれを聞いて、桜姫への執心から夢路を通ったと懺悔する。吉長は丹波へ行きたいと言う清玄を止め帰国する。清玄は矢も盾もたまらず、姫の墓参にと丹波まで来るが、騙されたことを知り、折しも氏神に参詣中の吉長一行を襲撃する。乱戦となり、吉長は重傷を負いながらも姫を助けて、清玄の首を打ち落とす。（第二）

　深手を負った吉長のもとに客僧が現れ、行基の始めた有馬山の温湯を教える。姫君と共に有馬に向かった吉長は三週間後に完治し、喜んだ姫は奥山を切り開いて湯屋を建立する。一人の癩病人が背中の垢を掻くようにと望む。姫が手づから掻くと、病者は薬師如来と現れ、姫に清玄の堕獄が報うことを知らせ、出家を勧める。姫は両親と吉長に書置きをのこし、懐妊の身ながら、その場で黒髪を切って出奔し、やがて呉服の宮に辿り着いた。（第三）

　姫を探す吉長は同じ宮に宿るが、気付かずに夜が明けると出立した。一方、姫は清水の観音の導きで宿を得、老夫婦の介抱で男子を産むが、力尽きて息を引き取る。そこへ引き返してきた吉長が行き会い、姫の亡骸と赤子を引き取り国元へ立ち帰る。（第四）

　吉長は自害しようとするが、秋高夫婦に諫められ、姫を野辺に送り、供養のため流灌頂を行う。一方、中有をさまよう姫は畜生道にさしかかり、蛇身となった清玄に追われる。逃げる姫の目前に水火二つの河に挟まれた細い道が現れる。彼岸の観音に教えられるまま、名号を唱えると、その息から六字の名号が現れ、弥陀の利剣となって清玄の首を刎ねる。姫は極楽世界に迎えられ、平産の道を守る子安地蔵と現れる。この御姿を写したのが丹波の国老の坂の子安地蔵である。（第五）

【特色】清玄の執愛恋慕を主題とする聖僧堕獄譚として知られるが、物語の成立基盤に繋がるのは、むしろ縦筋を綾なす有馬山温泉寺や子安地蔵の縁起譚である。行基（薬師）や光明皇后伝承を彷彿とさせて描述される膿血や産死をめぐる浄穢の問題は、本作が桜姫聖者譚として本来は構想されていたことを示すかもしれない。伊藤出羽掾は古い説経系作品や江戸の金平浄瑠璃を積極的に取り入れた太夫である。この作にも古い説経あたりの語りがあっても不思議でない。操浄瑠璃としての眼目は、題名の示すところであり、桜姫が水火二河の白道を渡る場面にある。その他、滝の上、天上など、舞台の高さもいっぱいにとってのからくり機構はきわめて大がかりで、天井にも役者数人が上っての演出であった。

【諸本】底本は、半紙本一冊。絵入十八行十七丁半。寛文十三年（一六七三）三月下旬、山本九兵衛刊。岡田真・横山重氏を経て、現在大阪大学附属図書館赤木文庫蔵。他本の伝存は聞かないが、類縁の上方正本に「恵真僧都因果経沙汰付地獄讃談」がある。一方、江戸の土佐少掾には、西村屋板「一心二河白道」（貞享三年〈一六八六〉以前）と、これを潤色した「新撰一心二河白道」（木下甚右衛門板）が知られる。その他、柳亭種彦は、延宝二年（一六七四）三月山本九左衛門板の絵入本が存在したことを著録し（「国町の沙汰」頭注）、水谷不倒『新修絵入浄瑠璃史』には貞享三年五月の木下甚右衛門板を、『声曲類纂』には村田屋板の「一心二河白道」を挙げる。

第一　一心二河白道

扨も其後　それ恋慕執愛の思ひは　かいどう輪廻の道びくと也　我慢放逸の心は　三途冥闇の中立と成　例へば水火二河白道のごとし　善心一度兆す時は　水火の悪道　則浄土引導の橋と成　是皆　一生涯の内に有

扨　生涯の内に於て　殊更女性の身に子を産む業　男子に勝れる大事也　産まるゝ時の苦計り難し　腹は大山を飲むがごとく　胸は利剣に割かるゝがごとし　一度違いぬれば　百年の命を時の間に捨つること　嘆きても余りあり　然るを　忝も地蔵菩薩は哀み　子安平産の大願を起こし給ひ　仮に人間と現はれ　日本丹波の国老の坂に　子安の地蔵と拝まれさせ給ひ　末世の女人平産の道を守り給ふ　由来を詳しく尋るに

中比の事かとよ　丹波の国老の坂に　佐伯の郡司秋高とて　其名を得たる長

一 浄瑠璃の冒頭形式句。「浄るりの初段の発端に、さても其後といふ事、聊不審あり。二段目よりは尤ときこゆ。いかにしても此道理きこえがたさに、丹後掾並喜太夫、大坂の出羽・播磨、こと〴〵くかれらにあひて、是を尋ぬれども、終に理をわかたずして曰、此扨も其後といふに、家〳〵のふし・ゆり・息継・音声、さま〴〵子細あり。調子をうかゞふに秘術ありて、一子一弟に相伝する」(色道大鏡)。

二 以下、対句表現。「恋慕執愛」は、一般に「執愛恋慕」で熟語化。江戸板は「れんぼあいしう」。愛欲に心を奪われる、の意。「此根源をおもふに、執愛恋慕のみちよりおこり、まことなるかな善悪不二といひ、迷悟不二といひ、邪正一如といひ、凡聖一如といひ、煩悩即菩提といひ、生死即涅槃といひけるも、ことはりといまおもひあたるばかりなり」(あだ物語)。

三 「六たうりんゑ」(江戸板)が正しい。先行本の「六」を「かい」と誤読したことによる。六道(地獄・餓鬼・畜生・修羅・人間・天上。六趣とも言う)の境界を生まれ変わり、死に変わりすること。

四 江戸板「道(ち)引」。「みちびき」とあるべきところ。

五 「我慢」は、自らを恃み、心おごること。七慢の一。「放逸」は、仏道に背く勝手気ままな振舞。

六 地獄・餓鬼・畜生の三悪道の暗闇に迷うこと。「三途の黒闇」(正信偈)とも。

七 「譬ヘバ西ニ向ヒテ百千ノ里ゾ行カムト欲スル人アルガゴトシ。忽然ト中路ニ二河有ル見ユ。一ハ是火河ニシテ南ニ在リ。二ハ是水河ニシテ北ニ在リ。二河各闊サ百歩。各深サ底無シ。南北辺無シ。正ニ水火中間ニ一白道有リ。闊サ四五寸バカリナルベシ。此道東岸ヨリ西岸ニ至ル。亦長サ百歩。其水波浪交過シテ道ヲ湿ス。其火

者有　然るに此長者　代々富貴の家として　[一八]四方に蔵を立　数万の宝に飽き満ちて　栄花に　栄へおはします　北の御方は　[一九]ならび丹後の国宮津の某の娘也　[二〇]此御中に姫君一人おはします　都[二一]清水の[二二]申子にて　御名を桜姫と申　十五才に也給ふ　[二三]容顔類なく　詩歌管絃暗からねば　及ぶも及ばざりけるも　慕はぬ物こそなかりけれ

[二四]扨　家の執権に笹目の大夫　其外　[二五]所従　眷属共　君を敬ひ奉る

有時　長者　北の方への給ふは　「抑姫一人持　男子の世継あらざれば　常〴〵申せしごとく　[二六]ならびの郡桑田長者の次男桑田の藤次を養子と定め　我姫と一つに為し　祝言の儀式を調ふべし　されば此年月　都清水へ参詣の心ざし有といへ共　徒に打過ぬ　[二七]祝言の務めなば　心に任せぬ事も有べし　御礼のため　姫諸共思ひ立べきはいかゞあらん」と仰けり　北の方聞召　「自らも左様に存候　はや疾く〳〵」との給へば　「尤　然べし」と　上下[二八]由々しく出立せ　はや都を指してぞ　[二九]上らるゝ

焔亦来テ道ヲ焼ク。水火相交ハリ常ニ休息スルコト無シ」(観無量寿経疏)。「ニガ」と「ジガ」とが併行。

一八「心ノ字濁ル」(備忘録)。ただし、「ゼンシン」(羅葡日辞典)とも。悪念(執愛恋慕・我慢放逸)と善心の関係は、しばしば「あまりの悪念は、かへつて善心となるべし」(謡曲・殺生石)の形で理解される。

一九 人間は神仏の因位として単にあるのではなく、そこから出発しながらも、自らに根拠づけられる存在としてあるという(西田耕三『生涯という物語世界』参照)。そうした一生の問。

二〇 以下、刊本「子易物語」(寛文元年)と本文類似する。

二一 江戸板「大なん」。

二二「忝くも。地蔵菩薩は、これをあはれみまし〳〵て。子易平産の大願を起こし給ふ。まさしく此日本に、あとをとゞめて、現はれ給ふ由来を詳しく尋ぬるに、人わう四十代、天武天王の御宇にあたつて。丹波の国大江の坂に、一人の長者あり。佐伯の長者とぞ申しける」(子易物語・刊本)。

二三 釈迦の没後、弥勒仏が出現するまでの無仏の間、六道の衆生を済度する菩薩。

二四 子を楽に生むこと。「平産」は「ヘイサン」、「大願」は「ダイグワン」と読む。

二五 現在の京都市右京区と亀岡市との境にある峠。「大江の坂」とも。山陰道への入口。

二六 大江峠の「大江山大福寺」本尊。峠の地蔵と呼ばれ、恵心僧都の作と言う。「山州名跡志」「都名所図会」などに拠れば、市盛長者の一人娘(桜姫)が難産で空しくなったが、恵心僧都の教化で苦患をまぬかれたといい、それに因して、産婦の難産死を救うべく安置されたという。

都になれば　清水に参詣あつて　現世安穏後生善生[一]と祈念し　扨宿坊に入給へば　住持立出「珍しの御参詣や」と　様〴〵饗し奉る　秋高夫婦　姫君も　暫く　逗留なされける

扨其後に　姫君は乳母一人御供にて　宿坊を立出　爰かしこの花を眺め　音羽[二]の滝の落ち来るを打眺め　暫し佇み給ひける所に

住持の弟子式部卿清玄[三]とて　二十歳計の若僧　滝[四]の水上に只一人立出　四方を眺めていたりしが　見れば二八[五]計の上郎　乳母一人召し連れ佇み給ふ

清玄　側か[六]に見るよりも　是こそ此比参詣有し丹波の国の人成べし　都広しと申せ共　かゝる上郎よもあらじと　思ふ心も乱れつゝ　はや恋草[七]と也　見るに　愈憧れ　明日は何共ならばなれ　思ひ[八]の末は石に立　矢猛心と勇め共　我はかゝる姿にて　人の見る目も恥づかしやと　思ひ乱れていたりしが　あゝ案じ出したり　もし重[九]ねての事もやと　懐より　硯　短冊取出し　一首の歌を書き付　滝の上より落としけり　誠に一[一〇]念や通じけん　姫君のをはします眼の前

「盥魚(たらいうお)」では、桜姫を本作同様、佐伯郡司秋高の娘とする。

一七　時代設定を意識的に曖昧化した冒頭句。多く、「扨も其後」に続いて、「中比の事なるに」の形をとる(ふせや、あかし、など)。

一八　長者の栄華の程をいう類型表現。「はなや長者いゑふさとて、天下に名を得し弓取あり、四方に数万の蔵をうたせ、数の宝に飽き満ちて、有得の人にてまします」(はなや)。

一九　「並び」は、隣の、の意。「丹後の国宮津」は、現在の京都府宮津市。

二〇　両親ともども、主人公を紹介する慣用表現。「(父と御台所を紹介して)此御中に御子一人おはします、御名をばにほいの姫とぞ申けり」(ふせや)。

二一　音羽山清水寺。北法相宗本山。京都市東山区。

二二　神仏に祈願してさずかった子供。

二三　主人公の美質をいう常套表現。「容顔」は、顔立ち。

二四　浄瑠璃で、家の執権(補佐役)や後見人などを紹介する際の起句。「扨又家の…」の形が通例。

二五　「所従」は、従者・家来。「近習」とも。「眷属」も同意。

二六　後に「桑田の里」とある。現、京都府北桑田郡。

二七　夫婦にすること。西村板(江戸板の一。土佐少掾正本)「姫も祝言を務めなば、心に任せぬ事もあるべし」。出羽掾正本は「姫も」を省略したか。

二八　りっぱに、の意。

以上四九七頁

一　現世においては安楽に、死後には極楽に、の意。「現世安穏。後生善処」(法華経・薬草喩品)。

に風に吹かれて落ちにけり
姫君　是を御覧じ　やがて取上見給へば　さも美しき手跡[一一]にて　一首の歌に斯く計

▲見[一二]し袖の涙の滝の白糸の絶へぬ思ひを結びとゞめよ

と　匂[一三]ひ深く書かれたり　かゝることとは知り給はず「いかに乳母　心深き言の葉かな　主[一四]は誰共知らね共　是を拾ひて帰らん」と　御懐に入給ひ　やがて帰らせ給ひけり

清玄　是を見るよりも　偏に我恋の叶ふべき便やと　思ふ心はいさめ共猶恋しさは弥増しに「よし〳〵我が一命のあらん限は」と　独り言に掻き口説き　我宿坊へぞ帰りける

是は扨置　秋高夫婦の人〻は　所願叶い　本国に立帰り「常〴〵申合たる桑田の藤次を呼び迎へ　幸[一五]ひ今日吉日なれば　祝言を調ふべし　それ〳〵」と　やがて使ぞ立[一六]にける

「善生」は、正しくは「善処(善所)」。「法華経一部読み覚へ、…母上の現世安穏、後生善所と祈念する」(謡曲・小袖曾我)。
二 清水寺から清閑寺道へ下ったところにある滝。
三 式部省の長官。平安以後、親王が任じられた。その呼び名を用いて、清玄の高貴さや品位の程を印象づけようとしたか。
四 本作人形舞台では、天上(五〇〇頁一一行目)やこの「滝の水上」のように、舞台空間を高さいっぱいに使う演出が意図されている。からくりにたけた出羽掾芝居の特徴。
五 十六歳ほどの。「上郎」は「女臈」「女郎」などとも記す。
六 「側 ホノカ」(易林本節用集)。
七 恋心のつのることを生い茂る草に喩えていう。歌語。「恋ひ草の露も思ひも乱れつつ、露も思ひも乱れつつ、心狂気になれごろも」(謡曲・松風)。
八 一途に思い込み事にあたれば、いかなる難事も成就すると心勇みたつこと。石を虎と見誤り射た矢が石に立ったという故事(史記・李広伝、他)に拠る。「矢」に「弥猛心」を掛ける。「たとひ轅門(えんもん)は高く共、思ひの末は石に立つ。矢猛の心あらはれて」(謡曲・咸陽宮)。
九 もう一度、次の便宜もあろうかと、の意。「一たんは、礼儀のつかひ、重ねては、非を理にまげて此事をかなへ申さで置べきか」(出羽掾正本・中将姫之御本地)。
一〇 深い思いが届くことをいう成句。「互いに手をしめかはし給へば、一念や通じけん、比翼の前、それよりもたゞならぬ身と成り給ふ」(比翼連枝之由来)。
一一 筆跡。
一二 貴女のお姿を見て、恋しさに流す涙は白糸

予て用意の事なれば　桑田の藤次はるみつ　時の装束引繕い　養父の前に出らるゝ　様〴〵の台の物　三〳〵九度の御盃も事終り　秋高　悦喜限なく「此上は我一跡を譲るぞ」と　父母諸共喜びて　やがて内にぞ入給ふ

かくて　姫君の御部屋には　其品〴〵の飾り物　四季折〳〵の風景の御小袖　春は紅梅の　色香も深き織物に　風に靡く糸柳　桜色の唐衣や　扨又夏の景色には　卯の花襲花菖蒲　秋は千草の野辺の色　桔梗　苅萱　女郎花猶喜は重ね菊　又は竜田の唐錦　紅葉葉流るゝ川波の　色を尽して染めにける　冬は緑の色変へぬ　遠山松の枝ごとに　鶴の遊べる其景色　色〳〵の御小袖　数を揃へて掛けらるゝ

扨其後に　桑田の藤次　一間の回廊過行　閨近く成所に　何とやらん物凄じく　身の毛も弥立ち不思議さよと　天上をきつと見れば　何かは知らず　怪しき猛火下がり　車輪のごとく回り　忽ちばつと消へ　跡を見れば　心といふ文字現れたり　是　清水の清玄が一心の通う徴也（絵1）

のような滝となって流れおちますが、その滝のように絶えることのない私の思いを結び止めてください、の意。「我が世をば今日か明日かと待つかひの涙の滝といづれ高けむ」（伊勢物語・八十七段）、「流れくる滝の白糸絶えずしていくらの玉の緒とかなるらむ」（拾遺集・雑上）。「袖の涙」「涙の滝」「滝の白糸」は慣用句。「白糸」「絶ゆ」「結ぶ」は縁語。

三 情趣深く、の意か。「思ひふかく」（西村板）。「おくふかく」（土佐少掾正本・新撰一心二河白道。以下、木下板と記す）。「匂ひ」「思ひ」「おく（奥）」の異同は、同一文字の判読の差を反映するか。出羽掾正本にも先行本の存在が想定される。

四 詠み手。書き手。

五 「幸（さい）い」（後出）の訛り。

六 五〇二頁一〇行目と同文脈であろう。「（新御台に）八条殿の姫君は、いかがあらんと申ける。この儀もつとも然るべしとて、やがて使を立て給ふ」（あいごの若）。

以上四九九頁

一 婚礼装束を整え。「時の」は、時宜を得た、の意。

二 底本「ようぶ」。「日葡辞書」は清音。

三 「棂（だい）俗云台」（和漢三才図会）。松竹梅などで飾った木の台で、金銀帛肴の諸品や、盃、料理などを載せて贈答とした。

四 三つ組の盃を用いて、一つの盃で三度ずつ酒をのむこと。婚礼の献盃作法。

五 自分の全財産を人に譲り渡すこと（日葡辞書）。

六 中国渡来の絹織物。後の「唐錦」も、唐織りの錦。

七 襲（かさね）の色目。表は白、裏は萌黄。

(1)

此文字　さも美しき法師の首と変じて　姫君の閨近き御簾の前に下がりて　かの男を見付けてにつこと笑つて　それよりも御簾の内へぞ入にける

藤次見て　あら恐しの次第かな　いか成身になればとて　命ありての事成べしと　其夜に桑田の里へ逃げ去りしは理也とぞ聞へける

八 以下の秋草列挙、この順序で成句化。…「浄瑠璃御前物語」一七頁、三五頁。
九 奈良県生駒郡竜田川周辺の山をひろく竜田山という。紅葉の名所。「紅葉葉流る竜田川、湊や秋の泊りなる…楽しみのみの秋の色」(謡曲・竜田)。
一〇 遠くの山に生える松。「遠山桜」の類。
一一 「(桑田の藤次は)姫の一間に入らんとて、回廊を過行に」(西村板)が元の形に近いか。「回廊」は、建物や庭園をとりまく廊下。
一二 底本「すさましく」。「スサマジイ」「スサマシイ」が併行。
一三 恐怖や緊張感などで、身の毛までもが立つこと。
一四 激しく燃え上がる火。「ミヤウクワ」(易林本節用集)。
一五 「一心」は、ひたすらそのことを思う気持ち。仏教語としては、次のような理解が一般的。「只一すぢに。みだを行じ奉り。かの他力の本願を。頼奉る。心を以て。一心と申也」(出羽掾正本・よこぞねの平太郎)。「生死に輪廻し、五道六道に廻ること、ただ一心の迷なり」(謡曲・安達原)。猛火が車輪のごとくに廻り、その後、次々と形を変えることも、「安達原」にいう六道輪廻を具現化したものであろう。出羽掾得意のからくり舞台。「宇佐八まんのゆらい」などに同趣向。
一六 「カヨウ」と読む。「ヨウ」(様〈子〉・養〈子〉など)を「ヤウ」と表記する例にひきずられた。
一七 思いもよらぬ栄華の身になるからといって、の意。

既に其夜も明けければ　姫君の御側近き人〻差し集まり　「扨も聟君　其夜に帰らせ給ふこと　いか成事やらん」と　包むべき事ならねば　やがて父母の御前に参り　此由斯くと申ける　父母驚き　「是は不思議の次第かな　誰にても思ひ当たる事はなきか」と　言ひも果てぬ所へ　桑田の里よりの御使とて一通の文有　開いて見給へば　二度来るまじきとの文章也　[一]「扨は力及ばず　家の又いか成者をも迎へ取　[二]世の人口を塞ぐべきはいかゞあらん」と仰けり　大人笹目の大夫承はり　「尤かな　幸い何時ぞや御養子相談の御時　仰出され給ひし[三]ならびの里園部将監殿の御子は　君のためには甥御なれば　誰〳〵と申さんより　是を御養子になされ然べし」と申上る　父母御悦喜有「それ呼び寄せよ」と使を遣はし　今や〳〵と待いたり

去程に　園部の兵衛　叔父の[四]遺跡を譲り得んとの使を請　やがて老の坂へぞ参られける　父母悦び　本より親しき中なれば　「今より後は某が一子也」と　祝の儀式を調へ　奥を指してぞ入給ふ

一 そういうことならば、の意。

二 世間の人の噂。

三 婚約者を「ならびの里(郡・国)」の者とすると、中世来の物語類の常套。ここは、園部の里(現、京都府船井郡園部町)を想定。

四 家屋敷や所有地などの財産。「いせき」とも。因みに、江戸時代には養子縁組証文を「遺跡(せいき)証文」、町年寄管理の跡目相続帳簿を「遺跡(せいき)帳」と呼んだ。前出「一跡」も同意。

既に時刻に及びしかば　園部　回廊遥に過行ば　怪しき物こそ見へにけれ　又　心と云文字現はれ　中にて変じて　其形痩せたる僧の姿と現れしを　よく〳〵見れば　[五]六根六識備へたる姿と成る不思議也　凄まじやと見れば　其身は宙に立　聟の方を一目見て　姫の閨へぞ入にける

兵衛　是を見て「あら恐しや」と逃げ去りしは　げに理とぞ聞へける

御乳母　女房達「又もや聟君逃げ去りし」と　やがて父母へ有の儘にぞ申ける　父母驚き「[六]所詮某が存る旨有　[七]誰には選るべからず　何者也共「聟に成らん」と言ふ物あらば　それを定めて養子とし　我が一跡を譲るべしと近国に[八]高札を立べし　方〳〵いかに」と仰けり　面〳〵承はり　札を認め一〻次第に　三重　触れにけり

是は扨置　爰に[九]津の国多田の庄に浪人有　[一〇]其昔を尋るに　[一一]大織冠鎌足より十二代の末葉　田辺の左衛門の介吉長とて　禁中[一二]北面の侍也しが　さる子細あつて浪人の身と也　今は其名を改め　田辺みきのじやう吉長と申けり　日陰物

五　人間迷妄の因である六つの器官(眼・耳・鼻・舌・身・意)と、それを拠り所とする六つの認識作用(見・聞・嗅・味・触・知)。これらは「色・声・香・味・触・法」の六境を対象にするという。ここは、眼、耳、鼻などもはっきりと判別できる姿かたちをいうか。

六　いろいろ考えてみたが、つまるところ、の意。

七　誰であってもかまわない、の意。「何者には選るまい、一芸する者を聟に取ろうと、高札を打たれたと申す」(狂言・八幡の前)。

八　→「浄瑠璃御前物語」五二頁注二。

九　現在の兵庫県川西市。多田源氏の発祥地。

一〇　以下、人物紹介の類型表現。「先祖を詳しく尋ぬるに、清和天皇十代の後胤」(きそ物がたり)。

一一　古代冠位の最高位。藤原鎌足のみに与えられ、彼の異名となる。「末葉」に「マツヨウ」(黒本本節用集)とも。子孫。

一二　院の北面に詰めて御所を守護した侍。

といひながら　其心ざし人に優れ　武勇の励怠らずしていたりしが　高札の様子を聞　下人を近付「やあ丹波の国老の坂に長者有　いか成故にか　聟を取れ共一人も堪[一]らずして　皆逃げ去り　今は聟に成らんと来る物もなきと聞我　浪人と也　彼が遺跡望にてはなけれ共　不審の晴らさんため　彼の物の養子と成　事の様を糺さば　末代の後記[二]と成べし　若一命を失ふ共　それ迄の宿[三]業よ」と思ひ定め　それよりも丹波の国へと　急ぎけり

国にもなれば　門外に立寄り　案内乞うて内に入る　秋高立出「いか成御用やらん」　吉長承はり「さん候　是はあたり近き所に住居仕る浪人　田辺みきのぜう吉長と申者にて候　御高札の面[四]に任せ　是迄参じて候」　秋高聞て「扨はさやうに候か　見奉れば　器量骨柄[五]　誠に以　我養子に取りて不足はあらじ　さりながら　何の様子は存ぜね共　前〳〵よりも来れる人を[六]足溜めず逃げ去りぬ　其方留まり給はば　我一跡を譲るべし」との給へば　吉長承はり「いか様是は姫君に心を寄する物有　あるひは生霊死霊[七]の執心来つて現ず

一 我慢できずに、の意。
二 後世まで残る記録。「末代の後記に、十一人ながら戻ひてとらせう」(をぐり)。「コウキニトメラルベキモノ、コウタイニノコルベキコト」(羅葡日辞典)。
三 前世の行為が、現世に果として現れることをいう。
四 高札に書かれた内容。
五 才幹人品。
六 「人を」の「を」、底本のまま。「溜めず」は、とめず、の意。腰落ちつけずに。
七 生者または死者の霊魂。物の怪をいう。「執心」は、村田屋板挿絵(「声曲類纂」所収)に「清玄が妄念」とある。

るが　それに恐れて逃げ去る事も候べし　さやうのことにも候はゞ　おそらくは差いたる此太刀　其昔　[八]天国といふ鍛冶　百日鍛いて打たりし剣なれば　いか成[九]化生の物とても　恐をなさぬは候はず　是非に於て　某　[一〇]有無の実否を糺すべし」と謹んでこそ申けれ

秋高　[一一]横手を打て　「扨ゝさやうの事共とは存ぜず　誠に其方の仰のやうにも有べし　しからば　今宵諸共に姫が閨に立越へ　若も不思議の有ならば子細を見届け申べし」と　[一二]既に其日も暮行ば　「いざこなたへ〳〵」とて　姫君の閨近き回廊にさしかゝる

案のごとく物凄まじき風吹き　身の毛も弥立つ計成に　例の天上より怪しき物こそ下がりけれ　[一三]澄まして事をよく見れば　心といふ字見へたりけり

みきのぜう是を見て　「扨こそ某[一四]了簡は当たりたるぞ　篤と見澄まし　[一五]ためしを絶ってとらせん」と　躊躇もなく立寄れば　心といふ文字の内より　[一六]餓鬼の首現れ　[一七]五体は蛇身のごとく也　さも凄まじき風情にて　姫の閨へ入らん

八 刀鍛冶の祖とされ、大宝年間(七〇一―七〇四)に大和国宇陀郡に住んだという。「太刀一ふり。…上に折紙添へたるを読みてみれば天国(あまくに)也。是は権五郎景政、此度諸国の大名の。我をとらじとの献上に類有ル物はよしなしと。家に伝はる名剣なれども若君へとてさゝげける」(為義産宮詣)。

九 変化。化け物。

一〇 「事の実否」の意。「じつぷ」は「じつぴ」とも。

一一 思い当たったり、感じいった時に、思わず知らず両手を打ち合わせること。「ヨコデ」(日葡辞書)。

一二 土佐少掾正本の二本、次の通り。「既に其日も暮れければ、姫君の閨近く通らせ給へば」(西村板)、「いざこなたへと伴ない、回廊さしてぞ出らるゝ」(木下板)。出羽掾正本は、両本文を合成した形。原形に近いのであろう。

一三 心を澄ます、の意で、心を純にし平静にすること(日葡辞書)。「南面の。大ゆかに立ち出。海上はるかに見渡し、心を澄ます所に。既に夜半ばかりのこと成に。沖の方より。黒雲一むら。立ちきたる。すはしれ物成と心得。澄まして、これを見るに、その正体は見ゑはかず」(出羽掾正本・宇佐八まんのゆらい)。

一四 考え。思案した判断。「料簡」「了見」とも書く。

一五 「たましゐたゝて」(木下板)の誤りか。底本の「めし」と当該本「まし」の字体、近似する。先行本の存在が想定される。→注一二。

一六 餓鬼道に落ちた亡者。

一七 仏教では、頭、両手、両足をいうが、ここは首から下のからだ全体をさす。

とするを　吉長　[一]得たりと太刀引ん抜いて　はつたと切る　首打落とせば
火焔となつて失せけるは　恐ろしかりける次第也
去程に　秋高　化生の次第を見届け　「是は不思議の次第」とて　姫君を近
付　「扨其方　何にても心にかゝる事はなきか　有の儘に申されよ」　姫君　聞
召　「さん候　自ら[二]思ひ合る事もなし　いつぞや都清水へ詣でし時　音羽の滝
にて短冊を拾ひ帰りし其後　夜な〳〵の夢心に　此短冊の主清水寺の何がしと
名乗り　若き僧の来りて　我[三]手枕に通ふよと夢の内に見る事　一夜も欠けたる
事はなし　是より外には心にかゝる事もなく候」　吉長　「扨は疑ふ所なし
ゑゝ其清水の若僧が一心の通ひ来て　かゝる不思議を現す也　其一心の通ふ徴
は　初めて人目にかゝる時　心といふ字を現したり　是隠なき証拠也　此執心
を宥めん事　何より以て安かるべし　先　某　清水に参り　「我は姫が兄弟」と
謀り　[四]別当に対面し　彼の[五]客僧が聞く所にて　「姫は空しく也て候　[六]型のごと
くの供養を頼申」と謀りなば　彼の法師が執心　二度来る事あらじ」と案じ

一 しめた。してやった。「得たりおう」「得たりやおう」とも。
二 読みは、五〇八頁一〇行目参照。思ひあたることもない、ただし、の意。
三 腕を枕とすること。
四 諸大寺に置かれた寺務統轄僧。
五 一般に行脚の修行者、または客分の滞在僧をいう。ここは、それにあてはまらない。先行本の「若僧」の読み誤り。→九行目。
六 型通りの追善供養。

澄まし　扨秋高殿に暇を乞い　都を指して上らるゝ
扨こそ　聟[七]の数　九十九人に成就せず　百人目定まりたるは　末繁昌の瑞
相　不思議也　又めでたきとも中〳〵申計はなかりけれ

第二

みきのぜう吉長は　計略[八]の其為に都に上り　扨清水へ参り　かの宿坊へ案内
乞うて内に入る
住持立出「是は何処の誰某殿にて候やらん」　吉長聞て「さん候　是は丹
波の国佐伯の郡司秋高が一子　みきのぜう吉長と申物にて候　親にて候秋高
日外[九]参詣の折節　某が妹を召連れ候に　かの物　いか成宿縁[一〇]にか候いけ
ん　観音経[一一]三千三百巻読誦の大願起こし　朝暮読誦[一二]仕るに　俄に病に冒
され　程なく空しく也候　此大願成就せぬを父母悲しみ　せめて亡き跡にて

七 百夜通い説話（深草の四位の少将の百夜通い）、百日参詣説話（後白河法皇前生での熊野参詣）などが裏返された形。

八 だますためのはかりごと。「姿を引かへ、敵の国へ打越へ、計略、胸をくだかんと」（出羽掾正本・大友のまとり）。

九 旬日の外、の意。「日外とは程近きを言ふべし。一月、二月、又は百日ばかり前をも云ふべし。年数へだたりたるを云ふは僻事也」（新撰用文章明鑑）。

一〇 前世からの因縁。

一一 「法華経」巻第八観世音菩薩普門品をいう。「三千三百巻」は、観音三十三身に関連づけたもの。「三百三十三度の垢離をとり、卅三巻の御経、毎日てんどくし給へば、三年三月と申には、所願成就し給ひて、身より光明輝き、卅三身の御身より、光を放ち給ひつゝ」（清水の御本地）。

一二 「チョウボ」（日葡辞書）。

也共　是を果たし申さんと　此事頼み奉り　其為に是まで参り候　[一]是は御経読誦の御布施也」と　黄金　巻絹　台に積み　住寺の前にぞ出しける

住寺聞召「扨〳〵[二]奇特の御事ながら　父母幷に其方の御愁嘆推し量りて候　[三]且つうは亡き人の後世菩提の御為なれば　念比に取行い申べし」と　住寺は奥に入給ふ

吉長も座敷を立た[四]　案に違はず　件の清玄　続いてみきのぜうが[五]袂を控へ「扨のふ　其姫君は空しくならせ給ふとや　ちと子細候へば　詳しくお尋ね申也　何時比の事やらん　猶〳〵語らせ給へや」と　打萎れてぞ申ける

吉長　[六]重ねて色を悟り　扨は　若僧は彼奴が事成べし　あゝ嬉しや　思ふ様に也たるぞ　[七]随分謀らんと思ひ　「のふ扨ゝ　御僧の仰に付て　思ひ合わする事有　妹にて候物　既に末期に及び候時　「何にても思ひ置事なきか」と尋ねたれば　[八]息の下より申けるは　「命の内に今一度　都清水の御僧に会ひ奉らんと思ひつるに　[九]是のみ冥途の障と成」と申置き候が　扨は御僧の事成べし

一「高家は兄弟に諷誦文(ふじゅもん)と御布施の小袖を持たせ、高家の御布施とて、黄金(こがね)十両、台に積み、高座の上に差しあぐる」(くずは道心)。
二 読みは「キドク」。
三 また、一方では。「かつは」の転。
四 言い切って、動きやテンポの早さを示す。出羽掾正本で例示すれば、次のような類。「取て投げた」「取つて押へた」(中将姫之御本地)、「切付た」(どんらんき)、「はつしと折れた」(宇治八まんのゆらい)など。→五一二頁一〇行目、五一三頁六行目。
五 袖をひっぱってひきとどめ、の意。
六 あらためて様子を察知して、の意。
七 思うままに。思う存分。後出の「思ふまゝに謀られ」と照応。
八 苦しそうな息づかいで、の意。
九 ある事柄を述べ、それが臨終の妨げになる、の意。「是ぞ冥途の障也」(阿弥陀の本地)、「黄泉の障に成問」(天じんぼさつ)などの言いまわしで慣用化。

扨ゝ　僧も是を不便と思召さば　亡き物の為には　御経も読誦し弔ひてたび給へ　最早今生の対面は思ひ切らせ給へや」と　心に[10]浮かまぬ涙を流し　跡形もなき空事を誠しやかにぞ申ける

清玄思ふまゝに謀られ「扨は左様の御事か　申に付て恥づかしけれ共　一つは[11]懺悔の物語　日外見初め申せしより　我　夢の内にも姫君の有所へ夜な〳〵通ひて　相見ること度〳〵也しに　何時の比よりか　何物共なく我一命を取らるゝと見しより　不思議さよと思ひしが　扨は空しく[12]也給ふが　対面こそは叶はず共　せめて亡き跡の[13]標也共拝み申さん　是非共に某を国に共なひてたべ」と　涙を流して申ける

吉長心に思ふやう　彼奴が国へ来りては　今迄の[14]智略も皆無駄事と成べしと　胸打騒げ共　[15]急かぬ色にて　しつとりと申やう「仰の段　尤にては候へ共　御僧の身として　世の[16]取沙汰も如何也　其上　師匠の御為　[17]旁以て勿体なし　思ひ出させ給ふ時は　御経の一巻をも読誦して　回向せさせ給はば　是

一〇「浮かばぬ」に同じ。

一一 過去の罪業を消滅させたい気持から他人に打ち明け話をすること。「何ゆゑと咎められては猶恥かし。罪を滅ぼす為に懺悔物語申さん」(御前義経記)。「サンゲ」は、底本のまま。

一二「が」は、「か」とあるべきところ。

一三 墓標。

一四 知恵を働らかせたはかりごと。万治から延宝頃にかけては、趣向形象の場でも頻用され、「智略のかたき打」など、外題名にも用いられた。

一五 あせらぬ様子で。心せく気配を見せずに。

一六 世間の評判。「トリサタ」(日葡辞書)。

一七 いずれにしても恐れ多い、の意。

に増したる功徳はあらじ　何時とても国への御越などは必御無用」とぞ申ける

清玄　道理に詰められ[一]「げにこの上は力なし　仰に従い留まり申さん　あら名残惜しや」と　暇を乞ひ　涙ながらに入にける

吉長　跡を見送りて　扨ゝ危うき次第かな　彼　神通[二]の身なりせば　我が計略を知るべきに　人間の浅ましさは　おめ〳〵と謀られし心の内の浅ましさよ　先この事思ふやうにしすまし[三]たりと　悦び勇みて　吉長は　丹波の国へぞ帰りけり

是は扨置　式部卿清玄は　姫君亡く也給ふ事　聞くより心乱れつゝ　有にもあられず　せめては丹波の国へ尋ね行　姫君の標也共拝まんと　折節此間　故郷より参りたる物のふ三人候へしを　よき幸と召し連れ　旅の装束改めて　丹波の国へと急がるゝ

程なく丹州に付しかば　とある所に宿を取　暫く休み　宿の主お近付　[四]「い

一　「しつとりと(しつぽりと)」説諭されて「道理に詰められ」、ために動きを封じられるという趣向展開は、この期の浄瑠璃の常套。出羽掾作品で例示する。「言葉を尽してしつぽりと宥めける、横紙やぶりのかんせい、至極の道理に詰められ、その儀にて候はゞ、仰に従ひまかり帰らん」(中将姫之御本地)。

二　「ジンヅゥ」(日葡辞書、他)。

三　うまくしおせた、の意。

四　以下、謡曲の「問答」風。「いかに」は、呼び掛け語。もうし。

かに亭主[五]そと尋ねたきこと有　此所に佐伯の郡司秋高といふ人あるか」「さ[六]ん候　隠なき有徳[七]の長者にて候」「扨其秋高の姫君　此比失させ給ふと聞く定て其跡の標の塚の有べきよ　教へてたべ」と言ふ　有じ聞て「いや〳〵　それは跡形[八]もなき事にて候　殊に此比は由々[九]しき人を聟に取　家督[一〇]を譲り　今日は殊更吉日とて　聟殿も姫君も　氏神への参詣とて　先程此所を由々しき体にて御通り候」と　念比[一一]に語り　亭主は内へぞ入にける

清玄　大きに腹を立「ゑ口惜しやな　扨は日外の男めに謀られしは一定[一二]也　聟といふも彼奴成べし　やれ方〴〵　我思ひ死[一三]にせんよりも　姫君の墓所にて腹切らんと思ひ　来りてあるに　案に相違の次第也　とても死せん命を　彼の男と打果たさんと思ふは」　物のふ共承はり　「仰尤　是は堪忍ならぬ所也　敵はぬまでも随分働き申べし　はや疾く〳〵」と勧めて　主従四人　跡を尋ねて出にけり

是は扨置　みきのぜう吉長は　養父の家督を譲り得て　喜びの為　夫婦諸

五　ちょっと。
六　「はい」など、応答語。
七　富裕な金持。
八　根拠のないこと。根も葉もないうそ。
九　立派な人。
一〇　跡式、跡目。
一一　懇切丁寧に。
一二　底本「一ぢじやう也」を改める。
一三　情熱や悲嘆、あるいは愛情や思慕の念がもとで死ぬこと(日葡辞書)。読みは「ヲモイジニ」。

共(とも)氏神[一]へ参詣し　大幕打たせ　はなやかに酒宴の興をぞ催しける
あたりの山を見渡せば[二]　折しも春夏の　色を交へて咲く花は　言葉に述べても岩躑躅[三]　磐手の山も余所ならず　姫百合小百合　世の中の　月日も巡る[四]車百合　何なか〳〵の花の色　四季折〳〵の心まで　ひとへに咲ける常夏[五]の　露より徒し世に住みて　今日の楽しみ面白や　呑めや歌へや方〴〵」と　興に乗じて遊ばるゝ
所へ　清玄主従尋ね来り　かの大幕を遥かに見て　はや駆け入らんとする所を　郎等苛[六]つて押し止め　「あゝ急かれたり〳〵　余の物千騎万騎より　彼の男を見定めたらば　言葉を掛けずと切付給へ」　清玄　「尤(もつとも)」と　幕近く立より　ばら〳〵と差し入た　「やあ　それ成(なる)男　是は都清水の清玄成(なる)が　覚へたるか」と　てうど[七]打を　吉長はづいて　引[八]ん抜いてはたと打　過たず肩頭[九]切られ　二の太刀を打んとするを　清玄が物のふ　みきのぜうが郎等　入乱れてぞ戦いける

一　参詣した神前で、大幕をうたせて酒宴に及ぶこと、「しのだづまつりぎつね付あべノ清明出生」(出羽掾)などにもみられる一趣向。多くは更に節事へと展開。「あべの保名は、…信田の宮へ参詣し、神前にむかい、所願成就武運長久と礼し、扨拝殿に大幕打たせ酒宴し、上下ざゞめき遊びける」。
二　底本「みわせば」を補訂。
三　「なにとただなかなかに、岩手の山の岩躑躅、色には出でじ」(謡曲・放下僧)を踏まえた修辞か。「岩躑躅」は、岩間に生えた躑躅。→「浄瑠璃御前物語」四五頁注一三。「言はず」をかける。「磐手の山」は、陸奥国磐手郡(現岩手県)にある山とも、摂津国三島郡(現大阪府)の「磐手の森」とも。「岩躑躅いはでやそむる忍山心の奥の色をたづねて」(拾遺愚草・藤原定家)。
四　「巡る」で「車」を引き出す。
五　撫子(なでしこ)の古名。「小百合」とは付合語(俳諧類船集)。
六　いらだって。
七　はっしと。下部の「はたと」と同意。
八　太刀を引き抜いて、の意。「ゆみをれ。やつくる仕合かなと、太刀ひんぬいて。まちかけたり。ちんりん、ちうにかけつて、鉄杖振り上げ、ちやうど打つ。たけうぢ、ひらりと飛びちがへ。てうど切る」(宇佐八まんのゆらい)。
九　以下、捩れ文。「切られ」の主語は清玄、「二の太刀を打んとする」のは吉長。次頁五行目以下参照。「肩頭」(書言字考節用集)。

思ひよらざることなれば　みきのぜうが侍共　あるひは討たれ　手を負ひ
其上吉長も　清玄が物のふに渡り合ひ　数多深手を負ひ給ふ　たゞ弱〳〵と
也給ふが　刀を杖に突いて立上り　「ゑゝ　扨ゝ口惜しや　思ひよらざる事なれ
ば　不覚を取たる無念さよ　最前　彼の法師めが　「覚へたるか」と打つくる
所を　[一〇]しや引つ外いて　たゞ一の太刀は打つたると覚へたが　二の太刀を打た
んとする時　[一一]はた〳〵と切付た　入乱れたることなれば　はや前後も見へず
手先に回る奴原を　一両人も切[一二]止めごとは止めたるが　皆下人かと覚へたり
まさしう件の法師めは　逃げ去つたるに紛いなし　あゝ扨無念千万成仕合[一三]か
な　[一四]さすがの某　思ふ敵は打もせで　かへつて深手を負ふたる事　[一五]侍冥加に尽
き果てたり　扨も〳〵口惜しや　やれ女房は何処に有ぞ　あゝ心が乱れ苦しき
は　はあ[一六]南無三宝〳〵」と　どうど伏し　前後不覚に也にける
かゝる所に　姫君や乳母　騒がしきことは鎮まるやと　有し所に立寄りて
「あゝ是は夢か現か　のふ吉長殿　さすがの侍が　是程の御手にて　か程に弱

一〇「引き外して」の音便形に、勢いよくさっと、の意を示す接頭語がついた形。「入道今はたまりかね、とんでかゝるを、しやひつくみ、縁より下へ取て投げた」(中将姫之御本地)。その他、「しやとつて縄をかけ」(天狗羽討)、「しやとつてふせ」(金平都いり)、「しや引よせ」(日蓮上人御誕生)、「しやばた〳〵と」(新大織冠水がらくり)など。一方で、感動詞としても用いられる。「しや、何事かあらん」(金平都いり)、「しや、推参なり」(日蓮上人御誕生)など。出羽座作品で際立つ言いまわし。

一一 主語は清玄の下人。「た」は、出羽掾頻用の語り口。五〇八頁注四参照。「其時、両たん、けいりやうにめくばせして、飛びかゝつてひつくんだ、長かん、ゑたりとかいつかんで、前成谷へ取て投げた、けいりやう、つゝと出で、くむ所を、物〳〵しやと取ておさへ、首かきをとし、立帰らんとする所を、くつきやうの郎等四人、はた〳〵と切付た」(出羽掾正本・どんらんき)。

一二 未詳。あるいは、「切とめたことはとめたるが」の誤刻か。

一三 事のなりゆき。次第。

一四 さしもの、の意。定評あることをいう。

一五 侍として神仏から受ける加護。侍としての幸運をいう。「侍冥利」とも。

一六 驚いたり、後悔した時などに発する語。さあしまった、の意。

(2)

り給ふかや　御心を取直されよ　のふ吉長〳〵」と　声〲にぞ呼び給ふ
　かゝる所へ　清玄数多手を負い駆け来り此由を見て　姫君を取て押さへ「我が本望是也　幸ながら諸共に　冥途の御供仕り　例へば修羅の苦患をも　御身諸共受くべし」と　既に討たんとする所を　乳母太刀に縋り付「のふ情

一「修羅ト云ヘルハ、十界ノ中ノ其一ツノ修羅道ト云フ世界ノ事也。此ノ処ニ落チ行ク子細ハ、人間ニシテ互ニ敵対ヲナシ、我慢ノ幢ヲ立、嗔恚ノ剣ヲミガキ、殺害ノ意ヤマザル業因ニヒカレテ、修羅道ト云悪処ニ生ヲ受、常ニ合戦シ、猛火ヲ出ス、昼夜ノ苦離レザルヲ、修羅ノ苦患トハ云ヘル也」(謡抄)。「みづからが弓箭にかゝる、後の世の修羅の苦患をまぬかれ、浄土の道をしるべ共せん」(中将姫之御本地)。

なしとよ　辺に人はおはせぬか　姫君こそ只今殺させ給ふは[二]　助け申さぬか　やれ人はなきか」と呼ばはれば[三]　此声にや気が付けん　倒れ伏したる吉長　頭をきつと上て見れば清玄也　討たんと思ふ心にて　弱り伏したる枕も軽くずんと立　清玄が首　宙に打ち落とし　「扨〻嬉しや　思ふ敵は討つたるぞや」と　高声にの給へ共　又よろ〳〵と倒れける（絵2）　姫君乳母立寄り　「あゝ[四]後れたる御心や　憎しと思ふ清玄は打給ふ　是程嬉しきことあらんや　のふ日比とは違いたるぞや　吉長殿　[五]心をはきと持給へ」と　甲斐〴〵しくも力を付　手を取　腰を抱へつゝ　宿所に帰りし有様　誠に定めぬ世の中やと　皆感ぜぬ者こそなかりけれ

第　三

姫君　乳母諸共に　吉長の御供し　宿所へ帰らせ給ひけり　され共　吉長

二「殺され給ふは」に同じ。
三 大声で呼びたてれば、の意。
四 気おくれした。心ひるんだ。
五「心を、はきと」で解すべきところ。「心をばきつと」の「つ」の脱とはみない。「是は〳〵、のふ、心を、はつたともち給へ」（丹生山田梅雨左衛門由来）などが、理解を助けよう。気持をしっかりと、の意。

数多の深手を負い給へば　御目も眩み　絶へ入様に覚ゆれ共　我と心を取直し「それ人間の命は　定めなき物也　我空しく成ならば　又いかならん人をも迎へ　佐伯の家を継がせ給へ　殊に御身は[一]啻ならぬ身とうけ給はる　さあらば其子を守り育て　一つは某が形見と思し召　よきに守り育て給はば　草の陰にても思ひ残す事候はず」と　心を鎮めて申さるゝ　姫君聞召「情なの仰かな　御身に後れ　自ら又　余の人に[二]見ゆべきや　思ひも寄ら□□□　[三]心を取直し　今一度平癒ならせ給へや」と　涙と共にの給へば　御側近き人〴〵も連れて涙はせきあへず

所に　[四]何処共なく客僧一人[五]庭上に来つて　吉長に告げて曰く「汝　[六]刀杖の難を受け　傷を被る　然る故に　平癒の手立を教ゆる也　是より津の国[七]有馬山の奥に　諸病を治する温湯有り　さるによつて　此所を湯の山共名付たり　殊更左様の手負は立所に平癒する　奇特不思議の湯にて有　是は[八]其上　薬師如来の教にて　[九]行基菩薩の開基被成し薬の湯　急ぎ此湯に入べし」と　消すが

一　ひととおりではない身、即ち妊娠の身であることをいう。
二　お目にかかること、即ち、妻として仕えること。
三　自ら気を取直して、の意。
四　以下、僧形夢告の一典型。最後を「消すがごとくに失せ給ふ」で結ぶのも通例。「客僧」は行脚の僧。
五　「テイシャゥ」(日葡辞書)。
六　刀剣による災厄。
七　兵庫県神戸市。古く「風土記逸文」に有馬郡塩之原山の塩湯の記事が見え、温泉地として著名。「有馬山、有馬湯の山をいふ。…又の名塩原山といふ」(摂津名所図会)。
八　行基が病者の求めに応じてその膿血を舐めると、病者はたちまち金色の薬師如来と来現して、その行徳をほめたたえた上、湯の山を開基して、末世衆生の苦痛をたすけよと教えたという(有馬小鑑等)。「温泉山住僧薬能記」によるもので、本作のこの後の展開も、この説話をなぞる。類話は広く流布し、昆陽寺(伊丹市寺本)建立説話とも結びつく(古今著聞集二・行基菩薩昆陽寺建立の事)。
九　奈良時代の僧。河内国(後に和泉)大鳥郡の人。はじめ法相教学を学ぶ。四十九院の創設、布施屋の設置、架橋築堤など、諸国をめぐり、社会事業と民衆教化に従事して、行基菩薩と敬われた。

如くに失せ給ふ
秋高を始め　各「是は不思議の次第也　其湯の山とやらんは　常〳〵聞きし所也　いか様是は仏神の御告也　いざ〳〵其湯へ参れ」とて　姫君を始め数多の人〻相添へて　はや有馬山へと　三重急がるゝ

山にもなれば　誠に深き奥山の　谷の底より[一〇]出湯にて　是ぞ[一一]唐土の驪山の温泉宮共言つつべし　不思議と言ふも疎也

やがて此湯に入給ひて　[一二]一七日に也給へば　少し験ぞ見へにける　姫君いよ〳〵頼もしく思召　心に籠めて大願をこそ立られけれ「抑此山の薬の湯は　其上　[一三]行基菩薩の開基　御本尊は薬師如来　東方上瑠璃世界の主　仮に此娑婆世界に現じて　衆生の病苦を救ひ　別しては[一四]三途八難の悪趣に堕するを助け給はん御慈悲なれば　只今彼の夫が命を救ひ給はば　未来永〻　此湯の相続[一五]か営むべし　猶〻如来の御力を添へ給へ」と　[一六]天に仰ぎ地に投げ打　深く祈らせ給ひしは有難かりける次第也

一〇 読みは「イヅ」または「イヅル」か。本作の「出」の用例からは確定できない。「谷底よりわき出る湯」(木下板)。
一一 陝西省にある山。「唐書」に咸亨二年(六七一)「温泉宮」と名付けたとある。「有馬温泉…中華(もろこし)驪山の温泉に等しく、本朝温泉の冠たり」(摂津名所図会)。
一二 以下、七日ごとの快方平癒、小栗の熊野湯の峯での平癒復活に同じ。→「をぐり」二三〇頁。
一三 底本「そんして」と誤刻。
一四 地獄(火途)・餓鬼(刀途)・畜生(血途)の三悪道を三途と言い、地獄・畜生・餓鬼・長寿天・辺地・盲聾瘖瘂・世智弁聡・仏前仏後の、見仏聞法に無縁な八種の境界を八難と言う。「悪趣」は現世で悪業をなした者が赴く世界。
一五 「か」、底本のまま。
一六 一心に祈るさま。「地に投げ打」は、「地に臥し」とも。「燕丹、天にあふぎ地に臥て…とぞ祈ける」(平家物語五・咸陽宮)。ただし、一般には愛別離苦の最も悲痛な場面にみられる慣用表現。→「ほり江巻双紙」一四〇頁注三。

誠に薬師の御誓願　申も中〳〵疎也　[一]三七日と申には　悉く平癒して　元の如く成らせ給ふ

吉長も姫君「かゝるめでたき事あらじ　此上は　大願成就の証に　湯屋・上り場を立べし　此山中に有故　遍く世間の人〻の聞き及ばぬも理也」と　石切・[二]番匠・鍛冶・細工　あらゆる物共召し寄せ　やがて営み　立にけり　数多の湯壺の其内に　切石を以て畳[三]ませ　其上に湯屋を立　棟を並べ　[四]十二間の上り場　廿五間の休息所　其外残りなく立続け　扨　湯屋の[五]奉行　上り場の仕へ人に十二人の[六]小人を詰めさせ　何に不足の事もなし　伝へ聞く玄宗の[七]華清宮と中共　是にはいかでか優るべき

[八]此事　四方に隠なく　近里遠方の者共　病人は言ふに及ばず　身の養生を心掛くる物共　我も〳〵と来りけり

爰に　[九]何処の物とは知らね共　癩病人来つて「是は奇特の薬の湯　いか成病も本復すと承はり　遥〳〵爰に来りしが　誠に聞きしに越へ[一〇]夥しや」と　湯

一　西村板「三七日」。木下板は底本に同じ。
二　大工。読みを濁る。
三　組ませ、の意。→「浄瑠璃御前物語」一六頁注二七。
四　「十二間の上り場」「十二人の小人」の「十二」は、薬師仏の十二神将が意識された数字。五二一頁注八指摘の「十二坊舎」も同様。「行基菩薩の開基被成し薬の湯」(五一六頁一三行目)で、立ち所に傷が平癒した吉長が、「大織冠鎌足より十二代の末葉」(五〇三頁一一行目)というのも、同様の意識の反映がある。
五　ある物事を統べ司る人、また物事の世話をする人(日葡辞書)。
六　挿絵3「少人」。江戸板「下女」。湯女のこと。→五二一頁注八。
七　驪山にあった離宮。唐太宗が造営した驪山宮を玄宗(六八五―七六二)が華清宮と名付け、楊貴妃と遊んだ。
八　以下、善根・功徳を積むための湯施行(功徳湯)の様相を描述。施行湯は、中世来、法事勧進や追善供養としてあり、同時に唱導活動の場としてもあった。本作がこうした場面を描出するところに、説経「をぐり」などにも通じる成立基盤の古態性をみるべきであろう。
九　以下、光明皇后の垢掻き説話をふまえる。「元亨釈書」で示せば、次の通り。「后怪喜。乃建二温室一。令二貴賤一取レ浴。后又誓曰。我親去二千人垢一。君臣憚レ之。后壮志不レ可レ沮也。既而竟二九百九十九人一。最後有二一人一。徧体疥癩。臭気充レ室。后難レ去レ垢。又自思而言。今満二千数一。豈避レ之哉。忍而揩レ背。病人言。我受二悪病一。患二此瘡一者久。適有二良醫一。教曰。使三人吸二膿一。必得二除愈一。而世上無二深悲者一。故我沈痼至二于此一。今后行二無遮悲済一。又孔貴之。願后

に入ながら「御奉行へそと申度き事の候　此度の[一一]御願主　かゝる結構尽くさせられ　其聞へ隠なし　それに付　此願主にそと頼度事の候　申伝へてたび給はゞ　語り申さん」

時に　湯奉行立寄り「何　此湯の願主に申度き事有とは何事にて候ぞ」

癩病人聞て「あふ有難し　御覧ぜられ候通り　かゝる悪病を受け　此養生のため　湯に入候へ共　筋骨・[一二]手足も叶はねば　思ふ所へ手もゆかず　哀　此願主へ　憚りながら　我が背中を掻き擦りてもらい度候　此旨をよきやうに申てたべ」とぞ申ける

[一三]奉行驚き「扨〻汝等連[一四]の者なれば　礼儀を知らぬは尤といひながら　似合はぬ事を申物かな　此願主は　上つ方にて　殊に上﨟の御事なれば　人の垢などを掻かせ給ふ方にてなし　況して汝がやう成病人　[一五]人の前へも恐るゝ物也」と　大きに怒つて申けり

癩病人　是を聞き「尤にて候　さりながら　此湯屋建立の大願は　菩薩の

有レ意乎。后不レ得レ已吸レ瘡吐レ膿。自レ頂至レ踵皆遍。后語二病人一曰。我吮二汝瘡一。慎勿レ語レ人。于レ時病人放二大光明一。告曰。后去二阿閦仏垢一。又慎勿レ語レ人。后驚而視レ之。妙相端厳。光耀馥郁。忽然不レ見。后驚喜無量。就二其地一構二伽藍一」。

一〇「ヲビタタシイ」(羅葡日辞典)。まことに結構なことよ、の意。

一一 施浴の願い主。

一二 思う通りに自由にならねば、の意。

一三 以下、五二一頁二行目「御許し候へ」まで、出羽掾正本のみにみられる。

一四 軽侮の気持ちをあらわす接尾語。

一五 人の前へ出るのも遠慮し慎しむものだ、の意。

[一]六波羅蜜の行に準へ　何事にても　此湯に来る物の望を破らせ給ふまじとの大願と承る　さあらば　千万人の望を叶へ給ふ共　此病人一人が心を破[二]り給はば　万〳〵の[三]善根も徒事と成べし　只〳〵此事を願主へ申入給へ」と　さらぬ体にて申けり

奉行聞て　扨ゝ彼奴めは　誠に[四]人非人の如くにて　少の道理は中ものかな　此事姫君に申迄はなけれ共　御慰のため　又は[五]笑草の種にもと　御前に参り「扨ゝおかしき事の候」と　一ゝ次第に申けり

姫君　つく〴〵聞召「いや〳〵　是は道理を中物にて有　万〳〵の善根も　一人の心を破る物ならば　皆徒に成べし　彼が望に任せ　自ら垢を掻いて得さすべし　さりながら　夫を持　他人の垢を掻くといふ事　人の口も如何なれ共　是は余の儀に変はり　[六]慈悲善根の業と言ひ　出〳〵自ら垢を掻いて得さすべし」と　やがて湯屋に入給ふ

扨姫君　かの病人に向つて「扨其方は　願主に垢を望むと聞　自ら湯屋の

一 涅槃の彼岸に至るために菩薩が修める六種の行。檀波羅蜜(布施)、尸羅波羅蜜(持戒)、毘梨耶波羅蜜(精進)、禅波羅蜜(禅定)、般若波羅蜜(知恵)を言う。
二 気持を損なう、心を傷つけ悲しませる、の意。
三 「ゼンゴン」(真草二行節用集・寛文四年)。一切の善の根本をいう。ここは、そうした数々の善行も、の意。
四 人であってそうではない者。人間以下の者。
五 「笑草」は「笑種」で、物笑いのたね。これに「の種」と、更に同義を重ねた言い方。
六 出羽掾作品では「慈悲善根」で熟語的に用いられる。「我は是、日本花の都、用明天王の后、くわうごく女とは我事也、され共、慈悲善根といふ事を知らず、あけくれ嫉妬の思ひ深く」(月界長者)。

願主ぞかし　垢を掻いて参らせん　それ〳〵」との給へば　病人承はり「是は恐れ多く候へ共　御善根の為なれば　御許し候へ」と　やがて後を差し向くる

姫君　[7]いぶせき心もなく　望のまゝに掻き済まし「扨　痛む所はなきか」病人承はり「扨〻有難ふ候　最早望もなし」と　一礼申ていたりけり　扨こそ　末代まで　[8]有馬湯の山の湯女と申て　女の計らい務むる事　此時よりの例也

其時　姫君仰けるは「必〻何方にても「丹波の国桜姫に垢を掻いて得たる」などと　[9]構へて人に沙汰をいたすべからず」　病人畏り「何しに沙汰をいたすべき　又某も其方へ申度事の候「薬師如来の背中を掻きし」などと　構へて沙汰をし給ふな」と　言ふかと思へば　其儘[10]瑠璃光如来と現れ　紫雲に乗つて立給ふ（絵3）

姫君　大きに驚き「扨〻是はいか成事やらん　かゝる奇特を拝む事よ」

七　いとわしい気持をもつことなく、の意。

八「湯を守るものは皆女なり。湯女と云。湯浴の人をよび、湯の出入をつかさどる」(有馬山温泉記)。仁西上人が温泉再興の折、十二坊舎を建て、湯入の闘争を防ぐため、婢女にその支配をさせたのが始まりで、後に一の湯・二の湯の各十坊に、一坊二人ずつ(都合四十人)の湯女を抱えるようになった(有馬名所鑑)。前出の「十二の小人」、挿絵3中の「十二人の少人達」とあるのが、この湯女に相当する。

九　決して人に噂をしてはいけない、の意。

一〇　薬師瑠璃光如来(薬師如来)。癩病人が薬師如来と現じ、紫雲に乗って飛び立つ様は、からくり舞台の常套。

(3)

と　発露涕泣[一]し給ひ　恭敬礼拝したりけり

如来　雲の上より言葉を交はし「我[二]　汝が心を引見んため　浅ましき姿に変じて　汝に見へつるに　誠の善根　今こそ知られて有ぞとよ　去ながら　汝が罪　莫大[三]也　其故如何[四]といふに　かの清水の法師　汝が夫に殺され　六道輪廻暇もなく　終には又　畜生道[五]に

一　古辞書類「ホツロテイキウ」。「仏の御まへにひざまづき、恭敬礼拝し奉り、…発露涕泣してなげき給へば」(月界長者)。涙を流し、神仏を敬い拝むこと。

二　五一六頁注八にふれる「古今著聞集」には、当該場面に関連して、次のようにある。「その時仏告ての給はく、我はこれ温泉の行者也。上人の慈悲をこころみんがために、仮に病者の身に現じつるなりとて、忽然としてかくれ給ひぬ」。

三　「バクタイ」(日葡辞書)。

四　その訳はどうかというと、の意。

五　道の一。生前の業により、畜生と生れかわって責苦を受ける世界。→四九六頁注三。

堕ちて　苦を受くるは　我悪業[六]よりなす所とはいひながら　此罪　汝に報ひて　三途堕獄[七]せん事を　我いやしくも[八]不便と思ひ　念比に告げ知らするぞと[九]是を忘れず　早く此代[一〇]を厭ひ　仏果菩提[一一]を求めなば　諸〳〵[一二]の罪科は　霜露の如く消へ失せ　仏の慧日の光りを請　終には仏果に至るべし　此事疑ふ事なかれ　我　此山の薬師如来　是まで現れ来ぞ」と　金色の光を放つて　虚空に上らせ給ひけり

[一三]姫君　夢共弁へず　かの御跡を遥拝み[一四]　感涙肝に銘じける　扨も〳〵かゝる奇特を眼の前に拝みつゝ　今の教を受けながら　其心のなからんは　只木竹[一五]に劣るべし　是よりすぐに何方へも立越へ　墨の衣に身をやつし　菩提の道を求めんと思ひ切れ共　去ながら　故郷の父母　又は夫の吉長に　名残惜しさは限なし　され共　かゝる一大事を思ひ立身の　浮世の名残に拘るべきかと思ひ定めて　それよりも文細〴〵と書かれたり

其文に

六 江戸板「あくたう(道)」。先行本用字、「こ」にも「と」にもとれる字体。
七 →四九六頁注六。
八 自分はそういうことの出来る身分ではないが、という気持をこめた言いまわし。かりにも。不相応にも。
九 「と」は「よ」の誤訓か。あるいは、「と」の下で脱文か。
一〇 「此世」の宛字。俗世。
一一 仏道修行によって迷妄を離れ、悟りを得ること。「菩提仏果」とも。
一二 「衆罪如霜露、慧日能消除」(観普賢菩薩行法経)による表現。「慧日」は仏智をいい、無明の闇を限なく照らすことから、日光に譬える。「ありがたや衆罪如霜露慧日の光に。消えて即身成仏たり」(謡曲・身延)。
一三 出羽掾頻用の語り出し句。神仏出現の場に多くみられる。
一四 「遥拝　フシヲガミ」(書言字考節用集)。虚空をはるか仰ぐように拝むこと。
一五 西村板「木石」。

自ら不思議に仏の告を受け　[一]此世を厭はん心ざし　露怠らず　[二]名残の心を振り捨て　斯く罷出候ふ　只御名残申ても余有　古き歌にも

[三]▲出て去なば心軽しと言ひやせん世の有様を人の知らねば

と申伝へし言の葉　自らが身の上也　[四]親子は一世の契なれば　幾程も添ひ参らせず　不孝と思召さるべし　此代の不孝は　後の代の孝行共也参らせん　是は父母の御方へ

と

涙ながら書き留め　扨又　夫の吉長へは

夫婦は二世の契りと言へば　[五]此世の縁こそ薄く共　来世は必[六]一つ蓮の台に至り　[七]長く見みへ参らせん　古言の葉に

[八]急げとよ涙を文に巻き込めて其儘送る墨の干ぬ間に

と詠みしも思ひ知られたり　是はみきのぜう殿へ

と書き留め　我が文ながら打詠　只さめ〲とぞ嘆かるゝ

いや〱時刻移り　人に見みへられては悪しかりなんと　心強くも思ひ切

一 浮世を嫌い出家しようとする気持は、いささかも弱まらない、の意。「怠る」は、勢いが弱くなり治まることをいう。
二 西村板「御名残は申も中〱余有」。
三 「伊勢物語」二十一段に見える歌(結句「人はしらねば」)。古本系最福寺本「人の」)。「曾我物語」所引歌は、第四句「身の有様を」で、西村板が一致。
四 「親子は一世、師は三ぜ、夫婦は二世のちぎり」(毛吹草)。
五 出家遁世時の書置文に一般的な表現。→「かるかや」二五五頁注二二。
六 同じ蓮華の上に生まれること。一蓮托生。
七 共に見もし、見られもしましょう、の意。ただし、西村板「見ゝへ」、木下板「まみへ」。先行本には「見(ま)みへ」とあったか。一三行目「見みへられては」は、両江戸板に当該本文なし。
八 出家の道を急ぎなさいよ。別離の涙を手紙にまきこめたまま、まだ墨のかわかぬうちに、さあ、早く、の意。

丈(たけ)と等(ひと)しき黒髪(くろかみ)を　情(なさけ)なくも切(きり)捨(す)て　一通の文に巻(ま)き添(そ)へて　[九]一間(ま)所に捨(す)て置　泪(なみだ)と共に忍(しの)び出　夜半(よは)に紛(まぎ)れて出給ふは　哀成(あはれなり)ける次第也

既(すで)に其夜(よ)も明(あ)けければ　吉長(よし)　一間(ま)所に立出　爰(ここ)を見(み)れば　黒髪(くろかみ)に文を添(そ)へて有　はつと思ひ　開(ひら)いて是を見(み)るよりも大きに驚(おどろ)き　途(と)方に暮(く)れておはします

いや〳〵　是は其儘(まゝ)は置難(がた)し　殊に彼(かれ)は懐胎(くわいたい)の身也　某(それがし)　[一〇]追付(ぼつ)申さんと　下人の男(おのこ)を近付(ちかづけ)　「汝(なんぢ)は丹波(たんば)に帰り　父母に知(し)らせ奉れ　某(それがし)は跡を追(お)ひ尋ねに出候と　念比(ねんごろ)に申べし」と　取物(とるもの)も取あへず　跡を慕(した)いて　出でにけり

是は扨置(さておき)　[一一]あらいたはしや姫君(ひめ)は　有し教(をしへ)にまかせつゝ　是より都に上(のぼ)り行　いか成(なる)人をも師(し)と頼み　仏の道に入らばやと　思ふ心を頼(たより)にて　夜半(よは)に紛(まぎ)れて出給ふ　比しも今は春雨(さめ)の　傘(かさ)の一柄(ゑ)を頼みにて　[一二]そこ共知(し)らぬ山道をたどり〳〵と辿(たど)り行(ゆく)　心の内こそ哀(あはれ)なれ

今行道は夜(よ)を籠(こ)めて　雨雲(あまぐも)深(ふか)く重(かさ)なりて　[一三]「冥(くら)きより冥(くら)き道にぞ入にけり

九「かるかや」二五二頁注六。

一〇 追いかけ申そうと、の意。

一一 説経に頻出の語り出し句。本作では「いたはしや」の形も併存。発語面からも、本作が説経系作品であることを感じさせる。

一二 どこともわからぬ山道をたどたどしく、の意。「手探りで歩くさま」(日葡辞書)。「たどり〳〵」は「たどろ〳〵」(寛永板・かるかや)とも。

一三「拾遺集」哀傷、雅致女式部(和泉式部)の歌。「従冥於冥、永不聞仏名」(法華経・化城喩品)をふまえる。迷妄の闇から闇へと、無明暗黒の世界に入ってしまった。遥かかなたまで照らして私を導いてほしい。山の端にかかる真如の月よ。

遥に照らせ山の端の月」と　古言の葉を思ひ出　つく〴〵是を案ずるに　此代の迷の罪科にて　永く[一]悪趣に赴くを　冥き道とは詠まれたり　それお仏の力にて　救ひ取らせ給ふをば　[二]月に寄へて理りしは　我が身に[三]知られつゝ頼もしや　今立出る　[四]有馬山　猪名の笹原風吹けば　いでそよ人にあらね共　我を慕いて来るやと　心細さは限なし　やう〳〵行ば[五]あたら川　げにや世の人の[六]たま〳〵此生に生れ出　[七]又何時の世をまつの戸の　あけぬ暮れぬと徒に　空しくならんは誰も皆　[八]あたら川とは思はずや　はや山の端も曙の　[九]鐘つく〳〵と詠れば　北にあたりて見へたる山　あれこそ古里丹波の国　[一〇]さぞな父母も　自らが身の上を夢にも知ろし召れじと　思へば泪は止まらず　爰は何処ぞ　移る瀬の　川を早く打渡り　げに名にし負ふ世の中　移る習様〳〵に　去年は今年に立移り　[一一]人の心の花の色　風吹きあへず移るらん　是ぞ[一二]鼓が滝　近き山路咲き続く　[一三]花の林を其儘に　有明桜　是や此空に[一四]知られん雪の色　猶白妙に咲く花の偏に月の如し　是　有明桜と名付たり　されば花[一五]一時人一盛と聞時は

一 煩悩を消滅できない者が輪廻する苦しみの世界をいう。
二 真如(絶対の真理)が一切の迷妄を破ることを、闇を照らす月によそえたことをいう。
三 思いあたって、の意。
四「有馬山猪名の笹原風吹けばいでそよ人を忘れやはする」(後拾遺集・恋二・大弐三位)による。上三句は序詞。「いで」は感動詞。「そよ」はそれよ、の意。さあそうですよ、私はあなたのことを忘れてはいませんよ、の意。「有馬山、猪名、摂津名所也」(八代集抄)。
五 小多々(太多田)川の誤り。「水上武庫川の山中より出て、生瀬(なまぜ)川に落。此川温泉山の往還也」(摂陽群談)。西宮市の北部を東流する武庫川の支流。
六 五二八頁五行目「たま〳〵人界に生を受け」に同じ。
七「忘れじなまた来む春をまつの戸にあけくれなれし花のおもかげ」(新勅撰集・春下・道助親王)による修辞。「待つ」と「松」、「開けぬ」と「明けぬ」とを掛ける。
八「あたら川」に「あったら惜しい」の意を掛ける。
九「鐘撞く」に「つく〴〵と」を掛ける。「くれ竹の杖つく〴〵と聞くからに」(どんらんき)。
一〇 さだめし。さぞかし。
一一「桜花とく散りぬとも思ほえず人の心ぞ風も吹きあへぬ」(古今集・春下・紀貫之)、「色見えでうつろふものは世の中の人の心の花にぞありける」(同・恋五・小野小町)などに拠る。「人の心の花」は歌語。
一二「鼓が滝、付けたり、あり明さくら。湯本より八町みなみの川上、たかさ三、四間ばかり、真西おとしの滝也。有明さくら、堂の上にある名木なり。滝とだうとむかひあはせなり。滝の

今日をも知らずあすか川[一六]　淵は瀬と成世の中を　何時迄頼み果つべきや　我は只一筋に　徒成此世を厭ひつゝ　仏の道にと心ざし　かゝるうき世を振り捨てて　我が黒髪を切[一七]べの里　明日の命は知らね共　今日は池田[一八]の宿近き　川[一九]にも早く付給ふ

川に望て見給ふに　降り続く長雨に水嵩増さり　渡るべき様あらざれば　跡より追つても来らんと　飛び立計に思へ共　其甲斐[二〇]更にあらざれば　泪にくれておはします

有難[二一]や　薬師如来　五色の雲に打乗り　御影を現し　言葉を懸「いかに姫　我が教へつる言葉[二二]の末違へぬ心神妙[二三]也　汝が大願成就させ　弥陀同体[二四]の仏となし　末世の衆生を救ふべし　我が願力を現し　其川易〳〵と渡して得させん」と　御言葉の下から　雲の内より一筋の橋[二五]つらなりて「是〳〵渡れ」との給ふ声　有難かりける　[二六]次第也

姫君　夢共弁へず　如来の教にまかせ　思はず橋を打渡るを　物によく〳〵

おと谷みねにひびきて鼓のおとににたるなり。つづみが滝のらんぎよく、有明さくら名所なり」(有馬山温泉小鑑)。「かなたはいづく、ゆめからつゝか、つゝみがたき、わがくになれど、みぬ名所、今来てみるぞ、よしなけれ、あまりの事のものうさに、一首の歌にかくばかり▲つの国のつゝみがたきをきてみれば、たゞ山かはのなるせなりけりと、か様に詠じ給ひ」(多田満仲)。

一三「さきおきしこれや生駒の峰ならん雪と見えたる花のはやしは」(菟玖波集)に拠る。

一四「桜散る木の下風は寒からで空に知られぬ雪ぞ降りける」(拾遺集・春・紀貫之)。「くやしくぞ花と月とになれにけるやよひの空の有明の頃」(続後撰集・春下・藤原良経)などの歌句を点綴。「有明桜」から月を言いおこす。

一五 栄華、盛りの永続しないことをいう諺。「花一時」「人一盛」の単独でも用いる。

一六「明日」と「飛鳥川」とを掛ける。「世の中は何か常なる飛鳥川きのふの淵ぞ今日は瀬になる」(古今集・雑下・読人しらず)に拠る常套表現。

一七 現在の池田市木部をいうのであろう。「呉服穴織二女神、絹を張、布を曝の所なれば、絹舒里と号たるを後世、中略して、木部と成と云へり」(摂陽群談)。

一八 大阪府池田市。「生け」と「池田」とを掛ける。

一九 猪名川。

二〇 記譜はないが、出羽掾得意の「なきぶし」で語られるところ。愁嘆語句を用い、七五七五のリズムで止めるのを原則とする。「此恩賞は報ずべしと打萎れてぞ申さるゝ」「是は〳〵と計にて暫し消へ入給ひける」「呼べど叫べど甲斐ぞなし、倒れ伏してぞ嘆かるゝ」「思へば〳〵不便やといとゞ泪は塞きあへず」など。本作では、姫

喩ふれば　唐土玄宗皇帝の　葉法善に連れられて　雲の懸橋打渡り　月宮殿に入給ひしも　是にはいかで優るべき

跡振り返り見給へば　渡りし道は早絶へて　虚空に立つが如く也　姫君　危うく思召　仏の力といひながら　偏に夢の如く也

其時　仏の給はく「されば　世の中の危うき事を知らずや　たま〳〵人界に生を受け　仏の道に入ずして　只一念の誤にて　未来永〻が其間　悪趣に堕して苦を受くるは　危うき事にあらずや　此境を悟り得ば　無上道を成就せん　構へて恐るゝ事なかれ　必疑ふべからず」と念比にの給へば　姫君有難く　又もや目前に来迎被成　只今の御教　感嘆肝に銘じ　泪に咽ばせ給ひけり

其時　仏「あふ有難し〳〵　心安渡るべきぞ」と　虚空に上らせ給ひける

姫君　夢共弁へず「あら有難や」と遥拝むに　本より足に踏み留むる物なければ　次第に下に下がり　危うく見へし所に　折節　川風さつと吹き　持た

君の出家遁世以降に頻出。
一一　以下、糸操りも用いての、典型的なからくり舞台。
一二　「言葉の端」に同じ。ただし、単に「言葉」の意でも用いる。ここは、ちょっとした言葉、の意か。
一三　「シンビヤウ」(真草二行節用集)。
一四　阿弥陀と一体であることをいう。後に「弥陀等覚」とも。
一五　底本「つゝなりて」を補正。

一　「げんそう皇帝と葉法善といふ仙人と物がたりし給ふに、…葉法善、さらば月宮殿をみせ奉らんとて、白かねのつゑをこくうになげしかば、そのつゑたちまちにしろかねの橋となりにけり。かくて、げん宗このはしをわたりて、月の都にゆきのぼり給へば、月宮殿のうちに天人あまた有て」(長恨歌抄)。
二　月の世界にあるという宮殿。月光殿。
三　六道輪廻する中、たまたま人間として生を受け、の意。「何況人身難レ受、仏法難レ偶」(六道講式)に拠る慣用句。「たまたま受けがたき人身を受けたりといへども」(謡曲・江口)。
四　仏語。時間の単位。六十刹那、または九十刹那をいう。きわめて短い時間。転じて、たった一度の意に用いる。「ただ一念の悟りにて、多くの罪を滅して、小野の小町も少将も、ともに仏道成りにけり」(謡曲・通小町)。
五　死後の世界まで永劫に、の意。
六　この境涯を悟ることができたならば、の意。
七　仏語。最高至上の悟りの道。転じて、仏道をいう。
八　一般には「感涙肝に銘じ」。ただし、出羽掾作品には、底本の形も。「月卿雲客、感嘆肝に銘

る傘ばつと広がり　風に撓へて上り行くは　かの鳳凰の羽を伸して　虚空無辺[一二]に飛び行も　是にはいかで優るべき

ひらり〳〵とひらめきて[一三]　程なく向の岸に付給ふ　御仏の御誓とはいひながら　例少なき有様やと　皆感ぜぬ者こそなかりけれ

第　四

姫君は　急がせ給へば程もなく　今日の日も　早呉服[一四]の宮に付給ふ

いたはしや姫君　懐胎の御身をうち忘れ　仏の告の有難さに　只[一五]一筋に思召れしが　当たる[一六]月の事なれば　俄に産の心地にて　御足も立たざれば　此御宮の廂の下に息らい　暫く心を晴らすべし　殊に此御神[一七]は　呉服の宮・穴織の宮と申て　其上　応神天王の御宇に　唐土呉郡より秋津島に渡り給ひ　女工の長き営を広め給ひし御神にて　今は女人の御身也　今自らが身の上をも哀み[一八]と

九……五二三頁注一三。

じ」(しのだづまつりぎつね付あべノ清明出生)。

一〇　出羽座多用の舞台趣向。「後ろは高き岸なれば。せんかた、ぜひにせまりつゝ。からかさを持ちながら。南無観世音と飛びたりけり。折ふし、風ははげしくて。かさはしなへて、ひらり〳〵、ふわ〳〵と。さしもに高き岸の上より。なんなく、ろく地におり給ふは、あやう。かりける次第也」(丹生山田梅雨左衛門由来)。他に、「ひだのたくみ」「誓願寺本地」などにも類同場面。

一一　風に従って、の意。

一二　大空はてもなく、の意。

一三　風にゆられ飛び行く様をいう。

一四　大阪府池田市室町に鎮座。祭神は呉織姫・仁徳天皇。「呉織・穴織は神女也。…仁徳天皇七十六年戊子九月十七日十八日、二女神さり給ふ。其後託宣の事あり。呉服里に天降り給ふ。天皇此霊異を叡感ありて、両社を建立」(呉織穴織大明神略縁起)。後に、呉服大明神を秦上(はたかみ)社、穴織大明神を秦上と称し、後者は現伊居太(いけだ)神社。しかし、両社縁起に異説もあり、底本の本文(九行目)のような理解も広く行われていた。

一五　その教えに任せることのみを。

一六　臨月。「あたる十月と申には、ごさんのひぼをとき給ふ」(どんらんき)。

一七　「日本書紀」応神三十七年、四十一年条に、兄媛(えひめ)・弟媛(おとひめ)・呉織(くれはとり)・穴織(あなはとり)の四人が呉より渡来して、筑紫より津国に至ったとある。「これは応神天皇の御宇に、めでたき御衣を織り初めし呉織・漢織と申しし二人の者…それ綾と言つぱ、唐土呉郡の地より織り初めて、女工の長きいとなみなり」(謡曲・呉服)。

一八　底本のまま。「み」は「れ」の誤刻か。

思召すべければ　幸也と　やがて拝殿に差しかゝり　深く祈誓を懸給ひ　其夜はそこにぞ宿られける　されば　神の誓にや　産の心も鎮まりて　暫し目睡[一]み給ひしは　不思議也ける次第也

是は扨置　みきのぜう吉長は　供人数多にて　妻の行方を尋んと　跡を慕ふ[二]て出給ふ　何処へか行つらん　是よりは道筋多し　物のふ共を差し分けんと　先古里丹波路　扨又西は播磨街道[三]　扨海辺に続く道　尼崎[四]を差し越へ　難波の都　天王寺　彼方を尋ぬべしと　それぐ\に遣はし　扨　其身は　物のふ一人召し連れ　是より東　池田を経て都の方を尋べしと　池田の方へと心ざし足にまかせて急がるゝ

されば共　爰かしこと目を留め　心を配り[五]給ふに　早寺〻の初夜[六]の鐘も聞へて　暗さは暗し[七]道見へず　「いかに汝聞くかとよ　最早夜半に及べり　爰を見れば　何とは知らず宮立有　今宵は此後堂[八]に宿りて　少し目睡み　夜を籠めて[九]立出ん」　下人承はり　「此儀尤にて候　姫君　此道を行給はゞ　明日昼よ

一「マドロム」の用字、「目睡」(書言字考節用集)、「真眠」(饅頭屋本節用集)、「寝」(伊京集)など。
二 跡を追う時の成句。「跡を慕うておっかくる」「跡を慕うて急がるゝ」など。
三 播磨北街道・南街道が知られるが、ここは「従二摂津国湯山一歴二坂本一至二姫路一」(日本実測録)街道をいうか。
四 尼崎と大坂往還は、曾根崎村を経由する尼崎道が一般的。なお、天王寺は、当時、天王寺村。大坂市外。
五 注意をこらすことをいう。
六 六時(晨朝・日中・日没・初夜・中夜・後夜)の一つ。戌の刻。今の八時頃。「初夜戌の刻也。五ツとは決していわず。上下男女共、都でしよやと唱ふ」(浪花聞書)。
七 あたりが暗く見分けのつかないことをいう成句。「殊にその夜は暗さは暗し雨は降る。ゆき方更にわきまへず」(あいごの若)。
八 仏堂の背後。ここは社殿のうしろ側をいう。
九 未明から。まだ夜の明けないうちに。「まだ夜を籠めて宿を出」(大友のまとり)。

り内には追付給ふべし　御頼もしう思召せ」と　互に心を慰みて　其夜はそこにぞ宿られける　神ならぬ身の浅ましさは　一間を隔て　姫君宿らせ給ふを知ろし召れぬは　いたはしかりける次第也

既に其夜も五更[一〇]に及ぶ折節　彼方此方の烏共　塒を離れ　声〳〵に宮立近く啼き騒ぐ　吉長[一一]　ふつと目を覚まし「いかに汝　早暁にも成らん　村烏啼き渡る　いざ打立ん」「尤」とて　其所を立出　都の方へと急がるゝ

猶村烏啼き騒げば　吉長御覧じ「扨〻心に掛かる事こそあれ　抑烏といふ鳥は　人跡稀[一二]成野山か　扨はかゝる宮などには　森の木隠茂[一三]ければ　そこに宿りて声するは　何処も同じ事ながら　今此烏は怪[一四]しからず啼き騒ぐは　いか様某が身の上を知らする事か　覚束なし」との給へば　下人承て「仰は然にて候へ共　さすが我君は常〳〵の心ざし　物に迷はぬ御人成がか程[一五]までは　ましまさじ　かね〳〵君の御話に　烏の吉例承る　端〳〵覚へて候　昔　唐土[一六]始皇帝　燕丹太子を取こにし　召籠めおかせ給ひし時　燕丹嘆きて　始皇帝

一〇 午前四時前後の二時間。一夜（日没から日の出まで）を五分した最後の時刻。

一一 群烏の啼声は、野宿者や盲目に夜明けの近いことを教え、時に異様な啼声は、その日の不吉を知らせるものとされた。「若君は御目お覚まさせ給いてに、やあいかに仲光よ、夜が明くるやら、群烏が告げ渡る」（せつきやうしんとく丸）。「上野が原に無縁の者があるやらん、鳶烏が笑ふやと」（をぐり）。→「をぐり」二一九頁注八。

一二 人の往来。

一三 木々や生い茂る葉に隠れる場所。

一四 はなはだしく。普通ではない意。

一五 か程までお気になされるとは、そんなには御心配なされますな、の意。「か程までは」は、前後にかかる。

一六 以下、「燕丹子」および「史記」刺客伝などに見える史話。「平家物語」五などで周知。「始皇帝」は、中国、秦の第一世皇帝。「燕」は中国戦国時代の国名。「丹」は燕王喜の王子。

に「故郷へ帰して賜び給へ　老母に対面遂げたき」と　此事侘びての給ふ時　始皇帝の給はく「汝を国へ帰さんは[一]　烏の頭白くならん其時に　赦して帰し得さすべき」と嘲笑つての給ふ時　燕丹　是を悲しみ　天に向つて祈誓有に　親孝行の心ざしを　天も納受やましく／＼けん　烏の頭白く成　綸言汗[二]の如く　力及ず始皇帝　燕丹を差し赦し　故郷へ帰し給ふとかや　かゝるめでたき吉例有　心に掛けさせ給ふまじ」と諫め奉れば　吉長「げに誠知られたり　是ぞ負ふ子に教へられ[三]　浅き瀬を渡るとは　今此事をや申らん」と　主従二人打連れ　其儘そこを立出しは　本意なかりける[四]次第也（絵4）

扨其後に　姫君は　既に其夜も明ければ　御目を覚まし　是より何方へ迄行べきか　若　産の心地有べきかと　案じ煩ひ給ひけり[五]所に　何処共なく　八旬に長け給ひぬ老僧[六]　香染の袈裟を掛け　水晶の数珠を爪繰り　鳩の杖に把り　姫君の辺へ立寄り「いかにそれ成女性　優しくも仏の教を信じ　菩提の道に赴く事　作善[七]の功徳　修行の功も積らね共　一心誠

一 「秦王不レ聴二謬言一令三烏白レ頭馬生二角、乃可レ許耳、丹仰レ天嘆、烏即白レ頭馬生レ角」（燕丹子）。→「をぐり」二二四頁注一。
二 帝王の言の取り消しがたいことをいう。諺。「綸言汗の如し、出て二たび帰らず」（よこぞねの平太郎、他）。
三 諺。世話すべき未熟な者にかえって教えられることをいう。
四 不本意で残念なことであった、の意。
五 困惑して思い迷うこと（日葡辞書）。
六 以下、謡曲「盛久」に拠った僧形夢告。「八旬」は、八十歳。「香染」は、「浄瑠璃御前物語」六頁注六参照。「鳩の杖」は、頭部に鳩の形を施した老人の杖。「取二其不レ噎之義一也、鳩不レ噎之鳥也」（元和本・下学集）。「八旬に長け給ひぬと見えさせ給ふ老僧の、香染の袈裟を懸け、水晶の数珠を爪繰り、鳩の杖に縋りつつ、妙聞正しき御声にて、われは洛陽東山の清水のあたりより、汝がために来たりたり」（謡曲・盛久）。出羽掾作品では、「どんらんき」などにも。
七 心をこめて善根をなすこと。

(4)

有故に　速やかに輪廻を離れ　[八]弥陀等覚の菩薩と成　遍く衆生を救ふべき其徴[九]顕然たり　然共(しかれども)今其所は[一〇]和光垂迹の道を示す所なれば　穢を忌む事を　[一一]方便を以て立られたり　然は　汝其所にて産の道を遂げん事　神社の穢恐あり　急ぎそこを立出て　是より五町　計(ばかり)彼方に[一二]少里有べし　それへ行て宿を取　そこにて

八 仏と等しい悟りを得て、次世で仏となる位。菩薩五十二位のうちの二番目。等覚位。底本「みたどうかく」、濁点位置に誤りあるか。
九 はっきりとしている、の意。
一〇 仏が光を和らげ、衆生済度のため垂迹神と現われること。「和光同塵」に同じ。古くは、訓み「スイシヤク」。
一一 仏語。仏が衆生済度するために用いるさまざまな便法。手段。
一二 用字、底本のまま。小さな在所。

産をいたすべし　是を知らせん其ために　洛陽東山清水辺より　汝が為に来れるぞ」と　消すが如くに失せ給ふ

姫君　夢共弁へず「あら有難の御事や　まさしく清水の観世音　仮に現れ　告げ知らせ給ふか　有難や　是に付ても　猶〻行衛頼もしや　さあらば教にまかせ参らん」と　御跡を遥拝み　呉服の宮を立出　足にまかせて急がるゝ

又もや産の心地つき　少し心を取直し　老僧の教へ給ひし一つ家に差し寄り「此家の内の主へ申度事の候　是は近き辺の者成が　かゝる子細の候ひて　主を見込め　是迄参り候　出居の端に置給ひ　産平らかに仕らば　此恩賞は報ずべし」と　打萎れてぞ申さるゝ

主夫婦此由　承り「よし誰にても候へかし　只今産に臨ませ給ふとあれば　のふ此方へ入らせ給へ」とて　祖父も祖母も御手を取　出居へ抱き上げ申　よきに労り奉れば　其儘気色も陣りつゝ　やがて　御産と聞へけり

一　→五三二頁注六引用本文。
二　十一面観音。延暦十七年(七九八)の造像。
三　頼れると思い、の意。下二段。
四　門口に近い客間をいう。上り口の間。奥へむかって、順に「中の出居」「奥の出居」と称する。「ながたびに疲れはて候へば、出居の端にも宿らせたべよ」(よこぞねの平太郎)。
五　「祖父　ヲフ(ヲ・ホ)ヂ」「祖母　ウバ」(節用集類)。
六　陣痛が繰りかえしてきて、の意。「陣る」(陣痛がくること)に「頻る」を掛ける。「つゝ」は、接続助詞「て」に同じ。

去程に　祖父祖母甲斐〴〵しくも御子取上げ　見奉れば　玉のやう成男子也「何処の誰とは知らね共　国本にて御産あらば　何も悦び給はん物を　去ながら御心安かれ」と　色〳〵慰め申けり

いたはしや姫君　此比の憂き思ひ　歩もならはぬ徒路の旅　彼是御身も疲れつゝ　何とやらん心も落ち入　御目も眩む計也　幽か成御声にて　仏の御名を唱へ給へば　主夫婦は驚き「のふ〳〵旅の上臈　御目を開き　心を強く持給へ」と声を上　[七]呼び活かせば　姫君　やう〳〵御目を開き「扨〳〵夫婦の人〳〵　かゝる者に宿を召され　[八]かゝらぬ憂目を見給ふ事よ　とかく自らは此体にて候はゞ　助かり難く覚へたり　空しく成し其跡にて　何処の誰共知ろし召れず候はゞ　覚束なくおぼすらん　抑自らは　[九]是より丹波の国佐伯の郡司秋高が一人姫也　[一〇]良人の夫は　みきのぜう吉長と申人也　自ら空しく也　若其方より尋来らず候はゞ　御情に便を知らせて賜べ　主夫婦の恩賞は送り返し申さるべし　[一一]一樹一河の流も他生の縁と聞時は　況して自ら　主夫婦の情にて

七 名前などを呼んで生き返らせることをいう。
八 「おもはぬ」の誤刻であろう。底本には、字体の近似による誤刻が目につく。
九 地名を言いおこして、意味はない。→五一六頁一〇行目。多くは「これよりも」。
一〇 「妻の女房」と同様の表現。「良人　ツレアヒ」（書言字考節用集）。
一一 一般に「一樹の下に宿り、一河の流れを汲む」「一樹の蔭、一河の流れ」などで成句。しかし、本作の如き変型も多い。「一樹一河の流れを汲むも他生の縁ぞと聞くものを、ましてや値遇のあればこそ、かく宿りする草の枕」（謡曲・錦木）。

心安く斯く臨終に及ぶ事　身にこそ知らね　過去の縁と存れば　あら名残惜しの夫婦や」と　高らかに念仏して　眠るが如く終に空しく也給ふ

夫婦驚き　御死骸に取付　呼べど叫べど甲斐ぞなし　「あらいたはしの次第や」と　泣くより外の事ぞなし　「扨も〳〵　只仮初に御宿申　思はぬ嘆をする事よ　扨御遺言に　国本へ知らせよとの給ひしは　いざ〳〵知らせ奉らん」と　やがて用意をしたりけり

去程に　吉長　都の方へと心ざし　行共〳〵尋ね得ず　女の足にいか程か行べき　扨は此道へは来らぬと覚へたり　是より立帰り　何方へも尋ね行かんと　道より取て返し　有し所に付給ふ

殊外疲に望む[一]　未だ日も高し　二三里は行べきが　先此所に泊まり　疲を晴らし　通るべし　見れば爰に一つ家有　彼処に立寄り　宿借らんと　主従二人　庵近く立寄り　[二]「いかに此家の主　是は旅の物成が　疲に及びて候　一夜の宿を貸して賜べ」　主聞て　「安き事にて候へ共　叶ひ難き事の候　[三]今も旅

一「疲に臨む」で、疲れに及ぶこと。「疲を晴らす」は、その疲れをとって、すっきりすること。
二 以下、謡曲「鉢木」に依拠する。「いかに此屋の内へ案内申し候。…これは修行者にて候。一夜の宿を御かし候へ。安き御事にて候へども。主の御留守にて候ふ程に。御宿は叶ひ候ふまじ」「いまだ日は高く候へども。…一夜の宿を御かし候へ。安き程の御事にて候へども…」。
三 旅宿での女性の死去は、「かるかや」にも。「さて某は、旅の上﨟様に一夜の御宿を仕、かゝる憂目を見て御座あるの」(三〇五頁一〇行目)。

人に御宿申　思はぬ憂目を見奉る　此家には叶ふまじ　[四]未だ日高く候へば　何方へも通り給へ　旅の殿」とぞ申ける

吉長聞て「扨　其旅人に宿を貸し　憂目を見給ふとは　それは男か女か聞かまほしや」と申さるゝ

主聞て「さん候　懐胎の上郎に御宿を申て　産は平らかに召れつるが　俄に[五]取詰め空しくならせ給ふ　其御名をば　父は丹波の佐伯の郡司　上郎の御亭主はみきのぜう吉長」と言ひもはてぬに「それは誠か」「[六]中〻や」「それこそ尋る我が妻よ」と　庵の内に飛入　空しき死骸に抱き付「是は〳〵」と計にて　暫し消へ入給ひける

[七]御泪の隙よりも「扨も〳〵か程[八]思ひ切ならば　何とて止め申べき　某共に世を厭ひ　諸共に付添ひなば　今の憂目はよもあらじ」と　恨み託ち　声を上げ「やれ今一度「吉長か」と言葉を交わし給へや」と　押し動かし　呼べど叫べど甲斐ぞなし　倒れ伏してぞ嘆かるゝ

四 この語句、二度用いられるが、江戸板にはなく、出羽掾正本のみ。旅僧が一夜の宿を乞う、ワキ・ツレ・シテの応対は、謡曲構成の基本で、多くの作で頻用。しかし、「未だ日は高く候へども」は、「鉢木」のみにみられる語句。あるいは、「佐野源左衛門付情ノ鉢ノ木」を語った出羽掾の増補語句か。

五 激しくのぼせあがって、の意。病勢が一挙に嵩じることをいう。

六 いかにもその通り、の意。相手の発言を肯定してうける。

七 愁嘆場面中で、位をあらためての語り出し慣用句。前は、しばしば「なきふし」でとめる。「人〳〵夢の心ちにて、是は〳〵と計也、しばし消へ入なく計、よしもり泪の隙よりも」(あさいなしまわたり)。

八 固く決心すること。ここは、この世を思い切って、出家を遂げたことをいう。「我が夫のこれ程に思ひ切りたるに、自らなぜに思ひ切らぬぞや」(寛永板・かるかや)。

漸〱泪の隙よりも　扨産み落としし子を取上げ　膝[一]の上に掻き乗せ
「扨〻果報[二]なの嬰子や　国本にて生れなば　数多の物に傅かれ　寵愛限有べきか　殊に乳房[三]の母には捨てられ　思へば〱不便や」と　いとゞ泪は塞きあへず

吉長　涙[四]の隙よりも　「なふ主　扨此者は　夕べ爰へは参りたるか　宿は何時比貸し給ふ」

主承り　「御宿を参らせしは今朝　辰[五]の一天に是へ御入被成候　其時尋ね候へば　夕べは　是より五町計彼方の　呉服の宮に御泊まり候と語らせ給ふ」

吉長　愈憧れ　「ゑゝ某もあの後堂に泊まりつるが　一つ所に有ながら神ならぬ身の浅ましさは　夢にも知らざりけるか　又　立出る暁に　烏の頻りに啼き騒ぎしは　一つに有しを知らせしか　又は今の別を知らせんためか　彼に付是に付　名残惜しさは限なし」と　又消[六]へ〱とぞ也給ふ

一 親子・主従など、恩愛ただならぬ間柄の口説事はしばしば相手を膝の上にのせてなされる。実際をうつすものであろうが、愁嘆描写としても類型化する。「若君驚き給ひ。としまさが頭を。御膝の上に。乗せられ、…館にとまれと申せしに。用ひず、是まで参り、憂目をみする。うらめしやと、泪にむせばせ給ひける」(よこぞねの平太郎)。
二 後出「果報拙き」に同じ。不運な、の意。
三 実母。
四 →前頁注七。
五 辰の刻(今の午前七時頃から九時頃まで)の最初の三十分。「一天」は「一点」の慣用。
六 訓みは清音(日葡辞書)。

あゝ所詮　某もかゝる憂目を見んよりも　同じ道にと思ひ切　既に自害と見へしが　あゝ待て暫し　只今爰にて自害せば　妻の死骸[七]　又は嬰子[八]　某を人の苦労と成ぬべき　先[九]　此所を取認め　嬰子をも連れ帰り　秋高へ渡し　其後いかにも成べきと思ひ定め　「いかに主夫婦　先此度は国に帰り　重て立越へ　今此恩を報ずべし　暇申てさらば」とて　姫が死骸を取持せ　其身は若を抱きつゝ　表を指して出給ふ　主夫婦も立出　遥かに見送り奉り　泪と共に庵の内へ入にけり

吉長　若を抱きながら　一人事に　「返す〴〵も果報拙き嬰子かな　我も幾程添ふべきか　汝に添ふも此道計の間也　成人の其後　父母よと言ふならば　いか程悲しかるべき　思へば〳〵恨めしや」と　泪ながらに掻き口説き　国本指してぞ帰りける　とにもかくにも　かの吉長の有様　死したる妻の別といひ　生きたる子共の憂目といひ　一方ならぬ思ひやと　皆感ぜぬ者こそなかりけれ

七　底本「じがい」を改める。
八　嬰子や自分の死骸までも、の意。
九　まず、この場を然るべく処置して、の意。

第　五

みきのぜう吉長は　妻の死骸を取持せ　幷に嬰子を抱きつゝ　丹波の国に立帰り　下人を近付「汝は大方殿[一]に参り　此由を申上よ」　畏て御前を罷立　大方殿へぞ参りける

其跡にて　吉長　嬰子を母の死骸の側に置「扨も〳〵果報拙き嬰子や　幾[二]程添はぬ物故に　親と也　子と生れ　かゝる憂目を見るやらん　生れ落ちたる其時に　水の泡共成ならば　今の思ひは有まじきに　只[三]先の世の報の程　思ひやられて悲しや」と　泪に咽ばせ給ひける

落つる泪の隙よりも「いや〳〵　只今もや秋高夫婦の来り給はゞ　覚悟の道も遂ぐべからず　とても帰らぬ事なれば　疾く最期を急ぐべし」と　硯料紙を取出し　辞世の頌[四]をぞ書いたりける　其言葉に曰く

一 貴人の母の敬称。

二 少しばかりの間しか添わないのに、の意。「物故に」は、逆接。

三 前世。「後の世」に対していう。前世の業因の報いの程が、の意。

四 仏徳を讃美し、教理を説くための詩。多くは四句から成る。

[五]廿五年鉄石心　一時に消散す　露又影
[六]奥に一首の和らげ有
▲[七]儚しや徒し桜の花に置露諸共に消へて行く身は
[八]年号月日　佐伯吉長
と鮮やかに書き留め　腰の刀を引ん抜いて　既に自害と見へし所へ　秋高夫婦懸来て　[九]弓手馬手に取付　「こはそもいか成事やらん　暫く〳〵　悲しさの余り尤なれ共　去ながら思ひは何も同じ事　され共叶はぬ世の中の　[一〇]老少不定の習なれば　力及ぬ次第也　此理を聞入ず　御身自害遂げ給はゞ　我〳〵が身の上　一人ならず二人迄　盛の物を先立　老の松のつれなくも残りて甲斐の有べきか　[一一]所詮自害を止まり　忘形見の嬰子を[一二]取育て　亡き跡をも[一三]弔いなば　[一四]最期の共には優るべし」と　様〳〵諫め給ひけり
吉長承はって　「げに〳〵仰至極せり　いか程の事也共[一五]思ひ返じと存れ共　仰を背くは不孝の至りと存れば　力及ず仰に任せ　嬰子を取育て　又は

五「廿五年」は、吉長の年令。辞世の頌には多く年齢が盛り込まれる。「鉄石心」は、きわめて固い意志。鉄心。
六「奥」は、頌のあと。「和らげ」は、難解な事象をやさしく解釈・説明すること。ここは漢詩をおきかえた和歌をいう。
七 次の西行歌などが依拠歌としてあるか。「はかなしやあだに命の露消えて野辺に我が身やおくりおくらん」「花に置く露に宿りし影よりも枯野の月はあはれなりけり」(山家集)。
八 頌の形式として、最後に「年号月日ノ下ニ名字ヲ書付」(太平記二)るのが通例。ここもその形式。
九 左右に。「ユンデメテ」(日葡辞書)。
一〇 人の寿命の定まり難い譬え。定めなき世のことわりをいう。「老少不定の境なれば、若きを先立てて、つれなく残る老鶴の」(謡曲・藤戸)。「開いた花は木に留まり、つぼうだ花の散る時は、老少不定は目(ま)の前なり」(寛永板・かるかや)。
一一 要するに。つまりは。
一二 扶養し育てること。
一三 底本「とふらい」、次頁一・六・七行目「とむらい」。「ふ」「む」表記の併存。
一四 死んだ姫の跡を追い連れ立つこと。「共」は「供」の宛字。
一五 考えをかえるまい。思い直すまい。

亡き跡をも弔いて参らせん」と　泪と共に申けり

秋高夫婦「誠に思ひ止まり給ふ事　[一]嘆の中の悦びや」と　泪ながら掻き口説き　扨父母　姫が死骸に取付「扨も〳〵世の中の定なきとは言ひながら我〳〵を跡に置　何とかなれと思ひ　何処へとてか行ぬらん」と　空しき死骸を押し動かし　泣くより外の事ぞなし

され共叶はぬ事なれば　野辺に送らせ　様〳〵の御弔　誠に善根は限なし　殊に産の道にて空しく也し弔には　[二]流灌頂に如くはなしと　此[三]作善を取行ひ　[四]四十九人の僧を招じ　様〳〵の仏事の体　げに有難くぞ見へにける

去程に　此流灌頂の次第と一つぱ　[五]四十九本の卒都婆を立て　水の流に従いて　所〳〵に壇を飾り　[六]供物を供へ　[七]十界依正も[八]眼前に現るゝよと夥しくかの地獄の業火も　[九]八功徳池の水に湿され　[一〇]奈落無間の[一一]猛風も　[一二]九品上生の涼しき便と也けるかと　げに頼もしくぞ見へにける　[一三]誠に地獄遠からず　眼前の境界　悪鬼外になし　一心の境界也　[一四]此願じやうの功徳に応へ　冥途の善

一　愛別離苦をしばしば主題とする出羽掾作品にあっては、長い流浪の果ての「対面場」に「死」や「蘇生」という状況が絡められる。この悲喜の情が最も高潮する局面状況を、出羽掾自身、「嘆きの中の喜び」「喜びの中の嘆き」と呼ぶ。弟子の角太夫作品では更に特質化する愁嘆表現。

二　水中の魚類供養にはじまり、後には産死の女性や水死人を追弔する仏事となる。その習俗は、本作に述べるように、流水中に卒都婆をたてたり、川辺に棚壇を飾ったり、あるいは灌頂の幡や卒都婆を川や海に流すものなど、さまざま。

三　追善供養など、善根を行うこと。

四　安産・息災を祈って、七仏薬師の修法を行ったことをいうのであろう。修法時、七仏薬師にそれぞれ七灯を献じる四十九灯に因んで、四十九僧を招来した。

五　墓に四十九基(前面六、後面一五、左右各一四)の塔婆を建てるのは、兜率天内院の四十九院を模すもの。死者の兜率天成仏を祈った。行基の四十九院も同様の思想に基づく。

六　「グモツ」と濁る(日葡辞書)。

七　十界は、迷悟の世界を十種に分けたもの。地獄・餓鬼・畜生・修羅・人間・天上(以上、六凡)、声聞・縁覚・菩薩・仏(以上、四聖)を言う。「依正」は、依報と正報。過去の業に依って受けた心身を「正報」といい、それが住いするたとえば国土・山河などを「依報」という。国土とそこに住む人。

八　「眼前　マノマエ」(饅頭屋本節用集)。

九　甘、冷、柔、軽、清、無臭、喉を損せず、腹を痛めずという八つの功徳をもつ水を湛えた池。極楽浄土にある。「極楽国土有二七宝池一、八功徳水充二満其中一」(阿弥陀経)。→「浄瑠璃御前物語」一七頁注四三。

悪　眼前に浮かぶ計に見へにけり

[一五]あらいたはしや姫君は　中有[一六]の旅に赴き　何処をそこ共白雲[一七]の　浮かれて迷ひ給ひけり

誠に冥途の有様　等活[一八]　衆合　阿鼻地獄　剣樹地獄[一九]と申は　手に剣の樹を攀[二〇]づれば　百節段〱[二一]と也とかや　扨こそ剣の山とは申とかや　有時は焦熱[二二]　大焦熱の焔に咽び　又は紅蓮[二三]　大紅蓮の氷に閉ぢられ　鉄杖　頭を砕き　火燥[二四]跌[二五]を焼くとかや　飢へては鉄丸[二六]を食し　渇しては銅汁を飲むと言ふ　餓鬼の[二七]苦しび眼前に　げに浅ましき有様也

又　傍には　是ぞ娑婆[二八]にて聞及し畜生道[二九]とおぼしくて　形は異類[三〇]のけだ物にて　或ひは面　又は手足　其様人の如く成が数限なき其中に　五体は四足のけだ物にて　頭は若き法師成　呵責を受くる隙と見へて　黙然としていたりしが　姫君を見るよりも　忽ち怒れる面色にて　高声　成声音を出し　「扨々それ成は　娑婆にて見みへし　丹波の国の姫ならずや　御身故に　某　斯く浅

一〇 底本「ならくむげ」、「ん」脱。無間奈落ともいう。八大地獄の第八、無間地獄・阿鼻地獄のこと。
一一 「猛火(ミヤウカ)」に引かれた訓みか。「ミヤウ」は呉音。「マウフウ」(書言字考節用集)。
一二 浄土は上中下の三品から成り、更にそれらが上生・中生・下生にわかれる。その九品中の最高位。「上品上生」とも。
一三 まことに地獄も遠くにあるのではなく、目の前がその世界だ、の意。地獄もまた、目前に見る人の心の中にあることをいう。「悪鬼外になし、一心の境界也」も同意。舞台演出が絡むためか、以下も類同表現が散見される。
一四 「灌頂」の誤りであろう。
一五 →五二五頁注一一。
一六 死んで転生するまでの四十九日間、亡魂がさ迷う状態をいう。「冥土の旅」とも。
一七 「知らず」に「白雲」を言いかける。
一八 等活・衆合・阿鼻地獄は八大(熱)地獄の第一・第三・第八(無間地獄。注一〇参照)。
一九 十六小地獄の一つ。剣林地獄とも。以下、謡曲「歌占」に拠る地獄描写。「剣樹地獄の苦しみは、手に剣の樹をよどれば、百節零落す。…ある時は、焦熱大焦熱の炎に咽び、ある時は、紅蓮大紅蓮の氷に閉ぢられ、鉄杖頭を砕き、火燥鉄を焼く。飢ゑては鉄丸を呑み、渇しては銅汁を飲むとかや、地獄の苦しみは無量なり、餓鬼の苦しみも無辺なり、畜生修羅の悲しみも、われらにいかで勝るべき」。
二〇 木や山によじ登ろうとすれば、の意。
二一 体中の関節がばらばらになってしまうとかいうことだ、の意。
二二 焦熱地獄と大焦熱地獄で、八大(熱)地獄の第六と第七。

ましき畜生道に堕獄して　昼夜の苦しび隙もなし　此怨念をいつかは晴らさんと思ひしに　忽ち報来つて　御身も早　かゝる所に来る事　我が憤　爰に有　思ひ知らせ申さん」と　言ふより早く蛇身と也　額に怒れる角を生じ　火焔に等しき舌を出し　両眼光り　早姫君に飛んでかゝる其　勢　恐ろしかりける次第也

姫君　夢共弁へず　地獄の呵責の苦しみとは　今此事をや言ふべき　叶はぬ迄も此難を遁れんと思召　足にまかせて逃げ給ふが　進んで先を見渡せば[一]水火二河の白道　眼前に現れたり　弓手を見れば水の川　白浪　沙を巻き上げたり　馬手を見れば火の川にて　猛火　盛んに燃へ上る　弓手馬手の川の間に　細き道筋一つ有　是を渡りて[二]向の岸へと心ざし　臨んで見れば　弓手馬手の水火の川より　あらゆる[三]悪魚　毒蛇　飛竜　小蛇　頭を並べて　我食らはんと争ひけり

[四]いたはしや姫君　渡らんとするに便なく　立帰らんとすれば　跡には法師が

二三 紅蓮地獄と大紅蓮地獄で、ともに八寒地獄(八熱地獄のそれぞれ傍らにある)の一つ。「或咽ニ焦熱大焦熱之炎一、或閉ニ紅蓮大紅蓮之氷ニ」(往生講式)。
二四 火焔。
二五 足の裏。用字は近世常用。
二六 「以レ鉗開レ口、灌以ニ洋銅一呑ニ熱鉄丸一、入レ口口焦、入レ咽咽爛、焼ニ爛五臓ニ」(智度論)。
二七 「苦しび」「苦しみ」が併行。
二八 この世。
二九 六道・三悪道・十界の一。
三〇 底本「いない」と誤刻。

一 →四九六頁注七。
二 水の川(貪欲)と火の川(瞋恚)の煩悩をこえて、彼岸往生を願うことを白道にたとえる。善導「散善義」の説くところ。
三 恐しい魚。次頁「悪道」と同じいい方。「八竜並み居たり、そのほか悪魚、鰐の口、遁れがたしやわが命」(謡曲・海士)。
四 以下、「きしぼじん十らせつ女のゆらひ」に同趣向。「金剛力士、岩のはざまにつつ立つて、山の如くに見へければ、こは叶はじと、下なる谷へ落ちんとて、さしのぞき見る所に、十羅刹女、いかりをなし、早〳〵是へ追い下されよと、手ぐすねひいて待ちかけたり、こはかなわじ、ひつかへし、上なる峰へ逃げんとすれば、鬼子母神、眼をいららげ、□□たをふつて待ちかけたり、あとへ帰らんとすれば、仁王、東西に分れて待ちいたり、大ば為方(かたせん)尽きはてゝ」。「二年」は「一念」の宛字で、一途に思いつめた執

一年の蛇身の難　前後進退窮まり　為方なくこそ見へにけれ

かゝる所に　[五]向を見れば　大慈大悲の観世音　紫雲に乗つて現れ出　高声に曰く「いかに姫　只一心に[六]弥陀の名号を唱へて　其細道を渡るべし　それ水火二河の白道は　[七]一心の迷にて　水共火共見ゆるぞ　悪業煩悩深き故　悪魚毒蛇も目に見ゆるぞ　それを恐れ厭ふべからず　[八]西方極楽世界　十万億土の遠き道も　[九]去此不遠の断にて　水火の悪道　忽ちに[一〇]紺瑠璃平沙の道と也　爰を去る事遠からぬぞ　早疾く名号を唱へよ」と　様ゝ教へ給ひけり

姫君聞もあへず「有難や」と合掌し「南無西方の主　自ら娑婆にて為せる作善は薄く共　此一念の功徳にて　極楽世界へ迎へ取らせ給へ　南無阿弥陀仏」と唱へ給へば　不思議や　[一一]姫君の唱ふる名号の其息　連〳〵と続きたる気色隠なく　只白雲の如くにて　忽ち六字の名号と現れ　有難かりける次第也

（絵５）

扨　法師が一念の蛇身　愈〳〵怒れる色を現し　娑婆の報を知らせんと　[一二]瞋恚

念。

五　五四二頁六行目以下、特に第五段は、大仕掛けなからくりや糸操りを駆使した場面が続く。天井にも役者を配しての演出であった。「家乗」貞享三年十月一日条に、「今日於新堀始操、二河白道五段目踏落天井役人五人損傷云」とある。

六　六字の名号。南無阿弥陀仏。

七　心の迷いのあらわれであって、の意。「己心(こしん)の弥陀、唯心の浄土」に対していう。

八　「従是西方、過十万億仏土、有世界、名曰極楽」(阿弥陀経)。

九　「観無量寿経」に拠る。下部の「爰を去る事遠からぬぞ」が、その意訳。極楽世界もここから遥か遠くにあるのではなく、の意。「極楽不レ遠、構二十万億刹之西一弥陀在二己心一」(大原談義聞書抄)。

一〇　紺色がかった瑠璃色。仏地の色。「金瑠璃茶碗」など、「金瑠璃」を借字とすることも。「両眼を開き、あたりを見れば、山はすなはち霊山となり、大地は紺瑠璃、木はまた七重宝樹となつて」(謡曲・大会)。「平沙」は、平らかな砂地。

一一　出羽掾をはじめ、当期頻用の「名号のからくり」。本文にも「今に始めぬ」とある。雲変じて名号とあらわれたり、名号変じて大蛇とあらわれるなど、演出の細部では異なる。名号由来譚を伴うことも。

一二　怒り恨むこと。三毒の一で、憎悪の感情をいう。「瞋恚の焔」「瞋恚の角」などで成句化。

(5)

の角を振り立　歩み寄る　其勢　かの阿修羅一刹が眷属に　竜緊那羅王二が　八功徳池の水を干さんと　刹那に駆けつて来りしも　是にはいかで優るべき

既に姫君に飛んでかゝらんとする所に　忝も名号の其□　今に始めぬ御事にて　弥陀の利剣三と現れ　虚空無礙に抜け四出　かの蛇身が側近く閃

一 阿修羅と羅刹の合成語。「阿防羅刹」の類。ここは、単に阿修羅をいう。インド神話の悪神。後に釈迦に教化され、八部衆の一つとして、仏教守護神になる。常に闘諍の世界に身を置くとされる。

二 天竜八部衆の一つ。半人半獣で角がある。一般に「緊那羅王」と。

三 弥陀の名号の煩悩、罪障を断ち切ることを利剣に喩えた語。「利剣即是弥陀号、一声称念罪皆除」（善導・般舟三昧讃）に拠る。それをからくりで視覚化した趣向。挿絵5参照。

四 虚空を自由自在に、の意。「虚空無辺」「虚空無量」とも。→五二九頁注一一。

き寄ると見へしが　忽ち首を刎ね落とせば　軀は其儘元の地獄に落ち入　瞋恚の火焔と変じ　未来永〳〵[五]苦を受くるは　理とぞ聞へける

扨　[六]姫君　御目を開き見給へば　今迄見へし二河白道　忽ち変じて　紺瑠璃の沙の道と也にけり「あら有難の御事かな　愈　極楽へ迎へ取らせ給ふべし　南無阿弥陀仏」との給へば　不思議や　[七]虚空に花降り　紫雲棚引　姫君を救ひ取　虚空に上がると見へしが　程なく眼前に　極楽世界の[八]体相の現れけるこそ有難けれ

扨　姫君　紫雲に乗じ　其内より「我　其上　産の道にて身を失ふ　末代の女人も　此道にて過あらん不便さに　此[九]誓願を起こして　平産の道を守るべし　必　此後　娑婆に形を現じて　子安の地蔵と現るべし　是と言ふも　其本は弥陀名号の功徳故　かゝる所也　構へて疑ふべからず」と　の給ふ言葉の下よりも　[一〇]忽ち大白蓮華と変じて　程なく蓮華窄みけり　されば[一一]釈にも　[一二]此界一人念仏名　こん使西方一蓮生とは　今此事をや申べき

五　→五二八頁注五。

六　謡曲「大会」などに同趣の場面描写。ここもからくり舞台。→五四五頁注一〇。

七　以下、聖衆来迎の常套表現。「空に紫雲棚びき、花降り、音楽聞へ、菩薩聖衆の来現は、三重有難かりける次第也」(どんらんき)。

八　有様。「是ぞ汝が念ずる所の西方極楽世界の体相」(中将姫之御本地)。

九　仏や菩薩が衆生救済を願って自らたてる誓い。

一〇　以下、「中将姫之御本地」でも同趣の演出。「不思議や姫君、蓮台にうつらせ給へば、開きし蓮華、花をつぼめ、しばしありしが、不思議や又、忽ち花開けば、あら有難や、姫君の御姿、黄金の御形と現じ給ひて、光を放つて拝まれ給ふは、有がたかりける次第也」。

一一　経や論に対して、中国人や日本人の著した注釈の類をいう。

一二　唐の法照国師の「浄土五会念仏略法事讃」の一節。「此界一人念仏名、西方便有一蓮生、但使一生常不退、此花還到此間近」。「こんし」は三句目「たんし」を誤刻。二句目、三句目の混入も。

程なく蓮華開くれば　其中には　七宝荘厳の宮殿の内にて　地蔵菩薩と現れ　微妙法身の御姿　眼前に見へ給ふは　有難かりける次第也　其外　菩薩光を放つて立給ふ　扨こそ　此御姿を写して　丹波の国　老の坂の子安の地蔵と崇めて　今の代迄も伝はり　霊験殊勝の菩薩也　上古も今も末代も　例少き次第やと　皆感ぜぬ者こそなかりけれ

寛文十三癸丑三月下旬　　山本九兵衛板

一 豪華に彩色し、金・銀・瑠璃・硨磲（しゃこ）・玫瑰（まいかい）・瑪瑙（めのう）・珊瑚など、七種の宝で飾られた極楽の宮殿。読みは「シッポウシヤウゴンノクウデン」。「上品蓮台に心をかけて誠ある七宝荘厳の真木柱のもとに行かん」（謡曲・源氏供養）。

二 妙不可思議な感動的なお姿。

三 仏や菩薩の来現描写に随伴する慣用句。→五二三頁五行目。「大慈大悲の観世音…其まゝ光を放つて虚空にあがらせ給ひける」（どんらき）。

四 以下、冒頭部に照応して、本地物系浄瑠璃に類型的な結び。

五 利益あらたかな、の意。

六 浄瑠璃末尾の慣用表現。「富貴の家とさかへ給ふ、末繁昌の御悦び、上古も今も末代も、例し少き次第とて、千秋万歳めでたやとて、上下万民をしなべて、感ぜぬ者こそなかりけれ」（月界長者）。「上古」は「シヤウコ」と読む。

解説

近世初期の語り物

信多純一

一　『浄瑠璃御前物語』から浄瑠璃操へ

1　浄瑠璃操の始まり

浄瑠璃節の濫觴は、『浄瑠璃御前物語』と名付けられた作品にある。この物語は文明七年(一四七五)七月の『実隆公記』紙背に、「いつものしやうるり御ぜん／した□のなどをかたられ候はばよく存じ候」と見え、この頃には都でも周知の物語であったことが判る。

その凡そ五十年後の享禄四年八月(一五三一)には、小田原の旅宿で「小座頭あるに、浄瑠璃をうたはせ興じて一盃にをよぶ」(『宗長日記』)と見え、その後天正十五年(一五八七)四月庚申待の遊びに座頭が平家・上るり、そして新興の楽器三線(サミセン)を演奏している(『言経卿記』)といった享受の様相を知る。

この「しやうるり御ぜん」「上るり」と呼ばれた作品が、ただに口誦で伝えられたものか、或いは草子なり絵巻の形で享受されたものか問題となる。『言経卿記』天正十六年九月の記事には「上ルリノ本」返却云々と記されている。文明の段階からこの記事の現われる百年余の事情は明らかでないが、私は物語が当初から書物の形で享受されていたものと思う。『実隆公記』紙背の記事は、会合の席の気散じとして物語を出席の面々が雑談する条りであり、当時流布している物語の一部を順次物語る局面であった。

加えて、本作が浄瑠璃御前の本地譚であり、長篇のものであるだけに、草子としての享受が一般であったことをうかがわせる。これがある段階で絵巻となった。現存写本は、絵巻あるいはそれを仕立直した奈良絵本の形で多く残り、その享受のあり方を示してくれている。

そうしてこの物語が座頭によって節付けされ、浄瑠璃(節)と名付けられ、貴紳の集いの酒宴の興に演じられたりした。この状況が続いた後、文禄・慶長頃、操と合体することで大きく飛躍を遂げる。

操の歴史は古い。傀儡子(かいらいし)の人形戯(大江匡房『傀儡子記』参照)が貴紳の接待や祭礼等で演じられたが次第に衰退し、新しく手傀儡(てくぐつ)と呼ばれる新興芸能者が現われる。都等の市中を予祝して廻る彼等の中には御所に呼ばれる名手も輩出する。記録では彼等がその際、能を六、七番から十番も演じている(『看聞日記』『実隆公記』等)。彼等は猿楽能や曲舞を人形に演じさせた。社寺等の勧進興行にも呼ばれて数日間興行したりもした(『大乗院寺社雑事記』『政基公旅引付』)。一五〇〇年前後のことである。この事から個人的な段階からかなりの規模の集団をなしていたことが推量される。

ついで天文年間(一五三二―五五)頃から夷舁(えびすかき)と呼ばれる傀儡子集団(傀儡〈子〉の名称は江戸期まで遺る)が出現する。摂州西宮広田社の摂社夷神社の神人が、恵比須神像を舞わして豊饒を祈る芸能であったようである。中世福神信仰の興隆と呼応した芸能集団の誕生であったと思われる。『御湯殿上日記』には天文・永禄・天正にかけての彼等の禁中上演が頻繁に記されている。
その芸能は多くは能を上演するものであった。「ゑびすかきのめいじん御かゝりへまいりてまう」(天正十七年四月)、「このほどまいり候ゑびすかき、みな〳〵一だんとのぢやうずにて、ほんののふのごとくにしまいらせて、一だん〳〵おもしろき事なり」(天正十八年一月)と彼等の至芸を賞翫するさまが記載されている。その舞台のさまは後年元和五年(一六一九)二月の『資勝卿記』には、「一間斗之舞台ヲ立、ハシカカリ有之、式三番已下如能由也、笛鼓以下無替義由也、珍義也、手ククツノ様ナル由也」とあり参考になる。エビスカキを公家日野資勝が「手ククツノ様ナル由」と記しているのも興味深い。一往別の芸能集団と弁別する見方が残っていたことを知る。

さて、この夷舁の能操と浄瑠璃を合体させて、浄瑠璃操が成立する。その時期と創始者については諸説がある。時期については、文禄から慶長の間とするか、慶長とするかの二説で、文禄がわずか五年間であって文禄・慶長の頃と見てまず問題はない。創始者であるが、江戸期の諸説を整理すると次のようになる。まず浄瑠璃を語る瞽者滝野・沢角が居て(『和漢三才図会』『色道大鏡』は滝野のみ)、これが五条の次郎兵衛に教えた(『色道大鏡』)。慶長の頃この次郎兵衛が監物某と語らって西宮の傀儡師を招き興行し、監物は河内介、次郎兵衛は後に上総介と称した(『東海道名所記』。『和漢三才図会』は四条東洞院彫金工家何某と淡路の傀儡。『鸚鵡ヶ杣』ではその何某を目貫屋長三郎とする)。そしてこの西宮の夷舁は後に淡路掾を受領した(『東海道名所記』)。ただし『和漢三才図会』は彫金工家(ほりものや)の方が後陽成帝に召されて上演し、引田淡路掾を受領したと読める文面である。

右の諸記事は錯綜しているが、実は大凡の方向は正しいものと思われる。まず沢角の実在が『北野天満宮史料』の「宮仕記録」寛文六年(一六六六)の記事で、時代不明ながら神前において法楽演奏していることにより確認出来る。監物が河内介となったことは、『歌舞伎事始』巻之一「浄瑠璃名代」立花河内の条に、「慶長十八丑年正月十五日監物口宣頂載して河内といへり」と見える。河内のこの年の受領は『諸職受領調』によっても確認出来る。但し次郎兵衛の上総掾受領は確認出来ない。

後陽成帝による夷舁の受領については、『資勝卿記』寛永十三年(一六三六)十月十九日の記事に、天覧に自己の芸を供した江戸の薩摩が、受領を申し出たことにつき、「今度あやつり禁中にて仕候者、受領申入候御談合ニ候。此儀ハ何とも不堪候由申候。後陽成院御時ハ受領申候間、別儀有間敷かとも存候由申候也」と見える。後陽成帝の在位は慶長十六年(一六一一)三月二十七日までであり、十八年の監物の受領はこれに該当しない。記録に他の受領が残っていないだけに、『和漢三才図会』の引田淡路掾の記事がかなりの信憑性をおびることになる。

こうして浄瑠璃操が生まれるが、記録の上では慶長十九年九月二十一日の『時慶卿記』、後陽成の院御所における「院参、飯後阿弥陀胸切ト云曲ヲ仕夷舁ノ類ノ者推参トソ、於御庭緞子幕等ヲ引廻シテ有曲、奇意ノ事也、……又賀茂、大仏供養、高砂ノ能ヲモ仕候」(『言緒卿記』は同日の記事に「阿弥陀ムネハリ其外種々ノアヤツリアリ」と載す)とあるものがもっとも古い。まだ浄瑠璃操が組成されて以後でも「夷舁の類」といった呼称がなされている。岩国藩の『日記』寛永十九年(一六四二)八月十六日の条に、「明朝恵比寿舞有之付而……」とあり、十七日の条には、「今日柳之庭ニ而あやつり被仰付、座之者毎早朝より参候而舞台之かさり仕ニ付……あやつり飯後より初、能三番ニ而……能二番、都合五番御座候而入相時分ニ終候」と見える。寛永十九年の段階で、まだ能操の勢力の強いこと、そしてこの能操座をさして「恵比寿舞」(夷舁或いは夷廻しと同義であろう)と称していることで、地方ではこの頃でも操座の始原が夷舞(恐らく西宮・淡路あたり)の一座からという認識が一般であった状況が見てとれる。寛永始め頃の成立と見なされる『露殿物語』の「四条河原をとらせ(通)給へは、ここかしこにさんしき、ねすみたう(鼠戸)をかまへ、そのいえいえのまくをはりよせ、太鼓を打ならしけるほとに、露殿よりてかく(額)を見給へは……又一方にはさとしまかふきとかくもあり、又此内にをいてのふあやつり御さ候、太夫は河内のかみとかくもあり、さないしやうるりとかくも有」と見える状況が参看される。能操と標榜して浄瑠璃太夫河内が演じているからである。岩国に出演した夷舞も能操だけの芸の一座ではなかったであろう。

2 浄瑠璃太夫たち

創成の頃、北野や五条橋(「林家本洛中洛外図」に一座が見える)、四条河原で興行した太夫は先の河内や左内、女太夫の南無右衛門、左門、よしたか等であった。河内の演目、正本は一切不明であるが、左内は『ともなが』(左内正本、寛永十四年)、『ふせや』(佐内流上瑠璃正本)と受領前の二正本を残し、寛永十九年(一六四二)十月十六日の受領後は『いけどり夜うち』『阿弥陀本地』『きよしげ』『はらだ』等正保期の九正本、そして『とうだいき』(慶安三年)の計十二種を残すが、記録から他に七種の名も知られていて、大きい足跡を斯界に残した。

南無右衛門は寛永十六年正月吉日、山城国住人六字南無右衛門正本『やしま』(二条通御幸町西へ入丁上るりや喜右衛門開之)とある丹緑本を残していた(現在その四段分の写本が残る)。彼女は女太夫であったが、その興行時の面影は「堂本家本四条河原遊図」の「じやうるり内記」図に見ることが出来る。南無右衛門はこの外『髙館』『曾我』なども語ったという(『古郷帰の江戸咄』貞享四年刊)。左門、よしたかについては不明である。女歌舞伎禁制と同時に女太夫も禁制となった。

次の時代に入ると、江戸の地に浄瑠璃興隆期が到来し、大坂にも及ぶ。

江戸では薩摩浄雲と杉山七郎左衛門、共に京の滝野に師事した二人が江戸に進出し成功を収める。洛の人熊村小平太が滝野に浄瑠璃を習い、江戸に進出して太夫となり、薩摩と称し、老後入道して浄雲と名乗る。また杉山七郎左衛門も滝野直伝の本ぶしを語り、江戸に至って元和二年(一六一六)芝居を取り立て、承応元年(一六五二)夏京に上り口宣を頂戴し、天下一杉山丹後掾藤原清澄と名乗り、忰子(せがれ)も再受領して肥前掾といったと藤本箕山の『色道大鏡』に見えるが、これは正しい記事のようである。二人の江戸下りの前後は不明である。浄雲は寛永十一年(一六三四)四月『はなや』を「天下無双薩摩太夫正本」と銘打って「西洞院通長者町さうしや太郎右衛門」から出版し、また寛永末頃『小袖そが』上方版を刊行している。彼は寛永十三年上京し、禁中にて『義氏』を語る。受領申請が目的であったが果たさずに終る。

一方杉山は、慶安四年(一六五一)五月『清水の御本地』を刊行し、承応元年(一六五二)夏上洛して藤本箕山の記す通り丹後掾の受領を果たした。この資料は受領関係資料に見えぬが、安田富貴子氏が『隔蓂記』同年九月二十五日仙洞御所に院参して「牲(イケニエ)」「歌タ枕」の上覧に浴した記事を以て受領と関係づけられた推定は正しい。吉川広純『京日記』承応元年十月二十二日の条に、「明日丹後ニあやつり被仰付」、二十三日「丹後あやつり四つ時分よりはしまり申候」とあり、広純が姉の徳大寺内室を宿舎に招いての上演記事で、京都遊学中の宇都宮由的も招かれた(桂芳樹『宇都宮遯庵』)。この記事にて受領が無事成り、しばらく京にあり貴紳に呼ばれていたことが判明する。

この二人に加え、虎屋と称する太夫が寛永末頃から現われる。『吾妻めぐり』(寛永二十年刊)に「ねぎ町にさこんがかぶき、まひ、すまふ、さつまとらやがあやつりのはじまり」と見える人物で、虎屋源太夫と称したもののようである(『百戯述略』)。この他、浄雲の子熊村五郎右衛門は伊勢大掾を寛文五年(一六六五)六月受領し、浄雲弟子長門掾は明暦二年(一六五六)十月に受領、杉山丹後掾の子肥前掾は寛文元年(一六六一)閏八月に受領するなど隆盛をきわめた。

寛永二十年(一六四三)、やや停滞気味の京都に新風が起こる。江戸からの太夫の上りである。寛永十二年伊勢間の山で自己の芝居を取り立てていた伊勢嶋宮内(『閑際随筆』)が江戸に下り、寛永二十年九月『一の谷逆落』を上梓(現存せず、「旧刻浄瑠璃本外題目録」による)、正保四年(一六四七)『石橋山七きおち』を京山本九兵衛版で上梓するが、その最初に「江戸伊勢嶋宮内正本」と記し、寛永二十一年正月には鳳林承章も四条河原で「江戸宮内浄瑠璃傀儡棚為見物」(『隔蓂記』)と記録している。彼は寛永十八年九月、伊勢より東海道吉田に巡業し、城に呼ばれているが、その時『原田』『あぐちの判官』を語る。その一か月前にも殿様の御前で『いのちごい』『ほり江』を語っている「伊勢より参」とある太夫も、恐らくこの宮内であろう。この時彼はまだ伊勢を拠点にしていた(「定寛日記」)。『東海道名所記』(万治四年)は、「ちかきころに、江戸より宮内といふもの上りて。左内とせり合、いろ〱めづらしき操をいたしける。ほどなく、宮内は死けり。左内もなくなり。今はその子ども打つゞきて。操をいたし。めん〱受領して。がたらつく中に。喜大夫といふもの上総の掾になりて。太平記をかたる。その曲節。平家とも舞とも謡とも知れぬ。嶋物なり」とあって、宮内の語り物『かばの御ざうし』『たむら』、最後の慶安四年九月『ふきあげひでひら入』等をさして珍しき操と記している。彼の没後、二代目宮内が継承し興行を続けた。

この記事にも現われる虎屋喜太夫は大きい影響を京の劇界に与えた。江戸虎屋源太夫の門弟と言う説もあるが、承応三年(一六五四)二月以前には在京していたと思われ、奈良の楽人芝将監の日記に喜太夫の「せつきやうあやつり」を見たと記される。これを虎屋喜太夫と安田富貴子氏は見る(根拠不明ながら『歌舞伎年表』寛永十五年の条に、「虎屋喜太夫、堺町にて説教浄瑠璃興行」と記載があり、これと関連するか。ただ太田白雪著『新城聞書』では寛文四年の条に、「其後生嶋喜太夫、虎屋源太夫二芝居トモニアヤツリ同所ニテアリ」と見える。また『家乗』は、寛文三年四月虎屋源太夫の、同五年三月大山喜太夫の紀州興行記事を載せ、多少問題は残る)。もともと説経と浄瑠璃の差異については画然としないものがあったようで、『光政公御手許日記』寛文元年(一六六一)五月十六日の条、「一、今日せつきやう被仰付毘沙門之本地仕候/太夫ハ権大郎/座元伝兵へニ御帷子二被下/品玉右近ニ御帷子壱被下」と見えるが、『毘沙門之本地』は寛永五年頃の新出零葉(渡辺守邦『古活字版伝説』)により「さてもそのゝち」とあって浄瑠璃であることが判明した。これを後年説経正本に流用する。それは本書所収の『阿弥陀の胸割』にも同様の傾向が見られ、後には説経の正本として通る。

さてこの喜太夫は明暦四年(一六五八)七月には藤原正信上総少掾を受領、その後四条河原南側で永く櫓を継承した。彼は新風の浄瑠璃を語り、寛文頃公平系の浄瑠璃を多く上演刊行している。『大友のまとり』『公平法門諍并石山落』などを語った。

この頃大坂では宮内や左内が折々下って定日を決めて興行していたが、伊藤出羽掾が出羽芝居を起こす。彼は万治元年(一六五八)閏十二月二十二日出羽掾藤原信勝を受領する。出羽掾は太夫に岡本文弥を擁し、大坂に覇を唱えた興行面でも優れた太夫である。寛文中期以降説経色の濃い語り物が多く、『阿弥陀本地』『一心二河白道』等を演じ、見せ場には糸操やからくり演出で人気を呼んだ。また同じ年月で一日遅れで受領した大坂の太夫に上野少掾藤原重勝が居るが、正本は残っていない。さらに名太夫が彼等より一年早く、明暦四年五月二十九日に受領している。井上大和少掾藤原貞則がその人である。彼は正本上梓に刷新的な方向を出し、また『浄瑠璃御前物語』の節事を中心に復活させる(『忍(しのびのだん)四季揃』の刊行など)など名太夫のほまれが高い。修羅をも得意とし、播磨風を確立した。

寛文二年(一六六二)五月道頓堀浜側に竹田からくり芝居が創建された(『今昔芝居鑑』)。からくりの名人竹田近江、万治元年閏十二月一日受領して竹田出雲目藤原清房の大坂進出である。彼は京から下ったもののようで、翌万治二年五月二日近江少掾に転任する。彼は京にも名代を残していた。

大坂には虎屋長右衛門こと大坂源太夫が居り、虎屋源太夫とも称したもののようで、慶安五年(一六五二)の正月二十八日の芝将監の『日記』に、春日講の日「いや川にてあやつり今日よりはちまり申候。太夫とらや源太夫と申物にて御座候」とあり、前記『家乗』にも寛文元年四月の記事に現われる。延宝七年(一六七九)刊『難波雀』の浄瑠璃座付の条にも「虎屋源太夫」で出ていて、正本は現存しないが『あさひなかたき論』寛文二年刊行があった(『穎原ノート』)。また正保頃刊の丹緑本『小篠』を大坂二郎兵衛が刊行しているが、彼も正保五年(一六四八)閏正月の「粟津文書」や『難波雀』に見える「二郎兵衛」「次郎兵衛」であろう。彼等によって大坂に操の地盤が築かれていった。

再び江戸に戻ると、薩摩浄雲直系の太夫に江戸筑後掾(万治四年で年二十三、『大和守日記』)が居た。寛文頃堺町に櫓を上げており、『ゆり若大臣』『楠湊川合戦』などを語っている。この筑後の後継者虎之助が、寛文五年初春刊『あつた大明神の御本地』を江戸通油町ます屋版で正本を出している。そこに「天下一ちくご代次とらの助正本」と記されている。彼は寛文九年肥前掾座に移り、さらに寛文十一年五月頃、内匠虎之助の名で別座を取立て、延宝三年から土佐太夫を名乗り、延宝六年には土佐少掾(受領記録は未見)を名乗る。この後の彼の活躍は目ざましく、その後の江戸を代表する太夫といって過言ではない。

江戸浄瑠璃を語る時、今一人の太夫を忘れることは出来ない。浄雲の弟子江戸和泉太夫の出現である。彼は明暦四年(一六五八)正月、江戸又左衛門版で『うぢのひめきり』を早く上梓している。この作者岡清兵衛重俊と組んで坂田公平をはじめとする源家子四天王物を創案した。その荒事の演技活躍は、江戸の気風に適い、近世演劇を特色づける大流行を見た。岡清兵衛の名は承応四年(一六五五)正月の『にしきど合戦』(太夫不詳)に現われるが、佐藤継信と忠信の遺子二人が、敵の泰衡や錦戸を討つ話柄で、豪快単純な公平的な形象にその意義があった。公平自体が登場する所謂公平本は、現存正本では上方の井上大和少掾の「公平末春いくさろん」万治三年(一六六〇)三月山本九兵衛版が古く、ついで伊藤出羽掾の『天狗羽討』万治三年三月上旬鶴屋喜右衛門版がある。和泉太夫のものでは『北国落』(仮題)万治三年六月、江戸又右衛門版が残る。残存する正本こそないが、和泉太夫が清兵衛と組んでの公平物創出は、『古郷帰の江戸咄』等の記事によりまず間違いないところであろう。和泉太夫は寛文二年(一六六二)八月丹波少掾平正信を受領する。以下陸続と公平物を上演し、その影響は直ちに上方に波及し、浄瑠璃の新傾向樹立に大きい役割を果した。彼の退隠は貞享・元禄の交の頃で、後を二代目和泉太夫が継承した。

古浄瑠璃の最後を飾るのは、京の宇治加太夫、延宝五年(一六七七)閏十二月十一日に受領して加賀掾宇治好澄と改めた太夫と、同じ頃京に旗上げし、同年閏十二月十日相模掾藤原吉勝と改めた山本角太夫の二人の名太夫の出現、角逐である。加賀掾は宮内の名代で芝居を取り立て、角太夫は若狭の名代で興行し、義太夫登場の橋渡しを果たした。近松門左衛門は宇治座にあって作者を勤め、延宝五年七月刊『源氏十二段天狗内裏』あたりから作劇に関わっていたものと推定される(従来は天和三年(一六八三)九月『世継曾我』からを確定作とする)。彼等二人によって、新しい浄瑠璃の胎動発生が準備され、加賀掾は激動の中宝永八年七十七歳で没するまで義太夫と拮抗し続け、角太夫の場合は地方にしっかりと基盤を築き、現在に至るまでその語り物は生き続けている。

3 浄瑠璃の正本

浄瑠璃の正本は『たかだち』寛永二年(一六二五)正月京寺町妙満寺之前勝兵衛開板とある、丹緑本中形横本五段曲が現存のものでは一番古いとされている。但しこれも松廼屋文庫旧蔵本(原本の一丁分一葉だけ残る)の覆製本であるが、かなり忠実にもとの姿をとどめている。この他、『やまなか』『酒天童子』など古版横本の零葉も残る。すなわち初期正本は、絵巻形を示し、依拠した絵巻の形態を模して出版しようとした形跡がある。丹緑の挿絵も見開き又は半丁の図はなく、すべて本文下部等に挿入されていて、二十七図もある。行数は不定で平均二十五行の書である。

ついで説経正本と同様中本の寛永十年五月の『とうだいき』六段上下二冊の十三行丹緑本が出る。この本は半丁の挿絵が八図あるが、興味深い点は、下巻五頁分にまたがって「れんぼ」の道行図が本文下方に連続して描かれている。すなわち、先の絵巻形の名残をとどめており、この部分が慶安三年版では、半丁分に九コマの絵に仕立て、右の道行図をもとに描出している。また寛永十年版には一枚表紙の左肩に直に重郭で外題を刷り出す元表紙(上巻分)を残す。この表紙を持つものに前記『たかだち』『ちうじやう』、そして『せつきやうおぐり』などがあり、右側上下二孔ずつをそれぞれこよりでとめた仮綴じ装幀で分売されたもようである。したがって各巻末尾に簡単な刊記を持つ。この上下二巻形式が浄瑠璃本の通例であり、説経は三巻形式であった。

中本形式は京・江戸を通じて行なわれ、とくに江戸においては永くこの形の出版が行なわれたが、明暦四年(一六五八)初秋日刊の『紅葉狩』あたりから半紙本形の出版が京で行われ、それが主流となっていく。この最初のあたりの半紙本は後の本に較べやや小ぶりであったが、挿絵も丹緑の筆彩色は除かれ、絵は一段と精細になる。『にたんの四郎』

万治二年(一六五九)正月正本屋太兵衛板、『文あらひ』万治二年九月山本九兵衛板など陸続と主に井上大和少掾の正本が多く出版される。『紅葉狩』も彼の正本である。彼を以て半紙本形の創始者とは定め難いが、『操年代記』によると他太夫が許さなかった床本の景事・道行の公開を行なったり、段物集の初の刊行を行なったりしており、かなり革新的な太夫であっただけに、半紙本創成のかげに彼の姿を見る。この半紙本は十七・八行、細かい文字が連なって「しらみ本」と呼ばれる絵入正本であった。加賀掾に至って延宝半ば、八行半紙本(稽古本)が出版されるに至り、義太夫にもその形式が受け継がれる。加賀掾が範としたのは謡のそれであった。

4 浄瑠璃の内容

『浄瑠璃御前物語』は長大な語り物であるため、抒情叙景的な特色ある恋物語の中心部を前後にはさむ省略本が多く作られる。これが古活字版で出版されるに及び、十二段に編成され(内題はない)、それらは次第に「十二段草子」と呼ばれるようになる。奈良絵本等も内題はなくて、題簽に「十二段草子」と記した大東急本などが現われる。現存絵巻でも大鳥神社蔵絵巻は、十六段絵巻の後半を省略したもので、十二段の形になっており、この期の動向の中で作られた絵巻と思われる。

この「浄瑠璃」・「十二段草子」が操と合体して演じられたが、興行を打ち続けるには必然新作浄瑠璃が求められる。その際説経的な『阿弥陀胸割』『はなや』『しんらんき』『阿弥陀本地』などが慶長から寛永にかけて新しく作られ、上演された。『牛王の姫』も古い作品で、『阿弥陀胸割』と共に金沢で演じられた記録(『三壺聞書』)があるが、その最高の見せ場は『さんせう太夫』の安寿の同局面と似通う。小説種のものでは、『ふせや』『ほり江』『むらまつ』『あかし』『小あつもり』などが寛永から正保にかけて劇化されている。そうして並行して人気を博したものに、幸若舞曲系の語り物があった。『たかだち』『小袖そが』『きよしげ』『やしま』などがそれである。

これらが初め古活字版のかなり高価な書物としても享受された。『しんらんき』『やしま』『阿弥陀胸割』などが残存する。大本形式のものが多い。その傾向は説経にも見られる。『浄瑠璃』に至っては三種の古活字版が残り、色替り料紙を用い嵯峨本『伊勢物語』の挿絵を一部流用したりしている。

これらの語り物は新作とはいいながら、全く新しいものではなく、すでに存する作品を襲用し、本文も殆ど同じものが多い。『やしま』の例で言えば、舞曲『やしま』の中に『浄瑠璃』の二段分を挿入するといった方法で少しく新味を出している。最近新出の『やしま』古活字本では、絵は古活字版舞曲『やしま』のそれを用い、浄瑠璃の一段分(元来二段分)だけをはさんだ奇妙な本となっている。これなど、『浄瑠璃』の世界を観客も熟知しているので、不完全本でも通じたからであろう。『浄瑠璃』の盛行を背景に宮内の『ふきあげひでひら入』といった奇妙な抄出正本の存在がはじめて理解出来るのである。

舞曲系ではあるが、すべて舞曲そのものから採られたとは言えないようで、『やまなか』などは、舞曲なども依拠した先行本があって、それから採られたと推定される(『絵巻山中常盤』拙稿解説)。本巻所収の『ほり江巻双紙』の場合も先行依拠本の存在が推定される。つまり語り物とはいえ、口承関係より書承関係が一般であると考えられる。

こうして出発した浄瑠璃操は、成立期より凡そ五十年を経て新しい傾向が生じる。明暦三年(一六五七)の江戸大火の前後、社会的にも文化的にも大きい変動期を迎えるに至る。元来、『浄瑠璃』は叙事性が抒情性を包み込んだ形で成立した。新作期どちらかといえば叙事性のかった作品が多く作られたのであるが、その筋立ての上で中世以来の伝統的な題材から離れ、浪漫的な空想的な世界が構築されていくようになる。この新風を代表するものが、和泉太夫と岡清兵衛のコンビになる公平浄瑠璃であった。善と悪の葛藤を天下国家の規模で描く雄大なもので、しかもその主人公坂田金時の子公平という超人的な男が生み出す武勇譚は、江戸の土地柄と新しい時代の風潮にかない、爆発的な人気を江戸で博し、ついで上方へと飛び火していった。

上方においては、そのいち早き受容は大坂の井上播磨掾などに見られる。彼は修羅、戦闘的な局面を得意とする硬派的な一面、抒情的な『浄瑠璃』節事の復活をも進めた名太夫であり、その語り物、芸風を経ることで、義太夫（彼は播磨掾の孫弟子）と近松のコンビを生み出す地盤が形成されていった。

さらに新浄瑠璃を生み出す直接的な土壌は、京に延宝四年現われた宇治加賀掾と山本角太夫の二太夫により形成されていく。加賀掾の謡曲傾倒の姿勢は、京という土地柄に受け入れられ、古典趣味豊かな作品を生む。作者に近松を持った彼は、そうした素材を劇的に高め徐々に葛藤の間に人間を深く描く方向に進めた。角太夫は哀傷味に富んだ作品群を、人情を浮き彫りさせて語り、都市の人間のみならず、地方の観客の心にも深く響かせた。

演劇界はただに浄曲の世界だけでなく、芝居の軒を並べる歌舞伎においても大きい転換を遂げつつあった。作者近松はここにも在って主導的役割を果たす。両者は互いに人的交流、芸の上での交流を遂げつつ競い発展していったのであり、それらは延宝・天和期を経て、元禄に入り見事に結実していく。

近松と義太夫の接点、すなわち義太夫が近松作『世継曾我』（天和三年宇治座上演）を貞享元年（一六八四）大坂に旗上げして語り大評判を得、翌二年近松の新作『出世景清』を得て確固たる地位を確立したその期をもって、古浄瑠璃の時代は幕をおろしていった。

『阿弥陀胸割』の舞台(「又兵衛風遊楽図」より)
本図は寛永末か正保頃の風俗図で，同曲終局の景.
舞台と作り物の光堂，さらには観客や竹矢来に囲まれた劇場風景に
当時の操の実態を端的に見ることが出来る.

二　説教から説経操へ

1　説経操の始まり

本巻に収めた説経は説経節とも呼ばれ、それぞれ江戸期に始まる説経操の正本と見なされるものである。

江戸初期の風俗図に庶民の多く集まる寺社の門前等に、有髪俗体で大傘の下に立ち、簓(ささら)をすって語る門説経の景、その傍で僧体で笠を被り、座して鉦鼓を打って語る歌念仏の姿などを比較的多く見ることが出来る。また門説経が二人連れで人の軒先を勧進して歩く姿も見る。元禄頃になると彼等は簓のほかに胡弓・三味線をも用いて門付けした(『人倫訓蒙図彙』)。これらを説教の徒と総称する。

仏教における説経唱導の歴史は古く長い。それが鎌倉期に入るとその堕落が嘆かれるようになり(『元亨釈書』)、次第に音曲芸能化していった。能「自然居士」「東岸居士」などに見える羯鼓を打ち、簓をすって舞うといった体である。これは説経の平易俗化、布教者の堕落拡大といった面もあるが、仏教音楽の普及、すなわち和讃とか叡山常行堂に始まる引声(いんじょう)念仏、空也などの踊念仏といった聖(ひじり)的仏徒の実践的念仏行の流行と関連を持つといえよう。この系統から生まれたという歌念仏、鉦鼓念仏、各地の芸能化した念仏踊の流行が説経の音曲芸能化を促進したものと思われる。

音曲と結びついた説経者、説経師の出現はいつとは定めがたい。しかし享禄年中(一五二八—三二)には「傀儡師説経師ニモ司ヲ置テ住セシム」(『牛窪記』)と見え、三河においてはこの頃すでに傀儡子と並立する説経師の存在を知る。しかし、この説経師が簓をすり唱導を行なう、後に門説経と称する俗聖であったのか、僧体の歌念仏と呼ばれるそれであったのかについては不明であるが、恐らく俗体の人々であったであろう。

このように寺院を離れて市井に興行勧進を行なうようになった時流の上で、説教の徒についても多様な形態や、その唱導(語り)内容についても考究する要がある(関山和夫『説経の歴史的研究』、室木弥太郎『語り物(舞・説経・古浄瑠璃)の研究』など参照)。

江戸期に入っての様相を、比較的信用出来る藤本箕山の『色道大鏡』(延宝六年)音曲部によって見てみよう。

説経の操は、大坂与七郎といふ者よりはじまる。沙門の説経をやつして、下僧のかたるを歌念仏といへり。たとひふしを付るとも、仏教のみをかたらばさもありなん、小栗・山椒大夫などいふものに、鉦鼓の拍子をとりてかたる事、是いかにぞや。歌念仏の名目にはたがへり。操にする説経のふしも、当時は浄留りにちかくなりにたり。

とあって、与七郎を説経操の祖とする。ただその説経の起原を下僧の歌念仏とする説を取るのであるが、同じ著者と目される箕山の『日本好色名所鑑』(元禄五年)では、

もとは門ぜつきやうとて、伊勢乞食さゝらすりて、いひさまよひしを、大坂与七郎はじめてあやつりにしたりしより、世にひろまりもてあそびぬ、相つゞいて佐太夫といふもの都にての名取也、其後日ぐらし小太夫、古今せつきやうの開山なりと、其頃の人賞翫せり、八太夫は日ぐらしが弟子、今の世の名人。

とあって、門説経しかも伊勢乞食の系統をもって始めとする異なった見解を示す。この同一人(確実ではないが)による異なった見解という点に注目すれば、歌念仏と門説経との間の差異そのものが問題となってくる。

歌念仏が語り物的な題材を歌うことは、元来の念仏に節をつけて語るというあり方からはずれるものであることを

箕山は指弾する。しかし現実はかなり古くからその傾向は続いたものであろう。例えば画証（「釆女歌舞伎草紙」）に見られるように早くから大道芸人化した姿を見ることからも言える。

また簓というと説教が想起されるが、『隔蓂記』寛永十三年（一六三六）十一月十四日の記に、

於岡崎之昼休……藤川与赤坂之間、有サヽラ念仏之者十人余。一成之奇観也。

と見え、普通鉢敲きと呼ばれる鉦鼓による念仏の代りに簓を使う芸能集団も居たわけで、簓といい、鉦鼓といい、僧形と申し、俗体と申し、共に念仏を歌い、語り物を歌ったりするのであって、その両者に截然とした区別はつけ難かったのではあるまいか。『おぐり判官』の一本に「根本おくりはんくはん説経歌念仏」と内題のある延宝頃の正本があり、末尾に「此おくり歌説経」と記されていることも、その間の事情を知るよすがとなる。

こういう大道芸化した説経をもって一流を立て、操と結びつけた与七郎の創始により、説経操・説経節が成立したことは、ほぼ間違いない。箕山の言もさることながら、古正本に名の現われる太夫が彼一人だけで、箕山の言に一致するからである。たとえ彼以前に操と合体した説経操が存したとしても、興行的に正本を刊行するまでに仕立てたのは与七郎であることには間違いない。

2　説経太夫たち

与七郎の名の現われる正本とは、『さんせう太夫』の寛永頃版である。すなわち、巻頭に、

摂州東成郡生玉庄大坂／天下一説経与七郎以正本開／さんせう太夫　上

と三行に書かれ、これが中・下三巻本（中本）のそれぞれ巻頭にも記されている。出版元は、上巻末尾に「西洞院通長

者町」とあり、恐らく「さうしや長兵衛」の刊行であろう。この三巻形式で版式のきわめて類似した正本に、『せつきやうかるかや』、刊記に「しやうるりや喜衛問／寛永八年　卯月吉日」とある本と、零葉ながら『せつきやうをぐり』が残存する。私はこの太夫不明の二本も与七郎正本と考えている。

さて、「摂州東成郡生玉庄大坂」と地名を冠したことの意味は一体何であったのか。浄瑠璃本ではただ一本「山城之住佐内流上瑠璃」とする『ふせや』があるが、この形は他に類を見ない。一番にここが拠点であり、興行地であったことが考えられる。水谷不倒氏は生玉(現在の生国魂神社境内)での興行を考えられた。しかし、これは土地不案内のための誤解であろう。

蓮如上人『御文章』に「抑、当国摂州東成郡生玉之庄内、大坂トイフ在所ハ、往古ヨリイカナル約束ノアリケルニヤ、去ヌル明応第五之秋下旬ノ比ヨリ、カリソメナガラコノ在所ヲミソメシヨリ、スデニカタノゴトク一宇ノ坊舎ヲ建立セシメ……」(四帖目)とあり、石山本願寺の所在地であり、現在の大阪城天守閣の付近一帯とも、またその南の法円坂町難波宮跡一帯とも言われている。しかし、本願寺が広大な寺内町を整備していたが、天正八年(一五八〇)遂に石山を退去し、信長・秀吉らによる築城となった。その現在城域の故地名を寛永頃の段階で与七郎は標榜しているのである。したがって興行地というよりは、凡そ五十年以前の活躍した場、拠点を与七郎はあえて自己の正本に記したもののようである。思うに彼等は説教の徒として、寺内六町、枝町四町といわれ殷賑をきわめた石山本願寺の門前あたりで、蝟集する信徒を相手に説経を語っていたのではあるまいか。私には彼なりの追慕と意地を垣間見る思いがする。

それでは彼の興行地は主に大坂の何処であったのか。私はそれは四天王寺であったと考える。『仁勢物語』下に「その時の太夫たかやすといふ、いまもありけり。それをよびて天王寺にて三日しけり」とあるごとく、近世初頭人々の集まるところは、天王寺等であり、加えて、彼の正本『さんせう太夫』の内容からもそのことは推測出来る。国分寺のお聖に助けられ、皮籠に入ったまま都朱雀権現堂に至るが、腰が立たず、土車で天王寺まで引かれ、石鳥居に取りついて腰が立つ霊験がある。明暦版七太夫正本にはその痕跡が残る(石鳥居の件なく太子のはからいであろうか腰が立ったとある)が、寛文版以降はそれが消え都での出来事に変じてしまう。敢えて京から大坂に来させるのには大坂四天王寺に接点を作ろうとする寛永版の作為と考えられ、その背景に与七郎の活躍の庭が想定出来る。その意味では『しんとく丸』などはこの地で興行する際の好箇の題材であった。与七郎については、元禄十二年(一六九九)の『はやり歌古今集』「あひの山ぶし丼ニもんさくはやロ」の天王寺の「とつこみよこ法印坊」に因んだ歌詞の中で、「夢の世に。大坂説経ときの与七郎を見知りごしに……」とあり彼と天王寺の関連が示唆される。また寛文元年『義経地獄破』五段目に死後の説経与七郎を登場させるなど、人々の深い愛惜の情を汲み取ることが出来る。

さて、『日本好色名所鑑』の与七郎の記事は、伊勢乞食のささら説経がその出自であるようにも受け取れ、従来から問題視されている。確かに伊勢間の山の乞食は有名で、また伊勢出身の門説経は資料的に確かめられる(『人倫訓蒙図彙』)。さらに古説経中に「伊勢の小萩」が頻出することもあって、宇治・山田等の伊勢の説教(『関清水大明神控』参照)の勢力等無視出来ないものがある。

しかし、私は前述のごとく彼は石山本願寺辺の説教であろうと考えているし、従来高野辰之氏によって「……てに」といった独特の表現は伊勢方言であるといった指摘(近時は否定的)とからめて、伊勢を与七郎の出自とする見方があるが、それにも賛成出来ない。

たしかにこの表現は古説経に多く現われるがしかし、正保二年(一六四五)『こあつもり』初段に「そのこむまれてに、なんしならは……」、また慶安四年(一六五一)『ふきあげひでひら入』五段目「ひて平聞て、まつ〳〵きみへまいりてに、給はれかしと申ける」とあり、古い浄瑠璃にもたまさかに見える表現である。私はこれは位相語であり、古い俗語であろうと考えていたが、最近岩波講座『歌舞伎・文楽』第七巻(一九九八年刊)で荒木繁氏も「地域方言としてとらえるより、ささら説経といった人々の間の位相語であり……」と記されたことに大凡賛同するものである。浄瑠璃の文体の方がより文章語に近いが、稀にその出自の語法が顔を出したものであろう。

与七郎以後、大坂の太夫としては慶安から明暦期にかけて佐渡七太夫が活躍し、正本や明暦三年(一六五七)「新板大坂之図」道頓堀図に四座、歌舞伎二座の他出羽掾と彼の二座名を残す。その彼は名代を大坂に残し、江戸へ出向く。寛文元年(一六六一)には天満八太夫と競い、大坂七太夫と呼ばれて延宝・天和にも両座は興行している。この佐渡七太夫の名跡はこの後も江戸に継承される。

京都では説教与八郎という人物が居た(『竹豊故事』)というが確証はない。与七郎あたりが時折京へも上っていたのではあるまいか。佐太夫(『日本好色名所鑑』)についても不明である。しかし、同書の日暮小太夫・八太夫についてはかなりの資料が残る。寛文二年『ゆり若大臣』他の正本を小太夫は残す。地誌『京雀』(寛文五年)の挿絵に上総少掾と共に小太夫の櫓の図が見え、また名古屋への上演記録も存する。八太夫はその弟子で正本は残していないが、京にてのその名代は文政頃までは確認出来る。享保頃は四条西橋詰で糸操などを演じる小芝居に出演した(架蔵『大政所町永伝録』)。

日暮姓については、歌念仏の日暮林清を忘れてはなるまい。西鶴の『日本永代蔵』巻三に、京の鉦敲きが盂蘭盆の勧進の途次伏見の諸大名のお成門の美に日ぐらし見飽きずに居た逸話をあげ、「人申ならはして日暮坊と。其するぐ今に名だかし」と記している。歌念仏の一派の総名であり、中には林清が名高い。林清も五説経を語ったようである(享保二十年『咲分五人娘』序)。

江戸の説経座を代表する者は、万治頃から現われ、寛文元年(一六六一)十二月石見掾を受領した天満八太夫その人である。彼は唯一の説経太夫の受領者であった。寛文二年(一六六二)には『江戸名所記』禰宜町の芝居町図に名が見え、『おぐり』を語っている。正本も多く刊行し江戸の説経太夫の第一人者として席捲した。その没年は元禄初年と推定する(拙稿「天満八太夫雑考」『説経正本集』第三所収)。二代目八太夫が居たが、弟子の天満重(十)太夫、そして武蔵権太夫等が後を襲ったもようである。しかし、宝暦十年(一七六〇)刊の『風俗陀羅尼』に「いたはしや浮世のすみに天満節」と詠まれるようになっていったが、この年代まで続いたことが、彼の芸風が好まれ、江戸説経を代表するものであったことをよく示している。江戸では他に天満(江戸)孫四郎、結城一角らが居て活躍した。また佐渡七太夫の直系か否かは不明であるが、佐渡七太夫豊孝と名乗る太夫が正徳三年(一七一三)『山庄太輔』九行本を刊行し、以来享保初年にかけて『おぐり判官』『ごすいでん』『ふし見ときわ』等を多数刊行した。彼の伝は全く判っていない。

説経は江戸において最後の命脈を保ったが、やがて消え去る。しかし、山伏祭文語りによってその語り物は継承され、享和(一八〇一―〇四)の頃薩摩若太夫と名乗る太夫が出て、正本も刊行した。『三庄太夫』(三十六段)、『小栗判官照天姫』(三十三段)といった長篇の作品が残る。いずれも一段上下二冊、一冊五・六丁の小冊子のものである。「せつきやうさいもん」と表紙にあり、文化八年(一八一一)の彼の没後も継承され、現在薩摩若太夫の名跡は受け継がれている。また若松若太夫と名乗る一派も薩摩派から分派し、現在に至っている。

3　説経の正本

説経の初期の正本は、中本、上中下三巻の形態を持つ。寛永初期の浄瑠璃本と同じく各巻本文と共紙の一枚紙（袋綴一丁でない、その半分の一葉）の表紙をつけ、巻末に簡単な刊記を持つ、三分冊の形で出版された。『さんせう太夫』で十四行各十四丁ずつ、丹緑の挿絵を各巻数図ずつともなう。他に『かるかや』『おぐり』がこの種のものとして残存する。廉価であったらしく、大事に扱われず今に稀少である。

この頃、浄瑠璃の古活字本同様、『おぐり』などは半紙本古活字丹緑本（上中下三巻三冊）のものが出版されている。十行本で現存本は下巻二十七丁（欠丁あり）であり、完本であると八十丁もあるかと思われる大冊である。私はこれは高級な読者を対象とした草子であり、正本そのものではないと考えている。それは古活字本『浄瑠璃十二段』（現存三種）も同様の性格と思う。なおまた、これらは写本としても享受され、絵入りの奈良絵本として草子屋で作られた。横本『おぐり』上中下三冊などがそれである。本作の場合、本巻に採用した又兵衛風絵巻十五軸、全長三五一米、極彩色の挿絵三一一図分にも及ぶ豪華絵巻が作成され、物語の享受の形で鑑賞された。なお、本巻所収の大型写本『かるかや』は、きわめて特異で、説経最古の書といって過言ではない。ただし、これも正本としてではなく草子として作られたものであろう。挿絵の多さがそれを物語る。

このほか、江戸の草子屋による大本三冊の絵入本の存在も忘れてはならない。『さんせう太夫物語』、その他『おぐり物語』が残り、いずれも江戸鶴屋喜右衛門の刊行にかかる。共に寛文期の刊行であり、正本本文を用いた草子読物として享受された様相が判る。

説経正本の形態としては、万治・寛文頃から半紙本が主に上方で出版される。万治四年(一六六一)に『あいごの若』が、寛文元年に『まつらの長じや』が京山本九兵衛によって出されているが、後者など柱刻に上下とあって浄瑠璃本の形式を襲っていることが判る。

江戸の説経出版状況には顕著な二傾向が見える。一は中本形式の展開、一は半紙本のシリーズ出版についてである。貞享頃鱗形屋が中心になり、十六行または十七行の中本六段形式の書が陸続出された。これらは八面(十六図)もの挿絵を初め有していたようであるが、現存本は七面がもっとも多い。一丁おきに見開きになるよう置かれている。草子と正本の機能をかね備えたものと思われる。これが他の草子屋に求版又は覆刻されていくにつれ、絵の部分が減らされ、文化頃もっとも少ないもので全二面の本も出る。本文も絵は減じてもそのままであったものが、まず段分けを削り、さらに本文部まで削っていく動きが見える。これが『用捨箱』奥浄瑠璃の条に、「江戸馬喰町の絵草紙屋永寿堂（西村屋与八）に、阿弥陀の胸割、きりかね曾我、熊谷の類の古浄瑠璃六七種、元禄宝永の頃再彫したる摺板伝はりてあり、近く文化中まで春毎に製本して、奥州へのみくだせり、故に永寿堂にては仙台浄瑠璃ととなへ、又正本といふ、奥州には今も是等の浄瑠璃をかたる者あり」と記す類の本である。

今一つは十七行半紙本、十二、三丁の本で鱗形屋孫兵衛の刊行する説経シリーズである。『熊野之御本地』『しやかの御本地』『ゆり若大じん』『くまがえ』『あみだの胸割』『毘沙門之本地』等で太夫は天満八太夫系、宝永初年頃の刊行と思われる。このシリーズの特色は挿絵にあり、鳥居清信が描いたもののようである。本文・挿絵共に鱗形屋中本と密接な関係があり、この頃初代八太夫は没くなっていると思われるが、天満一門の勢力がこれら出版状況からもうかがえる。

半紙本シリーズでは前述の佐渡七太夫豊孝の江戸三右衛門版があり、享保三年(一七一八)の序のある本には「説経章指六段物目録」が添えられ、枠付きで十四まで番号が付された中、その七番目まで正本名が刻されていて、それぞれ刊行を見た。この本は九行本で挿絵は一切ない。

4　説経の宗教性

説経節は元来説経の譬喩譚部分を唱導し、その教えの有難さを讃嘆し、仏縁を得さしめる、所謂結勧で終る芸能である。本巻所収の古形を残す『かるかや』をめぐって、阪口弘之は「説経『かるかや』と高野伝承」(『国語と国文学』平成六年十月)において、高野で形成された縁起譚を、説教者が取り込み説経色で塗り込めながら作られたのが『かるかや』であると論証している。

古説経は仏神の本縁を説き、本地物特有の主人公達の前世の業を果たすべく今生で三熱の苦難を経る哀話で終始した。したがって冒頭で説くべき神仏の由来をたずねると述べ、結部に序部と照応して成神成仏を説いて終るのが正しいあり方であった。たとえば『をぐり』を例にすれば、本巻底本の絵巻では、

そも〳〵この物語の由来を詳しく尋ぬるに　国を申さば美濃の国　安八の郡墨俣　たるいおなことの神体は正八幡なり　荒人神の御本地を詳しく説きたて広め申に……

小栗殿をば美濃の国　安八の郡　墨俣　たるひおなことの神体は　正八幡　荒人神とお斎ひある　同じく照天の姫をも　十八町下に　契り結ぶの神とお斎ゐある

と完全に照応している。しかし奈良絵本になると、

たゞ今語り申御物がたり……此小栗判官は　美濃国安八の郡　墨俣の正八幡殿の御子にておはします……

小栗殿を愛染明王とお斎ひある　照天の姫をば結ぶの神とお斎ひあつて　都の北野に御堂を立て給ふて……

と正八幡の御子とし、都の北野に移り行く。以後の版では、こうした本地部分は姿を消し、富貴に家は栄えたと祝言で終る。ただ佐渡七太夫豊孝本のみ、

扨も其後。中比の事かとよ。常陸の国鳥羽田村といふ所に。正八幡結ぶの神と斎われおはします。由来を詳しく尋るに……

小栗殿。照天の姫をともなひて。都に帰らせ給ひつゝ。ふたゝび栄花に栄ゑ給ふ。千秋万歳めでたし共中〳〵中ばかりはなかりけり

と正徳頃の本に不完全ながら本地譚が復活している。しかしこれらの変化の因、すなわち奈良絵本が京北野となっているのは、北野社あたりで説経が興行された際の作り替えかと推定する徳田和夫説(「説経説きと初期説経節の構造」『国文学研究資料館紀要』二号)ともつながり、豊孝本の場合、江戸での鳥羽田龍含寺出開帳の当込と推定する説(山本吉左右「伝説生成の一形態」『口頭伝承の比較研究I』)があって、こうした見方は妥当と思われる。『鸚鵡籠中記』宝永七年(一七一〇)三月十七日には「丸山へ行。美濃結村の結明神の霊宝出みせ、小栗夫婦の手道具等の開帳、女巫(ミコ)の美なる三人有。これにて群聚」と京にての見聞を記している(この開帳記事は『年代記新絵抄』にも「三月三日より四月廿二日迄長楽寺におゐて美濃くに結村結大明神幷小栗像かいちやう」と記載がある)が、こうした出開帳の当込は歌舞伎・浄瑠璃では常套であった。

説経はもとの性格を急速に変えつつ内容面でも『百合若大臣』『王照君』『鎌田兵衛政清』等の浄瑠璃種と変らぬ作

品を演じ、『天智天皇』天満重太夫の正本のごときは、近松の作の六段への改変作であり、説経味を多少加えたものである(『説経正本集』第三解題)。

大坂・京で元禄頃にはすたれていった説経を江戸の地はその後も比較的長く残した。しかし、浄瑠璃を意識し、寛文頃からは浄瑠璃の序詞と同様の文で起し、祝言で結ぶ。浄瑠璃太夫の軟派の太夫角太夫の演目を、優れた作者を持たぬ武蔵権太夫などは用いた。『伍太力菩薩』などがそれである。権太夫はやがて説経座を離れて、歌舞伎の座に所属して行く。江戸孫四郎も同様であった。

説経の盛りの時分は、

また説経の大名人さても語り出せしより、かなしさあはれさたへがたき、五たい五りんにしみ通り、さばかり邪慾じやけんなこんがう力士、あまのじやこといへども、聞にあしなへうでしびれ、どんぐりまなこにさつ〳〵たるなみだのたきをながし、みじかしくゝる(くるゝカ)日かげをおもひわするゝ、是ぞ大坂七太夫(『天和笑委集』六)

とその哀傷味を讃える過褒の記事も、元禄八年(一六九五)正月『役者大鑑』江戸森田座立役荒木与次兵衛の評判、

……諸げいのしだし気をつけて見ればみるほど上手なれども。七太夫ぶしのせつきやうを聞(きく)やうで当風にむかぬと云人おほし。

と時代と共に変化し、落日の影はおおいようもなかった。

本巻所収『をぐり』一七四頁に、「上なるは月か星か　中は花　下には雨霰」と書かれた文面をめぐって侍女たちが心狂気かと嘲笑し、照天がそれをたしなめる条りがある。脚注に『新薄雪物語』の絵を示し、この艶書の謎解きを記しておいた。『浄瑠璃御前物語』でもこの熱海本には欠けるが西行の后への恋物語で、后からの謎を長谷観音の示現で解く場面(山崎写本などにもあり)がある。

5　説経正本の作者

さらにこの『をぐり』には大きい謎が設定されていた。二二〇頁小栗が蘇生し、藤沢の上人に向かって「両の手を押し上げて　物書く真似」をし、「かせにやよひ」と書く。本文はこの行為に対し、「六根かたはなど読むべきか」と記す。これは難解きわまりない箇所で、注釈作業の手がはたと止ったところであった。従来の注でも未詳とし、新潮日本古典集成『説経集』では「未詳。「風に弥生」か。意味の通じないことを書いたのであろう」とする。私も随分時間をかけて考えたが結局判らぬまま、次に移らざるを得なかった。

こうして作業を続け、この餓鬼阿弥が施行を受けて旅を続け、熊野湯の峯に漸く到着出来、薬師の湯にて次第に元の姿に復活していく条りに至る。「なにか愛洲の湯の事なれば　一七日御入りあれば　両眼が明き　二七日御入りあれば　耳が聞こえ　三七日御入りあれば　はや物をお申あるが　以上七七日と申には　六尺二分豊かなる　元の小栗殿とおなりある」とある条りに至ってひらめいた事がある。すなわちあの謎めいた箇所、六根が障害の形で蘇生し、それを上人に物書く真似で示したわけであるが、その所と対応するのではないかと考えつく。一七日で眼、二七日で耳、三七日で舌と六根の中の三根までが三七日で復活したことになる。すると「かせにやよひ」の「か」は実は

「眼」、「せ」は「舌」、「に」は「耳」のそれぞれ三根の語の約音ではないかと考えついたのである。「読む」が単なる読むではなく、解く、理解するの意、謎などを解く意とも理解される。お伽草子『七本扇』などの扇の絵を「絵の心を更に存ぜず候。この中にて二三本もよみ候はん方へ、身に及ぶ程の事ならば御望みを叶へて参らせん」といった謎を解くの意で、ここも用いられていると気付く。

しかし、問題は「やよひ」である。このままでは意味は通らない。本文は、

とあって、字形を見るに「ま」の誤写ではないかと思われる。丁度右に「かくまね」の「ま」があるが、字形を見くらべるにその可能性が高い。すなわち「眼舌耳やまひ」と本来あったのを絵巻の書写者が意味のつかめぬまま読み間違えたものではないかと推量する。

この箇所は本絵巻以外、他本すべて省き、本復の場でも「くすりの湯をあげさせ給へば、一七日入れば目が明く、二七日にて腰が立つ、三七日満ずるその時は、元の小栗とおなりある」(奈良絵本)とあり、他の本も同工である。絵巻は周到に、二二八頁の道行部でも「耳も聞こえず目も見えず　ましてや物をも申さねば　下向に静かに拝めよ」と三根障害を強調する。浄瑠璃『庚申の御本地』(宝永二年)で正光太子が「左右の御手にて両の耳をふさぎ、両眼を閉ぢ給ひ物をも更にの給はず」という状態になり、相人が呼ばれる。その箇所「末世の衆生済度利益の御ていさう、今三才

の御時より、現わし給ふ御形中も中〳〵をろか也。其故いかんと云に、まづ人間に六根有て罪を作り、六塵に触れて迷ひと成。六根と云は、眼耳鼻舌身意是也。六塵と云は色声香味触法是也。先眼を以ては色を見て罪を作り、耳を以は、声を聞て心を動かし、鼻を以ては香を嗅ぎて諸ゝの迷いと成。只今、太子の両眼を閉ぢ給ふは、眼の罪を断じつゝ色塵を離れ給へる御形、又左右の御手にて耳をふさがせ給ふは、耳にて作る罪を去つて声の迷ひを悟れり。物を仰給はぬは、妄語、綺語、悪口両合の口より出る罪を離れ、又は味はひにかやくせぬ形を示し給ふ、是ぞ末世の衆生の為也、難行苦行をなし給はん其きざし爰に現われたり」とあり、其後三猿が三苦を示して身代りとなり、太子の三根が戻る条りとも照応する。説経本地物の苦難をさらに小栗は蘇生しても続けねばならなかった。

この謎の私解が許されるならば、説経本文の上で大きい問題を提起する。従来説経がどういう過程で、誰人によって作られたものか一切判然としない。しかし、従来は説教の徒によって語られてきた語りそのものを、そのまま本文化し出版されてきたと考えていたといえよう。つまり、作者は問題とされず、不特定の作り手を想定してきたと思われる。

しかしながらこの謎をめぐる重要な文章の呼応関係、つまり冥界から蘇った際の小栗の不可解な手で示した言葉が、湯の峯で元に戻る時の表現と対応しているということの事を思う時、ここに特定の作者の存在を想定せざるを得ない。加えて注解で示した舞曲等の巧みな利用の跡を見る時、そこにははっきりと、文の構成を考慮し、翻案趣向をこらして作文する個人の像を結ぶことが出来る。この作品の文学性が浮き出ているのである。

もとより形成過程において、説話縁起などの各素材を集める行為や、原の話柄の存在等は考えるべきであるが、現存の正本の本文を作るという段階においては、特定の作者像が結ばれてくるように思うのである。このことは説経の研究において、かなり基本的本質的な問題とつながることであり、一つの謎の解にとどまらない意義を提起していると考える。

新 日本古典文学大系 90
古浄瑠璃 説経集

1999年12月15日 第1刷発行
2019年7月10日 オンデマンド版発行

校注者 信多純一(しのだじゅんいち) 阪口弘之(さかぐちひろゆき)

発行者 岡本 厚

発行所 株式会社 岩波書店
〒101-8002 東京都千代田区一ツ橋2-5-5
電話案内 03-5210-4000
https://www.iwanami.co.jp/

印刷／製本・法令印刷

ISBN 978-4-00-730900-7 Printed in Japan